Gitty
Natal 2011 -

O DÉCIMO PRIMEIRO MANDAMENTO

FSC
www.fsc.org
MISTO
Papel produzido a partir de fontes responsáveis
FSC® C019498

A marca FSC é a garantia de que a madeira utilizada na fabricação do papel deste livro provém de florestas que foram gerenciadas de maneira ambientalmente correta, socialmente justa e economicamente viável, além de outras fontes de origem controlada.

ABRAHAM VERGHESE

O décimo primeiro mandamento

Romance

Tradução
Donaldson M. Garschagen

2ª reimpressão

COMPANHIA DAS LETRAS

Grafia atualizada segundo o Acordo Ortográfico da Língua Portuguesa de 1990, que entrou em vigor no Brasil em 2009.

Título original
Cutting for stone: a novel

Capa
Flávia Castanheira

Foto de capa
Christopher Wilson

Preparação
Cacilda Guerra

Revisão
Marise Leal
Camila Saraiva

Dados Internacionais de Catalogação na Publicação (CIP)
(Câmara Brasileira do Livro, SP, Brasil)

Verghese, Abraham
O décimo primeiro mandamento / Abraham Verghese ; tradução Donaldson M. Garschagen. — São Paulo : Companhia das Letras, 2011.

Título original: Cutting for stone: a novel
ISBN 978-85-359-1810-6

1. Ficção norte-americana I. Título.

11-01107 CDD-813

Índice para catálogo sistemático:
1. Ficção : Literatura norte-americana 813

[2011]

EDITORA SCHWARCZ LTDA.
Rua Bandeira Paulista 702 cj. 32
04532-002 – São Paulo – SP
Telefone: (11) 3707-3500
Fax: (11) 3707-3501
www.companhiadasletras.com.br
www.blogdacompanhia.com.br

Para George e Mariam Verghese

Scribere jussit amor

E como amo esta vida,
Sei que amarei também a morte.
A criança chora quando
Do peito direito a mãe carinhosa
O afasta, mas logo em seguida
Encontra no peito esquerdo
Um doce consolo.

Rabindranath Tagore, *Gitanjali*

Prólogo
A chegada

Depois de passar oito meses na escuridão do ventre de nossa mãe, meu irmão Shiva e eu chegamos ao mundo no fim da tarde do dia 20 de setembro do ano da graça de 1954. Respiramos pela primeira vez a uma altitude de dois mil e quatrocentos metros, no ar rarefeito de Adis Abeba, capital da Etiópia.

O milagre de nosso nascimento teve lugar na sala de cirurgia 3 do Hospital da Missing, a mesma sala onde nossa mãe, a irmã Mary Joseph Praise, passava a maior parte de suas horas de trabalho, e onde tinha se sentido mais realizada.

Quando nossa mãe, freira da Ordem Carmelita Diocesana de Madras, entrou inesperadamente em trabalho de parto, naquela manhã de setembro, a longa estação das chuvas na Etiópia tinha terminado e seu tamborilar sobre os tetos de zinco do Hospital da Missing havia cessado abruptamente, como um tagarela interrompido no meio de uma frase. Do dia para a noite, naquele silêncio repentino, as flores de *meskel* se abriram, cobrindo de ouro as ladeiras de Adis Abeba. Nos campos em torno da Missing, os juncos ganharam a batalha contra a lama e um tapete reluzente estendia-se agora até a entrada pavimentada do hospital, acenando com a promessa de algo mais importante do que partidas de críquete, croqué ou peteca.

A Missing ficava numa encosta verdejante, e o aglomerado irregular de prédios caiados de um e dois andares dava a impressão de ter brotado da terra no mesmo fragor geológico que criou os montes Entoto. Canteiros de flores que lembravam cochos, alimentados pela água que descia das calhas nos beirais, cercavam como um fosso os prédios atarracados. As roseiras da enfermeira-chefe Hirst cobriam as paredes, com flores carmesins emoldurando cada uma das janelas e chegando ao telhado. Tão fértil era aquela terra argilosa que a enfermeira-chefe, a prudente e sensata diretora do Hospital da Missing, nos recomendava que não pisássemos nela descalços, para que não nascessem artelhos adicionais em nossos pés.

Dos prédios principais do hospital partiam, como os raios de uma roda, cinco caminhos ladeados de arbustos, que levavam a outros tantos bangalôs cobertos de sapê, quase escondidos por touceiras, sebes, eucaliptos silvestres e pinheiros. Era desejo da enfermeira-chefe que a Missing se assemelhasse a um arboreto, um recanto dos Kensington Gardens (onde, antes de vir para a África, ainda jovem freira, ela costumava passear) ou ainda ao Éden antes da Queda.

A Missing era, na verdade, o Hospital da *Missão*, palavra que na língua etíope era pronunciada com um sibilo que a tornava parecida com "Miss*ing*". Um funcionário do Ministério da Saúde, secundarista recém-formado, tinha datilografado THE MISSING HOSPITAL no alvará de funcionamento, uma grafia foneticamente correta, no seu modo de ver. Um repórter do *Ethiopian Herald* perpetuara o erro. Quando a enfermeira-chefe Hirst procurou o funcionário no ministério para corrigir a grafia equivocada, ele tinha exibido o documento original.

"Veja a senhora mesma. É Missing, *quod erat demonstrandum*", disse, como se tivesse demonstrado o teorema de Pitágoras, a redondeza da Terra, a posição central do Sol no sistema solar e a localização exata da Missing em seu canto imaginado. E com isso, para todos os efeitos, o nome ficou sendo mesmo Hospital da Missing.

A irmã Mary Joseph Praise não emitiu nenhum grito, nenhum gemido, durante as dores de seu cataclísmico trabalho de parto. Mas logo depois da porta de gonzos, na salinha contígua à sala de cirurgia 3, a autoclave descomunal (doada pela igreja luterana de Zurique) estrugia e chorava por minha mãe, enquanto seu vapor escaldante esterilizava os instrumentos cirúrgicos e as toalhas que seriam utilizados nela. Afinal de contas, era no canto da salinha da autoclave, bem junto do leviatã de aço inoxidável, que minha mãe manteve para si um santuário nos sete anos que passou na Missing antes de nossa abrupta chegada. Sua carteira escolar inteiriça, resgatada de um extinto colégio missionário e que exibia as frustrações entalhadas de muitos alunos, estava virada para a parede. Seu cardigã branco, que, pelo que me contaram, ela muitas vezes jogava sobre os ombros no intervalo entre as operações, ficava no encosto da carteira.

Na divisória de gesso, diante da carteira, minha mãe tinha afixado com percevejos uma estampa de folhinha da famosa escultura de Bernini representando Santa Teresa D'Ávila. A figura de Santa Teresa jaz inerte, como que desmaiada, os lábios entreabertos em êxtase, os olhos fitando o vazio, as pálpebras semicerradas. De um lado e do outro dela, um coro voyeurístico a contempla do alto do genuflexório. Com um leve sorriso e um corpo mais musculoso do que seria de esperar, a julgar por seu semblante de menino, um anjo observa de perto a irmãzinha a um tempo piedosa e sensual. Com as pontas dos dedos da mão esquerda, ergue a fímbria do tecido que lhe cobre os seios. Na direita, segura uma flecha, com a mesma delicadeza com que um violinista sustenta o arco.

Por que essa figura? Por que Santa Teresa, mãe?

Ainda bem pequeno, com quatro anos, eu entrava, sorrateiro, nessa sala sem janelas para estudar a figura. Somente coragem não bastava para que eu transpusesse aquela porta pesada, mas o fato de saber que ela estava lá, minha obsessão de conhecer a freira que era minha mãe, me dava forças. Sentava-me junto à autoclave que roncava e silvava como um dragão desperto, como se o martelar de meu coração houvesse acordado a fera. Aos poucos, sentado na carteira de minha mãe, tomava conta de mim uma paz, uma sensação de comunhão com ela.

Soube mais tarde que ninguém tinha ousado tirar seu cardigã do lugar onde estava na carteira. Era um objeto sagrado. Mas, para uma criança de quatro anos, tudo é sagrado e comum. Eu puxava sobre meus ombros aquele agasalho que recendia a sabonete antibacteriano. Passava a unha na borda do tinteiro seco, traçando um caminho que os dedos dela tinham feito. Fitando a estampa de folhinha, tal como ela devia ter feito sentada ali, naquela saleta sem janelas, eu era transfixado por aquela imagem. Anos depois, soube que a visão recorrente que Santa Teresa tinha do anjo era chamada de transverberação, palavra que o dicionário definia como a alma "inflamada" pelo amor de

Deus e o coração "trespassado" pelo amor divino; as metáforas da fé da santa eram também as metáforas da medicina. Aos quatro anos, eu não precisava de palavras como "transverberação" para sentir reverência por aquela imagem. Sem fotografias de minha mãe pelas quais me orientar, não podia deixar de imaginar que a mulher da estampa fosse minha mãe, ameaçada e prestes a ser violentada pelo anjo que brandia o dardo. "Quando você vem, mamãe?", eu perguntava, e minha vozinha ecoava nos ladrilhos frios. *Quando você volta?*

Eu mesmo sussurrava a resposta: "Deus do céu!". Isso era tudo de que dispunha: a exclamação do dr. Ghosh na primeira vez em que entrei ali. Ele tinha vindo me procurar e se postou atrás de mim, olhando para a imagem de Santa Teresa por cima de meus ombros. Depois levantou-me com seus braços fortes e exclamou, com aquele vozeirão que nada ficava a dever aos estertores da autoclave: "Meu Deus, ela está GO-ZAN-DO!".

Quarenta e seis anos se passaram, mais os quatro desde meu nascimento, e por milagre tenho a oportunidade de retornar àquela sala. Percebo que agora sou grande demais para a carteira, e o cardigã cai sobre meus ombros como o amicto de renda de um padre. Mas a carteira, o cardigã e a estampa da transverberação ainda estão ali. Eu, Marion Stone, mudei, mas pouca coisa mais mudou. Estar nessa sala inalterada provoca um retorno no tempo e na memória. A estampa nada desbotada da Santa Teresa de Bernini (agora emoldurada e coberta de vidro para preservar o que minha mãe tinha prendido com percevejos) parece exigir isso. Sou obrigado a impor certa ordem às ocorrências de minha vida, dizer que ela começou aqui e que depois, por causa disso, aconteceu isso ou aquilo, e é assim que o fim se liga ao começo, e é por isso que estou aqui.

Chegamos a esta vida sem ser convidados, e, se temos sorte, encontramos um objetivo para além de fome, miséria e morte precoce, que, não esqueçamos, é o destino da maioria das pessoas. Eu cresci e encontrei meu objetivo, que era me tornar médico. Minha intenção era menos salvar o mundo do que curar a mim mesmo. Poucos doutores admitirão isso, decerto não os jovens, mas no subconsciente, ao entrar na profissão, temos de acreditar que cuidar dos outros há de curar o mal que nos aflige. E pode ser mesmo que isso aconteça. Mas pode também agravar a ferida.

Especializei-me em cirurgia geral por causa da enfermeira-chefe, aquela presença constante durante a meninice e a adolescência. "Qual é a coisa mais difícil que você poderia fazer?", ela perguntou quando fui me aconselhar com ela no dia mais sombrio da primeira metade de minha vida.

Procurei fugir. Com que facilidade a enfermeira-chefe percebia a distância entre a ambição e a conveniência. "Por que devo fazer o que for mais difícil?"

"Porque você é um instrumento de Deus, Marion. Não deixe o instrumento guardado no estojo, meu filho. Toque! Não deixe de explorar nenhuma parte de seu instrumento. Por que se satisfazer com 'Três ratinhos cegos' se você pode tocar o 'Gloria'?"

Era injusto a enfermeira-chefe evocar aquele coral magnífico que sempre fazia com que eu me sentisse, junto com todas as criaturas mortais, de olhos postos no céu e maravilhado. Ela entendia meu caráter ainda informe.

"Mas, chefe, não posso nem sonhar com tocar Bach, o 'Gloria'...", respondi a meia-voz. Nunca tinha tocado um instrumento de corda ou de sopro. E não sabia ler música.

"Não, Marion", disse ela com um olhar suave, estendendo a mão para mim, tocando-me o pescoço com seus dedos nodosos. "Não, não o 'Gloria' de Bach. O seu! O seu 'Gloria' mora dentro de você. O maior pecado é não achá-lo, menosprezar o que Deus tornou possível em sua pessoa."

Por temperamento, eu estava mais preparado para uma disciplina cognitiva, para uma área introspectiva, talvez clínica geral ou psiquiatria. A simples vista da sala de cirurgia me fazia suar. A ideia de pegar num bisturi fazia minhas entranhas se retorcerem (ainda faz). A cirurgia era a coisa mais difícil que eu podia imaginar.

E por isso me tornei cirurgião.

Trinta anos depois, não sou conhecido pela rapidez, pela ousadia ou pela habilidade técnica. Digam que sou sereno, esforçado; digam que adoto o estilo e a técnica que convêm ao paciente e à situação dada, e considerarei isso um grande elogio. Sinto-me reconfortado quando meus colegas médicos me procuram quando eles mesmos têm de entrar na faca. Sabem que Marion Stone estará tão envolvido depois quanto antes ou durante a cirurgia. Sabem que para mim não existem adágios cirúrgicos como "Na dúvida, corte fora" ou "Por que esperar se pode operar?", a não ser para mostrar claramente como são rasos os intelectos em nossa área. Meu pai, por cuja destreza como cirurgião tenho o mais profundo respeito, diz: "A operação mais bem-sucedida é a que você decide não fazer". Saber quando não operar, saber quando uma coisa está acima de minha capacidade, saber quando pedir a ajuda de um cirurgião do calibre de meu pai... esse tipo de talento, esse tipo de "brilho", costuma passar despercebido.

Certa ocasião, com um paciente em grave perigo, pedi a meu pai que o operasse. Ele ficou em silêncio ao lado do leito, deixando os dedos ainda no pulso do paciente muito tempo depois de ter verificado seus batimentos cardíacos, como se precisasse da sensação da pele, do sinal imperceptível da artéria radial para catalisar sua decisão. Em sua expressão tensa, eu via total concentração. Imaginei ver as engrenagens girando em seu cérebro; imaginei ter visto o brilho de lágrimas em seus olhos. Com todo o cuidado, ele sopesou uma opção em relação a outra. Por fim, balançou a cabeça e se afastou.

Segui-o. "Doutor Stone!", chamei, usando seu título, embora minha vontade fosse gritar *pai*! "A operação é a única chance dele", falei. No fundo eu sabia que a chance era infinitesimal e que a primeira inalação de anestesia poderia pôr fim a tudo. Meu pai pousou a mão em meu ombro. Falou-me polidamente, como se eu fosse um colega mais jovem e não seu filho. "Marion, lembre-se do décimo primeiro mandamento: Não operarás um paciente no dia de sua morte."

Lembro-me de suas palavras nas noites de lua cheia em Adis Abeba, quando facas rebrilham e pedras e balas voam e me sinto como se estivesse num abatedouro e não na sala de cirurgia 3, com a pele salpicada de cartilagem e de sangue de estranhos. Eu lembro. Mas nem sempre se conhecem as respostas antes de operar. O médico opera no aqui e agora. Mais tarde, o retrospectoscópio, aquele útil instrumento dos humoristas e gurus, os encenadores da farsa que chamamos de M&M — sessões de morbidade e moralidade — determinará se sua decisão foi certa ou errada. A vida também é assim. A gente a vive para adiante, mas a compreende para trás. Só quando paramos e olhamos pelo retrovisor é que vemos o cadáver esmagado pelas rodas.

Agora, em meu quinquagésimo ano, venero a vista do abdome ou do tórax aberto. Envergonha-me nossa capacidade humana de nos ferir e mutilar uns aos outros, de profanar o corpo. No entanto, isso me permite ver a harmonia cabalística do coração a espreitar atrás do pulmão, do fígado e do baço a se consultarem mutuamente sob a cúpula do diafragma — essas coisas me deixam sem fala. Meus dedos "correm pelas tripas" em busca de buracos que a lâmina de uma faca ou uma bala possam ter causado, dobra após dobra, reluzentes, sete metros de intestinos comprimidos num espaço tão exíguo. A quantidade de tripas que deslizaram assim por meus dedos na noite africana chega agora até o cabo da Boa Esperança e ainda não avistei a cabeça da serpente. Mas vejo os milagres comuns debaixo de pele, costelas e músculos, visões ocultas a seus donos. Haverá maior privilégio na terra?

Nesses momentos, lembro-me de agradecer a meu irmão gêmeo, Shiva — o dr. Shiva Praise Stone —, de sair a sua procura, achar seu reflexo no vidro que separa as duas salas de cirurgia e dirigir-lhe um grato aceno de cabeça porque ele me permite ser o que sou hoje. Cirurgião.

De acordo com Shiva, no fim das contas a vida se resume a tapar buracos. Não se tratava de uma metáfora, pois tapar buracos era exatamente o que ele fazia. Ainda assim, é uma metáfora feliz para nossa profissão. Mas existe outro tipo de buraco — a ferida que divide uma família. Às vezes essa ferida ocorre no instante do nascimento, às vezes mais tarde. Todos consertamos o que está quebrado. É a tarefa de toda uma vida. Deixaremos muitas coisas inacabadas para a próxima geração.

Tendo nascido na África, vivido um exílio nos Estados Unidos e retornando enfim à África, sou uma prova viva de que geografia é destino. O destino me trouxe de volta às coordenadas exatas de meu nascimento, à mesmíssima sala de cirurgia em que nasci. Minhas mãos enluvadas partilham o mesmo espaço sobre a mesa, na sala de cirurgia 3, que as mãos de minha mãe e as de meu pai ocuparam no passado.

Há noites em que os grilos cantam seu cricri, milhares de estridulações que abafam os roncos e gemidos das hienas nas encostas. De repente, a natureza se aquieta. É como se tivesse sido feita a chamada e fosse a hora de, no escuro, procurar o parceiro e recolher-se. No vácuo silencioso que se segue, escuto o zunido agudo das estrelas e me sinto exultante, grato por meu lugar insignificante na galáxia. É nesses momentos que sinto que tenho uma dívida para com Shiva.

Irmãos gêmeos, dormimos na mesma cama até a adolescência, nossas cabeças se tocando, nossas pernas e troncos afastadas em ângulo. Com o passar dos anos perdemos essa intimidade, mas ainda sinto falta dela, da proximidade do crânio de meu irmão. Quando acordo para a dádiva de mais um alvorecer, a primeira coisa que penso é em despertá-lo e dizer *Devo-te a visão do amanhecer.*

O que mais devo a Shiva é o seguinte: narrar a história. É uma história que minha mãe, a irmã Mary Joseph Praise, não revelou, e da qual meu destemido pai, Thomas Stone, fugiu e cujos pedaços eu tive de juntar. Narrá-la é o único meio de fechar o fosso que separa meu irmão e eu. Embora eu tenha uma fé infinita na arte da cirurgia, não há cirurgião capaz de curar o tipo de ferida que divide dois irmãos. Onde seda e aço fracassam, a história tem de ter êxito. Vou começar pelo começo...

PARTE I

... pois o segredo do cuidado com o paciente está em cuidar do paciente.

Francis W. Peabody, 21 de outubro de 1925

1. Mais uma vez, o estado tifoide

A irmã Mary Joseph Praise tinha chegado ao Hospital da Missing, vinda da Índia, sete anos antes de nosso nascimento. Ela e a irmã Anjali foram as primeiras noviças da Ordem das Carmelitas de Madras a passar também pelo árduo curso de enfermagem no Hospital Geral Público da cidade. No dia da formatura, minha mãe e Anjali receberam seus distintivos de enfermeiras e naquela noite fizeram seus votos finais de pobreza, celibato e obediência. Em vez de "estagiária" (no hospital) e "noviça" (no convento), podiam agora ser tratadas em ambos os lugares como "irmã". A velha e piedosa abadessa, Shessy Geevarughese, conhecida afetuosamente como Amma Santinha, não perdera tempo em dar sua bênção às duas jovens freiras enfermeiras e revelar-lhes o lugar surpreendente para onde iriam: a África.

No dia em que deveriam partir, todas as noviças saíram do convento para o porto numa caravana de triciclos para se despedir das duas irmãs. Vejo na imaginação as noviças alinhadas no cais, tagarelando e tremendo de entusiasmo e emoção, os hábitos brancos agitando-se ao vento, as gaivotas saltitando ao redor de suas sandálias.

Tenho pensado muitas vezes no que passava pelo espírito de minha mãe quando ela e a irmã Anjali, ambas com apenas dezenove anos, deram seus últimos passos em solo indiano e embarcaram no *Calangute*. Ela deve ter ouvido soluços abafados e inúmeros "Vá com Deus!", enquanto subia a rampa de embarque. Estaria com medo? Porventura se perguntaria se tinha tomado a decisão certa? No passado, ao entrar para o convento, tinha se separado para sempre de sua família biológica em Cochin e se mudara para Madras, que ficava a um dia e uma noite de trem de sua casa. No que dizia respeito a seus pais, ela poderia ter viajado para o outro lado do mundo, pois nunca mais voltariam a vê-la. E agora, depois de três anos em Madras, estava se distanciando de sua família religiosa, desta vez para cruzar um oceano. Tampouco haveria um retorno.

Alguns anos antes de sentar para escrever esta narrativa, viajei a Madras em busca da história de minha mãe. Nos arquivos da Ordem das Carmelitas, nada achei sobre ela, mas localizei o diário de Amma Santinha, no qual a abadessa registrava os fatos de cada dia. Quando o *Calangute* soltou suas amarras, Amma Santinha ergueu a mão como um inspetor de tráfego e, "usando de minha voz de sermão, que, como me dizem, desmente minha idade", pronunciou as seguintes palavras: "Sai-te da tua terra por amor a mim", uma vez que o Gênesis era seu livro bíblico favorito. Amma Santinha havia refletido bastante sobre essa missão. Na verdade, a Índia tinha necessidades imensuráveis. Mas isso jamais mudaria e não era desculpa. As duas jovens freiras, as mais brilhantes e bonitas do convento, seriam líderes espirituais: indianas que levariam o amor de Cristo aos confins sombrios da África. Essa era a grande ambição da prioresa. Em seus documentos, ela revela o que pensava: como os missionários ingleses descobriram ao chegar à Índia, não havia meio melhor de transmitir o amor de Cristo do que através de compressas quentes e cataplasmas, linimentos e curativos, limpeza e consolo. Que melhor ministério que o da cura? Suas duas jovens freiras cruzariam o oceano e com isso nasceria a Missão das Carmelitas Descalças de Madras na África.

Observando os dois vultos que acenavam da borda do convés até se tornarem pontinhos brancos, a boa abadessa teve uma pontada de apreensão. E se, devido à obediência cega das moças ao plano que ela havia arquitetado, elas estivessem sendo condenadas a um horrível destino? "Os missionários ingleses têm o poderoso império a apoiá-los... Mas e minhas meninas?" Ela escreveu que os ritos estridentes das gaivotas e os salpicos dos excrementos das aves haviam desfigurado a bela despedida que ela imaginara. Tinha ficado perturbada com o cheiro insuportável de peixe e madeira podres e com os estivadores de peitos nus, cujas bocas manchadas de suco de betel babavam de lascívia à vista de sua ninhada de virgens.

"Pai, confiamos nossas irmãs a Ti para que as guarde", disse Amma Santinha, depositando a questão em Seus ombros. Parou de acenar e suas mãos se abrigaram nas mangas do hábito. "Suplicamos Tua misericórdia e proteção neste posto avançado das Carmelitas Descalças..."

Era 1947 e os britânicos estavam finalmente saindo da Índia. O Movimento Indiano de Independência, com sua palavra de ordem *Quit India*, "Saiam da Índia", tinha feito o impossível acontecer. Amma Santinha soltou o ar lentamente dos pulmões. Era um novo mundo, que pedia ações ousadas, ou ela assim acreditava.

O pacote flutuante de miséria, pintado de preto e vermelho, que pretendia ser um navio seguia pelo oceano Índico rumo a seu destino, Áden. Em seus porões, o *Calangute* carregava um sem-fim de engradados de fios de algodão, arroz, seda, armários Godrej, arquivos Tata, bem como trinta e uma motocicletas Royal Enfield Bullet com os motores envolvidos em oleados. O navio não se destinava a transportar passageiros, mas o capitão grego fazia isso, acomodando "hóspedes pagantes". Eram muitas as pessoas que preferiam viajar num cargueiro, a fim de economizar na passagem, e ele se dispunha a lhes fazer a vontade, reduzindo o número de tripulantes. Nessa viagem, levava duas freiras de Madras, três judeus de Cochin, uma família de Guzerate, três malaios de aspecto suspeito e alguns europeus, entre os quais dois marinheiros franceses que voltariam a seu navio em Áden.

O *Calangute* tinha um imenso convés, maior do que seria de esperar. Numa de suas extremidades, como um inseto no dorso de um elefante, ficava a superestrutura que abrigava a tripulação e os passageiros, cujo piso superior formava o passadiço. Minha mãe, a irmã Mary Joseph Praise, era uma malaiali de Cochin, no estado de Kerala. Os malaiali cristãos faziam remontar sua fé à chegada de são Tomé à Índia, vindo de Damasco, no ano 52 d. C. Tomé, o Incrédulo, construiu suas primeiras igrejas em Kerala bem antes de são Pedro chegar a Roma. Minha mãe era piedosa e católica praticante; no curso secundário, caiu sob a influência de uma carismática freira carmelita que trabalhava junto aos pobres. A terra natal de minha mãe era uma cidade formada por cinco ilhas dispostas como pedras preciosas num anel, voltada para o mar da Arábia. Durante séculos, os comerciantes de especiarias frequentaram Cochin, para onde iam em busca de cardamomo e cravo. Entre eles, havia um certo Vasco da Gama, que lá esteve em 1498. Com muitas dificuldades, os portugueses conseguiram criar uma colônia em Goa, torturando a população hindu para convertê-la ao catolicismo. Padres e freiras por fim chegaram a Kerala, como se não soubessem que são Tomé tinha levado a visão incorrupta de Cristo a Kerala mil anos antes deles. Para desgosto de seus pais, minha mãe se fez freira carmelita, abandonando a antiga tradição cristã síria de são Tomé para abraçar aquela seita adventícia e papista (no entendimento de seus pais). Não teriam ficado mais decepcionados se ela tivesse se tornado muçulmana ou hindu. Ainda bem que não souberam que ela era também enfermeira, o que para eles significaria que ela poluía as mãos como uma intocável.

Minha mãe crescera à beira do mar, vendo as antigas redes de pesca chinesas suspensas na extremidade de longos bambus e dependuradas sobre a água como gigantescas teias de aranha. O oceano era o proverbial "celeiro" de sua gente, o provedor de camarões e peixe. Agora, porém, no convés do *Calangute*, sem a praia de Cochin para emoldurar o que ela via, não reconhecia o celeiro. Ficava a imaginar se em seu centro o oceano sempre fora assim: fumegante, malévolo e agitado. Atormentava o *Calangute*, fazendo-o jogar, guinar e estalar, desejando nada menos que engoli-lo inteiro.

Ela e a irmã Anjali isolavam-se na cabine, aferrolhando a porta contra os homens e o mar. As jaculatórias da companheira assustavam minha mãe. A leitura ritual do evangelho de Marcos tinha sido ideia da irmã Anjali, que dizia que isso dava asas à alma e disciplina ao corpo. As duas freiras submetiam cada letra, cada palavra, linha e período a *dilatatio*, *elevatio* e *excessus*: contemplação, elevação e êxtase. A antiga prática monástica de Ricardo de São Vítor mostrou-se útil para uma interminável viagem oceânica. Na segunda noite, depois de dez horas dessa leitura atenta e reflexiva, a irmã Mary Joseph Praise sentiu de repente que as letras e as páginas se dissolviam; as fronteiras entre Deus e ela própria se desintegravam. A leitura havia causado isso: uma entrega jubilosa de seu corpo ao sagrado, ao eterno e ao infinito.

À hora das vésperas, na sexta noite (pois estavam determinadas a cumprir a rotina do convento, onde quer que estivessem), tinham acabado um hino, dois salmos e suas antífonas, a seguir a doxologia e estavam entoando o "Magnificat" quando um som penetrante, de madeira rachada, as trouxe de volta à terra. Agarraram seus salva-vidas e saíram correndo. Deram com um trecho do convés que havia se deformado e se elevado como uma pirâmide, quase como se o *Calangute* fosse feito de papelão ondulado, como pensou a irmã Mary Joseph Praise. O capitão continuou a fumar seu cachimbo, com um sorriso forçado que dava a entender que seus passageiros tinham reagido de forma exagerada.

Na nona noite, quatro dos dezesseis passageiros e um tripulante caíram de cama com uma doença cujos sinais exteriores eram manchas rosadas que apareceram no segundo dia de febre e que se dispunham como um quebra-cabeças chinês no peito e no abdome. A irmã Anjali sofria atrozmente, e sua pele queimava ao menor toque. No segundo dia da doença, entrou em delírio.

Entre os passageiros do *Calangute* havia um jovem cirurgião — um inglês com olhos de lince que estava deixando o Serviço Médico Indiano por atividades mais rendosas. Era alto e forte e, embora seus traços angulosos lhe dessem um ar faminto, ele evitava a sala de jantar. A irmã Mary Joseph Praise se chocara com ele, literalmente, no segundo dia da viagem, ao tropeçar na escada de metal molhada que levava de sua cabine ao salão comunitário. O inglês, que subia atrás dela, segurou-a como pôde, pegando-a pela região do cóccix e pelo lado esquerdo da caixa torácica. Depois a endireitou como se ela fosse uma criança. Quando ela balbuciou um agradecimento, ele ficou vermelho como um pimentão, pois tinha ficado mais embaraçado do que ela com a intimidade inesperada. Ela sentiu que uma equimose se formava nos lugares onde ele a tinha segurado, mas havia naquele incômodo algo que fazia com que ela não se importasse. Depois disso, durante vários dias não viu mais o inglês.

Agora, procurando ajuda médica, a irmã Mary Joseph Praise juntou coragem para bater à porta de sua cabine. Uma voz fraca mandou-a entrar. Foi recebida por um odor bilioso de acetona. "Sou eu. A irmã Mary Joseph Praise", disse ela, em voz alta. O médico estava deitado de lado em seu beliche. Sua pele tinha a mesma tonalidade do calção cáqui, e seus olhos estavam fechados. "O senhor também está com a febre, doutor?", perguntou, hesitante.

Ele tentou olhar para ela, mas seus globos oculares rolaram como bolas de gude num prato inclinado. Virou-se e vomitou com esforço num balde de incêndio, mas errou, o que não fez diferença, pois o balde estava cheio até a borda. A irmã Mary Joseph Praise correu em sua direção e levou a mão à sua testa. Fria e pegajosa, mas sem febre alguma. As faces dele estavam cavadas, e seu corpo parecia ter encolhido para caber na cabine minúscula. Nenhum passageiro tinha deixado de enjoar, mas a situação do inglês era grave.

"Doutor, vim aqui para lhe falar de uma febre que já atacou cinco pacientes. Ela provoca erupções na pele, arrepios e suores, além de queda na pulsação e perda de apetite. Todos estão estáveis, menos a irmã Anjali. Doutor, estou muito preocupada com ela..."

Ela se sentiu melhor depois de transmitir sua apreensão, ainda que o inglês nada lhe respondesse, além de um gemido. Seus olhos caíram num fio de categute enrolado em torno da guarda da cama, perto da mão dele, e que apresentava um número enorme de nós, uns sobre os outros, tantos que o fio tinha ficado meio ereto, como um mastro retorcido. Era assim que o inglês tinha registrado a passagem das horas ou anotado seus acessos de vômito.

A irmã limpou o balde e o repôs ao alcance do médico. Limpou o chão com uma toalha, que depois enxaguou e pendurou para secar. Pôs um jarro com água a seu lado. Retirou-se, perguntando-se quantos dias fazia que ele não comia.

Ao anoitecer, seu estado tinha se agravado. A irmã Mary Joseph Praise levou-lhe lençóis, toalhas e um caldo. Ajoelhada, tentou alimentá-lo, mas o cheiro da comida lhe provocava engulhos. Seus olhos tinham afundado nas órbitas. A língua, ressecada, parecia a de um papagaio; ela reconheceu o cheiro adocicado da cabine — era o odor da inanição. Ao beliscar uma dobra da pele na parte inferior do braço dele e depois soltá-la, a pele não se distendeu, mantendo-se como uma tenda, da mesma forma que o convés deformado. O balde estava pela metade, com um fluido claro. Ele balbuciava alguma coisa a respeito de campos verdes e não dava pela sua presença. Por acaso o enjoo poderia ser fatal?, pensava ela. Ou o inglês padecia de uma *forme fruste* da mesma febre que havia acometido a irmã Anjali? Eram tantas as coisas que ela não sabia de medicina! No meio do oceano, cercada de doentes, ela sentia o peso de sua ignorância.

Entretanto, sabia cuidar de doentes. E sabia rezar. Enquanto rezava, tirou devagar a camisa dele, dura de bile e saliva, e baixou-lhe o calção. Enquanto o higienizava na cama, sentia-se constrangida, pois nunca havia cuidado assim de um homem branco e, ainda por cima, médico. Ao toque do pano, a pele dele se arrepiava, mas não mostrava as erupções que ela vira nos quatro passageiros e no jovem camareiro que também tinha contraído a febre. Os músculos fortes de seus braços juntavam-se, formando uma massa, no ombro. Só agora ela notava que o lado esquerdo de seu peito era menor que o direito; a cavidade sobre a clavícula esquerda poderia conter meio copo de água, enquanto na da direita não caberia mais que uma colher de chá. E ela notou também uma profunda depressão que começava pouco abaixo do mamilo esquerdo e se estendia até a axila. A pele nessa cratera era brilhante e franzida. Ela tocou nesse lugar e admirou-se ao ver que seus dedos afundavam, sem encontrar resistência óssea. Na verdade, era como se faltassem duas ou talvez três costelas contíguas. No fundo dessa depressão, o coração dele batia com firmeza contra o dedo dela, só separados por uma fina camada de pele e gordura. Quando ela afastou a mão, pôde ver o ventrículo a empurrar-lhe a pele.

Os pelos finos e translúcidos no peito e no abdome davam a impressão de ter se espraiado a partir do filão maior de pelo no púbis. Impassível, a irmã Mary Joseph Praise limpou-lhe o membro incircuncidado, virou-o de lado e cuidou do saco escrotal enrugado e inerte. Lavou seus pés e chorou ao fazê-lo, lembrando inevitavelmente de seu Doce Senhor e de Sua última noite na terra com os discípulos.

Nos baús dele, ela achou livros que tratavam de cirurgia. Ele havia anotado nomes e datas nas margens, e só mais tarde lhe ocorreu que eram nomes de pacientes, tanto indianos quanto britânicos, recordações de uma enfermidade que ele tinha vindo a conhecer num Peabody ou num Krishnan. Havia às vezes uma cruz junto do nome, e ela tomou isso como indicação de que o paciente tinha sucumbido. Encontrou onze cadernos cobertos por uma caligrafia econômica de traços descendentes abruptos, com o texto a dançar um pouco acima das linhas e sem obedecer a margem alguma, a não ser o limite da página. Para um homem aparentemente calado, sua caligrafia revelava uma inesperada volubilidade.

Por fim, ela encontrou uma camiseta limpa e um calção. O que significava um homem ter menos roupas que livros? Virou-o, primeiro para um lado e depois para o outro, para trocar os lençóis da cama, e em seguida o vestiu.

Ela sabia que ele se chamava Thomas Stone porque o nome estava escrito no interior do compêndio de cirurgia que ele pusera no criado-mudo. Nesse livro ela achou alguma coisa sobre febre com erupções, mas absolutamente nada sobre enjoo marítimo.

Depois que caiu a noite, a irmã Mary Joseph Praise caminhou bastante pelos corredores balouçantes, correndo de uma cama de doente para outra. A elevação no ponto em que o convés se arqueara parecia um vulto embuçado e ela desviava os olhos. Em certo momento, viu uma montanha negra, uma onda descomunal, de vários andares de altura, e o *Calangute* pareceu na iminência de cair num abismo. Torrentes de água precipitavam-se sobre a proa, e o barulho foi mais assustador do que a cena.

No meio do oceano tempestuoso, cambaleando devido à falta do sono e a braços com uma terrível crise médica, seu mundo tinha se simplificado. Dividia-se entre os que tinham febre, os que sofriam de enjoo e os sãos. E era possível que nenhuma dessas distinções importassem, pois muito em breve todos poderiam estar afogados.

Depois de não resistir ao sono e cochilar, ela acordou ao lado de Anjali. No instante seguinte, ou assim pareceu, acordou de novo, mas dessa vez na cabine do inglês, onde havia adormecido ajoelhada ao lado de sua cama, com a cabeça apoiada no peito dele, o braço do médico descansando no ombro dela. No tempo que ela levou para se dar conta disso, havia dormido de novo, acordando ao raiar o dia e se vendo deitada no beliche, bem no canto, encostada em Thomas Stone. Correu de volta para Anjali e a encontrou pior, com a respiração agora espasmódica e rápida. Em sua pele tinham aparecido grandes manchas púrpura e confluentes.

Os rostos ansiosos dos tripulantes insones e o fato de um deles ter se ajoelhado diante dela e dito "Irmã, perdoe meus pecados!" diziam-lhe que o navio ainda corria perigo. A tripulação não tomava conhecimento de seus pedidos de ajuda.

Nervosa e frustrada, a irmã Mary Joseph Praise tirou uma rede do salão comunitário devido a uma visão que tivera naquele estado amnésico entre a vigília e o sono. Instalou-a na cabine do inglês, prendendo um punho na vigia e outro na coluna do beliche.

O dr. Stone era um peso morto e só a intercessão de santa Catarina permitiu que ela o tirasse do beliche para o chão e depois o erguesse, uma parte do corpo de cada vez, para a rede. Respondendo mais à gravidade que ao balanço do navio, a rede encontrou a verdadeira horizontal. A irmã ajoelhou-se ao lado dele e rezou, abrindo o coração a Jesus, completando o "Magnificat" que tinha interrompido na noite em que o convés se encurvara.

A cor voltou primeiro ao pescoço de Stone, e depois a seu rosto. Ela o fazia beber água com uma colher de chá. Dentro de uma hora, ele conseguiu reter o caldo. A luz voltava a seus olhos, que estavam agora abertos e acompanhavam cada um dos movimentos dela. Num momento em que ela ergueu a colher, dedos robustos rodearam-lhe o pulso para guiar o alimento a sua boca. Ela se lembrou do versículo que cantara momentos antes: "Aos famintos ele encheu de bens, e vazios despediu os ricos".

Deus ouvira suas preces.

Pálido e fraco, Thomas Stone foi com a irmã Mary Joseph Praise à cabine onde estava a irmã Anjali. Espantou-se ao ver a freira de olhos arregalados e delirante, o rosto encovado e ansioso, o nariz aguçado como uma pena, as narinas alargando-se a cada expiração, aparentemente desperta mas de todo alheia aos visitantes.

Ajoelhou-se a seu lado, mas, mesmo com os olhos vidrados voltados para ele, Anjali não o via. A irmã Mary Joseph Praise notou o modo experiente como ele puxou as pálpebras da enferma, para examinar sua conjuntiva, e o modo como balançou a lanterna diante de suas pupilas. Seus movimentos eram serenos e contínuos ao dobrar a cabeça de Anjali para a frente, a fim de verificar se havia rigidez no pescoço, ao procurar nódulos linfáticos, ao mover-lhe os membros e ao percutir o tendão patelar usando o nó do indicador na falta de um martelo de reflexo. O desajeitamento que a irmã Mary Joseph Praise julgava ter percebido nele, ao vê-lo como passageiro e depois como paciente, tinha desaparecido.

O dr. Stone despiu a freira, sem atentar para a ajuda da irmã Mary Joseph Praise enquanto detidamente examinava as costas, as coxas e as nádegas da paciente. Os dedos longos e benfeitos que sondaram o ventre de Anjali à procura do baço e do fígado pareciam ter sido criados para aquele fim. A carmelita não podia imaginá-los fazendo outra coisa. Na falta de um estetoscópio, colou o ouvido ao coração da irmã Anjali e depois a seu ventre. Depois virou-a de lado e comprimiu o ouvido de encontro às costelas para auscultar os pulmões. Refletiu por um momento, e depois murmurou: "O som da respiração está mais fraco na direita... Parótidas aumentadas... Está com ínguas... Por quê?... O pulso está fraco e rápido...".

"O pulso estava fraco quando a febre começou", disse a irmã.

"Você já disse isso", respondeu o dr. Stone, seco. "Quantos batimentos?" Não ergueu o olhar.

"Quarenta e cinco a cinquenta, doutor."

Ela percebeu que ele havia esquecido seu mal-estar, esquecido até que estava num navio. Havia se fundido ao corpo da irmã, que era agora seu texto, e o estudava à procura do inimigo que estava lá dentro. Ela sentia tamanha confiança nele que seu medo pela sorte de Anjali se desvaneceu. Ajoelhada a seu lado, estava eufórica, como se somente nesse momento houvesse chegado à maioridade como enfermeira, porque era a primeira vez que se via ao lado de um médico como ele. Mordeu a língua porque queria muito dizer a ele tudo isso e mais ainda.

"*Coma vigil*", disse ele, e a irmã Mary Joseph Praise supôs que ele estivesse lhe dando instruções. "Está vendo como os olhos dela não param de se mexer, como se ela estivesse esperando alguma coisa? Mau sinal. E veja como ela belisca a roupa de cama... Isso se chama carfologia, e essas pequenas contrações musculares são *subsultus tendinum*. Tudo isso é o 'estado tifoide'. Ocorre nas fases finais de muitos tipos de envenenamento do sangue, e não só em casos de febre tifoide... Mas veja bem", e nesse ponto ele olhou para ela com um sorrisinho que desmentia o que disse a seguir, "eu sou cirurgião, não clínico. O que sei de clínica médica? Só sei que isto *não* tem indicação cirúrgica."

A presença dele tinha feito algo mais que tranquilizar a irmã Mary Joseph Praise: havia serenado o mar. O sol, que estivera se escondendo, brilhou de repente atrás deles. A festa etílica da tripulação indicou como tinha sido grave a situação poucas horas antes.

Mas, embora a irmã não quisesse acreditar nisso, Stone pouco podia fazer pela irmã Anjali e, de qualquer maneira, não tinha nada que pudesse usar. A caixa de primeiros socorros de bordo continha uma barata seca, pois seu conteúdo tinha sido empenhado por um dos tripulantes no último porto. O baú de remédios que o capitão usava como tamborete em sua cabine parecia ter saído da Idade Média. Uma tesoura, uma faca de osso e uma pinça rudimentar eram as únicas coisas utilizáveis que aquele baú ornamentado guardava. O que um cirurgião como Stone podia fazer com cataplasmas ou com caixinhas minúsculas de losna, tomilho e sálvia? Stone riu ao ver a etiqueta de alguma coisa que se chamava *oleum philosophorum* (e essa foi a primeira vez que a irmã Mary Joseph Praise ouviu aquele som alegre, ainda que em seu final houvesse algo cortante). "Ouça isso", disse ele, lendo: "'Contém ardósias antigas e fragmentos de tijolos para constipação crônica!'." Dito isso, lançou a caixa borda fora. Havia retirado dela apenas os instrumentos rombudos e um frasco âmbar de *lauda-*

num opiatum paracelsi. Uma colherada dessa medicação antiga pareceu aliviar a falta de ar da irmã Anjali, "desfazer nela a ligação entre os pulmões e o cérebro", como Thomas Stone explicou à irmã Mary Joseph Praise.

Chegou então o capitão, insone, apoplético, cuspindo saliva e conhaque enquanto dizia: "Que negócio é esse de se desfazer dos bens de bordo?".

Stone pôs-se de pé, e nesse momento lembrou à irmã Mary Joseph Praise um colegial comprando briga. Stone encarou o capitão com uma expressão que fez o homem engolir em seco e dar um passo atrás. "Jogar fora aquela caixa foi melhor para a humanidade e ruim para os peixes. Mais uma palavra sua e dou queixa do senhor por transportar passageiros sem nenhum material médico."

"O senhor aceitou o combinado."

"E o senhor será responsável por uma morte", replicou Stone, apontando para Anjali.

O rosto do capitão perdeu todos os sinais de hostilidade. O cenho, as pálpebras, o nariz e os lábios desabaram, tudo de uma vez só, como uma cachoeira.

Daí em diante, Thomas Stone assumiu o comando da situação, montando seu posto de comando junto ao leito de Anjali, mas saindo de vez em quando para examinar todas as pessoas a bordo, quisessem elas ou não. Separou os que tinham febre dos sãos. Fez anotações abundantes. Desenhou um mapa do *Calangute*, marcando com um X os locais onde tinha ocorrido cada caso de febre. Fez questão de que todas as cabines fossem fumigadas. A maneira como dava ordens aos tripulantes e passageiros saudáveis deixou furioso o amuado capitão, mas, se Thomas Stone percebeu isso, não se importou. Durante as vinte e quatro horas seguintes não dormiu, reexaminando a irmã Anjali a breves intervalos, verificando o estado dos demais: mantendo vigilância contínua. Havia um casal de idosos também bastante mal. A irmã Mary Joseph Praise nunca saía de perto do médico.

Duas semanas depois de terem zarpado de Cochin, o *Calangute* entrou como pôde no porto de Áden. O capitão grego mandou o marinheiro malgaxe içar a bandeira portuguesa, sob a qual o navio estava registrado, mas devido à febre que grassava a bordo o navio foi logo posto de quarentena. Ficou ancorado a certa distância da terra, de onde, como um leproso banido, só podia olhar a cidade de longe. Stone pressionou o capitão do porto, cuja lancha havia encostado no navio, dizendo-lhe que, se não providenciasse suprimentos médicos, frascos de solução de Ringer com lactato para uso intravenoso, bem como sulfa, ele, Thomas Stone, o apontaria como responsável pela morte de todos os cidadãos da Comunidade Britânica a bordo. A irmã Mary Joseph Praise ficou admirada com a maneira clara e objetiva como ele falava, embora ele estivesse dizendo tudo o que ela gostaria de dizer. Era como se Stone houvesse substituído Anjali como sua única aliada e amiga naquela viagem malfadada.

Quando chegaram os suprimentos, Stone cuidou antes de tudo da irmã Anjali. Lançando mão da mais rudimentar assepsia, com um golpe de bisturi expôs a veia safena interna no ponto em que ela passava bem junto do tornozelo da freira. Inseriu uma agulha no vaso em colapso, que deveria estar com o diâmetro de um lápis. Fixou a agulha no lugar com suturas, tão depressa que mal se acompanhava a execução de cada ponto. Apesar do gotejamento intravenoso do lactato de Ringer e da sulfa, Anjali não emitiu uma só gota de urina, nem mostrou qualquer sinal de melhora. Depois, na mesma tarde, morreu num último e terrível paroxismo, como outros dois pacientes, um homem e uma mulher, ambos idosos, com poucas horas de intervalo entre um e outro. Para a irmã Mary Joseph Praise, as mortes foram chocantes e imprevistas. Sua euforia quando Thomas Stone se levantou para ir ver Anjali a cegara. Pôs-se a tremer descontroladamente.

Ao cair da noite, a irmã Mary Joseph Praise e Thomas Stone lançaram os corpos amortalhados pela borda fora, sem ajuda alguma dos tripulantes supersticiosos, que nem olhavam em sua direção. A expressão de coragem da freira se desfez no momento em que o corpo da amiga caiu na água, e ela ficou inconsolável. Stone manteve-se a seu lado, meio inseguro. Seu semblante expressava fúria e vergonha por não ter sido capaz de salvar a irmã Anjali.

"Como a invejo!", disse por fim a irmã Mary Joseph Praise, entre lágrimas. O cansaço e a falta de sono se somavam para soltar sua língua. "Ela está com Deus. Melhor com Ele do que aqui."

Stone reprimiu o riso. Para ele, tal sentimento era sintoma de delírio iminente. Pegou-a pelo braço e a levou de volta à cabine dele. Deitou-a no beliche e lhe disse que descansasse, ordem de médico. Ele, por sua vez, sentou-se na rede e ficou a ver a única graça certa da vida, o sono, tomar conta dela, e logo saiu, apressado, para reexaminar a tripulação e os outros passageiros. O dr. Thomas Stone, cirurgião, não precisava dormir.

Dois dias depois, sem novos casos de febre, finalmente tiveram autorização para deixar o *Calangute*. Thomas Stone procurou a irmã Mary Joseph Praise antes de desembarcar. Achou-a, de olhos vermelhos, na cabine que tinha dividido com a amiga. Seu rosto e o rosário que tinha na mão estavam úmidos. Surpreso, ele percebeu o que não havia notado antes: que ela era de uma beleza extraordinária, tinha olhos grandes e ternos, mais expressivos do que ele teria esperado. O rosto de Stone animou-se, mas sua língua estava com que imobilizada. Ele desviou o olhar para o chão, para a bolsa de viagem da freira. Quando por fim conseguiu falar, foi para dizer: "Tifo". Tinha pesquisado em seus livros e refletido muito sobre aquilo. Percebendo a perplexidade dela, disse: "Sem dúvida, tifo". Havia esperado que a palavra, o diagnóstico, fizesse com que ela se sentisse melhor, mas, em vez disso, suas lágrimas se renovaram. "*Muito* provavelmente, tifo... É claro que um exame de soro teria confirmado isso", gaguejou.

Stone mudou de posição, juntou e separou as mãos. "Irmã, não sei para onde vai, mas eu estou indo para Adis Abeba... na Etiópia", disse, de cabeça baixa. "Vou para um hospital... que gostaria de contar com seus serviços, se quisesse ir para lá." Olhou para ela e corou de novo, pois na verdade nada sabia sobre o hospital para onde estava indo ou se ela poderia ser útil ali, e também porque sentia que aqueles olhos escuros e úmidos eram capazes de ler todos os seus pensamentos.

Mas eram seus próprios pensamentos que mantinham a irmã Mary Joseph Praise em silêncio. Estava lembrando de como tinha rezado por ele e por Anjali, e de como Deus só havia atendido uma de suas preces. Ressuscitado como Lázaro, Thomas Stone havia então se dedicado de corpo e alma a compreender a febre. Tinha invadido as acomodações da tripulação, atropelado o capitão, brigado e ameaçado. Fazendo coisas *erradas*, na opinião da irmã Mary Joseph Praise, mas em nome da coisa *certa*. A impetuosidade feroz de Stone tinha sido uma revelação para ela. No hospital da faculdade de medicina, em Madras, onde fora estagiária de enfermagem, os cirurgiões civis (na maioria ingleses, na época) vagueavam pelas enfermarias, serenos e distantes dos pacientes, com os cirurgiões civis assistentes e os estagiários e residentes de cirurgia (todos indianos) a segui-los como patinhos. Às vezes ela achava que se concentravam de tal forma em doenças que os pacientes e o sofrimento de que padeciam eram simples detalhes no trabalho deles. Thomas Stone era diferente.

Ela achou que seu convite para que o acompanhasse à Etiópia não tinha sido premeditado. As palavras tinham saído de sua boca antes que pudesse detê-las. O que devia fazer? Amma Santinha havia falado de uma freira belga que havia deixado sua ordem e se instalado precariamente em Áden, uma situação ainda mais frágil devido à sua saúde precária. A intenção de Amma Santinha era que as irmãs Anjali e Mary Joseph Praise começassem ali, ao lado do continente africano, e que aprendessem com a freira belga tudo o que pudessem sobre cirurgia em ambientes hostis. Dali, depois de se comunicarem com Amma, as duas irmãs deveriam seguir para o sul, não para o Congo (já atendido por franceses e belgas), nem para o Quênia, Tanganica, Uganda ou Nigéria (os anglicanos já dominavam todas essas almas e não gostavam de concorrência), mas talvez para Gana ou Camarões. A irmã Mary Joseph Praise ficou se perguntando o que Amma Santinha pensaria da Etiópia.

Os planos de Amma Santinha pareciam agora uma quimera, um evangelismo vicário tão impraticável que a irmã Mary Joseph Praise não teve coragem de falar sobre eles a Thomas Stone. Em vez disso, disse aos arrancos, desanimadamente: "Tenho ordens de ir para Áden, doutor. Mas agradeço. Muito obrigada por tudo quanto o senhor fez pela irmã Anjali". Ele protestou. Não fizera coisa alguma. "O senhor fez mais do que um ser humano poderia fazer", disse ela. Pegou a mão dele e segurou-a nas suas. Fitou-o nos olhos. "Deus o acompanhe e esteja com o senhor."

Stone sentia o rosário ainda enroscado nos dedos da irmã, assim como a maciez de sua pele e a umidade de suas lágrimas. Lembrou-se de suas mãos lavando-lhe o corpo, vestindo-o, até mesmo sustendo sua cabeça quando ele vomitava. Tinha uma vaga lembrança do rosto dela voltado para o céu, cantando, rezando por sua recuperação. Sentiu seu pescoço esquentar e percebeu que seu rubor o traía mais uma vez. Os olhos da irmã exprimiam sofrimento e um grito escapou de seus lábios. Só então Stone percebeu que estava apertando as mãos dela, comprimindo o rosário contra os nós de seus dedos. Soltou-lhe a mão no mesmo instante. Ia dizer alguma coisa, mas se calou. Afastou-se abruptamente.

A irmã Mary Joseph Praise não se moveu. Viu que as mãos estavam vermelhas e começavam a latejar. Essa dor pareceu uma dádiva, uma bênção tão palpável que subia para os antebraços e o peito. O que ela não podia suportar era a sensação de que alguma coisa vital tinha sido arrancada, arrebatada de seu peito quando ele saiu. Tinha desejado se agarrar a ele, gritar-lhe que não se fosse. Ela havia imaginado que sua existência a serviço de Deus era plena. No entanto, percebia agora em sua vida um vazio que nunca soubera existir.

No momento em que desceu do *Calangute* para o solo do Iêmen, a irmã Mary Joseph Praise desejou nunca ter desembarcado. Como tinha sido absurdo ansiar por deixar o navio durante todos aqueles dias da quarentena! Áden, Áden, Áden... Ela nada sabia daquele lugar antes da viagem, e mesmo agora Áden era apenas um nome exótico. Mas, pelo que diziam os marujos do *Calangute*, ela havia inferido que dificilmente uma pessoa poderia ir a alguma lugar do mundo sem passar por Áden. A localização estratégica do porto havia sido conveniente para as forças armadas britânicas. Agora sua condição de porto franco tornava a cidade o lugar ideal para uma pessoa fazer compras e achar outro navio para onde quisesse ir. Áden era a porta da África; a partir da África, era a porta da Europa. Mas, para a irmã, Áden pareceu a porta do inferno.

A cidade era um lugar a um só tempo morto e em constante movimento, como uma colônia de vermes a animar um cadáver em putrefação. Ela fugiu da avenida principal e de seu calor sufocante, trocando-o pela sombra de ruelas estreitas. As construções pareciam talhadas em rocha vulcânica. Pelo meio dos pedestres trançavam carrinhos de mão levando cargas inacreditavelmente altas de bananas, tijolos, melões e até mesmo, em certo momento, dois leprosos. Passou uma velha encurvada e de véu, carregando na cabeça um enorme fogareiro com brasas fumegantes. Ninguém lançou um só olhar a essa cena estranhíssima, preferindo dirigir a atenção para a freira morena. Seu rosto seu véu a fazia se sentir inteiramente nua.

Depois de uma hora, durante a qual ela sentiu a pele inflar como massa num forno, e depois de ser mandada de um lado para outro, a irmã Mary Joseph Praise chegou diante de uma porta minúscula no fim de um bequinho estreito. Na parede de pedra via-se a marca descorada de uma tabuleta recém-retirada. Ela fez uma oração silenciosa, respirou fundo e bateu. Um homem deu um grito rouco, e a irmã Mary Joseph Praise interpretou o som como um convite para entrar.

No chão, ao lado de uma balança reluzente, estava sentado um árabe sem camisa. Por toda parte à sua volta havia grandes fardos de folhas em maços.

O cheiro de estufa a sufocou. Esse era um odor novo para ela, o odor do *khat*: em parte, de folha seca cortada em pedaços, mas com um toque de algo picante.

A barba do árabe era tão vermelha de hena que ela teve a impressão de que ele a manchara de sangue. Seus olhos estavam delineados a lápis, como os de uma mulher, lembrando representações de Saladino, que havia impedido os cruzados de ocuparem a Terra Santa. Ele fitou a face jovem, aprisionada na touca branca, e a seguir aqueles olhos maquilados caíram na maleta em sua mão. Um movimento de seu corpo produziu um riso vulgar, de dentes com obturações de ouro, um riso que ele interrompeu ao ver que a freira estava prestes a desmaiar. Fez com que ela se sentasse e mandou buscar água e chá. Mais tarde, usando uma mistura de linguagem gestual e um inglês macarrônico, informou-lhe que a freira belga que morava ali tinha morrido de repente. Ao ouvir isso, a irmã Mary Joseph Praise recomeçou a tremer e teve uma terrível premonição, como se pudesse ouvir os passos da morte fazendo farfalhar as folhas naquela estufa. Mentalmente, viu a fotografia da irmã Beatrice, que guardava em sua Bíblia, metamorfosear-se numa máscara mortuária e depois assumir a fisionomia da irmã Anjali. Obrigou-se a olhar para o homem, enfrentar o que ele dizia. *De quê? Quem pergunta "de quê" em Áden? Um dia você está bem, com as dívidas pagas, suas mulheres felizes, louvado seja Alá, e no dia seguinte você cai de febre, e se essa febre abre sua pele para o calor que ela manteve a distância durante tantos anos, você morre. De quê? De pele ruim! De peste! De má sorte, se preferir assim. Até da boa.*

A casa era dele. Hastes de *khat* verde brilhavam em sua boca enquanto ele falava. O Deus da velha freira não fora capaz de salvá-la, disse ele, olhando e apontando para o teto, como se Ele estivesse ainda agachado ali. Sem querer, antes que ela desse por si, os olhos da irmã Mary Joseph Praise acompanharam seu olhar. Já os olhos anuviados do homem desceram do teto para a irmã, para seu rosto, seus lábios, seus seios.

Sei tanta coisa a respeito da viagem de minha mãe porque os fatos, saídos de seus lábios, caíram em ouvidos alheios e depois nos meus. Mas sua história interrompeu-se em Áden. Deteve-se abruptamente naquela estufa.

O que está claro é que ela embarcou em sua jornada acreditando que Deus aprovava sua missão e proveria suas necessidades e a protegeria. Mas, em Áden, alguma coisa lhe aconteceu. Exatamente o quê, ninguém sabe. Mas foi ali que ela compreendeu que seu Deus era também vingativo e cruel, e que podia sê-lo até mesmo com Seus fiéis. O Diabo se revelara na máscara mortuária violácea e crispada da irmã Anjali, mas Deus o permitira. Ela considerou Áden uma cidade maligna, onde Deus usara Satanás para lhe demonstrar quão frágil e fragmentado era o mundo, quão delicado era o equilíbrio entre o bem e o mal, o quanto ela era ingênua em sua fé. Seu pai costumava dizer: "Se você quer fazer Deus rir, conte a ele seus planos". Ela se apiedou de Amma Santinha, cujo sonho de civilizar a África fora uma vaidade que custara a vida de Anjali.

Durante muito tempo, tudo o que eu soube foi o seguinte: depois de um tempo indeterminado, que pode ter sido de meses ou mesmo de um ano, minha mãe, com dezenove anos de idade, de alguma forma saiu do Iêmen, atravessou o golfo de Áden e depois viajou por terra até, talvez, a antiga cidade murada de Harrar, na Etiópia, ou talvez Djibuti, de onde entrou de trem na Etiópia, através de Dire Dawa, e dali seguiu para Adis Abeba.

Conheço sua história a partir do momento em que ela chegou ao Hospital da Missing. Foram três batidas espaçadas na porta da sala da enfermeira-chefe. "Pode entrar", disse a chefe, e com essas duas palavras a Missing tomou um rumo que ninguém poderia ter imaginado. Isso foi no começo das chuvas, quando a população de Adis, estupidificada e mergulhada a força em uma úmida submissão aquosa, depois de horas e dias de só escutar e ver a chuva caindo, começava a ouvir e ver coisas. A chefe ficou a imaginar se isso explicava a visão de uma freira bonita e morena no umbral de sua sala, porém mal conseguindo se manter em pé.

Os olhos castanhos e determinados da jovem, em suas órbitas fundas, pareciam mãos quentes no rosto da chefe. As pupilas estavam dilatadas, como se ainda vissem o horror da viagem, pensaria a chefe mais tarde. Seu lábio inferior estava tão túrgido que parecia poder rebentar ao menor toque. Sua touca, presa no queixo, encarcerava-lhe os traços em sua moldura oval, mas nenhuma peça de roupa sofrearia o ardor que havia naquele rosto, ou ocultariam sua mágoa e perplexidade. Seu hábito marrom-acinzentado devia ter sido um dia branco. Mas, correndo os olhos por sua figura, a chefe viu uma mancha fresca de sangue no ponto onde suas pernas se juntavam.

A aparição era de uma dolorosa magreza, fisicamente débil, mas resoluta, e pareceu um milagre que fosse capaz de falar, quando disse com uma voz carregada de fadiga e tristeza: "Quero começar o tempo de discernimento, o tempo de escutar Deus, que fala na Comunidade e através dela. Peço suas orações para que eu possa passar o resto de minha vida em Sua eucarística presença e preparar minha alma para o dia grandioso de união entre a noiva e o Noivo".

A enfermeira-chefe reconheceu a litania de uma postulante que entra na ordem, palavras que ela própria havia pronunciado tantos anos antes, e respondeu de maneira automática, como sua própria madre superiora tinha feito: "Entre para a alegria do Senhor".

Foi só quando a estranha desabou contra o portal que a chefe saiu de seu transe e contornou sua mesa, apressada, para segurá-la. Fome? Exaustão? Perda de sangue menstrual? O que era aquilo? A irmã Mary Joseph Praise não pesava nada nos braços da chefe, que a levou para uma cama. Sob o véu, a touca e o hábito, encontraram um peito franzino e um ventre cavado. Uma mocinha! Não uma mulher. Sim, uma mocinha que tinha acabado de se despedir da infância. Uma moça cujo cabelo não era curto como o de quase todas as freiras, mas comprido e grosso. Uma moça (e como não podiam deixar de notar?) com seios precoces.

Todos os instintos maternos da chefe afloraram e ela permaneceu em vigília. Estava ao lado da jovem quando ela acordou de noite, aterrorizada, em delírio, agarrando-se à chefe assim que se deu conta de que estava num lugar seguro. "Minha criança, minha filha, o que aconteceu com você? Está tudo bem. Está protegida agora." Com palavras assim, a chefe procurava aquietá-la, mas uma semana se passou antes que a jovem freira dormisse sozinha e mais uma semana antes que as cores lhe voltassem ao rosto.

Quando terminaram as chuvas e o sol voltou seu rosto para a cidade, como se quisesse se reconciliar com um beijo e dizer que ela era, afinal, sua cidade favorita, para a qual tinha reservado sua luz mais límpida e livre de nuvens, a enfermeira-chefe levou a irmã Mary Joseph Praise ao ar livre. Queria apresentá-la ao pessoal da Missing. As duas entraram na sala de cirurgia 3 pela primeira vez, e a chefe viu, assombrada, a expressão grave e séria de seu novo cirurgião, Thomas Stone, desmanchar-se em algo muito próximo da felicidade ao ver a irmã Mary Joseph Praise. Ele enrubesceu, tomou-lhe a mão entre as suas e apertou-a até brotarem lágrimas nos olhos da freirinha.

Minha mãe deve ter entendido naquele momento que ficaria para sempre em Adis Abeba, no Hospital da Missing e ao lado daquele cirurgião. Trabalhar com ele e para seus pacientes, ser sua hábil assistente era uma ambição suficiente e, ao mesmo tempo uma aspiração sem soberba, e, se Deus quisesse, uma coisa que ela poderia fazer razoavelmente. Uma viagem de volta à Índia, através de Áden, era coisa difícil demais para imaginar.

Nos sete anos seguintes, nos quais viveu e trabalhou no Hospital da Missing, a irmã Mary Joseph Praise raramente falou sobre sua viagem, e nunca sobre seu tempo em Áden. "Sempre que eu me referia a Áden", disse-me um dia a enfermeira-chefe, "sua mãe olhava por cima do ombro, como se Áden ou seja lá o que ela tinha deixado para trás estivesse vindo atrás dela. O susto e o terror em seu rosto me impediam de insistir no assunto. Mas aquilo me alarmava, sinceramente. Ela só disse o seguinte: 'Foi a vontade de Deus que me trouxe aqui, chefe. Não temos como compreender Seus motivos'. Não havia nenhum desrespeito nessa resposta, veja bem. Ela acreditava que tinha como tarefa tornar sua vida bela para Deus. Ele a tinha conduzido ao Hospital da Missing."

Uma lacuna tão crucial na história, principalmente por ser a história de uma vida breve, chama a atenção. Um biógrafo, ou um filho, tem a obrigação de cavar fundo. Talvez ela soubesse que o efeito colateral de tal investigação seria que eu estudaria medicina ou que eu encontraria Thomas Stone.

A irmã Mary Joseph Praise começou a tarefa a que consagraria o resto de sua vida no momento em que entrou na sala de cirurgia 3. Escovou-se, calçou as luvas, vestiu a bata e se postou do outro lado da mesa cirúrgica, diante do dr. Stone, como sua primeira assistente, puxando o pequeno retrator se ele precisava de um campo maior, cortando o fio de sutura quando ele lhe apresentava as pontas e antecipando a necessidade de irrigação ou sucção. Semanas depois, num dia em que a instrumentadora não pôde comparecer, minha mãe acumulou a função de instrumentadora com a de primeira assistente. Quem, melhor do que uma primeira assistente, sabia quando o dr. Stone precisava de um bisturi para uma dissecção ou quando convinha envolver o dedo dele em gaze? Era como se ela tivesse um cérebro bipartido, permitindo que uma das metades fosse dedicada à função de instrumentadora, passando instrumentos da bandeja para os dedos dele, enquanto o outro lado funcionava como um terceiro braço de Stone, soerguendo o fígado, afastando o mesentério — o avental gorduroso que protege os intestinos — ou empurrando para baixo, com a ponta do dedo, um tecido edematoso, o suficiente para Stone ver onde sua agulha deveria ser espetada.

Vez por outra, a enfermeira-chefe ia dar uma espiada. "Balé puro, meu caro Marion. Uma dupla celeste. Em silêncio total", dizia. "Ninguém pedia instrumentos ou dizia 'seque', 'corte' ou 'aspire'. Ela e Stone... Nunca se viu um trabalho mais rápido. Eu desconfio que a gente os atrasava porque não conseguia tirar um paciente da mesa e pôr outro ali com a necessária rapidez."

Durante sete anos, Stone e a irmã Mary Joseph Praise mantiveram o mesmo ritmo. Quando ele entrava pela noite operando, até de madrugada, lá estava ela diante de Stone, mais presente do que sua própria sombra, dedicada, competente, sem reclamar e nunca ausente. Quer dizer, até o dia em que meu irmão e eu anunciamos em seu ventre nossa presença e nosso desejo irreversível de trocar a nutrição placentária pelo amparo de seus peitos.

2. O dedo ausente

Thomas Stone tinha no Hospital da Missing a reputação de ser uma pessoa tranquila na aparência, mas enérgico e até mesmo misterioso, ainda que o dr. Ghosh, clínico geral e homem de sete instrumentos, contestasse esse último adjetivo, dizendo: "Quando um homem é um mistério para si mesmo, não se pode chamá-lo de misterioso". Seus colegas tinham aprendido a não atribuir muita importância ao comportamento de Stone, que um estranho poderia considerar rabugento, quando na realidade ele era um homem de penosa timidez. Perdido e desajeitado fora da sala de cirurgia 3, dentro dela era centrado e desenvolto, como se somente ali seu corpo e sua alma se juntassem e sua atividade mental se adaptasse ao espaço externo.

Como cirurgião, Stone era famoso pela rapidez, coragem, ousadia, arrojo, criatividade, economia de movimentos e serenidade em situações tensas. Eram atributos que ele havia aprimorado com uma população confiante e submissa, durante algum tempo na Índia, e depois na Etiópia. Mas, quando a irmã Mary Joseph Praise, sua assistente durante sete anos, entrou em trabalho de parto, todas essas qualidades desapareceram.

No dia de nosso nascimento, Stone estivera observando um menino cuja barriga ele estava prestes a abrir. Estendeu a mão, com a palma para cima, os dedos esticados para receber o bisturi, naquele gesto atemporal que, como cirurgião, sempre marcaria o ritmo de seus dias. Mas, pela primeira vez em sete anos, o aço não caiu em sua palma no instante em que seus dedos se abriram. Na realidade, a batida hesitante lhe mostrou que quem estava do outro lado da mesa cirúrgica não era a irmã Mary Joseph Praise. "Impossível", disse, quando uma voz contrita explicou que a irmã estava indisposta. Durante os últimos sete anos não houvera um dia em que ele não contasse com a presença dela. Sua falta era tão exasperante e perturbadora como uma gota de suor prestes a deslizar para seu olho quando ele estava operando.

Stone não levantou o olhar ao fazer sua minúscula incisão. Pele. Gordura. Fáscia. Dividir o músculo. A seguir, usando a dissecção obtusa, expôs o peritônio reluzente, no qual fez uma incisão. Seu dedo deslizou para dentro da cavidade abdominal e buscou o apêndice. A cada passo, tinha de esperar uma fração de segundo, ou recusar o instrumento oferecido e esperar outro. Preocupava-se com a irmã Mary Joseph Praise, mesmo não se dando conta de que estava preocupado ou não querendo admitir isso. Chamou a estagiária, uma eritreia jovem e nervosa. Pediu-lhe que procurasse a irmã Mary Joseph Praise e lhe lembrasse que médicos e enfermeiras não podiam se dar o luxo de adoecer. "Pergunte a ela" — os lábios da aterrorizada estagiária se mexiam, pois ela tentava decorar o recado —, "pergunte a ela gentilmente se..." Seus olhos estavam livres para fitar a estagiária, uma vez que seu dedo estava agora a investigar as entranhas do menino melhor do que qualquer par de olhos. "... se ela se lembra de que eu voltei para a sala de cirurgia um dia depois de ter amputado meu próprio dedo."

Esse fato ocorrera cinco anos antes e era um marco importante na vida de Stone. Sua própria agulha curva, num porta-agulhas, tinha picado a polpa de seu indicador direito enquanto ele trabalhava numa barriga cheia de pus. Ele imediatamente havia tirado a luva e com uma agulha hipodérmica injetara acriflavina, precisamente um mililitro de uma solução diluída de 1:500 na minúscula trilha deixada pela agulha errante. Depois infiltrara o antisséptico também no tecido circundante. O líquido laranja transformou o dedo num pirulito gigante. Mas, apesar dessas medidas, em poucas horas uma onda vermelha se espalhou a partir da ponta do dedo, invadindo a bainha do tendão na palma. Apesar da ingestão oral de comprimidos de Sulfatriad e, mais tarde, por insistência de Ghosh, de uma injeção intramuscular de preciosa penicilina, riscas escarlates — a marca da infecção estreptocócica — haviam surgido em seu pulso, e o linfonodo epitroclear atrás do cotovelo ficara do tamanho de uma bola de golfe. A rigidez tinha feito seus dentes baterem e sua cama tremer. (Mais tarde isso se tornou um aforismo em seu famoso tratado, um "stonismo" como diziam seus leitores: "Se os dentes batem, é um calafrio, mas, se a cama treme, trata-se de uma verdadeira rigidez".) Ele havia tomado uma decisão rápida: amputar o próprio dedo antes que a infecção se espalhasse mais ainda, e fazer ele mesmo a operação.

A estagiária esperou o resto da mensagem, enquanto Stone puxava o apêndice vermiforme para fora da incisão e se empertigava como um pescador que acaba de puxar sua presa para dentro do barco. Fez cessar o sangramento de alguns poucos vasos com pinças hemostáticas, como o atirador derrubando patos num estande de tiro ao alvo, ao mesmo tempo que também pinçava os vasos sanguíneos que levavam ao apêndice. Suturou esses vasos com categute, depressa, até todas as pinças hemostáticas penduradas terem sido removidas.

Stone ergueu a mão direita para que a estagiária a visse. Cinco anos depois da amputação, a mão parecia enganosamente normal, embora uma observação mais detida revelasse a falta do indicador. A razão desse resultado esteticamente agradável era o fato de a cabeça metacárpica, a articulação do dedo ausente, tinha sido também cortada, de modo que não se via nenhum coto no espaço entre o polegar e o dedo médio. Era como se os dedos tivessem simplesmente saltado uma casa para a direita. Luvas de quatro dedos, feitas especialmente para ele, reforçavam a ilusão de normalidade. Longe de ser uma desvantagem, sua mão era capaz de transpor fendas e planos histológicos com mais facilidade que mãos normais, e seu dedo médio havia adquirido a destreza de um indicador. Isso, e mais o fato de ser o dedo médio mais longo que o desaparecido indicador, significava que ele podia retirar um apêndice de seu esconderijo atrás de um ceco (o começo do intestino grosso) melhor do que qualquer outro cirurgião. Podia dar um nó do recesso mais profundo do leito hepático apenas com os dedos, ao passo que outros cirurgiões recorriam a um porta-agulhas. Anos depois, em Boston, ele era conhecido por realçar a advertência que fazia aos residentes: "*Semper per rectum, per anum salutem*, se você não meter o dedo nele, vai meter os pés pelas mãos", levantando o ex-dedo médio, agora promovido à condição de indicador.

Os residentes treinados por Stone nunca deixavam de fazer o exame retal em seus pacientes, não só porque Stone tinha metido na cabeça deles que a maioria dos cânceres de cólon ocorrem no reto ou na alça sigmoide, mas também porque sabiam que seriam dispensados por essa omissão. Anos depois, nos Estados Unidos, circulava a história sobre um residente de Stone que, depois de examinar um bêbado na sala de pronto-socorro e cuidar de seu problema, qualquer que fosse, tinha voltado para a sala de repouso. Já estava adormecendo quando se lembrou de que não tinha feito o exame retal. A sensação de culpa e o medo de que o chefe descobrisse seu lapso fizeram com que ele se levantasse de novo e saísse para a noite. O rapaz foi encontrar o paciente num bar, onde, a troco de uma cerveja, o homem concordou em baixar a calça e passar pelo exame de toque, e só assim o jovem médico ficou de consciência tranquila.

A estagiária na sala de cirurgia 3, no dia do trabalho de parto da irmã Mary Joseph Praise e de nosso nascimento, era uma eritreia bonitinha — não, *linda* — e jovem. Infelizmente, sua seriedade destituída de bom humor e a dedicação com que se entregava à formação levavam as pessoas a esquecer sua mocidade e sua beleza.

A estagiária saiu apressada para achar minha mãe, sem se deter para questionar a propriedade da mensagem que levava à irmã Mary Joseph Praise. Stone, naturalmente, jamais teria imaginado que a mensagem poderia causar mágoa. Como tantas vezes ocorre com pessoas tímidas mas talentosas, em geral Stone agia com o que o dr. Ghosh chamava de desorientação social. Gafes que, traduzidas para a situação de um reparo intestinal, seriam erros grosseiros e fatais eram relevadas quando ocorriam com uma personalidade como a sua; não eram para ele um obstáculo, apenas uma irritação para outras pessoas.

Na época de nosso nascimento, a estagiária não tinha ainda dezoito anos e tendia a confundir letra bonita e um registro bem organizado das atividades médicas (o que agradava à enfermeira-chefe) com a assistência propriamente dita que devia ser prestada aos pacientes.

Ser a mais veterana das cinco estagiárias da escola de enfermagem do Hospital da Missing era motivo de orgulho para ela, que na maior parte do tempo dava um jeito de esquecer que essa sua condição se devia tão somente ao fato de estar repetindo o ano, ou, como dizia o dr. Ghosh, ao fato de ela estar “no programa a longo prazo”.

Tendo ficado órfã ainda criança, devido à varíola, que também deixara uma vaga paisagem lunar em seu rosto, a estagiária desde cedo enfrentara sua inibição mostrando-se excessivamente dedicada aos estudos, uma atitude estimulada por freiras italianas, as Irmãs da Nigrícia (África), que a tinham criado no orfanato de Asmara. A jovem estagiária exibia sua diligência nos estudos como se isso fosse não apenas uma virtude, mas uma dádiva de Deus, como um sinal de nascença ou um artelho adicional. Naqueles verdes anos mostrara-se muito promissora, levando com facilidade o curso da escola religiosa em Asmara, pulando séries, falando um fluente italiano formal (e não a versão tipo bar-e-cinema falada por muitos etíopes, que dispensava inteiramente preposições e pronomes) e decorando a tabuada de multiplicar até a casa de dezenove.

Podia-se dizer que a presença da estagiária na Missing era um acidente da história. Sua cidade natal, Asmara, era a capital da Eritreia, país que tinha sido colônia da Itália desde 1885. Em 1935, durante o regime de Mussolini, os italianos invadiram a Etiópia, a partir da Eritreia, e as potências mundiais não se dispuseram a intervir. Quando Mussolini se aliou a Hitler, selou sua sorte: em 1941 a força Gideão, do coronel Wingate, derrotou os italianos e libertou a Etiópia. Os Aliados deram ao imperador etíope Hailé Selassié um presente bastante insólito: transformaram a antiga colônia italiana da Eritreia num protetorado da recém-libertada Etiópia. Isso era tudo quanto o imperador havia desejado, e agora seu país, sem acesso ao mar, dispunha do porto de Massawa, sem falar na linda cidade de Asmara. Os britânicos talvez quisessem punir os eritreus por sua longa colaboração com os italianos, uma vez que milhares de ascaris eritreus faziam parte do exército italiano e tinham lutado contra seus vizinhos negros e morrido ao lado de seus senhores brancos.

Para os eritreus, ver seu território entregue à Etiópia era uma dor inimaginável, semelhante a entregar a França libertada à Inglaterra, apenas porque os povos de ambos os países eram brancos e comiam repolho. Anos depois, assim que o imperador anexou os territórios, os eritreus iniciaram uma luta de guerrilhas para recuperar seu país.

Mas havia algumas vantagens no fato de a Eritreia fazer parte da Etiópia: a estagiária ganhou uma bolsa de estudos na única escola de enfermagem do país, em Adis Abeba, no Hospital da Missing, tendo sido a primeira eritreia a ser assim recompensada. A trajetória de seu progresso acadêmico até aquele ponto foi espetacular e sem precedentes, um modelo para toda a juventude; mas foi também um convite ao destino para estender um pé e dar-lhe uma rasteira.

No entanto, quando ela chegou à Missing para começar seu estágio, não foi o destino que obstruiu o caminho, nem sua dificuldade com o amárico ou o inglês, uma vez que ela rapidamente superou esses obstáculos e tornou-se fluente em ambas as línguas. Ela descobriu que a memorização (a "decoreba", como dizia a chefe) de nada lhe valia à beira da cama do paciente, onde ela se esforçava para distinguir entre o trivial e o que representava perigo de vida. Ah, sim, ela era capaz de desfiar os nomes dos nervos cranianos como um mantra para acalmar seus próprios nervos. Era capaz de repetir a composição da mistura carminativa para dispepsia (*um* grama de bicarbonato de sódio, *dois* miligramas de amoníaco, outros *dois* de tintura de cardamomo, *seis décimos* de miligrama de tintura de gengibre, *um* miligrama de clorofórmio, água de hortelã até completar *trinta* mililitros). Entretanto, era-lhe impossível adquirir a única qualificação que, segundo a chefe, ela não tinha (e isso a irritava, por ver a facilidade com que suas colegas de estágio resolviam o problema): uma *Sólida Sensibilidade de Enfermagem*. A única referência a isso em seu livro era uma declaração tão enigmática, e mais ainda depois de memorizada, que ela começou a achar que tinha sido posta ali só para antagonizá-la:

> A Sólida Sensibilidade de Enfermagem é mais importante do que o conhecimento, embora o conhecimento a reforce. A Sólida Sensibilidade de Enfermagem é uma qualidade que não pode ser definida e, no entanto, é inestimável quando presente e perceptível quando ausente. Parafraseando Osler, uma enfermeira com conhecimentos teóricos mas sem Sólida Sensibilidade de Enfermagem é como um marujo no mar, numa embarcação em boas condições, mas sem carta náutica, sextante ou bússola. (É claro que a enfermeira sem conhecimentos teóricos nem sequer navegou no mar!)

A estagiária ao menos navegara no mar... Disso tinha certeza. Decidida a provar que tinha carta náutica e bússola, encarava cada tarefa que lhe era dada como um teste de suas qualificações, uma oportunidade de mostrar a Sólida Sensibilidade de Enfermagem (ou de esconder sua falta).

Ela correu, como se *djins* a perseguissem, pela passagem coberta entre a sala de cirurgia e o resto do hospital. Pacientes e parentes daqueles que estavam sendo operados naquele dia estavam acocorados ou sentados de pernas cruzadas nos dois lados de seu caminho. Um homem descalço, sua mulher e duas crianças pequenas dividiam uma refeição, mergulhando os dedos numa tigela de *injera*, na qual havia sido despejada um curry de lentilhas, enquanto uma criança de colo, praticamente oculta pelo *shama* da mãe, sugava-lhe o seio. A família virou-se, alarmada, quando ela passou correndo, o que a fez se sentir importante. Do outro lado do pátio, ela via mulheres de *shamas* brancos e brilhantes lenços de cabeça, vermelhos e alaranjados, ocupando todos os bancos destinados a pacientes externos. A distância, pareciam galinhas num galinheiro.

No alojamento das enfermeiras, ela subiu correndo as escadas até o quarto de minha mãe. Bateu e não houve resposta, mas a porta estava destrancada. No aposento escurecido, viu a irmã Mary Joseph Praise sob as cobertas, com o rosto voltado para a parede. "Irmã", chamou em voz baixa, e ao ouvir um gemido de minha mãe, a estagiária tomou-o como sinal de que ela estava acordada. "O doutor Stone me pediu que viesse lhe dizer que..." Ficou aliviada por se lembrar de todas as partes da mensagem. Esperou uma resposta, mas, como minha mãe nada disse, imaginou que estivesse agastada com ela. "Só vim porque o doutor Stone me mandou. Desculpe por incomodá-la. Espero que esteja melhor. Precisa de alguma coisa?" Esperou, por educação, e depois de algum tempo saiu em silêncio do quarto. Como não havia nenhum recado para o dr. Stone e sua aula de enfermagem pediátrica já ia começar, ela não retornou à sala 3.

No começo da tarde, o dr. Stone foi ao alojamento das enfermeiras. Tinha terminado a apendicectomia e feito depois duas gastrojejunostomias motivadas por úlceras pépticas, três correções de hérnias, uma hidrocele, uma ressecção subtotal de tireoide e um enxerto de pele, mas por seus padrões tudo tinha sido horrivelmente lento. Uma provação. Subiu as escadas de testa franzida. Admitia que sua rapidez como cirurgião dependia em alto grau, mais do que havia imaginado, da perícia da irmã Mary Joseph Praise... Por que ele tinha de pensar nessas coisas? Onde ela estava? Essa era a grande questão. E quando voltaria?

Não houve resposta quando bateu. Era o quarto do canto no segundo andar. A mulher do farmacêutico chegou afobada, disposta a protestar contra essa invasão do alojamento das enfermeiras por um homem. Embora a enfermeira-chefe e a irmã Mary Joseph Praise fossem as únicas freiras na Missing, a mulher do farmacêutico agia como se sua verdadeira vocação lhe tivesse sido negada. Com uma faixa cobrindo a testa e um crucifixo do tamanho de um revólver, ela parecia uma freira. Considerava-se quase uma administradora do alojamento das enfermeiras, a guarda das virgens do hospital. Tinha uma percepção de aracnídeo para detectar passos masculinos, uma invasão de seu território. Mas, ao ver de quem se tratava, recuou.

Stone nunca estivera no quarto da irmã Mary Joseph Praise. Quando ela datilografava ou trabalhava nas ilustrações de seus textos, era ela quem ia aos aposentos dele ou a seu escritório, ao lado da clínica.

Virou a maçaneta, chamando: "Irmã! Irmã!". Foi recebido por um mau cheiro ao mesmo tempo familiar e alarmante, mas que não conseguiu identificar.

Tateou em busca do interruptor, soltando um palavrão ao não localizá-lo. Avançou, tropeçando, em direção à janela, batendo numa cômoda. Abriu a folha da janela com vidraça e depois empurrou a das venezianas. A luz do dia inundou o quartinho.

Em cima da cômoda havia um pesado vidro de conserva que refletia os raios do sol. O fluido âmbar em seu interior chegava até a tampa grossa, selada com cera. De início ele julgou que o jarro contivesse uma relíquia, um ícone. A pele de seus braços se arrepiou, como se a identificação passasse por seu corpo antes de chegar ao cérebro. Suspenso no fluido e com a unha apoiada delicadamente no fundo do vidro, como uma bailarina na ponta do pé, estava seu dedo. A pele sob a unha tinha a textura de pergaminho velho, enquanto o resto mostrava a descoloração arroxeada da infecção. Stone sentiu uma saudade, um vazio e uma coceira na palma da mão direita que só o dedo ausente poderia aliviar.

"Eu não sabia...", disse, virando-se para a cama dela, mas o que viu o fez esquecer o que ia dizer.

A irmã Mary Joseph Praise agonizava em sua cama estreita, com os lábios lívidos, os olhos opacos e o olhar perdido. Tinha uma palidez de morte. Stone verificou seu pulso. Rápido e fraco. Assaltou-o uma lembrança indesejável da viagem do *Calangute*, de sete anos antes: ele se recordou da irmã Anjali, febril e em coma. Uma sensação de frio espalhou-se de seu estômago para o peito. Foi invadido por uma emoção que, como cirurgião, raramente havia conhecido: medo.

Suas pernas fraquejaram. Caiu de joelhos ao lado da cama. "Mary", chamou. Não podia fazer outra coisa senão repetir seu nome. Saindo de seus lábios, o nome da irmã Mary Joseph Praise soou primeiro como um chamado, depois como uma carícia e por fim como uma confissão de amor sintetizada em uma única palavra. *Mary? Mary, Mary!...* Ela não respondeu, não podia responder.

Um tremor de ancião tomou conta de suas mãos quando ele lhe tocou o rosto. Beijou-lhe a testa. Nesse gesto extraordinário e incontrolável, percebeu, não sem uma ponta de orgulho, que a amava, e que ele, Thomas Stone, não só era capaz de amar, como já a amava havia sete anos. Se fora cego a esse amor, talvez fosse porque esse sentimento nascera assim que ele a viu pela primeira vez naquela escada escorregadia, havia surgido quando ela cuidou dele, limpou-o e tentou fazer com que revivesse no *Calangute*. Ou quando ela o segurou em seus braços, pelejando e arrastando seu corpo inerte para uma rede e depois restituindo-lhe a vida com colheradas de alimento. Ou quando ambos se curvavam sobre o corpo da irmã Anjali. Mas o amor chegara ao apogeu quando a irmã Mary Joseph Praise tinha vindo trabalhar com ele na Etiópia, e desde então nunca vacilara. Um amor tão intenso, sem fluxos nem refluxos ou picos e depressões, na verdade tão isento de qualquer movimento que tinha se tornado invisível para ele naqueles sete anos. Uma parte da ordem das coisas, fora de sua mente, a que ele nem dava atenção.

Porventura Mary o amava? Sim. Disso ele tinha certeza. Ela o amara, mas seguindo seu exemplo, sempre seguindo seu exemplo, nada dissera. E o que ele tinha feito em todos aqueles anos? Simplesmente não lhe dera o devido valor. *Mary, Mary, Mary.* Até mesmo o som de seu nome foi para ele uma revelação, pois nunca a chamara por outro nome senão irmã. Estava soluçando, apavorado com a perspectiva de perdê-la, mas via que também isso era egoísmo, uma outra manifestação da necessidade que *ele* tinha dela. Porventura ele teria uma oportunidade de se corrigir? Até que ponto um homem podia ser estúpido?

A irmã Mary Joseph Praise mal reagia a seu toque. Seu rosto estava quente. Stone ergueu o lençol. A acentuada intumescência de seu ventre chamou sua atenção.

Um de seus axiomas era que qualquer aumento de volume no abdome de uma mulher era gravidez, até prova em contrário. Mas sua mente suprimiu essa ideia, recusando-se a considerá-la. Afinal, tratava-se de uma freira. Em vez disso, concluiu pelo diagnóstico fácil de obstrução intestinal... ou fluido livre intraperitoneal... ou pancreatite hemorrágica... *algum* tipo de catástrofe abdominal...

Passando com cuidado pelo portal e depois procurando evitar que os pés dela batessem nos balaústres, enquanto seus soluços se tornavam gemidos de esforço, ele a carregou para fora do alojamento, seguindo depois em direção à sala de cirurgia. Parecia-lhe mais pesada do que seria de esperar.

O presidente da banca examinadora tinha lhe feito uma pergunta durante os exames orais no Real Colégio de Cirurgiões, depois de aprovado nos exames escritos em Edimburgo: "Que tratamento de urgência, em situação de choque, é ministrado pelo ouvido?". Sua resposta, "Palavras de conforto!", tinha feito sucesso. Agora, porém, em vez de palavras tranquilizantes e consoladoras, que teriam sido humanitárias e terapêuticas, Stone gritou, pedindo ajuda, o mais alto que pôde. Seus brados, logo secundados pelos da guardiã das virgens, atraíram todo mundo, inclusive o vigia do hospital, Gebrew, que veio correndo do portão de entrada, juntamente com Kuchulu e outros dois cães sem nome em seus calcanhares.

A enfermeira-chefe ficou tão chocada com o aspecto lacrimoso e desesperado de Stone quanto com o estado terrível em que estava a irmã Mary Joseph Praise.

Jesus, ele começou de novo, foi o primeiro pensamento da chefe.

Era um segredo bem guardado que, em três ou quatro ocasiões desde sua chegada ao hospital, Stone havia se entregue a um consumo constante e excessivo de álcool. Para um homem que raramente bebia e amava seu trabalho, que considerava o sono uma perda de tempo, que só ia dormir quando quase o obrigavam, esses episódios eram difíceis de explicar. Ocorriam com a subitaneidade da gripe e o terror da possessão. Na primeira vez em que isso acontecera, o primeiro paciente da lista da manhã estava na mesa cirúrgica, pronto para ser anestesiado, mas não havia sinal de Stone. Quando saíram para procurá-lo, encontraram um homem lívido, desgrenhado e balbuciante, andando de um lado para outro em seu quarto. Durante esses episódios, ele não dormia nem comia, esgueirando-se na calada da noite para repor seu suprimento de rum. Da última vez, havia trepado na árvore diante de sua janela e ficara encarapitado ali durante horas, cacarejando como uma galinha. Uma queda daquela altura teria rachado seu crânio. Ao ver aqueles olhos de fuinha, injetados, que a contemplavam, a enfermeira-chefe tinha fugido, deixando a irmã Mary Joseph Praise e o dr. Ghosh vigiando-o e tentando fazer com que ele descesse, se alimentasse e parasse de beber.

Da mesma forma repentina como tinha começado, em dois dias, não mais de três, o episódio chegava ao fim, e depois de um sono muito prolongado Stone voltava ao trabalho como se nada houvesse acontecido, sem jamais fazer a menor referência ao problema que havia causado ao hospital, sem memória do ocorrido. Ninguém jamais tocava no assunto com ele, pois o outro Stone, o que raramente bebia, teria ficado ofendido e se sentido insultado por alguma inquirição ou acusação nesse sentido. Como esse Stone era produtivo como três cirurgiões em tempo integral, tais episódios eram um preço pequeno a pagar.

A chefe aproximou-se. Os olhos de Stone não estavam injetados, nem ele cheirava a álcool. Não, ele estava perturbado pelo estado da irmã Mary Joseph Praise, e com toda razão. No entanto, ao desviar sua atenção de Stone para a irmã Mary Joseph Praise, a chefe sentiu uma ponta de satisfação: o homem tinha finalmente desnudado a alma, revelado seus sentimentos por sua assistente.

A enfermeira-chefe não deu atenção às palavras meio incoerentes de Stone sobre vólvulos, obstruções intestinais, pancreatite ou peritonite tuberculosa. "Vamos para a sala de cirurgia", disse. E quando chegaram lá, acrescentou: "Deite-a na mesa".

Stone deitou-a na mesa cirúrgica, e a chefe viu a mesma coisa que tinha visto sete anos antes: havia uma mancha de sangue na roupa da irmã Mary Joseph Praise, na altura do púbis. A memória da chefe voou para o dia em que a irmã havia chegado de Áden e como o sangue em seu hábito provocara a mesma preocupação. Nunca perguntara diretamente à moça de dezenove anos a causa do sangramento. A irregularidade da mancha, naquela ocasião, induzira a observadora a buscar significado em sua forma. A imaginação da enfermeira-chefe havia construído muitos enredos para explicar aquele mistério. Nos anos seguintes, a memória havia transmudado o fato, e o que era misterioso passara a ser místico.

Foi por esse motivo que a chefe começou a examinar as palmas e o peito da irmã Mary Joseph Praise a partir do momento em que Stone a deitou, mais ou menos como se esperasse ver estigmas sangrentos, como se aquele primeiro mistério houvesse se convertido nesse segundo mistério. Mas não, só havia sangue na vulva. Muito sangue. Com coágulos escuros. E com trilhas de um vermelho vivo que desciam pelas coxas. A chefe não teve mais dúvidas, ao ver o sangue cair no chão: dessa vez era um sangramento bem mundano.

A chefe sentou-se entre as pernas da irmã Mary Joseph Praise, esforçando-se por ignorar o ventre crescido diante de si. Os lábios vulvares estavam ingurgitados e lívidos, e, quando a chefe fez deslizar pela vagina seu dedo enluvado, encontrou o colo do útero completamente dilatado.

Quanto ao sangue, havia uma quantidade mais do que excessiva. A chefe procurou secar esse sangue com chumaços de algodão e puxou para baixo a parede vaginal posterior para enxergar melhor. Quando dos pulmões da paciente saiu um suspiro lastimoso, a chefe quase deixou cair o espéculo. Seu peito batia, suas mãos tremiam. Chegou para a frente e inclinou de novo a cabeça para examinar. O que viu, como uma pedra no fundo de um buraco na lama, um caroço de fruta, foi a cabeça de uma criança.

"Meu Deus do céu, ela está...", exclamou a enfermeira-chefe, quando finalmente conseguiu falar, atônita diante da palavra sacrílega que ameaçava sufocá-la e que sua boca não conseguiu mais conter, "... grávida!"

Todos os presentes com quem falei posteriormente se lembram desse momento na sala de cirurgia 3 em que o ar parou, em que o mecanismo do barulhento relógio do outro lado da mesa cirúrgica congelou e seguiu-se uma pausa longa e silenciosa.

"Impossível!", disse Stone, pela segunda vez naquele dia, e, mesmo que a declaração fosse incorreta e de todos os pontos de vista imprópria, permitiu que todos voltassem a respirar.

Mas a chefe sabia o que estava dizendo. Ela teria de fazer o parto. A dra. K. Hemlatha — Hema, para todos no hospital — estava de férias. A enfermeira-chefe havia feito centenas de partos. Pensou nisso, tentando se livrar do pânico.

Mas como havia de se livrar não só de seus escrúpulos como também de sua desorientação? Uma freira como ela própria, uma noiva de Cristo... grávida! Isso era inimaginável. Sua mente se recusava a aceitar o fato. No entanto, a comprovação, um crânio de criança, estava ali, bem diante de seus olhos.

O mesmo pensamento perturbava a instrumentadora, a circulante descalça e a irmã Asqual, a enfermeira-anestesista. A situação fez com que esbarrassem umas nas outras e derrubassem um suporte de soro enquanto corriam em torno da mesa cirúrgica, preparando a paciente. Somente a estagiária, mortificada por não ter sido capaz de reconhecer aquela crise pela manhã, quando fora procurar a irmã Mary Joseph Praise, não parou para se perguntar como a irmã tinha conseguido engravidar.

A enfermeira-chefe tinha a impressão de que o coração ia saltar de seu peito. "Deus meu, que piores circunstâncias podes criar para um parto? Uma gravidez que é um pecado mortal. Uma parturiente que é como minha própria filha. Sangramento abundante, lividez cadavérica..." E tudo isso quando Hema, a única ginecologista do Hospital da Missing, não só a melhor do país, como também a melhor que a chefe já vira, estava fora.

Bachelli, que poderiam localizar na Piazza, era até competente na área de obstetrícia, mas indigno de confiança depois das duas da tarde, e além disso sua amante eritreia ficava muito desconfiada quando ele saía para "chamados domiciliares". Jean Tran, o franco-vietnamita da Casa Popolare, fazia um pouco de tudo e sorria sem parar. Mas, mesmo que pudessem ser localizados, passaria um bom tempo antes que qualquer um deles pudesse vir. Não, ela, a enfermeira-chefe, precisaria fazer aquilo. Tinha de esquecer as implicações daquela gravidez. Tinha de respirar fundo, concentrar-se. Tinha de fazer um parto normal.

Mas naquela tarde e naquele anoitecer, nada seria normal para eles.

Stone permanecia em silêncio, estupefato, aguardando instruções da enfermeira-chefe, que se mantinha sentada, observando a vulva, esperando que o bebê descesse. Stone cruzava e descruzava as mãos diante de si e depois as deixava cair de lado. Podia ver a lividez da irmã Mary Joseph Praise aumentando. E quando a enfermeira Asqual, num tom de pânico, informou a pressão sanguínea ("sistólica em oito, palpável"), ele cambaleou como se estivesse para desmaiar.

Apesar das contrações uterinas que a enfermeira-chefe podia sentir pelo ventre e ver no rosto contorcido da irmã Mary Joseph Praise, e embora o colo do útero estivesse bastante dilatado, nada acontecia. Uma cabeça de bebê coroando o canal vaginal, com a cerviz uterina achatada contra ela como uma gaxeta, sempre lembrava à chefe a tonsura de um bispo. Mas esse bispo permanecia imóvel. E como corria sangue! Uma poça escura e suja havia se formado sobre a mesa e o sangue saía aos borbotões da vagina. Sangue em salas de parto e salas de cirurgia era o mesmo que fezes em fábricas de embutidos, mas ainda assim a chefe considerava que havia um sangramento excessivo.

"Doutor Stone", disse, com os lábios trêmulos.

Desorientado, Stone se perguntou por que ela o estaria chamando.

"Doutor Stone", disse ela novamente.

Para a enfermeira-chefe, a Sólida Sensibilidade de Enfermagem significava conhecer seus próprios limites. *Pelo amor de Deus, ela precisa de uma cesariana.* Mas não pronunciou essas palavras porque no caso de Stone elas teriam o efeito oposto. Em vez disso, com a voz baixa e a cabeça caída, a chefe firmou as mãos nas coxas para se pôr de pé e vagar seu lugar entre as pernas da irmã Mary Joseph Praise.

"Doutor Stone. Sua paciente", disse ao homem que todos supunham ser meu pai, depondo em suas mãos não só a vida de uma mulher que ele decidira amar, mas também nossas duas vidas, a minha e a de meu irmão, que ele decidiu odiar.

3. O Portal das Lágrimas

Quando a irmã Mary Joseph Praise sentiu as primeiras contrações do trabalho de parto, a dra. Kalpana Hemlatha, a mulher que eu viria a chamar de mãe, estava a oitocentos quilômetros dali e a três mil metros de altitude. Por cima da asa direita do avião, Hema contemplava uma bela vista do Bab al-Mandab, ou Portal das Lágrimas, assim chamado por causa dos inúmeros navios que haviam naufragado naquele apertado estreito que separa da África o Iêmen e o resto da Arábia. Naquela latitude, a África era somente seu Chifre: a Etiópia, o Djibuti e a Somália. Hema acompanhou com os olhos o Portal das Lágrimas à medida que o canal se alargava, começando como uma abertura apertadíssima, para se tornar o mar Vermelho, estendendo-se em direção ao norte até onde sua vista alcançava.

Quando ainda estudante, em Madras, na Índia, Hema tinha de assinalar, na aula de geografia, onde ficavam os centros produtores de carvão e lã num mapa das ilhas Britânicas. A África figurava no currículo como um centro de diversões para Portugal, a Grã-Bretanha e a França, e também como o lugar onde Livingstone descobrira as cachoeiras espetaculares a que ele deu o nome da rainha Vitória e onde Stanley encontrara o explorador. Anos depois, quando meu irmão Shiva e eu fizemos a viagem com Hema, ela nos ensinou a geografia prática que tinha aprendido sozinha.

"Imaginem aquela fita de água que corre para o alto, como a fenda de uma saia, separando a Arábia Saudita do Sudão e, mais ao norte, mantendo a Jordânia afastada do Egito. Acho que Deus quis arrancar a península Arábica da África. E por que não? O que as pessoas deste lado têm em comum com as do outro?", disse, apontando para o mar Vermelho.

No alto da fissura, um istmo estreito, o Sinai, contrariava a intenção de Deus e mantinha o Egito e Israel unidos. O canal de Suez, aberto pelo homem, rematava o corte e permitia que o mar Vermelho se ligasse ao Mediterrâneo, poupando aos navios a longa jornada em torno do Cabo. Hema sempre nos contava que fora sobrevoando o Portal das Lágrimas que ela teve a revelação que mudaria sua vida.

"Ouvi um chamado quando estava naquele avião. Quando penso nisso, sei que eram vocês." Aquela lata voadora chacoalhante sempre me pareceu um lugar estranho para uma epifania.

Hema viajava sentada nos bancos de madeira instalados longitudinalmente de ambos os lados da fuselagem nervurada do DC-3. Não fazia ideia do quanto seus serviços eram necessários naquele momento no Missing, o hospital em que trabalhava havia oito anos. O zumbido dos dois motores era tão forte e insistente que depois de meia hora de voo ela teve a impressão de que o som vinha de dentro de seu corpo. O banco duro e a turbulência estavam criando bolas em suas nádegas. Fechando os olhos, tinha a sensação de estar viajando num carro de bois por uma estrada esburacada.

Seus companheiros de viagem nesse voo de Áden a Adis Abeba eram guzerates, malaialis, franceses, armênios, gregos, iemenitas e algumas outras pessoas cujo traje e língua não revelavam claramente suas origens. Quanto a ela, usava um sári branco, de algodão, e um brilhante na narina esquerda. O cabelo estava partido no meio, preso atrás com uma fivela e com uma trança meio solta daí em diante.

Sentou-se de lado a fim de olhar para fora. Viu um dardo cinzento lá embaixo — a sombra projetada pelo avião no oceano. Pôs-se a imaginar que era um peixe enorme que nadava pouco abaixo da superfície do mar e a acompanhava. A água parecia fresca e convidativa, ao contrário do interior do DC-3, onde já não havia tanta umidade, embora continuasse tomado pela mistura de odores de sua carga humana. Os árabes tinham o cheiro seco e bolorento de um celeiro de grãos; os asiáticos contribuíam com gengibre e alho; e dos brancos vinha o cheiro de um babador impregnado de leite.

Através da cortina entreaberta da cabine, ela via o perfil do piloto. Toda vez que ele se virava para olhar os passageiros, seus óculos escuros, verde-garrafa, pareciam engolir seu rosto, só deixando ver o nariz pontudo. Os óculos estavam apoiados no alto da testa quando Hema entrou no avião, e ela notou que os olhos dele eram vermelhos como os de um roedor. O cheiro de bagas de zimbro em seu hálito anunciava seu gosto pelo gim. Ela havia antipatizado com o homem antes mesmo de ele abrir a boca para orientar o embarque de seus passageiros, gritando para eles "*Allez!*", como se fossem subumanos. Mas nada disse, pois aquele era o homem em cujas mãos ela e os demais passageiros entregariam a vida.

Seu rosto e as orelhas de abano lembravam uma figura desenhada por uma criança com creiom em papel de embrulho. Mas os detalhes estavam além da capacidade de uma criança: a rede fina de vasos sanguíneos no rosto, as costeletas pintadas de preto-piche, o anel branco de *arcus senilis* em torno das pupilas, as sobrancelhas grisalhas que traíam suas veleidades de juventude. Para Hema, era incrível que um homem como aquele pudesse se olhar no espelho e não ver o absurdo de sua própria aparência.

Estudou seu próprio reflexo na janelinha. Seu rosto era redondo, com olhos bem espaçados e um nariz arrebitado de boneca. O *pottu* vermelho no centro da testa se destacava. O oceano azul-cobalto lá embaixo conferia a suas faces uma tonalidade marciana e acentuava o toque verde em seus olhos, raro numa indiana.

"O seu olhar provoca todos os homens, faz com que o mais comum de seus relances pareça íntimo, carnal", dissera-lhe um dia o dr. Ghosh. "É como se você estivesse me violentando com os olhos." Ghosh era brincalhão e esquecia o que dizia assim que as palavras saíam de sua boca. Mas Hema se lembrava perfeitamente daquele comentário. Ela pensou nos membros peludos de Ghosh e estremeceu. Pelo corporal era uma das coisas pelas quais tinha aversão, ou ao menos ela assim acreditava. Sabia que esse era um preconceito fatal para qualquer mulher indiana. Os pelos de Ghosh eram como a pelagem de um gorila, saíam pelos intervalos dos botões do colete e se projetavam acima do colarinho da camisa. "Violentando? Bem que você queria, devasso!", disse então, sorrindo como se Ghosh estivesse sentado diante dela.

No entanto, era preciso dar razão a Ghosh: se ela olhava para um homem uma fração de segundo a mais, atraía mais atenção do que pretendia. Era em parte por isso que usava óculos com armações grandes, metálicas, porque achava que eles faziam seus olhos parecerem mais juntos. Gostava do exagerado arco de Cupido de seu lábio superior, mas não de suas faces, que julgava demasiado bochechudas. O que fazer? Era uma mulher grande. Não gorda, mas grande... Bem, talvez um pouco gorda, e talvez houvesse ganho um quilo ou dois — ou três — na Índia, mas como evitar isso em vista dos pratos sensacionais de sua mãe? Minha altura resolve bem isso, pensou. O sári também ajudava, é claro.

Suspirou ao lembrar que o dr. Ghosh tinha criado um termo especial para ela: *ampliada*. Anos depois, quando os filmes indianos em híndi, com suas músicas e danças, viraram moda na África, os rapazes das enfermarias em Adis Abeba chamavam-na de Mãe Índia, não de zombaria, mas em homenagem ao filme sentimental com esse nome, estrelado por Nargis. *Mãe Índia* fora exibido durante três meses no Empire e depois tinha passado para o Cinema Adowa; e isso numa cópia sem legendas. Os rapazes cantavam "*Duniya mein hum aaye hain*" — "Chegamos a este mundo" —, mesmo sem entender uma só palavra de hindustâni.

"Se eu sou *ampliada*, que termo devo aplicar a você?", perguntou ela, levando adiante a conversa imaginária, examinando o velho amigo dos pés à cabeça. "Que tal 'exótico'? Proponho essa palavra como um elogio. Eu digo 'exótico', Ghosh, porque você não presta nenhuma atenção a você mesmo, a sua aparência. Para outras pessoas, isso pode ser sedutor. O exotismo transformado em beleza. Estou lhe dizendo isto porque você não está aqui. Estar com uma pessoa cuja autoconfiança é maior do que nossa primeira impressão nos levou a esperar é sedutor."

Por algum motivo misterioso, durante suas férias o nome de Ghosh estava sempre a aparecer em suas conversas com a mãe. Hema não mostrava interesse pelo casamento, mas sua mãe morria de medo de que ela acabasse com alguém que não pertencesse à casta dos brâmanes, como Ghosh. No entanto, como Hema se aproximava dos trinta anos, a mãe começou a achar que qualquer marido era melhor do que nenhum.

"Então, ele não é bonito? Tem cor boa?"

"Mãe, ele é claro... Mais claro do que eu, e tem olhos castanhos. Bengali, parsi e só Deus sabe que outras influências existem naqueles olhos."

"Ele é o quê?"

"Ele diz que é um vira-lata de boa casta de Madras", respondeu ela, rindo. O olhar de reprovação da mãe foi tamanho que Hema mudou de assunto.

Além do mais, era impossível descrever Ghosh para quem não o conhecia. Ela poderia dizer que seu cabelo era liso, penteado para trás e partido ao meio, bonito e arrumado durante dez minutos de manhã, mas que depois disso se separava em mechas desordenadas, como crianças bagunceiras. Ela poderia dizer que a qualquer hora do dia, mesmo quando ele acabava de se barbear, tufos negros apontavam sob o queixo. Poderia dizer que seu pescoço não existia, esmagado por uma cabeça que parecia uma jaca. Poderia dizer que ele só parecia ser baixo por causa de uma ligeira barriga cujo tamanho era exagerado pelo modo como ele tombava para trás e balançava de um lado para outro ao caminhar, o que desviava o olhar da vertical. E havia ainda sua voz, sem modulação e alarmante, como se o botão de volume tivesse ficado preso em seu ponto mais alto. Não, ela não tinha como transmitir à mãe que o somatório de tudo isso não o tornava feio, mas lhe dava uma estranha beleza.

Apesar da erupção no dorso de suas mãos (na realidade, uma queimadura), seus dedos eram sensuais. A velha máquina de raios X, uma Kelley-Koett, tinha causado a erupção. Só de pensar na "Koot", o sangue de Hema fervia. Em 1909, o imperador Menelik havia importado uma cadeira elétrica, pois ouvira dizer que a invenção daria um eficiente fim a seus inimigos. Quando descobriu que ela exigia eletricidade, passara a usá-la como trono. Do mesmo modo, a enorme Kelley-Koett tinha sido trazida, na década de 1930, por um entusiasmado grupo missionário americano, que logo descobriu que, embora a eletricidade já houvesse chegado a Adis Abeba, o fornecimento era intermitente, e a tensão, insuficiente para uma joça tão temperamental. Quando a missão chegou ao fim, a preciosa máquina tinha ficado para trás, ainda embalada. Como o Hospital da Missing não contava com um equipamento de raios X, Ghosh montara o equipamento e o ligara a um transformador.

Ninguém, além de Ghosh, se atrevia a tocar na Koot. De seu gigantesco retificador saíam cabos para o tubo de Coolidge, que, montado sobre trilhos, podia ser levado de um lado para outro. Ele mexia nos mostradores e alavancas de tensão até uma centelha saltar entre os dois condutores de metal, produzindo um trovão. O espetáculo chamejante tinha feito um paciente que sofria de paralisia saltar da maca e sair correndo para salvar a vida. Ghosh deu ao episódio o nome de cura por *Sturm und Drang*. Era ele o curador da Koot, quem a consertava e protegia, de tal modo que, três décadas depois que a companhia fechou as portas, a Koot ainda funcionava. Usando um fluoroscópio, Ghosh estudava o coração oscilante ou definia exatamente onde se localizava uma cavidade num pulmão. Comprimindo o ventre do paciene, era capaz de determinar se um tumor estava fixado no intestino ou colado ao baço. Nos primeiros anos, não havia se dado ao trabalho de usar luvas revestidas de chumbo, nem mesmo um avental de chumbo. A pele de suas mãos dedicadas e inteligentes tinham pago um preço visível.

Hema tentou imaginar Ghosh falando sobre *ela* à família dele. *Ela tem vinte e nove anos. É, fomos colegas na Escola de Medicina de Madras, mas ela é uns anos mais nova que eu. Não sei por que não se casou. Eu não a conhecia bem até sermos residentes na ala de isolamento. Ela é obstetra. Uma brâmane. Isso, de Madras. Uma exilada, que nos últimos oito anos mora e trabalha na Etiópia*. Eram esses os rótulos que definiam Hema, embora revelassem pouco e nada explicassem. O passado se afasta do viajante, pensou.

Sentada no avião, Hema fechou os olhos e lembrou-se de seus tempos de colegial, com os dois rabos de cavalo, a comprida saia branca e a blusa branca debaixo do meio sári roxo. Todas as alunas da Escola Secundária de Mrs. Hood tinham de usar aquele meio sári, que na verdade nada mais era senão um retângulo de pano cruzado sobre a saia e preso no ombro. Ela o odiava, porque uma moça vestida assim não era nem criança nem adulta, mas uma meia mulher. Suas professoras usavam sáris inteiros, ao passo que a venerável diretora, Mrs. Hood, usava uma saia. Os protestos de Hema provocavam um sermão por parte de seu pai: *Você não sabe a sorte que tem por estar numa escola com uma diretora inglesa? Não sabe quantas centenas de meninas tentaram entrar para essa escola, ofereceram uma anuidade dez vezes maior, mas foram recusadas por Miz-iz-Ood? O único critério que ela segue é o do mérito. Ou você preferiria a escola profissionalizante?* E assim, todos os dias ela vestia o odiado uniforme, sentindo-se meio vestida e como se estivesse vendendo um pedaço da alma.

Velu, o filho do vizinho, que tinha sido seu melhor amigo mas se tornara insuportável aos dez anos, gostava de subir no muro divisório e implicar com ela:

As meninas que estudam com Miz-iz-Ood, *parlez-vous*?
As meninas que estudam com Miz-iz-Ood, *parlez-vous*?
As meninas que estudam com Miz-iz-Ood
Ainda não são bem mulheres,
Mina rica, *parlez-vous*!

Ela não lhe dava atenção. Velu, menino de pele escura, enquanto ela era clara, disse: "Você é toda orgulhosa por ser clara. Os macacos vão morder sua carne doce, achando que é uma jaca numa jaqueira, ouça o que digo!". Ali estava ela, com onze anos de idade, saindo para a escola, em cima de uma imensa bicicleta Raleigh, trocando implicâncias com Velu. Seus livros estavam numa *sanji* com borlas, a tiracolo, com a tira passando entre seus seios. Em sua postura e em suas pedaladas firmes já havia sinais de uma certa imutabilidade.

A bicicleta, antes tão alta e perigosa, tinha encolhido sob ela. Seus peitos se projetavam de cada lado daquela tira do *sanji*, e nasciam pelos entre suas pernas. (Se era a isso que Valu se referia ao dizer que ela não era bem uma mulher, ela mostrara que ele estava enganado.) Era boa aluna, capitã da equipe de *netball*, tinha sido escolhida para uma das vagas de monitora da escola em que estudava e estava se mostrando uma revelação na Bharatnatyam, a dança clássica indiana, pois era capaz de repetir uma sequência complicada depois de tê-la visto uma única vez.

Ela não se sentia na obrigação de se integrar ao rebanho nem tinha vontade de se afastar dele. Quando uma amiga íntima lhe disse que ela sempre parecia mal-humorada, ficou surpresa e um tanto satisfeita por passar essa impressão equivocada. Na escola de medicina (agora com um sári inteiro e indo de ônibus), esse traço se tornou mais acentuado. Não era mau humor, mas independência e falsa impressão. Alguns colegas de turma a consideravam arrogante. Ela atraía pessoas como acólitos, que logo percebiam que ela não estava recrutando ninguém. Os rapazes desejavam docilidade em suas amigas, e ela não conseguia se fazer de recatada ou tonta só para agradar a eles. Divertia-se observando casais que se apertavam na biblioteca, atrás de grandes atlas de anatomia, e ficavam de cochichos antes de trocar carícias ousadas.

Eu não tinha tempo para essas baboseiras. Mas tinha tempo para romances baratos cuja ação transcorria em castelos e solares rurais, com heroínas chamadas Bernadette. Entregava-se a fantasias sobre homens audazes de Chillingforest, Lockingwood e Knottypine. Esse era seu problema: ela sonhava com um tipo de amor *maior* do que aquele que transcorria na biblioteca. Mas estava também tomada por uma ambição sem nome que nada tinha a ver com amor. O que desejava *de verdade*? Era uma ambição que não a deixava competir ou lutar pelas mesmas coisas que outras moças desejavam.

Quando, na Escola de Medicina de Madras, passou a admirar o professor de terapêutica (o único indiano numa escola na qual, mesmo quando já se aproximava a independência, quase todos os professores plenos eram ingleses), ao se dar conta de que se comovia com seu humanismo, seu domínio da disciplina (*Encare isso de frente, Hema, foi uma paixão*), quando deu consigo desejando ser sua monitora e percebeu que ele incentivava esse desejo, ela deliberadamente escolheu outro caminho. Não se permitia dar a ninguém esse tipo de poder. Escolheu obstetrícia e ginecologia, em vez da área dele, clínica geral. Se a especialidade do professor era ilimitada, exigindo uma amplitude de conhecimento que ia da insuficiência cardíaca à poliomielite e miríades de problemas intermediários, ela escolheu uma especialidade que tinha certos limites e um claro componente mecânico: cirurgias. E o repertório dessas operações era limitado: cesarianas, histerectomias e correção de prolapsos.

Descobriu em si mesma um insuspeitado talento para as manobras da obstetrícia, tornando-se perita em adivinhar a exata inserção do bebê na pelve. Aquilo que outros obstetras talvez temessem para ela era um prazer. De olhos vendados, distinguia o fórceps esquerdo do direito, e utilizava ambos em sonhos. Era capaz de visualizar mentalmente a geometria da curva pélvica de cada paciente e ajustá-la à curvatura do crânio do bebê ao introduzir o fórceps, articulando os dois cabos e extraindo a criança com absoluta firmeza.

Viajou para o exterior levada por um capricho. Mas sofreu demais ao deixar Madras. Às vezes, ainda chorava ao anoitecer, imaginando os pais a levarem cadeiras para o ar livre a fim de esperar a brisa marinha que, mesmo nos dias mais quentes e parados, soprava no fim da tarde. Deixou a Índia porque a ginecologia, pelo menos em Madras, continuava a ser um território masculino e, mesmo às vésperas da independência, um território inglês, e ela não tinha chance alguma de ser nomeada para um cargo público no hospital universitário do governo. Era estranho, mas para ela agradável, pensar que todos eles (ela, Ghosh, Stone e a irmã Mary Joseph Praise) haviam em uma época ou outra estudado ou trabalhado no Hospital Geral Público em Madras. Mil e quinhentos pacientes em leitos e o dobro disso sob os leitos ou entre eles — o hospital era uma cidade em si mesmo. Ali, a irmã havia sido uma jovem noviça e estagiária. Talvez uma tivesse passado pela outra. E o mais incrível era que Thomas Stone também trabalhara durante algum tempo no Hospital Geral Público, ainda que, como a ala de maternidade ficasse bem separada, não havia motivo para que seu caminho tivesse cruzado com o dela.

Ela deixara para trás Madras, rótulos de casta, ido para tão longe que ali a palavra "brâmane" nada significava. Desde que trabalhava na Etiópia, tentava visitar a família a cada três ou quatro anos. Estava agora de regresso depois da segunda dessas visitas. Sentada no avião barulhento, deu consigo refletindo sobre suas escolhas. Nos últimos anos tinha chegado perto de definir a ambição sem nome que a levara para tão longe: *evitar a todo custo a vida de carneiro.*

A Missing lhe parecera familiar quando ela chegou ali. Não era diferente do Hospital Geral Público na Índia, embora muito menor: pessoas na fila, famílias acampadas debaixo de árvores, esperando com a paciência infinita daqueles cuja única opção é esperar. Ela se ocupara bastante desde o primeiro dia. Para dizer a verdade, comprazia-se com as emergências, as situações em que ficava com o coração na boca, em que os segundos eram importantes, em que a vida de uma mãe estava por um fio ou que um bebê corria perigo no ventre materno, privado de oxigênio e necessitado de um salvamento heroico. Nesses momentos ela não tinha dúvidas existenciais. A vida ganhava um foco preciso, adquiria sentido justamente quando ela não estava pensando em sentido algum. Uma mãe, uma esposa, uma filha de repente não era nada disso, resumia-se a um ser humano em grave perigo. A própria Hema reduzia-se ao instrumental necessário para tratá-las.

Mas ultimamente ela se dava conta da enorme distância entre sua prática na África e as fronteiras da medicina científica, como a que se fazia na Inglaterra e nos Estados Unidos. Em Minneapolis, C. Walton Lillehei havia inaugurado, justamente naquele ano, uma nova era de cirurgia cardíaca ao descobrir um meio de bombear o sangue enquanto o coração era imobilizado. Fora criada uma vacina para a poliomielite, embora ela ainda não tivesse chegado à

África. Em Harvard, em Massachusetts, um certo dr. Joseph Murray tinha realizado o primeiro transplante renal humano bem-sucedido entre dois irmãos. Sua fotografia, na revista *Time*, mostrava um sujeito comum, despretensioso. O retrato havia surpreendido Hema, fazendo-a imaginar que tais descobertas estavam ao alcance de qualquer médico, ao alcance dela.

Ela sempre gostara da história da descoberta dos micróbios por Pasteur ou das experiências de Lister com a antissepsia. Todo colegial indiano sonhava ser como sir C. V. Raman, cujas experiências simples com a luz levaram a um prêmio Nobel. Mas agora ela vivia num país que poucas pessoas saberiam localizar num mapa. ("No Chifre da África, na metade superior, na costa leste... A parte parecida com um chifre de rinoceronte e que aponta para a Índia", ela explicava.) E menos pessoas ainda sabiam quem era o imperador Hailé Selassié, ou, no caso de se lembrarem dele por ter sido Homem do Ano da *Time* em 1935, não recordavam o país cuja causa ele defendera na Liga das Nações.

Se lhe perguntassem, Hema teria dito: *Sim, estou fazendo o que pretendia fazer. Estou satisfeita.* Mas o que mais alguém poderia dizer? Ao ler a *Surgery, Gynecology & Obstetrics* (o exemplar de cada mês chegava pelo correio marítimo, semanas depois da publicação, amassado e com o envoltório marrom todo sujo), as inovações de que ela tomava conhecimento pareciam coisas de ficção. Era emocionante, mas também desanimador, pois já eram notícias velhas. Ela dizia a si mesma que seu trabalho, sua contribuição diligente na África, estava de alguma forma ligado aos avanços descritos em *SG&O*. Mas no fundo ela sabia que isso era falso.

Ouviu-se um novo som. Era o ruído do atrito de madeira contra metal. No fundo do avião iam dois grandes caixotes de madeira e pilhas de caixas quadradas, menores, de chá, circundadas por tiras de metal onde estava escrito LONGLEITH ESTATES, S. INDIA. Uma rede presa a montantes estruturais impedia que a carga se precipitasse sobre os passageiros, mas não de deslizar de um lado para outro. Os pés de Hema e dos demais descansavam sobre grossos sacos de juta. Símbolos militares desbotados estavam gravados no piso e na fuselagem prateada. Soldados americanos no norte da África haviam se sentado ali durante a guerra e pensado em seu destino. Era possível que o próprio Patton tivesse voado naquele aparelho. Ou talvez aquele avião fosse uma relíquia das colônias francesas na Somália e no Djibuti. O transporte de passageiros parecia uma atividade secundária para aquela nova linha aérea organizada com aviões velhos e pilotos veteranos. Ela via o piloto discutindo no microfone, gesticulando, fazendo uma pausa para ouvir a resposta e depois se esgoelando de novo. Os passageiros sentados perto da cabine tinham o cenho carregado.

Mais uma vez Hema virou a cabeça para ver se sua caixa com o Grundig estava visível, mas não estava. Toda vez que pensava no caro aparelho que tinha comprado, era tomada por uma sensação de culpa. Mas a aquisição da radiovitrola tinha tornado a noite que ela passara em Áden quase tolerável. Uma cidade construída no alto de uma cratera vulcânica latente, o inferno na terra, isso era Áden. Mas ao menos era um porto livre de impostos. Ah, e Rimbaud tinha morado ali — e nunca mais escrevera um único verso.

Ela já havia escolhido o lugar para o Grundig em sua sala. Era claro que teria de ser debaixo da foto em preto e branco, emoldurada, de Gandhi fiando algodão. Teria de buscar um lugar mais silencioso para o Mahatma.

Imaginou Ghosh a bebericar seu brandy, e a enfermeira-chefe, Thomas Stone e a irmã Mary Joseph Praise bebendo xerez ou café. Por sua cabeça passou a imagem de Ghosh pondo-se de pé aos animados acordes iniciais de "Take the 'A' train" despejadas pelo Grundig. Seguia-se a melodia ousada — a última música no mundo que alguém imaginaria acompanhar. Mas aqueles acordes iniciais... não conseguia esquecê-los. E como resistia a eles! Irritavam-na os indianos que, por falarem inglês, só admiravam o que fosse estrangeiro, levados por um chauvinismo às avessas. E, no entanto, ela ouvia aqueles acordes dormindo, dava consigo cantarolando-os ao lavar o rosto de manhã. Ouviu-os agora no avião. Estranhas notas dissonantes reunidas sem resolução, que, de alguma maneira, simbolizavam a América, a ciência e tudo quanto era arrojado, impetuoso, ousado e excitante com relação aos Estados Unidos (ou, pelo menos, o que ela imaginava que fossem os Estados Unidos). Notas saídas do crânio de um negro chamado Billy Strayhorn.

Ghosh a havia apresentado ao jazz e a "Take the 'A' train". "Espere... Escute! Viu?", tinha dito ele na primeira vez que ela ouviu a melodia depois dos acordes. "A gente acaba achando graça. Não há como evitar!" E ele tinha razão, a melodia era tão contagiante e animada! Foi uma sorte que seu primeiro contato com a música ocidental séria tivesse sido essa canção. Mesmo assim, ela viria a pensar nela como uma música sua, inventada por ela, e irritava-a o fato de que tivesse sido ele quem lhe mostrara a música. Achava graça de como era estranho que gostasse tanto de Ghosh, se queria tanto antipatizar com ele.

Mas bem no momento em que estava pensando nessas coisas, prevendo como seria sua chegada a Adis Abeba... invocou de repente o nome do Senhor Shiva: o avião, o DC-3, aquele confiável camelo dos céus, sacudia-se como se estivesse ferido de morte.

Olhou para fora. A hélice de seu lado estremeceu e parou. Uma lufada de fumaça saiu da cobertura do robusto motor. O aparelho inclinou-se para a direita e Hema sentiu-se comprimida contra a janela. A seu redor, os passageiros gritavam, e uma garrafa térmica foi arremessada na divisória da cabine, espalhando chá ao rolar no piso com estrépito. Ela estendeu as mãos, em busca de um apoio, mas o avião logo se endireitou e pareceu se deter em pleno ar antes de começar uma descida pronunciada. Não, não era uma descida, seu estômago a corrigiu — era uma queda. A gravidade estendia seus tentáculos e agarrava o cilindro prateado com suas asas estendidas. A gravidade prometia um pouso na água. Ou, já que o avião tinha rodas, e não flutuadores, um choque na água. O piloto estava gritando, não de pânico, mas de raiva, e ela não tinha tempo para pensar em como isso era estranho.

Anos depois, ao recordar esse momento de mudança, quando o examinava clinicamente ("Esprema a história! Exatamente quando e como a coisa começou? O princípio é tudo! Na anamnese está o diagnóstico!", como diria seu professor), ela constataria que na verdade sua transformação ocorrera ao longo de muitos meses. Entretanto, foi somente quando estava caindo do céu sobre o Bab al-Mandab que ela compreendeu que a transformação havia acontecido.

Um menininho indiano caiu em seu colo. Era filho do único casal malaiali a bordo — professores na Etiópia, sem dúvida, isso era uma coisa que ela adivinhava de relance. Esse garoto genuvalgo, de seus cinco, talvez seis anos, que vestia um short que serviria para uma criança bem maior, vinha segurando na mão um avião de madeira desde o momento em que tinha subido a bordo, protegendo-o como se fosse de ouro. Seu pé ficara preso entre dois sacos de juta, e, quando o avião se endireitou, ele caiu sobre Hema.

Ela o amparou. A expressão de surpresa do menino desintegrou-se em outra, de medo e dor. Hema notou a curva em sua canela — como o arqueamento de uma vara verde, pois o osso era jovem demais para se partir em dois. Percebeu tudo isso ao mesmo tempo que seu corpo avisava que estavam caindo, perdendo altitude.

Um jovem armênio, de abençoado espírito prático, aproximou-se para soltar a perna do menino. Era incrível, mas o armênio sorria. Tentou dizer a ela alguma coisa, decerto uma palavra de tranquilidade. Hema ficou admirada ao ver alguém mais calmo do que ela, quando ao redor os gritos dos passageiros só pioravam a situação.

Puxou o garoto para o colo. Seus pensamentos estavam a um só tempo claros e incoerentes. A perna já está endireitando mas não há dúvida de que está fraturada e o avião está caindo. Ela deteve os aturdidos pais do menino, estendendo a palma da mão e colando-a na boca da mãe, que começava a chorar. Sentia a calma familiar de uma emergência, mas ao mesmo tempo entendia a falsidade dessa sensação, agora que era a sua vida que estava em perigo.

"Deixe o menino comigo", disse, afastando a mão do rosto da mulher. "Confie em mim, eu sou médica."

"Nós sabemos", respondeu o pai.

Apertaram-se no banco ao lado dela. O menino dava soluços esparsos, mas não chorava. Tinha o rosto pálido, pois estava em choque, e agarrava-se a ela, com o rosto metido em seu peito.

Confie em mim, eu sou médica. Hema achou irônico que essas seriam suas últimas palavras.

Pela janela, Hemlatha viu as cristas brancas das ondas mais próximas, cada vez menos parecidas com rendas num pano azul. Sempre havia tomado como certo que teria anos para chegar a uma conclusão sobre o sentido da vida. Agora parecia que não teria mais que alguns segundos, e nessa percepção se deu sua epifania.

Curvada sobre o menino, entendeu que a tragédia da morte tinha a ver unicamente com o que ficava irrealizado. Era uma vergonha que durante todos aqueles anos ela não houvesse entendido algo tão simples. *Faça sua vida ser uma coisa bonita.* Não era essa máxima que guiava a vida da irmã Mary

Joseph Praise? Em seguida Hema pensou que ela, que ajudara a trazer ao mundo tantas crianças; ela, que rejeitara o tipo de casamento desejado por seus pais; ela, que achava que havia crianças demais no mundo e não tinha vontade alguma de aumentar esse número, pela primeira vez compreendia que ter um filho significava enganar a morte. As crianças eram o pé enfiado na porta que se fecha, o vislumbre de esperança de que com a reencarnação haveria alguma casa para onde ir, mesmo que se voltasse como um cão, um ratinho ou uma pulga que parasitasse os corpos humanos. Se, como acreditavam a enfermeira-chefe e a irmã Mary Joseph Praise, existia uma ressurreição dos mortos, uma criança teria a certeza de que seus pais ressuscitariam. Desde que, naturalmente, a criança não morresse com eles num desastre de avião.

Faça sua vida ser uma coisa bonita. Esse camaradinha lamuriento, de olhos brilhantes e pestanas longas, com uma cabeça grande e um cheiro de cachorrinho nos cabelos revoltos... parecia ser a coisa mais bonita que uma pessoa podia fazer.

Os demais passageiros pareciam tão aterrorizados quanto ela. Só o armênio balançou a cabeça para ela, sorrindo, como se dissesse *Isso não é o que você está pensando.*

Que idiota, pensou Hema.

Um armênio mais velho, talvez o pai dele, estava impassível, olhando para a frente. O homem parecera taciturno ao embarcar, e sua expressão agora não era nem melhor nem pior. Hema achou inacreditável que estivesse observando esses detalhes banais numa hora dessas, em que, em vez de ficar interpretando rostos, devia estar se preparando para o momento do impacto.

No instante em que o mar cresceu para se encontrar com o avião, ela pensou em Ghosh. Ficou surpresa ao perceber que era invadida por uma torrente de sentimentos ternos em relação a ele, como se fosse *ele* que estivesse para morrer num desastre de avião, como se fosse a grande aventura *dele* na medicina e os dias despreocupados *dele* que estivessem chegando ao fim, e com isso também toda possibilidade de conseguir realizar aquilo que mais desejava: casar-se com Hema.

4. A regra dos cinco efes

"Sua paciente, doutor Stone", repetiu a enfermeira-chefe, liberando o banco entre as pernas da irmã Mary Joseph Praise. Ao ver-lhe o rosto, ela receou que ele estivesse prestes a arremessar alguma coisa nela.

Esporadicamente, Thomas Stone jogava instrumentos longe, embora nunca diante da enfermeira-chefe. Era raro que a irmã Mary Joseph Praise lhe passasse o instrumento errado, mas de vez em quando uma pinça hemostática não se soltava com uma leve contrapressão ou a ponta de uma tesoura Metzenbaum não cortava. Ele tinha boa pontaria; seu alvo habitual era um ponto na parede da sala de cirurgia 3, um pouco acima do interruptor de luz e perigosamente próximo do armário de vidro onde ficavam os instrumentos.

Somente a irmã Mary Joseph Praise tomava aquilo como uma ofensa pessoal e se entristecia, embora testasse cada instrumento antes de colocá-lo na autoclave. A chefe insistia em que aqueles rompantes de Stone eram úteis. "De vez em quando dê a ele uma pinça hemostática sem retenção", dizia à irmã Mary Joseph Praise. "Sem isso ele vai guardando a fúria dentro dele até começar a vazar pelas orelhas, e aí vamos ter mesmo um problemão."

O gesso em cima do interruptor tinha arranhões e marcas radiais, como se um traque tivesse estourado ali. O impacto na parede ocorria no intervalo entre as palavras "COMPLETAMENTE" e "INÚTIL!", proferidas por Stone. Muito raramente, ele se irritava com a anestesista, a enfermeira Asqual, se o paciente demonstrava estar pouco anestesiado ou ter recebido uma dosagem insuficiente de curare, de modo que os músculos abdominais se fechavam como um torno sobre seus pulsos quando ele sondava entre as vísceras. Mais de um paciente eterizado havia despertado, tomado de pavor, ao escutar Stone berrar: "Vou precisar de uma picareta se você não fizer esse sujeito relaxar mais".

Mas naquele instante, no qual a irmã Mary Joseph Praise tinha os lábios cinzentos, a respiração fraca e o olhar desfocado, quando a hemorragia não cessava e a enfermeira-chefe passava o bastão para ele, Stone ficou sem fala. Experimentava a sensação de impotência que os parentes dos doentes deviam sentir, e não estava gostando nada daquilo. Seus lábios tremiam e ele se envergonhava de que o suor no rosto revelasse suas emoções. Mais do que isso, porém, sentia medo — e uma espantosa paralisia mental que o envergonhava ainda mais.

Quando finalmente falou, sua voz estava trêmula. "Onde está Hemlatha? Por que não voltou? Precisamos dela", disse, numa atitude de desusada humildade.

Enxugou os olhos com o dorso do braço, num gesto infantil. A enfermeira-chefe não acreditava no que via: em vez de ocupar o banco que ela lhe oferecera, ele recuou. Stone caminhou até a parede que tinha as marcas de sua fúria. Bateu a cabeça na superfície de gesso, uma cabeçada digna de um bode montês. Suas pernas estavam bambas. Apoiou-se no armário de vidro. A enfermeira-chefe sentiu-se na obrigação de sussurrar "Completamente inútil", na esperança vã de que, se a violência dele pudesse fazer algum efeito, não fosse falhar por falta do mantra que vinha junto com ela.

Stone poderia ter feito uma cesariana, ainda que, estranhamente para um cirurgião que trabalhava nos trópicos, essa fosse uma das poucas operações que ele nunca tinha feito. "Veja uma, faça uma, ensine uma", esse era o título de um capítulo de seu livro *O cirurgião eficaz: uma breve prática de cirurgia nos trópicos*. Mas o que seus leitores não sabiam, e que só vim a saber muitos anos depois, era que ele tinha aversão a qualquer coisa ligada à ginecologia (não se falando de qualquer coisa ligada à obstetrícia). Isso vinha de seu último ano na escola de medicina, quando fez algo de que nunca se tinha ouvido falar: comprou um cadáver para uso próprio, a fim de dominar a anatomia que já havia aprendido tão bem num cadáver compartilhado em seu primeiro ano no curso de medicina. O espécime masculino que, oriundo de um albergue de indigentes, lhe servira no curso de anatomia no primeiro ano era antigo e encarquilhado, com músculos e tendões espectrais, como eram normalmente os cadáveres dissecados nos anfiteatros de anatomia em Edimburgo. Ele havia dividido aquele corpo com cinco outros estudantes. Mas teve sorte com o cadáver que comprou no último ano do curso: uma mulher de meia-idade, bem alimentada, um tipo de pessoa que ele associava a fábricas de linóleo em Fife. Stone fez uma dissecção da mão tão esmerada (apenas com a bainha do tendão exposta no dedo médio, enquanto no indicador ele levou a dissecção mais adiante, abrindo a bainha para mostrar os tendões do *flexor sublimis*, semelhantes aos cabos de uma ponte pênsil, com o tendão do *profundus* avançando entre eles) que o professor de anatomia a conservou para mostrá-la aos alunos do primeiro ano. Durante semanas Thomas Stone trabalhou sobre seu cadáver, passando mais tempo com aquela morta do que já passara com outra mulher, exceto a mãe. Sentia-se à vontade com ela, uma naturalidade derivada do conhecimento. De um lado da cabeça, tinha aberto sua face até a orelha, prendendo a aba com suturas, de modo a expor a glândula parótida e o nervo facial que passava por ele, com seus ramos espalhando-se como um pé de ganso, donde o nome *pes anserinus*. Do outro lado da face, havia removido todos os tecidos e a gordura subcutânea, de modo a revelar a profusão de músculos de expressão, cujos movimentos combinados, em vida, haviam transmitido tristeza, alegria e todas as emoções intermediárias. Não pensava naquele corpo como uma pessoa. Era simplesmente conhecimento corporificado, embalsamado e personificado. Toda noite ele dobrava de volta os músculos e, depois, os retalhos de pele que pendiam de dobras estreitas, e a seguir estendia sobre ela os panos empapados de formalina. Às vezes, quando prendia o lençol de borracha em torno dela e metia as bordas para dentro, lembrava-se do ritual de sua mãe para pô-lo na cama. Ao voltar para o quarto de dormir, sua solidão sempre lhe parecia mais aguda.

No dia em que removeu os intestinos para expor a aorta e os rins, viu o útero. Não era a bolsa enrugada que ele esperara encontrar, metida no fundo da cavidade da pelve. Em vez disso, assomava sobre o estreito superior da pelve. Dias depois ele se voltou para a pelve, com seu manual de dissecção de Cunningham aberto no novo capítulo. Avançou passo a passo, admirando a qualidade do livro, à medida que expunha, explicava e ensinava. O manual recomendava um corte vertical na frente do útero, e a seguir o dissecador deveria abrir o órgão delicadamente. Foi o que fez Stone, e de dentro dele caiu um feto, cuja cabeça era pouco maior que uma uva, com os olhos fechados, os membros dobrados como um inseto. Pendia do cordão umbilical como se fosse um talismã obsceno no cinturão de um caçador de cabeças. Stone viu que o colo do útero da mãe estava destruído e negro, devido a infecção ou gangrena. A catástrofe que sucedera àquela mulher estava perpetuada em formol.

Stone mal conseguiu chegar à pia antes de vomitar o jantar. Sentia-se traído, como se houvesse alguém o espionando. Durante todo o tempo imaginara que ele e ela estivessem sozinhos. Não podia continuar. Não conseguiu sequer olhar para ela, repor os tecidos no lugar ou cobri-la. No dia seguinte, pediu ao atarantado atendente que desse um fim ao cadáver, embora a dissecção da pelve estivesse incompleta e os membros inferiores, intocados. Mas Thomas Stone não queria mais saber daquilo.

No Hospital da Missing, devido à presença de Hema, Stone nunca tinha precisado se aventurar no campo dos órgãos reprodutores femininos. Essa área ele lhe cedia (e não era comum ele ceder alguma coisa).

Fora da sala de cirurgia, ele e Hemlatha mantinham uma relação de colegas cordial e até amistosa. Afinal, o hospital contava com apenas três médicos — Hema, Stone e Ghosh —, e a situação ficaria complicada se não se dessem bem. Mas, na sala de cirurgia 3, Hema e Stone provocavam-se mutuamente. O estilo de Hema era preciso e cuidadoso, um exemplo vivo, pensava a enfermeira-chefe, de que mais mulheres deveriam ser cirurgiãs. Ela às vezes acreditava que via Hemlatha escutando e *depois* pensando quando atendia uma paciente na clínica, em vez de tentar fazer ambas as coisas ao mesmo tempo. Hema era uma cirurgiã que amarrava quatro vezes os nós quando outros se dariam por satisfeitos com três. Nunca deixava a sala de cirurgia antes que seu paciente acordasse da anestesia. Seu campo cirúrgico era limpo e arrumado como uma demonstração anatômica, com as estruturas vulneráveis cuidadosamente identificadas e afastadas de qualquer perigo e os sangramentos controlados meticulosamente. Para a enfermeira-chefe, o campo parecia estático, e no entanto vivo, como um quadro de Ticiano ou Da Vinci. "Como um cirurgião pode saber onde está", Hema gostava de dizer, "se não sabe onde esteve?"

Para Stone, o mais importante era a manipulação mínima de tecidos, e ele não tinha tempo para a estética do campo cirúrgico. "Hema, se você quer beleza, disseque cadáveres", disse-lhe uma vez. "Stone, se o que você quer é ver sangue, vá ser açougueiro", ela respondeu. Tão vasta era experiência e a prática dele que seus nove dedos sabiam perfeitamente o que fazer num campo ensanguentado onde outros não viam nenhum ponto de referência. Seus movimentos eram econômicos e precisos; e os resultados, excelentes.

Nas raras ocasiões em que uma mulher com a lama do campo ainda fresca nos pés era trazida com uma chifrada de touro na pelve, ou em que uma moça de bar aparecia com uma facada ou uma bala perto do útero, Hemlatha e Stone preparavam-se juntos e entravam no abdome *à deux*, implicando um com o outro, batendo as cabeças e às vezes batendo um nos nós dos dedos do outro com o cabo de uma pinça hemostática. A enfermeira-chefe dizia que anotava qual dos dois tinha ocupado o lado direito da mesa durante a última operação realizada em conjunto e fazia com que trocassem de lado na seguinte. Enquanto Hemlatha ressecava um útero ou reparava uma laceração de bexiga, Stone, mesmo desafinadíssimo, assoviava "God save the queen", o que enervava Hema. Se era a Stone que cabia o lado direito, Hemlatha discorria sobre famosos cirurgiões do passado, como Cooper, Halsted e Cushing, e dizia que era uma vergonha que os cirurgiões de países tropicais não dessem nenhuma mostra daquele grande legado cirúrgico.

Stone não era dado a glorificar cirurgiões ou operações. "Cirurgia é cirurgia é cirurgia", gostava de dizer, e por princípio não tinha maior respeito por um neurocirurgião que por um podólogo. "Um bom cirurgião precisa ter coragem, e para isso um pré-requisito é um bom par de colhões", chegara a escrever no original de seu compêndio, sabendo perfeitamente que seu editor na Inglaterra eliminaria essas palavras, mas adorando a chance de colocá-las no papel. Em seu texto, Stone tinha chegado a uma eloquência, uma combatividade e uma energia que não mostrava ao falar. "Coragem? O que você quis dizer com 'coragem'?", perguntou Hema. "É a *sua* vida que você está arriscando?"

Uma cesariana não estava, tecnicamente, além da capacidade de Stone. Mas naquele dia fatídico, ele se aterrorizou e à simples ideia de usar o bisturi na irmã Mary Joseph Praise, sua assistente cirúrgica, sua confidente mais íntima, sua datilógrafa, sua musa, a mulher que ele tinha compreendido que amava. Ela já se encontrava numa situação atroz, pálida e pegajosa, o pulso tão fraco que Stone achou que qualquer intervenção que ele fizesse precipitaria sua morte. Com uma estranha, não teria hesitado em tentar uma cesariana. "O médico que cuida de si mesmo tem como paciente um idiota", esse era um aforismo que ele conhecia bem. Mas o que dizer do médico que realizava uma operação com que não estava familiarizado numa pessoa amada? Havia um aforismo para isso?

Cada vez mais, desde a impressão de seu livro, Stone dera para citá-lo, como se sua própria palavra escrita tivesse mais peso do que seus pensamentos não publicados (e até então não expressos). Havia escrito: "O médico que cuida de si mesmo tem como paciente um idiota, *mas há circunstâncias em que ele não tem outro recurso* [...]." Narrara a seguir a história de sua própria amputação radicular, a execução de um bloqueio nervoso em seu cotovelo direito, e depois, com a irmã Mary Joseph Praise "ajudando", como tinha feito uma incisão em sua carne, sua mão esquerda fazendo parte do trabalho enquanto a irmã substituía a sua mão direita. Ele percebera, ao vê-la fazer os cortes de osso, que, se quisesse, ela seria capaz de fazer muito mais que ajudar. Era a história da amputação, juntamente com sua fotografia na página de rosto, com seus dedos (todos os nove) formando uma torre diante de seu queixo, que tinha tornado o livro tão bem-sucedido. Eram tantos os textos de cirurgia existentes que surpreendia o êxito obtido por *O cirurgião eficaz* (ou *Uma breve prática*, como era chamado em alguns países). Apesar de ser um livro sobre cirurgia nos trópicos, era mais vendido em países não tropicais. Talvez isso se devesse a seu quê de excentricidade, ao texto incisivo e ao humor muitas vezes agressivo e involuntário. Stone só recorria a sua própria experiência ou a uma cuidadosa interpretação da experiência de outros. Os leitores o imaginavam como um revolucionário, mas um revolucionário que operava os pobres, em vez de pregar reforma agrária. Estudantes enviavam-lhe cartas reverentes e, quando as educadas respostas (redigidas pela irmã Mary Joseph Praise) deixavam de corresponder ao tom efusivo e confessional de suas cartas, eles ficavam desapontados.

As ilustrações do livro (todas desenhadas e legendadas pela irmã Mary Joseph Praise) eram simples, como se feitas num guardanapo. Não houve nenhuma tentativa de obter correção no que se referia a escala ou perspectiva, mas eram modelos de clareza. O livro foi traduzido para o português, o espanhol e o francês.

Operações ousadas realizadas no interior da África — assim o editor havia descrito a obra na quarta capa. O leitor, que nada sabia sobre a África, preenchia as lacunas, imaginava Stone numa barraca, trabalhando à luz de um lampião de querosene erguido por um hotentote, com elefantes correndo em debandada nas proximidades, enquanto o bom médico declamava Cícero e extirpava um pedaço de seu próprio corpo, jovialmente, como se estivesse fazendo uma operação de cálculos urinários em outra pessoa. O que nem o leitor nem Stone aceitavam era que essa autoamputação tivesse sido tanto um gesto de arrogância quanto de heroísmo.

"Sua paciente, doutor Stone", disse a enfermeira-chefe pela terceira vez.

Stone ocupou o lugar que a enfermeira-chefe tinha deixado vago entre as pernas da irmã Mary Joseph Praise, ainda que, na realidade, ela parecesse relutar em deixar que ele o ocupasse, como se não quisesse, tanto quanto ele, que Stone se sentasse ali. Não era uma posição a que ele estivesse habituado, pelo menos não com frequência diante de uma mulher. Com homens, ele se sentava ali para reparar uma hidrocele, e no caso de pacientes de ambos os sexos podia se sentar para drenar abscessos retais ou ligar e extirpar hemorroidas ou uma fístula anal. Afora isso, porém, era um cirurgião que raramente se sentava.

Quando Stone, meio sem jeito, separou os lábios vaginais, houve uma efusão de sangue. Ele ajustou a lâmpada e depois o próprio pescoço para ver melhor a via de parturição.

Tentou recordar a regra dos cítricos, um recurso mnemônico de seus tempos de estudante. Como era mesmo? Lima, limão, laranja e toranja correspondiam a quatro, seis, oito e dez centímetros de dilatação do colo do útero. Ou seriam dois, quatro, seis e oito? Ou havia também uva ou ameixa?

O que viu o deixou pálido: o colo do útero tinha passado de toranja, estava a caminho de um melão. E ali, como que no fundo de um poço sanguinolento, havia uma cabeça de criança, com os tecidos a seu redor aplainados. Os finos fios de cabelo negro no crânio refletiam as luzes da sala.

Nesse instante, foi como se alguém que até então estivera adormecido dentro de Stone assumisse o comando da situação.

Se havia uma relação entre ele e aquela pobre criança, isso foi uma coisa em que Stone não pensou. Em vez disso, a visão daquele crânio o agitou. A raiva afugentou o medo, e a raiva tinha seu próprio raciocínio pervertido: quanta insolência desse invasor, que punha em perigo a vida de Mary! Era como se ele tivesse visto o cadáver de uma toupeira que atacara o corpo de Mary, e a única forma de aliviar-lhe o sofrimento fosse retirar o animal. A vista daquele escalpo reluzente não provocou ternura em Thomas Stone, apenas repugnância. E lhe deu uma ideia.

"Ache o inimigo e vença o tiroteio", costumava dizer.

Ele tinha achado o inimigo.

"*Flato, Fluido, Fezes, Formação estranha e Feto,* melhor fora do que dentro", disse em voz alta, como se tivesse acabado de criar a frase. Em seu livro, ele a chamara de "regra dos cinco efes". Obrigou-se a tomar uma decisão terrível. Seria muito melhor, decidiu, abrir um buraco na cabeça da toupeira (já tinha deixado de pensar naquilo como um bebê) do que fazer experiências com a irmã Mary Joseph Praise, realizando uma cesariana, uma operação com a qual não estava familiarizado e que, temia, a mataria em vista de seu estado de fragilidade. O inimigo era mais um corpo estranho, um câncer, do que um feto. Sem dúvida a criatura estava morta. Ele poderia puncionar aquele crânio, esvaziar seu conteúdo, esmagá-lo como se estivesse esmagando um cálculo urinário, e a seguir puxaria a cabeça vazia, que era a parte que estava presa à pelve. Se necessário, utilizaria tesouras nas clavículas, e bisturis nas costelas. Havia de agarrar, retalhar, cortar e esmagar qualquer parte fetal que obstruísse a expulsão, pois só tirando aquilo para *fora* poderia livrar Mary de seu sofrimento e estancaria o sangramento. Isso, isso — melhor fora do que dentro.

Nos limites de sua lógica irracional, essa era uma decisão racional. *Fazer o errado para fazer o certo,* como teria dito a irmã Mary Joseph Praise.

Para a enfermeira-chefe, chocada e apavorada, o homem sentado entre as pernas da irmã não lembrava o ousado, tímido e competentíssimo Thomas Stone. Esse homem nada tinha em comum com Thomas Stone, FRCS, autor de *O cirurgião eficaz.* Seu lugar tinha sido usurpado por essa pessoa desesperada, nervosa, que em nada parecia um Fellow of the Royal College of Surgeons — Membro do Real Colégio de Cirurgiões —, mas sim alguém para quem a sigla FRCS significasse "Fanáticos por Regras, Como Sempre", como costumava dizer o dr. Ghosh.

Agora animado, tomado por um sentimento de missão, Stone apoiou o *Obstetrícia cirúrgica,* de Munro Kerr, como se fosse um livro de cozinha, no ventre protuberante da irmã Mary Joseph Praise. "Merda, Hemlatha, que hora mais infernal você escolheu para estar fora!", exclamou em voz alta, sentindo a coragem voltar.

Duas blasfêmias, observou a enfermeira-chefe. "Custódia da língua", murmurou ela baixinho. Verificou seu próprio pulso porque, apesar de sua fé em Deus, estava preocupada com as palpitações cardíacas que tinham aparecido no ano anterior, como um hóspede que chega de surpresa. Seu coração apresentava agora uma certa arritmia, e ela se sentia tonta.

Os estranhos instrumentos que Stone tinha pedido e que a chefe tirou de um velho armário recusavam-se a se portar como deveriam nas mãos de Stone. "Que diabo, onde se meteu Ghosh?", ele perguntou, pois Ghosh muitas vezes vinha ajudar Hema em casos de abortos e ligaduras de trompas, e, como um homem de sete instrumentos, tinha mais experiência do que Stone com a anatomia do aparelho reprodutor feminino. Em certo momento, a enfermeira-chefe mandou uma mensageira ao bangalô de Ghosh, mais para acalmar Stone do que por acreditar que o outro estivesse de volta. Talvez tivesse sido melhor mandar a moça procurar o médico *banya* no Bar Nilo Azul ou em suas proximidades. Mas mesmo um Ghosh embriagado poderia dizer a Stone que o que ele estava prestes a fazer não era próprio de um cirurgião eficaz, mas uma idiotice, e que sua decisão estava errada, que sua lógica era ilógica. A chefe achava que aquela gravidez, aquele nascimento, era, de alguma forma, culpa dela. Alguma desatenção de sua parte tinha resultado naquilo. No entanto, supunha também que, em vista do sangramento torrencial, a criança já estava morta havia muito tempo. Se tivesse acreditado, por um só momento, que a criança estava viva (ela nada sabia da existência de gêmeos), teria interferido.

Stone virava a cabeça de um lado para outro, tentando fazer as ilustrações dos instrumentos no livro de Munro Kerr (tesouras de Smellie, cranioclasto de Braun, cefalótribo de Jardine) corresponder aos objetos que tinha nas mãos. Seus instrumentos eram primos distantes dos mostrados no livro, mas tinham sido claramente projetados para a mesma finalidade sinistra.

Com duas pinças Jacobs, prendeu o oval do escalpo de meu irmão. "Vejo você nas profundezas, criatura entocada! Maldita seja por torturar Mary", murmurou. Depois, com a tesoura, cortou a pele entre os dois grampos e apresentou o intruso à dor.

Seu movimento seguinte consistiu em tentar ajustar o cefalótribo, o esmagador de crânio, à cabeça do feto. Esse tosco instrumento medieval constava de três partes separadas. A parte central era um perfurador destinado a penetrar fundo no cérebro, ao mesmo tempo que fazia uma ampla abertura no crânio. Essa peça era ladeada por duas estruturas semelhantes às de um fórceps, que se prendiam à parte externa do crânio. Quando as três peças estavam no lugar, suas hastes se travavam, formando um cabo único com reentrâncias para os dedos. Stone poderia esmagar e, simultaneamente, agarrar o crânio, que assim não fugiria. E o intruso logo estaria fora.

Fazia frio na sala de cirurgia, mas o suor de sua fronte escorria para os olhos e umedecia sua máscara.

Stone tentou fazer penetrar o perfurador.

(A criança, meu irmão Shiva, bem abrigado durante oito meses e já sofrendo devido ao corte feito pela tesoura em seu couro cabeludo, emitiu um grito no ventre. Puxei-o, para protegê-lo, no momento em que o perfurador correu por seu crânio.)

Stone decidiu que seria mais fácil primeiro aplicar as duas lâminas externas do cefalótribo ao crânio, *depois* puxá-lo para mais perto e, *a seguir*, inserir o perfurador. Tinha certa dificuldade em manusear o instrumento em tão pouco espaço. A enfermeira-chefe estremeceu ao pensar nas lesões que Stone poderia estar causando aos tecidos da irmã Mary Joseph Praise e ao bebê, enquanto passava uma das peças por uma orelha até, finalmente, ter o crânio firmemente preso (ou achar que tinha).

A chefe estava na iminência de um desmaio. "É dever da enfermeira prestar assistência ao médico e antecipar-se a todas as suas necessidades." Não era isso que ela própria pregava a suas estagiárias? Mas estava tudo errado, tudo errado, e ela não sabia como começar a reverter as coisas. Lamentava ter tirado os instrumentos do armário. Um obstetra de espírito humanitário tinha inventado aqueles instrumentos para mães com necessidades desesperadoras, não para médicos desesperados. Um tolo com um instrumento continua a ser um tolo. Nas mãos de Stone, os instrumentos tinham assumido o comando e estavam pensando por ele. A chefe sabia que nada de bom poderia resultar daquilo.

5. Últimos momentos

No último segundo, bem no instante em que se firmou para o choque do avião contra a água, a dra. Hemlatha viu o oceano dar lugar a uma vegetação de cerrado.

E, antes que pudesse entender o que acontecia, o avião avançou para um pouso na fita de asfalto tremeluzente, rangendo os pneus, abanando a cauda e, quando diminuiu a velocidade, correndo pela pista como um cão solto pelo dono.

O alívio dos passageiros transformou-se em perplexidade e constrangimento, pois mesmo os mais ateus deles haviam rezado por uma intervenção divina.

O avião parou, mas o piloto continuou a discutir com a torre, enquanto puxava um cigarro, embora tivesse feito questão de acender o aviso de PROIBIDO FUMAR depois de ter aterrissado.

O garotinho choramingou e Hema o embalou com uma habilidade que não imaginava que tivesse. "Vou fazer um curativo bem pequenininho na sua perna, está bem? Aí você não vai mais sentir nada." O rapaz armênio encontrou uma bengala em algum lugar, e com ela fizeram uma tala.

Quando o ruído do motor cessou, Hema achou que o silêncio dentro do avião pressionava seus tímpanos. O piloto olhou em torno, com um sorrisinho no rosto, como se estivesse curioso para ver como os passageiros tinham reagido. Como se só agora pensasse no assunto, disse: "Estamos parando aqui para pegar alguma bagagem e alguns VIPs. Estamos no Djibuti!". Sorriu, mostrando os maus dentes. "Não queriam me dar permissão para pousar, a menos que fosse uma emergência. Por isso, provoquei uma falha de motor." Deu de ombros, como se, por modéstia, não quisesse elogios.

Hemlatha ficou surpresa ao ouvir a própria voz quebrar o silêncio. "Bagagem? Mas que palhaço idiota! O que pensa que somos? Animais? O senhor desliga um motor e começa a cair daquele jeito e para no Djibuti? Sem um aviso? Sem nada?"

Talvez ela devesse estar grata a ele, feliz por estar viva, mas na hierarquia de suas emoções a fúria sempre levava a melhor.

"*Palhaço*?", retrucou o piloto, ficando vermelho. "Palhaço?", repetiu, saindo da cabine, com os joelhos brancos batendo um no outro sob o calção curto de safári, enquanto passava o corpo por cima do assento.

Postou-se diante dela, ofegando por causa do esforço. Parecia muito mais zangado com o "palhaço" que com o "idiota". Seu desprezo por aquela indiana era maior que sua raiva. Mas ele tinha erguido a mão. "Largo você aqui, mulher insolente, se não estiver gostando." Mais tarde ele alegou que havia erguido a mão somente como um gesto, sem intenção de agredi-la. Deus era testemunha de que ele, um homem educado, um francês, jamais bateria numa mulher.

Mas era tarde demais, porque Hemlatha sentiu os braços se moverem como que por vontade própria. Era como se estivesse observando as ações de uma estranha, uma Hemlatha que não existira até então. A nova Hemlatha, cuja licença para viver acabava de ser renovada, com seu objetivo finalmente definido, pôs-se de pé. Tinha a mesma altura do piloto. Viu o minúsculo vaso sanguíneo que explodia em ramificações em sua bochecha direita. Empurrou os óculos para o alto da testa e o enfrentou, olho no olho.

O homem mostrou-se embaraçado. Viu que ela era bonita. Imaginava-se um conquistador, e pensou que talvez tivesse estragado a oportunidade de tê-la como companhia no Ghion Hotel naquela noite. Só agora notava as pessoas aglomeradas em torno do menino que choramingava. Só agora notava a indignação do pai e os punhos cerrados de alguns dos demais passageiros atrás dela.

Que espécime, pensava Hema enquanto o observava. Angiomas estelares expostos por toda a pele. Olhos amarelos de icterícia. Certamente seus mamilos estavam inchados, as axilas sem pelos e os testículos encolhidos e do tamanho de castanhas, tudo isso porque o fígado já não metabolizava o estrogênio que um homem normalmente produz. E o hálito rançoso de zimbro. Ah, sim, pensou ela, chegando a um diagnóstico que ia além de cirrose: um colonialista encharcado de gim que resiste à realidade da África pós-colonial. Se os indianos ainda ficam intimidados diante de todos vocês, é pela simples força do hábito. Mas não existem essas regras num avião etíope.

Hema foi invadida pela fúria, dirigida não apenas contra ele, mas contra *todos* os homens, cada um dos homens que, no Hospital Geral Público, na Índia, a tinha tratado com prepotência, a tinha desrespeitado, punindo-a por ser mulher, brincando com sua jornada de trabalho, transferindo-a de um lugar para outro sem sequer dizer "por favor" ou pedir licença.

A proximidade dela em relação a ele, o fato de ela invadir o sagrado espaço *bawana* de respeito, o aturdia e confundia. Mas sua mão continuava erguida. E agora, como se tivesse acabado de notá-la, ele a moveu, não para a agredir, ele viria a alegar, mas para determinar se era realmente sua mão e se ela ainda atendia a seu comando.

A mão erguida já era insulto suficiente, mas, quando Hema percebeu que ela começava a se mover, reagiu de um modo que a fazia enrubescer quando recordava o episódio.

Os dedos de Hemlatha voaram por dentro do calção do piloto e fecharam-se em torno de seus testículos, deles só separados pelo tecido da cueca. Ela se surpreendeu com a facilidade com que fez esse movimento e também com a facilidade com que o espaço entre seu polegar e seu indicador permitia a passagem dos canais deferentes que ligavam os testículos ao corpo. Anos depois, refletindo sobre o caso, ela pensaria que aquele ato estava condicionado por seu ambiente, pela propensão de *shiftas* e outros criminosos na África oriental para arrancar os testículos de suas vítimas. *Em França como francês, em Roma...*

Seus olhos ardiam como os de uma mártir. Devido à transpiração, o *pottu* em sua testa deixou de ser um círculo para se transformar num ponto de exclamação. Por causa do calor, ela estava usando um sári de algodão, e antes, quando sentada, o havia levantado até os joelhos, mandando o pudor às favas, e agora que estava de pé o sári continuava daquele jeito, delineando suas coxas. Gotas de suor reluziam em seu lábio superior enquanto ela apertava os dedos com força para gerar a mesma medida de embaraço e medo que o francês lhe causara.

"Ouça, meu querido", disse ela (concluindo que havia realmente atrofia testicular e também tentando lembrar as expressões *tunica albugineae* e *tunica* alguma outra coisa, e *vas deferens*, naturalmente, e aquela coisa irregular atrás, como-se-chama... epidídimo!). Hema viu os ombros do homem derrearem e seu rosto perder a cor, como se ela tivesse aberto a torneira embaixo. Uma umidade bastante diferente de suor brotou em sua testa.

"Ao menos sua sífilis não está tão avançada, porque você sente dor testicular, hein?" A mão erguida dele começou a descer, e então, hesitante, quase carinhosamente, repousou no antebraço dela, como a suplicar que não aumentasse a pressão. Uma catedral de silêncio desceu sobre o avião.

"Está escutando agora?", perguntou ela (pensando que na verdade não queria conhecer a anatomia masculina assim). "Estamos falando como iguais?... Minha vida esteve em suas mãos e agora suas joias de família estão nas minhas. Acha que pode assustar as pessoas desse modo? Esse garotinho quebrou a perna por causa de sua brincadeira." Ela virou a cabeça em direção aos outros passageiros e perguntou, sempre de olho no rosto do francês: "Alguém tem uma faca afiada? Ou uma gilete?".

O roçagar que ela escutou bem poderia ser os músculos cremastéricos de todos os homens a bordo protegendo involuntariamente suas fábricas de esperma.

"Não tivemos autorização... Eu tive de...", gargarejou o piloto.

"Pegue sua carteira agora mesmo e pague o tratamento dessa criança", disse Hema, que não acreditava em promissórias.

O piloto atrapalhou-se com as notas. O rapaz armênio pegou a carteira e entregou-a ao pai do menino.

Um dos iemenitas, achando a voz, soltou uma enfiada de xingamentos, sacudindo o dedo diante do piloto.

"Agora, devolva o dinheiro da passagem do menino e de seus pais", disse Hema. "E volte a levantar voo conosco, e logo... Senão, além de virar eunuco, vou pedir pessoalmente ao imperador que faça com que até um emprego de condutor de camelos, e muito menos como traficante de *khat*, seja bom demais para você." Ouviram a porta do compartimento de carga se abrir e exclamações dos cules reunidos do lado de fora.

Com os olhos afundando nas órbitas, o francês aquiesceu em silêncio. A França tinha colonizado o Djibuti e partes da Somália, e até competira com os ingleses na Índia, antes de se resignar com uma base de operações em Pondicherry. Mas naquela tarde abrasadora, uma alma morena, que nunca mais seria a mesma, e que tinha a apoiá-la malaialis, armênios, gregos e iemenitas, havia mostrado que ela era livre.

"Bem, como não cometer loucuras num calor desses?", comentou Hemlatha, para ninguém em particular, soltando o francês e saindo do avião para lavar as mãos, reprimindo o riso.

6. Minha Abissínia

Do alto da escada do avião, Hema fixou o olhar no terreno, buscando a transição do cerrado castanho e do deserto para a escarpa íngreme que anunciaria o planalto luxuriante e montanhoso da Etiópia. Realmente, essa é a minha terra agora, pensou. Minha Abissínia, que lhe parecia muito mais romântico que "Etiópia".

O país era, em essência, um maciço montanhoso que se elevava a partir de três desertos: o da Somalilândia, o de Danakil e o do Sudão. Mesmo agora Hema se sentia um pouco como um David Livingstone ou um Evelyn Waugh explorando aquela antiga civilização, aquele reduto do cristianismo que, até a invasão por Mussolini, em 1935, era a única nação africana que nunca tinha sido colonizada. Em suas matérias para o *Times* de Londres e em seu livro, Waugh se referia a Sua Majestade Hailé Selassié I como "Highly Salacious", ou seja, "sumamente salaz", por considerar covardia o fato de o imperador ter deixado o país diante do avanço de Mussolini. Lendo Waugh, Hema achava que ele não aceitava a ideia de uma realeza africana. Não conseguia aceitar que a linhagem do imperador Hailé Selassié, que remontava à rainha de Sabá e ao rei Salomão, fazia os Windsor e os Romanov parecerem aventureiros. Não tinha boa opinião nem de Waugh nem de seu livro.

Os novos passageiros que subiram a bordo no Djibuti eram somalis ou djibutianos (e, na verdade, pensou Hema, que diferença havia entre uns e outros, além de uma linha traçada num mapa por algum cartógrafo ocidental?). Mascavam *khat*, fumavam cigarros 555 e, apesar de seus olhos tristonhos e anuviados, eram felizes. O avião, que a essa altura já parecia meio familiar demais para Hema, estava atulhado de *khat*, em grandes fardos que estavam sendo levados de volta a Adis Abeba. Isso era muito estranho, já que normalmente o *khat* viajava no sentido oposto: era cultivado na Etiópia, na região de Harrar, e enviado por trem ao Djibuti, de onde seguia de avião para Áden. Esse lucrativo comércio tinha sido responsável pelo surgimento da Ethiopian Airlines. Hema ouviu alguém comentar que um problema qualquer no transporte ferroviário e rodoviário, além da necessidade urgente de uma grande quantidade de *khat* para um casamento, havia ocasionado essa exportação às avessas e a escala imprevista. O *khat* tinha de ser mascado no dia da colheita, ou perdia sua potência. Hema imaginou os comerciantes somalis, iemenitas e sudaneses nos minúsculos *souks* que ladeavam todas as ruas e becos, e também os proprietários das lojas maiores do Merkato, em Adis Abeba, de olho em seus relógios Tissot, implicando com seus empregadinhos enquanto esperavam esse carregamento. Imaginou os convidados do casamento, com as bocas secas demais para cuspir, mas cuspindo e praguejando assim mesmo, comentando uns com os outros que a noiva era mais feia do que pensavam e que a mancha grande em seu pescoço só podia indicar que ela havia herdado também a sovinice do pai.

Hema imaginou contar à mãe a história do piloto. Isso a levou a rir, o que fez o somali sentado diante dela, um dos recém-chegados, sorrir.

Tinha feito um calor úmido em Madras durante as três semanas que Hema passara em férias ali, mas aquele clima era paradisíaco em comparação com o de Áden. Quando menina, ela achava espaçosa a casa de três cômodos de seus pais no bairro de Mylapore, bem perto do templo, mas nessa última visita ela lhe parecera claustrofóbica. Embora mandasse dinheiro para os pais com regularidade, ficou espantada por não encontrar melhoria alguma na casa desde sua visita anterior. A pintura do interior estava toda descascada, formando desenhos abstratos, enquanto a cozinha, coberta de fuligem, parecia um laboratório fotográfico. A rua estreita em que moravam, onde antes raramente passava um carro, era agora uma via movimentada, e o muro que cercava as residências não tinha mais nenhum sinal de caiação, da mesma cor do terreno que delimitava. Só o jardim tinha sido beneficiado pela passagem do tempo: a buganvília encobria a visão da casa, e as duas mangueiras tinham ficado imensas e carregadas de frutos. Uma delas era da variedade alphonso; a outra, uma híbrida cuja polpa que parecia borrachuda à primeira mordida, mas logo se desfazia na boca como sorvete.

O único enfeite na sala era, como sempre tinha sido, a folhinha do leite em pó Glaxo presa por um prego. O bebê europeu de olhos azuis, superalimentado, nunca crescera. Uma legenda dizia BEBÊS SAUDÁVEIS COM GLAXO. Bastava isso para fazer com que todas as mães que amamentavam os filhos se sentissem culpadas por estar submetendo as crianças a um regime de fome. Quando pequena, Hema mal notava o bebê Glaxo. Agora a folhinha atraía seu olho e sua ira. Que presença insidiosa tinha sido aquele pirralho em sua vida! Um intrometido com uma falsa mensagem. Hema retirou a folhinha, mas o retângulo claro na parede chamava mais a atenção do que o menino. Sem dúvida, assim que Hema fosse embora outro bebê Glaxo ocuparia o lugar do banido.

Durante suas breves férias, Hema mandou pintar a casa e instalar ventiladores de teto. Sathyamurthy, pai de Velu, o pestinha de sua infância, ficou observando por cima da cerca os carregadores entrarem com uma privada ao estilo ocidental que deveria ser cimentada sobre os apoios de pés da latrina indiana. Deu um risinho irônico, balançando a cabeça. "Não é para mim, velho bobo", disse Hema em inglês. "Mamãe está com um problema nos quadris." E Sathyamurthy respondeu com a única frase em inglês que sabia: "*Goddamn China, kiss me Eisenhower!*". Sorriu e acenou. Ela acenou também.

O somali diante dela usava uma camisa azul de poliéster lustroso e um relógio de ouro que balançava em seu pulso fino. Os dedos dos pés, que se projetavam das sandálias, brilhavam como ébano polido. Hema teve a impressão de já conhecê-lo de vista. Ele a cumprimentou com a cabeça, sorriu e exibiu os dedos, como se fizesse um lance num leilão, dizendo: "Três meninos, dois disparos, uma noite!".

Ela se lembrou. O nome dele era Adid.

"Diga uma coisa, ainda está trabalhando dobrado?"

O marfim de seus dentes iluminou o interior meio escuro do avião, e ele disse alguma coisa aos amigos, que sorriram e assentiram, sérios. Que dentes fortes os dessa gente, pensou Hemlatha. Admirou a pele escura dele, de uma tonalidade tão pura que tinha um laivo de azul. A diretora de sua escola, Mrs.

Hood, era de um branco de porcelana, e as meninas achavam que se a tocassem seus dedos sairiam brancos. Com Adid, Hema pensou, talvez saíssem pretos. As maneiras régias dele, o lento jogo de expressões em seu rosto, cada pensamento complementado por uma combinação de movimentos de lábios e sobrancelhas, fez com que passasse pela mente de Hema a ideia absurda de que gostaria de chupar-lhe o dedo indicador.

Da última vez em que ela vira Adid, ele estava com um turbante e um manto esvoaçante no pronto-socorro do Hospital da Missing. Mostrava-se imperturbável, embora sua mulher, grávida, estivesse sofrendo convulsões. Ao remover-lhe as vestes de algodão, Hemlatha deu com uma mocinha, pálida e anêmica. Sua pressão sanguínea estava nas alturas. Era um caso de eclâmpsia. Enquanto Hemlatha tirava da moça seu primogênito, por meio de uma cesariana, na sala de cirurgia 3, Adid desapareceu e voltou com uma esposa mais velha, também em trabalho de parto, que começou a dar à luz na charrete parada junto dos degraus do ambulatório. Hemlatha saiu correndo a tempo de cortar o cordão umbilical. Comprimiu o ventre da mulher, mas, em vez da placenta, o que saiu dali foi um gêmeo. Adid sorriu de orelha a orelha ao ver a segunda criança, o terceiro filho no total. Hema sugeriu que ele usasse uma faixa no peito com os dizeres UMA NOITE, DOIS DISPAROS, TRÊS MENINOS. Adid riu como um homem que não conhecesse a palavra "preocupação".

"Ah, isso!", disse ele, levantando a voz para ser ouvido sobre o zumbido dos motores. Falava com o sotaque afrancesado, comendo as palavras, dos djibutianos. "A riqueza de um homem é o número de filhos que ele tem. Afinal de contas, doutora, o que é que a gente deixa neste mundo?"

Hema, que estivera pensando quase a mesma coisa poucos minutos antes, concluiu que, de acordo com esse critério, era uma pobretona.

"Tem razão", respondeu. "A esta altura, o senhor deve ser muitas vezes milionário."

Uma expressão marota perpassou pelo rosto de Adid e, mexendo as sobrancelhas e usando apenas os olhos, ele apontou para uma mulher, coberta por um véu e envolta em panos de algodão com faixas vermelhas e alaranjadas. Dela se via um pé muito pálido, pintado de hena. Hemlatha imaginou que fosse iemenita. Ou uma muçulmana do Paquistão ou da Índia.

"E ela é...?", perguntou Hema, esperando que não fosse descortês perguntar sua nacionalidade.

Adid anuiu vigorosamente. “Mais três meses pelo menos. E mais uma esperando, em casa.”

“Sabe de uma coisa?”, disse Hema, olhando deliberadamente para o púbis de Adid. “Vou pedir ao doutor Ghosh que lhe faça um preço especial para uma vasectomia, dois por um. Será mais barato do que ligar as trompas de todas as *begums*.”

O casal guzerate do outro lado dela levantou os olhos para o alto, fazendo cara feia para a gargalhada de Adid, que batia as mãos nas coxas.

“Por que o senhor não leva as mulheres à clínica pré-natal?”, perguntou Hema. “Um homem inteligente como o senhor não deve esperar até que elas passem por problemas. Não quer que sofram, não é?”

“Não sou eu quem não quer. A senhora sabe como são essas mulheres. Só vão ao hospital quando ficam inconscientes”, respondeu ele.

Era verdade, pensou Hemlatha. Anos antes, uma árabe do Merkato tinha ficado em trabalho de parto durante dias. E o marido, um comerciante rico, chamou o dr. Bachelli para examiná-la. Mas, em vez de permitir que um médico homem a visse, ela enfiou o corpo como uma cunha atrás da porta do quarto, de modo que qualquer tentativa de abri-la a esmagaria. A mulher morreu sozinha, atrás daquela porta, numa atitude muito admirada por suas amigas.

Como Hema sentisse fome, e para irritar os guzerates ainda mais, aceitou algumas folhas de *khat* de Adid e meteu-as na boca. Isso era uma coisa que antes ela não teria sonhado fazer, mas os acontecimentos das últimas horas haviam mudado tudo.

O *khat* no começo era amargo, mas depois a pasta suculenta se tornou doce e nada desagradável. “Maravilha das maravilhas”, disse alto, enquanto seu rosto se tornava bojudo como o de um esquilo e sua mandíbula assumiu o ritmo preguiçoso e deslizante dos milhares de mascadores de *khat* que ela havia visto na vida. Como uma contorcionista, apoiou um cotovelo na bolsa e pôs os pés sobre o banco, com um joelho dobrado e o outro sob o queixo. Inclinou-se para Adid, que se mostrava conversador ao extremo.

“... e passamos a maior parte da estação das chuvas fora de Adis, em Aweyde, que fica perto de Harrar.”

“Eu conheço bem Aweyde”, disse Hema, o que não era verdade. Tinha ido até lá de carro num feriado, muitos anos antes, para ver a velha cidade murada de Harrar. O que lembrava de Aweyde era que toda a cidade parecia nada mais que um mercado de *khat*. As casas eram muito feiosas, sem sequer um vestígio de caiação."Eu conheço bem Aweyde", repetiu, e o *khat* a levava a achar que realmente conhecia o lugar. "Cada pessoa lá tem dinheiro suficiente para comprar um Mercedes, mas não gasta um centavo para pintar a porta de casa. Estou errada?"

"Doutora, como a senhora pode saber dessas coisas?", perguntou Adid, atônito.

Hema sorriu, como se dissesse *Muito pouca coisa me escapa, meu caro*. E pôs-se a pensar nas bolas do francês, em dobras enrugadas, no rafe mediano que separava um testículo do outro, no darto, nas células de Sertoli. Sua mente disparava, hiperativa.

No interior do avião já não fazia calor, e era bom estar indo para casa. Ela quis dizer a Adid: Quando eu era estudante de medicina, tínhamos de aplicar um teste em pacientes a fim de verificar a dor *visceral*. Essa é uma dor diferente daquela de quando você tropeça e machuca o joelho, por exemplo. A dor visceral vem de dentro, dos órgãos do corpo. É uma dor difícil de caracterizar, mal localizada, mas mesmo assim é uma dor. Quando éramos estudantes, tínhamos de apertar os testículos para verificar se o paciente ainda sentia a dor visceral, porque doenças como a sífilis podem causar a perda dessa sensação. Certo dia, à beira da cama de um paciente com sífilis, o professor me escolheu para demonstrar a dor visceral. Os rapazes em nosso grupo começaram a abafar o riso. Eu era uma moça ousada, não hesitei. Expus as bolas... os testículos, desculpe. O paciente sofria de sífilis em estágio avançado. Quando apertei, o homem apenas sorriu para mim. Nada. Nenhuma dor. Nenhuma reação. Apertei mais forte. Com muita força. Nada ainda. Mas um de meus colegas desmaiou!

Adid sorriu, como se ela tivesse *mesmo* contado a história.

O avião começou a descer, entrando e saindo das nuvens espalhadas sobre Adis Abeba. A princípio, os densos bosques de eucaliptos ocultavam a cidade. Muitos anos antes, o imperador Menelik havia importado eucaliptos de Madagáscar, não por causa de seu óleo, mas como lenha, cuja falta quase o levara a abandonar a capital. O eucalipto havia se adaptado bem ao solo etíope, e crescia rapidamente, doze metros em cinco anos, vinte em doze. Menelik havia plantado muitos hectares de eucaliptos. Era uma árvore indestrutível, que sempre voltava a crescer depois de abatida e mostrava-se ideal para construção.

Clareiras entre as árvores revelaram *tukuls* circulares e cobertos de sapê e currais de espinheiros. Logo depois, nos arrabaldes da cidade, ela avistou grande quantidade de casas cobertas de placas de zinco corrugadas e mais próximas umas das outras. Surgiu à vista uma igreja com uma torre baixa e logo a cidade propriamente dita. Lá estava a rua Churchill, que começava na estação ferroviária e subia, íngreme, até a Piazza, com um punhado de carros e ônibus trafegando ladeira acima. Esse vislumbre do centro da cidade, que parecia tão moderna, levou-a a pensar no imperador Hailé Selassié. Ele fora responsável por mais mudanças durante seu reinado do que o país tinha conhecido em três séculos. Seu retrato, com o nariz adunco, os lábios finos, a testa alta, estava em todas as casas. O pai de Hema era o maior admirador do imperador, porque pouco antes da Segunda Guerra Mundial, quando Mussolini se preparava para invadir o país, Hailé Selassié advertira o mundo sobre o preço de nada fazer e permitir que a Itália invadisse um país soberano como a Etiópia. Essa inação, dissera, alimentaria as ambições territoriais não só da Itália, como também da Alemanha. "Deus e a história hão de recordar vossa decisão", ele sentenciara no famoso discurso perante a Liga das Nações, e suas previsões haviam se concretizado. O episódio o convertera no símbolo do fracote que enfrentava o valentão (e perdia).

"A senhora está vendo o Hospital da Missing?", perguntou Adid, sobre seu ombro.

"Não, não está visível."

Perto do aeroporto, toda a encosta de uma colina havia se coberto de um alaranjado flamejante, devido ao desabrochar da flor chamada *meskel*, o que indicou a Hema que a estação das águas devia ter acabado. Outro morro estava coberto de puxadinhos e casebres de chapas metálicas corrugadas, de um castanho avermelhado ou de uma tonalidade ferruginosa mais escura. Cada casebre fazia parede-meia com o contíguo, de modo que coletivamente eles lembravam longas composições ferroviárias a serpentear pelo morro, espalhando rebentos e ramos em todas as direções.

O francês sobrevoou o campo de pouso em baixa altitude, para que o agente da alfândega tivesse tempo de montar em sua bicicleta e tirar da pista algumas vacas desgarradas. Descreveu um longo círculo e pousou.

Carros e furgões da polícia etíope, de um verde bilioso, partiram, desabalados, em direção ao aparelho, juntamente com todos os funcionários da Ethiopian Airlines. A porta do compartimento de carga foi aberta com um arranco e mãos frenéticas correram a descarregar o *khat*. Atiraram os pacotes para dentro de uma Kombi, depois num triciclo motorizado, e, quando esses dois veículos se encheram, abarrotaram os carros da polícia e saíram todos em disparada, fazendo soar as sirenes. Só então os passageiros tiveram permissão para desembarcar.

O motor de seiscentos mililitros do Fiat Seicento azul e branco gemeu para carregar Hemlatha e sua radiovitrola Grundig. Ela mesma tinha supervisionado a colocação do enorme caixote no porta-bagagem no teto do carrinho.

Fazia uma bela tarde de sol em Adis, o que a levou a se esquecer que tinha ultrapassado em mais de dois dias a data em que deveria estar de volta ao hospital. A luz naquela altitude era muito diferente da de Madras, pois se derramava naquilo que iluminava, em vez de se refletir, ofuscante, de todas as superfícies. Não havia nenhuma sugestão de chuva na brisa, embora isso pudesse mudar de um instante para outro. Hema sentiu o odor lenhoso e medicinal de eucalipto, um aroma que jamais daria certo num perfume, mas que era revigorante no ar. Junto com esse cheiro, vinha também o de incenso, que em todas as casas era lançado no fogão a lenha. Hema estava feliz por estar viva, por estar de volta a Adis, mas não sabia o que fazer da onda de nostalgia que a invadiu, um anseio irrealizado que ela era incapaz de definir.

Com o fim das chuvas, tinham proliferado bancas improvisadas que vendiam pimentas vermelhas e verdes, limões e milho assado. Um homem com um carneiro a balir, pendurado em seu pescoço como uma capa, fazia força para ver a rua à sua frente. Uma mulher vendia maços de folhas de eucalipto usadas como combustível para preparar *injera*, um prato parecido com uma panqueca, feito com o grão *tef*. Mais adiante Hema viu uma menininha verter massa numa enorme frigideira plana apoiada sobre três tijolos, entre os quais ardia o fogo. Quando o *injera* estivesse pronto, seria retirado como uma toalha de mesa e depois dobrado em dois, em quatro, uma vez mais e guardada numa cesta.

Uma velha de luto fechado deteve-se para ajudar uma mãe a pendurar seu bebê nas costas, numa espécie de bolsa feita com uma dobra de seu *shama*, o pano branco de algodão que homens e mulheres passavam sobre os ombros.

Um homem cujas pernas atrofiadas se dobravam sobre o peito avançava, levado pelos braços rígidos, pelo passeio de terra. Usava, em cada mão, um bloco de madeira com cabo, que apoiava no chão e então impelia as nádegas para adiante. Movia-se com uma incrível eficiência, como se fosse a letra M transitando pela rua. A breve ausência de Hema fazia com que essas coisas voltassem a ser novidade.

Uma tropa de mulas, sobrecarregadas de lenha, avançava devagar, e os animais tinham uma expressão dócil e angelical, apesar das chicotadas que recebiam do tropeiro descalço que as acompanhava. O chofer do táxi buzinava sem parar. Apesar do lamento estridente do motor, o táxi só conseguia se arrastar pela rua, como outra besta sobrecarregada.

Um caminhão que carregava carneiros, com os pobres animais tão juntos um dos outros que mal conseguiam se mexer, os alcançou. Aqueles eram os bichos felizes que estavam sendo *levados* para o matadouro. Antes da Meskel, a festa que comemorava a descoberta da Cruz de Cristo, grandes rebanhos de carneiros chegariam à capital, com os animais cambaleando de exaustão, quase incapazes de sobreviver àquele transporte, para a mesa do festim. Nos dias que se seguiam à Meskel, não se via nem se ouvia carneiro algum. Mas vendedores de peles ocupavam as ruas e becos, apregoando: "*Ye beg koda alle!*" — "Peles de carneiro, quem tiver!". A porta de uma casa se abria para ele e, após um certo regateio, ele estendia outra pele de carneiro em cima das que já sobraçava e retomava seu pregão.

De repente Hemlatha notou crianças por todos os lados, como se tivessem estado invisíveis durante todos aqueles anos. Dois meninos faziam rodar seus grosseiros aros de metal, que guiavam e impeliam com uma vareta, guinando de um lado para outro e imitando barulhos de carros. Um garotinho com trilhas de ranho que iam do nariz à boca olhava-os com inveja. Sua cabeça tinha sido rapada de modo a deixar um tufo na frente, semelhante a uma ilha de trânsito; alguém tinha dito a Hema, quando ela chegou pela primeira vez à Etiópia, que aquele corte esquisito era feito para que, se Deus decidisse levar aquela criança (e eram tantas as que Ele levava!), esse tufo Lhe daria um cabo pelo qual carregá-la para o céu.

A mãe da criança estava de pé diante da cortina de contas de um *buna-bet* — um café —, embora o estabelecimento, na verdade, fosse um bar, que oferecia coisas mais potentes que café. À noite, o interior do bar era iluminado por tubos de neon verdes, amarelos e vermelhos, e a mulher, transformada àquela hora, oferecia drinques e sua companhia. Uma máquina de café expresso sobre um balcão de zinco definia a classe de um estabelecimento — uma herança da ocupação italiana. Os olhos vazios da mulher pousaram no táxi e depois em Hema, e sua expressão endureceu, como se ela tivesse visto uma competidora. Ergueu os olhos para o estranho caixote sobre o táxi e depois desviou o olhar com um ar de indiferença, como se dissesse: "Nada disso me impressiona". Talvez seja uma amárica, pensou Hema, a julgar pela pele da cor da nogueira e pelos malares altos. Ela é muito bonita. Provavelmente, uma amiga de Ghosh. Um pente estava preso em seu cabelo, como se ela estivesse fazendo uma pausa na tarefa de armar o penteado. Suas pernas brilhavam à custa de creme Nivea. Talvez ela até engolisse um pouco de Nivea de vez em quando, por acreditar que o creme tornaria sua pele mais clara. Pelo que sei, funciona, pensou Hema, embora a ideia lhe provocasse um estremecimento.

Entre os prédios mais novos, de blocos de concreto, havia barracos de taipa sem pintura em cujas paredes se entreviam varas, palhas e barro. Só havia necessidade de um pau cravado no chão, com uma lata vazia invertida em sua ponta, para informar que determinado barraco também era um *buna-bet* e que, embora ali não houvesse uma máquina de café expresso e se vendessem *tej* e *talla* caseiros, em vez de cerveja St. George engarrafada, o lugar oferecia os mesmos serviços que o outro.

A mais antiga profissão do mundo não suscitava olhares de desaprovação, nem mesmo da parte de Hema. Ela tinha aprendido que era inútil objetar — seria como desaprovar a lei da gravidade. Mas as consequências dessa tolerância lhe eram evidentes: abscessos tubários e ovarianos, infertilidade decorrente de gonorreia, abortos espontâneos e bebês com sífilis congênita.

Na avenida principal, Hema viu uma turma de sorridentes operários gurages, de pele escura e ossatura forte, supervisionados por um risonho capataz italiano. Os gurages eram sulistas que tinham a merecida reputação de serem trabalhadores e se disporem a executar trabalhos que a gente do lugar não estava disposta a fazer. Quando precisava de mão de obra adicional na

Missing, Gebrew simplesmente abria o portão da frente do hospital e gritava: "Gurages!". No entanto, como ultimamente esse apelativo ganhara conotações pejorativas, era mais seguro gritar "Cules!".

O grupo estava descalço, com exceção do capataz e de um homem que usava um apertado par de sapatos de plástico, tendo cortado buracos neles para acomodar os dedões. Normalmente, Hema teria ficado furiosa ao ver operários negros dirigidos por um capataz branco, e ela ficou matutando por que não se sentia assim; talvez fosse porque os italianos que tinham ficado na Etiópia depois do fim da ocupação eram tão simpáticos, tão dispostos a rir de si mesmos, que era difícil alguém ficar ressentido com eles. Para os italianos, a vida era o que era, nem mais nem menos, um interlúdio entre refeições. Ou talvez essa fosse a atitude que tinham descoberto ser a melhor, dadas as circunstâncias. Hema viu que os operários pararam de trabalhar assim que o supervisor se afastou. O ritmo era de lesma, mas, mesmo assim, escolas, edifícios de escritórios, um suntuoso edifício dos correios e um banco nacional estavam em andamento, para corresponder à grandiosidade da catedral da Trindade, do Parlamento e do palácio do Jubileu. O sonho do imperador, dar à sua capital africana ares europeus, estava se concretizando.

Talvez tenha sido porque o imperador ainda estava em sua cabeça e porque seu táxi se achava no cruzamento onde, em lugar da fila de lojas, no passado houvera um patíbulo, de repente Hema se lembrou de uma cena que a perseguia.

Fora exatamente nesse local que, em 1946, ela e Ghosh, nos primeiros meses deles em Adis, tinham dado com uma multidão que bloqueava a rua. Do estribo do Volkswagen de Ghosh, Hema vira uma forca feita às pressas e três laços que dela pendiam. Surgiu então um caminhão Trenta Quattro adaptado, com insígnias militares, e três presos etíopes, algemados, que se encontravam na carroceria sem bordas, foram postos de pé. Os homens estavam sem paletó, mas, a julgar pelas camisas, sapatos e calças, era como se tivessem sido tirados de um jantar.

Um oficial etíope, com uniforme da Guarda Imperial, leu alguma coisa numa folha de papel e a jogou de lado. Hipnotizada, Hema o viu enfiar um laço em cada cabeça e virá-lo de lado, atrás da orelha. Os condenados pareciam resignados com sua sorte, o que era, em si, uma forma de extrema coragem. O porte de um homem alto e mais idoso que os outros deu a Hema a certeza de que eram militares. Esse prisioneiro grisalho, mas ereto, falou alguma coisa ao oficial da Guarda Imperial, que inclinou a cabeça para ouvir. O oficial anuiu e retirou o laço. O prisioneiro debruçou-se então para fora da plataforma do caminhão e estendeu os pulsos algemados para uma mulher que chorava. Ela retirou uma aliança do dedo dele e beijou sua mão. O prisioneiro recuou, baixou o olhar como um ator que procura sua marca no palco e fez uma mesura para o carrasco, que retribuiu o gesto e repôs o laço em seu pescoço com a delicadeza de um noivo que adornasse a noiva com uma guirlanda.

Hema não compreendeu o que estava assistindo, pelo menos não na hora. Quase julgou que aquilo fosse algum tipo de representação teatral. A violência que se seguiu — o caminhão afastando-se com estrondo, os vultos a se sacudir, o ângulo estranho e inverossímil das cabeças sobre os peitos, a corrida frenética de circunstantes para se apoderar dos sapatos dos mortos — foi menos perturbadora que a ideia de que ela estava morando num país onde tais coisas podiam acontecer. Sem dúvida tinha visto brutalidades e crueldades em Madras, mas lá assumiam a forma de desdém e indiferença em relação ao sofrimento, ou a forma de corrupção.

O episódio deixou-a doente durante dias e ela chegou a cogitar em ir embora da Etiópia. Não tinha visto nada sobre o fato no *Ethiopian Herald*, nenhum comentário que o governo desejasse fazer. Os homens estavam planejando uma revolução, era o que as pessoas diziam, e aquela tinha sido a resposta do imperador. Estava mantendo um país frágil nos trilhos.

Hema nunca se esquecera do carrasco relutante, um homem bem-apessoado, cujas têmporas formavam um ângulo agudo com a fronte, o que dava a sua cabeça a forma de uma machadinha. O nariz era achatado na base, como resultado de uma antiga fratura. Hema lembrava sua grave mesura para o condenado antes de cumprir suas ordens. Sentira pena e até respeito por ele. Aquele gesto revelou o conflito entre o dever e a compaixão. Tivesse se recusado a cumprir as ordens, seu pescoço pagaria o preço. Hema tinha certeza de que ele agira contra sua consciência.

Talvez seja isso que me mantém em Adis há tantos anos, essa justaposição de cultura e brutalidade, essa construção do novo a partir do cadinho de lama primeva, pensou Hema. A cidade está evoluindo, e eu me sinto parte dessa evolução, ao contrário de Madras, cidade que parece ter sido completada séculos antes de eu nascer. Alguém, além de meus pais, notou que eu vim embora?

"Por que você não fica na Índia? São tantas as mulheres pobres que morrem bobamente aqui em Madras", dissera-lhe o pai, sem muita esperança, nessa visita sua.

"O senhor quer que eu preste serviços gratuitos aos pobres aqui nesta casa?", perguntou ela. "Se não quer, consiga-me um emprego. Dê um jeito de a Corporação Municipal... ou o Serviço Médico Público me contratar. Se meu país precisa de mim, por que não me aproveita?" Ambos sabiam a resposta: os empregos iam para aqueles dispostos a molhar a mão de poderosos. Hema suspirou, fazendo com que o chofer do táxi virasse a cabeça. Ela estava revivendo a dor de se despedir dos pais mais uma vez.

Os camponeses descalços que carregavam pesos absurdos na cabeça e as charretes puxadas a cavalos que transitavam pelas ruas mantinham a aura e a mística daquele reino antigo, quase validando as narrativas do Preste João, que escrevera na Idade Média histórias fantásticas de um reino cristão cercado de terras muçulmanas. Aquela poderia ser mesmo a era de transplantes de rins nos Estados Unidos e de uma vacina contra a poliomielite que em breve chegaria até mesmo à Índia, mas ali Hema tinha a sensação de ter ludibriado o tempo; com seu conhecimento do século XX, ela tinha viajado a uma época anterior. O poder passava de Sua Majestade para os rases, para os dejazmaches e para a pequena nobreza, e desta para os súditos e os trabalhadores. As qualificações dela eram tão raras, tão necessárias aos mais pobres dentre os pobres, e às vezes até no palácio real, que ela se sentia importante. Não era isso a definição de lar? Não a pátria de nascimento de uma pessoa, mas o lugar onde ela é desejada?

Mais ou menos às duas da tarde, o táxi parou diante dos portões cor de rapé do Hospital da Missing, um micromundo.

Um muro de pedra delimitava os terrenos do hospital e escondia as construções. Eucaliptos agigantavam-se sobre o muro, e onde não havia pés de eucalipto elevavam-se abetos, jacarandás e acácias. Cacos de vidro verdes projetavam-se da argamassa no alto do muro com o intuito de afastar os intrusos — roubos e furtos eram comuns em Adis —, embora as roseiras que se debruçavam sobre o muro amenizassem esse dissuasor. O portão, feito de ferro forjado e coberto por chapas de aço, normalmente permanecia fechado, e os pedestres eram admitidos pela porta menor instalada no portão. Mas nesse momento o portão estava escancarado, assim como a porta de pedestres.

Passado o portão, Hema viu que a porta e a janela da guarita de Gebrew, o vigia, também estavam abertas, e, quando transpuseram a ladeira, ela deparou com todas as janelas e portas do ambulatório do hospital igualmente abertas; na verdade, viu que Gebrew (que, aliás, era também sacerdote da Igreja Ortodoxa Etíope) estava mantendo aberta a porta do lenheiro com uma pedra.

Ao ver o táxi, ele se aproximou correndo, com as abas do casaco do Exército abanando e o turbante branco de sacerdote parecendo diminuir ainda mais seu rosto miúdo, segurando com uma das mãos o espantador de moscas, a cruz e as contas. Dava a impressão de querer mandar o táxi embora. Gebrew era um sujeito nervoso, que falava depressa e se movimentava aos arrancos, porém estava mais agitado que de costume. Parecia estupefato por vê-la, como se esperasse que ela nunca mais fosse voltar.

"Louvado-seja-Deus-por-a-senhora-voltar, que-bom-ver-a-senhora-de-novo, como -vai-a-senhora-vai-bem? Deus-respondeu-a-nossas-orações", disse em amárico. Hema retribuiu cada uma de suas mesuras da melhor maneira que pôde, mas ele não parou até ela dizer: "Gebrew!".

Hema estendeu-lhe uma nota de cinco birr.

"Por favor, leva tigela ao bar Sabá e traz *doro-wot* para mim", disse, referindo-se ao delicioso frango ao curry feito com *berbere* ou pimentas etíopes. Seu amárico era rudimentar, e ela só falava no presente do indicativo, mas *doro-wot* era uma palavra que havia dominado logo. E o *doro-wot* havia ocupado seus pensamentos nas últimas noites que passara em Madras, depois de tantos dias de uma dieta puramente vegetariana. O *wot* vinha servido sobre o *injera* macio, como um crepe, com outros rolos de *injera* com que Hema pegaria a carne. Quando Gebrew voltasse, o curry teria empapado o *injera* que revestia a tigela. Hema ficou com água na boca só de pensar no prato.

"Vou-logo-madame, o-Sabá-é-o-melhor, que-Deus-abençoe-o-cozinheiro, o-Sabá-é..."

"Diga-me uma coisa, Gebrew, por que as portas e janelas estão abertas?" Hema notou então que as unhas e dedos dele estavam ensanguentados, e que havia penas coladas nas mangas de sua roupa, como também em seu espantador de moscas.

Foi então que Gebrew disse: “Ah, madame! É isso que estou tentando lhe dizer. O bebê está preso! O bebê. E a irmã! E o bebê!”.

Hema não compreendeu. Nunca o vira tão ansioso. Sorriu e esperou.

“Madame! Irmã está de parto! A coisa não vai bem!”

“O quê? Pode repetir?” Talvez pelo fato de ter viajado e deixado de ouvir o amárico, não estivesse entendendo direito.

“Irmã, madame”, disse Gebrew, alarmado por perceber que não se fazia entender, e achando que mais volume e altura de voz ajudariam, embora isso redundasse num grasnido.

“Irmã”, no Hospital da Missing, sempre se referia à irmã Mary Joseph Praise, pois a outra freira era a enfermeira-chefe Hirst, enquanto todas as demais enfermeiras eram chamadas de enfermeira Almaz ou enfermeira Esther, e não de irmã.

Para espanto de Hema, Gebrew estava chorando, e sua voz se tornou aguda. “Passagem está fechada! Eu abri todas as portas e janelas. Rasguei um frango ao meio!”

Segurou a barriga e esforçou-se por fazer uma bizarra imitação de um parto. Tentou em inglês: “Bebê! Bebê? Madame, bebê?”.

O que ele estava tentando transmitir era claríssimo. Não havia possibilidade de confusão. Mas Hema teria dificuldade para acreditar nisso em qualquer língua.

7. *Fetor terribilis*

As portas da sala de cirurgia se abriram com um repelão. A estagiária deu um grito. A enfermeira-chefe levou as mãos ao peito ao ver a mulher de sári, com as mãos nos quadris, o busto arfando, as narinas dilatadas.

Todos ficaram paralisados. Como haviam de saber se essa era a verdadeira Hema deles ou uma aparição? A figura parecia mais alta e encorpada do que Hema e tinha os olhos injetados de um dragão. As dúvidas só se dissiparam quando ela abriu a boca e perguntou: "Que maluquice disparatada é essa que Gebrew está dizendo? Pelo amor de Deus, o que está havendo?".

"É um milagre", respondeu a enfermeira-chefe, referindo-se à chegada de Hema, mas isso só confundiu ainda mais as coisas para a obstetra. A estagiária, com o rosto afogueado e as marcas de varíola brilhando como se fossem cabeças de prego embutidas na madeira, acrescentou: "Amém".

Stone levantou-se e as rugas em sua testa se desfizeram quando viu Hema. Embora não dissesse uma só palavra, sua expressão era a de um homem que, tendo caído numa fenda no gelo, vê uma corda descer do alto.

Muitos anos depois, lembrando-se desse momento, Hema me disse: "Filho, minha saliva virou cimento. O suor começou a escorrer por meu rosto e pelo pescoço, apesar do frio que fazia ali. Mesmo antes de eu tomar conhecimento dos fatos médicos, eu já havia percebido aquele cheiro".

"Que cheiro?"

"Você não encontra referência a ele em nenhum livro, Marion, nem tente. Mas ele está gravado aqui", disse, batendo com o dedo na cabeça. "Se eu resolvesse escrever um livro, não que eu tenha qualquer interesse em fazer isso, dedicaria um capítulo inteiro apenas aos odores obstétricos." O cheiro era, ao mesmo tempo, azedo e muito doce, características antagônicas que se reuniam naquilo que ela tinha passado a chamar de *fetor terribilis*. "É uma coisa que sempre indica catástrofe. Mães mortas, bebês mortos ou maridos homicidas. Ou tudo isso junto."

Ela não conseguia acreditar na quantidade de sangue que havia no chão. Ver instrumentos espalhados em completa desordem, *sobre* a paciente, ao lado da paciente e sobre a mesa cirúrgica, agrediu seu senso de ordem. Mas principalmente, e ela vinha resistindo a isso, não conseguia aceitar o fato de que a irmã Mary Joseph Praise, a doce irmã, que deveria estar em pé, de capote cirúrgico, de máscara e escovada, atuando como uma referência de calma naquela calamidade, estivesse em vez disso quase morta sobre a mesa cirúrgica, com a pele branca como cal e os lábios sem nenhuma cor.

Os pensamentos de Hema se embaralharam, como se tivessem deixado de ser seus e fossem um refinado pergaminho que se desenrolasse diante dela num sonho. A mão esquerda da irmã Mary Joseph Praise, apoiada na mesa com a palma para cima, chamou sua atenção. Os dedos estavam dobrados, o indicador um pouco menos, como se ela estivesse apontando para alguma coisa quando o sono ou o coma a dominara. Era uma postura de repouso que raramente alguém associaria à irmã Mary Joseph Praise. Os olhos de Hema voltariam repetidamente a essa mão durante o transcurso dos sessenta minutos seguintes.

Ver Thomas Stone devolveu-lhe a razão e a tirou de sua abstração. Ver Stone no lugar sagrado, entre as pernas de uma mulher, reservado a um obstetra, exasperou-a. Aquele era seu lugar, seu domínio. Ela o fez sair dali quase com um empurrão, e em sua pressa Stone derrubou o banco. Tentou explicar o que havia acontecido: a maneira como acharam a irmã, a descoberta de sua gravidez e depois a obstrução, o choque, a hemorragia que não estancava...

"*Ayoh*, o que é isso?", perguntou Hema, interrompendo-o, os olhos arregalados de alarme, franzindo o cenho e com a boca fazendo um perfeito O. Apontou para o trépano ensanguentado e o manual encostado, aberto, no ventre da irmã Mary Joseph Praise.

"*Livros* e o que mais?" Empurrou-os para o lado, e caíram no chão com estrépito, o som reverberando nas paredes.

O coração da estagiária batia dentro de seu peito como uma mariposa presa num lampião. Sem saber onde pôr as mãos, meteu-as nos bolsos. Sentiu-se mais tranquila ao pensar que não tinha nada a ver com os livros e os demais trastes. Ela havia falhado, e estava começando a se dar conta disso, na área de Sólida Sensibilidade de Enfermagem; não tinha percebido a gravidade do estado da irmã Mary Joseph Praise quando fora dar o recado de Stone. Havia pressuposto que outras pessoas cuidariam dela. Ninguém sabia que a irmã Mary Joseph Praise estava tão mal, e ninguém tinha avisado a chefe.

A irmã Mary Joseph Praise mexeu a cabeça, e a chefe acreditou que ao menos por um instante ela tivera consciência da mão que segurava a sua. No entanto, tão contínuas eram suas dores que a irmã não pudera agradecer a gentileza.

Levava nas mãos um longo dardo de ouro, e em sua extremidade de ferro parecia luzir uma brasa viva.

Pelos fragmentos que pôde entender, a chefe achou que as palavras murmuradas pela irmã Mary Joseph Praise fossem as palavras de Santa Teresa, que ambas conheciam tão bem.

Foi como se ele me transpassasse o coração várias vezes com o dardo, de modo que ele me alcançou as entranhas. Quando o retirou, pareceu que elas saíam também, deixando-me inflamada por um grande amor a Deus. Tão intensa era a dor que gemi várias vezes, mas ao mesmo tempo tão extraordinária é a doçura dessa dor intensa que não se deseja que chegue ao fim.

Mas, ao contrário de Santa Teresa D'Ávila, evidentemente a irmã Mary Joseph Praise *queria* que a dor terminasse, e nesse exato momento, contou a enfermeira-chefe, a dor pareceu perder a força em seu ventre, e a irmã suspirou, dizendo claramente: "Assombra-me, Senhor, Tua misericórdia. Não é coisa que eu mereça".

Seguiu-se um breve período de lucidez, movimentos oculares aleatórios, além de novas tentativas de falar, mas eram ininteligíveis. Uma luz forte resplandeceu na sala, e a chefe disse que foi como se o sudário que havia se formado diante de seus olhos se desfizesse. Naquele momento, a irmã Mary

Joseph Praise olhou em torno da sala de cirurgia 3, a sua sala de cirurgia durante todos aqueles anos, e a chefe achou que a jovem freira tinha compreendido que agora *ela* era a paciente, que seria operada e que suas chances eram poucas.

"Talvez ela achasse que *merecia* morrer", disse-me a chefe, tentando adivinhar os pensamentos de minha mãe. "Se a fé e a graça pretendem equilibrar a natureza pecaminosa de todos os seres humanos, as dela tinham sido insuficientes, e por isso o que ela sentia era vergonha. Ainda assim, deve ter acreditado, mesmo com todas as suas imperfeições, que Deus a amava e que o perdão a esperava em Sua morada, se não na terra."

A chefe imaginava que, talvez, o que assustava minha mãe era a perspectiva de morrer na África, um continente distante de onde ela havia nascido. Talvez, em seu coração, como no de todos os viventes, morasse o desejo de encerrar o círculo da vida em seu ponto inicial, que no caso dela era Cochin.

A seguir, a chefe ouviu minha mãe sussurrar claramente "*Miserere mei, Deus*" antes que a voz a abandonasse. Conduziu-a pelo resto do salmo, em latim, servindo como sua caixa de ressonância enquanto os lábios da irmã Mary Joseph Praise se mexiam: "Eis que em iniquidade fui formado, e em pecado me concebeu minha mãe... Purifica-me com hissope e ficarei puro; lava-me, e ficarei mais alvo do que a neve".

Quando terminou o salmo, disse a enfermeira-chefe, o sudário voltou a se formar. A luz estava desaparecendo do mundo dela.

"Pegue o banco, Stone!", exclamou Hema. "E você, tire as mãos dos bolsos", disse à estagiária, estalando os dedos.

Stone endireitou o banco para Hemlatha no momento exato em que ela se sentava nele. O molho de chaves que ela havia pegado para abrir sua casa estava agora enfiado na cintura de sua saia, e tilintou quando ela se sentou. Sob as lâmpadas da sala cirúrgica, o brilhante em seu nariz fulgia. Mechas de cabelo caíam sobre as orelhas e diante de seus olhos; apertando os lábios, afastou-os com um sopro. Endireitou os ombros, confrontando o horror e a feiura do que tinha diante de si. Com esse gesto, ela despiu o manto da viajante e pôs sobre si o da obstetra. Por mais difícil, perigoso ou desagradável que fosse o trabalho que tinha diante de si, era dela e somente dela.

Hema sentiu dificuldade para respirar. Seus pulmões precisariam de uma semana para se aclimatar. Ela viera do nível do mar, em Madras, para uma sala de cirurgia a dois mil e quinhentos metros de altitude, sem contar o banco em que estava sentada. Suas narinas se dilatavam a cada inspiração, como as de um puro-sangue depois de correr o quarto de milha.

Mas sua falta de ar decorria também do que tinha diante de seus olhos. Gebrew não havia perdido o juízo ou ingerido uma quantidade excessiva de *talla*. Tinha dito a verdade. O milagre cotidiano da concepção havia ocorrido no único lugar onde não devia suceder: o ventre da irmã Mary Joseph Praise. A irmã estava grávida, tinha estado grávida durante meses antes da partida de Hema para a Índia! E não apenas grávida, como também, agora, *in extremis*. E o pai?

Quem mais? Hema lançou um olhar ao rosto pálido de Stone.

Mas por que não?, pensou. Por que eu deveria estar surpresa? Lembrou-se do que havia dito um de seus professores: "A incidência de câncer do colo de útero é máxima entre as prostitutas e *quase* nula entre as freiras. Por que quase nula e não nula? Porque as freiras não nasceram freiras! Porque nem todas as freiras foram castas antes de se tornarem freiras! Porque nem todas as freiras são castas!". Não eram nem lá nem aqui, pensou Hema, enquanto metia as mãos nas luvas que a enfermeira-chefe lhe estendia.

A estagiária registrou no quadro a chegada da dra. Hemlatha. Recriminou-se por não ter se lembrado das luvas.

Hemlatha estendeu para os lados as próprias pernas. Seus pés estavam inchados por causa do longo voo. Flexionou os artelhos contra as tiras das sandálias e esfregou as solas do calçado no chão para ter um bom ponto de apoio no piso ensanguentado. Com os dedos da mão esquerda, afastou os lábios vaginais. Depois, com o movimento simplificado pelas vezes sem conta em que fizera aquilo, a mão direita puxou para baixo a borda posterior, expondo à vista o canal vaginal.

"Rama, Rama, isto é uma porcaria de instrumento da idade da pedra!", exclamou, retirando primeiro uma metade e depois a outra metade do esmagador de crânio, passando-os por cima das orelhas do bebê e depois puxando-o. Quando o instrumento sanguinolento ficou livre, olhou-o com repulsa e jogou-o para o lado.

A enfermeira-chefe sentiu-se aliviada. Não importava o que viesse a acontecer, pelo menos agora a situação estava entregue a uma verdadeira obstetra.

Não pôde deixar de notar que Hemlatha e Stone haviam trocado de papéis: agora era Hema quem gritava e atirava instrumentos.

A chefe contou que a irmã Mary Joseph Praise tinha mostrado que sentia dores fortes, com sérios espasmos, e que as dores haviam cessado de repente e ela parecera quase lúcida, conversando... Mas então sua situação se agravara de novo.

"Meu Deus!", exclamou Hema, que sabia que na natureza as dores não cessam até um bebê sair. "Está parecendo que houve uma ruptura de útero." Isso explicaria o grande volume de sangue no chão. Outra possibilidade era uma placenta prévia — uma placenta implantada sobre a saída do útero. Nenhuma das duas possibilidades era boa. "Quando vocês pararam de ouvir os sons cardíacos fetais?"

Ninguém respondeu.

"Pressão?"

"Seis por palpação", respondeu a enfermeira anestesista, depois de algum tempo, como se esperasse que outra pessoa anunciasse o número que cabia a ela dizer.

Hema levantou o olhar por cima do ventre da irmã Mary Joseph Praise para encarar a enfermeira Asqual com um olhar fuzilante.

"Está esperando que chegue a zero para começar a respirar por ela? Use uma sonda traqueal. Ligue a sonda ao fole manual. Se ela despertar, dê-lhe um pouco de petidina intravenosa. Avise-me quando tiver terminado. Onde está Ghosh? Alguém foi buscá-lo?"

A enfermeira Asqual começou a agir, satisfeita por ter recebido instruções detalhadas, pois sua mente se paralisara.

"E quem foi buscar sangue? O quê? Ninguém? Estou trabalhando com idiotas aqui? Vão! Correndo! Correndo!" Duas pessoas dispararam pela porta. "Juntem qualquer pessoa, todo mundo, e juntem sangue. Precisamos de muito sangue!"

Hema meteu dois dedos da mão direita em torno do crânio do feto. Com a outra mão, comprimiu o ventre da irmã Mary Joseph Praise. Por cima da protuberância do abdome, olhou para seu rosto. Estava lívido, mais que o de Stone.

Com mãos trêmulas, a enfermeira Asqual conseguiu introduzir a sonda traqueal. A cada compressão do fole, os peitos intumescidos da irmã se erguiam.

As mãos de Hema eram como extensões de seus olhos, explorando o espaço que ela considerava a porta de acesso a seu trabalho. Os dedos introduzidos na vagina faziam sondagens, ajudados pela mão do lado de fora. Hema fechou os olhos, para melhor captar o que as pontas dos dedos transmitiam a respeito da largura da pelve e da posição do bebê.

"O que temos aqui...?", falou alto. Realmente, o bebê estava de cabeça para baixo, mas o que era aquilo? Outro crânio? "Meu Deus, Stone!", exclamou Hemlatha, tirando a mão depressa, como se tivesse tocado uma brasa viva.

Stone olhava, sem compreender, mas com medo de perguntar. Hema fixou o olhar nele, com o rosto tenso, aguardando uma resposta, *qualquer* resposta, e disposta a silenciá-la com um grito quando ela viesse.

"Antes fora do que dentro?", murmurou Stone, pensando que ela se referia a suas tentativas de esmagamento craniano.

"Que diabo, Thomas, não venha me citar seu livro besta. Você acha que isso é brincadeira?"

Stone, que não via nada daquilo como brincadeira e, na verdade, via que tudo que Hema estava fazendo eram coisas que ele poderia e deveria ter feito, ficou vermelho como um pimentão. Hema virou-se para sondar novamente aquele espaço calamitoso no corpo da irmã Mary Joseph Praise onde *duas* vidas corriam perigo. Suas palavras soaram como murros desferidos em Stone.

"*Uma* consulta pré-natal? Você não poderia ter deixado que eu a visse em pelo menos *uma* consulta pré-natal? Eu teria cancelado minha viagem. Veja a complicação em que estamos. Inteiramente evitável... *Inteiramente evitável!*" As duas últimas palavras foram proferidas como chicotadas.

Stone parecia uma criança de pé diante da diretora da escola. Como Hema parecia esperar que ele falasse alguma coisa, gaguejou: "Eu não sabia!".

Uma expressão de pasmo tomou conta de Hemlatha. Ela o fitou. Uma parte dela não aceitava a ideia de que Stone tivesse engravidado a irmã Mary Joseph Praise... Quem poderia imaginar tal coisa? Mas triunfou o cinismo da obstetra que já tinha visto de tudo.

"Está pensando em partenogênese, doutor Stone? Na Imaculada Conceição?" Hema girou o banco. "Nesse caso, adivinhe uma coisa, doutor Cirurgião Eficaz! A coisa aqui é melhor do que foi na manjedoura de Belém. Esta virgem está parindo gêmeos!" Fez uma pausa para que suas palavras fossem compreendidas em toda a plenitude. "Pelo amor de Deus, você não podia ter feito uma cesariana?" Sua entonação se elevou no fim da frase, deixando a palavra "cesariana" pendendo sobre a cabeça de Stone. "Luvas e capote cirúrgico, depressa!", gritou. "Bandeja de cesariana! Acordem, todos! Não queriam salvá-la? Depressa! Depressa! Depressa!" E repetiu em amárico: "*Tolo, tolo, tolo!*", para o caso de o inglês não estar sendo entendido.

A força de suas palavras impediu que as pessoas voltassem ao choque que as havia imobilizado.

"E vocês, enfermeiras, aí em pé, engomadas e inúteis", disse Hemlatha, vestindo uma bata estéril e trocando as luvas por um novo par, pois não havia tempo para lavar. "Não podiam ter dito alguma coisa a ele? Você, enfermeira-chefe?" A chefe baixou os olhos. "Há quanto tempo pararam os sons cardíacos do feto? Qual era a frequência cardíaca do feto?"

"Foi tudo muito rápido. Nós..."

"Ah, chega disso, Stone. Uma de vocês, me dê uma resposta concreta. Ou calem-se todos. Pressão agora?"

"Pouco menos de seis."

"Onde está o sangue? Estou lidando com surdos, além de mudos? Alguém pode responder?"

O hospital não tinha um banco de sangue, mas apenas, com sorte, um ou dois frascos de meio litro mantidos numa geladeira. As famílias dos pacientes relutavam em doar sangue. Certa vez, Hema havia pressionado um marido a doar sangue para sua mulher, e ele se recusara peremptoriamente. Quando ela disse que se a situação fosse inversa ela decerto lhe doaria sangue, o homem respondera: "A senhora não conhece minha mulher. Ela está esperando que eu morra para ficar com minhas vacas e as propriedades". Com frequência, eles próprios, ou seja, ela, Ghosh, Stone e a enfermeira-chefe, doavam sangue e conseguiam persuadir algumas enfermeiras a fazerem o mesmo. Ao menos uma vez por ano, Ghosh saía de carro e arrebanhava membros de sua equipe de críquete para que doassem sangue.

"Ninguém pensou em sangue?", disse Hema outra vez. "Todas que não sejam necessárias aqui saiam agora para doar sangue. Essa moça é uma de nós, pelo amor de Deus! Vão, agora. Não, você, não, Stone! Ponha uma luva, homem, pelo amor de Deus. Faça alguma coisa de útil. Qual era a frequência cardíaca fetal?"

A estagiária mantinha os olhos fixos no quadro, aterrorizada com a ideia de ter de doar sangue e sem ousar erguer o olhar. E ela sabia que ninguém havia verificado a frequência cardíaca do feto. Estavam preocupados demais com a mãe. A estagiária riscou a anotação que tinha feito, "Cesariana indicada", ao se dar conta de que isso prejudicaria a enfermeira-chefe. Não era nada reconfortante ver o dr. Stone paralisado, cabisbaixo, como um cão que tivesse desobedecido ao dono, todos os instintos lhe mandando dar o fora dali, mas sabendo que o mais ligeiro movimento só lhe acarretaria um castigo maior.

Hema viu que o rosto da irmã Mary Joseph Praise estava perdendo toda a cor, as pálpebras quase fechadas, o olhar vidrado e desfocado, uma expressão que muitas vezes prenunciava a morte.

"Pressão?"

"Não acho..."

"Não importa, faça transfusão, passe um pouco de iodo aqui, vamos!" Com essas palavras, ela abriu a bandeja estéril, pegou o bisturi e cortou a pele — não havia tempo para esterilização. Um talho vertical abaixo do umbigo. Hema ainda não conseguia acreditar no que estava fazendo, quem ela estava cortando.

Quase esperou que a irmã Mary Joseph Praise se sentasse, protestando.

Em vez disso, ouviu o baque de um corpo caindo e virou-se a tempo de ver a enfermeira-chefe dobrada no chão.

8. A gente da Missing

"Custódia do corpo" foi a primeira frase que saiu da boca da enfermeira-chefe quando recuperou a consciência. Ficara desfalecida, provavelmente, durante não mais que cinco segundos. Todos estavam na mesma posição, mas agora olhavam para ela. A estagiária correu para ajudá-la. Apesar dos protestos de Hema, a chefe dirigiu-se engatinhando para o banco da anestesista, bradando: "*Não* vou sair daqui!". Estavam ocupados demais para discutir.

A chefe sentou-se perto da tábua em que se apoiava o braço da irmã Mary Joseph Praise, agora que o sangue finalmente fluía de um frasco para uma veia. A chefe pegou aquela mão, debruçando-se sobre ela, examinando-lhe os dedos. Não queria ver o que os médicos estavam fazendo, com as luvas vermelhas entrando no ventre da irmã. A chefe ainda se sentia meio zonza.

Ao massagear os dedos da freira, procurando deter o tremor dos seus, as palavras ocorreram naturalmente à chefe: "Instrumentos de Deus". A irmã Mary Joseph Praise tinha dedos bonitos, finos e macios, e cada um deles era uma escultura delicada. Mesmo em repouso, faziam pensar em excelentes capacidades motoras. Já os da chefe eram de um branco pastoso, com os nós grandes e vermelhos, como se alguém tivesse batido neles com uma régua; suas protuberâncias nodosas eram as marcas da idade, do trabalho duro, dos sabões cáusticos e das escovações, os principais instrumentos de sua profissão;

a explosão de linhas nas palmas das mãos era reflexo de seu amor pelo solo etíope e sua disposição para limpar um terreno, prepará-lo e plantar mudas, ajudada por Gebrew. Ele era vigia, jardineiro, factótum e sacerdote, e achava que a enfermeira-chefe tinha coisas mais importantes a fazer do que sujar as mãos.

A chefe sentiu o corpo tremer. Podes me levar, Senhor, pensou. Mas espera até que acabem, porque não quero distraí-los de novo. Como ela gostaria de uma xícara de café feito com os grãos de seu próprio pé de café plantado no solo da Missing! Adorava a sensação arenosa dos grãos moídos na mó de pedra contra os dentes e a maneira como o pó descia pela garganta como bolinhas de chumbo. Os italianos tinham deixado no país a paixão pelo *macchiato* e pelo *espresso*, e todos os cafés em Adis Abeba os serviam. A chefe não se interessava por nada disso. Era o café da Missing, preparado segundo o método tradicional, que a sustentava o dia inteiro e era dele que ela precisava agora.

Lágrimas escorreram para as comissuras labiais. Um de meus entes queridos, pensou. A filha que eu nunca poderia ter, agora grávida... Muitas e muitas vezes, na Missing, a chefe tomara conhecimento de um segredo terrível revelado por doenças catastróficas. A morte iminente tendia a desenterrar de modo inesperado o passado, que se fundia ao presente num acasalamento ímpio. *Mas, Senhor,* ela bradou em silêncio, *podias ter nos poupado disso. Poupado a irmã!*

Afagando a pele da jovem, a enfermeira-chefe pensou no impulso que havia levado a irmã Mary Joseph Praise a esconder o corpo sob um hábito de freira ou sob a roupa de centro cirúrgica e máscara esterilizadas. De nada havia adiantado, pois as vestes faziam ressaltar a pouca área de pele que ficava exposta. Quando um rosto era tão belo, os lábios tão carnudos, nem mesmo um véu era capaz de bloquear sua sensualidade.

Alguns anos depois da chegada da irmã Mary Joseph Praise ao hospital, a enfermeira-chefe achou que elas duas podiam abandonar o hábito branco. O governo etíope havia fechado a escola de uma missão americana em Debre Zeit por fazer proselitismo. O trabalho da chefe consistia em dirigir um hospital, não em converter almas, e ela concluiu que, politicamente, seria conveniente renunciar ao hábito. Mas, ao ver a irmã Mary Joseph Praise sair da sala de cirurgia 3 de saia e blusa, ela sentiu ímpetos de correr e cobri-la com um lençol. W. W. Gonafer, o técnico de laboratório do hospital, que estava ao seu lado, também viu a irmã passar em trajes comuns. Imobilizara-se como um perdigueiro ao descobrir uma presa, e um rubor subiu-lhe do colarinho à raiz dos cabelos, como se a luxúria fosse um fluido irmão do sangue. Depois disso, a chefe concluíra que as freiras da Missing deveriam manter o hábito.

Uma exclamação súbita, que poderia ter partido de Hema ou de Thomas Stone, a assustou, trazendo-a de volta ao presente. Ela ergueu a cabeça e, antes que pudesse se deter, olhou... O que viu a fez estremecer a achar que ia desfalecer de novo. Deixou cair a cabeça entre os ombros, fechou os olhos e procurou fazer com que a mente achasse outro foco...

A enfermeira-chefe não tinha nenhum santo cujo exemplo procurasse imitar, alguém a invocar nesses momentos. Pensar em santa Catarina de Siena bebendo o pus de inválidos... Ah, isso a repugnava. Via esses exibicionismos como uma peculiar fraqueza europeia, e não tinha paciência com *carícias e arrulhos celestiais*, palmas de mãos que sangram e estigmas. E quanto a Santa Teresa D'Ávila... ora, nada tinha contra ela. Não invejava a extrema admiração que a irmã Mary Joseph Praise sentia por Teresa. Mas, secretamente, concordava com o dr. Ghosh, o especialista em clínica geral da Missing, em que as famosas visões e êxtases de Santa Teresa não passavam, provavelmente, de formas de histeria. Ghosh havia mostrado à chefe fotografias que Charcot, o famoso neurologista francês, tinha tirado de pacientes com histeria no hospital da Salpêtrière, em Paris. Charcot acreditava que esses delírios provinham do útero, *hystera* em grego. Suas pacientes, sempre do sexo feminino, apareciam nessas fotos em poses sorridentes — poses sedutoras, no entender da enfermeira-chefe —, que Charcot tinha rotulado como "Crucifixão" e "Beatitude". Como podia alguém sorrir apesar da paralisia ou da cegueira? Charcot tinha chamado esse fenômeno de *la belle indifférence*.

Se a irmã Mary Joseph Praise tinha visões, não *falava* sobre elas. Havia manhãs em que parecia insone, e as faces afogueadas e os passos flutuantes levavam a crer que seus pés faziam força para se manter presos à terra. Talvez isso explicasse sua tranquilidade de espírito ao trabalhar ao lado de Thomas Stone, homem que, malgrado todos os seus talentos, dava pouco reconhecimento a seus colaboradores.

A fé da enfermeira-chefe era mais pragmática. Descobrira em si a vocação da ajuda. Quem precisava mais de ajuda que os doentes e os sofredores, ali mais ainda do que em Yorkshire? Por isso tinha vindo para a Etiópia, no começo de sua vida. As poucas fotografias, recordações, livros e diplomas que trouxera consigo tinham sido furtados ou extraviados ao longo dos anos. Ela nunca se afligia com isso. Uma Bíblia nova, afinal, valia tanto quanto uma antiga. As coisas essenciais podiam também ser facilmente substituídas: seu estojo de costura, suas aquarelas, suas roupas.

Mas ela passara a prezar as coisas intangíveis: a posição que havia conquistado na cidade onde era a "enfermeira-chefe" para todo mundo, até para si mesma; a criatividade que descobrira em si mesma e que lhe permitia fazer um hospital acolhedor — ela o considerava um paraíso na África oriental — a partir de um conjunto desorganizado de prédios da maior simplicidade; e o núcleo de médicos que ela recrutara e que, graças a uma duradoura associação, haviam se transformado em seus entes queridos. O cordão umbilical que a ligava à Sociedade da Ordem do Menino Jesus, à Missão no Interior do Sudão, tinha secado e caído. Agora, todos eles eram prisioneiros exilados, por opção, na Missing — ela e seus entes queridos.

Hospital da Missing não o nome real da instituição, naturalmente, e de vez em quando ela tentava corrigir as pessoas, ensinar-lhes a pronunciar "Mis-*são*" em vez de "Miss-*ing*". Mas, na realidade, no ano de sua chegada ali o nome ainda não era nem sequer Missing; era Memorial de Basileia ou Memorial de Baden — ela precisava consultar o papel preso em sua mesa para ter certeza —, nome de uma igreja generosa na Suíça ou na Alemanha. Os batistas de Houston eram importantes doadores, mas não estavam nem um pouco interessados em dar nome ao hospital. O dr. Ghosh gostava de dizer que o hospital tinha tantas formas quanto um deus hindu. "Em qualquer dia dado, só a enfermeira-chefe sabe em que hospital trabalhamos, e se estamos entrando no ambulatório batista do Tennessee ou no ambulatório metodista do Texas... Por isso, como podem me criticar por chegar atrasado? Tenho de sair da cama e *procurar* meu local de trabalho. Ah, chefe, você está *aí*!" Prisioneiros, isso é que eram todos, pensou a enfermeira-chefe, sorrindo sem querer. A gente da Missing não podia de modo algum escolher seus companheiros de cela. Mas até mesmo por Ghosh, que era, sem a menor dúvida, uma das mais estranhas criaturas de Deus, a chefe sentia afeição maternal, à qual se somava também a ansiedade por ter um filho tão travesso.

A enfermeira-chefe suspirou e surpreendeu-se ao escutar palavras que saíam de sua boca e perceber que as outras pessoas na sala de cirurgia olhavam para ela. Só então compreendeu que seus lábios tinham estado ocupados em construir orações. Desde que fizera cinquenta anos, a chefe observava tais dissonâncias e desajustes entre seu pensamento e sua ação. Agora eles estavam se tornando comuns. Em momentos inoportunos, por exemplo, sua mente se entretinha em colar imagens num livro de recortes mental. Por quê? Quando poderia vir a ter oportunidade de evocar todas aquelas lembranças? Em um jantar de homenagem? Em seu leito de morte? Nas portas do paraíso? Havia muito que parara de pensar literalmente sobre essas questões. Seu pai, um mineiro que se perdera no álcool e na escuridão das galerias de minas, adorava as palavras *Pearly Gates*, "Portas do Paraíso". Pronunciadas por ele, as palavras soavam como o nome de uma mulher devassa, uma das muitas que tinham se interposto entre ele e seus deveres conjugais.

De uma coisa, porém, a enfermeira-chefe tinha certeza: o que ela vira ao levantar os olhos involuntariamente momentos antes era uma imagem que jamais esqueceria. Acontecera o seguinte: o sol havia saído de repente de trás de uma nuvem e, devido a alguma casualidade de altitude e estação, incidira diretamente sobre a janela de vidro polido da sala de cirurgia 3. Tremeluzente e branca, a luz batera com força nas paredes, refletindo-se em vidros, metais e ladrilhos, e nesse momento Hema ou Stone, ou quem quer que fosse, soltou uma exclamação, que a levou a erguer o olhar. Foi então que ela os viu, todos, curvados como hienas sobre carniça, olhando para dentro do abdome da irmã Mary Joseph Praise e seus conteúdos escandalosos. Viu o raio de luz abrir caminho entre o cotovelo e o quadril. Foi então que incidiu em cheio sobre o útero pejado da irmã Mary Joseph Praise, que se projetava da ferida sangrenta, como uma obscenidade na língua de um santo. Um acúmulo azul-negro de sangue, um hematoma, distendeu o largo ligamento do útero e refulgiu na luz como a Hóstia. A enfermeira-chefe sentiu que fora esse o intento do sol o tempo todo: encontrar os nascituros. *Vimo-nos de novo. Estamos sem máscara.* Sim, aquele era o tipo de evento que poderia ser descrito como um "milagre", só que nada havia *acontecido*. As leis da natureza não tinham sido suspensas, e a chefe julgava ser essa a condição imprescindível para a ocorrência de milagres. Mas foi como se o lugar dos gêmeos, tanto no firmamento quanto na ordem terrena das coisas, tivesse sido garantido para eles antes mesmo de nascerem. Ela soube então que nada poderia voltar a ser como antes — nem mesmo o perfume familiar dos eucaliptos, a visão de suas folhas metidas numa narina, o tamborilar da chuva nas folhas de zinco do teto ou o odor visceral de um abdome recém-aberto.

9. Onde está o dever

Hema usou o bisturi sem perder um segundo. Não havia tempo para estancar sangramentos, e, aliás havia pouco sangramento, o que não era bom sinal. Abriu o peritônio reluzente e posicionou com rapidez os afastadores para manter no lugar as bordas da incisão. O útero projetou-se para fora da incisão. Foi então que, diante de seus olhos, ele pareceu crescer e tornar-se luminoso... Hema levou um susto, até perceber que o sol havia iluminado de repente a janela de vidro leitoso e seus raios incidiam de chapa da mesa. Não se lembrava de isso ter acontecido uma única vez em todos os seus anos como cirurgiã na Missing.

Tal como ela receava, havia um rasgão lateral no útero. De um lado, o largo ligamento estava cheio de sangue. Isso significava que, assim que tirasse os bebês, teria de fazer uma histerectomia de emergência, tarefa nada fácil durante um parto, ainda mais com as artérias uterinas torcidas, engrossadas e transportando meio litro de sangue por minuto. Isso sem falar do volumoso coágulo que cintilava sob o sol, crescendo diante de seus olhos e parecendo tripudiar sobre ela como um Buda sorridente, como se dissesse: *Hema, eu distorci completamente a anatomia, a dissecção vai ser difícil para caramba, e todas as suas referências vão sumir. Mas, de qualquer modo, vamos lá. Por que não?*

Hema acreditava na numerologia. Depois do nome da pessoa, nada era mais importante que números. O que os números dizem sobre o dia de hoje?, pensou. É o vigésimo dia do nono mês. Nenhum quatro ou sete... O avião quase cai, uma criança quebra a perna... Eu racho os bagos de um francês... O que mais, o que mais?

Bateu nos dedos de Stone com uma tesoura. "Pare!" Ele estava mexendo num vaso do qual saía um pouco de sangue, quando precisava que ele afastasse as bordas do corte.

Hema fez a incisão no útero e tentou retirar o gêmeo que se encontrava na posição mais elevada, mas, mesmo assim, de cabeça para baixo. Esse gêmeo teria sido o segundo a sair, caso o parto houvesse prosseguido através do canal de parturição, mas agora seria o primogênito. Estranhamente, porém, esse gêmeo, que tinha a mão comprimida contra a face, não se mexia.

Ela ampliou a incisão uterina.

Aspirou a boca da criança.

Ao perceber qual era o problema, Hema respirou tão profundamente que a máscara colou em seus lábios.

Os bebês estavam ligados pela cabeça. Um tubo curto e carnudo passava da coroa de um para a do outro, um tubo mais estreito e de coloração mais escura que os cordões umbilicais. As crianças estavam ligadas por algo como um pedúnculo, mas havia um rasgão fatal nesse talo, um corte denteado que fora causado, sem dúvida, pelas tentativas de Stone com o basiótribo. E dessa fenda escorria o pouco sangue dos bebês.

Deus, que essa coisa seja apenas um vaso sanguíneo... e secundário, pensou. Que não haja nela nenhuma massa encefálica ou meninge, artéria ventricular ou cerebral, fluido cerebrospinal ou sei lá mais o quê. Em voz alta, disse para Stone, para a sala, para Deus e para os gêmeos, cujas vidas, se sobrevivessem, poderiam ser afetadas irremediavelmente por essa decisão: "Eles podem ter convulsões no momento em que eu cortar isso. Um dos gêmeos pode sangrar até morrer e o outro, se entupir de sangue. Podem contrair uma meningite...".

Era uma técnica que cirurgiões usavam quando tinham de tomar decisões difíceis: pensar em voz alta para o assistente, pois isso podia ajudar a aclarar a situação para eles mesmos. E, teoricamente, dava ao assistente tempo para apontar a ela uma falha no raciocínio, muito embora ela não estivesse disposta a seguir a opinião do homem responsável por aquele desastre. Era preciso tomar uma decisão cautelosa, de modo a evitar outro desastre. Muitas vezes era o *segundo* erro, cometido na pressa de corrigir o primeiro, que acabava com o paciente.

"Não tenho escolha", disse ela. "Tenho de cortar." Hema prendeu pinças nos pontos em que o pedúnculo saía da cabeça de cada criança. Invocou o Senhor Shiva, prendeu a respiração e cortou acima de cada grampo, preparando-se para alguma coisa terrível.

Nada aconteceu.

Suturou os cotos. Cortou o cordão umbilical e puxou com facilidade a primeira criança, um menino. Entregou-o à estagiária, que, de roupa esterilizada e luvas, adiantou-se. Essa criança tinha sido poupada das sondagens do pai. A seguir tirou o outro bebê. Outro menino, um gêmeo idêntico, cujo crânio sangrava devido ao uso do perfurador por Stone, e cujo cérebro teria sido esmagado se ela não chegasse.

Ambos os bebês eram minúsculos, com cerca de um quilo e meio no máximo. Prematuros, evidentemente. Tinham nascido pelo menos um mês antes do termo da gestação. Nenhum dos dois chorou.

Notando agora o sangramento intenso no útero encharcado e lesionado da irmã Mary Joseph Praise, Hema desviou a atenção dos bebês para a mãe.

"Qual a pressão arterial?", perguntou, olhando por cima do campo cirúrgico, primeiro para a enfermeira Asqual e depois para o rosto da irmã. A anestesista, com os brancos dos olhos do tamanho de pires, balançou a cabeça. O belo rosto da irmã Mary Joseph Praise estava agora inchado e exangue. "Mais sangue! Pelo amor de Deus! Mais, mais", gritou Hema.

Enquanto trabalhava na cavidade agora esvaziada do ventre, Hemlatha lembrou-se de que, ao entregar o segundo bebê à estagiária, ficara surpresa ao ver que a moça ainda estava no mesmo lugar, segurando o primeiro, sem nenhuma expressão no rosto. Mas Hema não tinha tempo para pensar nisso agora. Uma vez retirados os bebês, seu dever como obstetra era se dedicar completamente à irmã Mary Joseph Praise. Seu dever era para com a mãe.

10. A dança de Shiva

Dois bebês ainda sem nome, recém-chegados, não respirávamos. A maioria dos recém-nascidos saúda a vida fora do ventre materno com um grito agudo e penetrante, mas a nossa era a mais triste de todas as canções: o canto silencioso dos natimortos. Nossos braços não estavam colados no peito; nossas mãos não se cerravam. Em vez disso, estávamos moles e frouxos como linguados feridos.

A lenda que cerca nosso nascimento é a seguinte: gêmeos idênticos, filhos de uma freira que morreu ao dar à luz, de pai desconhecido, possivelmente, mas difícil de acreditar, Thomas Stone. A lenda cresceu, amadurecendo com o tempo, e a cada narração novas informações vinham à tona. Mas, refletindo sobre o episódio cinquenta anos depois, vejo que ainda faltam certos pormenores.

Depois que o trabalho de parto se interrompeu, puxei meu irmão de volta para o ventre, livrando-o do perigo representado por perfuradores e lanças que o procuravam através de nossa única saída natural. O ataque cessou. A seguir, lembro, ou penso lembrar, de vozes abafadas, de ruídos de forcejos e de serras lá fora. Quando a equipe de resgate se aproximou de nós, recordo o clarão cegante e os dedos fortes que me puxavam. Tamanha foi a surpresa pela quebra do silêncio e da escuridão, à qual se seguiu a algazarra ensurdecedora lá fora, que quase não dei pelo momento em que fomos fisicamente separados, quando se rompeu o cordão que unia minha cabeça à de Shiva. O choque dessa segmentação ainda subsiste. Mesmo agora, pouco penso no fato de eu estar ali sem respirar, imóvel, na bacia de cobre, nascido mas não vivo. Em vez disso, só me lembro de ter sido separado de Shiva. Mas voltemos à lenda.

A estagiária depôs os dois natimortos na bacia de cobre usada para receber placentas. Levou a bacia para a janela. Fez uma anotação no registro de parto: *Gêmeos japoneses ligados pela cabeça, mas agora separados*. Tomada pelo anseio de ser útil, esqueceu de todo os princípios básicos da ressuscitação cardiopulmonar: ventilação, respiração e circulação. Em vez disso, pensou no que tinha lido à noite, na véspera, sobre a icterícia de recém-nascidos e a utilidade, nesses casos, da luz solar. Havia decorado o trecho. Pensou que teria sido bom ter lido sobre gêmeos japoneses (a palavra "siameses" lhe fugiu) ou bebês asfixiados, mas o fato é que não havia feito isso. Tinha lido um capítulo sobre icterícia. Mas então, ao colocar a bacia junto da janela, compreendeu que, para a luz solar fazer efeito, os bebês precisavam estar vivos, e esses não estavam. A tristeza e a vergonha agravaram sua perturbação. Ela se virou.

Os gêmeos estavam um de frente para o outro, sentindo o contato galvânico da bacia junto à pele. No registro, a estagiária usou as palavras "asfixia branca" para descrever a palidez mortal deles.

O sol, que momentos antes havia iluminado a sala como um canhão de teatro, concentrou-se então na bacia.

O cobre ganhou um brilho laranja. Suas moléculas agitaram-se. Seu *prana* cresceu, penetrando na pele translúcida dos bebês e passou para sua carne pastosa.

Hemlatha dissecou os ligamentos largos e depois pinçou as artérias uterinas, rezando para não pinçar, por acidente, naquela confusão sanguinolenta, os ureteres e fechar a saída da urina dos rins. "Depressa, depressa, depressa!" Teve vontade de bater na testa de Stone e não em seus dedos. "Afaste direito, homem!"

Acompanhou o olhar de Stone até a cabeça da irmã Mary Joseph Praise, que bamboleava como a cabeça de uma boneca de trapo, enquanto a anestesista procurava outra veia em seu braço. Lacrimosa e perdida em sua tristeza, a enfermeira-chefe acariciava a outra mão da irmã Mary Joseph Praise.

Quando Hema finalmente colocou o útero, com pinças e tudo, numa bacia, não notou pulsações na aorta abdominal. Suas mãos, firmes até então, tremeram ao encher uma seringa com adrenalina e prender nela uma agulha de nove centímetros. Ergueu o seio esquerdo da irmã, hesitou um instante, invocou novamente o nome de Deus e mergulhou a agulha entre as costelas, no coração. Puxou de volta o êmbolo, e um cogumelo de sangue cardíaco surgiu na seringa. Toda vez que tive de recorrer a adrenalina no coração não funcionou, pensou Hema. Nem uma só vez. Talvez eu faça isso como um sinal para mim mesma de que o paciente está morto. Mas é claro que isso deve ter dado certo, em algum lugar, com alguém. Senão, por que nos ensinariam isso?

Hemlatha orgulhava-se de ser metódica numa emergência, de manter a calma. Mas nesse momento abafou um soluço enquanto esperava, com a mão direita enterrada no abdome da irmã Mary Joseph Praise, com a palma para baixo, pouco acima da espinha, à espera de uma palpitação da aorta, um latejo que se registrasse em seus dedos. Não podia esquecer que era o coração da querida irmã que ela estava tentando agora fazer pulsar de novo, o coração da irmã cuja vida se esvaía. Haviam partilhado o companheirismo de duas indianas numa terra estranha. A ligação entre elas remontava ao Hospital Geral Público de Madras, Índia, mesmo que não tivessem se conhecido lá. Compartilhar uma geografia e uma paisagem de memórias fazia delas irmãs, uma família. E Hema via as mãos da irmã se tornarem azuis, sua pele ficar opaca. Era a mão de um cadáver, e a enfermeira-chefe a segurava, com a cabeça caída como se dormisse.

Hema esperou mais tempo do que teria feito em circunstâncias normais, Foi preciso algum tempo para que se obrigasse a dizer, num tom quase inaudível: "Chega. Nós a perdemos".

Foi durante esse hiato de atividade na sala de cirurgia que o primogênito, aquele que fora poupado de uma punção craniana, deu sinal de sua presença. Arranhou com as mãos a bacia de cobre. O movimento fez cair o pé esquerdo, o que produziu um som abafado de gongo. Agora que tinha saído são e salvo de um ventre moribundo, ergueu os dois braços em direção ao céu e, depois, para a direita, em direção ao irmão. *Aqui estou*, anunciou. *Esqueçam os deverias e poderias, os talvezes, os comos e os porquês. Compreendo a situação, as circunstâncias, e no devido tempo poderemos investigar os detalhes, e, pelo menos, o Parto e a Cópula, assim como a Morte... Esses são todos os fatos quando se vai ao que interessa... Eu nasci, e uma vez basta. Ajudem meu irmão. Vejam! Aqui! Venham logo! Ajudem-no.*

Hemlatha correu ao ouvir esse chamado, bradando "Shiva, Shiva!", invocando o nome de sua divindade pessoal, o Deus que outros viam como o Destruidor, mas que ela acreditava que fosse também o Transformador, aquele que era capaz de fazer algo de bom a partir de alguma coisa terrível. Mais tarde, ela admitiria que tinha pensando o pior sobre os gêmeos. Um deles estava com a cabeça ensanguentada, e além disso havia a questão de ela ter seccionado o tubo carnudo que os unia, e só Deus sabia por quanto sofrimento tinham passado antes que ela os retirasse do ventre da mãe. Mas também presumira que a enfermeira-chefe ou a estagiária, ou ambas, estariam revivendo os bebês enquanto ela trabalhava na mãe, embora se lembrasse de ter visto a chefe sentada e imóvel.

A estagiária ficou mortificada ao escutar o som de um bebê que voltara à vida bem às suas costas, desmentindo seus pressupostos clínicos mais básicos. A criança não estava mais branca, e sim cor-de-rosa, e *não* estava ictérica. A outra criança tinha uma coloração azulada de alguns ovos de passarinho, e estava imóvel, como se fosse a crisálida abandonada da qual o bebê que chorava tinha emergido. Ao ouvir aquele choro de recém-nascido, a enfermeira-chefe deu um salto do banco. O olhar que lançou à estagiária fez com que esta entendesse que ela era um caso perdido. Hemlatha foi dar atenção ao gêmeo que estava imóvel, enquanto a chefe se apressava a limpar o vivo.

Da bacia de cobre, o gêmeo que respirava lançou um olhar ao ambiente. Seus olhos inchados de recém-nascido examinaram a sala, tentando compreender o que via.

Lá estava o homem que todos supunham ser o pai, um branco alto e vigoroso, que parecia perdido em sua própria sala de cirurgia. Suas mãos tinham uma coloração branca sobrenatural por causa do talco que permanecia nelas depois de ele ter tirado as luvas. Seus dedos estavam entrelaçados, numa postura comum a cirurgiões, sacerdotes e penitentes. Os olhos azuis achavam-se engastados nas profundezas das órbitas, sob o ressalto de uma fronte capaz de lhe dar uma expressão intensa, mas que nesse dia lhe tornava o semblante inexpressivo. Das sombras saltava um nariz que mais parecia uma lâmina de machado, um nariz atento, como convinha à sua profissão. Seus lábios eram finos e retos, como se traçados a régua. Na verdade, o rosto era todo feito de linhas retas e ângulos agudos, terminados em um ponto no queixo em forma de lanceta, como se todo ele tivesse sido talhado num único bloco de granito. Seu cabelo estava partido do lado direito, uma linha que havia começado na infância, com cada folículo domado pelo pente de modo a conhecer com exatidão o caminho que deveria tomar. A parte de cima estava cortada de modo desigual, como se depois de dizer "Baixo atrás e dos lados" ele houvesse se levantado da cadeira quando isso foi feito, apesar dos protestos do barbeiro. Era o tipo de rosto que, com uma luneta colada no olho e um rabo de cavalo, não estaria deslocado no convés de um vaso de guerra britânico. Isso, é claro, se não fossem as lágrimas que rolavam à solta pelas faces.

E desse rosto banhado de lágrimas, saiu um fio de voz: "E Mary?", e todos se assustaram, pois ele tinha ficado em silêncio por tanto tempo. As sílabas cadenciadas lembravam um lento rastilho.

"Sinto muito, Thomas. É tarde demais", disse Hemlatha, ao mesmo tempo que aspirava a faringe do bebê e depois insuflava ar em seus pulmões, com movimentos rápidos e quase frenéticos. A irritação com Stone desaparecera de sua voz, e a piedade tomara seu lugar. Ela lhe lançou um olhar por cima do ombro.

Um ruído lancinante saiu da boca de Stone, o grito de uma mente insana. Ele tinha sido um observador passivo e um assistente inútil desde a chegada de Hema. Então deu um salto e pegou um bisturi na bandeja. Pôs uma das mãos no tórax da irmã Mary Joseph Praise. Hemlatha pensou em dissuadi-lo, mas concluiu que não era prudente contrariar um homem que brandia uma faca.

Stone ergueu o peito da irmã Mary Joseph Praise. O lema daqueles pioneiros da ressuscitação, a Real Sociedade Humanitária, soava em seus ouvidos: *Lateat scintillula forsan* — uma pequena centelha talvez esteja escondida.

Empurrou o seio para cima, afastando-o do caminho, e sob o bisturi surgiu uma cutilada entre a quarta e a quinta costelas. Passou o bisturi sobre a ferida de novo, e ainda mais outra vez, até ultrapassar os músculos. Se havia mostrado desajeitamento antes, seus movimentos agora eram os de um homem incapaz de golpes titubeantes. Cortou as cartilagens que ligavam as duas costelas ao externo. Afastou-as e viu, incrédulo, as mãos sem luvas sumirem de vista e penetrar na cavidade ainda quente do tórax da irmã. Empurrou para um lado o pulmão esponjoso. E ali, sob seus dedos, como um peixe morto numa cesta de vime, estava o coração da irmã Mary Joseph Praise. Stone o comprimiu, surpreso com seu tamanho, pois mal conseguia cingi-lo. Enquanto isso, disse à enfermeira-anestesista que continuasse a insuflar ar em seus pulmões, que não parasse.

A mão direita de Stone estava enterrada no tórax da irmã Mary, mas os olhos estavam no seio esquerdo, intumescido, que ele mantinha afastado com a outra mão. O seio parecia firme, ao contrário do coração, escorregadio e mole. No rosto da irmã surgiram leves manchas azuis, uma tonalidade que não se esperaria que se tornasse visível em sua pele morena. Seu abdome tinha desabado, com a superfície enrugada como um balão sem ar, as duas metades abertas como um livro cuja lombada houvesse se quebrado.

"Deus! Deus! Deus!", gritava Stone a cada compressão, invocando um Deus a que tinha renunciado no passado e no qual não acreditava. Mas a irmã Mary acreditava, levantando-se antes da aurora para rezar e voltando a rezar demoradamente de noite, antes de dormir. Todas as pulsações de sua vida e todos os dias de seu calendário tinham sido preenchidos com coisas divinas, e nenhum bocado de alimento entrava em sua boca sem a bênção de Deus. *Torne sua vida bela para Deus.* Embora Thomas Stone nunca houvesse compreendido essa atitude, respeitava-a, porque era a mesma que ela trazia para a sala de cirurgia e para o compêndio que o ajudara a produzir. Era por isso que ele invocava Deus agora, pois, se Deus existia, Ele mais que devia um milagre a Sua serva devotada, a irmã Mary Joseph Praise. Do contrário, Deus era o embuste vergonhoso que Stone sempre julgara que fosse. "Se quer que eu acredite, Deus, vou lhe dar outra oportunidade."

As portas da sala de cirurgia se abriram.

Todos os olhos se voltaram para a figura que entrava.

Mas era apenas Gebrew, sacerdote, servo de Deus e vigia. A tigela coberta que trazia na mão continha o *injera* e o *wot*, cujos aromas se somaram aos de placenta, sangue, líquido amniótico e mecônio. Gebrew tinha hesitado em entrar naquele *sanctum sanctorum*. Mantinha o recipiente diante de si, indeciso, sem saber ao certo se esse seria o ingrediente capaz de reverter a situação. Seus olhos quase saltaram das órbitas quando avistou, no altar daquele lugar sagrado, a irmã Mary Joseph Praise aberta como um cordeiro sacrificial, com a mão de Stone dentro de seu tórax. Pôs-se a tremer. Depôs a tigela no chão, agachou-se junto de uma parede, pegou o rosário e começou a rezar, balançando o corpo de um lado para outro.

Stone redobrou seus esforços. "Exijo um milagre, e agora!", disse, com o corpo se sacudindo para a frente e para trás. Continuou a comprimir o coração até mesmo quando ele havia se tornado uma papa mole em sua mão, e agora estava gritando. "As porcarias de pães e peixes... Lázaro... os leprosos... Moisés e o mar Vermelho..." A salmodia de Gebrew em gueês antigo coincidia com a de Stone, chamada e resposta, como se o sacerdote estivesse traduzindo as palavras dele, porque no hemisfério oriental Deus não entendia inglês.

Stone olhou para cima, à espera de que o teto se abrisse e um anjo intercedesse onde cirurgiões e sacerdotes haviam falhado. Tudo que viu foi uma aranha que pendia de um fio de sua teia, contemplando do alto, com seus olhos compostos, a cena de miséria humana. Os ombros de Stone caíram e, embora sua mão ainda estivesse metida no tórax da irmã Mary, ele estava agora somente acarinhando-lhe o coração e não mais o comprimindo. Seu peito arfava e lágrimas rolavam de seu rosto e caíam sobre o corpo da irmã Mary Joseph Praise. Sua cabeça caiu para a frente e aninhou-se em seus braços, que por sua vez descansavam no peito da irmã. Ninguém se atreveu a se aproximar. Estavam todos petrificados por ver seu cirurgião tão arrasado, tão destruído.

Passado um longo tempo, finalmente Stone ergueu o olhar, vendo, como se fosse pela primeira vez, os ladrilhos verdes que subiam até o meio da parede, a porta verde de gonzos que levava à sala da autoclave, a vitrine de instrumentos, o útero ensanguentado com seu colar de pinças hemostáticas sobre a toalha verde, a placenta negro-azulada a seu lado sobre a mesa e as janelas de vidro polido, cor de jade, por onde entrava a luz do sol. Como essas coisas se atreviam a continuar existindo se Mary já não vivia?

Foi então que seus olhos caíram sobre os gêmeos, já retirados de seu trono de cobre. Foi então que ele viu o halo alaranjado de luz que aureolava os dois meninos. De alguma forma as duas crianças estavam vivas, com olhos brilhantes, uma delas parecendo estudá-lo, o segundo agora tão rosado quanto o primeiro.

"Ah, não, não, não", disse ele, angustiado. "Não. Não foi *esse* o milagre que pedi!" Ao sair do corpo de Mary, sua mão provocou um ruído de gorgolejo. Stone retirou-se da sala.

Voltou com um vasculho. Tirou a aranha do teto e, com o calcanhar, esmagou-a contra o piso de cerâmica.

A enfermeira-chefe percebeu que ele estava decidido a blasfemar. No caso de o aracnídeo ser Deus, ele estava matando Deus.

"Thomas", disse Hemlatha, usando seu nome de batismo, o que pareceu estranho em sua boca e na sala de cirurgia 3, porque ali eram sempre formais. Agora ambos os bebês estavam nos braços de Hema, depois de limpos e envoltos em mantas. Aquele em cujo crânio Stone tinha tentado abrir um buraco havia aspirado um pouco de líquido amniótico, mas agora parecia recuperado; havia uma grande compressa sobre o ferimento na cabeça. Na outra criança só aparecia o coto do pedúnculo que o ligara ao irmão, um coto agora costurado com sutura de cordão umbilical.

Hemlatha havia verificado que os meninos eram capazes de mover os membros, que nenhum deles era vesgo e que ambos pareciam ver e ouvir. "Thomas", disse, aproximando-se, mas ele se encolheu. Virou-se. Não queria olhar.

O homem que ela julgava conhecer bem, seu colega durante sete anos, estava agora curvado, como se o houvessem esvaziado por dentro.

Isso, pensou Hema, é dor visceral. Por mais zangada que tivesse ficado com ele, a profundidade de sua dor e de sua vergonha a comovia. Durante todos esses anos, pensou, devíamos ter percebido claramente que ele e a irmã eram almas gêmeas. Talvez, se os tivéssemos encorajado, poderiam ter sido algo mais. Quantas vezes vi a irmã ajudando-o em cirurgias, trabalhando em seus originais, tomando notas para ele no ambulatório? Por que achei que isso era tudo? Eu devia ter chegado para ele e o sacudido na mesa de jantar. Devia ter gritado: Não seja cego. Veja o que você tem nessa mulher! Veja como ela o ama! Peça-a em casamento! Faça com que ela deixe o hábito, renuncie a seus votos. Está claro que o voto supremo dela é para com você. Mas, não, Thomas, eu não fiz isso porque todos nós presumimos que você era incapaz de qualquer coisa mais. Quem sabia da existência de tanto sentimento oculto em seu coração? Agora eu vejo. Sim, agora temos estas duas crianças para provar o que se passava nos corações de vocês.

As duas crianças em seus braços a impeliam para adiante, pois, afinal de contas, eram dele. Mas, mesmo ao pensar nisso, Hema ainda lutava contra sua própria incredulidade. Era evidente que ele não tentaria negar esse fato. Ela não podia retroceder agora. Tinha de tocar no assunto, mesmo que à força. Quem mais podia defender aquelas crianças? Stone era um tolo que havia perdido a única mulher no mundo que lhe estava destinada. Mas agora ganhara dois filhos. E a Missing cerraria fileiras em torno daqueles meninos. Ela teria muita gente a ajudá-la.

Aproximou-se mais.

"Que nomes daremos a esses bebês?" Ela mesma percebia a insegurança em sua voz.

Stone pareceu não escutar. Depois de uma pausa, ela repetiu a pergunta.

Ele a olhou desafiadoramente, como se fosse dizer que ela lhes desse os nomes que bem entendesse. "Por favor, tire essas crianças da minha frente", disse baixinho.

Stone virou-se de costas para os bebês, a fim de olhar mais uma vez para a irmã Mary Joseph Praise. E por isso não viu o efeito que suas palavras tiveram sobre Hema: caíram nela como óleo fervente. Não viu as labaredas de raiva que dardejaram de seus olhos. Ambos interpretaram mal as intenções um do outro.

Stone queria sair correndo, mas não das crianças ou da responsabilidade. Foi o mistério, a *impossibilidade* de que existissem que o levou a dar as costas aos bebês. Só conseguia pensar na irmã Mary Joseph Praise. Só conseguia pensar em como ela havia ocultado aquela gravidez, esperando quem sabe o quê. Em resposta à pergunta de Hema, teria sido fácil para Stone dizer *Por que me pergunta isso? Não sei mais do que você sobre essa história*. Acontece que havia a certeza, cravada dentro dele como uma estaca, de que de uma maneira ou de outra aquilo era uma coisa feita por *ele*, muito embora não recordasse em absoluto como, onde ou quando.

A irmã Mary Joseph Praise jazia inerte e aliviada das duas vidas que trouxera dentro de si, como se essa tivesse sido sua única finalidade na terra. A enfermeira-chefe havia baixado as pálpebras da irmã, mas não ficavam fechadas. Essas pálpebras entrecerradas, o olhar que não enxergava, reiteravam a realidade de sua morte.

Stone lançou um último olhar. Queria recordá-la não como a irmã, nem como sua assistente, mas como a mulher a quem deveria ter declarado seu amor, a mulher de quem deveria ter cuidado, a mulher com quem deveria ter se casado. Queria que a imagem horrenda de seu cadáver fosse gravada a fogo em seu cérebro. Ele transpusera todos os obstáculos em sua vida por meio de trabalho, trabalho e mais trabalho. Era a única arena em que ele se sentia completo e a única coisa que tinha para dar à irmã Mary Joseph Praise. Mas naquele momento o trabalho o havia traído.

As feridas no corpo dela o envergonhavam. Não haveria cura, cicatrizes a se formar, endurecer e sumir em seu corpo. Seria *ele* a ostentar a cicatriz, a carregá-la consigo ao sair daquela sala. Ele só havia conhecido uma maneira de existir, e fora penosa. Mas teria se disposto a mudar, por amor, se ela simplesmente lhe pedisse. Sim, teria. Se ao menos tivesse sabido. Que importava agora?

Novamente se virou para sair, olhando em torno como que para memorizar aquele lugar, onde tinha polido e aperfeiçoado sua arte, aquele lugar que havia preparado de modo a atender a suas necessidades e que tinha na conta de seu verdadeiro lar. Gravou cada pormenor porque sabia que nunca mais voltaria ali. Ficou surpreso ao dar com Hema ainda a seu lado, e mais uma vez a visão dos embrulhos que ela carregava o fizeram recuar.

"Stone, pense numa coisa", disse Hema. "Vire as costas para mim, se quiser, porque eu não sou nada para você. Mas não vire as costas para estas crianças. Não vou lhe perguntar de novo."

Hema susteve sua carga viva e esperou a reação de Stone. Ele estava à beira de lhe falar com sinceridade, de lhe contar tudo. Ela viu, nos olhos dele, dor e perplexidade. O que não viu foi qualquer admissão de que as crianças tinham relação com ele. Stone falou como um homem que tivesse acabado de levar uma pancada na cabeça.

"Hema, não compreendo quem... Por que eles estão aqui... Por que Mary morreu."

Ela esperou. Stone estava dando voltas em torno de uma verdade que poderia vir à tona, se ela esperasse. Sua vontade era sacudi-lo pelas orelhas para fazer essa verdade sair.

Por fim ele a olhou nos olhos, recusando-se a ver os bebês, e o que disse não era o que ela queria ouvir. "Hema, eu não quero ver essas crianças, nunca."

O que restava de comedimento em Hema desapareceu. Estava lívida por causa dos bebês, furiosa com o fato de Stone aparentemente pensar que somente ele sofrera uma perda.

"O que você disse, Thomas?"

Ele deve ter percebido que uma linha de batalha acabava de ser traçada.

"Eles a mataram", disse Stone. "Não quero pôr os olhos neles."

Com que, então, vai ser assim, pensou Hema. Será assim que sairemos um da vida do outro. Os gêmeos choramingaram em seus braços.

"De quem são eles, então? Não são seus? Então... você não a matou também?"

A boca de Stone se abriu, com uma expressão de dor. Não tinha resposta a dar, e virou-se para sair.

"Você me ouviu, Stone. *Você* a matou!", exclamou Hema, erguendo a voz para abafar todos os outros sons. Stone vacilou ao ser atingido pelas palavras. Hema gostou de ver sua reação. Não teve pena dele. Não podia se apiedar de um homem que rejeitava os filhos. Stone abriu a porta de vaivém com tanta força que ela guinchou num protesto.

"Stone, você a matou", gritou Hema. "Estes são seus filhos."

A estagiária quebrou o silêncio que se seguiu. Estava tentando tomar a iniciativa, e abriu uma bandeja de circuncisão e pôs luvas. A única coisa que a enfermeira-chefe lhe permitia fazer sem supervisão era usar a guilhotina de prepúcio.

Mas, em vez de elogiá-la, Hema investiu contra ela. "Deus do céu, menina, não acha que essas crianças já sofreram demais? São prematuros! Não estão fora de perigo ainda. E além de tudo isso você quer tirar um pedaço deles?... E você? O que esteve fazendo aí o tempo todo, hem? Devia estar preocupada em lhes dar de comer, e não com suas mangueirinhas."

Hema embalou os gêmeos, emocionada com aquelas criaturinhas que respiravam mansamente, com seus sorrisos tranquilos, o oposto do comportamento habitual dos recém-nascidos, que expressam ansiedade e pânico. A mãe deles estava morta na mesma sala, o pai havia fugido, mas eles nada sabiam disso.

A enfermeira-chefe, Gebrew, e enfermeira anestesista e outras que tinham se reunido na sala de cirurgia choravam em torno do corpo da irmã. A notícia tinha chegado até as atendentes e ao pessoal de serviços gerais. Agora, um lamento fúnebre, um *lulululululu* cortava o coração do hospital. A ululação haveria de durar ainda várias horas.

Até mesmo a estagiária começou a mostrar os primeiros sinais de Sólida Sensibilidade de Enfermagem. Em vez de se esforçar por aparentar ser uma coisa que não era, chorava pela irmã, a única enfermeira que realmente a compreendia. Pela primeira vez, a estagiária via os bebês não como "fetos" ou "neonatos" e sim como crianças sem mãe, como ela própria, órfãos dignos de pena. Seu peito rompeu em soluços. Todo o seu ser desmoronou, como se a goma tivesse desaparecido não só de suas roupas, como também de seus ossos. Para seu espanto, a chefe se aproximou e passou um braço em torno dela. No rosto da mulher mais velha ela viu tristeza, mas também medo. Como haveria o Hospital da Missing de seguir adiante sem a irmã? Ou sem Stone? Pois era evidente que ele jamais retornaria, isso ela podia ver.

Hemlatha fechou-se numa ilha de silêncio enquanto embalava os bebês, e então pôs-se a cantarolar, com as correntinhas nos tornozelos tilintando de leve, como castanholas, quando ela passava o peso do corpo de uma perna para a outra. Sentia a dor da perda da irmã Mary Joseph Praise tanto quanto os demais e, no entanto, se sentia impelida — talvez isso fosse coisa da irmã Praise — a se entregar inteiramente às duas crianças naquele momento. Elas respiravam placidamente, as mãos abriam-se sobre os rostos e estavam felizes em seus braços. Como a vida podia ser bela e horrível, pensava Hema. Horrível demais para ser simplesmente chamada de trágica. A vida é muito pior que trágica. A irmã Mary, noiva de Cristo, partira deste mundo, para o qual trouxera duas crianças.

Hema pensou em Shiva, sua divindade pessoal, e em que a única reação sensata à loucura da vida nesse seu trigésimo ano de vida consistia em cultivar uma espécie de loucura interior, executar a dança louca de Shiva, mexer, balançar e ondular seis braços e seis pernas ao som de uma melodia interior, o ritmo de um par de tablas, os tambores indianos. *Tim-taga-taga, tim-taga-tim, tim-taga*... Hema movia-se com muita suavidade, flexionando os joelhos, batendo os calcanhares, depois batendo a ponta do pé no chão, de leve, ao ritmo da música em sua cabeça.

Os atores secundários presentes na sala de cirurgia 3 a olhavam como se ela estivesse louca, mas Hema continuou a dançar mesmo enquanto arrumavam o cadáver, dançava como se seus gestos minimalistas fossem uma redução taquigráfica de uma dança descuidada, muito maior e mais plena e descuidada, uma dança que mantinha o mundo coeso, que o salvava da extinção.

Eram ridículos os pensamentos que lhe ocorriam enquanto ela dançava: sua nova radiovitrola Grundig, os lábios de Adid e seus dedos longos, o baque surdo provocado pela queda da enfermeira-chefe no chão, a sensação repugnante dos bagos do francês, mas também o prazer de ver seu rosto perder a cor, as penas de galinha coladas em Gebrew. Que viagem... que dia... que loucura, muito pior do que trágico! O que fazer, além de dançar, dançar, só dançar...

Ela deslizava pela sala com surpreendente graça e leveza. Os movimentos de cabeça, pescoço e ombros da Bharatnatyam vinham-lhe naturalmente, com as sobrancelhas subindo e descendo, os olhos correndo até os cantos de suas órbitas, os pés se movendo, um sorriso fixo na face, e tudo isso enquanto segurava os bebês nos braços.

Fora do hospital, ao cair da tarde, perto do monumento de Sidist Kilo, na expectativa dos pedaços de carne que o tratador lhes atiraria através das barras das jaulas, os leões do zoológico começaram a urrar de fome e impaciência; nos contrafortes dos montes Entoto, as hienas os escutaram e fizeram uma pausa ao se aproximar dos subúrbios da cidade, avançando três passos e recuando um, covardes e oportunistas; em seu palácio, o imperador traçava planos para uma visita oficial à Bulgária e, talvez, à Jamaica, onde tinha seguidores. Essas pessoas, os rastas, designação derivada de seu nome antes da coroação, Ras Tafari, achavam que ele era Deus (uma ideia que não lhe importava que seu próprio povo aceitasse, mas que, vinda de um lugar tão distante e por motivos que ele não entendia, tornava-o cauteloso).

As últimas quarenta e oito horas haviam alterado para sempre a vida de Hema. Tinha dois bebês que de vez em quando a olhavam de soslaio, como que confirmando que tinham chegado, comemorando sua boa sorte.

Hema sentia-se eufórica, meio zonza. Ganhei na loteria sem comprar um bilhete, pensou. Esses dois bebês taparam um buraco em meu coração que até agora eu não sabia que existia.

Mas a analogia encerrava um perigo: ela ouvira falar de um carregador da Estação Ferroviária Central de Madras que, depois de ganhar *lakhs** e *lakhs* de rupias, viu sua vida desmoronar de tal forma que logo estava de volta à plataforma. Muitas vezes, ganhar é perder, isso é um fato. Não existe moeda capaz de endireitar um espírito deformado ou abrir um coração fechado, um coração egoísta. Ela estava pensando em Stone.

Stone tinha rezado pedindo um milagre. O palerma não via que esses recém-nascidos *eram* milagres. Eram milagres obstétricos por terem sobrevivido à sua agressão. Hema resolveu que daria ao primeiro dos gêmeos o nome de Marion. Marion Sims, ela me contou depois, era um médico do Alabama, nos Estados Unidos, que havia revolucionado a cirurgia ginecológica. Era considerado o pai da obstetrícia e da ginecologia, o padroeiro da especialidade. Ao me dar seu nome, ela estava ao mesmo tempo homenageando-o e lhe agradecendo.

"E Shiva, por causa de Shiva", disse ela, referindo-se à criança com o buraco circular no couro cabeludo, o último a respirar, a criança que lhe exigira muito trabalho, o menino que, até ela invocar o nome do Senhor Shiva, estava praticamente morto, e nesse momento havia respirado pela primeira vez.

"Marion e Shiva."

Acrescentou "Praise" a ambos os nomes.

E por fim, com relutância, quase como se a ideia lhe tivesse ocorrido no último momento, mas porque uma pessoa não pode fugir a seu destino e para que ele não saísse isento de qualquer obrigação, ela acrescentou um segundo sobrenome, o nome do homem que havia abandonado a sala de cirurgia: Stone.

* No sistema indiano de numeração, um *lakh* representa cem mil unidades. (N. T.)

PARTE II

Se o mastro entra num buraco,
cria outra alma
que ou é um mastro
ou um buraco.

Quarta Lei do Movimento de Newton (tal como ensinaram os egrégios catedráticos do Colégio Cristão de Madras durante o trote-iniciação de A. Ghosh, Kataan Mijão Júnior, Grupo de 1938, Residência São Tomé, Bloco D, Tambaram, Madras)

11. Língua de enfermaria e língua de cama

Na manhã em que nasceram os gêmeos, o dr. Abhi Ghosh acordou em seu quarto ouvindo pombos que arrulhavam no peitoril da janela. As aves tinham participado de seu sonho matinal, no qual ele se balançava na gigantesca figueira-de-bengala no quintal da casa de sua infância na Índia. Havia tentado espiar alguma coisa de um casamento que se realizava no interior da casa ao lado, mas nada tinha conseguido ver, mesmo depois que as aves enxugaram as janelas com as asas.

Agora que Ghosh estava acordado, só continuava vívida em sua memória a velha figueira, que ficava no quintal comum. Seus galhos eram sustentados por raízes aéreas que mais lembravam colunas. Para uma criança, pareciam ter subido da terra, em vez de descido dos galhos. Impávida durante as monções de Madras e o calor sufocante do verão, aquela árvore tinha sido sua protetora e guia. O acantonamento próximo ao monte São Tomé, nos arrabaldes de Madras, fervilhava de filhos de ferroviários ou militares. Isso convinha a uma criança sem pai, sobretudo uma criança cuja mãe tinha ficado arrasada demais com a morte do marido para ter muita serventia para os filhos. Anand Ghoshe, bengalês de Calcutá, tinha sido mandado para Madras pela Indian Railways. Conhecera sua futura mulher, a filha anglo-indiana do chefe da Estação de Perambur, num baile da estrada de ferro a que ele tinha ido para se divertir. Nenhuma das duas famílias aprovara o casamento. Tiveram dois filhos, primeiro uma menina, depois um menino. O pequeno Abhi Ghoshe estava com um mês quando o pai morreu de hepatite. Quando mais crescido, tornou-se uma criança independente, brincalhona, que enfrentava o mundo de frente. Ao chegar à maioridade, abandonou o *e* final do sobrenome, por considerá-lo redundante, como um rótulo étnico. Em seu primeiro ano da escola de medicina, morreu-lhe a mãe. A irmã e o marido se mudaram, ressentidos porque a casa no acantonamento coubera a ele. Ela deixou bem claro que era como se Ghosh não existisse mais para ela, coisa que, com o tempo, ele viu que era verdade.

Era durante a manhã que Ghosh mais sentia a falta de Hema no Hospital da Missing. O bangalô dela, oculto por cercas vivas, ficava a pouca distância do dele, mas achava-se fechado e silencioso. Toda vez que ela viajava à Índia, a vida de Ghosh se tornava insuportável, por temer que ela voltasse casada.

No aeroporto, antes da partida de Hema, ele morreu de vontade de desabafar e dizer: *Hema, vamos nos casar.* Mas sabia que ela jogaria a cabeça para trás e soltaria uma sonora gargalhada. O riso dela era música para seus ouvidos, mas não se fosse a suas custas, e ele havia sufocado a proposta de casamento.

"Bobo!", ela dissera antes de embarcar, quando ele lhe perguntou, uma vez mais, se ela pretendia falar com pretendentes. "Há quanto tempo você me conhece? Por que insiste em pensar que preciso de um noivo em minha vida? Sabe de uma coisa? Vou arranjar uma noiva para *você*! É você que está obcecado por se casar."

Hema encarava o ciúme dele como uma brincadeira particular entre os dois: Ghosh brincava de cortejá-la e ela fazia o papel da moçoila que o rejeitava.

O que ela não sabia era o quanto ele vivia atormentado por imagens desagradáveis: Hema num sári nupcial, levando no pescoço um colar feito com dez soberanos de ouro; Hema sentada ao lado de um noivo disforme, ambos com guirlandas no pescoço, como cangas em búfalos... "Vá em frente! Pouco me importa!", disse ele em voz alta, como se ela estivesse presente. "Mas, pense bem, ele vai amar você como eu? De que adianta ter educação se você deixa seu pai conduzir você como uma vaca para o touro zebu?" Isso o levou a imaginar um pênis bovino, o que o fez gemer.

Dessa vez, quando a partida de Hema parecia inevitável, Ghosh reagiu de maneira diferente: sem nada dizer, enviou propostas para um estágio nos Estados Unidos. Certo, ele estava com trinta e dois anos, mas não era tarde demais para começar de novo. Pôr o envelope na caixa do correio deu-lhe uma sensação de que ele controlava seu destino, uma sensação que só fez aumentar quando o Hospital do Condado de Cook, em Chicago, respondeu, por telegrama, que estavam lhe enviando uma autorização para tirar uma passagem de avião. Quando a carta e o contrato chegaram, não diminuíram sua ansiedade com relação a Hema, mas fizeram com que ele se sentisse menos infeliz.

Ghosh ouviu uma barulheira que vinha da cozinha. Era Almaz tirando água do Mussolini. "Pelo amor de Deus, tenha cuidado!", gritou, como fazia quase todo dia. O fogão tinha três queimadores, mas a razão de seu nome era o forno protuberante na parte inferior, semelhante à pança de um certo ditador deposto. Em sua lateral havia uma cavidade de metal em que se esquentava água sempre que o fogão era aceso. Almaz reclamava de precisar rachar lenha e depois acender o fogo no Mussolini. Tudo isso para quê? Para fazer uma única xícara daquela porcaria de café instantâneo para o *getta*? (De manhã Ghosh preferia café instantâneo à beberagem etíope semissólida.) Mas não era o café que ele mais apreciava, e sim a água quente para seu banho.

Ghosh tapou a cabeça com o cobertor quando Almaz se encaminhou com dificuldade até o banheiro, carregando o caldeirão fumegante. "Pele de *banya*!", murmurou em amárico. Só falava em amárico, embora Ghosh desconfiasse que ela entendesse mais inglês do que deixava supor. Depois de esvaziar o caldeirão na banheira, concluiu o pensamento: "Deve ser muito doente para precisar tomar banho todos os dias. Que pena o *getta* não ter pele de *habesha*. Ficaria limpo sem a necessidade de tanta escovação".

Sem dúvida Almaz tinha ido à igreja naquela manhã. Quando Ghosh chegou à Etiópia, certo dia estava caminhando pela rua Menelik quando uma mulher na outra calçada parou e fez uma mesura para ele, que acenou de volta. Só depois se deu conta de que o gesto da mulher se dirigia à igreja às suas costas. Os transeuntes se curvavam diante de uma igreja, beijavam sua parede três vezes e se persignavam antes de seguir seu caminho. Se tinham sido castos, às vezes entravam. Caso contrário, mantinham-se onde estavam.

Almaz era alta, com pele cor de carvalho e rosto em forma de escudo. Os olhos ovais e inclinados na direção da ponte do nariz lhe conferiam uma expressão sedutora, provocante. O queixo quadrado contradizia aquela mensagem, e esse toque andrógino atraía para ela olhares de admiração. Tinha mãos grandes, mas benfeitas, quadris largos e nádegas que formavam uma saliência na qual Ghosh achava que poderia depor uma xícara e o pires.

Estava com vinte e seis anos quando chegou ao Hospital da Missing, em trabalho de parto, aos nove meses de gravidez, com as faces coradas de orgulho, pois *aquele* bebê ela levaria a termo, ao contrário de todos os demais, que não tinham conseguido se fixar em seu útero. Em consultas pré-natais, por duas vezes estudantes de medicina haviam registrado em sua ficha que era possível ouvir sons cardíacos fetais. Mas no dia do parto, Hema só ouviu silêncio. O exame que ela fez revelou que o "bebê" era um enorme fibroma uterino; e os sons cardíacos fetais, nada mais que uma tamborilada no cérebro de uma estagiária.

Almaz recusou-se a aceitar o diagnóstico. "Veja", disse, exibindo uma mama intumescida e esguichando um jato de leite. "Um peito pode fazer isso se não houvesse nenhum neném a alimentar?" Podia. Um peito podia fazer aquilo e muito mais se sua dona acreditasse estar grávida. Foram necessários mais três meses sem sinais verdadeiros de trabalho de parto e uma chapa radiográfica, que não mostrava nenhum crânio ou espinha de bebê, para que Almaz aceitasse a realidade. Por ocasião da cirurgia, que ela por fim aceitou fazer, Hema teve de retirar tanto o fibroma quanto o útero, que o tumor tinha engolido. Em sua cidade, Sabatha, ainda esperavam que Almaz voltasse com o bebê. Mas a moça não teve coragem de retornar. Foi ficando por ali e acabou integrada à gente da Missing.

Ghosh ouviu Almaz voltar e o barulho de xícara e pires. O cheiro do café fez com que ele desse uma olhada por baixo do cobertor.

"Alguma coisa mais?", ela perguntou.

Sim, preciso lhe dizer que vou embora daqui. Vou mesmo! Não posso permitir que Hema fique brincando comigo como se eu fosse uma marionete. Mas calou-se, e só balançou a cabeça. Percebeu que Almaz compreendia intuitivamente o quanto ele sofria com a ausência de Hema.

"Yesus Christos, por favor, perdoa este pecador. É que ele saiu na noite passada para beber", disse ela, abaixando-se para pegar uma garrafa de cerveja debaixo da cama. Ai!, Almaz estava com ânimo catequético. Ghosh teve a sensação de que estava bisbilhotando a conversa particular entre ela e Deus. Que ideia besta tinha sido fazer todo mundo ler a Bíblia, e não só os padres. Com isso, todos tinham virado pregadores.

"Benditos sejam são Gabriel, são Miguel e todos os outros santos", continuou ela em amárico, tendo certeza de que ele compreenderia. "Pedi a vossas veneráveis santidades que tornassem o doutor um novo homem, que o fizésseis abandonar seus modos *dooriye*, mas me enganei, veneráveis santidades..."

Foi a palavra *dooriye* que induziu Ghosh a falar. Significava "corrupto", "lascivo", "depravado", e doeu-lhe ouvi-la.

"O que lhe dá o direito de falar assim comigo?", disse, embora na verdade não sentisse a fúria que sua voz transmitia. Quase acrescentou *Você é minha mulher?*, mas reprimiu essas palavras. Para sua eterna vergonha, ele e Almaz tinham tido relações íntimas duas vezes naqueles anos, e em ambas as ocasiões ele tinha bebido. Ela havia se deitado, erguido a saia e aberto as pernas, resmungando o tempo todo, até mesmo ao entrar no mesmo ritmo dele, e não mais do que quando resmungava sobre o café ou a água. Ghosh concluíra que, para Almaz, o resmungo era a linguagem do prazer e da contrariedade. Quando acabaram, ela havia suspirado, baixado a saia e perguntado "Alguma coisa mais?", antes de deixá-lo com sua culpa.

Ghosh apreciava que Almaz nunca lhe tivesse jogado na cara esses dois episódios. Mas, por conta deles, ela se achava no direito de importuná-lo, elevar o nível de seus resmungos. Isso era prerrogativa dela, mas que os santos ajudassem quem mais se dirigisse a ele naquele mesmo tom. Almaz o defendia, protegia suas coisas, sua reputação com a língua e, se necessário, com os punhos e com os pés. Às vezes Ghosh tinha a impressão de ser propriedade dela.

"Por que você implica comigo assim?", perguntou, já sem nenhum azedume na voz. Sabia que jamais teria coragem de contar a ela que ia embora dali.

"Quem disse que eu estava falando com o senhor?", retrucou Almaz.

Mas quando ela ia saindo, ele viu os dois comprimidos de aspirina no pires, junto de seu café, e seu coração derreteu. Meu maior consolo, pensou Ghosh pela centésima vez desde sua chegada à Etiópia, são as mulheres desta terra. O país o surpreendera profundamente. Apesar das fotografias que vira na *National Geographic*, não tinha se preparado para aquele império montanhoso envolto em névoas. O frio, a altitude, as rosas silvestres, as árvores colossais lhe recordavam Coonoor, um centro turístico indiano, nas montanhas, aonde tinha ido em criança. Sua Majestade Imperial, o imperador da Etiópia, talvez fosse excepcional em porte e dignidade, mas Ghosh logo percebeu que o povo de Sua Majestade partilhava com ele os mesmos traços físicos. Os narizes retos e esculpidos, assim como os olhos expressivos situavam os etíopes entre persas e africanos, com o cabelo encarapinhado dos segundos e a pele mais clara dos primeiros. Reservados, excessivamente formais, e com frequência mal-humorados, viviam a um passo da cólera, a um passo de imaginar insultos a seu orgulho. No que se referia a teorias conspiratórias e ao mais terrível pessimismo, sem dúvida levavam a palma mundial. Entretanto, relevados todos esses atributos superficiais, eram pessoas de extrema inteligência, amorosas, hospitaleiras e generosas.

"Obrigado, Almaz", gritou. Ela fingiu que não tinha ouvido.

No banheiro, Ghosh sentiu uma dor aguda ao urinar e ser forçado a interromper o jato. "É como escorregar pelo fio de uma gilete, usando meus bagos como freios", murmurou, lacrimejante. Como os franceses chamavam aquilo? *Chaude pisse*, mas isso não chegava nem perto de descrever os sintomas.

Seria essa irritação misteriosa resultado da falta de uso? De um cálculo renal? Ou haveria, como ele suspeitava, uma ligeira inflamação crônica no conduto da urina? A penicilina não tinha nenhum efeito sobre essa afecção, que aumentava e diminuía. Ele havia se dedicado a essa questão da causa, passando horas ao microscópio com sua urina e a de outras pessoas com sintomas semelhantes, estudando-as como os antigos profetas do urinol.

Após seu primeiro contato sexual na Etiópia (e a única vez em que não tinha usado um preservativo), ele havia passado a confiar no Método de Campo do Exército Aliado para a "profilaxia pós-exposição", como constava nos manuais: lavar-se com sabão e cloreto de mercúrio e depois meter unguento de proteinato de prata na uretra e fazê-lo correr por ela. O método parecia uma penitência inventada pelos jesuítas. Ghosh acreditava que essa "profilaxia" fosse, em parte, a causa das sensações de ardência que vinham e voltavam e chegavam ao máximo em certas manhãs. Quantos métodos consagrados como esse e praticados pelo mundo afora eram também inúteis? E pensar nas fábulas de dinheiro que os exércitos do mundo inteiro tinham gasto em métodos desse tipo, ou pensar que antes da descoberta dos micróbios por Pasteur os médicos debatiam passionalmente os méritos relativos do bálsamo-do-peru e do creosoto para o tratamento de infecções em ferimentos. A ignorância era tão dinâmica quanto o conhecimento, e crescia na mesma proporção. No entanto, cada geração de médicos supunha que a ignorância fosse o atributo especial de seus colegas idosos.

Não havia nada como uma experiência pessoal para conduzir uma pessoa a uma especialidade, e por isso Ghosh tinha se tornado *o* sifilologista, *o* venereologista, a última palavra quando se tratava de doenças sexualmente transmissíveis. Do palácio às embaixadas, todo VIP com DST vinha consultar Ghosh. Talvez no condado de Cook, nos Estados Unidos, se interessassem por sua experiência.

Depois de tomar banho e se vestir, Ghosh transpôs de carro os duzentos metros entre seu bangalô e o prédio do ambulatório. Procurou Adam, o farmacêutico caolho que, orientado por ele, tinha se tornado um talentoso clínico geral, capaz de excelentes diagnósticos. Não encontrando Adam, buscou W. W. Gonad, homem de muitos títulos — Técnico de Laboratório, Técnico de Banco de Sangue, Subadministrador — todos eles constantes de um crachá em seu jaleco branco, um pouco grande demais para ele. Seu nome por extenso era Wonde Wossen Gonafer, que ele havia ocidentalizado para W. W. Gonad. Ghosh e a enfermeira-chefe tinham se apressado em apontar o significado de seu pseudônimo, logo constatando que nessa área W. W. não precisava ser instruído. "Os ingleses não têm nomes como Strong, que quer dizer 'forte', Head, que quer dizer 'cabeça', Carpenter, que quer dizer 'carpinteiro', Mason, que quer dizer 'pedreiro', Rich, que quer dizer 'rico', Fox, que quer dizer 'raposa', e Baker, que quer dizer 'padeiro'? Eu vou ser W. W. Gonad, que quer dizer 'gônada'!"

W. W. foi um dos primeiros etíopes que Ghosh veio a conhecer bem. Embora exteriormente melancólico, gostava de se divertir e era ambicioso. A mudança para a cidade e a educação haviam tornado W. W. uma pessoa circunspecta, uma cortesia exagerada. O pescoço e o corpo se flexionavam, prontos para a mesura profunda, e sua conversa estava cheia dos suspiros de alguém cujo coração fora dilacerado. O álcool podia acentuar essas características ou anulá-las completamente.

Ghosh pediu a W. W. que lhe aplicasse uma injeção de vitamina B_{12}. Valia a pena tentar qualquer coisa, já que até um placebo tinha *algum* efeito.

Enquanto preparava a seringa, W. W. fazia ruídos cacarejantes. "Convém que o senhor sempre use profiláticos, doutor Ghosh", disse, e imediatamente ficou encabulado, pois não era pessoa de fazer tais comentários.

"Mas eu uso. Depois da primeira vez, nunca mais tive relações sem camisinha. Não acredita? É por isso que não compreendo essa queimação em certas manhãs. E o senhor? Por que não usa um preservativo, W. W.?"

Gonad usava saltos altos que o faziam caminhar com um bamboleio pélvico de avestruz. Armava o cabelo de modo a formar um halo alto que no futuro viria a ser chamado de afro. Empertigou-se todo e declarou, orgulhoso, do alto de seu um metro e cinquenta e cinco: "Se eu quisesse ter relações com uma luva de borracha, nunca precisaria sair do hospital".

Se Ghosh soubesse que, nesse exato momento, a irmã Mary Joseph Praise estava precisando de socorro em seus aposentos, teria corrido para atendê-la, e talvez isso lhe tivesse salvado a vida. Mas a essa altura ninguém sabia. A estagiária ainda não tinha ido dar o recado de Stone. E, quando foi, não comentou com ninguém o quanto a irmã estava mal.

Ghosh passou despreocupadamente várias visitas, junto com a enfermeira do ambulatório e as estagiárias. Mostrou uma reação alérgica a sulfa às estagiárias mais jovens, removeu fluido ascítico do abdome de um homem com cirrose. Depois disso, as consultas do ambulatório o ocuparam durante a maior parte do dia, com exceção de uma aula formal a estudantes de enfermagem sobre tuberculose. Manter-se ocupado o ajudava a não pensar em Hema, que deveria ter voltado dois dias antes. Só podia imaginar um motivo para essa demora, e isso o deprimia.

No fim da tarde, Ghosh pegou o carro e saiu do hospital. Perdeu por poucos minutos os gritos de Thomas Stone ao sair carregando a irmã Mary Joseph Praise do alojamento das enfermeiras para a sala de cirurgia.

Ghosh estacionou o carro perto do monumento do Leão de Judá, um ponto de referência na área da estação ferroviária. Talhado em blocos de pedra acinzentada, com uma coroa quadrada na cabeça, aquele leão cubista parecia uma peça de xadrez. Seus olhos, duas fendas sob a fronte baixa, fitavam a praça; a estátua dava àquela parte da cidade um toque de vanguarda.

O médico entrou no ambiente de cromo e laca do Ferraro's, onde um corte de cabelo custava dez vezes mais que no Jai Hind, a barbearia indiana. Mas o Ferraro's, com sua vitrine de vidro fosco e seu símbolo listrado dos barbeiros, vermelho e branco, era rejuvenescedor. As paredes de espelhos, o colar de globos luminosos, a cadeira de couro com mais botões e alavancas cromadas que a mesa de cirurgia do Hospital da Missing eram coisas que só se desfrutavam no estabelecimento italiano.

Ferraro, com sua vistosa bata branca sem gola, estava em toda parte: atrás de Ghosh para ajudá-lo a tirar o paletó; a seu lado, enquanto o acompanhava até a cadeira; e diante dele, para vestir-lhe a capa. O barbeiro conversava em italiano, e Ghosh não se importava com o fato de só conhecer algumas palavras dessa língua. A conversa tinha o valor de música de fundo, e não requeria resposta. Ele se sentia à vontade com o velho.

"Cuidado com médico jovem e barbeiro idoso", era o que diziam, mas Ghosh achava que tanto ele quanto Ferraro estavam em boas mãos.

Ferraro tinha servido como militar na Eritreia antes de se tornar barbeiro em Adis. Se falassem uma língua comum, seriam muitas as coisas que Ghosh lhe perguntaria. Gostaria muito de ouvir falar da epidemia de tifo da década de 1940, durante a qual um brilhante oficial italiano resolveu aspergir DDT sobre toda a cidade, livrando-se dos piolhos e do tifo. Como tinham os italianos tratado as doenças venéreas da soldadesca, que evidentemente não poderia ser atendida apenas pelas seis senhoras de Asmara que exerciam a função de *puttane* oficiais da guarnição?

Teve vontade de fazer confidências a Ferraro, dizer-lhe o quanto seu peito ardia de ciúmes, contar-lhe que ia embora do país por causa de uma mulher que não levava seu amor por ela a sério. Ferraro fez um barulhinho esquisito, como se tivesse intuído o problema e sua índole. Colocar a cadeira numa posição reclinada foi a primeira medida do velho para achar uma solução. Nenhum dos dois poderia adivinhar que nesse momento o coração da irmã Mary Joseph Praise tinha parado de bater.

Ferraro passou suavemente a primeira toalha quente em torno do pescoço de Ghosh. Quando a última toalha estava no lugar, bloqueando toda luz, o barbeiro calou-se, por delicadeza. Ghosh percebeu que ele tinha ido, na ponta dos pés, aonde deixara seu cigarro, e depois ouviu o som da fumaça sendo exalada.

Se eu pudesse ter um mordomo, ele seria esse homem, pensou Ghosh. Pessoa alguma podia duvidar, ainda que por um momento, de que Ferraro tinha sido destinado a ser barbeiro. Seus instintos eram perfeitos, e o fato de ser calvo não tinha importância.

Ghosh saiu da barbearia numa nuvem de loção pós-barba. Dirigindo de volta, prestava atenção em detalhes da cidade como se fosse aquela a última vez que os via: por exemplo, a subida da ladeira da rua Churchill, passando pelo Jai Hind, até chegar ao semáforo, onde era preciso segurar o carro em meia embreagem antes que surgisse a luz verde. Ghosh virou à esquerda e passou pelas Especiarias Vanilal e pela loja de tecidos Vartanian's, parando diante dos correios.

A menina leprosa que fazia ponto naquela área, cheia de turistas, se transformara numa adolescente como que da noite para o dia. Os seios pontudos faziam subir o *shama*, enquanto a cartilagem do nariz havia desabado, produzindo um nariz em sela. Ghosh pôs uma nota de um birr em sua mão, agora uma garra.

Virou-se ao ouvir um som de castanholas. Um *listiro*, com tampinhas de garrafas metidas num prego em sua caixa de engraxate, ergueu os olhos para ele. Ghosh encostou-se na parede dos correios, junto com meia dúzia de outros homens, que fumavam ou liam o jornal enquanto *listiros* trabalhavam como abelhas a seus pés. Os italianos são responsáveis por isso também, pensou Ghosh: as pessoas engraxam os sapatos com mais frequência do que tomam banho.

Começava a chuviscar, e os cotovelos do *listiro* moviam-se como pistons. Na nuca do menino, Ghosh observou um pedaço de pele despigmentada. Seria possível que fosse o colar de Vênus? Tão jovem e já com sequelas de sífilis? A *venereum insontium*, a sífilis "do inocente", ainda figurava nos livros, embora Ghosh não acreditasse em tal coisa. Com exceção da sífilis congênita, em que a mãe infectava o nascituro, ele era de opinião que *toda* sífilis era adquirida sexualmente. Tinha visto crianças de cinco anos simulando coitos umas com as outras... e, aliás, bem.

Um aguaceiro repentino fez com que Ghosh corresse para o carro. A chuva lavou uma capa de tédio que havia coberto a Piazza. As lâmpadas dos postes de luz se acenderam, refletindo-se nos cromados dos carros. O vermelho dos ônibus da Ambassa pareceu se intensificar. No terraço do edifício Olivetti (onde ficavam também a Pan Am, o Ristorante Venezia e a Motilal Import-Exporters), a caneca de cerveja de neon encheu-se de uma *pilsen* amarela, a espuma branca transbordou e então escureceu, antes que o ciclo recomeçasse. Aquele anúncio luminoso tinha sido motivo de muita admiração ao ser instalado. Os homens descalços que traziam à cidade seus rebanhos de carneiros para a festa de Meskel tinham parado para contemplar o espetáculo, e os animais se dispersaram, engarrafando o trânsito.

No bar St. George's, a chuva escorria dos *ombrellones* de publicidade do Campari para o chão do pátio. A parte fechada estava apinhada de estrangeiros e de gente da cidade, aqueles que consideravam que o ambiente valia os preços. As portas de vidro aprisionavam aromas de canoli, biscoitos, cassata de chocolate, café moído e perfumes. A música de uma vitrola se somava aos sons de vozes, ao retinir de xícaras e pires, ao arrastar de cadeiras no assoalho e às batidas de copos contra os tampos de fórmica das mesas.

Ghosh tinha acabado de se sentar junto ao balcão quando viu o reflexo de Helen no espelho — ela estava numa mesa distante, de canto. Como era míope, provavelmente não o avistaria. Sua pele clara se destacava ainda mais contra o cabelo preto de azeviche. Não dava nenhuma atenção a seu acompanhante, que não era outro senão o dr. Bachelli. Ghosh sentiu-se inclinado a sair dali imediatamente, mas, como o barman se mantinha à espera, ele pediu uma cerveja.

"Deus do céu... Helen, como você é bonita!", Ghosh murmurou para si mesmo, estudando a imagem refletida da amiga. O St. George's não empregava acompanhantes, mas não objetava a que mulheres de classe frequentassem a casa. Helen estava de pernas cruzadas sob a saia. As coxas eram brancas como creme de leite. Ghosh lembrava-se daqueles glúteos generosos que eliminavam a necessidade de um travesseiro. Um sinal no queixo dava-lhe um toque de distinção. Mas por que as mestiças bonitas — as *killis*, como muitas vezes eram chamadas, embora o termo fosse pejorativo — assumiam aquele ar de presunção e fastio?

Bachelli, com o lenço de seda saindo do paletó creme e combinando com a gravata, parecia muito mais velho nessa noite do que os cinquenta anos, mais ou menos, que devia ter. O bigode aparado com capricho e a expressão de serenidade, com um cigarro na mão, irritava Ghosh, que via nela sua própria inércia pessoal, a razão pela qual ele estava na África havia tanto tempo. Ghosh gostava de Bachelli. O homem não era um grande médico, mas conhecia seus limites na medicina, embora nem sempre respeitasse seu limite no álcool.

Apenas uma semana antes, Ghosh tinha ficado chocado ao ver Bachelli, bêbado, cantando a "Giovinezza" e marchando com passo de ganso no meio da rua, no coração da Piazza. Era quase meia-noite e Ghosh tinha parado o carro para tentar tirá-lo da rua. Bachelli pôs-se então a falar alto e a fazer barulho, gritando coisas sobre Adua, o que já seria suficiente para ele ser surrado, se insistisse. Bachelli estava perdido na lembrança do embarque no navio-transporte de tropas em Nápoles, em 1934; era um jovem oficial na 230ª Legião da Milícia Fascista Nacional, enviada para combater por Il Duce, para capturar a Abissínia, para apagar a vergonha da derrota dos italianos diante das forças do imperador Menelik na batalha de Adua, em 1896. Dez mil soldados italianos, com outros tantos ascaris eritreus, haviam saído de sua colônia para invadir e capturar a Etiópia. Foram derrotados pelos guerreiros etíopes descalços do imperador Menelik, armados com chuços e Remingtons (vendidas a eles por não outro senão Rimbaud). Nenhum exército europeu tinha levado uma sova tão gritante na África. Aquilo foi uma coisa que ficara atravessada na garganta dos italianos, de modo que mesmo homens que não eram nem nascidos na época de Adua, como Bachelli, tinham crescido ansiando por vingança.

Ghosh não entendia nada disso até chegar à África. Não passava por sua cabeça que a vitória de Menelik tinha inspirado o Movimento Volta à África, de Marcus Garvey, e despertado a consciência pan-africana no Quênia, no Sudão e no Congo. Para perceber essas coisas, a pessoa tinha de viver na África.

Os italianos jamais esqueceram sua humilhação, de modo que, na tentativa seguinte, cerca de quarenta anos depois, Mussolini não correu riscos. Seu lema foi *Qualsiazi mezzo!*, ou seja, vencer por quaisquer meios. Os cavaleiros etíopes de jubas de macaco, com escudos de couro e fuzis de um só tiro, haviam enfrentado um inimigo que utilizava nuvens de gás fosgênio, nas quais morriam asfixiados. Às favas o protocolo de Genebra. Bachelli tinha participado daquilo. E olhando para seu rosto, tão afogueado de álcool e orgulho, enquanto ele fazia sua marcha da vitória na Piazza, Ghosh havia se dado conta de que aquele devia ter sido o momento culminante de sua vida.

Ghosh procurou passar despercebido no balcão, mas observava o casal pelo espelho. Quando conheceu Helen, Ghosh tinha se apaixonado loucamente por ela, um amor que havia durado alguns dias. Toda vez que Helen o via, dizia: "Me arranje um dinheiro, por favor". Quando ele perguntava para que queria o dinheiro, ela piscava e ficava amuada, como se a pergunta não tivesse cabimento. Dizia: "Minha mãe morreu" ou "Preciso fazer um aborto", o que lhe passasse pela cabeça. A maioria das moças de bar tinha um coração de ouro e acabava se casando bem, mas o coração de Helen era de um metal menos nobre.

Fazia anos que o pobre Bachelli estava apaixonado por ela, embora vivesse maritalmente com uma eritreia. Dava-lhe dinheiro, aceitando seu espírito interesseiro. Chamava-a de sua *donna delinquente*, apontando o sinal em sua face como prova disso. Ghosh pretendia perguntar a Bachelli se realmente acreditava em qualquer coisa do abominável livro *A mulher delinquente*, de Cesare Lombroso. Os "estudos" feitos por Lombroso com prostitutas e criminosas apontavam "características degenerativas": coisas como distribuição "primitiva" de pelos pubianos, um aspecto facial "atávico" e um excesso de sinais corporais. Aquilo era pseudociência, uma besteirada só.

Ghosh saiu do bar bruscamente, sem terminar a cerveja, porque de repente a ideia de ficar de papo com um dos dois naquela noite lhe pareceu intolerável.

Os Avakians estavam fechando sua loja de gás liquefeito, e depois dela acabavam as luzes da Piazza, a ilusão transitória de Roma. Daí em diante era tudo escuridão, e a rua passava pelo longo e soturno muro de pedra, construído como uma muralha de fortaleza, que servia de arrimo à encosta. Um corte nas pedras cobertas de musgo era os Säba Dereja, Setenta Degraus, um atalho de pedestres para a rotatória de Sidist Kilo, embora os degraus estivessem tão desgastados que a escadaria tinha virado quase uma rampa, perigosa quando chovia. Ghosh passou diante da igreja armênia, antes de contornar o obelisco em Arat Kilo, outro monumento de guerra numa rotatória, pelas torres e cúpulas góticas da catedral da Trindade e seguir pelo edifício do Parlamento, inspirado naquele que fica à margem do Tâmisa. Como ainda não estivesse disposto a ir para casa, ao chegar ao Palácio Velho virou na direção de Casa INCES, um bairro de belas mansões.

Não estava com ânimo para ir ao Íbis ou a um dos grandes bares na Piazza que empregavam trinta recepcionistas. Avistou adiante um prédio simples, de blocos de concreto. Parecia estar dividido em quatro bares. Havia centenas de lugares como aquele por toda Adis. De duas portas vinha um suave brilho de neon. Uma tábua servia de ponte sobre a sarjeta. Escolheu a porta da direita, afastando a cortina de contas. Era, como havia suspeitado pelo tamanho, uma operação de uma única mulher. O tubo de neon tinha sido pintado de laranja, criando um interior semelhante a um útero, exagerado pelo incenso que fumegava no braseiro. Dois bancos altos e almofadados estavam encostados num pequeno balcão de madeira. As garrafas na prateleira da parede dos fundos impressionavam bem — Dimple, Johnny Walker, gim de Bombaim —, mesmo que estivessem cheias de *tej* caseiro. Sua Majestade Hailé Selassié I, com o uniforme da Guarda Imperial, olhava de um pôster na parede. De uma folhinha da Michelin, uma mulher de maiô, com longas pernas, sorria de volta para Sua Majestade.

No pouco espaço que restava, havia uma mesa e duas cadeiras, ocupadas pela *barmaid* e um cliente que segurava sua mão. O homem parecia decidido a manter a atenção dela. No momento em que Ghosh concluiu que não havia sentido em ficar, a mulher libertou a mão, empurrou a cadeira para trás e curvou-se. Saltos altos para destacar as panturrilhas. Esmalte escuro nos dedos dos pés. O sorriso parecia autêntico e indicava um temperamento melhor que o de Helen. O outro homem passou chateado por Ghosh e saiu sem uma palavra.

A terra de leite e mel, pensou Ghosh. Leite e mel... e amor por dinheiro.

A mulher e Ghosh trocaram cumprimentos, com mesuras, os gestos longos diminuindo até que os últimos não passaram de meras inclinações de cabeça. Ghosh refestelou-se num dos bancos altos, enquanto ela rodeava o balcão. Teria seus vinte anos, ossatura larga, e o volume da blusa indicava que tivera ao menos um filho.

"*Min the tetaleh?*", perguntou, levando o dedo à boca, para o caso de ele não entender o amárico.

"Lamento muito ter afugentado seu admirador. Se eu soubesse que ele estava aqui, ou o quanto ele gosta de você, jamais teria interrompido aquele encontro."

Ela expressou surpresa.

"Ha! Ele queria fazer aquela cerveja render até de manhã, sem nem mesmo me oferecer uma. Ele é de Tigré. Você fala amárico melhor do que ele", disse de um jato, feliz porque aquela não seria uma noite de conversa por gestos.

A leve saia branca de algodão terminava pouco abaixo dos joelhos. Sua bainha colorida se repetia no debrum da blusa e, novamente, no remate pregueado do *shama* sobre seus ombros. Ela fizera permanente no cabelo liso, com um penteado ocidental. Um colar tatuado, linhas onduladas bem juntas, tornava-lhe o pescoço mais longo. Olhos lindos, pensou Ghosh.

Seu nome era Turunesh, mas Ghosh resolveu chamá-la como estava acostumado a chamar todas as mulheres em Adis: Konjit, que significava "bonita".

"Vou tomar uma boa St. George. E, por favor, tome uma também. Temos de comemorar."

Ela fez uma mesura, agradecendo. "É seu aniversário?"

"Não, Konjit, melhor do que isso." Por um triz não disse: Hoje é o dia em que me livrei de ficar preso a uma mulher que infernizou minha vida por mais de dez anos. O dia em que resolvi que meu período na África terminou e a América me espera. "Foi o dia em que vi a mulher mais bonita de Adis Abeba."

Os dentes dela eram fortes e regulares. Parte da gengiva superior aparecia quando ela ria. Isso a constrangia, tanto que levou a mão à boca.

Alguma coisa dentro dele se derreteu ao som do riso alegre da moça, e pela primeira vez desde o momento em que acordara de manhã ele se sentiu quase normal.

Ao chegar a Adis Abeba, ele havia mergulhado em profunda depressão. Pensou em ir embora imediatamente, ao descobrir que tinha interpretado mal as intenções de Hema ao chamá-lo. O que ele julgou que seria a conclusão triunfal de um flerte iniciado quando eram residentes na Índia mostrara-se uma ilusão que só existia em sua cabeça. Hema achava que estava fazendo a Ghosh (e ao Hospital da Missing) um favor. Ghosh escondeu seu constrangimento e sua humilhação. Era a época das chuvas intermináveis, e bastava isso para levar um homem a querer se matar. O Íbis, na Piazza, o salvou. Ele estava à procura de uma bebida e foi atraído por uma entrada com um arco de hera enfeitado com luzes de Natal. Lá dentro havia música e sons de risos femininos. Ao entrar, imaginou que tivesse morrido e voltado como Nabucodonosor. Naquelas mulheres do Íbis — Lulu, Marta, Sara, Tsahai, Meskel, Sabá, Mebrat — e no enorme bar-restaurante que ocupava dois andares e três varandas fechadas, achou uma família. As moças o receberam como a um amigo havia muito sumido, restaurando seu bom humor, estimulando seus dotes de piadista, sempre contentes de tê-lo como companhia. Beleza feminina ali era tão abundante quanto a chuva lá fora; os tons de pele variavam do café com leite ao carvão. As poucas mestiças no Íbis tinham pele branca ou azeitonada, e olhos castanho-azulados ou mesmo verdes. A mistura de raças em geral produzia frutas muito exóticas e bonitas, embora a polpa fosse imprevisível e, muitas vezes, azeda.

Mas, entre todas as qualidades das mulheres que ele conheceu em Adis, a mais importante era a aquiescência, a disponibilidade. Durante meses após sua chegada, bem depois de ter descoberto o Íbis e muitos outros bares semelhantes, Ghosh se manteve casto. A ironia daquele período era que a única mulher que ele queria rejeitava seus assédios, ao mesmo tempo que vivia cercado de mulheres que nunca diziam não. Estava com vinte e quatro anos e não era de todo inexperiente ao chegar à Etiópia. Na Índia, só havia se deitado com uma jovem estagiária chamada Virgin Magdalene Kumar. Logo depois de terminado o relacionamento de três meses, ela deixara sua ordem e se casara com um sujeito que ele conhecia (e presumivelmente mudara o nome para Magdalene Kumar).

"Hema, eu sou humano", murmurava agora, como fazia sempre que achava que estava sendo infiel a ela.

Estendeu a mão e tocou a carne sob as costelas de Konjit, beliscando uma dobra de pele.

"Minha querida, vamos pedir um jantar? Precisamos pôr um pouco de carne em você. E energia para o que vamos fazer esta noite. Esta é, eu confesso, minha primeiríssima vez."

Fosse ela uma mulher mais velha (e muitos bares como aqueles eram dirigidos por mulheres mais velhas que haviam poupado dinheiro para terem sua própria casa depois de trabalharem em locais como o Íbis), ele teria usado um tom diferente, menos direto, mais gentil, uma forma mais delicada de lisonja. Com ela, porém, havia optado pela atitude de colegial arrogante.

Quando ela estendeu a mão para tocar no cabelo dele, passar a mão em sua cabeça, Ghosh ronronou de prazer. No rádio, o abafado som nasal de um *krar* repetiu uma frase melódica de seis notas de uma escala pentatônica que parecia presente em todas as músicas etíopes, fossem elas lentas ou animadas. Ghosh reconheceu a música, muito conhecida. Chamava-se "Tizita", palavra de difícil tradução em línguas ocidentais. *Tizita* significava "saudade matizada de arrependimento". Haveria outra espécie de saudade?, pensou Ghosh. "Sua pele é bonita. O que você é? *Banya?*", ela perguntou.

"Isso, minha linda. É, eu sou indiano. E como nada em mim é bonito, a não ser minha pele, você é muito gentil por dizer isso."

"Não, não, por que diz isso? Juro por todos os santos que eu queria ter o seu cabelo. E continuo admirada com seu amárico. Tem certeza de que sua mãe não é *habesha?*"

"Você me deixa sem graça", disse Ghosh. Aprendera um pouco de amárico no hospital, mas fora em conversas como aquela que tinha se tornado fluente na língua. Tinha uma teoria, a de que o amárico de cama e o de enfermaria eram, na realidade, a mesma coisa: *Deite-se, por favor. Tire a blusa. Abra a boca. Respire fundo...* A linguagem do amor era igual à linguagem da medicina. "Na verdade, eu só sei o amárico do amor. Se você me pedisse para ir à rua comprar um lápis, eu não seria capaz disso, porque não conheço as palavras."

Ela riu e mais uma vez tentou cobrir os lábios. Ghosh segurou-lhe as mãos, o que fez com que ela tentasse levantar o lábio inferior para esconder os dentes, um gesto que ele achou sedutor e comovente.

"Por que você esconde seu sorriso?... Isso. Tão bonito!"

Depois, muito depois, foram para o quarto do fundo. Ghosh fechou os olhos e fez de conta, como sempre, que ela era Hema. Uma Hema muito condescendente.

A neblina começava a poucos centímetros do chão, e havia trazido consigo um silêncio fúnebre e um frio enregelante. Enquanto urinava na beira da rua, ele ouviu o riso de uma hiena, e não saberia dizer se ela ria de seu ato ou de seu equipamento. Ele se virou e viu retinas lupinas brilhando entre as árvores logo após o primeiro conjunto de casas. Saiu correndo enquanto tentava fechar o zíper, destrancou o carro e saltou para dentro dele. Apressou-se a ligar o motor e sair. Um homem que urinava na rua tinha mais coisas com que se preocupar além de hienas. *Shiftas, lebas, madjiratmachi* e toda raça de vilões eram um perigo depois da meia-noite, mesmo no centro da cidade e perto de ruas pavimentadas. No mês anterior, dois homens tinham assaltado, estuprado e depois cortado a língua de uma inglesa, achando que assim ela não teria como delatá-los. Uma outra vítima de assalto tivera os testículos cortados, fato meio habitual, pois os meliantes acreditavam que não lhe restaria coragem para se vingar. Esses dois tinham tido sorte. Os demais haviam sido simplesmente assassinados.

Os portões da Missing estavam escancarados quando ele voltou, o que era estranho. Ghosh dirigiu até o seu bangalô e meteu o carro na garagem sem paredes. No momento em que os faróis incidiram no muro de pedra, ele freou com força, assustado com o que viu: um vulto branco espectral que se levantou de sua posição acocorada para se postar diante da luz, com os olhos vermelhos e baços, como os de uma hiena. Mas não era uma hiena, e sim Almaz, chorosa e desolada. Era evidente que estivera à sua espera.

"Hema, Hema, o que você foi fazer?", murmurou Ghosh para si mesmo, convicto de que o pior tinha acontecido e ela voltara casada. Por que outra razão Almaz ficaria acordada até tão tarde, a não ser para lhe contar essa novidade? Ela e o mundo inteiro sabiam o que ele sentia por Hema. A única pessoa que não sabia era a própria.

A figura espectral correu para o lado do passageiro, abriu a porta e entrou no carro. De cabeça baixa, num tom formalíssimo e sem olhá-lo nos olhos, disse: "Sinto muito dar-lhe uma má notícia".

"A notícia é sobre Hema, não é?"

"Hema? Não. Foi a irmã Mary Joseph Praise."

"A irmã? O que aconteceu com a irmã?"

"Ela está com Deus, e que Ele abençoe sua alma."

"*O quê?*"

"Que Deus ajude a todos nós, mas ela morreu." Almaz agora estava soluçando. "Morreu dando à luz gêmeos. A doutora Hema chegou, mas não conseguiu salvá-la. A doutora Hema salvou os gêmeos."

Ghosh tinha parado de escutar depois da primeira referência de Almaz à irmã e à morte. Teve de pedir que ela repetisse o que tinha dito, e depois repetisse de novo tudo o que sabia, mas de cada vez a história acabava com a irmã morta. E com alguma coisa sobre gêmeos.

"E agora não estamos conseguindo encontrar o doutor Stone", disse ela por fim. "Ele sumiu. Nós *temos* de encontrá-lo. A enfermeira-chefe disse que é preciso."

“Por quê?”, Ghosh conseguiu perguntar ao recuperar a voz, mas no mesmo momento em que fez a pergunta entendeu o porquê. Ele e Stone eram os únicos médicos homens do Hospital da Missing. Ghosh conhecia Stone tão bem quanto qualquer pessoa poderia conhecê-lo, com a possível exceção da irmã Mary Joseph Praise.

“Por quê? Porque ele é quem está sofrendo mais”, disse Almaz. “Foi o que a enfermeira-chefe disse. Temos de encontrá-lo antes que ele faça alguma besteira.”

É um pouco tarde demais para isso, pensou Ghosh.

12. A ponta do terreno

Na manhã depois dos nascimentos e da morte, a enfermeira-chefe Hirst chegou a sua sala muito cedo, como se fosse um dia qualquer. Não dormira mais que algumas horas. Ela e Ghosh tinham saído de carro pela cidade, procurando Stone até tarde da noite. A empregada de Stone, Rosina, ficara de vigília na casa dele, mas em vão.

A chefe empurrou os papéis empilhados em sua mesa. Pela janela, via a fila das pacientes do ambulatório, ou melhor, via suas sombrinhas coloridas. Como as pessoas achavam que o sol agravava todas as doenças, havia tantas sombrinhas quanto pacientes. Ela pegou o telefone. "Adam", disse, quando o farmacêutico atendeu. "Por favor, mande dizer a Gebrew que feche o portão. Mande as pacientes para o hospital russo." Seu amárico, embora pronunciado com sotaque, era excelente. "E, Adam, por favor, resolva a situação dos pacientes que já estão no ambulatório da melhor maneira que você puder. Vou pedir às enfermeiras que passem visitas em suas alas e façam o que puderem. Avise às estagiárias que todas as aulas de enfermagem estão canceladas."

Poder contar com Adam era uma bênção do céu, pensou a enfermeira-chefe. Sua educação havia sido interrompida na terceira série primária, o que era uma vergonha porque Adam poderia perfeitamente ter sido um médico. Não só preparava habilmente os quinze medicamentos, unguentos e cápsulas que o hospital fornecia aos pacientes ambulatoriais, como tinha um incrível senso clínico. Com seu único olho (perdera o outro devido a uma infecção na infância), identificava as pacientes em estado grave entre a multidão que chegava trazendo os vidros da Missing, frascos graduados azul petróleo, para a reposição dos remédios. Infelizmente, a queixa mais comum no ambulatório era "*Rasehn... libehn... hodehn*", ou, literalmente, "Minha cabeça... meu coração... meu estômago...", com a mão da paciente tocando cada parte do corpo ao pronunciar as palavras. Ghosh chamava aquilo de síndrome RLH. As pacientes de RLH eram, com frequência, mulheres jovens ou mais idosas. Se instadas a serem mais específicas, às vezes diziam que a cabeça estava girando (*rasehn yazoregnal*) ou queimando (*yakatelegnal*), ou que o coração estava cansado (*lib dekam*) ou que sentiam desconforto ou câimbra abdominal (*hod kurteth*), mas esses sintomas eram relatados como um aparte e de má vontade porque *rasehn-libehn-hodehn* deveria bastar para qualquer médico digno desse nome. A enfermeira-chefe tinha levado todo o seu primeiro ano em Adis para compreender que era assim que os etíopes expressavam estresse, ansiedade, discórdia conjugal e depressão. Segundo Ghosh, os especialistas chamavam isso de somatização. A angústia psíquica era projetada num órgão do corpo porque, culturalmente, essa era a maneira de expressar esse tipo de sofrimento. As pacientes podiam não perceber nenhuma ligação entre o marido violento, a sogra intrometida ou a morte recente de um filho e suas vertigens ou palpitações. E todas sabiam exatamente qual era a solução para o que as afligia: uma injeção. Era possível que aceitassem a *mistura carminativa* ou um preparado de trissilicato de magnésio com beladona, ou qualquer outra mistura que ocorresse ao médico, mas nada tinha o poder curativo da *marfey*, a agulha. Ghosh era radicalmente contra injeções de vitamina B para a síndrome RLH, mas a enfermeira-chefe o convencera de que era melhor o Hospital da Missing lhes ministrar a panaceia do que permitir que uma paciente insatisfeita fosse pedir a um curandeiro no Merkato que lhe aplicasse uma injeção com uma agulha não esterilizada. A injeção de complexo B, cor de laranja, era barata, e seu efeito, instantâneo. As pacientes desciam a ladeira sorridentes e saltitantes.

O telefone tocou e, pelo menos dessa vez, a enfermeira-chefe ficou feliz. Normalmente detestava aquele som, que sempre via como uma rude interrupção. A pequena mesa telefônica da Missing ainda era uma novidade. A chefe não quisera uma extensão em seus aposentos, mas achava importante que houvesse fones nos aposentos dos médicos e na sala de pronto-socorro. Mesmo esse telefone, em sua sala, ela via como um luxo, mas pegou o fone ansiosa, esperando boas notícias, alguma notícia de Stone.

"Por favor, aguarde que vou passar a ligação de Sua Excelência, o ministro da Pena", disse uma voz feminina. A chefe ouviu leves estalidos e imaginou um cachorrinho caminhando pelos assoalhos de madeira do palácio. Olhou para as pilhas de Bíblias na parede frontal. Eram tantas que mais pareciam uma reluzente barricada de couro sintético.

O ministro entrou na linha e disse, depois de perguntar pela saúde da enfermeira-chefe: "Sua Majestade lamenta profundamente a perda sofrida pelo hospital. Por favor, receba seus sinceros votos de pesar". A chefe imaginou o ministro de pé, curvando-se ao falar ao microfone. "Sua Majestade pediu-me pessoalmente que ligasse para a senhora."

"É muita gentileza, muita mesmo, de Sua Majestade pensar em nós... nesse momento", respondeu a chefe. Fazia parte da mística do imperador, e era uma das chaves de seu poder, saber tudo o que se passava em seu império. Como aquela notícia havia chegado ao palácio tão cedo? O dr. Thomas Stone, com a assistência da irmã Mary Joseph Praise, tinha feito umas duas apendicectomias em membros da família real, e Hema fizera uma cesariana numa neta que não tinha podido ir à Suíça. Desde então, algumas outras mulheres da família real haviam procurado Hema para acompanhamento obstétrico.

Se a enfermeira-chefe precisasse de qualquer coisa, disse o ministro, se houvesse alguma coisa que o palácio pudesse fazer por ela, era só pedir. O ministro não tocou no motivo da morte da irmã, nem no destino dos dois bebês.

"A propósito, minha senhora...", ele continuou, e ela se pôs em alerta, pois percebeu que essa era a verdadeira razão da chamada. "Se porventura um militar... se algum oficial de alta patente procurar seu hospital para tratamento, para cirurgia, amanhã ou depois, o imperador gostaria de ser informado. A senhora pode ligar para mim pessoalmente." Deu-lhe o número.

"Que tipo de oficial?"

Ela interpretou o silêncio como indicação de que o ministro estava pensando em como responder.

"Um oficial da Guarda Imperial. Um oficial que não tem... digamos assim... nenhuma necessidade de procurar o Hospital da Missing."

"Cirurgia, o senhor disse. Ah, não. Nós fechamos o hospital. Atualmente estamos sem cirurgião, ministro. O doutor Thomas Stone... está sem condições. O senhor compreende, eles formavam uma equipe..."

"Obrigado, enfermeira-chefe. Por favor, se houver alguma novidade, nos comunique."

Ela refletiu sobre o telefonema depois de desligar. O imperador Hailé Selassié havia construído uma força militar poderosa e moderna, formada por Exército, Marinha, Aeronáutica e a Guarda Imperial. A Guarda Imperial era uma arma tão grande quanto as demais, o equivalente da Guarda da Rainha na Inglaterra, que ficava postada fora do palácio de Buckingham. Mas, do mesmo modo que a Guarda da Rainha, a Guarda Imperial não era apenas uma unidade cerimonial; seus soldados profissionais e suas unidades não diferiam do restante das forças armadas e recebiam treinamento de combate. Os cadetes promissores de todas as armas eram mandados a Sandhurst, West Point ou Poona. No entanto, essas temporadas fora do país costumavam alterar a consciência social dos militares. O imperador temia um golpe de Estado por parte desses oficiais jovens. Ter a segunda ou terceira força militar do continente era uma questão de orgulho, mas representava também um perigo potencial para seu reinado. O imperador fazia com que as quatro armas vivessem em constante competição, mantinha seus quartéis bem longe uns dos outros e transferia os generais que começavam a granjear muito poder. A enfermeira-chefe pressentiu alguma maquinação dessa natureza — por que outro motivo o ministro da Pena ligaria pessoalmente?

O ministro não fazia ideia do que significava para a Missing não dispor de um cirurgião, pensou a chefe. Antes da chegada de Thomas Stone, a Missing tinha condições de atender à maior parte dos pacientes de clínica geral e pediatria, graças a Ghosh, e resolvia também problemas complicados de obstetrícia e ginecologia, devido à presença de Hema. No correr dos anos, vários outros médicos tinham vindo e ido embora, alguns deles com qualificação cirúrgica. Mas a Missing nunca tivera um cirurgião treinado especificamente como tal e tão competente quanto Stone. Um cirurgião permitia ao hospital tratar de fraturas complexas, extirpar bócio e outros tumores, realizar enxertos de pele em casos de queimaduras, reparar hérnias estranguladas, fazer a ressecção de hiperplasias prostáticas ou ablação de mamas em casos de câncer ou trepanar um crânio para eliminar um coágulo sanguíneo que pressionava o cérebro. A presença de Stone (que tinha como assistente uma pessoa como a irmã Mary Joseph Praise) pusera o Hospital da Missing num novo patamar. A ausência dele mudava tudo.

O telefone tocou novamente minutos depois, e dessa vez o som pareceu de mau agouro. A enfermeira-chefe levou cautelosamente o fone ao ouvido. *Deus, Deus, permite que Stone esteja vivo.*

"Alô. Aqui é Eli Harris. Da congregação batista de Houston... Alô."

Para um chamado dos Estados Unidos, a ligação estava claríssima. A chefe ficou tão surpresa que nada disse.

"Alô", repetiu o homem.

"Alô, estou ouvindo", respondeu a enfermeira-chefe, ríspida.

"Estou falando do Hotel Ghion, em Adis Abeba. Poderia falar com a enfermeira-chefe Hirst?"

Ela afastou o fone, cobrindo o bocal. Estava em pânico. E confusa. O que Harris viera fazer ali? Estava acostumada a tratar com doadores e organizações beneficentes pelo correio. Precisava pensar depressa, mas sua cabeça não cooperava. Por fim, trouxe o fone novamente ao ouvido. "Vou dar o recado a ela, senhor Harris. Mais tarde ela há de ligar de volta para o senhor..."

"Com quem estou falando...?"

"Sabe, uma de nossas colaboradoras mais importantes faleceu. Talvez ela só possa falar com o senhor daqui a alguns dias." Harris começou a dizer alguma coisa, mas a chefe desligou abruptamente. Depois tirou o telefone do gancho, olhando para ele, desafiando-o a tocar.

A congregação batista de Houston vinha sendo, ultimamente, a que mais e com maior frequência financiava o Hospital da Missing. Toda semana a enfermeira-chefe enviava cartas manuscritas a congregações nos Estados Unidos e na Europa, pedindo que sua carta fosse passada a outros grupos, no caso de não poderem ajudar. Se uma resposta manifestava algum interesse, ela imediatamente mandava ao remetente um exemplar do livro de Thomas Stone, *O cirurgião eficaz: uma breve prática de medicina tropical.* Embora a tarifa de envio fosse cara, o livro era melhor do que qualquer prospecto. Os doadores, ela descobrira, sempre mostravam um interesse desmedido por distúrbios do corpo humano, e as fotografias e ilustrações do livro (feitas pela irmã Mary Joseph Praise) satisfaziam esse desejo. A imagem de uma criatura estranha com rosto de porco, pelo de cão e olhinhos míopes ilustrava o capítulo sobre apendicite, e a chefe sempre punha sua carta ali, como um marcador. A legenda dizia: O VOMBATE É UM MARSUPIAL NOTURNO E ESCAVADOR, SOMENTE ENCONTRADO NA AUSTRÁLIA, E A ÚNICA RAZÃO PARA MENCIONÁ-LO AQUI É A DÚBIA DISTINÇÃO DE APRESENTAR, EM COMUM COM O HOMEM E OS SÍMIOS, UM APÊNDICE. Mais que qualquer troca de cartas, fora o livro que conquistara o apoio dos batistas de Houston.

Ghosh chegou meia hora depois, balançando a cabeça. "Fui à embaixada inglesa. Dirigi pela cidade. Fui à casa dele de novo. Rosina está lá e não o viu. Percorri todo o terreno do hospital..."

"Vamos sair de novo", disse a enfermeira-chefe.

Quando se dirigiam para o portão do hospital, viram um táxi que subia a ladeira com um passageiro branco. "Deve ser Eli Harris", disse a chefe, abaixando-se no banco do carro com uma espontaneidade que surpreendeu Ghosh. Ela falou então ao médico a respeito da ligação de Harris. "Se me lembro bem, pedi a Harris que financiasse um projeto que foi ideia sua: uma campanha, cobrindo toda a cidade, contra gonorreia e sífilis. Harris veio para verificar o que estamos fazendo."

Ghosh quase saiu da estrada. "Mas esse projeto não existe, chefe!"

"Claro que não." A enfermeira-chefe suspirou.

Ghosh nunca estava com sua melhor aparência de manhã, mesmo depois de tomar banho e fazer a barba. Não houvera tempo para nada disso. Pelos escuros subiam de seu pescoço, rodeavam os lábios e quase chegavam aos olhos injetados.

"Aonde vamos?", perguntou.

"A Gulele. Precisamos providenciar um enterro."

Rodaram em silêncio.

O cemitério de Gulele ficava nos arrabaldes da cidade. Para chegar lá, passava-se por uma floresta onde as copas densas das árvores formavam um dossel sobre a estrada, dando a impressão de anoitecer. De repente, os enormes portões de ferro forjado surgiram diante deles, destacando-se contra os muros de arenito. Transpostos os portões, um caminho de pedrinhas levava a um platô com muitos eucaliptos e pinheiros. Não havia em Adis árvores mais altas que as de Gulele.

Esfalfaram-se na caminhada entre os túmulos, fazendo estalar o tapete de folhas e gravetos. Ali não se ouviam sons urbanos ou vozes; só havia o silêncio da floresta e a placidez da morte. Uma garoa umedecia as folhas e ramos, formando depois pingos grossos que caíam na cabeça e nos braços. A enfermeira-chefe sentia-se uma intrusa. Parou junto de uma tumba que não era maior que uma Bíblia de altar.

"Um recém-nascido, Ghosh", disse, querendo escutar uma voz humana, mesmo que fosse a sua própria. "Armênio, a julgar pelo nome. Meu Deus, morreu no ano passado." As flores junto à lápide eram recentes. A chefe começou uma ave-maria em silêncio.

Mais adiante estavam os túmulos de jovens soldados italianos: NATO A ROMA ou NATO A NAPOLI, mas, não importava onde tivessem nascido, tinham DECEDUTO AD ADDIS ABABA. A chefe ficou com os olhos marejados ao pensar que tinham morrido tão longe de casa.

Lembrou-se do rosto de John Melly, e escutou o "Hino de Bunyan". Era o hino que tinham tocado em seu funeral. Às vezes a melodia a encontrava; a letra sempre lhe vinha aos lábios.

A chefe virou-se para Ghosh. "Sabia que uma vez eu me apaixonei?"

Ghosh, que já estava perturbado, petrificou-se onde estava.

"Quer dizer... por um homem?", disse por fim, quando conseguiu falar.

"Claro que por um homem!" A chefe fungou.

Ghosh fez um longo silêncio, e depois disse: "A gente imagina que sabe tudo o que há para saber sobre nossos colegas, mas na verdade sabemos muito pouco".

"Acho que nem eu mesma sabia que amava Melly até que ele estava para morrer. Eu era muito jovem. A coisa mais fácil do mundo é amar um moribundo."

"Ele a amava?"

"Provavelmente. Sabe, ele morreu tentando me salvar." Lágrimas correram de seus olhos. "Foi em 1935. Eu tinha acabado de chegar a este país, e não podia ter escolhido época pior. O imperador abandonou a cidade, pouco antes da entrada dos italianos. A cidade foi invadida por bandidos, que cometiam saques e estupros. John Melly pegou um caminhão da Legação Britânica para vir me buscar. Veja bem, eu era voluntária onde hoje fica o Hospital da Missing. Ele parou para ajudar uma pessoa ferida na rua, e um saqueador o baleou. Sem nenhum motivo." Ela estremeceu. "Cuidei dele durante dez dias, mas ele morreu. Um dia eu lhe contarei tudo a respeito." Depois, descontrolada, ela teve de se sentar, com a cabeça entre as mãos, chorando. "Eu estou bem, Ghosh. Só preciso de um minuto."

Ela não chorava tanto por Melly quanto pela passagem dos anos. Tinha vindo para Adis Abeba da Inglaterra, depois de se cansar de lecionar numa escola conventual e administrar a enfermaria destinada às noviças. Aceitara um posto junto à Missão do Interior do Sudão, para trabalhar em Harrar, na Etiópia. Em Adis soube que as ordens que tinha recebido haviam sido canceladas, pois os italianos haviam atacado o país, e por isso ela simplesmente fora tomar conta de um pequeno hospital que tinha sido praticamente abandonado por protestantes americanos. Naquele primeiro ano, tinha visto a chegada de soldados italianos, alguns dos jovens sepultados ali, e também de civis que vinham para povoar a nova colônia: carpinteiros, pedreiros, técnicos. O camponês Florino tornava-se Don Florino ao atravessar o canal de Suez. O chofer de ambulância se reinventava como médico. Ela levara a vida adiante, do mesmo modo que os lojistas indianos, os comerciantes armênios, os hoteleiros gregos e os mercadores levantinos tinham feito durante a ocupação. A enfermeira-chefe ainda estava lá em 1941, quando a sorte do Eixo mudou no norte da África e na Europa. Da sacada do Hotel Bella Napoli, ela viu Wingate e as tropas britânicas entrando na cidade, escoltando o imperador Hailé Selassié, que regressava depois de seis anos de exílio. A chefe nunca tinha visto o imperador em pessoa. O homenzinho parecia estupefato com a transformação por que passara sua capital, sua cabeça virava de um lado para outro, contemplando os cinemas, hotéis, lojas, anúncios luminosos, altos edifícios de apartamentos, avenidas pavimentadas e arborizadas... A enfermeira-chefe comentou com o correspondente da Reuters, que estava a seu lado, que talvez o imperador desejasse ter ficado no exílio durante mais algum tempo. Ficou mortificada ao saber que suas palavras tinham sido citadas textualmente (mas, felizmente, atribuídas a uma "popular anônima") em todos os jornais estrangeiros. Ela sorriu ao lembrar o fato.

Levantou-se, enxugando as lágrimas. Ambos continuaram a andar. Desceram o caminho junto de uma fileira de túmulos, depois subiram outro. "Não!", disse a enfermeira-chefe de repente. "Não vai dar certo. Não posso deixar nossa menina aqui."

Só quando saíram para a luz do sol ela se sentiu mais à vontade. "Ghosh, se você me enterrar em Gulele, nunca hei de perdoá-lo."

Ghosh decidiu que o silêncio era a melhor estratégia.

"Nós, cristãos, acreditamos que na segunda vinda de Cristo os mortos serão ressuscitados."

Ghosh fora criado como cristão, fato que ela parecia nunca lembrar.

"Chefe, você às vezes duvida?"

Ela notou que a voz dele estava rouca. "Ghosh, a dúvida é prima-irmã da fé. Para ter fé, é preciso suspender a descrença. Nossa querida irmã tinha fé... Fico com medo de que num lugar tão úmido e triste como Gulele, até a irmã ache difícil se levantar do túmulo quando chegar a hora."

"Qual é a opção? Cremação?" Um dos barbeiros indianos acumulava essa profissão com a de *pujari*, e providenciava cremações para hinduístas que viviam em Adis Abeba.

"Claro que não!" A enfermeira-chefe se perguntou se Ghosh não estaria se fazendo de obtuso deliberadamente. "*Sepultura*. Acho que conheço o lugar ideal."

Estacionaram junto ao bangalô de Ghosh e caminharam até os fundos do hospital, onde os penacheiros estavam tão floridos que pareciam pegar fogo. O limite da propriedade estava marcado por acácias, cujas copas planas formavam uma linha irregular contra o céu. O lado oeste do hospital era um promontório do qual se descortinava um vale amplo. Até onde a vista alcançava, aquela área pertencia a um *ras*, um duque, aparentado à Sua Majestade Hailé Selassié.

Um regato, escondido por matacões, gorgolejava. Carneiros pastavam, pastoreados por um garoto que limpava os dentes com um gravetinho, próximo a seu cajado. Ao avistar a enfermeira-chefe e Ghosh, acenou. Tal como nos tempos de Davi, levava consigo uma funda. Fora um pastor como ele, séculos antes, que havia notado como seus animais ficavam buliçosos depois de mascarem um determinado frutinho vermelho. A partir daquela descoberta fortuita, o hábito de tomar café havia se espalhado para o Iêmen, Amsterdam, o Caribe, a América do Sul e o mundo inteiro, mas tudo tinha começado na Etiópia, num campo como esse.

Um poço desativado ocupava aquela área do terreno do hospital. Cinco anos antes, uma das cadelas do hospital tinha caído nele. Os latidos desesperados de Kuchulu tinham chamado a atenção de Gebrew, que a puxara dali passando um laço em torno dela e quase a enforcando no processo. O poço precisou ser tapado. Ao supervisionar essa tarefa, a enfermeira-chefe encontrou preservativos e tocos de cigarros em torno da mureta do poço e concluiu que a área estava precisando de recuperação. Cules limparam o matagal e plantaram sementes de grama nativa. Dentro de dois meses, um belo tapete verde rodeava o poço. Gebrew cuidava daquele gramado, agachando-se, avançando de lado como um caranguejo, agarrando um punhado de grama com a mão esquerda e cortando-o com a foice na mão direita.

Foi a irmã Mary Joseph Praise quem identificou o cafeeiro silvestre ao lado do poço. Não fosse Gebrew podá-lo com regularidade, teria se tornado uma árvore. Depois que alguns bancos antigos, usados por pacientes de ambulatório, foram levados para esse gramado, ele se tornou um local onde Thomas Stone temporariamente esquecia seus cuidados. Com um cigarro na mão e o espírito à deriva, fumava e observava a irmã Mary Joseph Praise e a chefe mexerem em suas plantas. Mas não demorava muito para que esmagasse o cigarro na grama (hábito que a chefe considerava de mau gosto) e zunia dali, como se fosse resolver algum problema urgente.

A enfermeira-chefe rezou em silêncio. *Deus, só Tu sabes o que será da Missing agora. Dois dos nossos não estão mais aqui. Uma criança é um milagre, e temos duas. Mas para o sr. Harris e sua gente as coisas não serão assim.* Para eles, a realidade seria uma vergonha, um escândalo, um motivo para se afastarem. Os pacientes não rendiam praticamente nada ao Hospital da Missing. A instituição dependia de doações. Sua modesta expansão nos últimos anos se devera a Harris e alguns outros doadores. A enfermeira-chefe não contava com nenhum fundo de emergência. Era contra seus princípios guardar dinheiro, um dinheiro que lhe permitia curar tracoma e evitar a cegueira, ou ministrar penicilina e curar sífilis — a lista não tinha fim. O que haveria de fazer?

A chefe perscrutava o terreno em todas as direções. Não enxergava o que tinha diante de si porque seus pensamentos estavam voltados para dentro. Aos poucos, porém, o vale, o perfume dos loureiros, os verdes vívidos, a brisa mansa, o modo como a luz incidia na encosta distante, o talho deixado pelo ribeiro e, acima de tudo, a amplidão do céu, com as nuvens encasteladas só de um lado... Aos poucos tudo isso exerceu seu efeito sobre ela. Pela primeira vez desde a morte da irmã Mary Joseph Praise, ela teve uma sensação de paz, uma sensação de confiança onde antes não havia nenhuma. Teve certeza de que aquele era o lugar. Era ali que a longa viagem da irmã Mary Joseph Praise terminaria. Lembrou-se também de seus primeiros tempos em Adis, quando as coisas tinham parecido tão sombrias, tão desoladoras, tão trágicas com a morte de Melly. Era em momentos assim que sobrevinha a graça de Deus e Seu desígnio se revelava, embora se revelasse a Seu tempo.

"Eu não vejo esse desígnio, Senhor, mas sei que Tu o vês", disse.

13. Nos braços de Jesus

Os cules descalços eram homens sempre alegres. Quando Ghosh lhes informou a tarefa que queria lhes encomendar, enrolaram uns sons guturais de pêsames. O sujeito corpulento e prognata deixou cair o paletó puído; seu companheiro, mais baixo, tirou o pulôver rasgado. Cuspiram nas palmas das mãos, ergueram as picaretas e meteram mãos à obra. No que lhes dizia respeito, o *acontecido-já-tinha-acontecido* e *o-que-tiver-de-ser-será*; e, embora o que estavam cavando fosse uma sepultura, garantia-lhes a garrafa de *tej* ou *talla* daquela noite e, talvez, uma cama e uma mulher complacente. O suor lhes corria pela testa e pelos ombros, umedecendo suas camisas remendadas.

O céu tinha começado seu jogo de enganos: embora nesse momento caravanas de nuvens escuras se movessem à carreiras, como carneiros indo para o mercado, de tarde o céu era todo uma abóbada azul, sem uma única nuvem.

Chamado ao pronto-socorro pela enfermeira-chefe, Ghosh viu um homem branco, magro e muito pálido, esperando ao lado de uma coluna. Ghosh manteve a cabeça baixa, certo de que se tratava de Eli Harris e feliz porque o homem estava de costas para ele.

Lá dentro, Adam apontou para uma cortina. Ghosh ouviu gemidos, que vinham com cada respiração e com o ritmo de uma locomotiva. Viu quatro etíopes de pé; três deles usavam blazers e um estava com um agasalho de montanhismo. Achavam-se reunidos em torno de uma maca, como se rezassem. Todos os quatro calçavam sapatos marrons tão bem engraxados que brilhavam. No momento em que se retiraram para dar lugar a Ghosh, ele viu um coldre bordô sob o blazer.

"Doutor", disse o homem deitado na mesa, estendendo a mão e tentando se erguer, mas recuando com uma expressão de dor. "Meu nome é Mebratu. Obrigado por me atender."

Estava na casa dos trinta anos e falava um inglês excelente. Um bigode fino curvava-se sobre a boca forte. A dor lhe crispava a fisionomia, mas ainda assim seu semblante era extraordinário, até bonito, enquanto o nariz quebrado lhe acentuava a expressão máscula. Ghosh teve a impressão de que já o vira, mas não conseguia lembrar onde. Ao contrário dos companheiros, parecia estoico, sem medo, embora fosse ele quem sentia dores.

"Uma coisa eu lhe digo, nunca tive uma dor tão forte." Sorriu de orelha a orelha, como se dissesse: A pessoa está levando a vida normalmente quando, sem mais nem menos, aparece uma casca de banana, uma brincadeira cósmica que a prostra no chão, segurando a barriga. Um acesso de dor provocou nele uma careta.

Não tenho condições de atender o senhor hoje. A querida irmã morreu e estou esperando que alguém venha me dizer, a qualquer minuto, que acharam o corpo do doutor Thomas Stone. Pelo amor de Deus, procure o hospital militar. Isso era o que Ghosh queria dizer, mas, diante de tal sofrimento, esperou.

Ghosh pegou a mão estendida e enquanto a segurava procurou a artéria radial. O pulso estava disparado, a cento e doze por minuto. Ghosh tinha o que, num médico, equivalia ao ouvido absoluto de um músico: a capacidade de verificar uma frequência cardíaca sem relógio.

"Quando isso começou?", perguntou, quase sem querer, ao mesmo tempo que observava o abdome inchado, tão incongruente naquele homem magro e musculoso. "Comece pelo começo..."

"Ontem de manhã. Eu estava tentando... fazer as necessidades." O paciente pareceu constrangido. "E de repente comecei a sentir dor aqui." Apontou para o baixo abdome.

"Enquanto o senhor ainda estava sentado na privada?"

"Foi... agachado. Daí a segundos, rápido como um raio, senti a barriga como um balaio... e quase desmaio."

As involuntárias rimas toantes do oficial chamou a atenção de Ghosh. Viu mentalmente o livrinho *Diagnóstico do abdome agudo em versos*, de sir Zachary Cope. Havia descoberto aquele tesouro na prateleira empoeirada de um sebo em Madras. O livro era uma revelação. Quem diria que um texto médico poderia estar cheio de ilustrações humorísticas, ser tão engraçado e ao mesmo tempo proporcionar informações sérias? Lembrou-se dos versos de Cope com relação ao súbito bloqueio do trânsito normal pelo intestino:

> [...] *se, de repente, surge uma inchação,*
> *A ela dedique toda a sua atenção.*

Ghosh fez a pergunta seguinte, mesmo sabendo a resposta de antemão. Havia casos, como esse de agora, em que o diagnóstico estava escrito na testa do paciente. Ou então era revelado em sua primeira frase. Ou era anunciado por um cheiro antes mesmo que o médico visse o paciente.

"Ontem de manhã", respondeu Mebratu. "Pouco antes de começar a dor. A partir de então, não houve evacuação, nem gases, nada."

> *Quando, do intestino uma alça sai do lugar,*
> *Ela se torce e uma obstrução vai provocar* [...]

"E quantos clisteres o senhor tentou?"

Mebratu deu uma risadinha. "O senhor sabia, não é? Dois. Mas de nada adiantaram."

Mais do que constipado, ele estava obstipado: nem gases conseguiam passar. O intestino estava completamente obstruído.

Fora do cubículo, os homens pareciam discutir.

A língua de Mebratu estava seca, marrom e saburrosa. Ele estava desidratado, mas não anêmico. Ghosh expôs o abdome grotescamente dilatado. O abdome não se contraía quando o paciente respirava. Na realidade, quase não havia nele movimento algum. Esse é meu trabalho, pensou Ghosh, enquanto recolhia o estetoscópio. Para mim, é o equivalente a cavar uma sepultura. Dia sim, dia não. Barrigas, peitos, carne.

Em vez dos sons normais de borborigmos, o que ele tinha ouvido com o estetoscópio fora uma cascata de notas agudas, como água pingando num prato metálico. No fundo, tinha ouvido o ritmo regular do coração. Era impressionante como o intestino cheio de fluido transmitia bem os sons cardíacos. Essa era um observação que ele nunca tinha visto em livros.

"O senhor tem um vólvulo", disse Ghosh, tirando o estetoscópio dos ouvidos. Sua voz vinha de longe. E não parecia ser dele. "Um trecho do cólon, do intestino grosso, se retorce em torno de si mesmo, assim..." Ghosh usou o conduto de seu estetoscópio para demonstrar, primeiro, a formação de uma alça e, depois, a retorção que se formava na base. "Isso é comum aqui. Os etíopes têm cólons longos e de alta motilidade. Achamos que isso e mais alguma coisa relacionada com a dieta causam predisposição a vólvulos."

Mebratu tentou conciliar seus sintomas com a explicação de Ghosh. Sua boca se movimentou; ele estava rindo.

"O senhor sabia o que eu tinha assim que abri a boca, não foi, doutor? Antes que o senhor fizesse essas... outras coisas."

"Acho que sabia."

"Bem... Essa torção vai se desfazer sozinha?"

"Não. Ela tem de ser destorcida. Cirurgicamente."

"O senhor disse que isso é comum. Os meus compatriotas que têm isso... o que acontece com eles?"

Nesse momento, Ghosh ligou o rosto do militar a uma cena que ele gostaria de esquecer.

"Sem cirurgia? Morrem. Veja bem, a torção na base da alça também corta o suprimento de sangue. Com isso, o perigo duplica. O sangue não entra nem sai. O intestino vai gangrenar."

"Sabe, doutor... Esta é uma época péssima para isso acontecer."

"Realmente, é uma época péssima", exclamou Ghosh, surpreendendo Mebratu. "Por que veio aqui, posso perguntar? Por que a Missing? Por que não procurou o hospital militar?"

"O que mais o senhor adivinhou sobre mim?"

"Sei que o senhor é um oficial."

"Esses palhaços", disse Mebratu, apontando com o queixo na direção de seus amigos lá fora e com um tom de ironia. "Nunca sabemos nos vestir direito como civis. Se os sapatos deles não brilharem com um espelho, sentem-se nus."

"Na verdade, não foi só isso. Há alguns anos, logo depois que cheguei a Adis, vi o senhor comandar uma execução. Nunca vou esquecer aquilo."

"Faz oito anos e dois meses. Cinco de julho. Eu também me lembro. O senhor estava lá?"

"Não porque quisesse." Uma simples visita à cidade tinha se convertido em outra coisa quando uma multidão na via pública transformara ele e Hema em espectadores.

"Pois saiba que foi a ordem mais dolorosa que já cumpri", disse Mebratu. "Aqueles homens eram amigos meus."

"Eu percebi", respondeu Ghosh, recordando a estranha dignidade demonstrada pelo carrasco e pelos condenados.

Uma outra onda de dor contorceu o rosto de Mebratu, e ambos esperaram que passasse. "Mas *esta* dor é diferente", disse ele, tentando sorrir.

"O senhor precisa saber que hoje de manhã ligaram do palácio para cá", disse Ghosh. "Pediram à enfermeira-chefe que avisasse se um militar batesse aqui em busca de tratamento."

"*O quê?*", espantou-se Mebratu, procurando se levantar, mas o movimento lhe provocou um grito de dor. Seus companheiros correram para o cubículo. "A enfermeira-chefe contou a eles?", conseguiu perguntar.

"Não. Ela me disse que não entregaria o senhor, já que não teria outro lugar aonde ir."

O paciente relaxou. Seus amigos travaram uma breve discussão, e permaneceram no quartinho.

"Obrigado. Agradeça à enfermeira-chefe por mim. Eu sou o coronel Mebratu, da Guarda Imperial. Veja, tínhamos planejado, alguns de nós, nos encontrar hoje aqui em Adis. Eu vim de Gondar. Ao chegar, soube que tinha sido preciso cancelar a reunião. Ficamos com medo de estar... ameaçados. Mas só recebi a comunicação ao chegar aqui. Antes de eu sair de Gondar, ontem, minha dor começou. Consultei um médico lá. Ele deve ter percebido, como o senhor, o que eu tinha, mas não disse nada. Pediu que eu voltasse hoje de manhã, queria me examinar de novo. Ele deve ter avisado ao palácio... Se não fosse isso, como iriam telefonar para os hospitais em Adis? A forca será também meu destino se eu for encontrado em Adis. O senhor tem de me tratar. Não posso ser visto no hospital militar hoje."

"Há um outro problema", disse Ghosh. "Nosso cirurgião... foi embora."

"Soubemos da... perda de vocês. Foi uma pena. Mas, se o doutor Stone não pode me operar, vai ter de ser o senhor."

"Mas eu não..."

"Doutor, não tenho opção. Se o senhor não operar, eu morro."

Um dos homens deu um passo à frente. Por causa da barbicha, mais parecia um acadêmico do que um militar. "E se sua vida dependesse disso? O senhor poderia operar?"

O coronel Mebratu levou a mão à manga de Ghosh. "Peço desculpas por meu irmão." Sorriu, como se dissesse *Está vendo o que tenho de fazer para manter a paz?* Em voz alta, prosseguiu: "Se alguma coisa acontecer, doutor Ghosh, o senhor pode dizer, com toda a honestidade, que nada sabia a meu respeito. É verdade. Tudo que sabe sobre mim são coisas que o senhor adivinhou".

Ghosh ligou para o bangalô de Hema. Ocorreu-lhe que o coronel Mebratu e seus homens deviam estar planejando algum tipo de golpe. O que mais explicaria a reunião secreta em Adis? Ghosh via-se diante de um dilema: como tratar um militar, um carrasco, que estava agora envolvido num ato de traição ao imperador? Era claro que, como médico, sua obrigação era com o paciente. Não antipatizava com o coronel, embora não pudesse dizer o mesmo de seu irmão. Era difícil não gostar de um homem que enfrentava a dor física com coragem e conseguia manter os bons modos.

Acima do zumbido do fone, Ghosh percebia o sangue correr por seu ouvido com cada batimento cardíaco.

O "alô" ríspido de Hema informou-lhe que ela estava de mau humor. "Sou eu", disse. "Sabe com quem estou aqui esta noite?" Contou-lhe a história. Ela o interrompeu antes que ele terminasse: "Por que está me contando isso?".

"Hema, você ouviu o que acabei de dizer? Temos de operar. É nosso dever."

Ela não se impressionou.

"Eles estão desesperados", acrescentou Ghosh. "Não têm para onde ir. E estão armados."

"Se estão desesperados assim, eles mesmos que abram a barriga do homem. Eu sou uma obstetra-ginecologista. Diga a eles que acabei de ganhar gêmeos e que não estou em condições de operar."

"Hema!" Ghosh estava tão furioso que as palavras não lhe vinham. Ela devia estar ao lado dele. Pelo menos para prestar assistência a pacientes.

"Você está minimizando o que tenho nas mãos?", ela perguntou. "Aquilo por que passei, ontem mesmo? Você não estava lá, Ghosh. Agora, cada respiração dessas crianças é responsabilidade minha."

"Hema, não estou dizendo que..."

"Homem, opere *você*. Já auxiliou o doutor em casos de vólvulos, não foi? Eu nunca operei um vólvulo." Com "doutor" ela se referia a Stone.

O silêncio só foi acompanhado pelo som da respiração de Hema. Será que ela não se importa se eu levar um tiro? Por que assumir essa atitude comigo? Como se eu fosse o inimigo. Como se eu tivesse causado o desastre que ela encontrou ao chegar de volta. Por acaso eu convidei o coronel a vir aqui?

"E se eu tiver de ressecar e fazer uma anastomose do intestino grosso, Hema? Ou fazer uma colostomia?..."

"Estou de resguardo. Indisposta. Fora do ar. Não estou presente!"

"Hema, temos uma obrigação para com o paciente... O juramento de Hipócrates..."

Ela deu uma risada, um riso mordaz, sarcástico. "O juramento de Hipócrates vale se você está em Londres e tomando chá. Esses juramentos não existem aqui na selva. Conheço minhas obrigações. O paciente até está com sorte, porque conta com você, é tudo que posso dizer. É melhor do que nada." Hema desligou.

Ghosh era clínico geral. Insuficiência cardíaca, pneumonia, doenças neurológicas bizarras, febres estranhas, erupções, sintomas inexplicáveis... essas coisas eram o seu *métier*. Era capaz de diagnosticar problemas cirúrgicos comuns, mas não tinha treinamento para resolvê-las na sala de cirurgia.

Nos bons tempos do Hospital da Missing, sempre que Ghosh dava as caras na ala cirúrgica, Stone fazia com que ele se escovasse e o auxiliasse. Isso permitia à irmã Mary Joseph Praise descansar um pouco; e, para Ghosh, atuar como primeiro assistente de Stone representava uma bem-vinda mudança em sua rotina. A presença de Ghosh transformava o mutismo de catedral da sala de cirurgia numa verdadeira balbúrdia, e por algum motivo Stone parecia não se importar. Ghosh fazia perguntas a torto e a direito, induzindo Stone a conversar, instruir e até falar do passado. De noite, às vezes Ghosh ajudava Hema quando, devido a uma emergência, ela fazia uma cesariana. Mais raramente, Hema mandava chamá-lo quando tinha de fazer uma extensa ressecção de um câncer de ovário ou de útero.

Mas agora ele se via sozinho, ocupando o lugar de Stone, à direita do paciente, de bisturi na mão. Esse era um lugar que ele não ocupava havia muitos anos. A última vez em que tinha ficado do lado direito tinha sido durante seu tempo de residência, quando, para recompensar algum bom serviço, permitiam que ele operasse uma hidrocele, enquanto o cirurgião titular se postava diante dele e o instruía a cada passo.

A seu pedido, a circulante introduziu um tubo retal no ânus do paciente, levando-o até onde foi possível.

"É melhor começarmos", disse Ghosh à estagiária, que se encontrava do outro lado da mesa, escovada e com a máscara e a roupa de centro cirúrgico, pronta para ajudá-lo. Suas leves marcas de varíola estavam ocultas pelo gorro e pela máscara. Mesmo com as pálpebras inchadas, seus olhos eram bonitos. "Não podemos terminar se não começarmos. Então, é melhor começar para poder terminar, não é?"

Uma graúda incisão terás de fazer
(e nesse caso a miúda convém esquecer),
Da serpentina a alça tu hás de girar
(da sinistra à destra, cabe lembrar),
E, eis, chegou a hora: pela sonda retal
Vem a rajada de gás, torrencial [...]

Com o cólon tão dilatado que mais parecia o *Hindenburg*, seria facílimo fazer um corte no intestino que, por mínimo que fosse, derramaria fezes na cavidade abdominal. Ghosh fez uma incisão na linha mediana e depois a aprofundou com todo o cuidado, como um sapador desativando uma bomba. Exatamente quando o pânico começava a tomar conta dele, pois tinha a impressão de que não estava indo a lugar nenhum, surgiu a superfície reluzente do peritônio, a delicada membrana que reveste a cavidade abdominal. Aberto o peritônio, dele esguichou um fluido cor de palha. Inserindo o dedo no buraco e usando-o como botoque, cortou o peritônio ao longo da incisão.

Imediatamente, o cólon começou a saltar para fora como um zepelim fugindo do hangar. Ghosh protegeu as bordas do corte com compressas úmidas, inseriu um afastador de Balfour para manter as bordas abertas e retirou completamente do corte a alça torcida, depondo-a sobre as compressas. Tinha o mesmo diâmetro de uma câmara de ar do pneumático de um carro, compacta, escura e endurecida pelo volume de fluido, bem diferente das flácidas alças rosadas do resto do intestino. Ghosh pôde ver o ponto em que a torção tinha ocorrido, no fundo do abdome. Manuseando cuidadosamente as duas partes da alça torcida, ele a destorceu, como havia preconizado Cope. Ouviu um gorgolejo e no mesmo instante começou a desaparecer o azulado do segmento abaloado. Nas extremidades do segmento foi surgindo uma tonalidade rosada.

Ghosh tateou a parede do reto em busca do tubo retal inserido pela enfermeira Asqual. Empurrou-o como se fosse um suporte de cortina dentro de um tubo. Quando o tubo chegou ao intestino distendido, foram recompensados por um sonoro silvo e o ruído de fluido e gás caindo no balde embaixo. "'O intestino começa a endireitar e tudo como dantes há de ficar'", declamou Ghosh, e a estagiária, que não fazia ideia do que ele estava dizendo, respondeu: "É mesmo, doutor Ghosh".

Ghosh flexionou as mãos enluvadas. Pareciam competentes e poderosas: as mãos de um cirurgião. Só se pode sentir isso, pensou, se a responsabilidade for toda sua.

Terminada a operação, quando ele estava tirando as luvas, viu o rosto de Hema no vidro das portas de gonzos. O rosto sumiu. Ghosh foi atrás dela. Hema correu, mas ele logo a alcançou na passagem coberta. Ela se encostou, ofegante, numa coluna. "E então?", perguntou, passados alguns instantes. "Deu tudo certo?"

Ambos riam. "Deu... Só desfiz a torção." Sua voz traía orgulho e emoção.

"Pode torcer de novo."

"Bem, a opção dele era ou eu ou nada, já que a doutora não quis ajudar."

"É verdade. Parabéns! Tenho de ir. Almaz e Rosina estão olhando os bebês."

"Hema."

"Que foi?"

"Você teria me ajudado se eu me atrapalhasse?"

"Não, eu estava só esticando as pernas..." Apesar do que ela dizia, alguma coisa cintilou em seus olhos. "Bobo. O que você pensou?"

Com Hema, até o sarcasmo parecia um presente. Ghosh resistiu ao ímpeto de correr para ela, como um cachorrinho saudoso e pronto a esquecer o tapa que tinha levado pouco antes.

"Ontem mesmo passei pelo lugar onde assistimos àquela execução, e me lembrei daquilo...", disse Hema. Ela pareceu examiná-lo, meditativa. "Já comeu hoje?"

Foi então que ele notou: sua amada, sua beldade, que tinha voltado de Madras ainda solteira, estava mais *ampliada* do que nunca. Havia pneus suculentos entre o sári e a blusa. A pele sob o queixo estava meio inchada, como um segundo mento.

"Não comi nada desde que você viajou para a Índia", respondeu ele, dizendo quase a verdade.

"Você perdeu peso. Isso não é bom. Passe lá em casa para comer. Estou cheia de comida, toneladas de comida. As pessoas não param de trazer comida."

Hema afastou-se. Ghosh ficou a observar suas nádegas, que balançavam de um lado para outro, como se fossem saltar de seus quadris. Ela trouxera da Índia uma Hema ainda maior a ser amada. A época era a pior para isso, mas ele se sentiu entusiasmado.

Vestiu-se e percebeu que estava de novo pensando na operação. Será que eu devia ter prendido o cólon sigmoide na parede abdominal para evitar uma nova torção? Não vi Stone fazer isso? Acho que ele chamou isso de colopexia. Por acaso Stone me falou a respeito do perigo de uma colopexia e me advertiu que não a fizesse ou, pelo contrário, recomendou-a? Espero que tenhamos tirado todas as compressas. Devíamos tê-las contado mais uma vez. Eu devia ter dado outra olhada. Procurado sangramentos enquanto era tempo. Ghosh lembrou-se de Stone dizer: *Quando o abdome está aberto, você o controla. Mas, depois que você o fecha, ele controla você.* "Entendo exatamente o que você quis dizer, Thomas", disse Ghosh em voz alta, saindo da sala de cirurgia.

A noite já caía quando o pessoal do hospital se reuniu à beira da cova, agora escorada com pranchas. Não havia tempo a perder, porque, devido à tradição etíope, ninguém se alimenta até o corpo ser sepultado. Por isso, as enfermeiras e estagiárias estavam famintas. O ataúde chegou nos ombros de serventes, que vieram pelo mesmo trajeto que a irmã Mary Joseph Praise percorria para se sentar naquele refúgio. Hema veio atrás do ataúde, ao lado da empregada de Stone, Rosina, e da empregada de Ghosh, Almaz, as três se revezando para carregar os bebês, envoltos em mantas.

Os serventes depuseram o ataúde à beira da sepultura e retiraram a tampa. Ouviram-se soluços e exclamações sufocadas quando algumas pessoas, que ainda não tinham visto o corpo, passaram por ele.

As enfermeiras tinham posto na irmã Mary Joseph Praise a mesma roupa que a jovem freira tinha vestido quando se dedicou de corpo e alma a Cristo: seu "vestido de noiva". O véu arqueado como um capuz destinava-se a mostrar que seu espírito não estava voltado para as coisas terrenas, e sim para o reino dos céus; era o símbolo de sua morte para o mundo, mas na névoa que começava a se formar o véu não era mais um símbolo. O peitilho engomado, preso em torno do pescoço, caía como um babador. Seu hábito era branco, interrompido por um cordão franzido, também branco. As mãos da irmã Mary Joseph Praise saíam das mangas e se juntavam abaixo do peito, com os dedos repousando sobre sua Bíblia e um rosário. As carmelitas descalças de início não usavam sapatos (daí o "descalças"), mas a ordem da irmã Mary Joseph Praise era bastante prática para recomendar o uso de sandálias. A enfermeira-chefe trazia os pés descalços.

A enfermeira-chefe tinha preferido não chamar o padre De la Rosa, da igreja católica de São José, pois tratava-se de um homem que via defeito em tudo, mesmo quando não havia nada a desaprovar, e ali havia problemas aos montes. Ela quase chamou Andy McGuire, da igreja anglicana; ele teria sido consolador, e muito prestativo. Por fim, entretanto, a chefe pensou que a irmã Mary Joseph Praise não desejaria que ninguém que não pertencesse a sua família da Missing viesse se despedir dela. O mesmo impulso tinha levado a chefe, de manhã, a pedir a Gebrew que preparasse uma breve oração. A irmã tinha sempre mostrado respeito por Gebrew, ainda que sua função sacerdotal fosse secundária em relação a seus deveres como vigia e jardineiro; e ela teria gostado de homenagear e consolar Gebrew ao convocá-lo assim.

No crepúsculo fresco e de ar muito parado, a enfermeira-chefe ergueu a mão. "A irmã Mary Joseph Praise teria dito: 'Não chorem por mim. Cristo é minha salvação'. Isso deve ser um consolo também para nós." A chefe esqueceu o que mais iria dizer. O que mais havia a ser dito? Fez um gesto de cabeça para Gebrew, que vestia uma túnica branquíssima sobre a calça, até os joelhos, e usava na cabeça um gorro apertado. Eram os trajes cerimoniais que ele só usava em Timkat, o dia da Epifania. A liturgia de Gebrew era no antigo gueês bíblico, a língua oficial da Igreja Ortodoxa Etíope. Com muito esforço, abreviou a melopeia de sua litania. A seguir, as enfermeiras e estagiárias cantaram o hino favorito da irmã Mary Joseph Praise, que ela lhes ensinara e que entoavam no culto matutino no dormitório das enfermeiras.

Jesus vive! Morte, teus terrores
Não nos assustam mais.
Jesus vive! E a tumba, hosana,
Medo não nos infunde.
Aleluia!

Todos avançaram um pouco, tentando ver o corpo da irmã pela última vez antes que a tampa do caixão fosse baixada. Gebrew disse mais tarde que o rosto da irmã Mary Joseph Praise brilhava, que sua expressão era de paz por saber que sua provação na terra estava terminada. Almaz insistiu em que, ao ser baixada a tampa do caixão, saiu dele um perfume de lilás.

Ghosh sentiu que uma mensagem lhe estava sendo transmitida. A irmã parecia lhe dizer: *Faça bom uso de seu tempo. Não desperdice outros anos perseguindo um amor que talvez nunca seja correspondido. Deixe este país, por favor.*

Mais próxima do ataúde, Hema prometeu silenciosamente à irmã Mary Joseph Praise cuidar de nós como se fôssemos seus filhos.

Sustentando o caixão com cordas, os cules baixaram a irmã para a tumba. As pedras pesadas impostas pela tradição etíope foram passadas ao cule mais alto, cujos pés se apoiavam nos dois lados da cova. Elas se destinavam a impedir ataques de hienas.

Por fim os dois homens repuseram a terra na cova, e o enterro estava quase concluído. Só faltavam os lamentos.

Shiva e eu, recém-chegados à vida, nos assustamos com aqueles sons estranhos e sinistros. Abrimos os olhos para contemplar um mundo no qual tantas coisas já estavam erradas.

14. O conhecimento do Redentor

No dia seguinte, Ghosh acordou cedo. Para variar, ao despertar não pensou em Hema, mas em Stone. Assim que se vestiu, foi diretamente aos aposentos dele, mas não encontrou nenhum sinal de que seu ocupante houvesse voltado. Desalentado, foi à sala da enfermeira-chefe, que ergueu os olhos, esperando alguma notícia. Ele balançou a cabeça.

Ghosh estava ansioso por ver como ia o pós-operatório de seu paciente. Havia feito a cirurgia com relutância, mas o entusiasmo que sentia agora foi para ele uma revelação. Devia ser uma sensação bem conhecida por Stone. "Isso pode viciar", disse, para ninguém em particular.

Encontrou o coronel Mebratu sentado na beira da cama, com seu irmão o ajudando a se vestir. "Doutor Ghosh!", saudou-o o militar, sorrindo como um homem sem nenhum motivo de preocupação nesta vida, embora fosse evidente que sentia dor. "Relatório de minha situação: expeli gases de noite, evacuei hoje. Amanhã, vou expelir ouro!" Era um homem habituado a se fazer simpático aos outros e, mesmo debilitado, seu carisma continuava o mesmo. Para uma pessoa que havia passado por uma cirurgia havia menos de vinte e quatro horas, seu estado era magnífico. Ghosh examinou a incisão, que estava limpa e intacta.

"Doutor", disse o coronel, "tenho de voltar para meu regimento em Gondar hoje. Não posso me ausentar por muito mais tempo. Sei que é cedo, mas não tenho opção. Se não der as caras por lá, as suspeitas sobre mim só crescerão. O senhor não há de querer ter salvado minha vida só para que eu seja enforcado. Posso receber soro por via intravenosa em casa, qualquer coisa que o senhor determinar.

Ghosh havia aberto a boca para protestar, mas percebeu que não podia insistir.

"Está certo. Mas ouça bem: existe um perigo real de a incisão se abrir se o senhor a forçar. Vou lhe dar morfina. Terá de viajar deitado. Vamos providenciar fluidos intravenosos, e amanhã o senhor poderá beber um pouco de água. Depois de amanhã, dieta líquida. Vou lhe dar tudo isso por escrito. Vai precisar tirar os pontos daqui a mais ou menos dez dias." O coronel anuiu.

O irmão de barbicha apertou a mão de Ghosh e fez uma mesura, murmurando agradecimentos.

"O senhor vai viajar com ele?", indagou Ghosh.

"Vou, é claro. Estamos esperando uma van. Assim que ele estiver instalado, vou para meu novo posto, na Sibéria." Ghosh fez um ar de perplexidade. "Estou sendo banido."

"O senhor também é militar?", quis saber Ghosh.

"Não, doutor. Neste momento, não sou ninguém."

O coronel Mebratu levou a mão ao ombro do irmão. "É uma pessoa modesta esse meu irmão. Sabe que tem mestrado em sociologia pela Universidade Columbia? Sua Majestade Imperial o enviou aos Estados Unidos. O Velho não ficou satisfeito quando meu irmão foi atraído pelo Movimento Marcus Garvey. Não o deixou fazer o doutorado. Chamou-o de volta para que ele fosse administrador provincial. Devia ter permitido que ele concluísse sua especialização."

"Não, não, eu voltei espontaneamente", disse o irmão. "Queria ajudar meu povo. Mas, por causa disso, vou para a Sibéria." Ghosh esperou alguma explicação.

"Conte a ele por quê", disse o coronel. "Afinal, é uma questão de saúde."

O irmão suspirou. "O Ministério da Saúde construiu um centro de saúde pública em nossa antiga província. Sua Majestade Imperial foi lá para cortar a fita. Metade de meu orçamento para o distrito foi gasto para fazer com que tudo parecesse bem no trajeto de Sua Majestade. Pintura, cercas e até um trator para derrubar casebres. Assim que ele foi embora, o centro foi fechado."

"Por quê?"

"O orçamento do posto tinha sido gasto!"

"O senhor não protestou?"

"Claro que sim! Mas minhas mensagens não tiveram resposta. O ministro da Saúde as interceptou. Por isso, eu mesmo reabri o centro. Foram necessários aí uns dez mil birr. Consegui que um médico missionário de uma cidade a oitenta quilômetros de distância fosse lá uma vez por semana. Arranjei um enfermeiro reformado do Exército para fazer curativos e achei uma parteira que se dispôs a mudar para lá. Consegui suprimentos. O contrabandista de bebidas do lugar me deu um gerador. As pessoas me adoravam. Mas o ministro da Saúde quis me matar. O imperador me chamou a Adis."

"Como o senhor arranjou o dinheiro?", perguntou Ghosh.

"Suborno! As pessoas traziam uma cesta grande de *injera*, só que nela havia mais dinheiro do que *injera*. Quando usei o suborno para uma boa finalidade, as pessoas passaram a me dar mais, porque ficaram com medo de que eu as denunciasse."

"O senhor contou isso à Sua Majestade?"

"Ah, isso é complicado. Fica todo mundo murmurando coisas nos ouvidos dele. 'Majestade, o posto de saúde precisa de um orçamento para poder funcionar', eu disse, quando consegui minha audiência. Ele se fez de surpreso."

"Ele sabia", interpôs o coronel.

"Ele me escutou até o fim. Aqueles olhos nada revelam. Quando terminei, Sua Majestade sussurrou alguma coisa a Abba Hanna, o ministro do Tesouro. Abba Hanna rabisca alguma coisa na ata. E os outros ministros, o senhor já os viu? Eles vivem num estado de terror constante. Nunca sabem se estão nas boas graças do imperador ou não. Sua Majestade agradece por meus serviços naquela província, et cetera, et cetera, e eu me curvo, me curvo novamente e recuo de costas. Encontro-me com o ministro do Tesouro na frente do salão, e ele me dá trezentos birr! Eu preciso de trinta mil, ou mesmo de trezentos mil, isso sim. Que eu saiba, o imperador disse a ele cem mil, mas Abba Hanna decidiu que trezentos estava de bom tamanho. Ou trezentos tinha sido ideia do imperador? A quem posso perguntar? A essa altura, o requerente seguinte está contando sua história e o ministro do Tesouro corre para assumir seu lugar ao lado do imperador. Eu tentei gritar lá da frente do salão... 'Majestade, será que o ministro não se enganou?' Meus amigos me puxaram..."

"Se não tivessem puxado, você não estaria aqui para nos contar essa história", disse o coronel. "Meu irmão estouvado!"

O coronel assumiu um ar sério, com os olhos em Ghosh, enquanto pegava a mão do médico com suas duas mãos. "Doutor Ghosh, o senhor é melhor cirurgião que Stone. Um cirurgião na mão é melhor do que dois voando."

"Não, eu tive sorte. Stone é espetacular."

"Quero lhe agradecer por outra coisa. Sabe, eu senti dores terríveis desde Gondar até aqui. A viagem de volta vai ser fácil em comparação. A dor era... Eu sabia que se aquilo piorasse eu iria morrer. Mas eu tinha opções, procurei o senhor. Quando o senhor me disse que, no caso de meus compatriotas, se não tiverem atendimento, simplesmente morrem..." A expressão do coronel endureceu, e Ghosh ficou em dúvida: era de raiva ou ele estava reprimindo lágrimas? Ele pigarreou. "Foi um crime fecharem o posto de saúde de meu irmão. Quando vim a Adis Abeba para essa reunião com meus... colegas, estava disposto a ouvir. Mas eu não tinha certeza. O senhor poderia dizer que meus motivos eram suspeitos. Se eu queria participar de uma mudança, seria pela melhor das razões ou somente para ter o poder? Estou lhe dizendo coisas que o senhor jamais poderá repetir, doutor, compreende?"

Ghosh assentiu.

"Minha viagem, minha dor, minha operação...", prosseguiu o coronel, "Deus estava me mostrando o sofrimento de meu povo. Foi uma mensagem. A maneira como tratamos o mais humilde de nossos irmãos, a maneira como tratamos o camponês com um vólvulo, essa é a medida deste país. Não são nossos aviões de caça, nossos tanques ou o tamanho do palácio do imperador. Eu creio que Deus pôs o senhor no meu caminho."

Mais tarde, depois que eles foram embora, Ghosh percebeu o quanto estivera predisposto a detestar o coronel Mebratu, mas havia acontecido o oposto. Por outro lado, como um expatriado, era fácil projetar benevolências em Sua Majestade. Agora ele estava menos seguro.

O sr. Elihu Harris estava vestido da maneira mais inadequada possível. Isso foi a primeira coisa que a enfermeira-chefe notou quando ele fechou a porta às suas costas, caminhou até a mesa dela e se apresentou. Tinha todo o direito de estar aborrecido, pois estivera no Hospital da Missing nos dois dias anteriores sem encontrá-la. No entanto, parecia grato por ter sido atendido dessa vez, mesmo que preocupado por abusar de seu tempo.

"Eu não fazia ideia de sua visita, senhor Harris", disse a chefe, passados alguns momentos. "Em quaisquer outras circunstâncias, sua vinda seria um enorme prazer. Mas o senhor há de compreender... Ontem, sepultamos a irmã Mary Joseph Praise."

"A senhora quer dizer..." Harris engoliu em seco. Abriu a boca para dizer alguma coisa, mas se calou. Viu tamanho sofrimento nos olhos da enfermeira-chefe que se sentiu constrangido por não tê-lo percebido antes. "A senhora se refere... à freirinha indiana? A assistente do doutor Stone?"

"Exatamente. Quanto ao doutor Stone, ele se foi. Sumiu. Estou preocupadíssima com ele. Stone ficou transtornado."

Harris tinha um rosto agradável, mas seu lábio superior, grande demais, e os dentes irregulares prejudicavam sua aparência. Parecia incomodado em sua cadeira. Sem dúvida, estava ansioso por perguntar como aquilo tinha acontecido, mas nada disse. A chefe percebeu que ele era o tipo de pessoa que, mesmo numa situação em que tinha vantagem, não sabia pressionar por seus direitos. Ao vê-lo assim tão sem jeito diante dela, relutando em encará-la com seus doces olhos castanhos, ela se comoveu e abriu o coração.

E a chefe contou a Harris tudo, numa catadupa de frases simples que acabrunhavam devido a seu conteúdo. Quando terminou, disse: "Sua visita ocorre no pior momento para nós". Ela assoou o nariz. "A maior parte do que fazíamos aqui na Missing girava em torno de Thomas Stone. Ele era o melhor cirurgião da cidade. Ele nunca soube que só tínhamos permissão para continuar a existir por causa dos membros da família real ou de gente do governo que ele operava. O governo nos obriga a pagar uma taxa anual substancial pelo privilégio de atuarmos aqui, o senhor acredita? Eles poderiam, se quisessem, simplesmente fechar nosso hospital. Senhor Harris, até mesmo o fato de sua congregação decidir nos dar dinheiro foi resultado do livro dele... Tenho a impressão de que isso pode representar o fim do Hospital da Missing."

Enquanto a enfermeira-chefe falava, Harris afundava cada vez mais na cadeira, como se alguém lhe pisasse no peito. Ele tinha um tique nervoso, que consistia em alisar a cada momento o topete, mesmo quando ele não ameaçava cair.

Existem pessoas no mundo que são perseguidas pela tendência a fazer tudo na hora errada, pensou a enfermeira-chefe. Pessoas cujos carros enguiçam quando estão a caminho de seu casamento, cujo fim de semana em Brighton é invariavelmente estragado pela chuva ou cujo dia glorioso de realização pessoal é toldado a vida inteira pela lembrança de que aquele foi o dia em que morreu o rei Jorge VI. Essas pessoas se tornavam irritantes, mas provocavam comiseração por serem vítimas constantes de contratempos. Não era culpa de Harris que a irmã tivesse morrido, e Stone, sumido. No entanto, ele estava ali.

Se Harris desejava uma prestação de contas do dinheiro, ela nada tinha a lhe mostrar. Quando pressionada, a chefe exibia relatórios de atividades, e, como aquilo que os doadores queriam financiar não tinha nenhuma relação com as verdadeiras necessidades do Hospital da Missing, seus relatórios eram um gênero de ficção. Ela sempre soubera que esse dia haveria de chegar.

Harris engasgou, depois tossiu. Quando se recuperou, depois de muitos pigarros e manuseio do lenço, abordou indiretamente a questão que o tinha levado ali. Mas não era o que a chefe imaginava.

"Enfermeira-chefe, a senhora tinha razão com relação a nosso plano de financiar uma missão para os oromas", disse Harris. Ela se lembrava vagamente de uma referência a isso numa carta. "O médico de Wollo me mandou um telegrama. A polícia ocupou o edifício. O governador do distrito não vai fazer coisa alguma para retirá-la. Os suprimentos estão sendo vendidos. A igreja local vem pregando contra nós, dizendo que somos o demônio! Eu tive de vir aqui para consertar as coisas."

"Perdoe minha franqueza, senhor Harris, mas como pôde financiar uma atividade sem vê-la?" Assim que pronunciou essas palavras, a chefe se arrependeu, uma vez que Harris também não tinha visto o Hospital da Missing até então. "Se me lembro bem, escrevi uma carta dizendo que não era conveniente."

"Foi culpa minha." Harris torcia as mãos. "*Eu* impus minha vontade à comissão coordenadora de minha igreja... Ainda não contei a eles", disse, quase num sussurro. Pigarreando e reencontrando a voz, acrescentou: "Minhas intenções... Espero que a comissão compreenda, foram boas. Nós... eu esperava levar a palavra do Redentor àqueles que ainda não a conhecem".

A enfermeira-chefe soltou um suspiro de exasperação. "O senhor achou que eram todos adoradores do fogo? Adoradores de árvores? Senhor Harris, eles são *cristãos*! Eles precisam tanto de redenção quanto o senhor precisa de um creme para alisar o cabelo."

"Mas, na minha opinião, o que eles professam não é o verdadeiro cristianismo. É uma forma pagã de...", disse ele, alisando o topete.

"Pagã? Senhor Harris, quando *nossos* antepassados pagãos de Yorkshire e da Saxônia estavam usando os crânios de seus inimigos como tigelas para servir comida, esses cristãos daqui estavam entoando os salmos. Eles creem que a Arca da Aliança está guardada numa igreja de Axum. Não o dedo de um santo ou o artelho de um papa, mas a Arca! Os cristãos etíopes vestiam a camisa de homens que acabavam de morrer de peste. *Viam na peste uma forma garantida e enviada por Deus para ganhar a vida eterna, de achar a salvação*", disse, batendo os dedos na mesa. "Isso mostra o quanto eles ansiavam pela vida no além-túmulo." Não conseguiu reprimir o que disse em seguida: "Por acaso, em Dallas, os membros de sua igreja têm essa sede de salvação?".

Harris tinha ficado rubro. Olhava em torno, como se procurasse um buraco para se enfiar. Mas não estava completamente derrotado. O antagonismo provocava obstinação em homens como ele, porque suas convicções eram tudo o que tinham.

"Na verdade, é Houston, não Dallas", disse, baixo. "Mas, enfermeira-chefe, o clero aqui é constituído, praticamente, de analfabetos... Gebrew, seu vigia, não compreende a litania que ele recita porque é em gueês, língua que ninguém fala. Se ele abraça a doutrina monofisista, que afirma que Cristo só tinha a natureza divina, e não uma natureza humana, nesse caso..."

"Pare! Senhor Harris, por favor, pare!", exclamou a chefe, cobrindo os ouvidos. "Ah, como isso é irritante."

Ela se levantou, contornou a mesa, e o sr. Harris recuou, como se estivesse com medo de que ela lhe puxasse as orelhas. Mas ela foi até a janela.

"Quando o senhor olha em torno de Adis e vê crianças descalças e tiritando na chuva, quando vê leprosos suplicando por um bocado de comida, alguma coisa dessa bobagem sobre monofisismo faz algum sentido?" A chefe apoiou a testa na vidraça. "Deus há de nos julgar, senhor Harris", e aqui a emoção embargou sua voz, pois ela pensou na irmã Mary Joseph Praise, "pelo que fizemos para aliviar o sofrimento do próximo. Não acredito que Deus se importe com a doutrina que abraçamos."

Aquele rosto simples e castigado pelo tempo, comprimido contra o vidro, as faces molhadas, os dedos entrelaçados... tiveram sobre Harris um efeito mais forte do que qualquer coisa que ela houvesse dito. Aquela era uma mulher capaz de abrir mão das restrições de sua ordem se elas a atrapalhassem. De seus lábios tinha saído a espécie de verdade fundamental que, devido a sua singeleza, não eram ditas numa igreja como a de Harris, em que rixas fratricidas pareciam a razão de ser da comissão coordenadora, bem como uma manifestação de fé. Por felicidade, um oceano separava os executores, como a enfermeira-chefe, de seus financiadores, pois se estivessem juntos causariam muitos dissabores recíprocos.

Harris fitou a pilha de Bíblias na parede. Não as tinha notado ao entrar.

"Temos mais Bíblias em inglês do que falantes da língua em todo o país." A chefe tinha dado as costas para a janela e acompanhado o olhar dele. "Bíblias em polonês, em tcheco, em italiano, em francês, em sueco. Creio que algumas eram de crianças de sua escola dominical. Precisamos de remédios e comida. Mas recebemos Bíblias." A chefe sorriu. "Sempre me perguntei se a boa gente que nos manda Bíblias realmente pensa que as Escrituras curam a solitária e a fome... Nossos pacientes são analfabetos."

"Estou sem graça", disse Harris.

"Não, não, não. Por favor! As pessoas aqui adoram essas Bíblias. Uma Bíblia é a coisa mais preciosa que uma família pode possuir. Sabe o que fazia o imperador Menelik, que reinou antes de Hailé Selassié? Ele *comia* páginas da Bíblia. Não creio que isso o ajudasse. Este é um país em que o *worketu*, papel, é muito prezado. O senhor sabia que, entre os pobres, o casamento consiste simplesmente em escrever dois nomes num pedaço de papel? E para se divorciarem... ora, basta rasgar o papel. Os sacerdotes entregam pedaços de papel com versículos escritos neles. O papel é dobrado muitas vezes, até se reduzir a um quadrado minúsculo. E aí esses quadradinhos são envoltos em couro e usados em torno do pescoço.

"Eu ficava feliz por distribuir Bíblias. Mas o ministro do Interior considerou isso um ato de proselitismo. Eu perguntei: 'Como isso pode ser proselitismo se ninguém sabe ler? Além disso, nossa religião é a mesma que a sua'. Mas o ministro discordou. Por isso, agora as Bíblias se amontoam, senhor Harris. Elas se multiplicam na oficina como coelhos. Transbordam para as despensas e para minha sala. Nós as usamos como suportes de estantes. Ou para empapelar as paredes das cabanas de *chikka*. Na verdade, para qualquer coisa!"

Ela foi até a porta e chamou-o com um gesto. "Vamos dar um passeio", disse. "Veja." Já no corredor, apontou para uma tabuleta sobre uma porta: SALA DE CIRURGIA 1. Tratava-se de um cubículo, abarrotado de Bíblias. Em silêncio, apontou para outra sala, cuja porta se abria na parede oposta. Harris viu que se tratava de um depósito de baldes e esfregões. A tabuleta sobre a porta dizia: SALA DE CIRURGIA 3. "Só temos uma sala de cirurgia. Nós a chamamos de sala de cirurgia 3. Diga que estou errada, se assim desejar, senhor Harris, mas eu uso o que me é dado, em nome de Deus, para ajudar essas pessoas. E se meus doadores insistem em me dar mais uma sala de cirurgia, para o famoso Thomas Stone, quando o que eu preciso são cateteres, seringas, penicilina e dinheiro para mais cilindros de oxigênio, a fim de manter a sala 3 funcionando, eu crio essa nova sala de cirurgia, mas só em nome."

Nos degraus do ambulatório da Missing, a buganvília estava em plena floração, ocultando as colunas do abrigo de carros, de modo que o telhado parecia estar em balanço.

Um homem passou correndo, enrolado num pesado manto branco sobre um surrado casaco militar. O turbante branco e o fato de levar na mão um espantador de moscas com juba de macaco chamavam a atenção.

"Eis o Gebrew, sobre quem estávamos falando", disse a enfermeira-chefe quando o vigia os viu e parou, curvando-se. "Servo de Deus. E vigia. E... um de nossos enlutados."

Harris ficou surpreso com a relativa juventude de Gebrew. Em uma de suas cartas, a chefe tinha falado de uma menina de Harrar, de seus treze ou catorze anos, que tinha sido trazida, moribunda, com um cordão umbilical cortado e pendurado entre suas pernas. Tinha dado à luz dias antes, mas a placenta não saíra. Nem se mexia. A família tinha viajado dois dias, em lombo de burro e de ônibus, para chegar ao Hospital da Missing. E quando Gebrew, tomado de compaixão, havia erguido a menina para tirá-la da charrete, ela dera um berro. Gebrew, instrumento de Deus, havia pisado sem querer no cordão umbilical que se arrastava, fazendo com que a placenta se soltasse. O problema da criança tinha sido resolvido antes mesmo que ela chegasse à porta do pronto-socorro.

Harris tiritava numa camisa de algodão de manga curta, pestanejando, levando a mão à gola, e depois ajustando um capacete de fibra que a chefe nem percebera que ele estava usando.

A chefe percorreu com ele a ala infantil, que não passava de uma sala pintada de cor de alfazema, com crianças em camas altas com guardas de metal. As mães acampavam no chão, ao lado de cada cama. Puseram-se de pé ao ver a enfermeira-chefe e curvaram-se. "Aquela criança está com tétano e vai morrer. Este menino aqui tem meningite, e se sobreviver é bem possível que fique surdo ou cego. E como a mãe fica no hospital dia e noite", disse ela, abraçando afetuosamente uma mulher magrinha, "ela está deixando de lado os outros três filhos. Meu Deus, já houve aqui casos em que uma criança caiu num poço, outra levou uma chifrada de touro e uma outra foi sequestrada enquanto a mãe estava aqui. O correto seria mandá-la embora, levar o filho para casa."

"Então, por que ela está aqui?"

"Veja só como está anêmica! Nós a estamos alimentando. Além de sua própria refeição, damos a ela o que a criança não consegue comer, e pedi ao pessoal que sirva a ela um ovo por dia. Além disso, ela está tomando injeções de ferro e um remédio para a solitária. Daqui a poucos dias, vamos conseguir para ela uma passagem de ônibus e mandá-la para casa com o menino, se ele estiver vivo. Mas ao menos ela estará mais forte, com mais saúde para cuidar das outras crianças... Aquela menina ali está esperando poder ser operada..."

Na ala masculina, comprida e estreita, com quarenta leitos, ela continuou a descrever casos. Os pacientes que podiam fazê-lo tentaram se sentar para saudá-los. Um homem estava em coma, de boca aberta, e seus olhos já não viam nada. Outro se achava sentado, debruçado sobre um travesseiro especial, esforçando-se corajosamente para respirar. Dois homens, um ao lado do outro, tinham a barriga muito inchada, como numa gravidez avançada.

"Lesão da válvula cardíaca, causada por febre reumática. Não há o que possamos fazer... E esses dois coitados têm cirrose", explicou a chefe.

Harris ficou impressionado com o pouco que era necessário para manter a vida. Um pedaço grande de pão numa vasilha de esmalte lascado e uma enorme caneca velha de chá adoçado, isso era o desjejum e o almoço. Com frequência, como lhe era dado ver, esse festim estava sendo dividido com os membros da família, acocorados junto ao leito.

Ao saírem da ala masculina, a enfermeira-chefe deteve-se um momento para descansar. "Sabe que neste momento temos recursos para três dias, e isso é tudo? Há noites em que vou dormir sem fazer ideia de como poderemos abrir de manhã."

"O que a senhora vai fazer?", perguntou Harris, mas assim que pronunciou essas palavras percebeu que sabia a resposta.

A chefe sorriu, com os olhos quase desaparecendo à medida que as bochechas subiam, o que lhe dava um ar infantil. "Isso mesmo, senhor Harris. Eu rezo. Depois tiro dinheiro do fundo de construção ou de qualquer outro fundo em que ainda reste alguma coisa. Deus conhece meu impasse, ou pelo menos é o que eu penso comigo. Ele decerto aprova a transferência. Não estamos lutando contra a irreligiosidade... Este é o país mais religioso do mundo. Não estamos nem mesmo lutando contra a doença. É contra a pobreza. *Dinheiro* para comida, remédios... isso ajuda. Quando não podemos curar uma doença ou salvar uma vida, nossos pacientes podem pelo menos se sentir objeto de cuidados. Isso deveria ser um direito humano básico."

A ansiedade de Harris com relação à comissão de coordenação tinha praticamente acabado.

"Vou lhe confessar uma coisa, senhor Harris. À medida que vou envelhecendo, eu não rezo mais pedindo perdão. O que peço em minhas orações é dinheiro para realizar o trabalho de Deus. "Ela pegou a mão dele e prendeu-a nas suas, batendo nela de leve." Sabe, meu amigo, que em meus momentos mais angustiados o senhor tem sido muitas vezes a resposta a minhas preces?"

A chefe achou que já tinha dito o suficiente. Era um jogo. Ela nada tinha para pôr na mesa, a não ser a verdade.

15. A sinuosidade da serpente

Para Ghosh os recém-nascidos pareciam irreais, feitos somente de narizes e rugas, como se tivessem sido plantados na casa de Hema, um experimento de laboratório que tivesse dado errado. Tentou brincar um pouco com eles e mostrar-se interessado, mas deu consigo ressentido com a atenção que estavam recebendo.

Fazia cinco dias que a irmã Mary Joseph Praise morrera. Ghosh tinha passado na casa de Hema ao anoitecer, antes de sair mais uma vez à procura de Stone. Encontrara lá sua Almaz, muito à vontade, entretida em cuidar dos bebês, mal percebendo sua presença. Nos últimos dias, ele tinha sido obrigado a preparar seu café e aquecer a água do banho. A enfermeira-chefe, a irmã Asqual, Rosina e várias estudantes de enfermagem também estavam lá, ocupando-se dos recém-nascidos. Sem nada para fazer, agora que não se sabia do paradeiro de Thomas Stone, Rosina também tinha se mudado para a casa de Hema. Ninguém notou quando ele saiu do bangalô de Hema.

Ghosh foi primeiro aos hotéis Ghion e Ras, e depois à sede da polícia, onde procurou um sargento que conhecia. O homem não tinha notícias a lhe dar. Percorreu então a Piazza de uma extremidade à outra e, depois de uma cerveja no St. George's, resolveu que era hora de voltar para casa. Seus planos de ir embora tinham se firmado. Tinha em mãos um bilhete de avião para

Roma e, de lá, outro para Chicago, marcados para daí a quatro semanas. Dentro desse período, talvez as coisas no Missing tivessem se ajeitado. Não conseguia se imaginar ali ainda por muito tempo, não com o sumiço de Stone e a morte da irmã. Mas ainda tinha de achar coragem para anunciar seus planos à enfermeira-chefe e a Almaz... e a Hema.

Já estava escuro quando parou o carro no abrigo. Viu Almaz acocorada junto à parede, tão enrolada em panos por causa do frio que só seus olhos apareciam. Estava à espera dele, como tinha feito no dia em que a irmã Mary Joseph Praise morrera.

"Ah, meu Deus. Que foi agora?"

Almaz veio até a porta do carro, abriu-a de repelão e entrou.

"É Stone?", perguntou ele. "O que houve?"

"Onde o senhor esteve? Não, não é Stone. Um dos bebês parou de respirar. Vamos ao bangalô da doutora Hema."

A luz azul do abajur dava ao quarto de Hema um aspecto surreal, como um cenário de filme. Ela estava de camisola, com os cabelos soltos caindo nos ombros. Para Ghosh era difícil desviar o olhar.

Os dois recém-nascidos estavam na cama, respirando normalmente, de olhos fechados, os rostos tranquilos.

Virando-se para Hema, Ghosh percebeu que ela estava assustada, com os lábios trêmulos. Estendeu as mãos, com as palmas para cima, perguntando o que tinha havido. Como resposta, ela se abraçou a ele.

Ghosh a apertou contra si.

Em todos os anos de convívio, ele a vira feliz, zangada, triste e até deprimida, mas, no fundo, sempre resoluta. Nunca a vira com medo. Era como se ela tivesse se tornado outra pessoa.

Tentou levá-la para fora do quarto, com o braço ainda em torno de seu ombro, mas ela resistiu. "Não. Não podemos sair", murmurou.

"O que está havendo?"

"Assim que os deitei na cama, fiquei olhando para eles. Vi que Marion estava respirando bem. Mas Shiva..." Hema soluçou, apontando para a criança com o curativo na cabeça. "Vi o estômago dele subir, e depois descer quando ele soltou a respiração... e depois disso, nada. Fiquei olhando enquanto pude. Hema, você está imaginando coisas, pensei. Mas vi que ele estava ficando azul, mesmo com esta iluminação, principalmente quando comparava a cor dele com a de Marion. Toquei nele e os bracinhos se estenderam de repente, como se ele estivesse caindo. E aí ele respirou fundo. Os dedos dele se enrolaram em torno do meu. Ele estava dizendo *Não me deixe*. Estava respirando de novo. Ah, meu Shiva... Se eu não estivesse ali... a esta hora não estaria mais vivo."

Hema soluçava sobre as mãos, ainda apoiadas no peito de Ghosh. Ele a sustentava, enquanto as lágrimas dela lhe umedeciam a camisa. Não sabia o que dizer. Esperou que ela não sentisse o cheiro da cerveja. Daí a um momento, ela se afastou e ficaram de braços dados, com Almaz um pouco atrás, todos olhando para Shiva.

Por que havia Hema tomado a si a incumbência de dar nome aos bebês? A decisão parecia prematura. Ele não se sentia à vontade com aqueles nomes. Seriam negociáveis? E se Thomas Stone aparecesse? E por que dar ao filho de um inglês e de uma freira o nome de um deus hindu? E com relação à outra criança, também um menino, por que Marion? Decerto isso era temporário, até Stone recobrar o bom senso ou a embaixada britânica ou alguém tomar providências. Hema estava agindo como se os meninos fossem dela.

"Isso aconteceu mais de uma vez?", perguntou.

"Sim! Duas vezes. A segunda, uns trinta minutos depois. Bem quando eu já estava saindo. Ele soltou a respiração... e parou. Fiz força para esperar. Era evidente que iria voltar a respirar. Aguentei enquanto pude. Quando pus a mão nele, começou a respirar como se estivesse esperando aquele empurrãozinho, como se tivesse se esquecido. Faz três horas que estou aqui, com medo até de ir ao banheiro. Não tive coragem de pedir a ninguém que os vigiasse, e além disso nem conseguia explicar direito o que acontecia... Graças a Deus, Almaz resolveu ficar para me ajudar com as mamadeiras da noite. Pedi a ela que fosse buscar você."

"Vá lá", disse Ghosh. "Eu cuido das crianças."

Hema não demorou quase nada. "O que você acha disso?", perguntou, apoiando-se em seu braço, enquanto enxugava os olhos com um lenço. "Não seria bom você auscultar o coração dele? Ele não estava tossindo, nem se debatendo."

Com um dedo no queixo e os olhos apertados, Ghosh observou longamente o bebê sem uma palavra. Depois disse: "Vou examiná-lo bem quando ele estiver acordado. Mas acho que sei do que se trata".

O jeito como ela o olhou fez o coração de Ghosh pulsar forte. Essa não era a Hema que reagia com ceticismo a tudo o que ele dizia. "Na verdade, tenho certeza. Apneia dos prematuros. É uma situação muito bem descrita. Veja, o cérebro dele ainda é imaturo, e o centro respiratório, que provoca cada respiração, não está plenamente desenvolvido. Ele 'esquece' de respirar de vez em quando."

"Tem certeza de que não é alguma outra coisa?" Ela não o estava contestando, mas, como qualquer mãe, queria que o médico lhe passasse certeza.

Ghosh fez que sim com a cabeça. "Tenho certeza. Você teve sorte. Em geral, a apneia é fatal antes que alguém a perceba."

"Não diga isso. Ah, Deus. O que podemos fazer, Ghosh?"

Ele quase respondeu que não havia nada que fosse possível fazer. Absolutamente nada. Se a criança tivesse sorte, poderia superar a apneia em algumas semanas. A única solução estava em colocar esses prematuros em máquinas que respirassem por eles até os pulmões amadurecerem. Mesmo na Inglaterra e nos Estados Unidos raramente se fazia isso. No Missing, estava fora de cogitação.

Ela esperou que ele respondesse. Havia interrompido sua própria respiração.

"Vamos fazer o seguinte", disse Ghosh, e Hema suspirou. Ele estava inventando aquilo. Não sabia se seu plano daria certo. Mas sabia que não tinha coragem de dizer que nada havia a fazer. "Traga uma cadeira para mim. Uma dessas da sala. E me dê algumas de suas correntinhas de tornozelo e um alicate. E barbante ou cordinha. Uma prancheta ou um caderno, se você tiver. E peça a Almaz para fazer café. O mais forte e na maior quantidade que puder preparar, e diga a ela que encha a garrafa térmica."

Essa nova Hema, a mãe adotiva dos gêmeos, levantou-se mais do que depressa para fazer o que ele pedia, sem perguntar por que ou para quê. Ficou a vê-la se afastar quase dançando.

"Se eu soubesse que você estava tão cordata, teria pedido também um conhaque e uma massagem nos pés", murmurou ele. "E se isso não der certo... pelo menos minhas malas estarão feitas."

Ghosh estava sentado na cadeira, tomando café, com um cordel amarrado no dedo e a casa mergulhada em silêncio. Eram duas da manhã. A outra ponta do cordel estava atada a uma das tornozeleiras de Hema, que ela havia dividido ao meio e passado em torno do pé de Shiva. Os sininhos de prata presos à tornozeleira produziam um agradável som de carrilhão quando o pé do bebê se mexia.

O relógio de pulso de Ghosh estava passado em volta do braço da cadeira. Na primeira página de um caderno, ele dispôs colunas verticais referentes a data e hora. Shiva se mexeu, ainda dormindo; a tornozeleira tilintou, reconfortante. Antes, haviam alimentado os gêmeos, adicionando uma gota de café à mamadeira de Shiva. Ghosh tinha a esperança de que a cafeína, estimulante e irritante do sistema nervoso, mantivesse o centro respiratório funcionando. Isso sem dúvida deixara Shiva mais agitado que o irmão.

Hema dormia no sofá num canto da sala, contígua a seu quarto. Uma luminária de pé com um quebra-luz, que haviam trazido para o quarto, tornava a página visível.

Ghosh ficou a observar as paredes. Uma menina, de rabo de cavalo e um meio sári, entre dois adultos. Um retrato emoldurado do primeiro-ministro Jawaharlal Nehru, pensativo, com um dedo no rosto, pendia diante de sua cadeira. Havia imaginado que o quarto de Hema fosse muito arrumado, com cada coisa em seu lugar. Em vez disso, havia roupas espalhadas sobre a grade da cama, uma mala aberta no chão, mais roupas amontoadas num canto, e livros e papéis empilhados sobre uma cadeira. E junto da porta do quarto ele notou, pela primeira vez, um caixote do tamanho de um aparador. Então, ela havia comprado mesmo a coisa, ele pensou, chegando mais para a frente para ler o que estava escrito no caixote. Era nada mais, nada menos que um Grundig. O melhor que se podia comprar. Sua própria radiovitrola tinha dado defeito meses antes.

De vez em quando ele dava uma olhada na criança, certificando-se de que o peitinho se movia. Depois de um tempo que ele julgou ser uma meia hora, bocejou, olhou para o relógio e ficou atônito ao constatar que só sete minutos tinham se passado. Meu Deus, isso vai ser difícil, pensou. Terminou a xícara de café e serviu-se de uma segunda.

Ghosh levantou-se e caminhou pelo quarto. Havia numa prateleira uma coleção de livros encadernados, em cujas lombadas se lia, gravado a ouro, GRANDES CLÁSSICOS INTERNACIONAIS. Pegou um volume e sentou-se. A encadernação, em couro, era magnífica, e as páginas, com as bordas douradas, davam a impressão de nunca terem sido abertas.

* * *

Às quatro da manhã, ele foi acordar Hema. Dormindo, ela parecia uma menina, com a cabeça apoiada nas duas mãos juntas. Ghosh a sacudiu. Ela abriu os olhos, viu-o e sorriu. Ele lhe estendeu uma xícara de café.

"Minha vez?" Ele assentiu. Hema se sentou. "Ele parou de respirar?"

"Duas vezes. Não houve como duvidar disso."

"Meu Deus. Ah, Deus! Eu não estava imaginando coisas, viu? Por sorte nossa, eu vi a primeira parada."

"Beba isso. Depois lave e rosto e venha ao quarto."

Quando ela voltou, ele lhe passou o fio que ia até a tornozeleira e o caderno com a caneta presa nele. "Faça o que quiser, mas não se deite na cama. Fique nessa cadeira. É a única maneira de ficar acordada. Andei lendo, o que realmente ajuda. Eu olho para ele ao fim de cada página. Se ouço a tornozeleira se mexer, não olho para cima e continuo a leitura. Quando ele parou de respirar, dei um puxão de leve na tornozeleira e ele voltou a inalar imediatamente. Essa coisinha apenas de esquecer de respirar."

"Por que ele teria de se lembrar? Coitadinho."

Hema mal tinha se instalado na cadeira quando ouviu um barulho estranho. Levou um segundo para se dar conta de que era o ronco de Ghosh. Caminhou na ponta dos pés até o sofá, onde ele estava estendido, parecendo um enorme urso de pelúcia. Cobriu-o com o cobertor, que tinha deslizado para o chão, e retornou a sua vigília. O ronco a confortava, pois mostrava que ela não estava só. Pegou o livro que Ghosh estivera lendo.

Hema tinha comprado a coleção de doze livros de um funcionário da embaixada britânica que estava voltando para a Inglaterra. Sentiu vergonha de não ter lido nenhum. Ghosh tinha posto um marcador na página 92. Teria ele chegado mesmo até ali? Por que teria escolhido esse livro? Ela voltou à primeira página:

> Quem se interesse realmente por conhecer a história do homem e por saber como a misteriosa mistura se comporta segundo os vários experimentos do Tempo não terá se detido, mesmo que brevemente, para refletir sobre a vida de

Santa Teresa, não terá sorrido com certa ternura ao pensar na menina saindo, numa certa manhã, de mãos dadas com o irmão, ainda menor do que ela, para ir procurar o martírio na terra dos mouros?

Hema leu esse período inicial três vezes antes de compreender do que se tratava. Procurou o título do livro. *Middlemarch: um estudo da vida provinciana*. Por que a autora não era clara? Hema continuou a ler, somente porque Ghosh tinha feito isso. Aos poucos, deu consigo absorta na história.

Na manhã seguinte, enquanto passava visitas, Ghosh ficou a imaginar se o coronel teria retornado sem incidentes a seu quartel em Gondar. Se ele tivesse sido preso ou enforcado, a notícia chegaria um dia ao Missing? O *Ethiopian Herald* nunca noticiava casos de sedição, como se falar de sedição fosse uma atitude sediciosa.

Depois de ver seus pacientes, Ghosh desenterrou uma incubadora de um dos depósitos atrás do bangalô da enfermeira-chefe. Na prática, Ghosh era o pediatra do hospital. Em seus primeiros tempos ali, havia projetado e construído uma incubadora para prematuros. Depois que o governo sueco abriu um hospital pediátrico em Adis Abeba, a Missing tinha passado a mandar para lá todos os bebês muito prematuros, e a incubadora fora guardada.

Apesar de sua fragilidade, pois não passava de uma caixa de vidro com fundo de folha de flandres, a incubadora ainda estava intacta. Ghosh pediu a Gebrew que a lavasse com jatos de mangueira, a limpasse, a expusesse ao sol por algumas horas e depois voltasse a enxaguá-la com água bem quente. Depois de tudo isso, Ghosh ainda a limpou com álcool antes de instalá-la no quarto de Hema. Assim que deu um passo atrás para admirar sua obra, Almaz rodeou-a três vezes, fazendo sons estranhos e por muito pouco não cuspiu no chão. "Para afastar o mau-olhado", explicou em amárico, limpando o lábio com o dorso do braço.

"Lembre-me de nunca convidar você para entrar na sala de cirurgia", disse Ghosh em inglês. "Hema", chamou, com a esperança de que ela lhe desse apoio. "Assepsia? Lister? Pasteur? Não acredita mais nessas coisas?"

"Homem, você se esquece que estou de resguardo", disse ela. "Afastar os maus espíritos é bem mais importante."

Os gêmeos estavam enfaixados um ao lado do outro, parecendo larvas, dividindo a incubadora, com a cabeça coberta por toucas, e mostrando apenas os rostos encarquilhados de recém-nascidos. Por mais longe que Hema os colocasse um do outro, quando voltava a vê-los estavam formando um V, com as cabeças se tocando, um de frente para o outro, exatamente como tinham estado no ventre da mãe.

Havia noites em que, ao assumir seu turno de vigília junto ao bebê adormecido, exausto, lutando contra o sono, ele se recriminava: Por que você está aqui? Será que ela faria isso por você? Os velhos ressentimentos faziam com que fechasse a cara. Idiota, com quê, então, deixou-se enfeitiçar por ela de novo!, pensava. Por que lhe faltava força de vontade para dizer o que tinha de ser dito?

Ghosh prometeu a si mesmo que, assim que a criança, esse Shiva, superasse seu problema respiratório, ele partiria. Conhecendo Hema como ele conhecia, quando ela não precisasse mais dele as coisas voltariam a ser como sempre tinham sido. Desde a visita de Harris, não estava claro se os batistas de Houston manteriam ou não seu apoio. A enfermeira-chefe não externava sua opinião.

Durante duas semanas ele e Hema mantiveram a vigília junto a Shiva, delegando a tarefa a outras pessoas de dia, mas reservando a noite para eles mesmos. Tinham acabado *Middlemarch* em uma semana, e o livro lhes valeu muitos temas de conversas. Em seguida ele pegou *Trilogia de três cidades: Paris*, e ambos acharam a obra apaixonante. Os episódios de apneia de Shiva diminuíram de mais de vinte por dia para dois e logo cessaram. Entretanto, por segurança mantiveram a vigília por mais uma semana.

O sofá era pequeno demais para um homem das proporções de Ghosh, e vendo-o encolhido ali, ela se sentiu grata a ele e consciente de seu sacrifício. Teria ficado surpresa se soubesse o quanto ele apreciava ocupar o espaço que ela acabara de deixar e cobrir-se com um cobertor que ainda recendia a seus sonhos. O tilintar da tornozeleira de Shiva insinuava-se em seu sono, e certa noite ele sonhou que Hema dançava para ele. Nua. Aquilo foi tão vívido, tão real, que na manhã seguinte ele correu à agência da Cook's, esperou que a loja abrisse e cancelou suas passagens para os Estados Unidos. Fez isso antes sequer de tomar uma xícara de café — ou de ter uma chance de mudar de ideia.

Desde a morte da irmã Mary Joseph Praise, a enfermeira-chefe mostrava-se cada vez mais abatida, com a expressão mais cansada. Ia à casa de Hema de noite, como todo mundo, mas não protestava quando Ghosh e Hema a mandavam de volta a seus aposentos quando o relógio dava as oito, acompanhada de Kuchulu. Aquela cadela havia se apegado à chefe, e, como duas outras cadelas sem nome muitas vezes seguiam Kuchulu, a religiosa contava com um séquito.

Duas semanas depois de terem sepultado a irmã, Gebrew viu passar um cule descalço com o braço direito num longo aparelho de gesso, ficando o cotovelo colado a seu corpo. Pior ainda, o homem tinha tanto sono que cambaleava e corria perigo de quebrar a cabeça, para não falar do outro braço. Gebrew sentiu-se muito mal, pois fora ele quem havia encaminhado o cule ao hospital russo quando ele apareceu na Missing com uma fratura. Os médicos russos adoravam injetar barbituratos, qualquer que fosse o problema de um paciente, e, como os pacientes eram loucos por uma seringa com agulha, ninguém saía do hospital russo sem sedação. Devido a seus muitos anos de trabalho na Missing, Gebrew sabia que um braço quebrado tinha de ser imobilizado numa posição neutra e funcional, com o cotovelo flexionado a noventa graus e o braço a meio caminho entre a pronação e a supinação, muito embora não conhecesse nenhum desses termos. Conduziu o cule, que mal se firmava nas pernas, até o pronto-socorro, onde, depois que Ghosh examinou a chapa de raios X, os atendentes refizeram o aparelho de gesso. Naquele momento, embora nenhum deles percebesse direito o que acontecia, o Hospital da Missing retomou oficialmente suas atividades.

Hema recusava-se a deixar os bebês. Alegava que não era mais uma médica, e sim uma mãe. Era o tipo de mãe que temia por seus filhos, que adorava estar com eles e não se dispunha a se afastar deles. As duas *mamithus* — Rosina, de Stone, e Almaz, de Ghosh — revezavam-se para passar a noite num colchão na cozinha da casa de Hema, e estavam sempre dispostas a ajudar.

Com Stone sumido ou morto, e Hema como mãe em tempo integral, assim que os portões se abriam a carga de trabalho de Ghosh era enorme. A enfermeira-chefe contratou Bachelli para que de manhã se encarregasse do ambulatório, procurado pela grande maioria dos pacientes do hospital. Isso permitiu a Ghosh liberdade para operar quando podia e para se concentrar nos pacientes internados.

Seis semanas depois da morte da irmã Mary Joseph Praise, chegou a lápide tumular, trazida numa carroça puxada a burro. Hema e Ghosh foram assistir à sua colocação na sepultura. O artífice havia talhado uma cruz copta na pedra. Sob ela, gravara letras copiadas de um papel que a enfermeira-chefe lhe entregara:

ΣOROR MAPΨ JOΣEΠH PRAIΣE
1928-1954
ΣALVA NOΣ BPAÇOΣ DE JEΣUΣ

A enfermeira-chefe chegou, ofegante e agitada. Os três puseram-se a contemplar a inscrição, com sua estranha tipologia. O artífice olhava também, esperando um elogio. A chefe suspirou, exasperada.

"Acho que não dá mais para resolver isso", disse, fazendo um gesto de cabeça para o homem. Ele juntou seus pés-de-cabra e sacos de juta e afastou-se com a carroça.

"Estive pensando em uma coisa", disse Hema, numa voz rouca. "Essa inscrição deveria dizer 'Morta nas mãos de um cirurgião. Agora segura nos braços de Jesus'."

"Hema!", protestou a chefe. "Custódia da língua!"

"Não, é verdade", insistiu Hema. "Os erros dos ricos são cobertos por dinheiro, mas os de um cirurgião são cobertos de terra."

"A irmã Mary Joseph Praise está coberta pela terra do país que ela passou a amar", disse a chefe, esperando pôr ponto final naquela conversa.

"Posta aí por um cirurgião", prosseguiu Hema, que tinha sempre de ter a última palavra.

"Que agora saiu do país", disse a chefe.

Todos se viraram para ela, boquiabertos.

"Recebi um telefonema do consulado britânico. Foi por isso que me atrasei", disse a chefe. "Pelo que pude entender, Stone viajou até a fronteira do Quênia e depois chegou a Nairóbi, não me perguntem como. Não está bem. Bebida, imagino. Ele ficou transtornado."

"Não está ferido ou alguma coisa assim?", quis saber Ghosh.

"Até onde sei, está inteiro. Acabei de fazer uma chamada internacional para o senhor Elihu Harris. É, eu envolvi Harris nessa história. Eles têm uma missão grande no Quênia. Se ele parar de beber, Harris acha que Stone poderia trabalhar lá. Ou, se ele não quiser isso, Eli pode dar um jeito de levá-lo para os Estados Unidos."

"Mas... e seus livros e suas coisas?", perguntou Ghosh. "Mandamos para ele?"

"Imagino que ele escreva pedindo que mandemos os livros e seus pertences, assim que tiver um endereço fixo", disse a chefe.

A notícia ao mesmo tempo agradou e aborreceu Hema. Significava que Stone havia abandonado as crianças e renunciado a quaisquer direitos sobre elas. Seria melhor se tivesse assinado um documento nesse sentido. Ainda assim, porém, sentia-se inquieta. Um homem que tinha feito sua reputação no Hospital da Missing, cuja amante estava sepultada ali, talvez não fosse capaz de cortar tão facilmente suas ligações com o lugar. "A serpente não é tão sinuosa que não possa se endireitar o suficiente para deslizar pelo buraco de seu ninho", disse Hema.

"Ele não é nenhuma serpente", disse Ghosh, cortante, contradizendo Hema, que ficou espantada demais para responder. "É meu amigo", prosseguiu, num tom que desencorajava qualquer discordância. "Não vamos nos esquecer de como foi importante tê-lo como colega todos esses anos, do enorme serviço que ele prestou ao hospital, das vidas que salvou. Ele não é uma serpente." Deu meia-volta e se afastou.

As palavras de Ghosh levaram Hema a refletir. Não podia esperar que ele sentisse tudo quanto ela sentia. Não se ela o respeitasse. Ghosh era muito senhor de si, sempre fora.

Hema olhou para Ghosh, que caminhava de costas para ela e se assustou. Nunca havia se preocupado particularmente com os sentimentos dele, mas agora, à beira do túmulo da irmã, sentiu-se como uma menina que, ao buscar água no poço, conhece um forasteiro formoso, uma oportunidade dessas que acontecem uma vez na vida, mas põe tudo a perder por dizer as palavras erradas.

16. Casamento por um ano

A história da vaca leiteira foi uma loucura de Hema, mas desde o momento em que, pela primeira vez, a nata cremosa deslizou por sua garganta, não houve mais como voltar atrás, embora Ghosh afirmasse que a vaca não era necessária.

"Você está de brincadeira, Hema? Não se pode dar leite de *vaca* a recém-nascidos!"

"Quem disse?", ela respondeu, mas sem muita convicção.

"*Eu* estou dizendo", ele replicou. "Além disso, eles estão se desenvolvendo bem, há semanas, com o leite em pó. E vão continuar assim."

Depois de suas palavras ásperas junto do túmulo da irmã, Hema teve uma premonição de que ele iria embora do Hospital da Missing. Mas nos dias que se seguiram ele havia mantido seu compromisso, voltando a dormir no sofá. A maneira calma e metódica como ele havia tratado o problema de Shiva era um lado dele que ela não conhecia. Usando fita adesiva, Ghosh havia afixado na parede junto da porta um gráfico que mostrava a redução e o desaparecimento daqueles horríveis episódios de apneia. Hema jamais teria tido confiança bastante para dizer, como ele declarou certa noite, que a vigília noturna estava encerrada.

Ghosh vinha dormindo no sofá desde o dia em que o chamara, e agora ela não queria que ele deixasse de fazer isso, pois seu ronco lhe fazia bem.

Mas, de quando em quando, não resistia a discutir com ele. Era um hábito arraigado, que ela via como seu modo de mostrar afeição.

Não tiraram a tornozeleira do pé de Shiva, por mais que agora fosse desnecessária. Seu som tinha passado a fazer parte do neném, e retirá-lo parecia quase o mesmo que tirar sua voz.

Bem cedo de manhã, um guizo de pedra anunciava que a vaca, o bezerro e Asrat, o leiteiro, estavam subindo pela ladeira do hospital. O guizo pendurado no pescoço da vaca tinha uma sonoridade semelhante ao tilintar da tornozeleira de Shiva. Asrat cobrava mais caro por levar a fábrica de leite até o hospital, mas Rosina ou Almaz assistiam com atenção à ordenha, afastando qualquer suspeita de que o leite pudesse estar adulterado com água.

Quando Hema acordava, o cheiro de leite fervente já se difundia pela casa toda. Ela se acostumou a adicionar cada vez mais leite a seu café. O som do guizo da vaca era o sinal para que a salivação de Hema disparasse, como se ela fosse um dos vira-latas do professor Pavlov. Seu "café" da manhã aumentou para duas canecas, e ela tomava outros dois copos durante o dia, sempre mais leite que café, adorando a persistência do sabor de manteiga na língua. Diferente do leite de búfala de sua infância, o leite de Adis ganhava esse sabor especialíssimo por causa do capim do planalto que a vaca pastava.

Certa manhã, Asrat, cuja placidez bovina procedia, segundo Hema, do fato de suas vacas passarem a noite dentro de sua cabana, lhe disse: "Se a senhora comprasse para mim ração de milho, o leite seria tão grosso que uma colher flutuaria nele". Hema não titubeou. Daí a pouco chegou um cule trazendo, num carrinho de mão, dez sacas em que se liam FUNDAÇÃO ROCKEFELLER e VENDA PROIBIDA. "O melhor investimento que já fiz", declarou Hema dias depois, lambendo os beiços como uma criança. "O milho faz toda a diferença."

"Não se pode afirmar que tenha sido um experimento controlado, em vista do viés que você introduziu, ao pagar pelo milho", comentou Ghosh.

Asrat amarrava os animais atrás da cozinha, de forma que o bezerro não conseguisse chegar aos úberes da mãe, enquanto entregava a outras casas o leite que havia sobrado. A vaca e o bezerro entabulavam um diálogo feito de mugidos calmantes e auspiciosos. Hema lembrava-se de sua mãe dizendo: "Uma vaca carrega o universo em seu corpo, Brahma nos cornos, Agni na testa, Indra na cabeça...".

O som do bezerro chamando a mãe não era nada parecido com o choro de seus gêmeos, mas a emoção era idêntica. Em seus anos como obstetra, Hema nunca tinha dedicado muita reflexão ao choro do recém-nascido, nunca tinha parado para pensar na frequência que fazia a língua e os lábios de um bebê vibrarem como a palheta de um instrumento de sopro. Era um som de desamparo, de pedido de socorro, mas até então sua importância havia residido naquilo que indicava: um parto bem-sucedido, uma criança nascida viva. Só quando não era ouvido se tornava motivo de atenção. Agora, no entanto, quando *seus* recém-nascidos, Shiva e Marion, choravam, era um choro diferente de qualquer outro som da terra. Esse som a trazia das catacumbas do sono e fazia aflorar em sua garganta ruídos tranquilizadores enquanto ela corria para a incubadora. Era um chamado *pessoal*: seus bebês a queriam!

Ela se lembrava de um fenômeno que tinha acontecido durante anos quando estava para adormecer: uma sensação de que alguém a chamava pelo nome. E ela dizia a si mesma que tinham sido seus gêmeos, ainda incriados, avisando-a que estavam a caminho.

Havia outros sons aos quais se acostumou a ficar atenta em sua condição de mãe. O *chuá-chuá* de pano molhado na pedra de lavar. O varal que se vergava sob o peso de fraldas (estandartes da fecundidade) e fazia soar um alarme quando o vento as agitava antes de um pé-d'água, fazendo com que Almaz e Rosina saíssem correndo. O retinido cristalino de mamadeiras que se entrechocavam na panela de água fervente. Rosina cantando, seu tagarelar constante. Almaz batendo panelas e caçarolas... esses ruídos constituíam a sinfonia da felicidade de Hema.

Um astrólogo de Maharashtra, que fazia uma turnê pela África oriental, foi à casa de Hema, apesar da objeção de Ghosh. Hema pagou-lhe para ler a sorte das crianças. Com seus óculos e as canetas-tinteiro no bolso da camisa, ele parecia um jovem funcionário da empresa ferroviária. Depois de anotar a hora exata do nascimento dos gêmeos, perguntou as datas de nascimento dos pais. Hema deu a dela e, depois, a de Ghosh, dirigindo-lhe um olhar de advertência. O astrólogo consultou tabelas, e seus cálculos encheram todo um lado de uma folha de papel almaço. Por fim, declarou: "Impossível". Olhou nervosamente para Hema, mas evitou os olhos de Ghosh. Cobriu a pena da caneta com sua tampa, juntou os papéis e, diante do olhar atônito de Hema, saiu porta afora. Antes, disse: "Qualquer que seja o destino deles, a senhora pode ter certeza de que está ligado ao pai".

Ghosh o alcançou no portão do hospital. O homem recusou o dinheiro que ele lhe quis dar. Com uma expressão de pesar, disse, solene: "Doutor *saab*, na minha opinião, o senhor não pode ser o pai dessas crianças". Ghosh simulou ter ficado profundamente consternado com a notícia. Contou o incidente a Hema, mas, ao contrário dele, ela não achou graça naquilo. Ficou temerosa, como se, de alguma forma, o homem houvesse previsto a volta de Thomas Stone.

No dia seguinte, Ghosh deu com Hema de cócoras, segurando farinha de arroz nas mãos em concha e desenhando um *rangoli* — mosaico de complexas formas decorativas — no assoalho da sala, bem junto à porta de seu quarto. Tomava todo o cuidado para que as linhas ficassem ininterruptas, de modo que os espíritos malfazejos não pudessem passar. Sobre a porta de seu quarto, ela havia pendurado uma máscara que representava um demônio barbado de olhos injetados e língua para fora: mais um amuleto contra o mau-olhado. Aquilo passou a fazer parte de seu ritual matinal, além de tocar na radiovitrola hinos "Suprabhatam", numa versão cantada por M. S. Subbulakshmi. As síncopes entrecortadas do cântico lembravam a Ghosh o som de mulheres varrendo o terreiro da frente, em torno da figueira-de-bengala nas primeiras horas do dia em Madras e o *dhobi* fazendo tilintar a campainha da bicicleta. Era com o "Suprabhatam" que as estações de rádio iniciavam suas transmissões diárias e, quando estudante, Ghosh tinha escutado os seus versos nos lábios de pacientes moribundos. Achava engraçado ter sido preciso morar na Etiópia para descobrir precisamente o que era aquilo: um hino em sânscrito para invocar o deus Venkastewara e fazê-lo acordar.

Ghosh notou que o armário de roupas do quarto de Hema era agora um santuário dominado pelo símbolo de Shiva: um alto *lingam*. Além das pequenas estatuetas de latão representando Ganesha, Lakshmi e Muruga, havia uma talha em ébano do indecifrável Senhor Vemkateswara, de aspecto sinistro, assim como uma imagem em cerâmica do Imaculado Coração da Virgem Maria e um crucifixo, também em cerâmica, com sangue a escorrer das chagas dos cravos. Ghosh nada comentou.

Sem alarde e de modo inesperado, Ghosh havia se tornado o cirurgião do Hospital da Missing. Embora não fosse nenhum Thomas Stone, já havia cuidado de vários abdomes agudos (com o coração na boca, tal como da primeira vez), lidado com facadas e fraturas graves e até realizado uma entubação torácica, num caso de trauma. Na sala de parto, uma mulher tinha sofrido de repente uma obstrução das vias aéreas. Ghosh interveio rapidamente e fez uma incisão no alto do pescoço, abrindo a membrana cricotireoidea. Foi uma alegria ouvir o som aspirado do ar penetrando de roldão, bem como ver os lábios da paciente passando de azul-escuro a cor-de-rosa. Mais tarde, nesse mesmo dia, com uma iluminação melhor na sala de cirurgia, realizou sua primeira tireoidectomia. A sala de cirurgia 3 era agora um lugar familiar, embora ainda carregado de perigos. Para Ghosh, nada era rotineiro.

No dia em que os gêmeos completaram dois meses, Ghosh estava no meio de uma cirurgia quando a estagiária entreabriu a porta para dizer que Hema precisava dele com urgência. Ghosh estava amputando um pé tão destruído por uma infecção crônica que tinha se tornado um coto serossanguinolento. O rapazinho tinha vindo sozinho de sua aldeia perto de Axum, numa viagem de vários dias, para implorar a Ghosh que cortasse fora a parte doente. "Isso está preso a meu corpo há três anos", disse, apontando para o pé, que tinha quatro vezes o tamanho do outro e estava tão deformado que nele mal se distinguiam os dedos.

O pé de Madura, ou maduromicose, era encontrado por toda parte em que as pessoas habitualmente andavam descalças, mas a cidade de Madurai, nas proximidades de Madras, tinha a dúbia honra de dar seu nome a essa doença. Nenhum lugar do mundo já viu com satisfação seu nome ser ligado a alguma doença: ventre de Delhi, depressão de Bagdá, diarreia da Turquia. O pé de Madura começava quando um trabalhador rural pisava num espinho grande ou num prego. O modo como ganhava o sustento não lhe dava alternativa senão continuar a andar, e pouco a pouco um fungo tomava conta do pé, invadia ossos, tendões e músculos. A única solução possível era a amputação.

Ghosh havia resolvido fazer amputação encorajado por um velho adágio cirúrgico: "Qualquer idiota pode amputar uma perna". Se hesitou, era porque a segunda parte do ditado rezava: "Mas para salvá-la é preciso um cirurgião habilidoso". No entanto, não havia jeito de salvar aquele pé.

O garoto era o primeiro paciente, na experiência de Ghosh, que cantou e bateu palmas ao ser levado para a sala de cirurgia, exultante porque ia ser operado. Ghosh cortou a pele acima do tornozelo, deixando um retalho na parte inferior para recobrir o coto. Ligou os vasos sanguíneos, serrou o osso e ouviu o barulho do pé caindo no balde. Foi nesse momento que a estagiária lhe trouxe o chamado de Hema.

Ghosh cobriu a ferida com uma toalha estéril úmida e correu para a casa dela, arrancando a máscara e o gorro, imaginando o pior.

Irrompeu no quarto dela, sem fôlego: "O que foi?".

Vestida num sári de seda, Hema tinha espalhado arroz no chão. Em caracteres sânscritos, escrevera os nomes dos meninos com os grãos. Shiva estava em seus braços, e Rosina segurava Marion. Hema havia reunido algumas mulheres indianas, que olhavam para Ghosh com ar de desaprovação.

"O correio chegou", disse Hema. "Esquecemos de fazer o *nama-karanum*, Ghosh. A cerimônia de nomeação. Deveria ter sido no décimo primeiro dia, mas pode ser também no décimo sexto. Nós não a fizemos em nenhum desses dias, mas mamãe disse na carta que, contanto que eu a fizesse assim que recebesse o aerograma, está tudo bem."

"Você me fez largar uma operação no meio para isso?" Ele estava furioso. Já ia quase dizendo: *Como é possível que você aprove essas crendices?*

"Ouça, o pai tem de murmurar o nome da criança na ouvido dela", cochichou Hema, constrangida com sua conduta. "Se você não quiser fazer isso, vou chamar outra pessoa."

Aquela palavra, "pai", mudou tudo. Ghosh foi tomado de uma emoção profunda. Sussurrou rapidamente "Marion" e, depois, "Shiva", junto de cada orelhinha, beijou os bebês, e deu um beijo no rosto de Hema antes que ela pudesse se afastar, dizendo "Até logo, mamãe", o que escandalizou as convidadas. Depois disparou de volta à sala de cirurgia para ajeitar o retalho de pele sobre o coto.

Não era fácil distinguir os gêmeos sem a tornozeleira que Hema havia mantido em Shiva como um talismã. Enquanto Shiva era calmo e sossegado, Marion tendia a franzir a testa, concentrado, quando Ghosh o segurava no colo, como se procurasse combinar aquele estranho com os sons curiosos que ele fazia. Shiva era um pouquinho menor, e seu crânio ainda mostrava as marcas deixadas pelas tentativas de extração de Stone. Só ficava agitado quando ouvia Marion chorar, como se demonstrasse solidariedade.

Com doze semanas, os gêmeos tinham ganhado peso, seus gritos eram fortes, e os movimentos, vigorosos. Cerravam os punhos contra o peito e, de vez em quando, estendiam os braços e fixavam os olhos nas mãos com uma admiração estrábica.

Se não mostravam ter consciência um do outro, Hema acreditava que era por julgarem que eram um só. Ao tomarem a mamadeira, um nos braços de Rosina e o outro nos de Hema ou Ghosh, tudo ficava muito mais fácil se um pudesse escutar o outro, com as cabeças ou os membros se tocando; se um deles era levado para outro cômodo, ambos ficavam inquietos.

Com cinco meses, os meninos tinham abundantes cabelos negros e crespos. Tinham os olhos muito juntos de Stone, que os faziam parecer supervigilantes, sempre a examinar o ambiente como clínicos. As íris, a depender da luz, eram de um castanho muito claro ou azul-escuro. As testas, redondas e altas, e o perfeito arco de Cupido dos lábios eram iguais aos da irmã Mary Joseph Praise. Eram muito mais bonitos, pensava Hema, que um bebê Glaxo, e eram dois. E eram dela.

Ghosh tinha um dom mágico quando se tratava de fazê-los dormir. Segurava uma criança em cada braço, com os rostos colados em seus ombros e os pés apoiados em sua barriga. Circulava pelo quarto de Hema, embalando-os. Por desconhecimento de cantigas de ninar, recorria a seu repertório de canções obscenas. Uma noite, a enfermeira-chefe chamou-a um canto e disse: "Suas indecências estão ocupando o lugar de minhas orações". Ghosh imaginou a chefe de joelhos, declamando:

Havia em Madras um ricaço
Que tinha os bagos de aço.
Em dia de chuva chacoalhavam,
Soavam como uma orquestra
E na bunda faziam a festa.
"Desculpe, chefe."

"Não pode ser bom para eles ficarem ouvindo essas coisas ainda tão pequeninos."

Ghosh mal conseguia se lembrar de como tinha sido sua vida antes da chegada dos gêmeos. Quando se acomodavam em seus braços, sorriam ou apertavam os queixos molhados em seu peito, a impressão dele era de que ia rebentar de orgulho. Marion e Shiva: agora ele não imaginava nomes mais apropriados. Ultimamente seus ombros doíam e suas mãos estavam dormentes quando as *mamithus* tiravam os meninos adormecidos de seus braços.

Desde que tinha começado a dormir no sofá de Hema, não sentira nenhum sinal de desconforto ao urinar.

Hema retomou parte de suas maneiras anteriores. Às vezes Ghosh sentia falta de suas implicâncias. Será que ele tinha estado atrás dela todos aqueles anos justamente por Hema ser tão inatingível? E se ela o houvesse aceitado assim que ele chegara à Etiópia? Teria sua paixão sobrevivido? Todo mundo precisava de uma obsessão, e nos últimos oito anos ela lhe tinha proporcionado uma, e talvez ele devesse lhe ser grato por isso.

Muitas vezes, à noite, depois de pôr os meninos para dormir, tinha de voltar para terminar as coisas no hospital. Seus lábios não tinham tocado nem sequer uma vez em cerveja depois de sua primeira noite no sofá de Hema. Naquela cama improvisada e estreita ele dormia pacificamente e acordava retemperado.

Vivendo sob o mesmo teto que ela, Ghosh descobriu que Hema mascava *khat*. Isso começara durante as vigílias noturnas com Shiva e a ajudava a não dormir. O marcador de livros dela logo estava à frente do seu em *Middlemarch*, e ela começou a ler o livro de Zola antes que ele acabasse o de George Eliot. Ela tentou esconder dele que mascava *khat*, e, quando ele tocou no assunto, ficou comovido com a atrapalhação dela. "Não sei do que você está falando", disse ela.

Por isso ele não voltou a se referir ao assunto, embora soubesse, ao vê-la tricotando até tarde da noite, quando ela o esperava acordada ou quando conversava com Rosina mais que de costume, que provavelmente tinha mascado um pouco antes que ele chegasse. Quem trazia as folhas para ela era Adid, o comerciante sempre sorridente que ela havia encontrado no avião, ao voltar de Áden, e cuja companhia ambos apreciavam.

Quanto a Ghosh, sua droga era a proximidade de Hema. Ele roçava nela quando deitava os bebês adormecidos no berço que havia substituído a incubadora e sentia-se encorajado ao ver que ela não se virava e lhe dava um fora. Ele a fitava ao tomar o café da manhã, enquanto ela fazia uma lista de compras para ele ou consultava Almaz sobre os planos do dia. Certa manhã, ela viu que ele a olhava.

"O que é? Fico horrorosa de manhã, não é?"

"Não. Você está o contrário de horrorosa."

Ela corou. "Não diga bobagens", replicou, mas a expressão de satisfação em seu semblante não desapareceu.

Certa noite, no jantar, ele disse, mais para si mesmo do que para ela: "O que será feito de Thomas Stone?".

Hema empurrou a cadeira para trás e levantou-se. "Por favor! Não quero que você mencione esse nome nesta casa."

Havia lágrimas em seus olhos. E medo. Ghosh caminhou para ela. Podia suportar sua cólera, podia até ser vítima dela, mas não conseguia suportar vê-la sofrer. Pegou-lhe as mãos e puxou-a para si. Ela resistiu um pouco, mas cedeu, enquanto ele murmurava: "Está bem. Eu não quis chatear você. Está bem". *Eu seria capaz de trair meu melhor amigo para poder segurar você assim.*

"E se ele aparecer aqui querendo levar os meninos? Você ouviu o que disse o astrólogo." Hema tremia. "Já pensou nisso?"

"Ele não vai aparecer aqui", respondeu Ghosh, mas ela percebeu a insegurança em sua voz. Hema saiu em direção a seu quarto. "Bem, se ele tentar fazer isso, será por cima do meu cadáver, está me ouvindo? Por cima do meu cadáver."

Numa noite gelada, quando os gêmeos já estavam com nove meses de idade, as *mamithus* dormiam em seus aposentos e a enfermeira-chefe já voltara para os dela, tudo mudou. Não havia mais motivo para Ghosh dormir no sofá, mas nenhum dos dois tinha levantado a questão de ele ir dormir em sua casa.

Ghosh entrou pouco antes da meia-noite, e encontrou Hema sentada à mesa de jantar. Aproximou-se, para que ela examinasse seus olhos e sentisse se seu hálito cheirava a bebida. Era o que sempre fazia, para mexer com ela, quando chegava àquela hora. Ela o empurrou.

Ele foi ao quarto para ver os gêmeos. Quando saiu do quarto, disse: "Sinto cheiro de incenso". Já a censurara antes por fazer as crianças respirarem qualquer tipo de fumaça.

"É uma alucinação. Talvez os deuses estejam tentando chegar a você." Ela fingiu estar absorta na tarefa de servir-lhe o jantar. "Massa que Rosina preparou", disse, destapando uma tigela. "E Almaz deixou frango ao curry para você. Estão competindo para ver quem alimenta você melhor. Sabe Deus por quê."

Ghosh enfiou a ponta do guardanapo na camisa. "Logo você vem me chamar de ateu? Se você leu os Vedas ou o *Gita*, vai se lembrar de um homem que procurou o santo homem Ramakrishna. 'Mestre, não sei como amar a Deus', disse." Hema franziu a testa. "O santo lhe perguntou se ele amava alguma coisa. O homem respondeu: 'Amo meu filhinho'. E Ramakrishna disse: '*Nisso* está seu amor e seu serviço a Deus. No amor e no serviço a essa criança'."

"E então, onde estava a essa hora, senhor Religioso?"

"Fazendo uma cesariana. Comecei e acabei em quinze minutos", respondeu Ghosh. Hema tinha feito ou participado de três cesarianas nas semanas que se seguiram ao nascimento dos gêmeos: uma para ensinar a Ghosh, outra atuando como sua assistente enquanto ele a realizava, e a terceira só para assistir. Mulher alguma morreria no Hospital da Missing ou seria mandada a outro lugar por falta de quem fizesse uma cesariana. "O bebê estava com o cordão enrolado no pescoço. Está bem. A mãe já está pedindo seu ovo quente."

Ver Ghosh comer tinha se tornado o passatempo noturno de Hema. Seus apetites tomavam conta dele. Ghosh vivia em meio a um vendaval de ideias e projetos que se empilhavam em torno do sofá.

O pensamento de Hema havia divagado, e ela lhe pediu que repetisse o que dissera. "Eu disse que estaria agora no meio de minha residência no Hospital do Condado de Cook, se tivesse ido. Eu estava pronto para ir embora da Etiópia, você sabe."

"Por quê? Porque Stone sumiu?"

"Não, mulher. Antes disso. Antes que os bebês nascessem ou a irmã morresse. Sabe, eu estava convencido de que você iria voltar da Índia casada."

Para Hema, essa ideia era tão absurda, tão inesperada, um lembrete de uma época de inocência tão antiga, que ela caiu na gargalhada. A consternação de Ghosh tornou o incidente ainda mais engraçado, e o alfinete de segurança que fechava sua blusa em cima saltou no ar e caiu no prato dele. Isso foi demais para Hema, que levou as mãos aos seios e levantou-se da cadeira, dobrando-se de rir.

Desde seu retorno da Índia e da tragédia que fora a morte da irmã, tinham sido raríssimas as ocasiões de risos irreprimíveis. Quando ela recuperou o fôlego, disse: "Ghosh, é disso que eu gosto em você. Tinha me esquecido. Você me faz rir como ninguém mais neste mundo". Sentou-se de novo na cadeira.

Ghosh tinha parado de comer. Empurrou o prato para a frente. Era evidente que estava irritado, e Hema não imaginava o porquê. Ele limpou os lábios com o guardanapo, com gestos precisos e calculados. Quando falou, sua voz saiu trêmula.

"Onde está a graça?", perguntou. "O fato de eu querer me casar com você durante todos esses anos foi uma piada?"

Foi difícil para Hema retribuir seu olhar. Nunca lhe dissera o que havia passado por sua cabeça quando achou que o avião estava caindo, nem que ao morrer estaria pensando nele. O sorriso em seu rosto pareceu falso e ela não conseguiu sustentá-lo. Desviou o olhar, mas seu olho caiu na máscara ameaçadora pregada sobre a porta do quarto.

Ghosh apoiou a cabeça nas mãos. Seu estado de espírito passara da exaltação para o desespero. Hema o levara além do limite do suportável. E tudo isso porque ela tinha rido?

Mais uma vez ela se sentia insegura com relação a ele, tal como acontecera naquele dia junto ao túmulo da irmã Mary Joseph Praise.

"Está na hora de eu voltar para minha casa", disse Ghosh.

"Não!", gritou Hema, tão alto que ambos se sobressaltaram.

Ela levou sua cadeira para mais perto da dele. Puxou-lhe as mãos da cabeça e segurou-as nas suas. Estudou o estranho perfil de seu colega, seu desgracioso mas belo amigo de tantos anos, que permitira que seu destino ficasse tão indissoluvelmente ligado ao dela. Ele parecia decidido a ir embora. Não estava buscando orientação junto a ela.

Hema beijou-lhe a mão. Ghosh resistiu. Ela puxou a cabeça dele contra seu peito, que, sem o alfinete, estava mais exposto do que jamais estivera junto de um homem. Hema o abraçou do mesmo jeito como ele a abraçara ao vir correndo na noite em que Shiva tinha parado de respirar.

Passado algum tempo, ela o olhou de frente. E, antes que pudesse pensar no que estava fazendo, ou por que ou como aquilo tinha acontecido, beijou-o, achando agradável a sensação dos lábios dele contra os seus. Via agora, com vergonha, quão egoísta tinha sido em relação a ele, o quanto o usara durante todos aqueles anos. Não o fizera conscientemente. Contudo, tratara esse homem como se ele existisse para seu prazer.

Foi a vez de ela suspirar, e conduziu o aturdido Ghosh para o segundo quarto, usado para passar roupa e como depósito, um quarto que deveria ter dado a ele havia muito tempo, em vez de deixá-lo no sofá. Despiram-se no escuro, afastaram da cama o monte de fraldas, toalhas, sáris e outras roupas. Retomaram o amplexo sob as cobertas. "Hema, e se você engravidar?", ele perguntou. "Ah, você não entende?", ela respondeu. "Tenho trinta anos. É possível que para mim já seja tarde demais."

Para vergonha de Ghosh, agora que aquelas esferas magníficas com que tanto havia sonhado estavam libertas e em suas mãos, agora que ela se entregava a ele desde o queixo carnudo até as covinhas sobre as nádegas, não acontecia a transformação de seu membro, de carne flácida em teso bambu. Quando Hema entendeu o que estava fora de ordem, nada disse. Seu silêncio apenas agravou o embaraço de Ghosh. Ele não sabia que Hema culpava a si mesma, achando que tinha se mostrado demasiado impulsiva e que havia confundido os sinais e interpretado mal o homem. O riso de uma hiena a distância pareceu escarnecer de ambos.

Ela se manteve absolutamente imóvel, como que deitada sobre uma mina terrestre. Em algum momento, adormeceu. Despertou com a sensação de estar subindo do fundo da água para ser ressuscitada e resgatada. Isso porque a boca de Ghosh estava em torno de seu seio esquerdo, tentando engoli-lo. Ele dirigiu os movimentos dela, empurrando-a para um lado e para outro, o que a levou a pensar que mesmo antes, em seu estado mais passivo, na verdade ele estivera no comando.

Ver a cabeçorra e os lábios de Ghosh descansando onde homem algum tinha estado antes levou uma onda de calor às faces de Hema, a seu peito e ao fundo da pelve. Uma das mãos de Ghosh estava em seu outro seio, provocando ondas de choque em seu corpo, enquanto a outra mão dele passeava por suas coxas. Hema viu que suas próprias mãos respondiam de igual forma, puxando a cabeça dele contra ela, buscando-lhe as costas largas, desejando que ele a engolisse por inteiro. E então ela sentiu algo de inequívoco e promissor contra suas coxas.

Nesse momento, vendo a avidez animal de Ghosh, ela compreendeu que o havia perdido para sempre como um folguedo, um companheiro. Ele não era mais o Ghosh com quem ela brincava, o Ghosh que existia apenas como uma reação à própria existência dela. Sentiu vergonha por não tê-lo visto dessa maneira antes, vergonha de ter presumido conhecer a natureza daquele prazer e, por isso, negando-o a si mesma e a ele durante tantos anos.

Hema puxou-o para dentro dela, acolheu-o: colega, companheiro de profissão, desconhecido, amigo, amante. Arquejava ao lamentar todas as noites em que haviam se sentado juntos, atormentando-se mutuamente e implicando um com o outro (ainda que, pensando nisso agora, era ela a grande atormentadora e a grande implicante), quando poderiam estar entregues àquela maravilhosa conjunção.

De manhãzinha ela acordou, alimentou as crianças e trocou-lhes as fraldas, e, quando voltaram a dormir, retornou para Ghosh. Começaram tudo de novo, como se fosse pela primeira vez, com sensações sem iguais e inimagináveis, e a cabeceira da cama batia na parede, anunciando a paixão para Almaz e Rosina, que acabavam de chegar à cozinha, mas Hema não se importou. Depois dormiram e só se levantaram ao ouvir o guizo e o mugido do bezerro.

Ghosh deteve Hema quando ela estava para sair do quarto.

"Casar-se comigo ainda é motivo de riso?"

"O que você está dizendo?"

"Hema, quer se casar comigo?"

Ele não esperava nunca o que ouviu, e mais tarde ficou a imaginar como ela podia ter na ponta da língua uma resposta que jamais lhe teria ocorrido.

"Quero, mas só por um ano."

"Como?"

"Ghosh, veja bem. Essa situação com as crianças nos uniu. Eu não quero que você se sinta obrigado. Eu me caso com você por um ano. Depois disso, estamos livres."

"Mas isso é absurdo", gaguejou Ghosh.

"Temos a opção de renovar por mais um ano. Ou não."

"Eu sei o que quero, Hema. Quero você para sempre. Sempre quis, para sempre e um pouco mais. Eu sei que no fim desse ano vou querer renovar."

"Veja, *você* poderá querer, meu querido. Mas e se eu não quiser? Você tem cirurgias marcadas para esta manhã, não é? Bem, pode dizer à enfermeira-chefe que vou recomeçar a fazer histerectomias e outras cirurgias eletivas. E está na hora de você aprender a fazer um pouco de cirurgia ginecológica, alguma coisa além de apenas cesarianas."

Hema lançou-lhe um olhar por cima do ombro ao sair, e a timidez em seu sorriso, o ar travesso em seus olhos, suas sobrancelhas arqueadas, a inclinação forte de seu pescoço eram as de uma bailarina a enviar um sinal sem palavras. A mensagem o calou. Em vez de pensar em um ano ou em uma vida, de repente ele só conseguia pensar no próximo anoitecer. Somente doze horas o separavam daquele momento, mas esse tempo lhe pareceu uma eternidade.

PARTE III

Não usarei da faca nos doentes com cálculos, mas cederei o lugar aos nisso habilitados.

Juramento de Hipócrates

Desfruta do doce e ameno fruto do amor
Aquele cujo afeto é correspondido.

Tiruvalluvar, O *Kural*

17. "Tizita"

Lembro-me das manhãs, bem cedinho, entrando na cozinha com uma pirueta nos braços de Ghosh. Ele conta, bem baixinho. "Um-dois... umdois-três." Giramos, baixamos, corremos. Durante muito tempo, imaginarei que dançar é sua ocupação.

Executamos um volteio diante do fogão e chegamos à porta dos fundos, onde Ghosh mexe na fechadura e puxa a tranca com um floreio.

Almaz e Rosina entram, fechando depressa a porta por causa do frio e para barrar a entrada de Kuchulu, que abana a cauda, esperando sua refeição. As duas *mamithus* estão enroladas como múmias e só seus olhos aparecem numa fenda em forma de meia-lua. Elas retiram camadas de panos e delas sobem, como vapor, cheiros de grama cortada, depois de terra arroteada e, mais adiante, de *berbere* e de fogo de carvão.

Tomado de expectativa, rio descontroladamente, apertando o queixo contra o peito, pois sei que os dedos de Rosina, frios como pingentes de gelo, logo hão de afagar meu rosto. Da primeira que ela fez isso, caí na risada, em vez de verter lágrimas, o que foi um erro, porque encorajou esse ritual que detesto e que prevejo todos os dias.

Depois do café da manhã, Hema e Ghosh despedem-se de Shiva e de mim com um beijo. Lágrimas. Angústia. Mas, queiramos ou não, eles saem para o hospital.

Rosina nos coloca no carrinho duplo. Logo, logo, erguendo as mãos, peço para ser carregado. Quero uma altitude maior. Quero a perspectiva dos adultos. Ela cede. Quanto a Shiva, desde que ninguém tente tirar sua tornozeleira, ele fica satisfeito com qualquer lugar onde o ponham.

A testa de Rosina é uma bola de chocolate. Seu cabelo trançado retrocede em fileiras bem cuidadas, antes de cair sobre os ombros como uma franja. Ela é um ser que se agita, se sacode e cantarola. Seus giros e volteios são mais rápidos que os de Ghosh. De minha vacilante posição no alto, seu vestido pregueado faz rodopios deslumbrantes, e seus sapatos de plástico, cor-de-rosa, ora rebrilham, ora somem de vista.

Rosina fala sem parar. Nós nos mantemos calados, em silêncio, mas cheios de pensamentos, impressões, todos silenciosos. O amárico de Rosina faz com que Almaz e Gebrew riam, por causa de suas sílabas guturais, cavernosas, que na verdade não existem no amárico. Isso nunca a dissuade de falar. Às vezes parte para falar em italiano, sobretudo quando está sendo enérgica, se esforçando por defender uma opinião. O *italianya* lhe vem com facilidade e, por estranho que pareça, seu sentido é claro, ainda que ninguém mais o fale, pois assim é a natureza dessa língua. Quando ela fala para si mesma, ou quando canta, vale-se de sua língua eritreia, o tigrínia, e então sua voz se solta e as palavras fluem em catadupa.

Almaz, que no passado trabalhou para Ghosh em sua casa, agora é cozinheira na casa onde ele e Hema vivem juntos. Fica como que enraizada, como um baobá, diante do fogão, uma gigante em comparação com Rosina e pouco inclinada a emitir sons, além de suspiros fundos e sonoros, ou um ocasional "*Ewunuth!*", "Não diga!", para manter a conversa entre Rosina e Gebrew, e isso como se eles precisassem de estímulo para falar. Almaz é mais clara do que Rosina e seu cabelo é preso por um *shash* diáfano e alaranjado que parece um barrete frígio. Enquanto os dentes de Rosina brilham como faróis, Almaz raramente mostra os dela.

No meio da manhã, quando retornamos de nossa primeira excursão bangalô-pronto-socorro-ala feminina-portão de entrada, tendo Kuchulu como nossa guarda-costas, a cozinha já está em ação. Colunas de vapor sobem à medida que Almaz tapa e destapa as panelas com estardalhaço. O peso prateado em cima da panela de pressão balança e sibila. As mãos firmes de Almaz picam cebolas, tomates e coentro fresco, produzindo montes que apequenam os montinhos de gengibre e alho. Ela mantém à mão uma paleta de condimentos: folhas de curry, açafrão, coentro seco, cravos, canela, sementes de mostarda, pimenta malagueta em pó, cada qual em minúsculos recipientes de aço inoxidável sobre um prato grande. Alquimista louca, atira na comida uma pitada disto, um punhado daquilo, depois molha os dedos e mete a mistura num pilão. Começa a socá-la e o *croc-croc* rascante logo se transforma no barulho de pedra contra pedra.

Sementes de mostarda explodem no óleo fervente. Almaz segura uma tampa sobre a panela para se defender dos projéteis. *Rá-tá-tá!*, é como granizo num telhado de zinco. Adiciona as sementes de cominho, que chiam, escurecem e estalam. Uma fumaça seca e olorosa afugenta o perfume da mostarda. Só então são acrescentadas as cebolas, aos punhados, e agora o som é o de vida sendo gerada num fogo primordial.

Rosina de repente me entrega a Almaz e sai correndo pela porta dos fundos, e suas pernas se movem como lâminas de uma tesoura. Não sabemos disso, mas Rosina está carregando a semente da revolução. Está grávida, esperando uma menina: Genet. Shiva, Genet e eu estamos juntos desde o começo, ela no útero, enquanto Shiva e eu avançamos no mundo aqui fora. A entrega a Almaz é inesperada.

Choramingo no ombro de Almaz, perto demais dos caldeirões borbulhantes.

Almaz depõe a concha com que mexe as panelas e me passa para o quadril. Mete a mão dentro da blusa, gemendo um pouco devido ao esforço, e põe o peito para fora.

"Aqui está", diz ela, pondo-o em minhas mãos, por via das dúvidas.

Recebi na vida muitos presentes, mas esse é o primeiro de que me lembro. A cada vez que me é dado, me surpreendo. Quando é retirado, a lousa se apaga e o passado é esquecido. Mas ali está ele, quente e vivo, liberto de seu leito de tecido, concedido a mim como uma medalha que não mereço. Almaz, que quase não fala, volta a mexer nas panelas, trauteando uma melodia. É como se o peito não fosse uma parte dela, tal como a concha.

No carrinho, Shiva deixa de lado o caminhãozinho de madeira, que sua saliva macerou e transformou numa polpa encharcada. Ao contrário da tornozeleira, o caminhãozinho pode ser tirado dele, se necessário. Diante daquela esplêndida teta de um olho só, Shiva deixa o caminhão cair no chão. Embora eu tenha a posse do peito, afagando-o e apalpando-o, sou também o preposto de Shiva.

Um Shiva enlevado me incita e envia-me instruções silenciosas: *Jogue-o para mim*. E, diante de minha incapacidade de fazer isso, diz: *Abra-o para ver o que há dentro*. Também isso é impossível. Eu o aperto, deformo e o vejo voltar ao estado inicial.

Ponha-o na boca, diz Shiva, pois essa é a primeira forma pela qual ele toma conhecimento do mundo. Rejeito essa ideia como absurda.

O peito é tudo quanto Almaz não é: risonho, vibrante, um membro extrovertido de nossa família.

Quando tento levantá-lo, examiná-lo, aquela teta parece imensa em relação a minhas mãos e transborda entre meus dedos. Quero confirmar que todas as suas superfícies se precipitam em direção ao topo, o mamilo escuro pelo qual ela respira e enxerga o mundo. O peito chega a meus joelhos. Ou talvez chegue aos joelhos de Almaz. Não posso ter certeza. Ele treme como geleia. O vapor se condensa em sua superfície, embaçando seu lustre. Tem o cheiro do gengibre e do cominho moídos dos dedos de Almaz. Anos depois, quando pela primeira vez beijei um seio de mulher, senti uma fome devoradora.

Um clarão e uma rajada de ar frio anunciam a volta de Rosina. Estou de volta a seus braços, afastado do seio, que some tão misteriosamente como surgiu, tragado pela blusa de Almaz.

No fim da manhã, muito depois de o sol ter espantado o frio e acabado com a neblina, brincamos no gramado até ficarmos corados. Rosina nos dá de comer. A fome e o sono se misturam de maneira perfeita, como arroz e curry, iogurte e bananas em nossas barrigas. É uma idade de perfeição, de apetites simples.

Depois do almoço, Shiva e eu adormecemos, abraçados, um respirando no rosto do outro, com nossas cabeças se tocando. Nesse estado de fuga entre a vigília e o sonho, a melodia que escuto não é a de Rosina. É "Tizita", que Almaz estava cantando quando eu segurava seu peito.

Ouvirei essa música durante todos os meus anos na Etiópia. Quando sair de Adis Abeba, já rapaz, eu a levarei comigo numa fita em que também está gravada "Aqualung". A partida ou a morte iminente obriga a pessoa a definir seus verdadeiros gostos. Durante meus anos de exílio, à medida que o velho cassete for se desgastando, encontrarei etíopes no exterior. Minha palavra de saudação em nossa língua comum é uma faísca, uma ligação com uma comunidade, uma rede: o número de telefone de *Woizero* (sra.) Menen, que, por um preço módico, prepara *injera* e *wot* e serve o cliente na casa dela, se ele ligar na véspera; o taxista, *Ato* (sr.) Girma, que tem um primo que trabalha na Ethiopian Airlines e traz *kibe* (manteiga etíope), porque sem a manteiga feita com o leite de vacas que vivem nas montanhas e pastam em campos altos o *wot* fica com gosto de comida do Kroger, do FoodMart ou do Land O'Lakes. Se você quiser, para as festas de Meskel, uma ovelhinha carneada no Brooklyn, telefone para Yohannes, e em Boston tente o Queen of Sheba. Nos anos que passarei longe de minha terra, nos Estados Unidos, verei como os etíopes, tão invisíveis para os outros, são visibilíssimos para mim. Por meio deles, vou achar facilmente outras gravações de "Tizita".

Eles se mostram ansiosos por dividir essa música, confiá-la a minhas mãos, como se somente "Tizita" explicasse a estranha apatia que logo se apodera deles. Como se só "Tizita" explicasse por quê, se eram brilhantes em sua terra, tendo os Jackson Five, os Temptations e "Tizita" nos lábios, um penteado afro perfeito na cabeça, calça boca de sino roçagando em botas Double-O-Seven, em pouco tempo o primeiro empreguinho nos Estados Unidos — atrás do balcão de uma loja da rede 7-Eleven, respirando monóxido de carbono num estacionamento subterrâneo Kinney, atrás do balcão de uma banca de revistas de aeroporto ou de uma loja de presentes de um hotel Marriott — se transformava numa arapuca, um refúgio que eles tinham medo de abandonar para não sofrer um destino pior que a invisibilidade: a extinção.

A gravação mais famosa de "Tizita" é uma versão lenta, com Getachew Kassa, um lamento sóbrio, luminoso mas pungente, contra um fundo de acordes menores arpejados. Ele gravou uma outra versão, com um ritmo latino vivo. Mahmoud Ahmed, Aster Aweke, Teddy Afro... todo artista etíope grava "Tizita". Gravam "Tizita" em Adis Abeba, mas também no exílio em Cartum (isso mesmo, em Cartum, o que prova que até no inferno existe um estúdio de gravação!) e, é claro, em Roma, Washington D. C., Dallas, Boston e Nova York. "Tizita" é o hino do coração, o lamento da diáspora, que reverbera de um lado para outro na rua 18 de Adams Morgan, o bairro boêmio de Washington, D. C., onde essa música jorra do Fasika's, do Addis Ababa, do Meskerem, do Red Sea e de outros restaurantes etíopes, derramando-se pelas ruas, abafando o som da salsa ou dos ragas que vêm do El Rincón e do Queen of India.

Há uma "Tizita" rápida, uma "Tizita" dolente, uma "Tizita" instrumental (que os axântis popularizaram bastante), uma "Tizita" curta e uma "Tizita" longa... Há tantas versões quantos artistas que gravam discos.

Aquele primeiro verso... Parece que estou a ouvi-lo.

Tizitash zeweter wode ene eye metah.
Não paro de pensar em você.

18. Pecados do pai

Em nossa casa, quem quisesse ser ouvido tinha de mergulhar na barulheira e abrir caminho até a primeira fileira. A voz de buzina de navio era a de Ghosh, que soava forte e sumia até se transformar em riso. Hema era uma ave canora, mas quando provocada sua voz se fazia ferina como a cimitarra de Saladino, que, de acordo com meu livro *Ricardo Coração de Leão e as Cruzadas*, era capaz de cortar ao meio um lenço de seda que se deixasse cair sobre o fio da lâmina. Almaz, nossa cozinheira, podia ser calada por fora, mas seus lábios se moviam sem cessar, ninguém sabia se orando ou cantando. Rosina encarava o silêncio como uma afronta pessoal, e falava para cômodos vazios e tagarelava com guarda-comidas. Genet, com quase seis anos, dava sinais de estar puxando à mãe, contando para si mesma histórias sobre ela numa toada sempre igual, criando sua própria mitologia.

Tivesse ShivaMarion nascido por via vaginal (uma impossibilidade, uma vez que tínhamos as cabeças unidas), Shiva, apresentando-se de cabeça, teria sido o primogênito, o gêmeo mais velho. Mas quando a cesariana inverteu a ordem natural do nascimento, eu me tornei o primeiro a respirar. Passei a ser o mais velho, por alguns segundos de diferença. Tornei-me também o porta-voz de ShivaMarion.

Caminhando atrás de Hema e Ghosh na Piazza, ou me desviando de charretes e caminhões, em direção à loja Motilal's, no apinhado Merkato de Adis

Abeba, eu nunca ouvia Hema dizer "Aquela camisa azul vai ficar bem em Shiva" ou "Aquela sandália é ótima para Marion". A chegada do dr. Ghosh e da dra. Hema fazia com que tirassem cadeiras do depósito e as espanassem, e um menino fosse despachado, apesar dos protestos, para voltar correndo com garrafas de Fanta ou Coca-Cola quentes e biscoitos. Fitas métricas nos mediam, nossas bochechas eram beliscadas de leve por mãos rudes e uma pequena multidão de basbaques se formava para nos admirar, como se ShivaMarion fosse um leão nas jaulas do zoológico de Sidist Kilo. O resultado disso tudo era que Hema e Ghosh compravam duas peças iguais de qualquer roupa que achassem que um de nós precisava. O mesmo acontecia com bastões de críquete, canetas e bicicletas. Quando as pessoas nos viam e diziam "Olhe! Que gracinha!", por acaso imaginavam realmente que nós mesmos tínhamos escolhido as peças iguais? Uma coisa vou admitir, da única vez em que tentei me vestir de maneira diferente de Shiva, eu me senti desconfortável diante do espelho. Foi como se minha braguilha estivesse aberta. Parecia haver algo de errado.

Nós, "os Gêmeos", éramos famosos não só por nos vestirmos igual, mas também por correr de um lado para outro numa velocidade vertiginosa, mas sempre no mesmo passo, um ser quadrúpede que só conhecia um meio de ir de A para B. Quando ShivaMarion se via obrigado a andar, era um com o braço passado sobre o ombro do outro, menos caminhando do que trotando, campeões de corridas de três pernas antes mesmo que soubéssemos que essa brincadeira existia. Sentados, dividíamos a mesma cadeira, por não ver sentido em ocupar duas. Usávamos até a privada juntos, dando uma descarga dupla no buraco de louça. Em retrospecto, pode-se dizer que tínhamos certa responsabilidade pelo fato de as pessoas nos verem como um ser coletivo.

Peça aos *Gêmeos* que venham jantar.

Meninos, não está na hora de tomarem banho?

ShivaMarion, vai querer espaguete ou *injera* e *wot* de noite?

Sempre que diziam "você" ou "seu" nunca faziam referência a um de nós. Quando respondíamos a uma pergunta, ninguém queria saber quem havia falado. A resposta de um era a resposta dos Gêmeos.

Talvez os adultos pensassem que Shiva, meu irmão diligente e ocupado, era de natural parcimonioso com palavras. Se o som da tornozeleira, que ele fazia questão de usar, contava como fala, então Shiva era um tagarela de marca maior, que só se calava quando abafava o barulho dos sininhos sob a meia na escola. Talvez os adultos pensassem que eu não dava muita oportunidade a Shiva para falar (o que era verdade), mas que ninguém pedia que eu fechasse a boca. De qualquer maneira, na vozearia de nosso bangalô, onde a turma do bridge se reunia duas vezes por semana, onde um disco de setenta e oito rotações girava no Grundig e onde os passos desajeitados de Ghosh faziam tremer a louça enquanto ele se esforçava para aprender a dançar a rumba e o chachachá, passaram-se dois anos antes que os adultos se dessem conta claramente de que Shiva tinha parado de falar.

Quando éramos bebês, Shiva era considerado o mais delicado: fora seu crânio que Stone tentara esmagar antes que Hema nos salvasse. Mas depois disso ele havia passado por todas as fases de desenvolvimento de maneira normal, erguendo a cabeça ao mesmo tempo que eu e engatinhando quando chegou a hora de engatinhar. Ele falou "Amma" e "Ghosh" no momento certo, e ambos decidimos que devíamos andar quando faltava um mês para nosso primeiro aniversário. Hema e Ghosh se tranquilizaram. De acordo com Hema, esquecemos como se andava poucos dias depois de darmos os primeiros passos, porque tínhamos descoberto que podíamos correr. Shiva falou o quanto quis até depois dos quatro anos, porém mais ou menos nessa época começou, sem alarde, a entesourar suas palavras.

Apresso-me a dizer que Shiva ria ou chorava nos momentos adequados. Muitas vezes agia como se estivesse prestes a dizer alguma coisa, mas nesse exato momento eu me punha a falar. Pontuava minhas palavras com exclamações vindas de sua tornozeleira e, *lá-rá-lá-lá*, cantava animadamente comigo no banho. Mas, com relação a palavras reais, não tinha nenhuma necessidade delas. Lia fluentemente, mas se recusava a fazê-lo em voz alta. Era capaz de, num átimo, somar ou diminuir números grandes de cabeça e escrever o resultado, enquanto eu ainda lutava com as parcelas e contava nos dedos. Estava o tempo todo garatujando bilhetes para si mesmo ou para outras pessoas e deixando-os espalhados a esmo. Desenhava que era uma beleza, mas nos suportes mais inesperados, como caixas de papelão ou na parte interna de sacolas de papel. O que ele mais gostava de desenhar nessa época era Veronica. Tínhamos em casa um exemplar do gibi de Archie, que eu havia comprado na livraria de Papadakis. As três tiras da página mostravam Veronica e Betty. Shiva era capaz de reproduzir aquela página de alto a baixo, com todos os balões, falas dos personagens e hachuras. Era como se ele tivesse uma fotografia armazenada na cabeça e pudesse reproduzi-la em papel sempre que quisesse. Não se esquecia de nada, nem mesmo do número da página ou da mancha deixada pela mosca que havia encontrado a morte na margem do original. Notei que ele sempre reforçava a linha curva sob os peitos de Veronica, sobretudo quando podiam ser comparados com os de Betty. Fui conferir com o original e, de fato, a linha estava lá, mas a de Shiva era mais grossa, mais escura. Às vezes ele improvisava e se afastava da imagem original, representando os peitos como mísseis pontudos prontos para serem lançados ou como balões oscilantes que balançavam sobre joelhos.

Genet e eu acobertávamos o silêncio de Shiva. Eu fazia isso inconscientemente. Se era loquaz em excesso, era porque me dava conta de que era preciso gerar palavras para a dupla ShivaMarion. É claro que *eu* não tinha problema algum para me comunicar com Shiva. De manhã cedo, o tilintar de sua torno zeleira, *blim-blim*, queria dizer "*Marion, está acordado?*". *Plémplam-plém* era "*Hora de levantar*". A roçadura da cabeça dele na minha significava "*Vamos levantar, dorminhoco*". Tudo o que um de nós tinha a fazer era *pensar* numa ação e quase certamente o outro a executava.

Foi a sra. Garretty, na escola, que descobriu que Shiva tinha renunciado à fala. A Escola Loomis Town & Country procurava ter como alunos os filhos de comerciantes, diplomatas, assessores militares, médicos, professores, membros da Cruz Vermelha, da Organização Mundial da Saúde, da Comissão Econômica para a África, da Unesco e, sobretudo, da recém-fundada OUA, a Organização da Unidade Africana. O imperador dera o Africa Hall, um edifício portentoso, de presente à incipiente entidade, um lance de astúcia que faria a organização ter sede em Adis Abeba, o que já estava aumentando os negócios para todos, desde as recepcionistas de bar até os importadores de carros Fiat, Peugeot e Mercedes. Os filhos dos funcionários da OUA poderiam ter ido para o Lycée Gebremariam, um edifício imponente que se destacava na parte mais íngreme da rua Churchill. Mas os delegados dos países francófonos — Camarões, Costa do Marfim, Guiné, Madagáscar Mali, Maurício e Senegal — tinham os olhos postos no futuro, e por isso os carros com placas do corpo diplomático passavam pelo *lycée* e levavam *les enfants* para a Loomis Town & Country. Para completar o quadro educacional, devo mencionar a escola de São José, onde, segundo a enfermeira-chefe, os jesuítas, aqueles soldados da infantaria de Cristo, acreditavam em Deus e na Vara. Mas a São José era somente para meninos, o que a riscava de nossa cogitação, por causa de Genet.

Por que não a turbulência das escolas públicas? Se tivéssemos ido para uma delas, talvez fôssemos as únicas crianças não nativas e faríamos parte de uma minoria de alunos com mais de um par de sapatos e uma casa com água corrente e encanamento interno. Hema e Ghosh acharam que a única opção era nos matricular na Loomis Town & Country, dirigida por britânicos.

Nossos professores na LT&C podiam ter curso de mestrado ou simples diplomas de professor. É surpreendente como uma toga de crepe preta usada sobre um paletó ou uma blusa dá a um apostador de um bairro proletário de Londres ou a uma florista de Covent Garden a circunspecção de um lente de Oxford. Os sotaques não tinham a menor importância na África, desde que a pessoa fosse estrangeira e sua pele tivesse a cor adequada.

O ritual. Esse era o bálsamo que suavizava a inquietação dos pais com relação ao que a LT&C lhes proporcionava em troca de seu dinheiro. A Gincana, o Dia do Atletismo, a Quermesse Escolar, o Desfile de Natal, a Peça da Escola, a Noite de Guy Fawkes, o Dia do Fundador, a Formatura... Levávamos para casa tantos anúncios mimeografados que Hema ficava confusa. Éramos designados para uma Casa da Segunda-Feira, ou uma Casa da Terça-Feira ou Casa da Quarta-Feira, cada qual com sua bandeira, equipe e chefes da casa. No Dia do Atletismo, competíamos pela glória de nossa casa e pela Taça Loomis. Toda manhã, no Salão Nobre, o sr. Loomis conduzia-nos na Oração da Assembleia, a que se seguia a leitura de um trecho da Versão Oficial Revisada da Bíblia, e depois cantávamos a plenos pulmões o hino escolhido para o dia, que constava do hinário azul, enquanto um dos professores ou outra pessoa fazia soar os acordes de acompanhamento, em *fortissimo*, no piano do salão.

Estou convencido de que qualquer um inglês empreendedor pode comprar na Harrods de Londres um kit que lhe permita criar uma escola britânica em qualquer lugar do Terceiro Mundo. Esse kit vem com togas pretas, boletins pré-preenchidos com as notas dos trimestres letivos da Festa de São Miguel, da Quaresma e da Páscoa, e também com hinários, distintivos de monitores e um currículo. O kit só não inclui a montagem dos componentes, que fica por conta do empreendedor.

Infelizmente, o percentual de alunos da LT&C que conseguiam ser aprovados no exame do Certificado Geral de Educação Básica era baixíssimo em comparação com o das escolas públicas gratuitas. Nestas, todos os professores, vindos da Índia, tinham curso superior e eram contratados pelo imperador no estado cristão de Kerala, terra natal da irmã Mary Joseph Praise. Pergunte a um etíope no exterior se, por acaso, não estudou matemática ou física com um professor chamado Kurien, Koshy, Thomas, George, Varugese, Ninan, Matthews, Jacob, Judas, Chandy, Eapen, Pathros ou Paulos, e é quase certo que seus olhos vão brilhar. Esses professores tinham sido educados no rito ortodoxo que são Tomé levou para o sul da Índia. No entanto, em suas funções profissionais, o único rito com que se preocupavam consistia em gravar a tabuada de multiplicar e a tabela periódica, bem como as leis de Newton, na memória de seus alunos etíopes, que eram invariavelmente inteligentes e tinham muita queda para a aritmética.

A professora de minha turma, a sra. Garretty, chamou Hema e Ghosh à escola, no fim de um dia em que eu não tinha ido à aula por estar com febre. Ela nos conhecia como os adoráveis gêmeos Stone, aqueles encantadores meninos de cabelos escuros e olhos claros que vestiam roupas iguais e que cantavam, corriam, desenhavam, pulavam, batiam palmas e tagarelavam, tudo isso em excesso. Nesse dia em que fiquei em casa, Shiva correu, desenhou, pulou e bateu palmas, mas não pronunciou uma só palavra, e, quando lhe perguntaram alguma coisa, não quis ou não pôde responder.

Hema primeiro não acreditou na sra. Garretty e depois a culpou. A seguir, culpou a si mesma. Cancelou as aulas de dança no Clube Juventus, exatamente quando Ghosh tinha dominado o foxtrote e já podia circum-navegar um salão. O prato do toca-discos descansou pela primeira vez em anos. Os jogadores de bridge passaram para o velho bangalô de Ghosh, que ele vinha usando como escritório e também como consultório para atender seus pacientes particulares.

Na biblioteca do Conselho Britânico e na do Serviço de Informações dos Estados Unidos, Hema pegou livros de Kipling, Ruskin, C. S. Lewis, Edgar Allan Poe, R. K. Narayan e muitos outros autores. Depois do jantar, ela e Ghosh se revezavam em ler para nós, achando que a grande literatura haveria de estimular e, por fim, provocar palavras em Shiva. Naqueles tempos pré-televisivos, era divertido ouvir os textos desses escritores, com exceção de C. S. Lewis, cujos armários mágicos eu não engolia, e Ruskin, que nem Ghosh nem

Hema conseguiam entender ou ler muito tempo. Mas persistiam, na esperança de que, no mínimo, Shiva gritasse, pedindo que parassem, como eu fazia. Continuavam a ler mesmo depois de termos adormecido, pois Hema acreditava que era possível instruir o subconsciente. Se tinham estado preocupados com a sobrevivência de Shiva depois de seu nascimento, agora se preocupavam com os efeitos tardios dos antiquados instrumentos obstétricos que tinham sido aplicados em sua cabeça. Não houve nada que não tentassem para provocar a fala.

Mas Shiva permanecia em silêncio.

Certo dia, pouco tempo depois que fizemos oito anos, ao voltar da escola percebemos que Hema havia mandado instalar um quadro-negro na sala de jantar. Lá estava ela, já com palitos de giz preparados, exemplares da *Caligrafia de Bickham simplificada (Orientador dos Jovens Escriturários)* em nossos lugares e um brilho maníaco nos olhos. Em cima de cada livro havia uma reluzente caneta Pelikan nova, a Pelicano, o sonho de todo estudante, acompanhada de cartuchos de tinta, então uma novidade.

Chegaria um dia em que eu ficaria feliz por ser conhecido como um cirurgião de boa caligrafia. Minhas anotações nos boletins médicos dos pacientes talvez insinuassem uma habilidade semelhante com o bisturi (muito embora eu faça questão de adiantar que isso não é uma regra e que a recíproca não é verdadeira: garatujas grotescas não indicam uma técnica deficiente na sala de cirurgia). Um dia, ainda que a contragosto, eu me sentiria grato a Hema por nos fazer copiar no estilo redondo e no floreado:

O exercício frequente aprimora o saber
A arte apura e burila a natureza
A fortuna é uma amante bela, mas volúvel
Um dia mal gastado? Jamais é recuperado
A vaidade torna a beleza desprezível
Mais valioso que o ouro é a sabedoria

Shiva já estava a postos com sua Pelicano. Genet nada disse. Em questões como essa, sua posição era delicada.

Mantive-me firme. Não confiava na motivação de Hema: o sentimento de culpa leva a atos de reparação nem sempre justos. De mais a mais, eu tinha planejado um desfile especial de meus carrinhos de brinquedo numa pista sinuosa que construíra num aterro perto da casa. A hora que ela havia escolhido era péssima.

"Por que não podemos ir brincar? Não quero fazer isso", protestei.

Os lábios de Hema se contraíram. Ela parecia estar pensando não no que eu tinha dito, mas em minha pessoa, minha teimosia. Ao menos no subconsciente, ela me culpava por Shiva. Achava que eu, e até Genet, tínhamos camuflado o silêncio dele sob um manto de tagarelice.

"Fale só por você, Marion", ela respondeu.

"Foi o que eu fiz. Por que não podemos... não posso... ir brincar?"

Shiva já tinha metido o cartucho em sua caneta.

"Por quê? Vou lhe dizer. Porque na sua escola vocês só fazem brincar. *Eu* tenho de fazer com que vocês estudem de *verdade*. Agora, sente-se, Marion."

Sem uma palavra, Genet sentou-se em seu lugar.

"Não, isso não é justo", respondi. "Além do mais, isso não vai ajudar Shiva."

"Marion, não me faça perder a paciência..."

"*Ele só vai falar quando quiser!*", gritei.

E, com isso, saí em disparada. Passei correndo por uma das quinas da casa, ganhando velocidade. Na segunda quina, bati de frente contra o peito largo de Zemui. Minha primeira ideia foi que Hema tivesse mandado o militar me buscar.

"Primo, onde é a guerra?", perguntou Zemui, sorrindo e me soltando. Seu uniforme verde-oliva estava correto como sempre. O cinto, o coldre e as botas reluziam. Num gesto reflexo, bateu os calcanhares com força, ao mesmo tempo que prestava continência com energia suficiente para destroncar os dedos.

O sargento Zemui era motorista do coronel Mebratu, oficial da Guarda Imperial. Ghosh salvara sua vida, com uma cirurgia, anos antes. No passado, o coronel Mebratu se vira sob suspeita, mas agora tinha caído nas boas graças do imperador. Acumulava as funções de comandante da Guarda Imperial e oficial de ligação com os adidos militares da Grã-Bretanha, Índia, Bélgica e Estados Unidos, todos eles com expressão na Etiópia. O trabalho do coronel envolvia frequentes recepções diplomáticas e festas, sem falar nas habituais noites de bridge em nossa casa. O coitado do Zemui só podia começar a longa caminhada de volta para casa, para ver a mulher e os filhos, quando a cabeça do chefe já estava no travesseiro e o carro do Estado-Maior estacionado na garagem. A fim de facilitar seus trajetos de ida e volta, o coronel tinha fornecido uma motocicleta a Zemui. E como o sargento, que morava perto do Hospital da Missing, não queria estragar os pneus da moto na trilha de pedra britada e cascalho que levava a sua casinha, tinha pedido permissão a Ghosh para deixar a moto em nosso abrigo de carros. Ali, seu precioso veículo estava a salvo dos elementos e de vândalos.

"Exatamente quem eu queria ver", disse Zemui. "Qual é o problema, chefinho?"

"Nada", respondi, embaraçado de repente. Meus problemas pareciam ridículos agora que eu estava falando com um soldado que acabara de servir nas forças de paz da ONU no Congo. "Por que está pegando sua motocicleta tão tarde?", perguntei.

"O chefe ficou numa festa até as quatro da manhã. Quando cheguei em casa, o sol já estava nascendo. Ele me disse que eu podia voltar só à noitinha. Venha cá, sente-se aqui. Quero que você leia para mim esta carta de novo." Zemui sentou-se na ponta da varanda da casa e pegou no bolso do dólmã o aerograma azul e vermelho, que me entregou. Tirou o capacete de fibra, em que estava guardado um cigarro já meio fumado, preso com cuidado sob uma das tiras externas. Esse capacete, do tipo usado pelos exploradores europeus do passado e reconhecível a distância, era característico da Guarda Imperial.

"Zemui, posso ler a carta depois?", perguntei. "Hema está danada comigo. Eu respondi mal a ela, e é bem capaz que ela queira cortar minha língua se me pegar."

"Epa, isso é sério. Claro que podemos fazer isso depois", respondeu Zemui, pondo-se de pé. Guardou a carta, mas pude perceber seu desapontamento. "Você acha que Darwin já recebeu minha carta?"

"Tenho certeza de que a resposta dele está para chegar a qualquer dia."

Ele se despediu com uma continência e encaminhou-se para os fundos da casa.

Darwin era um soldado canadense que tinha sido ferido em Katanga. Eu tinha lido tantas vezes a carta dele a Zemui que já a sabia de cor. Ele dizia que fazia frio e nevava em Toronto. Às vezes ficava deprimido e não sabia se algum dia viria a se acostumar com uma perna de pau. "Há mulheres na Etiópia interessadas num branco perneta com uma cicatriz na cara? Ha, ha!" Ele não era um homem de posses, mas, se seu amigo Zemui um dia precisasse de qualquer coisa, que o procurasse, porque ele, Darwin, jamais esqueceria que Zemui lhe salvara a vida. Eu tinha traduzido para o inglês, da melhor forma possível, a resposta de Zemui. Ficava imaginando como os dois teriam se entendido no Congo. Zemui me mostrou um pingente de ouro, em forma de cata-vento, uma cruz de santa Brígida, que usava no pescoço. Darwin obrigara Zemui a aceitá-la quando se despediram no campo de batalha.

Rosina olhou firme para mim enquanto Zemui caminhava para ela, e recomecei a correr. Senti um vazio a meu lado, no lugar onde meu irmão deveria estar.

O túmulo de minha mãe, com seu aroma de rosas recém-cortadas e sua inscrição, ΣALVA NOΣ BRAÇOΣ DE JEΣUΣ, não encerrava nenhum fascínio para mim. Mas na salinha da autoclave, junto da sala de cirurgia 3, eu percebia sua presença, um perfume, uma sensação de proximidade. Foi para lá que meus pés me levaram. Como esconderijo, não era a escolha mais adequada.

Nunca entendi a relutância de Shiva a visitar essa sala. Talvez ele visse isso como uma traição a Hema, que tinha vigiado cada respiração sua, que se ligara a ele por meio de um cordão amarrado ao tornozelo. Ir ali era uma das poucas coisas que eu fazia sozinho.

Sentado na cadeira de minha mãe, sentindo o cheiro de desinfetante em seu cardigã, eu falava com ela, ou talvez falasse comigo mesmo. Queixava-me da injustiça em casa. Confessava meu pior receio: o que de Hema e Ghosh um dia desaparecessem, do mesmo modo como Stone e a irmã não faziam mais parte de nossa vida. Essa era a razão pela qual eu me deixava ficar rondando o portão da frente do hospital. Quem podia afirmar que Thomas Stone nunca reapareceria? Eu fantasiava que numa manhã ensolarada, em que o ar estivesse tão seco que se poderia ouvi-lo estalar, Gebrew abriria o portão da Missing e, em vez da multidão de pacientes, quem estaria diante dele? Thomas Stone. O fato de eu não ter a mínima ideia de qual era a sua aparência, ou a de minha mãe, não tinha importância alguma para essa fantasia. Os olhos dele cairiam em mim. E depois de alguns segundos ele sorriria, orgulhoso.

Eu precisava acreditar nisso.

* * *

Voltei para nosso bangalô, disposto a enfrentar a situação. Havia música, e vi que Hema orientava Genet e Shiva na dança. Os três usavam tornozeleiras, não as do tipo usado habitualmente por Shiva, mas largas correias de couro com quatro anéis concêntricos de guizos de metal. Tinham empurrado a mesa de jantar para junto da parede. Ouvia-se uma peça clássica indiana, com ritmadas batidas de um tabla. Hema tinha arrepanhado o sári de um jeito que uma de suas pontas passava entre as pernas dela, dando a impressão de que usava pantalonas. Durante o tempo em que eu estivera fora, havia ensinado a Shiva e Genet uma série complicada de passos e poses. Braços para dentro, braços para fora, apontando, baixando, puxando a corda de um arco, disparando uma flecha imaginária, os olhos voltados para um lado e para outro, os pés deslizando, com um som metálico de tornozeleiras a cada vez que os calcanhares batiam no chão. Ver aquilo doeu em mim.

Shiva, Genet e eu havíamos entrado no mundo quase em uníssono. (Genet tinha começado meio passo atrás de nós e num outro ventre, mas havia nos alcançado.) Quando estávamos aprendendo a andar, dividíamos livremente mamadeiras e chupetas, para consternação de Hema. A propensão de Shiva para saltar para dentro de baldes, poças d'água ou valas cheias aterrorizava os adultos, que temiam que ele se afogasse. Para mantê-lo longe de águas mais profundas, a enfermeira-chefe comprou uma piscina portátil. Nós três nos divertíamos nela, nus, e posávamos para fotos que no futuro nos constrangeriam. Nosso primeiro circo, nossa primeira matinê de cinema, nosso primeiro cadáver... Chegamos a esses marcos juntos. Em nossa casinha de árvore, mexíamos em nossas crostas de feridas até sangrar, e fizemos um juramento de sangue: os Três Mosqueteiros ficariam sempre juntos e não admitiriam na tríade nenhum outro.

Agora, tínhamos chegado a outra primeira experiência: uma separação. Fiquei de fora, só olhando. Hema me chamou com um aceno. Não estava mais zangada. Sua testa brilhava de suor e mechas de cabelo colavam-se em seu rosto. Se pretendia me castigar, talvez tenha entendido, por minha expressão, que eu já tinha sido punido.

Com uma tornozeleira, Genet parecia mais feminina do que a menina traquinas com quem eu estava acostumado. Eu quase nunca atentava a esse tipo de coisa. Em nossas brincadeiras, ela se portava como qualquer menino. Agora, dançando, encontrava certa dificuldade e estava sempre um passo atrasada. Apesar disso, exibia uma graça extraordinária, como se a tornozeleira houvesse desentranhado essa sua qualidade. Mesmo se errava o passo ou invertia uma volta, mostrava-se muito feminina, e eu não podia deixar de notar isso.

Meu irmão gêmeo não cometia erros. Era visível que havia dominado a dança num abrir e fechar de olhos. Ele sempre tivera um jeito de manter o queixo um pouco levantado, como se temesse que de outra forma os cachos que equilibrava na cabeça pudessem cair, e com isso parecia mais alto, mais aprumado que eu. Na dança, esse seu maneirismo se acentuava. Quando Shiva se animava, seus olhos passavam de castanho para azul, e era assim que estavam agora batendo os calcanhares no assoalho em uníssono com os de Hema e acompanhando cada um de seus meneios e rodopios. Era como se sua tornozeleira o conduzisse e, ao reproduzir o som das tornozeleiras de Hema, gerasse o correspondente movimento de seu corpo. Eu observava aquela criatura esguia e flexível como se a visse pela primeira vez.

Meu irmão, capaz de desenhar qualquer coisa de memória, capaz de manipular de cabeça e com facilidade números colossais, havia agora descoberto um novo meio de se mover e uma nova linguagem para expressar sua vontade. Separado de mim. Eu não queria me juntar a eles. Estava convicto de que pareceria desajeitado. Sentia inveja, quase como se fosse uma criança aleijada, que não dançava porque não podia, e não porque não queria.

"Traidor", eu disse a Shiva.

Falei baixinho, mas ele escutou. Escutava bem, mas teria ouvido mesmo que eu só houvesse pensado aquilo.

Meu irmão gêmeo, que havia nascido colado em mim, aquele pequeno deus dançarino, deslizou para longe, desviando o olhar.

19. Aos cães, o que merecem

Uma semana antes de Shiva deixar de usar sua tornozeleira, estávamos chegando ao centro da cidade de carro quando uma motocicleta, fazendo soar a sirene, passou por nós velozmente, indicando que abríssemos caminho.

"Certo, certo", disse Ghosh, encostando no meio-fio. "Sua Majestade Imperial, Hailé Selassié I, o Leão de Judá, precisa da rua."

Entramos na avenida Menelik II. Na parte de baixo da ladeira ficava o Africa Hall, que parecia uma caixa de aquarelas posta em pé, de lado. Seus painéis de tons pastel pretendiam imitar as barras coloridas do *shama* tradicional. Diante da sede da nova Organização da Unidade Africana, estavam desfraldadas as bandeiras de todos os países do continente. Em sua breve existência, o edifício tinha sido honrado com a presença de personalidades como Nasser, Nkrumah, Obote e Tubman.

O palácio do Jubileu do imperador ficava do outro lado da avenida. Dava para ver as sentinelas montadas da Guarda Imperial, uma de cada lado do portão do palácio. A residência do imperador erguia-se atrás dos jardins suntuosos, como uma pálida réplica do palácio de Buckingham. À noite, profusamente iluminado, o edifício fulgia com uma tonalidade de marfim. Como estávamos no fim do ano, um dos pinheiros da propriedade estava todo enfeitado de lâmpadas, formando uma gigantesca árvore de Natal.

Pedestres, charretes, carros, todos os veículos pararam. Um homem descalço, de olhos leitosos, tirou o chapéu surrado, deixando ver um anel de cabelos crespos e grisalhos. Três mulheres de luto fechado, usando sombrinhas, também esperavam ao lado de nosso carro. O esforço de subir a ladeira as fazia transpirar. Uma delas sentou-se no meio-fio, descalçando pela metade o sapato de plástico. Dois rapazes esperavam um pouco atrás do meio-fio, mostrando-se aborrecidos pela interrupção de sua caminhada.

A mulher que tinha se sentado disse: "Talvez Sua Alteza nos dê uma carona. Digam a ele que não temos dinheiro para o ônibus. Meus pés estão me matando". O velho a encarou, movendo os lábios como que juntando cuspe para castigá-la por tamanha blasfêmia.

Nesse momento, um Volkswagen verde equipado com sirene e alto-falante passou pela rua a toda. Eu nunca teria imaginado que um Volkswagen corresse tanto.

"Quer apostar como Sua Majestade está no Lincoln novo?", disse eu a Ghosh.

"Acho que você vai perder."

Era 1963, o ano em que Kennedy foi assassinado. De acordo com um colega de escola, filho de um parlamentar, esse Lincoln era um carro que tinha sido usado por Kennedy, mas não aquele em que ele fora baleado. Esse, o do imperador, tinha capota fixa e era espetacular, não por seu desenho, mas por seu comprimento inacreditável. Havia corrido pela cidade uma piada: para o imperador ir do Palácio Velho, no topo da ladeira, onde despachava, ao palácio do Jubileu só tinha de entrar no carrão pela porta traseira e sair pela dianteira.

Dos vinte e seis carros à disposição de Sua Majestade, vinte eram Rolls-Royces. Um deles tinha sido presente de Natal da rainha da Inglaterra. Eu ficava imaginando o que mais haveria sob a árvore de Natal de um monarca.

Um Land Rover da Guarda Imperial, não da polícia, passou, devagar. A porta traseira estava aberta e homens com metralhadoras sobre os joelhos vigiavam a rua. Ouvimos um estrondo que lembrava tambores de guerra. Oito motocicletas surgiram como que do nada, duas a duas, com o ar tremeluzindo em torno das aletas do motor. Os faróis cromados e os protetores do motor emitiam reflexos fulgurantes. Apesar de seus uniformes negros, dos capacetes brancos e das luvas, os motociclistas me lembravam os guerreiros de olhos arregalados e jubas de macaco que desciam das montanhas a cavalo no aniversário da queda de Mussolini, com cara de malvados e parecendo ansiosos por matar gente de novo.

O chão estremeceu quando as Ducatis passaram, imensas reservas de potência prontas para ser liberadas com um movimento do pulso.

O Rolls-Royce verde de Sua Majestade parecia um espelho de tão polido. Instalado num assento elevado, o imperador olhava a rua por janelas construídas especialmente para que os monarcas vissem e fossem vistos. Depois da passagem das motocicletas, alguém poderia dizer que seu carro era absolutamente silencioso, se não fosse um ligeiro chiado das válvulas.

"Pelo preço desse carro, poderíamos alimentar todas as crianças do império durante um mês", resmungou Ghosh.

O velho ao nosso lado estava de joelhos e, quando o carro passou por nós, ele beijou o asfalto.

Vi o imperador com toda a clareza, com a cachorrinha Lulu no colo. Ele olhou diretamente para nós, sorrindo quando nos curvamos. Juntou as palmas das mãos. E num instante já tinha passado.

"Viu aquilo?", disse Hema, agitada. "Viu o *namastê*?"

"Em sua homenagem", respondeu Ghosh. "Ele sabe quem é você."

"Não seja bobo. Foi por causa do sári. Mesmo assim, que gentileza!"

"Basta isso para ganhar sua simpatia? Um *namastê*?"

"Pare com isso, Ghosh. Não quero saber de política. Eu só gosto do velho."

O Rolls fez uma curva para o portão do palácio. Os motociclistas e o Land Rover detiveram-se bem diante do portão. Os dois guardas a cavalo, garbosos com suas calças verdes, dólmãs brancos e capacetes brancos de fibra, apresentaram armas.

Um policial mantinha afastada a habitual aglomeração de suplicantes que esperavam de um lado do portão. Uma velha que agitava sua folha de papel deve ter chamado a atenção do imperador. O Rolls parou. Eu via a pequena chihuahua, com as patas na janela e a cabeça se movendo para a frente e para trás: Lulu estava latindo. Com uma reverência, a velha bateu o papel no vidro com as duas mãos.

Ela parecia estar falando. O imperador estava ouvindo, evidentemente. A anciã ficou mais animada, gesticulando, mexendo o corpo, e agora podíamos ouvi-la com clareza.

O carro avançou, mas a velha não tinha acabado. Tentou acompanhar o Rolls, com dedos na janela; quando não conseguiu mais fazê-lo, gritou: "*Leba, leba*" — "Ladrão, ladrão". Olhou em torno, à procura de uma pedra, sem achar nenhuma, tirou um sapato e jogou-o contra o carro, antes que alguém pudesse reagir. O sapato bateu no porta-malas e resvalou para o lado.

Só vi o cassetete do policial subir e no momento seguinte ela estava prostrada no chão, como um saco. Os portões do palácio se fecharam. Os motociclistas se adiantaram e puseram-se a golpear quem quer que estivesse junto do portão, sem atentar para seus gritos. A velha continuava caída no chão, mas mesmo assim levou um chute violento nas costelas. As sentinelas montadas continuaram a olhar para a frente, com os cavalos disciplinados e imóveis e só a pele deles estremecia.

Ficamos atônitos. Os dois rapazes atrás de nós abafaram o riso e afastaram-se depressa.

A mulher a nosso lado, levando as mãos à cabeça, comentou: "Como tiveram a coragem de fazer isso com uma velhinha?". O velho, de chapéu na mão, nada disse, mas percebi que estava abalado.

Quando nosso carro partia, vi que os motociclistas tinham se voltado para o policial, censurando-o duramente. Seu erro fora não ter derrubado a velha antes que ela abrisse a boca e deixasse todos eles constrangidos.

Hoje, anos e anos depois, embora eu já tenha assistido a muita violência, aquela imagem continua vívida em minha memória. As bastonadas inesperadas na velha, segundos depois de o imperador nos ter saudado com tanta simpatia, pareceram uma traição, e com elas veio o choque de perceber que Hema e Ghosh eram impotentes naquela situação.

Em minha mente, a chihuahua olhuda era cúmplice da crueldade. Era a única criatura que tinha permissão de andar diante de Sua Majestade. Comia e dormia melhor do que a maioria dos súditos etíopes. Daquele dia em diante tive uma nova percepção do imperador, e também de Lulu. E, para dizer a verdade, eu não gostava nem um pouco daquela cadelinha presunçosa.

Se Lulu era a imperatriz canina da Etiópia, nossa Kuchulu e os dois cães sem nome eram o campesinato. Um dentista persa que havia trabalhado durante algum tempo no Hospital da Missing batizou-a de "Kuchulu". Dar nome a um cão na Etiópia equivale a salvá-lo. Os dois cães sem nome da Missing eram sarnentos e tinham o pelo tão sujo de lama e alcatrão que ninguém sabia mais qual era sua cor original. Durante a longa estação de chuvas, quando todos os outros cachorros procuravam abrigo, esses dois preferiam ficar ao relento a se arriscar a um chute na cabeça. Era bem possível que fossem, na verdade, uma sucessão de cães sem nome que por acaso, nos visitasse de dois em dois.

A irmã Mary Joseph Praise passou a alimentar Kuchulu depois que o dentista persa se foi. Depois que ela morreu, Almaz assumiu seu lugar.

Os olhos de Kuchulu eram pérolas negras e expressivas. Insinuavam uma jovialidade, uma traquinice, que os desencantos da vida não tinham conseguido sufocar. Não se espera que cães tenham sobrancelhas, eu sei, mas juro que essa cadela tinha dobras capazes de se mover independentemente. Transmitiam apreensão, bom humor e até uma expressão de perplexidade que me lembrava Stan Laurel, da dupla O Gordo e o Magro. Víamos os filmes deles no Cinema Adowa. Para Kuchulu, entrar em nossa casa estava fora de cogitação. As vacas eram sagradas; os cães, não.

Só ficamos sabendo que Kuchulu estava grávida depois da festa de Ano-Novo. Fazia dois dias que não a víamos e então, pouco antes de sairmos para a escola, demos com ela atrás da pilha de lenha, num espaço apertado. Iluminamos o lugar com uma lanterna e percebemos que ela estava exausta. Mal conseguia levantar a cabeça. As quatro bolinhas peludas se retorcendo junto à sua barriga explicavam tudo.

Saímos correndo em busca de Hema e Ghosh, e, depois, da enfermeira-chefe para contar a novidade empolgante. Começamos a pensar em nomes. Em retrospecto, o desinteresse dos adultos devia ter sido um aviso para nós.

O táxi nos deixou diante do portão da Missing depois da aula. Tínhamos acabado de subir a ladeira quando vimos a coisa, embora de início não entendêssemos o que estava acontecendo. Os cachorrinhos achavam-se dentro de um sacolão de plástico cuja boca estava presa com barbante ao escapamento de um táxi. Soubemos depois que o motorista tinha visto Gebrew sair com a ninhada e proposto um meio menos complicado para acabar com os cachorrinhos do que afogá-los. Com sua eterna admiração pelas máquinas, Gebrew convenceu-se facilmente.

Diante de nossos olhos, o taxista ligou o motor, a sacola se encheu e, daí a alguns segundos, o motor parou. Kuchulu, que naquela manhã mal podia caminhar, correu para junto das rodas do carro, fuçando a sacola cheia de fumaça. Dentro dela, os cachorrinhos, com os focinhos exagerados quando se comprimiam contra o plástico, caíam uns sobre outros, à procura de uma saída. A expressão de Kuchulu era de indescritível sofrimento. Estava enlouquecida e desesperada. Pacientes e transeuntes achavam aquilo divertido. Uma pequena multidão se formara.

Eu estava pasmo, incrédulo. Seria aquilo um ritual necessário na criação de cachorrinhos que eu desconhecia? Fiquei impassível, como os adultos que assistiam à cena. Sei que agi mal, mas por dentro eu me sentia exatamente como Kuchulu.

Shiva não seguiu o exemplo de ninguém. Correu para o carro e tentou soltar a sacola plástica do escapamento, queimando as palmas das mãos. Quando estava ajoelhado, rasgando a sacola grossa, Gebrew o puxou para trás, mas ele se debateu e lutou. Só parou quando viu que os cachorrinhos estavam imóveis, transformados num montinho de pelos.

Olhei para Genet e fiquei chocado com sua fisionomia indiferente: sua expressão mostrava que ela estava bastante ciente das realidades do mundo em que vivíamos e que havia compreendido o que se passava muito antes de nós. Nada a surpreendia.

Coisa que nunca compreendi foi como Kuchulu pôde nos perdoar e continuar a viver no Hospital da Missing. Ela nada sabia das cotas da enfermeira-chefe e das portarias referentes aos cachorros do hospital. Do mesmo modo como não sabíamos que várias vezes, no passado, cumprindo ordens, Gebrew havia arrancado os filhotes de Kuchulu de suas tetas e os afogado.

Shiva havia esfolado os joelhos e queimado as mãos. Hema, Ghosh e a enfermeira-chefe correram para nos encontrar no pronto-socorro.

Ghosh passou Silvadene nas queimaduras de Shiva e fez curativos em seus joelhos. Os adultos nada comentaram sobre os cachorrinhos.

"Por que deixou Gebrew fazer aquilo?", perguntei. Ghosh não levantou o olhar do curativo. Era incapaz de mentir para nós, mas nesse caso nos havia ocultado seu conhecimento do que iria acontecer.

"Não culpe Gebrew", disse a chefe. "Ele só fez cumprir instruções minhas. É pena, mas infelizmente não podemos ter matilhas de cães vagando pelo terreno da Missing."

Isso não me pareceu um pedido de desculpas.

"Kuchulu vai esquecer", disse Hema, apaziguadora. "Meus amores, os animais não têm esse tipo de memória."

"*Você* vai esquecer se alguém matar a mim ou a Marion?"

Os adultos olharam para mim. Mas eu não tinha dito nada. Além disso, eu estava a mais de dois metros do lugar onde Ghosh cuidava de Shiva. Os olhos dele tinham passado de castanhos para um azul de aço, suas pupilas eram pontinhos e o queixo estava mais levantado do que nunca, expondo seu pescoço, de modo que olhava com superioridade um mundo povoado por pessoas pelas quais ele parecia nutrir o mais absoluto desdém.

Você *vai esquecer se alguém matar a mim ou a Marion?*

Essas palavras se formaram na laringe e foram pronunciadas pelos lábios e pela língua de meu irmão até então silencioso. Eram suas primeiras palavras em anos, e ele havia composto uma frase que nenhum de nós haveria de esquecer.

Os adultos olharam para Shiva e depois para mim. Balancei a cabeça e apontei para Shiva.

Por fim, Hema sussurrou: "Shiva... o que você disse?".

"Você vai nos esquecer amanhã se alguém nos matar hoje?"

Hema estendeu os braços para Shiva, querendo abraçá-lo, com lágrimas de alegria nos olhos. Mas Shiva afastou-se dela, afastou-se de todos eles, como se fossem assassinos. Abaixou-se, desceu a meia e arrancou a tornozeleira. Aquela tornozeleira nunca tinha saído do lugar, a não ser para ser consertada, aumentada ou, três ou quatro vezes, substituída por uma nova. Foi como se ele houvesse decepado um dedo e o posto sobre a mesa.

"Shiva", disse finalmente a chefe, "se deixássemos Kuchulu ficar com suas ninhadas, teríamos atualmente uns sessenta cachorros na Missing."

"O que aconteceu aos outros cachorrinhos?", perguntou Shiva, antes de mim.

A chefe enrolou algumas palavras. Disse que Gebrew tinha sumido com eles de forma piedosa, que o escapamento do carro tinha sido uma má ideia, que não tinha sua aprovação, e que Gebrew devia ter feito aquilo bem antes de voltarmos da escola. Eu havia me aproximado de meu irmão, que me tocou no ombro e cochichou junto de meu ouvido.

"O que ele disse?", perguntou Hema.

"Ele disse que se vocês são tão cruéis, por que ele haveria de falar? Disse que acha que nem a irmã Mary Joseph Praise nem Thomas Stone teriam feito uma coisa dessas. Se estivessem aqui, talvez isso nunca tivesse acontecido."

Hema suspirou, como se estivesse à espera de que um de nós mencionasse aqueles nomes. "Meu querido, você nem imagina o que eles poderiam ter feito", disse, com azedume.

Shiva retirou-se. Ghosh e a enfermeira-chefe tinham a expressão atordoada de pessoas que tivessem visto um fantasma. Agora eram eles que estavam mudos. Como era possível, pensei, que aqueles adultos, que se importavam tanto com o fato de meu irmão falar ou não, que se preocupavam com os pobres, os doentes, os órfãos, que tinham ficado tão incomodados quanto nós com a crueldade cometida contra a velha diante do palácio, se mostrassem tão indiferentes em relação à crueldade a que tínhamos assistido?

Perguntei depois à chefe se ela achava que a morte de seus cachorrinhos deixava marcas em Kuchulu. Ela respondeu que não sabia, mas que de outra coisa ela sabia: que a Missing não tinha autorização para criar cães, e que três era o limite. E, não, ela não achava que houvesse um céu separado para cachorros, e, francamente, ignorava a opinião de Deus sobre o número certo de cães para o hospital, mas que Ele havia lhe dado um certo arbítrio com relação a esse assunto e que isso era uma coisa que ela não gostaria de discutir comigo.

Depois da matança, vi nos olhos de Kuchulu sua decepção conosco como espécie. Buscava lugares onde pudesse se enroscar e não encontrar pessoas. Deixávamos comida para ela, mas, se comia, era quando não estávamos por perto.

Durante semanas, só houve uma pessoa para quem ela tentava abanar o rabo, e essa pessoa era Shiva.

Quando Shiva aprendeu a dançar o Bharatnatyam (e se tornou o *sishya* de Hema, que já começava a falar de seu *arangetram* — sua estreia), pela primeira vez comecei a vê-lo como um ser separado de mim. Agora que voltara a falar e era capaz de se expressar, nem sempre ShivaMarion se movia ou falava como uma só pessoa. No passado, nossas diferenças se complementavam. Mas nos dias que se seguiram à morte dos cachorrinhos senti nossas identidades separando-se lentamente. Meu irmão, meu gêmeo idêntico, estava sintonizado no sofrimento dos animais. Quanto aos problemas dos seres humanos, ao menos por ora, ele os deixaria a meu encargo.

20. Cabra-cega

O sr. Loomis, o diretor da escola Loomis Town & Country, cuidava para que nossas férias longas coincidissem com a estação das chuvas. Com isso, ele podia ficar na Inglaterra em julho e agosto, espairecendo, gastando nossas anuidades escolares, enquanto permanecíamos presos em Adis Abeba. As pessoas mais idosas em Adis referiam-se aos meses de monção como "inverno", o que causava uma terrível confusão nos recém-chegados, para quem julho só podia ser verão.

Chovia tanto que até em meus sonhos a chuva caía. Eu acordava feliz por não ter aula, mas aquele barulho incessante no telhado de zinco logo refreava minha euforia. Esse era o inverno de meu décimo primeiro aniversário, e quando eu ia me deitar, de noite, rezava para que os céus despejassem todas as suas águas onde quer que o sr. Loomis se encontrasse, fosse em Brighton ou em Bournemouth. Eu pedia a Deus que uma nuvem carregada o acompanhasse a cada minuto daquele dia.

Shiva não era afetado por frio, nevoeiro ou umidade, enquanto eu ficava mal-humorado e melancólico. Do lado de fora de nossa janela havia agora um lago marrom, onde se espalhavam atóis de lama vermelha. Eu não podia acreditar que um relvado e um canteiro de flores pudessem ressurgir ali um dia.

Nas quartas-feiras, Hema nos levava à biblioteca do Conselho Britânico ou do USIS, para devolver livros e pegar uma nova pilha, que levávamos para o carro. Depois nos deixava no Teatro Império ou no Cinema Adowa para a matinê. Éramos livres para ler o que quiséssemos, mas Hema exigia que a cada dia anotássemos numa agenda as palavras novas que tínhamos aprendido e o número de páginas lidas. Devíamos também copiar uma ideia ou frase memorável para comentar no jantar.

Essas tarefas de inverno me aborreciam, mas elas serviram para fazer o capitão Horatio Hornblower lançar ferros em minha vida. A enfermeira-chefe, cuja capacidade de ler minha alma não era ainda plenamente percebida por mim, pediu-me que pegasse emprestado, para ela, *A ship of the line* [Um navio de linha]. Por curiosidade, abri o livro e descobri que havia entrado num mundo mais úmido e sofrido que o meu, e, estranhamente, fiquei feliz por estar ali. Graças a C. S. Forester, eu me achava num navio rangedor do outro lado do mundo e na cabeça de Horatio Hornblower, um homem que era como Ghosh e Hema, heroico em seu papel profissional. Mas era também como eu, "infeliz e solitário". É claro que eu não era infeliz ou solitário *de verdade*, mas na época da monção parecia ser necessário construir aquela imagem para mim mesmo. A injustiça do Almirantado em Londres, a ironia do fato de Hornblower enjoar no mar, a tragédia que foi ele voltar de uma longa viagem e encontrar os filhos prostrados pela varíola, que os mataria... Eu tinha meus equivalentes, por triviais que fossem, para todas essas vicissitudes.

Depois de ler durante horas, eu ansiava pelo ar livre. Sabia que Genet sentia o mesmo. Shiva fazia esboços e escrevia. Os exercícios de caligrafia impostos por Hema catalisavam na caneta de Shiva um fluxo de tinta incessante, mas o suporte de seus desenhos ainda era sacolas de papel, guardanapos e folhas de guarda de livros. Ele adorava desenhar a BMW de Zemui e tinha feito aquilo em todas as estações de chuva. Veronica, quando ele chegava a desenhá-la, agora guiava uma motocicleta.

Numa sexta-feira, depois de Ghosh e Hema terem saído para o trabalho, a chuva tornou-se mais forte, com trovoada e granizo. O barulho no telhado era ensurdecedor. Espiei para fora pela porta da cozinha e fui recebido pelo cheiro de pelo molhado de animal. Vi três burros abrigados sob o beiral do telhado, juntamente com seu condutor. Se a lenha que os burros traziam estivesse tão molhada quanto eles, as perspectivas de nos aquecermos não eram nada boas. Os animais estavam parados, resignados com sua sorte, meio adormecidos, com as crispações típicas dos equinos.

Quando voltei para a sala, Genet gritou acima do ruído da chuva: "*Vamos brincar de cabra-cega!*".

"Brincadeira de maricas", comentei. "Brincadeira de meninas bobas." Mas ela já estava procurando uma venda.

Nunca entendi por que nossos colegas da escola, sobretudo a turma de Genet, gostavam tanto da brincadeira da cabra-cega. Eu via o pessoal pulando quase ao alcance da "cabra", empurrando-a pelas costas até que ela (ou ele) capturava um de seus atormentadores. A cabra-cega tinha então de dizer o nome da pessoa; não acertando, era obrigada a soltá-la.

Tínhamos modificado a brincadeira para fazê-la dentro de casa: a cabra-cega não era mais tocada ou empurrada. Em vez disso, a gente se escondia e ficava em silêncio (ainda que, com o barulho no telhado, poderia até assoviar que dava no mesmo). Era permitido se esconder em qualquer lugar, menos na cozinha e debaixo ou atrás de um obstáculo. O objetivo do jogo era ver em quanto tempo a cabra-cega achava os outros dois.

Naquela manhã, Genet foi a primeira. Levou quinze minutos para achar Shiva, e outros dez para achar a mim.

Alguém poderia pensar que depois de vinte e cinco minutos parado eu me sentisse enfastiado. Mas não, o que estava era intrigado.

Era preciso disciplina para ficar imóvel como uma pedra. Eu me sentia o Homem Invisível, um de meus heróis favoritos dos gibis. O Homem Invisível ficava parado enquanto o mundo girava ao redor dele, enquanto seu arqui-inimigo tentava localizá-lo.

Vendada, usando uma malha branca, com os braços estendidos à frente, avançando pé ante pé, Genet parecia desvalida, como se caminhasse na prancha de um navio pirata. Tinha o porte ereto e o equilíbrio de uma pessoa capaz de fazer estrelas acrobáticas com um braço preso nas costas e de andar com as mãos com mais graça que Ghosh com os dois pés. Pregadores feitos de contas amarelas e prateadas prendiam seu cabelo, que era repartido no meio e disposto em duas madeixas laterais. Genet não era vaidosa com relação a roupa, mas, quando se tratava de tiaras, pentes, pauzinhos e presilhas, era muito exigente. É claro que esse traço podia lhe ter sido instilado por Hema, Rosina ou Almaz: viviam a escovar seu cabelo ou fazendo nela um rabo de cavalo ou tranças. Hema às vezes passava *kohl* sob os olhos de Genet. Aquela linha preta acentuava seus olhos, fazia com que se iluminassem e cintilassem como espelhos.

As meninas amadureciam mais depressa que os meninos, era o que diziam, e eu concordava, pois Genet parecia ter mais que os seus dez anos. Desconfiava do mundo, era mais briguenta e estava sempre pronta para discutir. Enquanto eu me dispunha, de bom grado, a dar razão aos adultos e achar que sabiam o que estavam fazendo, ela procedia exatamente ao contrário, inclinando-se a julgá-los incompetentes. Mas agora, vendada, demonstrava uma fragilidade que eu nunca percebera. Todas as suas defesas pareciam residir no ardor do olhar.

Por duas vezes, Genet quase esbarrou em mim, o Homem Invisível, desviando-se no último segundo. Na terceira vez, estava a milímetros de distância e o Homem Invisível fungou para abafar o riso. Suas mãos, girando como as pás de um moinho de vento, me encontraram e quase me arrancaram os olhos.

A partir daí as coisas ficaram estranhas.

Quando usei a venda, encontrei Genet em trinta *segundos*, e Shiva na metade desse tempo. Como? Seguia meu nariz. Não tinha a mínima noção de que tal coisa fosse possível. "Via" pelo olfato. Utilizava um instinto que só se revelava quando a visão desaparecia.

Quando foi sua vez, Shiva nos achou com a mesma rapidez. De repente, nos esquecemos da chuva.

Quando pus a venda em Genet de novo, ela levou ainda mais tempo do que da primeira vez. Seu nariz não a ajudava. Durante meia hora eu a vi arrastar os pés de um lado para outro.

Frustrada, ela arrancou a venda com um repelão e nos acusou de nos mover ou estar de conluio. Éramos inocentes de ambas as acusações.

Quando Ghosh chegou para almoçar, Genet e eu corremos em sua direção, para lhe contar nossa brincadeira. "Um momento! Parem!", disse ele. "Não entendo nenhum dos dois quando falam juntos. Genet, você primeiro. 'Comece do princípio e fale até chegar ao fim. Então pare.' Quem disse isso?"

"Você", respondeu Genet.

"O Rei em *Alice no país das maravilhas*", disse Shiva. "Página 93. Capítulo doze. E você pulou quatro palavras e duas vírgulas."

"Claro que não!", replicou Ghosh, simulando estar ofendido, mas incapaz de ocultar sua surpresa.

"Você pulou 'O Rei disse, vírgula, gravemente, vírgula', não é assim?"

"Tem razão...", concordou Ghosh. "Agora, Genet, conte-me o que houve."

Ela contou e depois lhe pediu que atuasse como árbitro. Ghosh pôs Genet num lugar e depois em outro, e de cada vez, vendado e sem uso da visão, caminhei diretamente para ela. Pusemos a venda em Ghosh, a seu pedido, mas ele não se saiu melhor que Genet. Teríamos passado mais tempo "explorando o fenômeno", como se expressou Ghosh, mas ele tinha de voltar para o hospital.

Genet ficou com a testa franzida a tarde toda, com as sobrancelhas se juntando num V. Eu sentia no rosto a peçonha de seu olhar.

"O que está olhando?", ela perguntou.

"É proibido olhar?"

"É."

Mostrei-lhe a língua. Ela pulou da cadeira e partiu para cima de mim. Eu esperava aquilo. Rolamos no chão. Logo a imobilizei de costas no chão, com os braços sobre a cabeça, montado nela, mas fazer isso não era nada fácil.

"Me largue."

"Por quê? Para você me atacar de novo?"

"Me largue, já disse."

"Vou largar. Mas, se você começar de novo, vou fazer isso." Meti o joelho debaixo de sua axila, comprimindo-lhe as costelas. Sua raiva se dissolveu em gritos e risadas histéricas. Suplicou-me que parasse. Conhecendo-a bem e sabendo com que rapidez o fogo podia reacender quando o julgávamos apagado, apliquei-lhe outra dose, só para garantir. Quando me afastei dela, não lhe dei as costas.

Genet corria mais depressa do que Shiva, mas não conseguia ganhar de mim em distâncias curtas. Suas passadas eram tão leves, com os pés mal tocando no chão, que seria capaz de correr o dia inteiro. Eu não ganhava dela em distâncias superiores a cinquenta metros. Quando se tratava de subir em árvores, jogar futebol, lutar com as mãos ou com espadas, ela estava à nossa altura.

Mas a cabra-cega tinha revelado uma diferença.

Durante o jantar com Hema e Ghosh, Genet esteve muito quieta. Os pregadores amarelos e prateados tinham sido trocados por uma medonha fivela atravessada por uma agulha de tricô. Quando Hema pediu, ela comentou sobre sua leitura de um dos livros da série A *turma dos sete*, da escritora Enid Blyton. Ela se sentava entre mim e Shiva, defendendo-se de Almaz e Rosina, que circulavam pela sala, querendo encher mais nossos pratos. As duas sempre comiam mais tarde, na cozinha.

Depois do jantar, Genet disse boa-noite a todos e retirou-se para o quarto de Rosina, atrás de nosso bangalô. Vi que Ghosh estava folheando *Alice no país das maravilhas*. Olhei por cima de seu ombro, quando ele abriu o livro na página 93. Shiva estava certo, até mesmo em relação às duas vírgulas.

A chuva cessou quando fomos nos deitar, precisamente quando já era tarde demais para tirarmos proveito da estiada. O silêncio era tanto um alívio como motivo de tensão, pois a qualquer momento ela recomeçaria.

Hema leu para nós no quarto, um ritual noturno que nunca interrompera desde que o iniciara, em reação ao silêncio de Shiva. Nosso texto durante aqueles últimos dias era *O monstro de Malgudi*, de R. K. Narayan. Ghosh ficava sentado do outro lado de nossa cama, ouvindo de cabeça baixa. O livro tinha começado com pouca ação, e continuava mais ou menos assim. Mas talvez fosse essa mesmo a intenção do autor. À medida que nos ajustávamos ao mundo pacato, "enfadonho", de uma aldeia da Índia, a história ia se tornando interessante e até divertida. Malgudi era povoada por personagens parecidas com pessoas que conhecíamos, aprisionadas por hábitos, pela profissão e por alguma convicção tola e insensata que as escravizava; só elas não viam isso.

O som da campainha do telefone não tinha nada a ver com Malgudi e quebrou o fio da história. Ghosh ergueu o fone. "Imediatamente", disse, olhando para Hema. Ao desligar, informou: "A princesa Turunesh entrou em trabalho de parto. Seis centímetros. Dores com intervalos de cinco minutos. A enfermeira-chefe está com ela no quarto particular".

"Você disse... 'Seis centímetros'... O que é isso?", perguntei.

Ghosh ia responder, mas Hema, já na penteadeira, escovando o cabelo, aparteou, depressa: "Nada, meu amor. A princesa vai ter um neném logo. Tenho de ir".

"Vou com você", disse Ghosh. Poderia ajudar se Hema precisasse fazer uma cesariana.

Eu não gostava de que eles saíssem de noite. Não tinha medo de ladrões, mas ficava cheio de preocupações com Hema e Ghosh, um receio de que, apesar de suas melhores intenções, pudessem não voltar. Nunca tinha essa sensação de dia. Mas de noite, quando estavam dançando no Juventus ou jogando bridge na casa da sra. Reidy e Evangeline, eu esperava por eles, imaginando o pior.

Depois que saíram, arrastei-me para a sala, descalço e de pijama. Liguei o Grundig na faixa de ondas curtas.

Por cima da estática, escutei a motocicleta. No meio da estrada de carros, o sargento Zemui sempre desligava o motor, para não nos incomodar. Depois, quase em silêncio, só quebrado pelo rangido das molas e pelo chocalhar dos para-lamas, entrava com ela no abrigo. O fecho daquela cena era o *ploct* metálico da moto sendo apoiada em seu suporte central.

Eu adorava aquela BMW desgraciosa e o jeito como seu motor, semelhante a úberes, sobrava de ambos os lados do chassi. Shiva também gostava dela. Todas as máquinas têm gênero, e aquela BMW era um régio "ela". Desde que me entendia por gente, lembrava de escutar seu latejar surdo, o *rrouuuum* de manhã cedo e na hora de dormir, quando Zemui saía para o trabalho e quando voltava. Sempre que escutava o som de suas botas se afastando, eu sentia pena dele. Imaginava sua caminhada solitária para casa, principalmente naquela época de chuva e lama. Apesar da capa de chuva e da proteção de plástico sobre o capacete de fibra, era impossível uma pessoa não ficar encharcada.

Cinco minutos depois, ouvi a porta da cozinha se abrir e Genet entrou, usando um pijama que tinha sido meu.

A raiva de antes tinha sumido. Em seu lugar, havia uma coisa que eu raramente via nela: tristeza. Seu cabelo estava preso atrás por uma fivela azul. Ela se mostrava desatenta, ensimesmada, como se anos, e não minutos, tivessem se passado desde que eu a vira pela última vez.

"Onde está Shiva?", perguntou, sentando-se diante de mim.

"Em nosso quarto. Por quê?"

"Só perguntei. Por nada."

"Hema e Ghosh tiveram de ir ao hospital", informei.

"Eu sei. Ouvi quando falaram com minha mãe."

"Você está bem?"

Ela deu de ombros. Seu olhar atravessou o mostrador iluminado do Grundig, fixos em algum planeta distante. Havia uma manchinha em sua íris direita, com um ligeiro esfumado a seu redor, no ponto onde uma fagulha tinha penetrado. Éramos muito menores e estávamos brincando na calçada, detonando tiras de espoletas com uma pedra, quando aquilo aconteceu. Só se via o sinal bem de perto, e em certos ângulos. A distância, uma leve sensação de assimetria fazia com que seu olhar parecesse sonhador.

O sinal tênue de uma estação chinesa entrava e saía. Era a voz feminina, produzindo sons impossíveis para uma garganta humana. Achei aquilo engraçado, mas Genet nem sorriu.

"Marion? Você brinca de cabra-cega comigo de novo?", perguntou ela, com meiguice. "Só mais uma vez?"

Fiz um som qualquer.

"Por favor!"

Surpreendeu-me seu tom de ansiedade. Era como se seu futuro dependesse disso.

"Você voltou aqui só por isso? Shiva já está na cama."

Ela se calou, pensando em minhas palavras, e depois pediu: "Que tal só eu e você? Por favor, Marion...".

Eu nunca soubera dizer não a Genet. Não achei que dessa vez ela teria mais sorte para me encontrar do que antes. A coisa só serviria para deprimi-la ainda mais. Mas se era isso que ela queria...

Lá fora, a chuva tinha apagado as estrelas do céu. A noite negra se insinuava pelas venezianas para dentro de casa e por baixo de minha venda.

"Mudei de ideia", eu disse para o vazio.

Ela não me deu atenção, dando um outro nó para prender bem a venda. Para garantir, cobriu minha cabeça com um saco de arroz vazio, enrolando a borda para deixar minha boca destapada.

"Ouviu o que eu disse?", insisti. "Não quero, eu não concordei com isso."

"Você me enganou? Admite?" A voz não parecia ser a dela.

"Não vou admitir o que não é verdade", respondi.

Uma súbita rajada de vento sacudiu as janelas. Era a maneira como o bangalô pigarreava, nos avisando que nos preparássemos para mais chuva.

Genet desapareceu de novo, e quando voltou senti que ela amarrava minhas mãos junto ao corpo com um pedaço de couro, o cinto de Ghosh. "Isso é para você não tirar a venda."

A seguir ela me pegou pelos ombros e me fez girar. Suas mãos pareciam remos, a bater em meu peito, nos ombros, fazendo-me rodar como um pião. Quando gritei que ela parasse, deu-me mais algumas voltas.

"Conte até vinte. E não olhe!"

Eu continuei a girar naquele negrume interior, tentando descobrir por que a náusea tinha de ser companheira tão fiel da vertigem. Bati contra alguma coisa. Uma quina dura. O sofá. A aresta bateu com força em minhas costelas, mas me impediu de cair. Aquilo não era justo, amarrar minhas mãos, prejudicar meu equilíbrio... Ela havia armado para mim uma cilada. Se queria me desorientar, tinha conseguido. "Trapaceira!", gritei. "Se você quer tanto ganhar, é só dizer que venceu e pronto. Certo?"

Um som forte no telhado de zinco provocou em mim um sobressalto. Uma bolota? Esperei, mas nada rolou pela cobertura. Um ladrão tentando ver se havia alguém em casa? Com as mãos amarradas, eu estava mais do que impotente. Espirrei. Esperei o segundo espirro, já que sempre vêm aos pares. Mas naquela noite isso não aconteceu. Xinguei aquele saco bolorento.

"*Meta o brio naquele lugar de onde não sai!*", gritei. Não fazia ideia do que a frase significava, mas Ghosh a dizia com frequência. Parecia um palavreado meio vulgar e desafiador, uma coisa boa de se repetir quando se precisava de coragem. O coração saltava no peito. Eu precisava de coragem.

O cheiro que eu tinha de seguir não estava perceptível como de manhã. Eu não podia estender as mãos à minha frente e, ainda por cima, um saco me cobria a cabeça. Eram dois problemas sérios. "Vou encontrar você", gritei. "Mas, depois, nunca mais."

Na sala de jantar, com o pé, identifiquei o aparador, repetindo, como um mantra: "Meta o brio naquele lugar de onde não sai!". Dali caminhei pelo corredor que levava aos quartos.

Eu conhecia os pontos onde as estreitas tábuas de assoalho rangiam. Muitas vezes, de noite, eu me postava diante do quarto de Ghosh e Hema, escutando, principalmente quando pareciam estar discutindo. No caso deles, o que se pensava que fosse uma discussão podia ser justamente o oposto. Certa vez ouvi Hema me descrever com as palavras "É mesmo filho do pai. Teimoso que nem uma mula", e depois rir. Fiquei chocado. Não me considerava teimoso, nem fazia ideia de que pudesse ter qualquer semelhança com o homem que às vezes, em minha fantasia, eu via entrar pelo portão do hospital. Hema nunca se referia a ele pelo nome e, a julgar por seu tom de voz quando me comparou com ele, parecia até admirá-lo. Numa outra noite, entreouvi Hema dizer: "*Onde? Exatamente onde? Em que circunstâncias?* Não acha que poderíamos ter olhado para o rosto da irmã, ou para o rosto *dele*, e percebido? *Como foi que não ficamos sabendo?* Eles deviam nos ter dito. Diga alguma coisa, Ghosh". Não entendi nada. Ghosh manteve um silêncio estranho.

Agora, de olhos vendados, eu recordava cada palavra que tinham pronunciado. O fato de não enxergar havia aberto novos canais em minha memória, do mesmo modo que tinha ativado em mim o sentido do olfato. Achei que precisava consultar Ghosh e Hema sobre aquela conversa. Estavam falando de quê? Mas como fazer isso? Não poderia dizer a eles que estivera ouvindo às escondidas.

Meu nariz levou-me a nosso quarto de dormir. Virei-me e entrei. Avancei bem devagar. Cheguei aonde o perfume era mais acentuado. Eu estava encostado na cômoda. Curvando-me para diante, meu rosto roçou em flanela. O pijama dela. Genet o pusera em cima de minha cômoda. Como um cão de caça, enterrei o nariz no pano, esfreguei o rosto na flanela e afastei o pijama, afinando meu instrumento.

"Muito esperta", eu disse. Sabia que Shiva estava na cama dele. Devia estar usando a tornozeleira grande de dançar, pois nesse momento escutei seu som, um barulho que, no caso dele, equivalia a um grunhido evasivo.

Refiz meu caminho. Pelo acordo, a cozinha era zona proibida, mas era para lá que a trilha levava. Ali, porém, os cheiros de gengibre, cebola, cardamomo e cravo agiam como cortinas que eu tinha de transpor lentamente.

Impelido por um impulso, abaixei-me e encostei o nariz nos ladrilhos. Que chance tinha um homem bípede, com o nariz bem alto no ar, se comparado com um sabujo quadrúpede que farejava com o focinho no chão? Isso, ali estava ela. A trilha seguia para a direita.

Avançando pé ante pé em direção à despensa, percebi que aquele jogo, nascido do tédio criado pela monção, não era mais o mesmo. Não havia mais regras. Dali em diante, nada mais seria como antes. Tive certeza disso. Podia ter apenas onze anos, mas minha percepção se mostrava tão madura quanto viria a ser como adulto. Meu corpo poderia crescer e envelhecer, e em breve eu saberia mais e teria mais experiência, mas toda a minha essência, tudo o que constituía Marion, a parte que via e registrava o mundo e o descrevia para a posteridade, estava bem instalada dentro de meu corpo, e principalmente nesse momento, em que eu estava privado de olhos e mãos.

Levantei-me ao entrar na despensa. "Sei que você está aqui", disse. O eco deu-me orientação naquele cômodo longo e estreito. Percebi exatamente onde ela estava e caminhei para ela.

Genet estava diante de mim. Se minhas mãos estivessem livres, eu a teria segurado, feito cócegas nela ou a beliscado. Ouvi um som abafado. Podia ter sido uma risada, mas achei que não era. Ela estava chorando.

Quis consolá-la. A vontade de fazer isso cresceu em mim. Era um instinto animal, como o que me conduzira até ela.

Avancei.

Ela me afastou, mas sem muita determinação. O empurrão era um pedido para que eu *não* fosse embora.

Eu sempre havia imaginado que Genet estivesse feliz com sua vida. Ela comia à nossa mesa, ia à escola conosco e era parte da família. Não tinha pai, mas tampouco Shiva e eu vivíamos com nossos verdadeiros pais, e eu imaginava que, tal como nós dois, ela se sentia feliz por contar com Ghosh e Hema. Eu nos via como iguais, mas, ao pensar assim, talvez eu estivesse evitando as coisas que ela não podia esquecer. Nosso quarto era maior que a dependência estreita e ventosa onde ela dormia. De noite, se queria ir ao banheiro, Genet tinha de sair de casa, passando pelo telheiro da lenha. Enquanto Ghosh e

Hema nos punham para dormir, transportando-nos ao mundo mágico de Malgudi, e depois apagavam as luzes, Genet lia para si mesma sob uma lâmpada nua, tentando não escutar o rádio que Rosina deixava ligado até tarde da noite. Havia ali apenas uma cama, em que mãe e filha dormiam, mas provavelmente Genet gostaria de ter uma cama que fosse só dela. Um fogareiro a carvão proporcionava calor. O cheiro de fumaça e incenso que grudava em suas roupas a constrangia. Nós podíamos achar seu quartinho aconchegante, mas ela sentia vergonha de morar ali. Nos primeiros anos, passávamos quase tanto tempo naquele quarto quanto em nossa casa. Mas ultimamente, embora Rosina nos recebesse com prazer, Genet não nos incentivava a entrar.

De olhos vendados, de repente vi tudo isso com muita clareza. Compreendi, como nunca antes, o feroz espírito competitivo de Genet.

Mais um passo à frente. Esperei. Não veio o empurrão ou o soco. Virei a cabeça e usei-a como uma sonda pra encontrá-la. Sua orelha e, depois, o rosto, roçaram nos meus. Molhados. Eu sentia no pescoço sua respiração entrecortada. Lentamente, ela apoiou o queixo nele.

Meu instinto animal permanecia alerta e protetor. *Veja e aprenda*, dizia-me ele. Defenda e console. Eu me sentia um herói.

Meus pés estavam muito juntos. Eu me inclinara para a frente a fim de compensar o peso dela. Quando ela se ajeitou, caí contra ela, apertando-a contra a prateleira da despensa. Nossas coxas, quadris e peitos continuavam colados. Esperei que ela me empurrasse de volta para a vertical, mas ela não o fez.

Conhecíamos muito bem o corpo um do outro, por nossas lutas, por puxar um ao outro para subir na cabana da árvore e por brincar juntos na piscininha, quando éramos menores. Nos caixotões cheios de palha em que despachavam vidros para o hospital, brincávamos de casinha e de médico. Nossas diferenças anatômicas nunca nos embaraçavam. Mas agora, sem que eu pudesse lhe ver o rosto e com o meu coberto pelo saco de arroz, tudo era novo e desconhecido. Eu não era o Homem Invisível. Era o cego capaz de enxergar, o cego cujo desajeitamento era compensado pelas outras qualidades que a cegueira faz aflorar.

Meus braços estavam presos junto ao corpo, mas eu podia mexer as mãos à minha frente. Toquei seus quadris. Sua pele estava fria. Ela não se esquivou. Precisava de meu toque, de meu calor. Puxei-a contra mim.

Ela tremia.

Estava nua.

Não sei por quantos minutos fiquei parado daquele jeito. Eu representava exatamente o consolo, o conforto de que ela parecia precisar naquela noite. Se ao menos ela tivesse sabido como pedi-lo, ou eu como oferecê-lo, poderíamos ter dado fim à venda... Dou graças a Deus pela venda.

Ela meteu as mãos no espaço entre meus braços e meu tronco. Abraçou-me. Para mim, aquela era uma posição desajeitada e dolorosa. No entanto, não ousei dizer uma só palavra, por medo de que ela me soltasse.

A chuva percutia suavemente no telhado de zinco.

Depois de uma eternidade, ela recolheu os braços. Tirou o saco de arroz de minha cabeça.

Libertou-me de minhas amarras, soltando minhas mãos, e ouvi o barulho da fivela do cinto cair no chão. Mas deixou a venda onde estava. Se eu quisesse, poderia tê-la retirado.

Senti falta de seu abraço. Queria senti-lo de novo, agora que meus braços estavam livres. Puxei-a de novo contra mim. Nua, parecia menor, mais delicada.

Uma coisa macia e carnuda encostou em meus lábios. Eu nunca tinha sido beijado antes. No cinema, Genet e eu ríamos ao ver atores se beijando. Sempre havia um filme italiano no programa triplo, principalmente no Cinema Adowa. Ou era dublado ou tinha legendas. Normalmente passava antes da comédia em curta-metragem, de Chaplin ou do Gordo e o Magro, e sempre havia muitos beijos. Shiva estudava esses chupões com muita seriedade, inclinando a cabeça. Genet e eu, não. Os adultos não faziam ideia de como pareciam bobos.

Nossos lábios estavam secos. Uma grande bobagem, tal como eu pensava. Talvez o beijo tivesse a mesma finalidade do abraço. Dar e receber bem-estar. Virei a cabeça de lado, como faziam no cinema, imaginando que talvez a sensação melhorasse. Prendi o lábio inferior dela entre meus lábios. Aquilo foi uma nova descoberta, a de que a boca podia ser um delicado instrumento tátil, sobretudo na ausência de visão. A língua de Genet tocou em meus lábios e tive vontade de jogar a cabeça para trás. Lembrei-me do pirulito de vinte e cinco centavos, que durava uma hora e que nós três chupávamos juntos, nos revezando. Agora, lentamente, nossas bocas partilhavam a doçura sem o doce. Para falar a verdade, não era uma coisa tão deleitável. Mas também não era desagradável.

As mãos de Genet seguraram meu rosto. Era como faziam nos filmes. Deslizei a mão direita para seus ombros, e logo depois para seu peito. Senti os montinhos em que se aninhavam seus mamilos, iguais aos meus. Os dedos dela desceram para tocar meu peito, onde normalmente eu sentia cócegas, mas dessa vez não senti. Minha mão correu por sua barriga, e logo desceu mais, entre suas pernas, passando sobre uma fissura macia, a ausência, o espaço vazio, mais intrigante do que algo que poderia estar presente. A mão dela, hesitante como a minha, escorregou por minha cintura, tateante. Quando segurou meu membro, a sensação foi *muito* diferente de quando eu mesmo me tocava.

A porta do quintal para a cozinha se abriu.

Só podia ser Rosina. Ou talvez fossem Ghosh e Hema. Os passos se dirigiram para a sala.

Recuei. Arranquei fora a venda, piscando na despensa escura, um alienígena desembarcando na terra.

Na escassa luz que vinha da cozinha, os olhos de Genet estavam úmidos, o rosto vultuoso, os lábios inchados. Ela procurava não olhar para mim. Preferia-me cego. Seus olhos eram amendoados, e o nariz, empinado. A testa era plana e nada semelhante à testa arredondada de Rosina. Ela parecia o busto da rainha Nefertiti em meu livro *A alvorada da história*.

Minha venda tinha sido tirada, mas eu gozava ainda de uma extraordinária agudeza sensorial. Podia ver o futuro. O rosto de Genet na despensa era o rosto que mais a revelava. Transmitia prenúncios da mulher que ela viria a ser. Dava para eu ver como aqueles olhos permaneceriam serenos, belos, ocultando o tipo de agitação e ousadia tão evidentes naquela noite. Seus malares se expandiriam, expressando uma determinação inabalável, afinando ainda mais o nariz e aumentando os olhos lindos. O lábio inferior se projetaria além do superior, os botões em seu peito se converteriam em frutos e as pernas se alongariam como lianas. Numa terra de gente bonita, ela seria deslumbrante e exótica. Os homens — descobri isso antes que devesse — perceberiam seu desdém e a desejariam. E *eu* a desejaria mais que todos. Ela interporia obstáculos. Talvez eu nunca fosse tão forte para ela ou ficasse tão próximo dela quanto naquela noite. Apesar de saber disso, nunca deixaria de tentar.

Entendi tudo isso. Senti, vi. Aquilo penetrou em minha consciência num clarão, mas a prova ainda estava por vir.

Rosina chamou Genet de algum lugar na casa.

Peguei o cinto no chão. Como nós dois pudemos manter tamanha calma, nunca saberei.

Pus a mão no ombro de Genet, de leve, com cuidado. O outro momento de toque tinha ficado para trás havia muito tempo. Seus olhos se voltaram para mim com o que poderia ser amor — ou seu oposto.

"Eu sempre vou encontrar você", murmurei.

"Pode ser", disse ela, falando baixinho em meu ouvido. "Mas talvez eu aprenda a me esconder melhor."

Rosina entrou e se deteve, paralisada de assombro ao nos ver.

"O que vocês dois estão fazendo?", perguntou em amárico. Sorriu pela força do hábito, mas a fisionomia revelava seu espanto. "Procurei você por toda parte. Onde estão suas roupas? O que é isso?"

"Uma brincadeira", disse eu, mostrando a venda e o cinto como se respondessem à sua pergunta, mas minha garganta estava tão seca que não creio que dela tenha saído algum som.

Genet roçou por mim, voltando para a sala. Rosina pegou-a pela mão. "Onde estão suas roupas, filha?"

"Me solte."

"Mas por que você está pelada?"

Genet nada disse, com uma expressão desafiadora.

Rosina sacudiu-a pelo braço. "Por que você tirou a roupa?"

Quando Genet respondeu, sua voz tinha um tom sarcástico, desafiador: "Por que *você* tira a roupa para Zemui? Quando me manda sair, não é porque vai ficar nua?".

Rosina ficou estupefata. Quando conseguiu falar, disse: "Ele é seu pai. Meu marido".

O rosto de Genet não demonstrou surpresa. Ela riu, uma risada cruel, trocista, como se já houvesse escutado essas palavras antes. Encolhi-me de vergonha por minha ama quando Genet falou. "Seu *marido*? Meu *pai*? Mentira. Meu pai passaria a noite. Meu pai levaria a gente para morar com ele numa casa de verdade." Estava zangada, e as lágrimas lhe escorriam pelo rosto. "Seu marido não ia ter outra mulher e três filhos. Seu marido não chegaria em casa e me mandaria sair para brincar lá fora, para poder brincar com você." Ela puxou o braço e foi pegar suas roupas.

* * *

Rosina havia se esquecido de que eu estava ali.

A inocência, os dias de despreocupação, pairavam à beira do abismo. Por fim, ela se virou para mim.

Estudamos um ao outro como se olhássemos para estranhos. Eu entrara na despensa privado de visão, mas agora não tinha mais os olhos vendados. *Zemui era o pai de Genet!* Seria eu a única pessoa a não saber disso? Até que ponto era bobo? Por que nunca tinha pensado em perguntar? Será que Shiva sabia? O tempão que o coronel passava em nossa casa, jogando bridge... Fazia sentido que Zemui também ficasse por ali durante todas aquelas horas. Na verdade, numa sociedade matrilinear aceitavam-se essas coisas e não se perguntava por um pai se ele não estava presente. Mas eu *devia* ter perguntado. Entendia isso agora. Os sinais estavam todos diante de mim. Eu fora cego, ingênuo e burro. Em todas as cartas que eu tinha escrito a Darwin, Zemui lhe perguntava sobre a família e transmitia os melhores votos, mas não dera nenhuma pista de que Genet fosse sua filha. Todas as palavras escritas, e as pronunciadas, eram tão somente a superfície brilhosa de um rio fundo e caudaloso. E pensar nas noites em que, na cama, eu ouvia aquela motocicleta, com pena de Zemui indo para casa na chuva, no escuro. Evidentemente, eu não era a única pessoa que se compadecia dele.

Rosina me conhecia tão bem que pôde acompanhar a progressão de cada um de meus pensamentos. Baixei a cabeça; eu havia caído no conceito de minha querida ama. Pelo canto do olho, vi que também ela estava cabisbaixa, como se houvesse me desapontado, como se nunca tivesse desejado que eu soubesse desse lado dela. Tive vontade de dizer: *Com relação ao que você viu, era uma brincadeira...*

Calei-me.

Genet voltou, vestida com o pijama de flanela. Saiu sem um olhar para trás, seguida por Rosina.

Shiva estava na sala de jantar, logo depois da porta da cozinha.

Continuei na despensa depois de fechar a porta, virado para as prateleiras. Subsistia um perfume, um ozônio gerado por mim e por Genet, por nossas duas vontades.

Escutei passos que se aproximavam e paravam, e entendi que Shiva estava do outro lado da porta, do mesmo modo que ele sabia que eu estava do lado de cá. ShivaMarion não podia se esconder muito de Shiva ou de Marion. Mas mantive os olhos bem fechados, fiquei invisível e transportei-me para um lugar onde eu estava absolutamente sozinho e ninguém podia participar de meus pensamentos.

21. Saber o que se ouve

Nos dias que se seguiram, quando Rosina corria os dedos por meus cachos ou insistia em passar minha camisa antes de sairmos, era como se nada tivesse acontecido. Mas eu via essas atitudes dela de maneira diferente. Eram as atitudes de sempre, mas também destinadas a me controlar constantemente e a pôr seu corpo entre mim e sua filha.

Alguma coisa *tinha* acontecido naquela noite na despensa, exatamente como Rosina temia. Eu havia me apoiado numa divisória oculta e, de maneira muito parecida com as coisas que acontecem em revistas em quadrinhos, tinha caído através dela. A queda não tinha sido intencional, mas, agora que eu estava do outro lado, queria ficar ali. Mais do que nunca, queria ficar por perto de Genet, e Rosina sabia disso.

Percebi uma nova dimensão em Rosina... vamos chamá-la de sagacidade. A mesma sagacidade se manifestava em mim também, pois já não me sentia em segurança para lhe dizer o que estava pensando. Mas era difícil esconder meus sentimentos. Quando eu estava com Genet, sentia o sangue afoguear-me o rosto. Não sabia mais comportar-me com naturalidade.

Durante o resto das férias, Genet gravitou em torno de Shiva. A presença dele não gerava nenhum embaraço, enquanto a minha claramente o provocava. Eu os via pôr para tocar o disco de ensaio, afastar os móveis da sala de jantar, prender as tornozeleiras e descrever a complexa sequência de movimentos e passos do Bharatnatyam. O que eu sentia não era ciúme. Shiva era meu sucedâneo, exatamente como eu fora o dele quando Almaz me dava seu peito. Se eu não podia estar com Genet, não era Shiva estar com ela a melhor alternativa?

Talvez meu instinto de sabujo, minha capacidade de encontrar Genet pelo cheiro, não fosse mais do que um truque de salão. Mas talvez não. Nunca mais brincamos da cabra-cega. A simples ideia era inquietante.

Passei a evitar Zemui quando ele vinha pegar ou deixar a motocicleta, ou quando o coronel Mebratu vinha jogar bridge. O coronel gostava de dirigir seu Peugeot, seu jipe, ou a Mercedes do Exército, e última vez em que Zemui me viu, estivera dirigindo com uma escopeta, e acenou para mim, rindo.

Quando finalmente me encontrei com Zemui, queria estar chateado com ele. Ele tinha uma coisa em comum com Thomas Stone, mas ao menos via a filha todo dia. Mas Zemui apertou minha mão e, agitado, tirou do bolso uma carta recente de Darwin, e logo eu estava sentado a seu lado nos degraus da cozinha. Tive vontade de perguntar: *Por que não pede a sua filha para fazer isso?* Mas não disse nada, porque agora entendia uma coisa que não tinha percebido antes: que Genet com certeza não facilitava as coisas para o pai. Eu lia e escrevia cartas para Zemui porque sua filha se recusara a fazê-lo.

Numa sexta-feira, ao anoitecer, o coronel chegou inesperadamente ao Hospital da Missing e entrou na casa antiga de Ghosh, trazendo um bocado de energia, como se fosse não um homem, mas todo um regimento, de bandeiras desfraldadas, e junto com uma banda militar. Meia hora depois, o jogo já corria em duas mesas. Parecia que os jogadores — Hema, Ghosh, Adid, Babu, Evangeline, a sra. Reddy e um convidado que tinham trazido — se transmutavam nas jogadas de bridge que tinham em mãos, convertendo-se em Passo ou em Três-Sem-Trunfo, com os rostos corados de concentração. Adid, o comerciante de *khat* e velho amigo de Hema, era dono de uma loja no Merkato, bem ao lado da loja de Babu, que ele havia arrastado para o grupo. Como um suspiro coletivo, uma súbita onda de conversa marcou o fim de uma vaza. Eu adorava assistir àquelas partidas.

O coronel, recém-chegado de Londres, tinha trazido uma garrafa de Glenfiddich para Ghosh, chocolates para nós e um vidro de Chanel nº 5 para Hema. Os cigarros nos cinzeiros eram Dunhill e 555, também contribuição dele. Embora estivesse usando um blazer e uma camisa aberta, seu queixo encolhido e os ombros erguidos davam a impressão de que ainda estava fardado. Se ele saísse daquela sala, eu tinha a impressão de que os outros haveriam de cair prostrados como brinquedos cuja corda tivesse chegado ao fim.

Evangeline, uma anglo-indiana, presença regular nas noites de bridge, virou-se para o coronel Mebratu: "Um passarinho me contou que em breve vamos nos dirigir ao senhor como general de brigada. É verdade?".

O coronel Mebratu fechou o cenho. "Que boataria infame! Que comunidade promíscua! E tenho a impressão, Evangeline, que você é o centro dela. Mas nesse caso, minha querida, tenho de corrigi-la. Eu não serei chamado *em breve* de general de brigada. Desde ontem, eu *sou* general de brigada."

Ora, depois disso não haveria como pará-los. Zemui e Gebrew foram duas vezes ao Hotel Ras para buscar comida.

Muito mais tarde, naquela mesma noite, Mebratu e Ghosh se sentaram juntos para bater papo, com conhaque e charutos. "Na Coreia, em 52, éramos um dos quinze países que formavam as forças da ONU. Quando fui para lá, fazia pouco tempo que eu tinha feito o curso de Estado-Maior. Os outros países nos subestimavam. Veja bem, eles não sabiam nada a respeito da coragem etíope, da batalha de Adua, nada disso. Mas, meu Deus, nós mostramos na Coreia do que éramos capazes. E depois, quando fomos para o Congo, eles sabiam o que esperar. Tivemos um comandante irlandês, depois um comandante sueco, e aí, no terceiro ano, eles nomearam nosso general Guebre comandante de *todas* as forças da ONU. Sabe de uma coisa, Ghosh, em minha carreira de militar, foi aquilo que me causou mais orgulho. Mais ainda do que essa promoção que recebi ontem.

Nunca saberei como, mas Ghosh compreendeu o que eu estava passando depois do episódio da despensa. Talvez tenha percebido que eu estava sendo mantido longe de Genet, e que Shiva não participava daquela experiência; talvez notasse meu embaraço quando Zemui estava presente. Talvez estivesse escrito em meu rosto que eu havia tomado consciência da complexidade (uma palavra mais gentil do que "falsidade") humana. Eu estava tentando decidir em que nível pôr minha própria verdade, o quanto revelar sobre mim mesmo... e nisso foi útil contar com um pai tão inabalável como Ghosh, sempre firme, nunca intrometido, mas que sabia sempre quando eu precisava dele. Tivesse Hema tomado conhecimento do que se passara na despensa, haveria de me procurar dentro de dois segundos. Mas Ghosh, se sabia, era capaz de esperar em silêncio, dando tempo ao tempo, me acompanhando sem nada dizer. Seria capaz até mesmo de esconder aquilo de Hema se achasse que não convinha lhe contar.

Numa tarde de chuva em que Genet e Shiva estavam tendo sua aula de dança com Hema, Ghosh telefonou e me pediu que o encontrasse no pronto-socorro. "Quero que você sinta um pulso muito estranho." Ghosh era agora basicamente cirurgião, pois operava por vontade própria três vezes por semana e atendia as emergências na medida do necessário. Mas, como repetia sempre no jantar, no fundo ainda era um clínico-geral e não resistia a passar no pronto-socorro para ver certos pacientes que apresentavam um diagnóstico desconcertante, que nem Adam nem Bachelli seriam capazes de desvendar.

Fiquei satisfeito com o telefonema de Ghosh. Nunca tivera o menor interesse pela dança, mas me incomodava ver Genet se divertindo com uma coisa da qual eu não participava. Calcei minhas botas de guta-percha, vesti a capa impermeável e disparei porta afora com o guarda-chuva.

Demisse estava com seus vinte e poucos anos, sentado na mesa de exames diante de Ghosh, usando apenas uma calça de montar rasgada. Notei de imediato a cabeça que balançava para cima e para baixo, como se um volante excêntrico girasse dentro dele. Era minha primeira visita formal a um paciente, e me senti constrangido. O que pensaria aquele trabalhador rural descalço ao ver um garoto entrar na sala de exame? No entanto, ele se mostrou orgulhoso ao me ver. Mais tarde compreendi que os pacientes se sentiam privilegiados por serem alvo desse tipo de atenção. Não só tinham sido examinados por Adam, não só tinham sido vistos pelo médico *tilik*, o médico corpulento que era consultado pelos membros da família real, como agora recebiam uma bonificação: eu.

Ghosh guiou meus dedos para o pulso de Demisse. Era fácil, inevitável, sentir a pulsação, uma onda oscilante, um tapa forte sob as pontas de meus dedos. Percebi que o balanço de sua cabeça acompanhava rigorosamente a pulsação.

"Agora, sinta o meu", disse Ghosh, estendendo seu punho. Era mais difícil achar, mais sutil.

Ele me fez voltar ao punho de Demisse.

"Descreva-o", pediu.

"Grande... forte. Como se fosse uma coisa viva sob a pele, batendo", respondi.

"Exatamente! Esse é um clássico pulso *colapsante* ou pulso em martelo d'água. O nome completo é pulso em martelo d'água de Corrigan."

Ghosh me deu um tubo de vidro, de uns trinta centímetros, que eu tinha visto em sua mesa. "Segure esse tubo em pé. Agora, vire-o ao contrário." O tubo era fechado nas duas extremidades e tinha um pouco de água em seu interior. Quando o virei, a água correu para o fundo do tubo com um som inesperado de estalo e um choque. "Veja, há um vácuo no tubo", disse ele. "Isso é um brinquedo com que os meninos brincavam na Irlanda. É um martelo d'água. O doutor Corrigan lembrou-se desse brinquedo quando pela primeira vez sentiu um pulso como o de Demisse."

Ghosh tinha feito o martelo d'água para mim. Selou uma extremidade de um tubo de vidro com um bico de Bunsen. Depois, pela extremidade aberta, meteu umas gotas de água no interior do tubo. Aqueceu a parte do tubo que ficava acima do líquido, para expulsar o ar, e rapidamente selou a extremidade aberta com a chama.

"O coração de Demisse lança sangue na aorta. A aorta é a estrada larga que sai do coração", explicou, fazendo um desenho para mim num papel. "Bem aqui, na saída do coração, existe uma válvula que deve fechar depois que o coração se contrai, para impedir que o sangue volte para o coração. A válvula dele não fecha direito. Ou seja, o coração lança o sangue para fora direito, mas metade desse sangue volta para o coração entre uma contração e outra. É isso que faz com que a pulsação dele dê essa impressão de pancada." Era emocionante poder tocar num ser humano com a ponta dos dedos e saber de todas essas coisas a respeito dele. Comentei isso com Ghosh, e quem visse sua expressão acharia que eu havia dito alguma coisa muito profunda.

Ele me chamou muitas vezes durante aquelas férias. Shiva também vinha, às vezes, mas nunca se a visita interferisse com sua aula de dança ou se ele estivesse desenhando alguma coisa. Aprendi a reconhecer a pulsação lenta, ondeante, planáltica, de uma válvula aórtica estenosada. Era o contrário de um pulso colapsante. A pequena abertura da válvula tornava a pulsação fraca e, ao mesmo tempo, prolongada. Ghosh o chamava *pulsus parvus et tardus*.

Eu adorava essas palavras latinas por sua dignidade, seu exotismo e pela maneira como minha língua tinha de se retorcer em torno delas. Sentia que ao aprender a linguagem especial, de caráter douto, eu estava acumulando uma espécie de força. Esse era o lado puro e nobre do mundo, não corrompido por segredos e embustes. Era extraordinário que uma palavra pudesse servir como uma abreviatura para a minuciosa descrição de uma enfermidade. Quando tentei explicar isso a Ghosh, ele se emocionou.

"Isso! Um tesouro oculto de palavras! Isso você encontra na medicina. Veja, por exemplo, as metáforas alimentícias que usamos para descrever doenças: o fígado em noz-moscada, o baço em presunto ou lardáceo, a expectoração tipo molho de anchova ou as fezes geleia de groselha. Ah, se você limitar sua pesquisa apenas às *frutas*, encontra a língua de morango da escarlatina, que no dia seguinte se transforma na língua de framboesa. E que tal o angioma de morango, o estômago de melancia, a lesão cancerosa tipo coração de maçã, o aspecto *peau d'orange* do câncer de mama... E estamos usando somente exemplos de frutas! Nem queira saber das expressões que se referem a vegetais!"

Um dia mostrei a Ghosh o caderno em que eu vinha fazendo uma relação de tudo quanto ele havia me dito e de todos os pulsos que tinha visto. Como um ornitólogo, listei aqueles que procurava: *pulsus paradoxus*, *pulsus alternans*, *pulsus bisferiens*... e esboços simples das causas que os criavam. Na folha de guarda, ele escreveu: *Nam et ipsa scientia potestas est!* "Isso quer dizer 'Conhecimento é poder!'. Ah, Marion, como eu acredito nisso!"

Não nos detivemos nos pulsos. Eu passava com Ghosh todo o tempo que podia. Unhas, línguas, rostos... em breve meu caderno estava atulhado de desenhos e de palavras novas. Encontrei serventia, afinal, para meus conhecimentos caligráficos: cada figura estava cuidadosamente legendada.

Numa sexta-feira, ao entardecer, no último fim de semana antes do começo das aulas, fui de carro, com Ghosh, à procura de Farinachi, o fabricante de instrumentos. Ghosh entregou-lhe dois estetoscópios velhos e um desenho de sua ideia para um estetoscópio para ensino. Farinachi, um siciliano circunspecto e recurvado, usava um colete debaixo de seu avental de couro. Estudou o desenho com cuidado, em meio a uma nuvem de fumaça de charuto, traçando seus contornos com um indicador enorme. Já havia produzido diversos dispositivos para Ghosh, entre os quais o Retrator de Ghosh e o Agrafe para Escalpo de Ghosh. Farinachi deu de ombros, dando a entender que se era aquilo que Ghosh queria, ele o fabricaria.

Enquanto voltávamos, Ghosh pegou um presente que tinha trazido para mim. Era um estetoscópio novo em folha. "Você não precisa esperar por Farinachi. Agora que já conhece os pulsos, vamos começar a ouvir os sons cardíacos." Fiquei comovido. Em toda a minha vida, era o primeiro presente que eu ganhava que não fazia parte de um par. Aquele era só meu.

Em retrospecto, percebo que Ghosh me salvou ao me chamar para sentir o pulso de Demisse. Minha mãe morrera, e meu pai era um espectro. Cada vez mais eu percebia que me distanciava de Shiva e de Hema, e achava que a culpa era minha. Ao me presentear com o estetoscópio, Ghosh estava me dizendo: Marion, você pode ser você. Ghosh me convidou a entrar num mundo que não era secreto, mas que estava bem escondido. A pessoa precisava de um guia. Precisava saber para onde olhar, mas também *como* olhar. A pessoa tinha de se esforçar para ver esse mundo. Mas se o via, se tinha esse tipo de curiosidade, se tinha um interesse inato pelo bem-estar dos outros seres humanos, e se cruzava aquela porta, acontecia uma coisa estranha: deixava seus probleminhas no umbral. Aquilo criava dependência.

22. A escola do sofrimento

Numa certa manhã, perto do fim do primeiro trimestre letivo, que terminava na festa de são Miguel, Shiva, Genet e eu caminhávamos com nossas pastas para o portão da Missing, quando avistei um casal que subia a ladeira em nossa direção e com uma criança inerte nos braços do homem. Estavam prestes a cair prostrados, mas ainda tentavam subir aquele caminho íngreme correndo, quando já não tinham fôlego sequer para andar. No entanto, enquanto corressem com a criança nos braços, para eles ela continuava viva e restava uma esperança.

Sem hesitar um momento, ShivaMarion correu ao encontro deles. O sofrimento dos pais provocou aquela reação, não nos deu tempo para debater nossa resposta, pois uma mente superior se impôs, tomando a decisão por nós e nos fazendo mover como um único ser, como se soubéssemos o que era melhor. Lembro-me de ter pensado, em meio ao pânico, na saudade que eu sentia daquele estado e de como era arrebatador ser de novo ShivaMarion. Mesmo enquanto eu tirava o bebê dos braços do pai (que já não caminhava, mas arrastava os pés pesadamente) e disparava colina acima, a mão firme de Shiva em minhas costas, quase na cintura, era meu motor a jato auxiliar, e ele acompanhava meus passos à perfeição, pronto para assumir o transporte da criança quando eu me cansasse. Eu sentia a pele do bebê, a forma como ela esfriava minha mão, sugando-lhe o calor enquanto eu corria, e percebi que nunca mais encararia como coisa natural ter "sangue quente", agora que eu sentia a alternativa.

Entreguei a criança no pronto-socorro e ficamos à espera do lado de fora, ofegantes. Quando os pais chegaram, abrimos as portas para eles. Minutos depois ouvimos um grito, a seguir protestos em voz alta e, por fim, o pranto que significa a mesma coisa em qualquer língua. Aquele era um som muito familiar.

Havia um outro som na Missing que fazia minha adrenalina correr: era um ruído áspero, estrepitoso, de Gebrew puxando o portão grande o mais depressa que podia. Aquilo sempre anunciava uma emergência grave.

Passar a infância na Missing significava receber aulas sobre a capacidade de recuperação, a coragem e a fragilidade da vida. Eu sabia melhor que a maioria das crianças como era tênue a separação entre o mundo da saúde e o da doença, distinguia a carne vivente do toque frio dos mortos, o chão sólido do charco traiçoeiro.

Aprendi coisas sobre o sofrimento que não me foram ensinadas por Ghosh. Primeiro, que o branco era o uniforme do sofrimento, e o algodão, seu tecido. Fosse ele fino (um *shama* ou *nettala*) ou pesado como um cobertor (e nesse caso era um *gabby*), devia manter a cabeça aquecida e a boca coberta. O sol e o vento não deviam tocá-las, pois esses elementos traziam consigo o *mitch*, o *birrd* e outros miasmas maléficos. Até mesmo o ministro, com o colete e o relógio de algibeira, quando estava doente, jogava um *nettala* sobre o paletó, metia folhas de eucalipto no nariz, tomava uma dose extra de *kosso* para evitar os platelmintos, e só depois corria para ser examinado.

Dia após dia, uma multidão de mantos brancos subia nossa ladeira, e a gravidade era a corrente contra a qual nadavam. Aqueles que perdiam o fôlego, bem como os aleijados e mutilados, paravam na metade da subida a fim de olhar para o alto, por cima dos eucaliptos, para onde os falcões africanos planavam no céu azul.

Chegando no topo da lomba, os pacientes procuravam a recepção para pegar um cartão-senha. Dali, iam até Adam, o homem que Ghosh chamava de O Maior Clínico Caolho do Mundo. "Problemas respiratórios, hem?", dizia Adam a um paciente. "Mas mesmo assim deu um jeito de subir a ladeira e pegar a quarta senha do dia?" No manual de Adam, um número abaixo de dez no cartão de um paciente externo indicava um hipocondríaco, com maior precisão do que qualquer teste que Ghosh pudesse lhe aplicar.

Do lugar onde eu observava o fluxo diário, certa vez vi uma orgulhosa eritreia que carregava uma cesta pesada. Dentro dela havia uma coisa grande, com pequenas excrescências, com uma superfície avermelhada, esfolada e exsudada. Era seu seio. O câncer o fizera crescer tanto que aquela era a única forma de ela e seu seio chegarem ao Hospital da Missing.

Eu desenhava essas coisas em meu caderno. Meus esboços em nada se pareciam com os desenhos de Shiva, mas serviam para meus fins. Um olhar para eles me permitia lembrar, mesmo não tendo a memória fotográfica de Shiva.

Na página 34, desenhei uma criança de perfil, de rostinho gorducho, saudável. Mas, visto pelo outro lado, seu perfil mostrava que faltavam um pedaço da face, uma narina e o olho, de modo que ficavam visíveis os dentes reluzentes, as gengivas rosadas e o recesso da órbita. Aprendi com Ghosh que aquela coisa horrenda se chamava *cancrum oris*. Era causada por uma infecção banal de um dente ou da gengiva, que se espalhava devido a desnutrição ou negligência, muitas vezes durante um episódio de sarampo ou varicela. Uma vez iniciado, o processo progredia rapidamente, em geral causando a morte antes que a criança pudesse ser trazida à Missing. Às vezes a doença simplesmente perdia força, ou as defesas do organismo por fim conseguiam deter sua marcha, mas à custa de metade do rosto. Talvez a morte fosse melhor destino do que viver com tal desfiguração. Assisti à operação feita por Ghosh nessa criança. Foi aterrorizante, e depois disso fiquei pasmo com o que aquele homem que toda noite jantava a nosso lado era capaz de fazer: virar um retalho de pele para cobrir a face, e outro para tapar o buraco no nariz. Os outros retalhos e a reconstrução ele tencionava fazer numa cirurgia posterior. Mesmo assim, não havia como devolver normalidade àquele rosto, e muito menos à alma de uma criança com tantas e tamanhas cicatrizes. Terminada a cirurgia, o que Ghosh me disse foi: "Não fique impressionado demais. Eu sou um cirurgião por acaso, meu filho. Faço o que posso. Mas seu pai... o que ele teria feito naquele rosto não ficaria atrás do trabalho do melhor cirurgião plástico do mundo. Entenda, seu pai era um cirurgião *de verdade*. Acho que nunca vi ninguém melhor".

Quando lhe perguntei o que fazia uma pessoa ser um cirurgião *de verdade*, Ghosh não hesitou: "*Paixão* pela profissão... e habilidade, destreza. As mãos dele estavam sempre 'calmas'. O que eu quero dizer é que não havia nele movimentos inúteis, nenhum gesto dramático. Tudo parecia lento, rotineiro, mas quando você olhava para o relógio, se dava conta do quanto aquilo tinha sido rápido. Mas o mais importante é a segurança a partir do momento em que você faz a primeira incisão, a confiança em você mesmo, que permite fazer mais e obter melhores resultados. Fico satisfeito por poder fazer as coisas simples, o trabalho rotineiro. Mas passo a metade do tempo quase morto de medo".

Ele estava sendo modesto. Mas era verdade que era uma pessoa diferente no ambulatório onde dava consultas, ou seja, via os pacientes que Bachelli e Adam escolhiam para que ele emitisse uma opinião. O verdadeiro talento de Ghosh aflorava com aqueles pacientes que para mim pareciam "normais". De forma oculta a nós, observadores sem treinamento, uma doença havia deixado suas marcas. Uma cesteira dizia: "No dia de santo Estêvão, passei urina numa cerca de arame farpado...". Ou, então, um peão tristonho e perturbado se saía com esta: "Na manhã depois do jejum da quarta-feira, pisei sem querer na água com que uma prostituta tinha se lavado de manhã e jogado na rua...". Ghosh escutava, de olhos postos nas empolas no esterno, que informavam que o curandeiro nativo tinha sido consultado; notava a fala arrastada e adivinhava que a úvula provavelmente tinha sido amputada havia pouco tempo, numa segunda visita ao mesmo charlatão. Mas Ghosh sabia ouvir o que havia por baixo dessas palavras ao léu, e uma pergunta incisiva desvendava uma história que correspondia a outra no repertório de casos dele. E então chegava a hora de procurar os sinais na carne, as marcas reveladoras da doença, para apalpar, percutir e auscultar, em busca das pistas deixadas. Ele sabia como a história terminava; o paciente só sabia seu começo.

Por fim, sucedeu na Missing um fato que, embora nada tenha tido a ver com Ghosh, preciso descrever porque aconteceu nesse período e explica o rumo da vida de Shiva e o motivo pelo qual esse rumo se desviou do meu.

Certa manhã, já perto do meio-dia, Shiva e eu estávamos sentados junto da valeta à beira da ladeira da Missing quando uma menina frágil e descalça, que não teria mais de doze anos, começou a subir a ladeira, como se tivesse as pernas duras. Prematuramente recurvada como uma velha, ela se apoiava com força no pai, um homenzarrão enorme. Os culotes que ele vestia, enlameados e remendados, pareciam dois balões sobre os pés descalços, com unhas endurecidas e grossas. Ele poderia ter subido a ladeira a passos largos. Mas, em vez disso, dava passinhos minúsculos para acompanhar os dela. Avançavam como lesmas, enquanto outros visitantes apertavam o passo quando se aproximavam deles, como se pai e filha criassem um campo eletromagnético. Quando ela chegou perto de nós, entendi o motivo. Um cheiro indescritível de decomposição, de putrefação, acompanhado de alguma outra coisa para a qual ainda não se inventaram palavras, atingiu nossas narinas. Não vi motivo para prender a respiração ou apertar o nariz, pois o fedor nos invadiu instantaneamente, colorindo nossas entranhas como uma gota de tinta nanquim num copo de água.

Da maneira como as crianças entendem outras crianças, sabíamos que ela era inocente de seu medonho, insuportável odor. Aquilo estava *nela*, mas não era dela. Pior do que o cheiro (uma vez que ela já devia estar convivendo com aquilo havia mais que alguns dias) era ver em seu rosto a consciência de como aquilo provocava asco e repugnância nos outros. Não era de admirar que ela houvesse perdido o hábito de olhar para rostos humanos; o mundo estava perdido para aquela criança, e ela para ele.

Quando ela fez uma pausa para respirar, formou-se uma poça, lenta, junto a seus pés nus. Olhando para o caminho, vi a trilha que ela havia deixado. Jamais hei de esquecer o rosto do pai. Sob seu chapéu de camponês, ele ardia de amor pela filha, e de fúria contra o mundo que a repelia. Seus olhos injetados devolviam cada olhar e até procurava os daqueles que preferiam virar o rosto. Ele lhes amaldiçoava as mães e maldizia os deuses que cultuavam. Estava enlouquecido por um odor do qual poderia ter fugido.

Eu disse que ela não cruzava o olhar com ninguém? De ninguém, mas não o de Shiva. Olharam-se por um instante e a fisionomia dela se abrandou de uma maneira quase imperceptível, como se Shiva a houvesse acariciado, estendido a mão para confortá-la. Seu queixo erguido baixou para ela, seus olhos ganharam um matiz azulado e seus lábios se uniram, firmes. O pai, que blasfemara durante toda a subida, calou-se.

Meu irmão, que no passado havia falado através de tornozeleiras e cuja dança podia ser complexa como a de uma abelha, não sabia que haveria de dedicar a vida exatamente a tais mulheres, as renegadas da sociedade. Ele as procuraria no Terminal Rodoviário quando chegavam das províncias. Pagava a pessoas para que fossem às aldeias mais remotas e as encontrassem onde estivessem escondidas, rejeitadas pelos maridos e pelos pais. Mandava distribuir panfletos onde quer que chegassem caminhões da Coca-Cola, vale dizer, onde quer que houvesse estradas pavimentadas, convidando essas mulheres (na verdade, meninas) a deixar o esconderijo, a procurá-lo, para que pudesse curá-las. Ele se tornaria o especialista mundial...

Mas estou pondo a carroça à frente dos bois. Só mais tarde Shiva tomaria conhecimento do problema médico que havia por trás daquele cheiro. Naquela tarde, uma das muitas que passei refletindo sobre meu futuro, Shiva já tinha se posto em ação. Com os olhos fixos na menina, caminhou na direção deles e os levou, pai e filha, a Hema. Recordando essa cena agora, percebo que naquele ato já estava predeterminada sua carreira, destinada a diferir muitíssimo da minha.

23. A Placema e outros bichos

Cessadas as chuvas, tínhamos voltado para a escola. No entanto, menos de duas semanas depois Hema nos acordou com o que considerei ser uma boa notícia. "Nada de aula. Vocês vão ficar em casa hoje", disse. Falavam de distúrbios na cidade. Os táxis não sairiam para as ruas. Parei de ouvir depois de "nada de aula".

Era um dia perfeito para ficar em casa. As comemorações da festa de Meskel já iam começar, e os campos da Missing estavam atapetados de amarelo. Perderíamos a bola de futebol nos canteiros de margaridas, subiríamos para a casinha da árvore... Depois me lembrei: com Genet debaixo do olho vigilante de Rosina, não seria a mesma coisa.

Empurrei as venezianas da janela de meu quarto e subi ao peitoril. O sol invadiu o quarto. Ao meio-dia a temperatura chegaria a vinte e quatro graus, mas naquele instante eu ainda tiritava de pés descalços. De meu ponto de observação, eu enxergava além do muro leste da Missing e via uma tranquila estrada sinuosa que descia e depois sumia, os morros se levantando logo depois, como se a estrada houvesse mergulhado para debaixo da terra antes de voltar a surgir na distância, como um caminhozinho estreito. Era uma estrada pela qual nunca passávamos e, na verdade eu nem saberia como chegar até ela, mas, ainda assim, aquela era uma vista que eu considerava ser propriedade minha. Do lado esquerdo, ladeava a estrada um muro que lembrava o de um forte, desaparecendo com ela na distância, ao mesmo tempo que fazia de tudo para se manter na vertical. Galhos enormes de buganvílias roxas derramavam suas flores, que caíam sobre os *shamas* brancos dos poucos transeuntes. Havia nessa clara luz matutina e nas cores vívidas um quê que tornava impossível imaginar distúrbios.

Na sala de jantar, notei a expressão tensa e preocupada de Ghosh. Estava de paletó e gravata. Ao que parecia, estava acordado havia horas. De penhoar, Hema estava enrodilhada ao lado dele, enrolando e desenrolando com o dedo uma mecha de cabelo. Fiquei surpreso por ver Genet ali. Ela ergueu a cabeça de repente quando entrei, como se não soubesse que eu morava na casa. Rosina, que normalmente orquestrava nossas manhãs, não estava à vista. Na cozinha, dei com Almaz imóvel junto do fogão. Só quando o ovo começou a fumegar foi que ela o transferiu da frigideira para meu prato. Notei lágrimas em seus olhos.

"O imperador", disse ela, quando a pressionei. "Como é que se atrevem a fazer uma coisa dessas com Sua Majestade? Que gente ingrata! Será que não se lembram de que ele nos salvou dos italianos? Que ele foi escolhido por Deus?"

E Almaz me contou o que sabia. Enquanto o imperador se encontrava numa visita oficial à Libéria, um grupo de oficiais da Guarda Imperial tomara o poder durante a noite. Eram encabeçados por nosso próprio general de brigada Mebratu.

"E Zemui?"

"Está com eles, naturalmente!", ela respondeu num sussurro, balançando a cabeça com desaprovação.

"Onde está Rosina?"

Ela fez um gesto com o queixo em direção às dependências da empregada.

Genet entrou na cozinha, indo na direção da porta dos fundos. Parecia assustada. Detive-a, e segurei sua mão.

"Você está bem?" Notei a corrente de ouro e a cruz esquisita em torno do pescoço.

Ela fez que sim com a cabeça, e depois saiu pela porta dos fundos. Almaz não olhou para ela.

"É verdade", disse Ghosh, lá da sala de jantar. Olhou para Hema, como se os dois estivessem tentando decidir o quanto deveriam nos informar. Entretanto, o que não conseguiam esconder era a ansiedade.

Na noite anterior, o general Mebratu fora à residência do príncipe herdeiro para lhe dizer que outros militares estavam tramando um golpe contra seu pai. À instância do general, o príncipe havia convocado ministros leais ao imperador. Quando chegaram, o general Mebratu prendera todos eles.

Foi um estratagema brilhante, mas me desconcertou. Eu não conseguia imaginar a Etiópia sem Hailé Selassié no comando. Ninguém conseguia. O país e o homem pareciam ser uma coisa só. O general Mebratu era nosso herói, uma figura briosa que não poderia fazer nada de errado. Para nós, o imperador tinha perdido um pouco de seu prestígio. Mas eu jamais esperaria isso do general... Seria isso uma traição, um lado escuro dele que viera à tona? Ou ele estava fazendo a coisa certa?

"Como sabe de tudo isso?", perguntei.

Um dos prisioneiros, um ministro idoso e frágil, sofrera um ataque de asma e Ghosh tinha sido chamado à residência do príncipe herdeiro às primeiras horas da manhã. "O general não quer que ninguém morra, se isso puder ser evitado. Quer que a transferência do poder seja pacífica."

"Ele quer ser imperador?", perguntei.

Ghosh balançou a cabeça. "Não, não creio que se trate disso. O que ele quer é que os pobres tenham comida, que tenham terras. Isso significa tirar terras da família real e da Igreja."

"Então, ele está fazendo uma coisa boa? Ou uma coisa ruim?", perguntou Shiva, levantando a cabeça do livro que tinha trazido para a mesa. Assim era Shiva: detestava a ambiguidade, e queria o preto no branco. Com frequência, quando Shiva fazia uma pergunta dessas, era porque não via o que para mim estava óbvio. Nesse caso, porém, era uma boa pergunta, uma pergunta que eu mesmo queria fazer. "A Guarda Imperial não existe para defender o imperador?", ele acrescentou.

Ghosh assumiu um ar de desagrado, como se a pergunta de Shiva o machucasse.

"Este não é meu país, de forma que quem sou eu para julgar? Mebratu tem uma boa vida. Ele não *tinha* de fazer isso. Creio realmente que está fazendo isso pelo povo. Há muito tempo ele esteve sob forte suspeição, depois se tornou homem de confiança do imperador, recentemente esteve sob suspeição de novo e achava que poderia ser preso em breve."

Ghosh contou que, no momento em que saía do palácio do príncipe herdeiro, Zemui o acompanhara até seu carro e lhe dera um objeto que deveria ser entregue a Genet. Era o cordão de ouro que Darwin Easton tinha tirado de seu próprio pescoço e dado a Zemui, a cruz de santa Brígida. Tinha pedido a Ghosh para transmitir a ela e a Rosina o quanto ele as amava.

Depois que Hema se vestiu, ela e Ghosh saíram para o hospital.

"Fiquem em casa, meninos. Estão ouvindo?" Não devíamos sair dos limites da Missing em hipótese alguma.

Fui até o portão. Vi apenas três pacientes que subiam a ladeira. Nenhum carro ou ônibus passou pelo hospital. Fiquei ao lado de Gebrew, olhando para fora. O silêncio era estranho, pois não se ouvia sequer o *ploc-ploc* de ferraduras ou o retinir de guizos de cavalos para quebrar a quietude. "Quando os táxis de quatro pernas ficam em seus estábulos, a gente sabe que a coisa está séria", disse Gebrew.

Nos dois prédios construídos com blocos de cimento, do outro lado da rua, havia bares, uma alfaiataria e uma oficina de conserto de rádios, mas não se percebia nenhum sinal de vida. Ignorando as advertências de Hema e Ghosh, e apesar dos protestos de Gebrew, atravessei a rua e fui até a minúscula quitanda árabe, um barraco de madeira compensada, pintada de amarelo-canário, entre os dois prédios. A janela através da qual o proprietário normalmente atendia os fregueses estava fechada, mas saiu uma criança por uma fresta da porta, levando um pacote cônico feito de jornal e amarrado com barbante. Provavelmente dez centavos de açúcar para o chá da manhã. Entrei pela fresta. O ar no interior da casa estava pesado de incenso. Se eu me debruçasse sobre o balcão poderia tocar a parede dos fundos. Pendurados no teto, por meio de prendedores de roupa presos num cordel, havia pacotinhos de sabão em pó Tide, de aspirina Bayer, de Chiclets e de paracetamol, que giravam como enfeites de festa. Num gancho de carne que pendia das vigas do teto estavam enfiados quadrados de jornal, a serem usados como papel de embrulho. Um rolo de barbante pendia de outro gancho. Dentro de um vidro sobre o balcão havia cigarros soltos, ao lado de maços fechados. As prateleiras estavam atulhadas de caixas de fósforos, garrafas de refrigerantes, canetas Bic, apontadores de lápis, Vick, creme Nivea, cadernos, borrachas, tinta, velas, pilhas elétricas, Coca-Cola, Fanta, Pepsi, açúcar, chá, arroz, pão, óleo de cozinha e muitas outras coisas. Numa ponta do balcão havia vidros de conserva cheios de biscoitos e *caramela*, deixando assim uma abertura no centro, sobre a qual me debrucei. Vi Ali Osman, com o gorro de renda grudado na cabeça, sentado na esteira com a mulher, a filha bebê e dois homens. O espaço no chão mal dava para Ali e sua família dormirem, agarrados uns nos outros, e agora ele tinha visitas. Estavam sentados em torno de uma pilha de *khat*.

Ali ficou preocupado. "Marion, é numa época como esta que nós, estrangeiros, podemos correr perigo", disse. Foi estranho ouvi-lo usar a palavra *ferengi* para se referir a ele e a mim, pois tínhamos nascido naquele país.

Voltei para onde estava Gebrew e lhe ofereci um dos pirulitos que eu tinha comprado.

De repente, Rosina passou por nós, apressada. "Cuide de Genet", gritou, por cima do ombro. Não entendi bem se ela falava comigo ou com Gebrew.

"Espere aí!", gritou Gebrew, mas ela não parou.

Corri atrás dela e agarrei-lhe a mão. "Espere, Rosina. Aonde você vai? Por favor."

Ela deu meia-volta, como se fosse me mandar embora, mas então seu rosto se suavizou. Estava pálida, tinha os olhos inchados de chorar e o queixo estava retesado, mas eu não soube dizer se de medo ou determinação.

"O menino está certo. Pare", disse Gebrew.

"O que quer que eu faça, padre? Faz uma semana que não vejo Zemui. Ele é um homem simples. Estou preocupada com ele. Ele vai me escutar. Vou dizer que ele tem de ser leal a Deus e ao imperador, antes de mais nada." De repente, fiquei com medo. Agarrei-me a Rosina. Ela se soltou, mas delicadamente. Por força do hábito, beliscou-me no rosto e correu a mão por meu cabelo. Deu-me um beijo no alto da cabeça.

"Pense bem", disse Gebrew. "O quartel da Guarda Imperial fica muito longe daqui. Se ele está com o general, então está no palácio. Você vai ter que passar pelo quartel do Exército e pelo 6º Distrito Policial. Vai demorar demais."

Com um aceno, ela se foi. Tive a impressão de que Gebrew, cujos olhos lacrimejavam perpetuamente, por causa do tracoma, ia ter uma explosão de fúria. Ele pressentia um perigo muito maior do que qualquer coisa que eu pudesse imaginar.

Dez minutos depois, chegou um jipe com uma metralhadora de campanha, seguido por um carro blindado. Eram soldados da Guarda Imperial, carrancudos e com capacetes de combate, em vez dos habituais chapéus de fibra. Uniformes de camuflagem e cinturões de munição tinham substituído o costumeiro fardamento verde-oliva. Ouviu-se uma voz que vinha de um alto-falante montado no caminhão blindado: "Comunicado ao povo. Mantenham a calma. Sua Majestade, o príncipe herdeiro Asfa Wossen, assumiu o governo e fará um pronunciamento hoje, ao meio-dia. Liguem na Rádio Adis Abeba ao meio-dia. Rádio Adis Abeba ao meio-dia. Comunicado ao povo. Mantenham a calma...".

Afastei-me do portão e caminhei na direção do hospital. W. W. Gonad estava sentado na passagem coberta, diante do banco de sangue, com um rádio transistor no colo, e enfermeiras, efetivas e em treinamento, sentavam-se junto dele. Gonad parecia eufórico, feliz.

Ao meio-dia, em nosso bangalô, reunimo-nos em torno do Grundig e do rádio transistor de Rosina, o primeiro sintonizado na BBC e o segundo na Rádio Adis Abeba. Almaz estava em pé, enquanto Genet dividia uma cadeira comigo. Hema pegou o relógio no consolo da lareira e lhe deu corda. Sua expressão distante revelava sua profunda ansiedade. A enfermeira-chefe parecia a menos preocupada, soprando uma xícara de café quente e sorrindo para mim. Ouviu-se uma voz possante, em inglês: "Este é o Serviço Mundial da BBC".

Finalmente, o locutor deixou de falar sobre uma greve de mineiros de carvão na Grã-Bretanha e passou ao que nos interessava. "Informações provenientes de Adis Abeba, capital da Etiópia, dão conta de que um golpe incruento teve lugar enquanto o imperador Hailé Selassié fazia uma visita oficial à Libéria. O imperador abreviou sua visita e cancelou seu plano de uma visita oficial ao Brasil."

"Golpe" era uma palavra nova para mim. Implicava uma coisa antiga e sóbria, embora o adjetivo "incruento" implicasse a existência de uma variante sangrenta.

Naquele momento, confesso, fiquei emocionado ao ouvir nossa cidade e até a Guarda Imperial mencionadas na BBC. Os ingleses nada sabiam a respeito do Hospital da Missing ou da estrada que eu avistava de minha janela. Anos depois, quando Idi Amin dizia e cometia atrocidades, compreendi que o que o levava àquilo era o desejo de chamar a atenção da boa gente da hora média de Greenwich, fazer com que levantassem a cabeça do chá com bolinhos e dissessem *Oh, yes, Africa*. Durante um instante fugaz teriam a mesma consciência de nós, tal como tínhamos uma constante consciência deles.

Mas como a BBC podia olhar em nossa direção, lá de Londres, e ver o que estava acontecendo conosco? Olhando por cima dos muros da Missing não víamos nada.

Bem depois do meio-dia, e muito tempo depois da transmissão da BBC, a música marcial na Rádio Adis Abeba cessou e, com um farfalhar de papéis, entrou no ar a voz titubeante do príncipe herdeiro Asfa Wossen. Pelo pouco que eu vira, em jornais e em carne e osso, do alto e pálido primogênito do imperador, imaginava um homem capaz de gritar ao ver um ratinho: faltavam-lhe o carisma e o porte do imperador. O príncipe herdeiro leu uma declaração (era evidente que estava lendo) no alto amárico do governo, que todo mundo no hospital, menos Almaz e Gebrew, tinha dificuldade para entender. Quando terminou, Almaz saiu da sala, transtornada. Minutos depois (como faziam isso?), a BBC pôs no ar uma tradução.

"O povo da Etiópia esperou o dia em que a pobreza e o atraso deixassem de existir, porém nada foi realizado..."

O príncipe herdeiro disse que seu pai havia frustrado o país. Era chegada a hora de uma nova liderança. Um novo dia estava nascendo. Viva a Etiópia.

"Essas palavras são do general Mebratu", disse Ghosh.

"Parecem mais do irmão dele", disse Hema.

"Deviam estar com uma pistola na cabeça do príncipe herdeiro", disse a chefe. "Não percebi nenhuma convicção na voz dele."

"Bem, então ele devia ter se recusado a ler", eu disse. Todos se viraram para me olhar. Até Shiva ergueu a cabeça do livro que estava lendo. "Ele deveria ter dito: 'Não, não vou ler isso. Prefiro morrer a trair meu pai'."

"Marion tem razão", disse a chefe, finalmente. "Isso não depõe bem quanto ao caráter do príncipe herdeiro."

"Usar o príncipe herdeiro é só um ardil", disse Ghosh. "Eles não pretendem acabar com a monarquia imediatamente. Vão esperar o povo se acostumar com a ideia de uma mudança. Viram como Almaz se irritou com a ideia de alguém depor o imperador?"

"Por que se importariam com o povo? Eles têm as armas. O poder", disse Hema.

"Eles têm medo de uma guerra civil", respondeu Ghosh. "Os camponeses cultuam o imperador. Não se esqueça do Exército Territorial, todos aqueles militares já meio velhos que lutaram contra os italianos. Essas tropas irregulares não pertencem nem ao Exército, nem à Guarda Imperial, mas são muito mais numerosas do que eles todos. Podem vir para cá aos montões."

"Podem mesmo", concordou a chefe.

"Mebratu não conseguiu garantir o apoio do Exército, da polícia ou da Força Aérea com antecedência", disse Ghosh. "Imagino que quanto mais gente ele envolvesse antes do golpe, maior seria a probabilidade de uma traição. O general e o irmão dele, Eskinder, estavam discutindo quando cheguei lá esta manhã. Eskinder quis prender todos os generais do Exército ontem à noite, usando o mesmo estratagema com que prendeu os outros ministros leais ao imperador. Mas o general vetou a ideia."

"Então, você esteve com o general quando foi lá?", perguntei.

"Antes não tivesse estado", disse Hema. "Ele não tem nada que se meter nessa história", disse ela, parecendo contrariada.

Ghosh suspirou. "Fui lá como médico, Hema, já lhe disse. Quando cheguei, o chefe da polícia, Tsigue Debou, tinha resolvido a aderir a Mebratu. Ele e Eskinder pressionavam o general a atacar o quartel do Exército, antes que se organizassem. Mas ele se recusou. Estava... muito nervoso. Aqueles homens eram companheiros, amigos dele. Ele disse que tinha certeza de que os homens pensantes das outras Forças Armadas haveriam de aderir ao movimento. Você sabe que ele se deu ao trabalho de me levar à porta, para me agradecer. Disse que estava decidido a evitar derramamento de sangue."

Durante o resto do dia reinou aquele silêncio sinistro nas ruas. Pouquíssimos pacientes foram ao Hospital da Missing, e os internados que puderam fugiram para casa. Continuamos colados ao rádio.

Genet ficou em seu quarto, sozinha. No fim da tarde, Hema me pediu que fosse buscá-la. Levei-a à sala pela mão. Ela se fazia de forte, mas eu sabia que estava preocupada e com medo. Naquela noite, dormiu em nosso sofá, pois ainda não havia sinal de Rosina.

No dia seguinte, a cidade estava quietíssima, e a única coisa que circulava eram boatos. Só os comerciantes mais corajosos abriram as portas. Dizia-se que o Exército ainda estava vacilante, sem decidir se apoiava os líderes do movimento ou se permanecia leal ao imperador.

Ao meio-dia, Gebrew veio nos dizer que devíamos ir ao portão. Chegamos lá a tempo de ver um enorme desfile de universitários que carregavam bandeiras etíopes, com os rostos reluzindo de suor e empolgação. Agrupavam-se debaixo de faixas: FACULDADE DE ARTES E CIÊNCIAS, FACULDADE DE ENGENHARIA... Rapazes com braçadeiras mantinham a ordem. Espantei-me ao ver W. W. Gonad marchando debaixo da faixa da Escola de Administração. Dirigiu-nos um sorriso encabulado, ajeitou a gravata e continuou a desfilar, tentando se passar por membro do corpo docente.

A passeata devia reunir milhares de estudantes e professores, que cantavam a uma só voz, em amárico:

> *Compatriotas, despertai — a história vos chama,*
> *Basta de servidão, que brilhe de novo a liberdade.*

Cartazes em inglês diziam: UMA REVOLUÇÃO INCRUENTA DE TODOS OS ETÍOPES e APOIEMOS PACIFICAMENTE O NOVO GOVERNO POPULAR.

Ao longo da rua haviam se juntando espectadores desconfiados, que, como nós, tinham ficado trancados muito tempo em casa. Apareceram também cachorros sem dono, que latiam para os participantes do desfile e aumentavam ainda mais o barulho. Uma estudante bonitinha, de calça jeans, meteu folhetos em nossas mãos. Almaz empurrou o papel, como se estivesse contaminado. "Ei, mocinha!", gritou. "Foi para isso que mandaram você para a universidade?"

Um velho barbudo agitava um mata-moscas, como se quisesse esmagar os estudantes. "Se vocês estivessem estudando, não teriam tempo para isso", gritou. "Não se esqueçam de quem construiu a universidade de vocês, quem ensinou vocês a ler!"

Soubemos depois por W. W. Gonad que, no Merkato, os lojistas muçulmanos e eritreus tinham recebido os estudantes com aplausos. Mas no resto da cidade a recepção do público tinha sido fria, e quando o desfile mudou de direção para se dirigir ao quartel do Exército, onde pretendiam convencer os militares a aderir à revolta, foram recebidos no cruzamento por um pelotão em uniforme de combate. O jovem comandante disse aos manifestantes que tinham exatamente um minuto para se dispersar antes que ele ordenasse à tropa que atirasse. Os estudantes tentaram discutir, mas os sons de fuzis sendo engatilhados os convenceram a recuar. Foi aí que W. W. Gonad deixou a passeata.

Eu ainda estava feliz por não ter aulas, mas a ansiedade no rosto dos adultos tinha se dissipado. Ghosh e a enfermeira-chefe voltaram para o hospital, a fim de se preparar para emergências. Hema tinha sua clínica de versão aquela tarde. Shiva, que até então pouco interesse demonstrara pelo que estava acontecendo, estava inquieto, como se pressentisse alguma coisa de que ninguém mais se dava conta. E perguntou a Hema, o que não era de seu feitio, se ela ia ficar em casa, sem trabalhar.

"Não quero sair, meu amor", ela respondeu, depois de refletir sobre o que devia dizer. "Mas eu tenho a clínica de versão."

"Leve a gente com você", pediu Shiva. A seguir acrescentou: "A gente fez vários exercícios de caligrafia. Está vendo meu trabalho? Exatamente como você nos disse". A caligrafia dele era melhor do que os exemplos da letra redonda e do estilo floreado do curso de Bickham. "Por favor."

"Realmente, não posso...", disse Hema. "Tenho de ir à sala de parto primeiro, antes da clínica."

"Nós vamos com você", disse Shiva.

"Não. Não posso levá-los para a sala de parto." Ela percebeu a decepção no rosto de Shiva. "Vamos fazer uma coisa, vocês vão para a clínica de versão e me esperam. Mas fiquem juntos, sempre."

Esse era um convite inusitado. Ao contrário de Ghosh, se Hema saísse com um estetoscópio, não o trazia de volta para casa. O jaleco branco que a víamos usando no hospital ficava lá. Eu raramente pensava em Hema como médica, porque em casa ela era só mãe. Ghosh falava de medicina constantemente, mas Hema, nunca. Sabíamos que ela atendia na obstetrícia e que operava nas segundas e quartas-feiras. Pelo que ouvíamos dizer, era muito competente e requisitada, mas nunca ficávamos sabendo dos pormenores. Ela queria que soubéssemos que estava sempre de olho em nós, e que nenhuma tarefa médica atrapalharia essa vigilância. A clínica de versão era um bom exemplo. Fazia anos que ouvíamos falar daquilo, mas não tínhamos a menor ideia do que acontecia ali. De acordo com o dicionário, um dos significados de "versão" vinha do latim *versus*, "virar".

As saídas noturnas de Hema eram acompanhadas de frases crípticas, palavras mais estranhas do que "versão" ditas apressadamente enquanto ela corria: "eclâmpsia", "hemorragia pós-parto", ou o termo mais arrepiante de todos, a "Placema Retida". Ele nem estava no dicionário médico. E nunca se ouvia falar da Placema, a não ser quando ela estava Retida. Nós a imaginávamos como uma ave temida, mas cuja chegada era necessária. Shiva e eu procurávamos aquela Placema Retida nas árvores da Missing, ou bem alto no céu.

Shiva desenhou a Placema, e em suas múltiplas representações ela parecia uma asa voadora, um triângulo alongado, cego, sem pernas, mas bela, esguia, aerodinâmica e absolutamente misteriosa. Estaria a morte de nossa mãe relacionada com a Placema Retida? Teria sido tão fácil perguntar a Hema, mas o assunto era tabu. Ou pelo menos Hema nos passava essa ideia.

A clínica feminina, atrás do prédio principal do hospital, afastava-se do padrão geral, de paredes caiadas, do Hospital da Missing: seu exterior era pintado de verde-limão e o prédio tinha balaustradas azuis. Um pé de saponária deixava cair flores alaranjadas nos degraus. Debaixo da árvore, o solo se incendiava com lobélias azuis e trevos cor-de-rosa. Encontramos uma chusma de pacientes grávidas e loquazes sentadas nos degraus, com o cabelo coberto por *shashes*. Enquanto esperavam, ajeitavam flores frescas atrás das orelhas e estendiam as pernas. Seus *shamas* bancos fulgiam ao sol, e com os ventres túrgidos, segurando seus cartões de pacientes externas, elas mais pareciam um bando de gansas animadas. Algumas estavam descalças, e as que não estavam tinham quase tirado os sapatos de plástico. A cidade estava vivendo um dia de tensão, mas, a julgar por aquelas mulheres, ouvindo suas risadas e suas queixas de tornozelos inchados, maridos ou azia, ninguém teria imaginado aquilo.

Quando nos viram, nos chamaram para apertar nossas mãos, perguntar nossos nomes, nossa idade, remexer em nossos cabelos e comentar como éramos parecidos. Insistiram em que sentássemos com elas, e eu teria declinado do convite, mas Shiva concordou, todo feliz. Sentei-me ali, constrangido, como um pinto sendo pisoteado por galinhas. Já Shiva parecia estar no sétimo céu.

Acontece, com muita frequência, nunca vermos de verdade os membros de nossa própria família, e cabe a estranhos nos dizer o quanto eles cresceram ou envelheceram. Confesso que, de modo geral, eu aceitava como coisa natural a aparência física de Shiva. Afinal de contas, ele era meu irmão gêmeo. Mas naquele momento eu estava vendo meu irmão como se fosse da primeira vez: a testa larga e redonda, os cachos que se amontoavam em sua cabeça, ameaçando cair para a frente e tapar-lhe a visão, o gesto equânime da fronte e dos olhos e seu maneirismo de colar o dedo no rosto, exatamente como na foto de Nehru na parede de nossa casa. O que me parecia inteiramente novo era aquele sorriso, que convertia meu companheiro de útero num estranho de olhos azuis, incutindo-lhe uma leveza tal que, não fossem os robustos braços femininos passados sobre seus ombros, afagando-lhe o cabelo, ele teria saído flutuando daqueles degraus.

Uma mulher leu um panfleto cor-de-rosa que tinha sido jogado na Piazza e no Merkato por um avião da Força Aérea. Era a única mulher ali que sabia ler, ainda que devagar. " 'Mensagem de Sua Santidade, patriarca da Igreja, Abuna Basilios' ", ela leu, e as cabeças imediatamente baixaram, as mãos fizeram o sinal da cruz, como se Sua Santidade estivesse nos degraus com elas. "'A meus filhos, os cristãos da Etiópia e a todo o povo etíope. Ontem, por volta das dez da noite, os soldados da Guarda Imperial, a quem estava confiada a segurança e o bem-estar da família real, cometeram crimes de traição contra seu país'..."

Sentado entre elas, suando ao sol, estremeci. Eu percebia que as palavras do patriarca soavam verdadeiras para aquelas senhoras. Ele estava falando em nome de Deus. Isso não prenunciava boas coisas para o homem que tanto admirávamos, o general Mebratu.

As mulheres passaram a se comportar de maneira diferente depois disso, zombando da Guarda Imperial, e logo dos homens em geral, comportando-se como se estivessem num casamento. Shiva estava extasiado, rindo de uma orelha a outra. A apreensão de antes tinha desaparecido. Era como se ele houvesse encontrado ali, cercado de mulheres grávidas, seu ambiente ideal. Havia muita coisa em meu irmão que eu não compreendia.

Quando Hema apareceu, as mulheres se esforçaram para se levantar, embora ela protestasse. A expressão nos olhos de Hema revelava o orgulho materno por nos ver adotados por suas pacientes.

Três mulheres subiram para outras tantas mesas de exame. Arrumaram a saia um pouco abaixo da barriga e levantaram a combinação de modo a expor seus inchaços, que lembravam melancias. Quando uma das pacientes fez um sinal a Shiva para que se aproximasse e segurasse sua mão, ele se adiantou e eu o segui. Hema mordeu a língua.

"Fim do terceiro trimestre", disse Hema passado algum tempo, sem explicar o que isso significava. Usou as duas mãos para confirmar que a posição do bebê estava um pouco diferente de cabeça para baixo. "Um bebê não pode sair com facilidade se a cabeça não estiver apontando para os pés da mãe. Foi por isso que a clínica de pré-natal mandou que elas viessem aqui para a clínica de versão", disse, mencionando outra clínica na qual sabíamos que ela dava consultas exatamente naquela mesma sala, mas em outro dia.

Hema pegou uma versão estranha, mirrada, de um estetoscópio: um fetoscópio. Sua campânula tinha uma peça de metal em forma de U na qual ela podia apoiar a testa e, a seguir, usar o peso da cabeça para comprimir a campânula contra o abdome, ficando com as mãos livres para estabilizar a barriga. Ela ergueu um dedo, como um maestro, pedindo silêncio. A conversa parou, e as pacientes nas macas e o grupo reunido em torno da porta prendeu a respiração até que Hema levantou a cabeça e disse: "Galopando como um corcel!". Uma dúzia de vozes acrescentou: "Louvados sejam os santos!". Hema não nos convidou a ouvir.

A partir daí, ela se pôs a trabalhar. "Com esta mão, eu pego a cabeça do bebê. Ponho a outra aqui, onde está o bumbum dele... Como eu sei?" Ela olhou para Shiva como se essa pergunta dele não tivesse razão de ser. Depois riu. "Meu filho, você faz ideia de quantos milhares de bebês eu já senti assim? Eu não preciso pensar. A cabeça é essa coisa dura, como um coco. O bumbum é mais macio, menos definido. Minhas mãos me mostram uma fotografia", disse, delineando uma forma no ar, sobre a barriga exposta. "O bebê está de costas para mim. Agora, veja." Hema firmou os pés, e a seguir, usando as duas mãos com decisão, empurrou a cabeça para um lado, o bumbum para o outro, ao mesmo tempo que impelia uma das mãos em direção à outra, como que para manter o bebê meio dobrado sobre si mesmo. Alguma coisa na maneira como seus polegares se alinhavam com os demais dedos, todos muito juntos, me lembrou seus gestos na dança Bharatnatyam. "Pronto. Viu? Há uma resistência inicial, uma rebeldia, mas aí ele cede e o bebê vira para baixo." Eu não via nada. "Bem, é claro que você não *vê*. O bebê está flutuando num líquido. Assim que eu começo a virá-lo, o bebê faz o quarto final da volta sozinho. Agora ele não é mais um bebê sentado. É uma apresentação de cabeça. Normal." Hema auscultou de novo o coração do feto para confirmar que continuava forte.

Rapidamente, com a mesma energia alvoroçada com que dava cartas ou nos submetia a testes de ortografia, Hema acabou de examinar as outras pacientes. Só um bebê recusou-se a ser virado.

"Na minha opinião, esta clínica talvez seja uma enorme perda de tempo. Ghosh quer que eu faça um levantamento para verificar quantos bebês retornam à posição em que estavam antes da versão. Vocês conhecem o jeito como ele fala. 'A medicina não quantificada não vale a pena', é o que ele diz." Hema fez um muxoxo, lembrando-se de outra coisa. "Quando eu era pequena, tinha um vizinho, um menino chamado Velu, que criava frangos. De vez em quando uma galinha cacarejava de um jeito diferente, e Velu sabia, não me perguntem como, que aquilo queria dizer que um ovo estava preso em posição transversa. Ele metia o dedo e botava o ovo na posição vertical. A galinha parava de cacarejar, e daí a pouco botava o ovo. Velu era antipático na idade de vocês. Mas eu me lembrei agora da habilidade dele com as galinhas, e fico com a impressão de que eu o subestimava."

Eu nada disse, com medo de quebrar o encanto. Era muito raro ouvir Hema fazer reminiscências daquele jeito.

"Mas, aqui entre nós, não tenho a menor disposição de publicar um trabalho que possa acabar com essa atividade. Eu *gosto* da clínica de versão."

"Eu também", disse Shiva.

"Seja na Índia, seja aqui, as mulheres são todas iguais", disse Hema, olhando para as grávidas. Nenhuma delas tinha ido embora. Estavam à espera do chá, do pão e da pílula de vitamina que se seguiriam ao tratamento. Sorriram para Hema com um afeto fraterno. Não, com adoração. "Olhem para elas! Todas radiantes e felizes. Daqui a algumas semanas, quando começar o trabalho de parto, elas vão gritar, berrar, xingar os maridos. Vão virar uns demônios. Vocês não as reconheceriam. Mas agora elas parecem uns anjos." Hema suspirou. "É nesse estado que uma mulher é mais mulher."

Os problemas da cidade e do país tinham desaparecido, ao menos para mim e para Shiva. Como éramos felizes por termos Hema e Ghosh como pais! O que havia a temer?

"Mãe", disse Shiva, "Ghosh disse que a gravidez é uma doença sexualmente transmissível."

"Ele disse isso porque sabia que vocês me contariam. Aquele safado. Não devia ficar dizendo essas coisas a vocês."

"Pode nos mostrar por onde sai o bebê?", pediu Shiva. Eu sabia que ele estava falando com toda a seriedade, mas sabia também que com essas palavras ele tinha quebrado o encanto. Fiquei furioso. As crianças precisam de certa astúcia no trato com os adultos, e Shiva não tinha nenhuma. Da mesma maneira misteriosa com que chegara a dentição permanente, haviam chegado também o constrangimento e o embaraço para camuflar minha culpa, enquanto a vergonha se enraizava em meu corpo como um preço pela curiosidade.

"Muito bem. Por hoje chega. Hora de vocês irem para casa", disse Hema.

"Mãe, o que quer dizer 'sexual'?", perguntou Shiva, enquanto ela nos encaminhava para fora da sala. Analisei meu irmão gêmeo. Dessa vez, fiquei em dúvida quanto à intenção dele: por acaso ele a estaria provocando ou aquilo era apenas mais uma manifestação de seu modo de pensar pouco convencional? A resposta de Hema só fez aumentar minha perplexidade: "Tenho de dar uma passada nas enfermarias. Não saiam de casa". E com isso nos enxotou dali. Seu tom de voz era de aborrecimento, mas, no entanto, se não estou enganado, ela estava se esforçando para não sorrir.

24. Amor por quem agoniza

Num país onde não se pode descrever a beleza da terra sem usar a palavra "céu", ver três jatos deixando riscas na subida empinada era de tirar o fôlego.

Eu estava fora de casa, no gramado da frente. A onda de choque viajou pela terra até meus pés e subiu por minha espinha antes que eu escutasse a explosão. Fiquei pregado ali. Num ponto distante, subiu uma coluna de fumaça. O silêncio aturdido que se seguiu foi despedaçado pelo guincho de centenas de pássaros que saltaram para o céu e pelos latidos de todos os cães da cidade.

Eu queria acreditar que tudo aquilo — os aviões a jato, as bombas — fazia parte de algum plano colossal, o curso esperado dos acontecimentos, e que Hema e Ghosh entendiam o que estava acontecendo, mesmo que eu nada entendesse. Não importava o que fosse aquilo, eles poderiam reverter toda a situação.

Quando Ghosh saiu de casa, correndo o mais depressa que podia, e quando me agarrou, com medo e aflição nos olhos, minhas últimas ilusões se desvaneceram. Os adultos não estavam no comando. Houvera pistas disso antes, suponho, mas mesmo ao ver a velha ser espancada pelos guardas do imperador achei conveniente acreditar que Hema e Ghosh ainda controlavam o universo.

Mas dar um jeito naquela situação estava além da capacidade deles.

Ghosh, Hema e Almaz arrastaram colchões para o corredor. Nossas paredes caiadas, de *chikka*, barro amassado com palha, ofereciam pouca proteção. No corredor, as balas teriam ao menos de atravessar duas ou três paredes de *chikka*. Balas zuniam no céu, dando a impressão de passar por perto, enquanto os estouros e estrondos pareciam distantes. Ouvimos o barulho de vidro quebrado na cozinha, e mais tarde descobrimos que uma bala tinha estilhaçado uma vidraça. Estendi-me no colchão, paralisado, com o corpo incapaz de qualquer movimento. Esperei que alguém dissesse que aquilo era um erro absurdo que logo seria corrigido e eu poderia sair e brincar de novo.

"Acho que podemos supor que o Exército e a Força Aérea decidiram *não* aderir ao golpe", disse Ghosh, olhando para Hema a fim de ver como ela receberia essa cuidadosa afirmação. Hema assentiu.

Os lábios de Genet tremiam. Eu imaginava como ela devia estar preocupada: eu sentia um estremecimento na barriga toda vez que pensava em Rosina, sumida já havia mais de vinte e quatro horas. Estendi a mão, que Genet segurou.

Ao cair da tarde, com o tiroteio agora mais intenso, começou a fazer muito frio. Destemida, a enfermeira-chefe ficava indo ao hospital e voltando, apesar de nossos pedidos de que não saísse. Quando precisei ir ao banheiro, fui rastejando. Vi pela janela as balas traçadoras riscando o céu.

Gebrew trancou o portão principal e lhe passou a corrente. Depois deixou a guarita e foi para o prédio principal do hospital. As enfermeiras e as estudantes de enfermagem estavam deitadas no refeitório do hospital, e W. W. Gonad e Adam, o farmacêutico, lhes fazia companhia.

Por volta da meia-noite ouvimos uma batida na porta dos fundos e quando Ghosh foi abri-la, lá estava Rosina! Genet, Shiva e eu corremos em sua direção para abraçá-la. Derramando lágrimas quentes, Genet gritava com a mãe em tigrínia, reclamando por tê-la largado e deixado preocupada.

A chefe sorria feliz atrás de Rosina. Algum instinto havia feito com que ela e Gebrew descessem até o portão trancado para uma última verificação. Ali encontraram Rosina, enrodilhada junto do portão e tremendo de frio.

Enquanto devorava um prato de comida, Rosina nos informou que as coisas estavam muito piores do que ela havia imaginado. "Eu queria chegar até a parte alta da cidade, mas a rua estava bloqueada pelo Exército. Tive de dar uma volta enorme, primeiro para um lado, depois para o outro." Um tiroteio a levara a se esconder, e então tanques e carros blindados tinham impedido sua volta. Ela havia passado a noite no alpendre de uma loja no Merkato, onde outras pessoas surpreendidas pela escuridão também tinham buscado abrigo. De manhã, não conseguira sair do Merkato por causa de pelotões do Exército que estavam circulando na cidade e não deixavam ninguém permanecer nas ruas. Com isso ela demorara até o cair da noite para transpor uma distância de cinco quilômetros. Rosina confirmou nossos piores receios: a Guarda Imperial estava sendo atacada pelo Exército, pela Força Aérea e pela polícia. Batalhas ferozes eram travadas em toda parte, mas o Exército concentrava sua ação cada vez mais contra a posição do general Mebratu.

Rosina foi para seu quarto a fim de tomar banho e mudar de roupa, e voltou com seu colchão, e também com *caramela* para nós. Genet ainda não a tinha perdoado, mas ficou junto dela.

A enfermeira-chefe afundou no colchão e esticou os pés. Meteu a mão sob o agasalho e tirou de lá um revólver, que pôs entre o colchão e a parede.

"Chefe!", exclamou Hema.

"Eu sei, Hema... Eu *não* comprei isso com o dinheiro dos batistas, se é o que você está pensando."

"Não era nada disso que eu estava pensando", disse Hema, olhando para a arma como se ela pudesse explodir.

"Digo com toda a sinceridade, essa arma foi um presente. Eu a guardo num lugar onde ninguém há de achá-la. Mas, você me entende... Saqueadores, é com isso que temos de nos preocupar agora", disse a chefe. "Talvez isso os detenha. Na verdade, comprei outras duas armas. Estão com W. W. Gonad e Adam."

Almaz trouxe para o corredor uma cesta de *injera* e cordeiro com curry, e comemos desse prato comunitário com os dedos. Depois retornamos à espera, ouvindo tiros de armas curtas e explosões a distância. A situação estava tensa demais para que lêssemos ou fizéssemos qualquer outra coisa que não fosse ficar ali e esperar.

Shiva estava sentado de pernas cruzadas. Dobrou com bastante cuidado uma folha de papel, depois rasgou-a em dois pedaços e repetiu o processo várias vezes até ter uma grande quantidade de quadradinhos. Eu sabia que ele estava tão abalado quanto eu com o rumo dos acontecimentos. Fiquei a observar suas mãos, que se moviam metodicamente, pois com isso parecia que eu também mantinha ocupadas a mente e minhas próprias mãos. Em seguida, ele dispôs um dos quadradinhos num lugar; depois contou outros três e os colocou debaixo do primeiro; depois sete, e depois onze. Tive de perguntar o que era aquilo.

"Números primos", respondeu, como se isso explicasse tudo. Balançava-se para a frente e para trás, movendo os lábios. Era espantosa sua capacidade de se alhear do que acontecia a seu redor, fosse dançando, desenhando uma motocicleta ou brincando com números primos. A fim de fugir da loucura aqui embaixo, usava muitos artifícios para subir mentalmente até a casinha na árvore, e ali chegando, puxava a escada. Eu o invejava.

Mas a fuga de Shiva não foi completa naquela noite. Eu sabia disso porque, olhando para ele, não sentia alívio.

"Não tente", eu disse. "Vamos dormir."

Ele afastou seus papéis imediatamente.

Rosina e Genet já tinham ferrado no sono, ambas exaustas. A volta de Rosina era um grande alívio, mas naquela noite senti a maior satisfação quando minha cabeça tocou na de Shiva, trazendo uma sensação de segurança e completude, um refúgio no fim do mundo. Graças a Deus, acontecesse o que acontecesse, teríamos sempre ShivaMarion, pensei. Com certeza, sempre poderíamos invocar ShivaMarion quando necessário, embora eu me lembrasse, com um sentimento de culpa, de que já havia algum tempo que não fazíamos isso. Cutuquei suas costelas e ele fez a mesma coisa nas minhas, e eu senti que ele sorria sem abrir os olhos. Fiquei contente com aquilo, pois naquele dia, sentado nos degraus da clínica de versão, ele tinha sido um estranho, mas agora era Shiva de novo. Juntos, tínhamos uma vantagem desleal em relação ao resto do mundo.

Num dado momento, ao acordar, vi que todos tinham dormido, menos a enfermeira-chefe e Ghosh. O som de tiros vinha em rajadas intensas, mas com intervalos imprevisíveis de silêncio, de modo que pude ouvir claramente a chefe dizer a Ghosh: "Quando o imperador fugiu de Adis em 36, pouco antes da chegada dos italianos, foi um caos... Eu devia ter ido para a Legação Britânica. Bastava um olhar para os soldados sikh no portão, com seus turbantes, barbas e baionetas, e a gente sabia que saqueador nenhum chegaria perto dali. O maior erro que já cometi foi não ter ido para lá".

"Por que não foi?"

"Constrangimento. Uma vez eu tinha jantado com o embaixador e sua mulher. Eu me senti muito deslocada. Agradeço a Deus por John Melly. Era um jovem médico missionário. Estava sentado a meu lado. Falou a respeito de sua fé e de sua esperança de construir uma escola de medicina aqui..." Aos poucos, ela se calou.

"A senhora já me falou sobre ele uma vez", disse Ghosh. "A senhora o amava. Disse que um dia me contaria tudo a respeito."

Houve um longo silêncio. Tive vontade de abrir os olhos, mas isso quebraria o encanto.

Quando a chefe voltou a falar, sua voz estava lenta e pesada.

"Por ficar aqui, tornei-me responsável pela morte de John Melly. Na época, isto aqui não era o Hospital da Missing. Mas eu tinha como certo que um hospital seria poupado, era isso que eu pensava. Só que um ajudante de enfermaria trouxe uma ralé para cá. Agarraram uma auxiliar de enfermagem e a estupraram. Fugi para a outra extremidade da enfermaria, onde achei o doutor Sorkis. O senhor não o conheceu. Um húngaro. Péssimo cirurgião, um sujeito intratável. Operava como um autômato. Desinteressado. Tivemos aqui um desfile de médicos que ficavam pouco tempo, até chegarem o senhor, Hema e Stone..." Ela suspirou de novo. "Naquela noite, entretanto, Sorkis fez toda a diferença. Ele tinha uma espingarda e uma pistola. Quando a turba chegou à enfermaria, eu disse a Tesfaye — esse era o nome do ajudante —, através da porta fechada: 'Não participe desse horror, pelo amor de Deus'. Mas ele caçoou de mim. 'Deus não existe, chefe.' Disse também muitas outras coisas horríveis.

"Quando quebraram a primeira tábua da porta, o doutor Sorkis disparou primeiro um dos canos da espingarda, na altura do olho, e depois o segundo, na altura da virilha. O barulho dos tiros me deixou surda. Quando voltei a ouvir, escutei os homens gritando de dor. Sorkis recarrregou a espingarda e saiu, disparando na altura dos joelhos.

"Confesso que senti prazer ao ver que eles fugiam manquitolando. Em vez de medo, eu sentia raiva. Tesfaye voltou a atacar... Acho que ele pensava que a gentalha ainda estava com ele. Sorkis levantou o revólver... exatamente este que está aqui... e apertou o gatilho. Antes mesmo de ouvir o disparo, eu vi os dentes de Tesfaye voando e o fundo de sua cabeça se abrir. Os outros saíram correndo a toda.

"Quando os italianos entraram na cidade no outro dia, de manhã cedo... Pode me chamar de traidora, Ghosh, mas pelo menos eu os recebi com alegria porque os saques acabaram. Foi aí que descobri que John Melly tinha tentado me tirar daqui para um lugar seguro. Parou o caminhão para ajudar um homem ferido, e nisso um saqueador bêbado se aproximou e disparou uma pistola no peito dele. Sem motivo algum!

"Corri para a legação quando soube disso. Cuidei dele dia e noite. Ele sofreu durante duas semanas, mas sua fé nunca se abalou. Essa é uma as razões por que nunca fui embora da Etiópia. Eu achei que devia isso a ele. Ele me pedia que cantasse o 'Hino de Bunyan' enquanto eu segurava sua mão. Devo ter cantado isso mil vezes antes que ele morresse."

"Quem quiser ao pecado e ao mal se opor
Achará fortaleza seguindo o Senhor.
Desalento algum o levará a desdizer
Sua decisão de um Peregrino ser."

Que descobertas incríveis se pode fazer de olhos fechados: eu nunca tinha ouvido a chefe falar de seu passado, e quanto mais cantar. Em meu espírito era como se ela houvesse chegado ao mundo plenamente formada, com o hábito de freira, sempre dirigindo a Missing. Sua história sussurrada, sua confissão de medo, de amor, de uma morte era mais assustadora do que o som do tiroteio ao longe. Naquele corredor escuro, iluminado apenas por balas traçadoras e pelos clarões intermitentes dos foguetes de iluminação, que projetavam sombras dançantes nas paredes, apertei com força meu crânio contra o de Shiva. O que mais eu não sabia? Eu queria dormir, mas o hino da chefe, sua voz trêmula, ainda ressoava em meus ouvidos.

25. A fúria como forma de amor

Na noite seguinte, tudo estava terminado. O golpe fracassara. Em três dias, centenas de soldados da Guarda Imperial tinham sido mortos, e muitos outros tinham se rendido. Vi um homem ser arrastado do prédio de blocos de cimento defronte à Missing. Tentara se livrar de seu uniforme comprometedor, mas o fato de estar usando apenas um colete e cuecas o identificou como um dos rebeldes.

Quando os tanques e os carros blindados do Exército se aproximaram, o general Mebratu e um pequeno contingente de seus homens fugiram pelos fundos do Palácio Velho. Protegidos pela escuridão da noite, seguiram para o norte, em direção às montanhas.

Na manhã seguinte, o imperador Hailé Selassié I, o Leão Conquistador de Judá, Rei dos Reis, Descendente de Salomão, voltou a Adis Abeba de avião. A notícia de sua chegada espalhou-se como um incêndio, e uma multidão encheu os dois lados do trajeto de sua carreata, aplaudindo e dançando. As ruas foram ocupadas por gente aos magotes, de braços dados, pulando juntas, com molas nos pés, gritando seu nome ainda muito tempo depois de sua passagem. Entre elas estavam Gebrew, W. W. Gonad e Almaz. Segundo ela, o semblante de Sua Majestade estava cheio de amor por seu povo, de gratidão por sua lealdade. "Eu vi o imperador com a mesma clareza que estou vendo você em pé aí", disse ela. "Eu juro que ele tinha lágrimas nos olhos, que Deus me fulmine com um raio se estou mentindo." Os estudantes universitários que haviam desfilado pelas ruas alguns dias antes se encafuaram em algum lugar.

O espírito na cidade era de comemoração. As lojas estavam abertas. Os táxis, tanto os de tração animal quanto os movidos a gasolina, voltaram às ruas com um ar de vingança. O sol brilhava e aquele foi um lindo dia em Adis Abeba.

Em nosso bangalô, o estado de ânimo era sombrio. Eu sempre havia pensado no general Mebratu e em Zemui como os "mocinhos", meus heróis. O imperador estava longe de ser um "bandido", e as tentativas dos líderes do golpe para mostrá-lo assim não eram convincentes. A maré tinha virado, e o pior possível havia acontecido: meus heróis tinham se tornado os "bandidos" e ninguém ousava dizer o contrário.

Agoniadas, Rosina e Genet sofriam à espera de notícias, sabendo que, quaisquer que fossem, não seriam boas.

Ocorreu-me que Zemui provavelmente nunca mais viria buscar sua motocicleta. Darwin não receberia novas cartas do amigo. As noitadas de bridge, animadas pelo general Mebratu, quase com certeza tinham chegado ao fim.

O imperador ofereceu uma vultosa recompensa pela captura do general Mebratu e de seu irmão. Na noite após o retorno do imperador, houve tiroteios em diversos bairros, pois os últimos "subversivos" estavam sendo caçados. Eu lamentava a sorte dos soldados rasos da Guarda Imperial, como aquele que eu vira ser arrastado: seu crime fora pertencer ao lado perdedor, ou talvez até ao lado errado. Mas só havia cumprido ordens. O general Mebratu tinha decidido o destino deles.

Eu não sabia mais o que pensar sobre o general. O homem que conhecíamos e admirávamos parecia não ter nenhuma relação com o desacreditado e agora caçado rebelde que havia conduzido o golpe vencido. Toda vez que eu ouvia disparos de armas curtas, me perguntava se aquilo não seria o fim dele e de Zemui.

Acordei na manhã seguinte ouvindo um pranto convulso que vinha do quarto de Rosina. Saí correndo e dei com Ghosh e Hema no corredor, e fomos ver, ainda de pijamas, o que estava acontecendo.

Gebrew e dois homens taciturnos achavam-se diante da porta do quarto de Rosina. Ela chorava e se lamentava em tigrínia, mas o significado de seu pranto era claro.

Soubemos que o pequeno grupo do general Mebratu tinha se refugiado nas montanhas Entoto e depois voltado para as planícies, perto da cidade de Nazret. Seguiam na direção do monte Zuquala, um vulcão inativo, onde esperavam se proteger em terras de propriedade da família Mojo.

Por fim, foram camponeses que denunciaram a presença do general, gritando *lulululu* quando toparam por acaso com seu grupo. Uma força policial logo cercou o general Mebratu. Nessa última escaramuça, tendo ficado sem munição, o general desarmou um policial e depois se arrastou na direção de um outro policial, este ferido, a fim de pegar sua arma. Chamou Eskinder para ajudá-lo, mas, em vez disso, Eskinder baleou nosso querido general no rosto, antes de meter a arma na própria boca. Teriam eles feito um pacto de suicídio? Ou teria Eskinder tomado uma decisão pelos dois? Quanto a Zemui, pai de Genet e amigo de Darwin, recusou-se a se render ou tirar a própria vida. Investiu contra a tropa, que queria que ele se rendesse, e foi metralhado.

O projétil de Eskinder tinha atingido o general no rosto e arrancando seu olho direito, deixando-o pendurado, antes de se alojar sob o olho esquerdo. Por milagre, a bala não havia penetrado no crânio. O general estava inconsciente, mas vivo. Foi levado às pressas para o hospital militar de Adis Abeba, a mais ou menos cem quilômetros de distância.

Sentamo-nos à mesa de jantar, nós quatro, tentando não ouvir os lamentos de Rosina. Vez por outra, eu escutava os soluços de Genet. Hema tinha ido ao quarto de Rosina e já voltara, mas eu não me animava a fazer o mesmo. Shiva tapava os ouvidos com as mãos, e tinha os olhos úmidos.

Continuávamos à mesa quando o telefone tocou, e era de parte do sr. Loomis. "Tudo de volta ao normal", disse Ghosh, desligando o telefone. A Loomis Town & Country voltara a funcionar, e se pertencíamos à Casa de Terça-Feira tínhamos de nos lembrar de levar o material esportivo.

Apesar de nossas dúvidas, Ghosh convenceu-nos de que a escola era preferível a ouvir os lamentos de Rosina o dia inteiro. Ele nos levou de carro, e Shiva e eu dividimos o banco da frente.

Perto do Banco Nacional, uma multidão que enchia a calçada e o meio da rua, carregada de uma energia estranha, vinha em nossa direção. Avançávamos muito devagar e de repente eu vi bem diante de nós, claramente, como se estivessem num palco, três corpos que pendiam de uma forca improvisada. Ghosh pediu que olhássemos para o outro lado, mas era tarde demais. Em sua imobilidade, os cadáveres pareciam estar pendurados ali havia séculos. Tinham as mãos amarradas nas costas e as cabeças estavam viradas num ângulo esquisito.

A multidão se aglomerou em torno do carro. A festa parecia estar acabando. Um rapaz, que caminhava junto com outros dois, deu uma pancada no capô do carro, e o barulho me fez dar um salto. Ele riu e, não importa o que tenha dito, não era coisa simpática. Uma outra pessoa esmurrou o teto, sobre nossas cabeças, e no momento seguinte sentimos o carro balançar para a frente e para trás.

Eu tinha certeza de que a multidão nos enforcaria também. Agarrei-me ao painel, com um grito na garganta. "Fiquem calmos, meninos!", disse Ghosh. "Sorriam, acenem, mostrem os dentes! Balancem a cabeça... Deem a impressão de que viemos ver o espetáculo." Não sei se sorri, mas sufoquei aquele grito. Shiva e eu ríamos como macacos e fingíamos que não estávamos assustados. Acenamos. Talvez tenha sido a visão de gêmeos idênticos, ou a sensação de que dentro do carro estávamos tão loucos quanto eles do lado de fora, mas o certo foi que ouvimos risadas, e as batidas no carro tornaram-se mais afáveis, menos agressivas.

Ghosh, agitado, não parava de balançar a cabeça, com um sorriso aberto no rosto, acenando, sem parar de falar. "Eu sei, eu sei, seu vagabundo safado, bom dia para você também, é, isso mesmo, eu vim para me divertir com esse espetáculo de selvageria... Vamos enforcar *você*, por Júpiter, é muita gentileza da parte de vocês fazer uma coisa dessas, obrigado, obrigado", e continuava a avançar devagar. Eu nunca tinha visto Ghosh proceder daquela forma antes, expressando tanto desprezo e raiva com um sorriso e um expressão falsa. Por fim, transpusemos a multidão e o carro passou a trafegar livremente. Olhando para trás, vi mãos que tentavam arrancar os sapatos de couro dos cadáveres.

Shiva e eu estávamos abraçados, em nossa pose tradicional. Estávamos muito abalados. No estacionamento da escola, Ghosh desligou e motor e nos abraçou. Eu chorava por Zemui, pelo general Mebratu, baleado no olho, por Genet e por Rosina e, finalmente, por mim mesmo. Estar abraçado a Ghosh e comprimido contra seu peito era proteger-se no porto mais seguro do mundo. Ele limpou meu rosto com uma ponta de seu lenço e depois, com a outra ponta, o de Shiva.

"Aquilo foi a coisa mais corajosa que vocês já fizeram na vida. Mantiveram-se tranquilos. Vocês *meteram o brio naquele lugar de onde não sai*. Estou orgulhoso de vocês. Sabem de uma coisa? Vamos dar um passeio fora da cidade este fim de semana. Vamos às fontes termais de Sodere, ou Woliso. Vamos nadar e esquecer tudo isso."

Ghosh nos deu um último abraço. "Se eu encontrar Mekonnen, ele estará aqui com o táxi na hora de costume. Se não encontrá-lo, eu mesmo estarei aqui às quatro." Quando eu já estava quase entrando em minha sala, olhei para trás e lá estava Ghosh, acenando para nós.

A Loomis Town & Country estava alvoroçada. Escutei bazófias sobre o que os outros meninos tinham visto e feito. Não tive nenhuma vontade de contribuir ou prestar atenção.

Naquele dia, enquanto ainda estávamos na escola, quatro homens foram visitar Ghosh num jipe. Levaram-no como se ele fosse um criminoso comum, com as mãos algemadas nas costas. Deram-lhe um tapa quando ele tentou protestar. Hema soube disso tudo por W. W. Gonad, que disse aos homens que era evidente que estavam enganados ao levar o cirurgião da Missing. Por sua impertinência, levou um chute de bota no estômago.

Hema recusou-se a acreditar que houvessem detido Ghosh. Correu para casa, convicta de que o encontraria afundado na poltrona, com os pés sem meias no banquinho, lendo um livro. Prevendo encontrá-lo, pois tinha certeza de que ele estaria ali, ela já estava furiosa com ele.

"Está vendo como era perigoso para nós manter relações com o general?", foi logo gritando ao entrar pela porta da frente do bangalô, já soltando chispas. "O que foi que eu lhe disse tantas vezes? Eles poderiam matar todos nós!" Sempre que ela investia contra ele assim, soltando fogo pelas ventas, Ghosh tinha o hábito de agitar uma capa imaginária, como um *matador* diante de um touro bravio. Achávamos graça, embora Hema nunca risse.

Mas a casa estava silenciosa. Nada de toureiro. Ela percorreu todos os cômodos, com o tilintar das tornozeleiras ecoando nos corredores. Imaginou

Ghosh com o braço torcido às suas costas, sendo esmurrado no rosto, levando chutes na genitália... Correu para a privada, a fim de vomitar o almoço. Depois acendeu incenso, fez soar a sineta e prometeu fazer romarias aos santuários de Tirupati e Velankani se soltassem Ghosh.

Hema levantou o fone para contar à enfermeira-chefe. Mas a linha estava desligada. O serviço telefônico tinha se tornado inoperante quando caíram as bombas e desde então só tinha voltado a funcionar esporadicamente. Hema ficou olhando pela janela da cozinha.

O carro de Ghosh estava no hospital. Mas, mesmo que ela pegasse o carro, aonde iria? Para onde o teriam levado? E se, saindo dali, eles a prendessem também, e nesse caso os meninos ficariam sozinhos... Foi preciso um monumental esforço para que ela decidisse esperar por nós.

Hema ouvia um monólogo soluçante que vinha das dependências de empregada. A voz era de Rosina, embora estivesse rouca e não parecesse a voz dela. As palavras se dirigiam a Zemui, a Deus, ou ao homem que havia matado seu marido. Aquilo tinha começado de manhã e ainda não chegara ao ponto máximo.

Genet saiu do quarto, de olhos vermelhos, mas serena, levando pela mão Rosina, que claudicava. Estavam se dirigindo à casinha. Não tinham quem mais as acompanhasse no luto, além de Almaz e Gebrew, que naquele momento faziam outras coisas. Hema teve a sensação de que Genet se tornara adulta subitamente, que em seu rosto se insinuara uma certa dureza, e que coisas como a doçura e o encanto de menina tinham morrido nela para sempre.

Hema molhou o rosto. Respirou fundo, pensando que era fundamental que permanecesse calma, por nossa causa.

Tomou um copo de água filtrada. Tinha acabado de pôr o copo na bancada da pia quando Almaz entrou correndo. "Dona Hema, não beba água. Estão dizendo que os rebeldes envenenaram o serviço de abastecimento de água."

Mas já era tarde demais, porque Hema sentia o rosto queimando e daí a pouco sobrevieram as piores cólicas abdominais de sua vida.

26. A face do sofrimento

Quando Gebrew abriu para nós o portão e disse que alguns homens tinham ido de jipe à Missing e levado Ghosh, minha infância chegou ao fim.

Eu tinha doze anos, estava crescido demais para chorar, mas chorei pela segunda vez aquele dia, porque não tinha como não chorar.

Ainda não era homem bastante para invadir a casa de quem quer que fosse, tirar Ghosh dali e salvá-lo. A única coisa que eu sabia fazer era esperar.

Shiva estava lívido, calado. Por um momento fugaz, senti uma imensa tristeza por ele, meu irmão tão bonito, que havia alcançado a estatura de um adolescente sem perder os ombros arredondados da meninice. Seus olhos refletiam minha dor, e por um instante fomos uma só pessoa, sem separação de carne ou consciência. E corremos ladeira acima como um único ser, os Gêmeos, ansiosos por chegar a nossa casa.

Achamos Hema no sofá, pálida, coberta de suor, com mechas de cabelo coladas na testa. Almaz, com o rosto manchado de lágrimas e sem a expressão de estoicismo que era sua marca, estava ao lado de Hema, segurando um balde.

"Ela bebeu água", disse Almaz antes que tivéssemos tempo de perguntar o que era aquilo. "Não bebam essa água."

"Eu estou bem", disse Hema, mas suas palavras pareciam vazias.

Ela não estava bem. Como podia dizer que estava bem? Meu pior pesadelo estava acontecendo: Ghosh tinha sido levado dali, e agora Hema estava à morte.

Mergulhei a cabeça no negrume de seu sári, e minhas narinas foram invadidas por seu perfume. Eu me sentia responsável por tudo aquilo. A fatídica rebelião do general, a morte de Zemui, a prisão do homem que era mais meu pai do que qualquer outro podia ser, e sim, até mesmo o envenenamento da água...

Nesse momento a porta da frente se abriu, e a enfermeira-chefe e o dr. Bachelli entraram correndo. O médico trazia sua surrada bolsa de couro, e ofegava. A chefe, também sem fôlego, disse: "Hema! Não há nada de errado com a água. Foi só um boato. Está tudo bem".

A expressão de Hema era de perplexidade. "Mas... eu tive cólicas, náuseas, vomitei."

"Eu mesmo bebi dessa água", disse Bachelli. "Não há nada de errado com ela. Daqui a poucos minutos você vai estar bem."

Shiva olhou para mim.

Um vislumbre de esperança.

Hema levantou-se, apalpando os membros, a cabeça. Mais tarde soubemos que cenas semelhantes estavam se repetindo em toda a cidade. Foi uma de minhas primeiras lições de medicina. Às vezes, se você acha que vai ficar doente, fica.

Se Deus existia, tinha acabado de me dar um grande alívio. Eu quis outro. "Mãe, e Ghosh? Por que o levaram? Vão enforcá-lo? Será que ele está bem? Para onde o levaram?"

A enfermeira-chefe mandou que nos sentássemos no sofá. Seu lenço multicor apareceu em sua mão. "Vamos, vamos, meus amores, vamos resolver isso. Todos precisamos ser fortes, para ajudar Ghosh. O pânico não nos ajuda em nada."

Silenciosa até agora, observando a cena com as mãos nos quadris, Almaz nos interrompeu para dizer em amárico: "O que estamos esperando? Temos de ir logo à prisão de Kerchele. Antes vou preparar a comida. E precisamos de cobertores. Roupas. Sabão. Vamos!".

Com Hema dirigindo, o Volkswagen parecia uma máquina estranha. Bachelli ia na frente com ela, enquanto Almaz e a chefe iam no banco de trás. Eu e meu irmão nos sentávamos no colo delas. Percorremos a cidade aos sacolejões.

Vi Adis Abeba como se fosse a primeira vez. Eu sempre a havia considerado uma cidade bonita, com avenidas largas no centro e muitas praças com monumentos e jardins gradeados que o tráfego tinha de contornar: a praça México, a do Patriota, a Menelik... Os estrangeiros, que só imaginavam a Etiópia como uma terra de gente faminta sentada em meio à poeira cegante, ficavam de queixo caído quando pousavam na neve e no frio noturnos de Adis Abeba de noite e depois viam os bulevares e as luzes das linhas de bonde na rua Churchill. Por acaso o avião teria dado meia-volta durante a noite e pousado em Bruxelas ou Amsterdam?

Mas depois do golpe, e diante da prisão de Ghosh, a cidade me parecia diferente. As praças que comemoravam o morticínio de Adowa e a libertação dos italianos pareciam agora lugares bastante apropriados para que a turba fizesse um linchamento. Quanto às mansões que eu antes admirava — casarões cor-de-rosa, malva, cor de canela, ocultos por buganvílias —, era naquelas casas que homens como o general e seus colegas do Exército e da polícia tramavam a insurgência e a traição. Havia traição nas ruas e traição nas mansões. Eu sentia o cheiro da traição. Talvez houvesse estado ali sempre.

Logo estávamos junto dos portões verdes da prisão que todos chamavam de Kerchele, corruptela do italiano *carcere*. Havia quem a chamasse também de Alem Bekagne, uma expressão que significava "Adeus, mundo cruel". A entrada ficava depois de uma passagem de nível numa movimentada rua preferencial. Não havia ali calçada, nem acostamento, só uma camada de asfalto que bruscamente se transformava em terra, da qual subia a poeira levantada pelos pés de centenas de parentes ansiosos, uma família de sofredores a que nos juntávamos. Estavam imobilizados em sua impotência, mas deixaram que passássemos por eles até chegarmos à guarita do sentinela.

Antes que a enfermeira-chefe pudesse perguntar, o homem disse, sem levantar os olhos: "Não sei se ele ou ela está aqui, nem sei quando vou saber se está aqui ou não. Se a senhora deixar comida ou cobertores ou seja lá o que for, se ele ou ela estiver aqui talvez receba essas coisas, se não receber outra pessoa receberá. Escreva o nome dele num papel junto com o que estiver deixando, e não vou responder a nenhuma pergunta".

Havia pessoas encostadas na parede e mulheres debaixo de sombrinhas abertas por puro hábito, já que o sol estava encoberto por nuvens. Almaz achou um lugar onde se acocorar e do qual ela podia observar quem entrava e quem saía, e a partir daí não mexeu mais um músculo.

Uma hora se passou. Meus pés doíam, mas continuamos a esperar. Éramos os únicos estrangeiros ali, e a multidão se mostrava simpática. Um homem, professor da universidade, disse que seu pai estivera naquela prisão havia muitos anos. "Quando eu era menino, todos os dias vinha correndo de nossa casa, que ficava a cinco quilômetros daqui, para trazer comida. Ele era muito magrinho, mas todo dia ele me alimentava primeiro e depois me fazia levar de volta mais da metade da comida. Sabia que para ele comer nós tínhamos de passar fome. Um dia, em que meu irmão mais velho e minha mãe vieram trazendo comida, ouviram as palavras que temiam ouvir: 'Não precisam mais trazer comida'. Foi assim que soubemos que meu pai tinha morrido. E sabem por que prenderam meu irmão hoje? Por coisa nenhuma. Ele é um homem de negócios que dá duro. Mas é filho de um dos velhos inimigos deles. Nós somos os primeiros suspeitos. Os velhos inimigos e os filhos dos inimigos. Sabe Deus por que me pouparam. Eu participei da passeata dos estudantes universitários. Mas, em vez de mim, pegaram meu irmão. Porque ele é o mais velho."

Bachelli pegou um táxi para ir ao Clube Juventus a fim de ver se conseguia a intervenção do cônsul italiano, e depois teve de voltar para a Missing, pois, com um médico preso e sua mulher esperando diante da prisão, tudo agora dependia do terceiro médico, ou seja, ele, que podia tocar o hospital, supervisionar as enfermeiras e Adam, o farmacêutico.

Shiva, Hema, a chefe e eu voltamos para o carro a fim de descansar os pés e nos aquecer. Depois de quinze minutos voltamos para olhar o portão. Ficamos assim, indo de um lado para outro, relutando em ir embora, apesar de não conseguirmos nada.

Quando já estava bem escuro, no exato momento em que saíamos do carro, passou por nós um homem com a cabeça, a boca e o peito cobertos por um *shama*. Não fossem suas botas reluzentes e o fato de ter saído do caminho estreito junto da prisão, teríamos pensado que era mais um homem que ia para casa. Trazia na mão um pano que mostrava o contorno de uma vasilha coberta, com seu almoço ou jantar. Fitou a chefe. Parou atrás do carro, de costas para a rua, como se estivesse urinando.

"Não se virem para mim!", disse bruscamente. "O doutor está aqui."

"Ele está bem?", murmurou a chefe.

O homem hesitou. "Um pouco machucado. Mas está bem."

"Por favor, eu lhe suplico", cortou Hema. Eu nunca a tinha ouvido suplicar nada em minha vida. "Ele é meu marido. O que vai acontecer em seguida? Vão soltá-lo? Ele não teve nada a ver com tudo isso..."

O homem fez um som sibiliante, pedindo que ela se calasse. Uma família grande passou por nós. "Conversar com a senhora já é motivo para que alguém me acuse. Se eu quiser ficar em segurança, tenho de acusar alguém. Como se fôssemos animais devorando nossos filhos. É uma época ruim. Estou conversando porque a senhora salvou a vida de minha mulher."

"Obrigada. Podemos fazer alguma coisa pelo senhor? Por ele..."

"Esta noite, não. Amanhã, às dez horas da manhã, esteja aqui. Não, fique mais longe. Está vendo aquele poste de luz? Esteja lá e traga um cobertor, dinheiro e um prato igual a este. O dinheiro é para ele. Vá para casa agora."

Corri para chamar Almaz, que não tinha saído do lugar, com as saias volumosas dispostas a seu redor como uma tenda de circo, com a *gabby* branca em torno da cabeça e dos ombros, só deixando ver os olhos. Ela não quis ouvir falar de sair dali. Iria passar a noite naquele lugar. Nada pôde dissuadi-la. Com relutância, a deixamos onde estava, mas só depois de obrigá-la a vestir o agasalho de Hema e se cobrir com a *gabby*.

Em casa, por felicidade, os telefones estavam funcionando. A enfermeira-chefe fez com que as embaixadas britânica e indiana prometessem mandar representantes de manhã. Ninguém da família real quis falar com ela. Se o próprio filho do imperador estava sob suspeita, o mesmo acontecia com seus sobrinhos, suas sobrinhas e seus netos. Ouvimos dizer que havia descontentamento entre a jovem oficialidade do Exército, que consideravam que os generais tinham errado em não aderir ao golpe. Devia haver alguma verdade nisso, pois naquele dia o imperador autorizou um aumento de soldo para todos os oficiais. Dizia-se que só a intensa rivalidade e ciumeira entre a alta oficialidade do Exército e os oficiais da Guarda Imperial tinham salvo Sua Majestade.

Naquela noite Shiva e eu dormimos com Hema em sua cama. O cheiro do Brylcreem de Ghosh impregnava o travesseiro dele. Seus livros estavam empilhados na mesinha de cabeceira, com uma caneta enfiada no *Diagnóstico diferencial*, de French, para marcar uma página, e seus óculos de leitura equilibrados precariamente sobre a capa. Não dávamos atenção a seus rituais antes de dormir, como inspecionar o perfil e encolher e soltar a barriga dez vezes, deitar-se atravessado no colchão durante alguns minutos, com a cabeça solta na beirada — manobras "antigravidade", como ele as chamava —, mas em sua ausência nos dávamos conta de como eram importantes. "Outro dia no paraíso", era sua indefectível declaração quando ele deitava a cabeça no travesseiro. Eu entendia agora o que ele queria dizer: o dia rotineiro era uma dádiva preciosa. Ficamos os três deitados ali, à espera, como se ele só tivesse ido à cozinha e estivesse para aparecer debaixo da porta a qualquer momento. Hema soluçou. Deu expressão a nossos pensamentos quando disse: "Meu Deus, prometo que nunca mais volto a esquecer o quanto vale esse homem".

A chefe, que tinha resolvido dormir em nossa casa, na cama que era minha e de Shiva, gritou: "Hema, vá dormir. Meninos, façam suas orações. Não se preocupem".

Rezei para todas as deidades no quarto, desde Muruga ao Sagrado Coração de Jesus.

No manhã seguinte, Almaz voltou. Não trazia novidades. "Mas eu ficava em pé sempre que um carro entrava ou saía. Se o doutor estivesse no carro, queria que ele me visse."

Hema e a chefe tencionavam ir ao encontro marcado às dez horas, levando comida, cobertores e dinheiro. Depois iriam tentar as embaixadas e a família real. Hema nos convenceu a ficar em casa. "E se Ghosh ligar para cá? Alguém tem de estar aqui para receber a mensagem." Rosina e Genet estavam lá, de modo que não ficaríamos completamente sozinhos. Almaz, depois de se revigorar com pão e chá quente, insistiu em voltar a Kerchele com Hema e a chefe.

Ao meio-dia, ainda não tinham voltado. Shiva, Genet e eu preparamos sanduíches, enquanto Rosina só olhava, perturbada. Tinha os olhos vermelhos e a voz rouca. "Não se preocupem", disse. "Ghosh vai ficar bem." Mas suas palavras não nos confortavam. Genet, pálida e estranhamente desatenta, apertou minha mão.

Kuchulu era o tipo de vira-lata que raramente fazia barulho, e ainda bem, porque se ela ladrasse para estranhos na Missing, a barulheira não teria fim. Por isso, quando a ouvi latir, prestei atenção. Olhando pela janela da sala de estar, vi um homem sujo, com uma túnica verde do Exército, que subia pela entrada de carros e sumia atrás de nossa casa. Kuchulu ficou furiosa, emitindo uma rajada de uivos e latidos ensurdecedores. Sua mensagem clara era *Há um homem muito perigoso em nossa porta*.

Corri para a cozinha, onde Rosina, Genet e Shiva olhavam pela janela. Kuchulu estava embaixo de nós, latindo como eu nunca a ouvira fazer. Avançou, com o pescoço sumindo num colar de pelos eriçados, e com os dentes à mostra. O homem abriu a túnica grossa e tirou um revólver que estava metido em sua calça. Não usava cinturão, nem coldre, nem camisa, só um colete branco. Ao ver a arma, Kuchulu fugiu. Era valente, mas não era estúpida.

"Sei quem é", murmurou Rosina. "De vez em quando Zemui dava carona a ele. É do Exército. Costumava ficar do lado de fora do portão, esperando Zemui aparecer. Estava sempre puxando o saco de Zemui. 'Quem te lisonjeia, enganar-te quer', eu dizia a Zemui. Ele fazia de conta que não via esse sujeito, ou dizia que ia em outra direção." O soldado meteu o revolver de volta na calça. Depois foi até onde estava a BMW e acariciou o assento.

"Está vendo? Não falei?", disse Rosina.

"Venha cá, por favor", ele gritou, olhando para nosso lado. "Sei que você está aí."

"Fiquem aqui", disse Rosina, respirando fundo. "Não. Aqui, não. Saiam pela porta da frente e corram para o hospital. Esperem com W. W. Gonad. Esperem até eu ir lá." Soltou a tranca da porta. "Fechem a porta com a tranca", disse, saindo.

Não sei dizer por que nós três, em vez de obedecer a Rosina, simplesmente abrimos a porta de novo e a seguimos. Não foi por valentia. Talvez a ideia de fugir parecesse mais perigosa do que ficar com o único adulto com quem podíamos contar.

Os olhos do intruso estavam injetados, e ele dava a impressão de ter dormido com aquelas mesmas roupas, mas seus modos eram brincalhões. A túnica de camuflagem quase o engolia, mas as mangas eram curtas para seus braços. Estava sem o bibico. Tinha uma ruga escura e vertical no meio da testa, como uma costura onde as duas metades do rosto se encontravam. Apesar do bigode irregular, parecia jovem demais para usar uniforme.

"Agora essa moto pertence... ao Exército", disse, quase ronronando enquanto alisava o tanque da motocicleta.

Rosina puxou o *shama* negro sobre o cabelo, o gesto de uma mulher que entra na igreja. Manteve-se silenciosa e obediente diante dele.

"Ouviu, mulher? Essa moto pertence ao Exército."

"Quero crer que o senhor tenha razão", disse ela, de olhos baixos. "Talvez o Exército mande alguém buscá-la." Seu tom era de deferência, motivo pelo qual o homem levou alguns segundos para compreender suas palavras. Fiquei me perguntando depois por que ela optara por provocá-lo e criar uma situação de perigo para todos nós.

O soldado piscou. Depois exclamou com voz estridente: "*Eu* sou o Exército". Agarrou a mão dela e puxou-a em sua direção. "*Eu* sou o Exército."

"Sei. Aqui é a casa do doutor. Se vai levar alguma coisa, deve avisar a ele."

"O doutor?" O rapaz riu. "O doutor está na cadeia. Aviso quando me encontrar com ele de novo. Vou perguntar a ele por que dá emprego a uma puta impertinente como você. Devíamos enforcar você por dormir com aquele traidor."

Rosina olhou para o chão.

"Está surda, mulher?"

"Não, senhor."

"Então, fale. Me diga uma coisa boa sobre Zemui. *Diga*!"

"Ele era o pai de minha filha", disse Rosina baixinho, recusando-se a olhá-lo de frente.

"Que pena para essa criança bastarda. Diga mais alguma coisa. Vamos, fale!"

"Ele fez o que lhe ordenaram. Sempre foi um bom soldado, como o senhor."

"Bom soldado, é? Como eu?" O rapaz olhou para nós, como que nos pedindo que testemunhássemos tamanho descaramento.

A seguir, com uma rapidez tal que nenhum de nós percebeu o que ia acontecer, ele lhe desferiu um tapa com o dorso da mão. Foi um golpe fortíssimo, que a fez cambalear, mas por um motivo ou outro, ela não caiu. Juntou os pés e manteve-se ereta. Instintivamente, Shiva e eu nos demos as mãos.

Senti alguma coisa molhada escorrer pela canela. Fiquei imaginando se ele notaria aquilo ou não, mas ele estava preocupado com um corte feio no dedo médio. Vislumbrei no ferimento alguma coisa branca, que podia ser nervo, tendão ou um pedaço de dente.

"Inferno! Você me machucou, sua vaca desdentada!"

Pelo canto do olho, vi que Genet se mexia. Eu conhecia bem aquela expressão em seu rosto. Ela voou contra ele. O homem ergueu o pé, atingiu-a no peito e a empurrou antes que ela chegasse perto dele. Pegou o revólver de novo, puxou o cão para trás e apontou a arma para Rosina. "Faça isso de novo, sua filha da puta, e eu mato sua mãe. Compreendeu? Quer ficar órfã? E vocês dois", disse ele, dirigindo-se a Shiva e a mim, "saiam de meu caminho. Posso muito bem matar a cambada toda agora e ganho uma medalha."

Todos reconhecemos o chaveiro de plástico que ele tirou do bolso. Tinha a forma do mapa do Congo. Só havia um como aquele em nosso mundo, e pertencia a Zemui.

Ao tirar a motocicleta de seu apoio, ele quase caiu. Depois de montar, olhou em torno à procura da alavanca de partida e, ao encontrá-la, tentou ligar o motor, mas a moto estava engrenada, de modo que saltou para diante, quase o derrubando de novo. Quando ele se equilibrou, olhou para vermos se tínhamos notado.

Tateou o pedal com o pé, tentando achar o ponto morto. Suas ações contrastavam demais com os de Zemui, que simplesmente tocava a alavanca com a ponta do pé e lidava com a BMW como se ela não pesasse nada. Zemui preparava os cilindros com um movimento em câmara lenta, seguido por um pisão brusco, e o motor roncava e ganhava vida. Pensando em Zemui, que preferira morrer lutando a render-se, senti vergonha. Quis agir de uma maneira condizente com o verdadeiro dono da motocicleta. Apertei a mão de Shiva. Percebi que a dupla ShivaMarion estava na mesma frequência, porque ele apertou minha mão de volta.

O soldado pôs-se a acionar continuamente o pedal de partida, como se estivesse pisoteando um inimigo, com o rosto se afogueando e o suor a lhe correr pela testa. Senti cheiro de gasolina. Ele tinha afogado o carburador.

O dia estava fresco, com o sol brilhando entre nuvens e cintilando nos cromados da motocicleta. O rapaz fez uma pausa para recuperar o fôlego, tirou a túnica e prendeu-a no banco às suas costas. Sacudiu a mão que estava com o dedo cortado. Era um sujeito mirrado, percebi. Sentindo-se aborrecido e humilhado, por causa do motor que não lhe obedecia, seus lábios se retesaram numa careta. A frustração dele era perigosa.

"Vamos empurrar a moto para você. O motor está afogado e agora só vai pegar assim." Quem falava era Shiva.

"Quando chegar lá embaixo, na ladeira, passe a primeira", eu disse. "O motor vai pegar logo."

O rapaz olhou para nós, surpreso, como se imaginasse que não sabíamos falar, quanto mais em sua língua. "Era assim que ele ligava o motor?"

Ele nunca afogava o motor, pensei em dizer.

"Toda vez", menti. "Principalmente quando ficava parada por algum tempo."

Ele franziu a testa. "Certo, então me ajudem a empurrar a moto." Meteu o revólver mais fundo no cós da calça, atrás da fivela do cinto, e sentou-se sobre a túnica.

Do alto da entrada para carros, o caminho de cascalho que descia para o pronto-socorro começava plano e a seguir começava a descer, até dar a impressão de que desaparecia depois de uma lombada, além da qual só se viam os galhos mais baixos das árvores que se estendiam ao longo do muro da propriedade. Só quando se estava na metade da ladeira é que se via que o caminho descrevia uma curva forte, bem antes da lombada, e prosseguia em direção à rotatória junto do pronto-socorro.

"Empurrem!", ele gritou. "Empurrem, seus merdas."

Empurramos e ele ajudou a dar impulso, debruçando-se para a frente e ajudando a movimentar a máquina com os pés. Daí a pouco estava rodando, lambendo os lábios, feliz. A moto ziguezagueava e o guidom se mexia de um lado para outro.

"Firme-se!", gritei. ShivaMarion estava empurrando em uníssono, um trote de três pernas que logo se transformou num galope de quatro.

"Tudo bem", ele gritou, pondo os pés nos descansos. "Empurrem!"

Ganhamos velocidade, agora no declive. "Abra a entrada de gasolina! Abra a válvula", gritou Shiva.

"O quê? Ah, sim", ele respondeu, tirando a mão direita do guidom para tatear em busca da chave debaixo do tanque, enquanto segundos preciosos se esvaíam.

"É do outro lado!", gritei.

Ele trocou de mãos. Ele nunca o encontraria, nem isso fazia diferença, pois havia combustível no carburador suficiente para que ele percorresse quase dois quilômetros.

A moto estava descendo depressa agora, com as molas rangendo e os para-lamas trepidando, sendo acelerada por seu peso ladeira abaixo, ajudada por nossos palpites. Ele tinha tirado os olhos do caminho para procurar o suspiro. No momento em que levantou a cabeça, ShivaMarion estava correndo o mais depressa que podia, acrescentando cada grama possível de empuxo ao avanço da moto. Vi seus dedos crispados em torno do acelerador, enquanto sua mão esquerda não decidia se continuava a procura ou se voltava para o guidom.

"Passe a marcha, depressa", gritei, dando à moto um último empurrão ansioso.

"Acelere!", berrou Shiva.

Ele demorou a reagir, primeiro girando o acelerador até o fim, depois baixando o olhar para meter o pé na alavanca de marcha. Durante um momento tenso quando entrou a primeira, a moto engripou, a roda traseira travou, havíamos fracassado...

Mas, bem no exato momento em que pensei assim, o motor roncou e ganhou vida, girando forte, no limite, vingando-se, como se dissesse *A partir daqui é comigo, meninos*. Deu um salto para a frente, com o pneu traseiro atirando cascalho em nossa direção, quase lançando fora o condutor, o que só serviu para fazê-lo se segurar com mais força, firmando o acelerador num aperto mortal, em vez de soltá-lo.

Ouviu-se um grito nervoso quando ele percebeu o que havia adiante. Ele só tinha alguns metros e segundos para fazer a curva antes da lombada. Uma regra básica do motociclismo é que você deve olhar sempre na direção em que quer ir, e nunca para aquilo que está tentando evitar. Mas o olhar dele, tenho certeza, estava fixo no muro que se aproximava. A BMW avançava com um rugido, ainda acelerando. Corri atrás dele.

A roda dianteira bateu no meio-fio de concreto, na extremidade da lombada, e parou. A roda traseira subiu no ar. Não fosse o peso do motor possante, a motocicleta teria dado um salto mortal. Em vez disso, porém, foi o condutor que voou por cima do guidom, com um berro de pavor. Descreveu um arco, passando por cima da lombada e depois caindo até seu movimento ser interrompido pelo tronco de uma árvore. Escutei um *rumfff*, um ronco involuntário do ar que era expulso de seus pulmões. Com o impulso, o pescoço se torceu e a cabeça foi esmagada contra a árvore. Ele caiu no chão e rolou mais uns três metros.

Depois de ficar de pé por um instante sobre a roda dianteira, a BMW caiu de lado. O motor parou de funcionar, mas a roda traseira continuou a girar. Eu nunca tinha ouvido um silêncio como aquele.

Desci a ladeira. Cheguei antes dos outros junto dele. Eu tinha desejado aquilo, mas agora me sentia mal. Inacreditavelmente, ele estava consciente, deitado de costas, piscando, atordoado, enquanto o sangue saía do nariz e dos lábios e escorria para os olhos. Não havia mais valentia nele. Sua expressão era a de uma criança que houvesse tentado uma proeza além de seu alcance, com resultados calamitosos.

Seu pé estava torcido sob o corpo de uma forma que me deu vontade de vomitar. Ele gemia, com a mão na barriga. Seu rosto era uma massa de sangue, um espetáculo grotesco.

Nem seu rosto nem o pé pareciam incomodá-lo tanto como a barriga. "Por favor", disse. A respiração era entrecortada e ele agarrava o cinto.

Seus olhos me encontraram. "Por favor. Tire isso."

Por um momento esqueci o que ele tinha feito a Zemui, Rosina e Genet, ou mesmo a Ghosh. Tudo que via era seu sofrimento, e tive pena.

Olhando para cima, ele viu Rosina, com o lábio inchado e rachado, e sem um dente incisivo.

"Por favor...", pediu de novo, levando a mão ao peito. "Tire isso. Pelo amor de são Gabriel, tire isso."

"Não sei o que fazer", eu disse.

Ele não parava de tentar puxar, em vão, alguma coisa na barriga, e agora eu via o que era. O cabo do revólver tinha entrado dentro dele e estava quase sumido debaixo das costelas, do lado esquerdo.

"Cuidado!", gritou Rosina. "Ele está querendo pegar a arma."

"Não... o cabo do revólver quebrou umas costelas dele", tentei explicar. Ouvi o que eu mesmo lhe dizia: "Tenha calma. Vou tirar isso!". Juntei as mãos em torno do cabo daquele revólver e puxei com toda a força. Ele soltou um berro. A arma não se mexia. Mudei a posição das mãos.

Senti um coice de mula na mão antes de ouvir a detonação.

A seguir o revólver soltou-se e deslizou para minha mão, como se nunca tivesse estado preso ali, mas simplesmente depositado sobre seu umbigo.

Senti o cheiro de pano queimado e cordite. Vi um buraco vermelho em sua barriga. E vi a vida se desvanecer de seus olhos com a mesma facilidade com que uma gota de orvalho rola e cai de uma pétala de rosa.

Senti seu pulso. Era um tipo que Ghosh nunca tinha me mostrado: o pulso ausente.

Rosina pediu a Genet que fosse chamar Gebrew.

Ele veio correndo. Não tinha ouvido o tiro. O bangalô ficava relativamente afastado dali e a barriga do rapaz abafara de tal modo o disparo que o som não foi muito longe.

"Depressa. Alguém pode vir procurá-lo", disse Rosina. "Mas primeiro temos de tirar a motocicleta."

Fazendo força, nós cinco endireitamos a BMW e conseguimos levá-la para a oficina, logo depois da curva no pé da ladeira. Com exceção de uma mossa no tanque, a moto estava como nova. Na oficina, que servia também de depósito, redispusemos os montes de lenha, as pilhas de Bíblias, o cavalete de serrar madeira, a incubadora e outras tralhas guardadas ali, de modo a esconder a motocicleta.

Ao voltarmos para onde estava o corpo, pouco tínhamos a dizer uns aos outros. Gebrew e Shiva foram buscar o carrinho de mão e, com a ajuda de Rosina e Genet, colocaram o corpo em seu bojo enferrujado. Fiquei encostado a uma árvore, observando. O rapaz tinha no carrinho o tipo de postura nada natural que só os mortos assumem. Em seguida, com Rosina nos orientando, empurramos o carrinho pelo meio das árvores da trilha que circundava o terreno, junto do muro, até chegarmos à Terra Gulosa. Ali se localizava a velha fossa séptica do hospital, bastante funda, que durante anos tinha transbordado antes de ser abandonada. Uma fossa nova tinha sido construída, com concreto da agência americana USAID, recursos do grupo Rockefeller e mão de obra de um empreiteiro grego chamado Aquiles. Entretanto, os efluentes da fossa antiga tinham amolecido a terra. Uma sedosa camada de musgo servia para disfarçar o lodaçal. Qualquer coisa mais pesada do que uma pedrinha afundava ali. O mau cheiro, sempre presente, servia para manter afastados os bisbilhoteiros. A enfermeira-chefe tinha mandado cercar a área com arame farpado, e um cartaz em amárico avisava: TERRA GULOSA, a tradução mais próxima encontrada para "areia movediça".

O cheiro era intenso. Dobrando um dos mourões da cerca, de modo que as fileiras de arame farpado encostassem no chão, Rosina e Gebrew levaram o carrinho de mão até onde se atreveram a chegar. Olhei para Shiva, que estava impassível, olhando. Ele poderia estar observando o trabalho de engraxates, e isso era o oposto do que eu sentia. Os dois já estavam prestes a atirar o corpo para a frente quando eu exclamei: "Não!". Agarrei a mão de Rosina, obrigando-a a baixar os varais do carrinho. Eu tremia, chorando. "Não podemos fazer isso. Está errado. Rosina... Meu Deus, o que foi que eu fiz..."

Rosina me deu um tapa. Shiva pôs a mão em meu ombro, mais para me conter do que para dar apoio. Rosina e Gebrew ergueram os varais de novo e viraram o carrinho, lançando o cadáver no lameirão. A superfície musgosa afundou como um colchão. O rosto naquele corpo já não pertencia ao homem que nos havia aterrorizado. Era um rosto patético, um rosto humano, não o de um monstro.

Quando o corpo finalmente desapareceu, Rosina cuspiu em sua direção. Virou-se para mim, como rosto contorcido de raiva e sede de sangue. "O que há com você? Não sabe que ele teria matado todos nós só para se divertir? Só não fez isso porque estava mais ansioso ainda por roubar a moto de Zemui. Sinta apenas orgulho do que você fez."

Voltamos em silêncio. Quando estávamos em casa, na cozinha, Rosina virou-se para nós, com as mãos nos quadris. "Ninguém, além de nós, sabe o que aconteceu", disse. "Ninguém pode saber. Nem Hema. Nem Ghosh. Nem a chefe. Absolutamente ninguém. Shiva, você entendeu? Genet? Gebrew?"

Rosina virou-se para mim. "E você? Marion?"

Olhei para minha ama. Seu rosto sujo de sangue e a falta do dente faziam-na parecer uma estranha. Preparei-me para ouvir dela mais palavras duras, mas em vez disso ela se aproximou e me estreitou nos braços. Era o abraço que uma mulher dá no filho ou em seu herói. Apertei-a com força. Senti seu hálito quente junto de meu ouvido quando ela disse: "Você é muito corajoso". Esse foi meu consolo: tudo estava bem entre mim e Rosina. Genet veio e passou os braços em torno de meus ombros.

Se era assim que um corajoso se sentia — aturdido, mudo, com olhos que não enxergavam além de meus dedos ensanguentados e um coração que batia disparado e suspirava pela menina que me abraçava —, então acho que eu era corajoso.

27. Respostas da medicina

A forca parecia ser o destino de todos quanto houvessem se aproximado do general Mebratu. O que tinha salvo Ghosh até agora era o fato de ser cidadão indiano. Isso e as orações de sua família e das legiões de amigos. Sua prisão não só paralisou tudo em meu mundo, como levou consigo todo e qualquer sentido que a vida antes tivera para mim.

Foi então, em meio a nosso desespero, que comecei a pensar em Thomas Stone. Antes do golpe, eu passava meses sem me lembrar dele. Como não possuía nenhuma foto dele nem sabia que tinha publicado um compêndio famoso (Hema, vim a saber depois, tinha dado de presente ou tirado da Missing todos os exemplares de *O cirurgião eficaz*), Thomas Stone me parecia irreal, um fantasma, uma ideia. Não parecia possível que eu tivesse sido gerado por uma pessoa de pele tão branca como a da chefe. Uma mãe indiana era mais fácil de imaginar.

Mas agora, com o tempo imobilizado, o homem cujo rosto eu não conseguia imaginar não saía de meus pensamentos. Eu era seu filho. Aquele era o momento em que eu mais precisava dele. Quando o soldado viera roubar a motocicleta e poderia ter matado todos nós, onde estava Stone? Quando eu matara o intruso, pois ainda era assim que eu via o incidente, onde estava Stone? Quando aquela máscara mortuária aparecia diante de minhas pálpebras de noite, ou quando eu era puxado por mãos frias vindas das sombras, onde estava Stone? Acima de tudo, quando eu precisava libertar o único pai que tinha tido, onde estava Stone?

Naqueles dias horríveis que logo se estenderam para duas semanas, em que íamos de um lado para outro, de casa à prisão, à embaixada indiana, ao Ministério do Exterior, convenci-me de que se eu tivesse sido um filho melhor para Ghosh, se eu tivesse sido digno dele, poderia lhe ter poupado aquela tortura.

Talvez não fosse tarde demais.

Eu poderia mudar. Mas que forma assumiria essa mudança?

Esperei um sinal.

Ele veio numa manhã agitada em que nos chegaram notícias de novos enforcamentos no Merkato. Saí correndo para o portão, sem nenhum motivo especial: não importava onde eu estivesse, meu desejo era sempre estar em outro lugar. A caminho de lá, senti um cheiro misterioso, doce e frutado. Ao mesmo tempo, flutuando nos amortecedores e com os pneus traseiros ocultos por guardas semelhantes a saias, um Citroën verde parou diante da entrada do pronto-socorro. Dois rapazes tiraram do carro um homem corpulento, afundado no banco traseiro, e o cheiro logo se tornou mais intenso. Ele tinha a pele cor de café com leite e o prognatismo da família real, como se tivesse sido criado com coalhada e bolinhos, em vez de *injera* e *wot*. Pareceu-me adormecido. Sua respiração era forte, sonora e sibilante, como uma locomotiva que tivesse trabalhado demais. A cada exalação, ele emitia aquela emanação doce, que tinha até cor: vermelha.

Eu já tinha sentido aquele odor antes. Onde? Como? Fiquei matutando fora do pronto-socorro, enquanto o levavam para ali, tentando deslindar o enigma. Percebi que estava empenhado no tipo de reflexão, no tipo de estudo do mundo que eu tanto admirava em Ghosh. Lembrei-me de como ele tinha realizado aquela experiência com a cabra-cega, literalmente uma experiência cega, para confirmar minha capacidade de localizar Genet por seu cheiro.

Mais tarde o dr. Bachelli me disse que o homem estava em coma diabético. O odor frutado era característico. Fui ao escritório de Ghosh, seu antigo bangalô, e li em seus livros a respeito das cetonas que se acumulavam no sangue e causavam aquele odor. Isso me levou a ler sobre insulina. Depois, sobre o pâncreas, o diabetes... Uma coisa levava a outra. Aquela terá sido a única vez, em duas semanas, desde que tinham levado Ghosh para a prisão, em que fui capaz de pensar em outra coisa. Eu tinha esperado que os livrões de Ghosh fossem incompreensíveis. Mas descobri que os tijolos e a argamassa da medicina (ao contrário da engenharia, por exemplo) eram as palavras. Só era preciso reunir palavras para descrever uma estrutura, mostrar como funcionava e explicar o que podia sair errado. As palavras eram desconhecidas, mas eu podia procurá-las no dicionário médico e anotá-las para uso futuro.

Não haviam se passado ainda dois dias inteiros e senti aquele cheiro de novo no portão da Missing. Dessa vez sua fonte era uma senhora idosa, estendida no banco de uma charrete, apoiada em seus parentes. Mostrava a mesma respiração sibilante, e nem o cheiro forte do cavalo era capaz de ocultar o odor frutado. "Acidose diabética", eu disse a Adam, e ele respondeu que era possível. Os exames de sangue e urina confirmaram que eu estava certo.

De alguma forma, a vida continuava no Hospital da Missing. Tivéssemos um ou quatro médicos, os pacientes continuavam a chegar. Os casos simples, como crianças desidratadas, febres, partos normais, eram resolvidos rotineiramente. Mas qualquer caso de cirurgia tinha de ser recusado. Eu me deixava ficar no pronto-socorro, com Adam, ou me metia no velho bangalô de Ghosh, folheando seus livros. Isso não fazia o tempo correr, nem aliviava em nada minha preocupação com Ghosh, mas enfim eu tinha encontrado uma coisa que equivalia aos desenhos ou à dança de Shiva, uma paixão que mantinha afastados os pensamentos perturbadores. O que eu estava fazendo me parecia mais sério do que as atividades de Shiva. As minhas davam a impressão de ser uma alquimia antiga capaz de fazer com que os portões de Kerchele se abrissem.

Durante aquele período horrível em que Ghosh esteve preso, com Almaz de vigília diante da prisão e o imperador tão desconfiado de tudo e de todos que Lulu tinha de provar cada pedacinho dos pratos de Sua Majestade, meu cérebro olfativo, minha inteligência animal, despertou. Esse cérebro sempre conhecera a enorme variedade de cheiros, mas agora estava achando rótulos para as coisas que captava. O fartum bolorento e amoniacal da insuficiência hepática fazia-se acompanhar de olhos amarelos, na época das chuvas; a fragrância de pão fresco da febre tifoide durava o ano inteiro, e então os olhos ficavam ansiosos, brancos como porcelana. Havia ainda a fedentina de esgoto do abscesso pulmonar, a redolência de uva da queimadura infectada por *Pseudomonas*, o odor de urina velha da insuficiência renal, o aroma de cerveja estragada da escrófula... a lista era gigantesca.

Certa noite, depois do jantar, a enfermeira-chefe cochilava no sofá enquanto Shiva desenhava à mesa, concentrado. Hema, que caminhava pela sala, estacou junto da poltrona. Aquele era o lugar preferido de Ghosh. Eu estava com os pés para cima e havia livros empilhados a meu lado. Creio que ela entendeu que eu estava preservando o lugar dele. Por cima de meu ombro, viu o grosso tratado de ginecologia que lhe pertencia e que eu tinha aberto, puramente por acaso, numa fotografia de uma vulva distorcida por uma gigantesca bartholinite. Não procurei em nenhum momento esconder o que estava fazendo. Percebi a luta de Hema para achar uma reação apropriada. Ela pousou a mão em meu cabelo, e depois a mão deslizou para minha orelha, e eu achei que ela iria torcer minha pina (eu tinha lido que esse é o nome da parte carnuda da orelha). Senti sua indecisão. Ela acariciou minha pina e afagou meu ombro.

Quando se afastou, percebi o peso do que ela deixara de dizer. Tive vontade de chamar sua atenção e dizer *Mãe! Você entendeu errado*. Mas, do mesmo modo que ela conservava seus pensamentos para si mesma, eu estava aprendendo a fazer o mesmo. Crescer era isso: *esconder* o cadáver, *não* abrir o coração, *imaginar* as razões do outro. Com certeza os outros estão fazendo tudo isso em relação a você.

Tenho certeza de que Hema achou que um interesse devasso pela anatomia feminina me havia levado àquela página do livro. E talvez tenha sido isso mesmo, mas não só. Por acaso ela acreditaria em mim se eu lhe dissesse que aqueles livros velhos e mofados, com seus desenhos a bico de pena e suas fotografias granuladas de partes do corpo grotescas e contorcidas por doenças eram promessa de alguma coisa especial? Livros como *Obstetrícia*, de Kelly, *Ginecologia*, de Jeffcoate, ou *Diagnóstico diferencial*, de French, eram (pelo menos para meu modo infantil de pensar) mapas da Missing, guias do território onde tínhamos nascido. Onde, a não ser em tais livros, poderia haver uma explicação para nosso destino acoplado, matricida, patrifugitivo, entrelaçado? Onde mais eu poderia compreender aquele impulso (sobre o qual, de noite na cama, insone, eu me perguntava se seria homicida) que dera fim ao soldado do Exército, antes do impulso de esconder o fato e de confessá-lo? Talvez houvesse respostas na grande literatura. Mas na ausência de Ghosh, no mais profundo de minha dor, eu havia descoberto que *a* resposta, *todas* as respostas, a explicação do bem e do mal, estavam na medicina. Eu acreditava nisso. Tive a certeza de que só se eu acreditasse nisso Ghosh seria solto.

Na terceira semana depois da prisão de Ghosh, caminhei de manhã até o portão principal, exatamente no momento em que o campanário da igreja de são Gabriel dava as horas, momento em que Gebrew permitia que os pacientes entrassem. No entanto, a estreita passagem de pedestres só permitia a entrada de uma pessoa por vez. O que impedia o caos e o tumulto era a presença de Gebrew com sua sotaina sacerdotal.

Dois homens se acotovelaram na entrada, levantando muito alto os pés para transpor o limiar do portão, como se fossem corredores de obstáculos. "Comportem-se, pelo amor de Deus", advertiu-os Gebrew. Em seguida entrou uma mulher, com muito cuidado, como se estivesse saindo de um barco para o cais. A ordem era mantida porque os pacientes, um a um, como se fossem galinhas, davam bicotas nas quatro pontas da cruz que Gebrew lhe exibia: uma para o Cristo crucificado, outra para Maria, depois uma para todos os arcanjos e os santos, e a última para os quatro seres viventes do Apocalipse, e esperavam que Gebrew lhes tocasse com a mão na testa. Essas pessoas que procuravam a Missing temiam a doença e a morte, porém o medo que tinham da danação era maior ainda.

Eu estudava os rostos, cada qual um enigma, não havia dois iguais. E esperava que o rosto seguinte fosse o de Ghosh.

Imaginava o dia em que meu pai "verdadeiro", Thomas Stone, entraria por aquele portão. Eu me imaginava em pé ali. Já então eu seria médico, e poderia estar com um avental verde, fazendo uma pausa entre operações, ou de jaleco branco, por cima da camisa e da gravata. Muito embora eu não tivesse nenhuma fotografia ou lembrança de Thomas Stone, eu o reconheceria imediatamente.

Já sabia o que lhe diria: *Você está muito atrasado. Nós tocamos a vida sem você.*

28. O bom médico

Acordei quando o dia ainda não tinha nascido e corri o mais depressa que pude para a sala da autoclave. O que me despertou foi o seguinte pensamento: e se a irmã Mary Joseph Praise pudesse interceder e libertar Ghosh? Meu "pai" nunca iria aparecer, mas e se minha mãe biológica estivesse simplesmente esperando que eu lhe pedisse aquilo? Eu esperava que ela não usasse minha longa ausência na cadeira de sua mesa para me negar o pedido.

Sentado na cadeira, fitando aquela reprodução de *O êxtase de Santa Teresa*, da qual eu só via contornos embaçados, pois não tinha acendido a luz, tive a impressão de estar num confessionário, mas sem nenhuma vontade de confessar. Fiquei em silêncio mais ou menos dez minutos.

"Você sabe que durante muito tempo eu imaginei que *todas* as crianças vinham aos pares?", eu disse. Eu estava puxando conversa. Não queria falar logo de cara sobre Ghosh e o pedido que iria fazer. "Quando Kuchulu tinha filhotes, nasciam quatro ou seis de uma vez, e na fazenda Mulu eu vi uma porca com nada menos que doze filhotes. Nós somos gêmeos idênticos, mas a verdade é que não somos exatamente idênticos. Pelo menos, não da maneira como uma nota de um birr é idêntica a outra nota de um birr em tudo, menos no número de série. Na realidade, Shiva é minha imagem ao espelho. Eu sou destro, mas Shiva é canhoto. Meu rodamoinho fica na esquerda, o de Shiva é do lado direito."

Levei a mão ao nariz, mas isso era outra coisa que eu não lhe contaria. Um mês antes do golpe, tive uma altercação com Walid, que estava implicando comigo por causa de meu nome (um alvo muito fácil). Eu me vi derrubado por um golpe de cabeça, uma *testa*, e para mim a briga acabou. Há quem afirme que a *testa*, "cabeça" em italiano, é uma antiga arte marcial etíope, mas se isso é verdade, é uma arte marcial sem *dojos* nem faixas de cores diversas, só um monte de narizes quebrados. A única defesa contra a "marretada" consiste em baixar a cabeça. Walid usou a *testa* quando eu não estava prevenido.

Para minha surpresa, Shiva me ajudou a levantar-me. Digo que foi uma surpresa porque, embora capaz de grande empatia ante o sofrimento de animais e mulheres grávidas, Shiva se mostrava beatificamente indiferente à dor de outros seres humanos, principalmente se fosse ele o causador desse sofrimento. Vi, atônito, meu irmão enfrentar Walid. A resposta de Walid foi outra *testa*. Os ossos frontais deles dois se chocaram com um fragor nauseante. Quando criei coragem para olhar, vi Shiva de pé, como se nada tivesse acontecido. Os meninos menores vieram correndo como abutres em volta de carniça, pois a notícia da derrota de um valentão corre depressa. Walid estava estendido no chão. Pôs-se de pé e tentou de novo. O som surdo do choque de suas cabeças provocou em mim um medo mortal de que Shiva estivesse gravemente ferido. No entanto, Shiva mal piscava, enquanto Walid estava prostrado com um corte enorme no crânio. Quando voltou à escola, dias depois, era uma sombra do passado.

Naquela noite, Shiva permitiu que eu examinasse sua cabeça. À diferença de mim, ele tinha um pequeno bico no vértice do crânio, e seus ossos frontais eram grossíssimos e duros como aço. Minha topografia era diferente. Perguntei depois a Ghosh o motivo disso, e ele conjecturou que os instrumentos utilizados por ocasião do nascimento de Shiva poderiam ter feito os ossos de sua cabeça endurecerem daquele modo "exuberante". Ou então isso poderia estar relacionado ao fato de que ao nascer estávamos *conjuminados*. Mas meu orgulho não me deixou perguntar o que significava isso.

Um in-fólio na biblioteca do Conselho Britânico tinha imagens de Chang e Eng, do Sião, os mais famosos gêmeos siameses. Algumas páginas adiante havia uma fotografia do indiano Laloo, que era exibido mundo afora como uma aberração circense. Laloo tinha um "gêmeo parasitário que emergia de seu tórax". Laloo aparecia na foto usando uma tanga, e de seu peito nu brotavam duas nádegas e um par de pernas. Minha impressão era a de que o gêmeo parasitário não estava "saindo" de Laloo, mas se metendo *dentro* dele.

Quando consegui desviar os olhos das fotografias, cada palavra naquele texto foi para mim uma revelação. Aprendi que, quando dois embriões se formavam na mãe ao mesmo tempo, o resultado eram gêmeos fraternos: não eram iguais e podiam ser até um menino e uma menina. Mas, se no comecinho de sua formação acontecia a divisão de um *único* embrião em duas metades separadas, o resultado eram dois gêmeos idênticos, como eu e Shiva. Os gêmeos unidos um ao outro, então, eram gêmeos idênticos cuja divisão do óvulo fertilizado em duas metades tinha ficado incompleta, de modo que as duas metades permaneciam grudadas uma na outra. O resultado poderia ser como Cheng e Eng, duas pessoas ligadas pela barriga ou algum outro ponto do corpo. O defeito poderia ter também como resultado partes desiguais, como Laloo e seu gêmeo parasitário.

"Sabia que Shiva e eu éramos *craniópagos*? Ligados pelo crânio?", perguntei à irmã Mary Joseph Praise. "Cortaram essa união por ocasião do parto... Tiveram de fazer isso. Estava sangrando."

Fiquei em silêncio por muito tempo, e esperei que ela compreendesse que eu estava sendo respeitoso. Era egoísmo meu falar de nosso nascimento, uma vez que coincidia com a morte dela. Seguiu-se um outro silêncio longo e embaraçoso.

"Você pode tirar Ghosh da cadeia? Por favor."

Pronto, eu tinha dito. Esperei uma resposta. No silêncio que se seguiu, senti-me tomado de culpa e vergonha. Eu não tinha dito a ela que havia rasgado a página do livro sobre Laloo e saído da biblioteca com ela; nem tinha dito uma só palavra sobre a morte do rapaz do Exército e sobre como eu temia um castigo medonho algum dia.

Havia uma outra coisa que eu tinha omitido, uma coisa que eu só compreendera depois de ver as fotografias de Chang e Eng e de Laloo: o tubo carnudo entre Shiva e mim fora cortado e sumira havia muito tempo... Mas *não* havia sumido. Ele ainda nos ligava. Aquela fotografia de Laloo mostrava exatamente como eu me sentia, como se pedaços de mim ainda estivessem grudados em Shiva e partes dele estivessem dentro de mim. Para o bem ou para o mal, eu estava unido a Shiva. O tubo ainda estava lá.

Como seriam as coisas se ShivaMarion existisse no mundo com as cabeças coladas ou — imaginem isso — compartilhando um tronco com duas cabeças? Por acaso eu desejaria viver minha vida, nossa vida, dessa maneira? Ou teria desejado que médicos tentassem nos separar, custasse o que custasse?

Mas ninguém nos tinha dado essa opção. Haviam nos separado, metido o bisturi no talo que fazia de nós um único conjunto. Quem poderia afirmar que o fato de Shiva ser tão diferente, de viver em seu mundo interior circunscrito, autossuficiente, não decorria dessa separação, ou que minha inquietude, minha sensação de estar incompleto, não tinha origem naquele momento? E por fim ainda éramos um só ligados um ao outro, gostássemos disso ou não.

Saí da sala da autoclave bruscamente, sem sequer dar um adeus. Como podia esperar que a irmã me ajudasse se eu estava omitindo tanta coisa?

Eu não merecia sua intercessão.

Por isso, fiquei estupefato quando, uma hora depois, ela aconteceu.

Assumiu a forma de um bilhete críptico num receituário do hospital russo. Tinha sido trazido para Gebrew por Teshome, porteiro desse hospital. Teshome disse que o bilhete fora mandado por um médico russo, que o fizera jurar manter sua identidade em segredo. De um lado o médico rabiscara: "Ghosh está bem. Não corre perigo algum". No verso, Ghosh garatujara: "Meninos, METAM O BRIO NAQUELE LUGAR DE ONDE NÃO SAI! Obrigado, Almaz, mas não é preciso esperar. Chefe, por favor recorra a todos que nos devem algum favor. Espero que a noiva linda renove o contrato anual. XXX G".

Voltei à sala da autoclave. De pé atrás da cadeira, como um penitente, agradeci à irmã Mary Joseph Praise. Contei-lhe tudo. Nada omiti. Pedi-lhe perdão... e que continuasse nos ajudando a libertar Ghosh.

Passei a ver Almaz de uma maneira diferente, percebi sua serena fortaleza e sua determinação silenciosa na vigília noturna que tinha mantido diante da prisão de Kerchele. O que talvez lhe faltasse em cultura era compensado com caráter e lealdade.

No entanto, eu havia perdido todo o respeito pelo imperador. Até Almaz, uma monarquista ferrenha, passou por uma crise de fé.

Ninguém acreditava realmente que Ghosh tivera alguma coisa a ver com o golpe. O problema, e a mesma coisa acontecia o mesmo com centenas de outras pessoas que tinham sido detidas, era que todas as decisões cabiam a Sua Majestade Hailé Selassié. Sua Majestade não delegava autoridade alguma e Sua Majestade não tinha pressa.

Toda tarde íamos a Kerchele para fazer a entrega da única refeição que éramos autorizados a levar e para receber de volta o recipiente da véspera. Os parentes diante da prisão eram nossa família agora. Ali era também o lugar mais fértil para colher novas informações e boatos plausíveis. Ouvimos dizer que o imperador fazia uma caminhada matinal pelo jardim do palácio, durante a qual o ministro da Segurança, o ministro do Estado e o ministro da Pena vinham ter com ele, um a um. Os outros dois seguiam três passos às suas costas e comunicavam os boatos e os fatos reais das vinte e quatro horas anteriores. Cada um deles se preocupava com a possibilidade de que o ministro que o antecedera houvesse montado uma armadilha, mencionando alguma coisa que ele, por sua vez, talvez deixasse de referir. Lulu, um oráculo real, urinava nos sapatos de certas pessoas, e os geradores da boataria estavam indecisos quanto a ser isso indicação de que a pessoa era digna de confiança ou se estava sob suspeita... Era desse tipo de coisa que nos inteirávamos ao nos aproximar de Kerchele.

No dia seguinte, apenas vinte e quatro horas depois de minha visita à irmã Mary Joseph Praise, permitiram que víssemos Ghosh.

Com seu gramado e suas gigantescas árvores sombrosas, o pátio da prisão lembrava um parque de piqueniques. Debaixo daquele dossel verde, os presos pareciam arbustos desfolhados.

Localizei Ghosh imediatamente. Shiva e eu nos atiramos em seus braços. Só ao abraçá-lo percebi que lhe haviam rapado a cabeça e que seu rosto tinha afinado. O que notei logo foi que meu peito tinha parado de doer pela primeira vez em um mês. O cheiro em sua roupa, em sua pessoa, era um odor rude, comunitário, que me deixou triste porque traduzia sua degradação. Afastamo-nos um pouco para permitir que Hema e a enfermeira-chefe se aproximassem, mas mantive uma das mãos nele, por medo de que ele se esfumasse. Alguns homens melhoram de aparência ao perder peso, mas Ghosh, sem suas bochechas roliças e a papada, parecia emaciado.

Almaz ficou um pouco distante de nós, como rosto quase tapado pelo *shama*, esperando. Afastando-se de Hema e da enfermeira-chefe, Ghosh caminhou em sua direção. Almaz fez uma reverência profunda e a seguir curvou-se como se fosse tocar os pés dele, mas Ghosh agarrou seus braços antes que ela o fizesse, levantou-a e beijou-lhe as mãos. Abraçou-a. Disse que tinha ficado muito feliz ao vê-la ali em pé e acenando quando os soldados saíam e voltavam com ele nos jipes cobertos, mesmo sabendo que ela não podia vê-lo. Eu nunca tinha notado os dentes de Almaz, mas ela ria de orelha a orelha, ao mesmo tempo que lágrimas corriam por seu rosto.

"O único sofrimento para mim foi me preocupar com todos vocês. Vejam, eu não sabia se tinham prendido Hema também. Ou talvez até a chefe. Quando vi Almaz de pé no pátio da prisão, segurando aquela fotografia emoldurada da família, entendi que ela estava dizendo que vocês estavam bem. Almaz, você tranquilizou meu coração."

Nenhum de nós sabia até então que a vigília de Almaz incluíra aquela foto, e que toda vez que um carro entrava ou saía da prisão ela se levantava, exibia a foto e sorria.

Os minutos passavam e pedimos a Ghosh que contasse tudo. Creio que ele não queria nos alarmar, mas não conseguia mentir.

"A primeira noite foi a pior. Fui metido naquela gaiola", disse ele, apontando para um barraco sujo e baixo que parecia um depósito. "É um lugar mínimo. É ali que enfiam criminosos comuns, assassinos, e também vadios e batedores de carteiras. O ar é horrível, e como de noite trancam a porta, não entra mais ar nenhum. Há um sujeito aqui, um bruto, que governa tudo e decide quem dorme lá. O único lugar onde se consegue um pouco de ar é perto da porta, e em troca de meu relógio ele me deixou dormir ali. Se eu passasse mais uma noite ali acho que teria morrido. Não havia lençóis, nem cobertores, e dormi no chão frio. Quando o sol nasceu, eu estava me coçando todo por causa de piolhos.

"Um major veio diretamente do palácio com instruções para me levar ao hospital militar e me fornecer tudo que fosse necessário para eu cuidar do general Mebratu. O imperador não tinha muita fé nos médicos que estavam cuidando dele. Quando esse major viu onde eu tinha passado a noite, e que meu rosto estava inchado e que eu mancava, ficou furioso. Levou-me para o hospital militar, onde pude tomar um banho de chuveiro, livrar-me dos piolhos e conseguir roupa limpa.

"No hospital militar, mostraram-me as radiografias do general, e depois me levaram ao quarto dele. E quem é que vejo lá? Slava, o doutor Yaroslav, do hospital russo. Slava tremia muito e não parecia estar com bom aspecto. Quanto a Mebratu, dormia profundamente, ou estava inconsciente. Slava disse que os médicos etíopes não queriam chegar perto do general. Estavam apavorados, pois se ele morresse poderiam se ver em apuros, e se o salvassem ficariam sob a suspeita de serem simpatizantes. 'Slava', eu disse, 'diga-me se ele está sedado, e se estava assim antes que você o visse.' Slava disse que quando ele chegou o general estava perfeitamente desperto, falando, sem fraqueza nas mãos e nas pernas. 'Fui contra a sedação', disse Slava. Durante todo esse tempo havia uma médica russa com Slava, moça ainda, a doutora Yekaterina. Ela disse: 'A sedação é muito útil. Ele sofreu uma contusão craniana. Temos de operar'. Eu contestei. 'As contusões cranianas só são importantes porque o crânio contém o cérebro. Essa bala não está perto do cérebro.' 'Como o senhor chama isso?', ela perguntou, apontando para o olho. 'Camarada', respondi, 'eu chamo isso de órbita.' Ela não tinha uma boa opinião a meu respeito, e eu não gostava do jeito como ela se mostrava desrespeitosa para com Slava. Ele pode ser alcoólatra, mas foi um pioneiro na área da ortopedia antes que o banissem para a Etiópia. Aí Slava, atrás dela, movimentou os lábios para mim: 'KGB!'. Fui falar com o major. 'Quais são suas instruções com relação à minha autoridade?' E ele respondeu: 'Tudo o que o senhor precisar. O senhor está no comando. Essas são ordens diretas de Sua Majestade'. 'Muito bem', eu disse. 'Mande essa médica de volta para o Hospital Balcha. E não deixe que ela volte. Preciso de um conhaque 'medicinal', um pouco de sais aromáticos e que sejam instalados mais dois leitos nesse quarto, para mim e Slava.' Tratei o general Mebratu com todos os antibióticos que havia, e dei o conhaque a Slava, para que parasse de tremer. Depois Slava e eu fizemos o desbridamento do olho do general, bem ali no leito, cortamos o que estava pendurado sem tentar muita coisa mais. O general nem se mexeu. Eu não tencionava retirar a bala.

"Nas duas noites seguintes, Slava me fez companhia e eu dormi numa cama de verdade. Foi preciso três dias para que passasse o efeito daquela sedação comunista. 'Slava, por acaso aquilo foi uma dose de sedativo para um cavalo?', perguntei. 'Não, mas foi dada por uma égua velha chamada Yekaterina!', ele respondeu.

"Quando o general Mebratu despertou, se achava em ótimas condições, com exceção de uma leve dor de cabeça e a voz anasalada. Não me deixaram ficar ali mais tempo e mandaram Slava embora. Foi aí que eu escrevi o bilhete.

Quando voltei para cá, me colocaram numa das celas normais com alguns sujeitos decentes. Passaram a me levar ao hospital e me trazer de volta uma ou duas vezes por dia, para mudar o curativo, mas não me permitiam trocar mais que algumas palavras com o general."

Eu já tinha vistos dois ratos enormes saindo, à plena luz do dia, de uma sarjeta entre dois prédios. Ghosh estava escondendo coisas de nós, mas por outro lado nós também estávamos escondendo coisas dele.

Daquele dia em diante, fomos autorizados a fazer duas visitas semanais. Agora, a única questão era saber quando ele seria libertado.

Primeiro um, depois outro dos pacientes VIP de Ghosh vieram a nosso bangalô para pegar algum objeto doméstico que Ghosh desejava para matar a saudade de casa: uma determinada caneta, mais livros, um papel que se encontrava em certa pilha. Traziam consigo uma nota cheia de latinórios com a caligrafia de Ghosh, uma receita para algum remédio, e eu as levava a Adam, o manipulador de medicamentos.

Na ausência de Ghosh, entendi que espécie de médico ele era. Aqueles membros da família real, ou ministros e diplomatas, não estavam gravemente doentes, pelo menos não a meus olhos. Embora carecessem de poder para tirar Ghosh da prisão, tinham autoridade suficiente para consultá-lo. Abaixando a pálpebra inferior e examinando a cor das conjuntivas, pedindo-lhe que pusessem a língua para fora, e sempre com o dedo no pulso, ele fazia o diagnóstico e os tranquilizava. A designação "médico de família" não cobre exatamente tudo o que ele era.

Três semanas depois de termos estado com Ghosh pela primeira vez, o general Mebratu foi levado a julgamento, um espetáculo montado para os muitos observadores internacionais. Um jornal clandestino publicou matérias sobre o julgamento, como também alguns jornais estrangeiros. Altivo e longe de baixar a cabeça, o general não repudiou o que tinha feito. Sua conduta causou forte impressão às pessoas autorizadas a assistir ao julgamento. Do banco das testemunhas, ele pregava sua mensagem: reforma agrária, reforma política e a abolição dos deficientes registros de terras que reduziam os camponeses à condição de escravos. Aqueles que haviam lutado para reprimir o golpe de Mebratu agora se perguntavam por que tinham feito oposição a ele. Ouvimos dizer que um grupo de jovens oficiais havia conspirado para retirar o general da prisão, mas que ele se opusera a isso. A morte de seus soldados ainda pesava em sua consciência. O tribunal condenou-o à forca. Suas últimas palavras na sala do tribunal foram: "Vou para dizer aos outros que a semente que plantamos lançou raízes".

Na noite do quadragésimo nono dia do cativeiro de Ghosh, um táxi subiu a ladeira do hospital e fez a volta nos fundos do terreno. Ouvi um grito de Almaz e tentei imaginar qual era o novo desastre que teríamos que enfrentar.

Descendo do táxi e examinando nossas instalações como se nunca as tivesse visto, lá estava nosso Ghosh. Gebrew, que havia subido a ladeira, desde o portão, no estribo do táxi, batia palmas de alegria e saltitava. Rosina e Genet deixaram seu quarto. Dançamos ao redor de Ghosh. O ar estava cheio de gritos e do *lulululu*, o som da alegria de Almaz. Kuchulu também estava ali, abanando o rabo e latindo, enquanto os dois cachorros sem nome a imitavam a certa distância.

Era meia-noite quando fomos dormir, com Shiva e eu aconchegados entre Ghosh e Hema. A posição estava longe de ser confortável, mas nunca dormi melhor. Acordei em certo momento e ouvi o ressonar forte de Ghosh: era o som mais reconfortante do mundo.

Acordamos cedo na manhã seguinte, e nosso estado de espírito ainda era comemorativo. Sem que soubéssemos disso, naquele momento o general Mebratu, veterano da Coreia e do Congo, graduado de Sandhurst e Fort Leavenworth, estava sendo conduzido ao cadafalso.

Enforcaram-no num espaço aberto no Merkato, talvez porque fora ali que a passeata dos estudantes e a ideia do golpe tinham recebido o mais inequívoco apoio. O carrasco, soubemos depois, foi o ajudante de ordens do imperador, um homem que o general Mebratu tinha conhecido durante anos e anos. "Se você algum dia estimou um soldado, ponha esse nó com cuidado", teria dito o general. Quando o laço estava na posição, e pouco antes do caminhão se afastar, ele correu e saltou para fora da carroceria do veículo, lançando-se ao martírio.

Soubemos dessas coisas no fim da manhã. Naquela noite, nos casarões de pedra, nos quartéis, e nas casas de *chikka*, jovens oficiais graduados da Academia Militar de Holeta, da Academia Militar de Harar ou da Academia da Força Aérea em Debre Zeit foram dormir planejando terminar o que o general Mebratu tinha começado.

A cada dia que passava, crescia a estatura do general Mebratu, até que ele acabou canonizado oficiosamente. Sua efígie aparecia em folhetos anônimos, desenhada no estilo dos antigos pintores de ícones etíopes, com abundância de amarelo, verde e vermelho. Pintavam um Cristo negro, ladeado por um são João Batista negro e nosso general Mebratu. Os três tinham auréolas amarelas em torno da cabeça, e o rio Jordão corria a seus pés. O texto dizia: "*Porque este é o anunciado pelo profeta Isaías, que diz: Voz do que clama no deserto; Preparai o caminho do Senhor, endireitai as suas veredas*".

29. As chinelas de Abu Kassem

Dois dias após a execução do general, os funcionários do hospital, liderados por Adam e W. W. Gonad, organizaram um festa de boas-vindas para Ghosh. Compraram uma vaca, alugaram um toldo e contrataram um cozinheiro.

Adam degolou o animal. Um ajudante superansioso e apreciador de *gored-gored*, um bife bem malpassado, cortou uma peça fina e ainda trêmula do lombo, enquanto a vaca ainda estava em pé, de pernas bambas. Baixaram o animal junto de uma árvore, retalharam-no e levaram a carne para uma mesa ao ar livre a fim de ser trabalhada.

Ao ver um jipe subir a ladeira, meu sangue gelou nas veias. Os cozinheiros se imobilizaram, enquanto víamos um oficial fardado entrar em nosso bangalô. Caminhei para lá como um sonâmbulo. Já chegava à porta quando o oficial saiu, acompanhado de Ghosh e Hema. Shiva estava a meu lado.

"Meninos, a motocicleta", disse Ghosh. "Vocês sabem quem veio pegá-la?" Ghosh estava tranquilo, alheio a qualquer motivo para alarme.

Minha primeira reação foi de alívio, ao entender que eles não tinham vindo para deter Ghosh de novo. Mas em seguida, ao me dar conta do motivo por que o oficial estava ali, sobreveio o pânico. Nós cinco tínhamos ensaiado uma história: *Veio um soldado com a chave. Saiu guiando a motocicleta. Não trocamos nem uma palavra com ele.* Havíamos contado essa história a Hema no dia em que o soldado foi dado como desaparecido. Mas na época ela estava tão preocupada com a prisão de Ghosh que a história entrou por um ouvido e saiu pelo outro.

Eu ia começar a falar quando olhei direito para o rosto do oficial.

Era o invasor, o soldado do Exército, o que tinha vindo para levar a motocicleta.

Era seu rosto. A mesma testa e os mesmos dentes, embora o corpo não fosse tão magro e desengonçado. A farda imaculada e bem passada, com o bibico metido sob a lapela no ombro, dava-lhe todo o aspecto de um soldado profissional, coisa que o intruso não tinha. Senti que meu rosto mudava de cor.

Rosina e Genet apareceram em seguida, dobrando a esquina da casa. A notícia tinha se espalhado. Já havia um bom grupo em torno de nós.

"Veio um soldado com uma chave e foi embora com a moto", disse Shiva.

"Foi", concordei, balançando a cabeça.

O oficial sorriu. Chegou-se um pouco para a frente, em minha direção e perguntou polidamente, em inglês: "Não se lembra de mais nada? Alguma coisa que não está me dizendo?".

Antes que eu respondesse, Ghosh aparteou. "Ah, aqui está Rosina." Em amárico, Ghosh pediu: "Rosina, esse oficial quer saber da motocicleta de Zemui".

Rosina fez uma reverência profunda. Eu me lembrei de sua cortesia com o ladrão e da irritação dele com as palavras que ela tinha usado. Tomara que ela fosse prudente dessa vez.

"Sim, senhor. Eu estava com os meninos quando ele veio..." Nesse ponto ela fez uma pausa e levou a bainha da *shama* à boca, com os olhos arregalados. "Desculpe, senhor. O homem... ele era muito parecido com o senhor. Quando eu vi seu rosto... Me perdoe", disse ela, fazendo uma leve mesura de novo. "Ele não era... educado como o senhor. Nem se vestia... como o senhor."

"Nós temos a mesma mãe", disse o oficial, com um sorriso sardônico. "É verdade, ele se parece comigo. Como estava vestido?"

"Só o dólmã do Exército. Sem camisa. Uma camiseta branca, do tipo regata, por baixo. Botas, calça."

"Você achou que ele estava bem?"

"Ele estava com a arma enfiada aqui", respondeu Rosina, indicando a cintura, "mas sem o..."

"Coldre?", sugeriu o irmão.

"Isso. E ele parecia... estava com os olhos vermelhos. Era como se estivesse..."

"Embriagado?", perguntou o irmão, gentil. "Perguntou a ele por que queria a motocicleta?"

"Ah, não, senhor. Ele estava com aquela arma", disse Rosina. "Parecia muito zangado. E estava com a chave."

"O que ele lhe disse mais?"

"Ele... disse muitas coisas. Disse que ia levar a motocicleta. Eu não disse nada." Rosina tinha se afastado do roteiro preparado, mas parecia estar indo bem.

"Por quê? O que aconteceu? O que houve com a motocicleta?", perguntou Shiva em inglês, com uma fisionomia impassível, que nada revelava. Fiquei atônito com a calma dele.

"Bem, é isso que eu não sei", respondeu o oficial. Seu inglês era excelente, e sua atitude se abrandou. "Não era para ele vir buscar a motocicleta. De qualquer maneira, o Exército não permitiria que ele ficasse com ela." Fez uma pausa, avaliando se deveria dar mais informações. Quando continuou, falou para Ghosh e Hema. "Ele não foi visto mais desde que esteve aqui. Estou servindo em Dire Dawa e só soube que ele estava insubmisso há duas semanas. Ele disse a uma mulher com quem estava morando que ia pegar uma motocicleta." Voltou-se para mim e Shiva: "Então, vocês o viram saindo com a motocicleta?".

"Ouvi o barulho", respondi.

O oficial assentiu. "Doutor, o senhor se importa que eu dê uma olhada por aí..."

"Pois não", respondeu Ghosh.

Senti um frio na barriga ao ver o oficial e seu motorista rodear a casa pelos fundos e daí a pouco descer pelo caminho de cascalho. Teríamos passado por tudo aquilo, com Ghosh agora livre, só para que esse oficial do Exército nos mandasse de volta ao inferno? Genet olhou para mim, enquanto Rosina se acocorava, passando um gravetinho de eucalipto nos dentes. Os dois homens caminharam até a lombada, viraram na direção da rotatória e sumiram de vista. Se na volta entrassem na oficina, estaríamos perdidos. A motocicleta estava bem escondida, mas não para alguém resolvido a encontrá-la.

Depois de uma eternidade, voltaram.

"Obrigado, doutor", disse o oficial, estendendo a mão para Ghosh. "Eu temo o pior. No dia em que o imperador voltou, alguns de nossos soldados meteram as mãos numa boa soma de dinheiro. Meu irmão teve alguma coisa a ver com isso. Talvez seja melhor mesmo que ele tenha desaparecido."

Assim que o jipe saiu de vista, Ghosh nos observou por um instante. Pressentia que alguma coisa estava esquisita, mas não fez nenhuma pergunta. Depois que ele e Hema voltaram para dentro de casa, fui até a esquina e vomitei. Genet e Shiva me seguiram. Mandei-os embora com um gesto. O sistema gastrintestinal tem seu próprio cérebro, sua própria consciência.

Debaixo do toldo, as cadeiras de dobrar não se firmavam bem sobre a grama macia. Daí a pouco as mesas também oscilavam com jarras de *tej* e pratos de comida. Meu prato predileto era o *kitfo*: carne crua moída grosseiramente e misturada com *kibe*, uma manteiga clarificada e condimentada. Embora nunca fosse servido em nossa casa, desde muito pequeno eu o comia no quarto de Rosina ou na casinha de Gebrew. Nesse dia eu estava sem apetite. Os discos de *injera* empilhavam-se sobre a mesa como guardanapos. O *gored-gored* era o prato que todos disputavam: cubos de carne crua que se comia com um molho fortíssimo de pimenta malagueta. Os pratos não paravam de chegar: almôndegas, curry de carne, lentilhas ao curry, língua e rins. Num abrir e fechar de olhos, o animal que estivera pastando sob uma árvore de manhã havia sido transferido agora para a mesa.

Ghosh sentou-se numa poltrona sobre um estrado. Uma a uma, as enfermeiras, as estudantes de enfermagem e outros empregados da Missing vieram lhe apertar a mão e louvar os santos por terem permitido que ele sobrevivesse a sua provação.

Rosina não veio, mas dei com Genet num canto do toldo. Sentei-me a seu lado. Vestida de preto, empurrando a comida de um lado para outro no prato, ela parecia uma prima macambúzia e distante da Genet que eu conhecia. Mal havia saído de casa desde a morte de Zemui. Quando um ajudante veio cumprimentá-la, dando-lhe um beijo no rosto, pouco lhe deu atenção.

"Quando vai voltar para a escola?", perguntei. "Quando vai começar a comer com a gente de novo?"

"Eles mataram meu pai. Já se esqueceu? Não quero saber da escola." Em seguida me perguntou, com expressão dura: "Diga a verdade. Você contou a Ghosh, não foi?".

"Eu não fiz isso!"

"Mas pensou em contar a ele, não foi? Diga a verdade!"

Ali ela me pegou. Quando senti os braços de Ghosh em torno de mim pela primeira vez, no pátio da prisão, uma confissão tinha chegado a meus lábios. Tive de mordê-los e engolir o que estava a ponto de dizer.

"Desde quando pensar virou crime?... Não me olhe assim", respondi.

Genet pegou seu prato e foi se sentar longe de mim. Mesmo que eu não tivesse muita confiança em mim mesmo, queria que ela tivesse mais confiança em mim. Doía saber que ele não me via mais como o herói que tinha atirado no invasor.

No fim da tarde o toldo foi desarmado, e como tinha corrido a notícia de que Ghosh tinha sido solto, outros visitantes começaram a chegar. Para Evangeline e a sra. Reddy, o momento era de uma felicidade manchada de tristeza, pois se Ghosh estava de volta, o general Mebratu havia desaparecido para sempre. Evangeline não parava de dizer "Tão jovem. Tão jovem para partir", levando um lenço aos olhos, enquanto a sra. Reddy a consolava, puxando-lhe a cabeça para seu colo exuberante. As duas tinham trazido um panelão de *biriyani* de frango e a picante conserva de manga que era a favorita de Ghosh.

"É sua segunda lua de mel, meu querido", disse Evangeline a Ghosh. Piscou para Hema. Adid, o velho amigo deles, chegou com três frangos vivos amarrados pelos pés, entregando-os a Almaz. Afastou penugens de sua imaculada camisa branca de poliéster, que ele usava sobre um ondulante *ma'awis* axadrezado que lhe chegava às sandálias. Logo depois veio Babu, que era o parceiro habitual do general Mebratu no bridge, trazendo uma garrafa de Dimple, o uísque predileto do general. Quando caiu a noite, falou-se numa roda de jogo em memória dos velhos tempos. Tive a sensação de que a qualquer momento Zemui chegaria trazendo o general Mebratu.

O ambiente dentro de casa ficou abafado. Abri as janelas dos fundos e da frente. Em dado momento Ghosh foi para seu quarto a fim de tirar a suéter e Hema o acompanhou. Segui-os e fiquei à porta. Ghosh entrou no banheiro para escovar os dentes. Era como se não se habituasse à novidade que era a água corrente. Hema ficou do lado de fora, olhando para o reflexo dele no espelho.

“Estive pensando...”, ouvi Ghosh dizer. “Nós vivemos bons tempos aqui. Talvez devamos ir embora... antes do próximo golpe.”

“Como? De volta para a Índia?”, perguntou Hema.

“Não... Nesse caso os meninos teriam de aprender híndi ou tâmil como uma segunda língua obrigatória. É tarde demais para isso. Não se esqueça de por que saímos de lá.”

Eles não sabiam que eu estava ouvindo.

“Muitos professores indianos saíram daqui para Zâmbia”, disse Hema.

“Por que não os Estados Unidos? O condado de Cook?”, propôs Ghosh, rindo.

“E a Pérsia? Dizem que eles têm necessidades enormes lá, do mesmo modo que aqui. Mas lá eles têm toneladas de dinheiro para gastar.”

Zâmbia? Pérsia? Por acaso estariam brincando? Era sobre o meu país que eles estavam conversando, a terra onde eu tinha nascido. Realmente, seu potencial de violência e distúrbios estava mais do que provado. Ainda assim, porém, era minha terra. Não seria muito pior ser torturado numa terra que nem era a sua?

Nós vivemos bons tempos aqui.

As palavras de Ghosh bateram em mim como um chute no plexo solar: aquele era meu país, mas logo compreendi que não era o de Hema e de Ghosh. Eles não tinham nascido ali. Seria a Missing para eles apenas um bom emprego enquanto durasse? Afastei-me em silêncio.

Saí para o gramado. Lembro-me do ar naquela noite, tão fresco e revigorante que era capaz de ressuscitar os mortos. A fragrância das achas de eucalipto numa lareira, o cheiro de grama molhada, de esterco usado como combustível, de fumo, de ar úmido e o perfume de centenas de rosas — aquele era o cheiro da Missing. Não, era o aroma de um continente.

Eu podia ser um filho indesejado, e meu nascimento, uma desventura; podia ser o filho ilegítimo de uma freira execrada e de um pai desaparecido; um assassino frio capaz de mentir para o irmão do homem que havia matado, mas aquele solo pantanoso que nutria as rosas da Missing estava em minha carne. Eu dizia *Etió-pia*, como um nativo. Que gente nascida em outras terras pronunciassem *E-ti-ó-pi-a*, como se fosse um nome composto, como, por exemplo, Sharm el Sheikh, Dar es Salaam ou Rio de Janeiro. As montanhas Entoto, desaparecendo na escuridão, emolduravam meu horizonte; se eu fosse embora, essas montanhas afundariam de volta no chão, decairiam para o nada; as montanhas precisavam de que eu fitasse suas encostas arborizadas, tanto quanto eu precisava delas para ter certeza de que estava vivo. De noite, o dossel de estrelas também era meu, por direito de nascimento. Um jardineiro celeste espalhava sementes de *meskel* para que, ao findar a estação das chuvas, as margaridas florissem para dar as boas-vindas ao sol. Até mesmo a Terra Gulosa, a área movediça e malcheirosa atrás da Missing, que havia engolido um cavalo, um cachorro, um homem e sabe Deus o que mais, também ela era minha.

A luz e as trevas.

O general e o imperador.

O bem e o mal.

Todas as possibilidades residiam em mim e exigiam que eu estivesse ali. Se eu fosse embora, o que restaria de mim?

Por volta das onze horas, Ghosh pediu licença às pessoas que estavam na sala de estar e voltou conosco para nosso quarto. Hema veio também.

"Durante toda a sua ausência, não dormimos nesta cama", disse Shiva.

Ghosh comoveu-se. Deitou-se no meio, enquanto nós nos aconchegávamos de cada lado dele. Hema sentou-se no pé da cama.

"Na prisão, as luzes se apagavam às oito horas. Cada um contava uma história. Essa era a nossa diversão. Eu contava histórias dos livros que líamos para vocês neste quarto. Um de meus companheiros de cela, um comerciante chamado Tawfiq, contou a história de Abu Kassem."

Era uma história conhecida por todas as crianças na África: Abu Kassem, um avarento comerciante de Bagdá, era muito apegado a seu par de chinelas, tão velhas e remendadas que eram motivo de zombaria. Por fim, nem ele mesmo suportou mais vê-las. No entanto, todas as suas tentativas de se livrar das chinelas acabavam em desastre: primeiro, quando ele as jogou fora pela janela, caíram na cabeça de uma mulher grávida. A mulher abortou, e Abu Kassem foi preso. Depois, quando ele as jogou no canal, entupiram o dreno principal. Isso provocou uma inundação, e Abu Kassem voltou para a cadeia...

"Uma noite, quando Tawfiq acabou de contar a história, outro preso, um velho sossegado e circunspecto, comentou: 'Abu Kassem deveria ter construído um cômodo especial para suas chinelas. Por que tentar jogá-las fora? Ele nunca vai se livrar delas'. O velho riu, e pareceu feliz por ter dito aquilo. Naquela noite, ele morreu dormindo.

"Na noite seguinte, por respeito ao velho, ficamos todos em silêncio. Nada de histórias. Eu ouvia homens chorando no escuro. Esse era sempre o pior momento para mim. Ah, meninos... Eu fingia que vocês dois estavam a meu lado, como agora, e imaginava o rosto de Hema diante de mim.

"Na outra noite, mal pudemos esperar para falar sobre Abu Kassem. Todos nós tínhamos a mesma opinião. O velho tinha razão. As chinelas da história significam que tudo que a gente vê e toca, toda semente que a gente planta, ou não planta, torna-se parte de nosso destino... Eu conheci Hema no pavilhão de isolamento do Hospital Geral do Governo, em Madras, na Índia, e por causa disso vim para este continente. Por causa disso, recebi a maior dádiva da minha vida: ser pai de vocês dois. Por causa disso, operei o general Mebratu, que se tornou meu amigo. Porque ele era meu amigo, fui preso. Porque eu era médico, ajudei a salvá-lo, e aí me soltaram. Porque eu o salvei, puderam enforcá-lo... Entendem o que estou dizendo?"

Eu não estava entendendo nada, mas ele falava com tal paixão que eu não quis interrompê-lo.

"Não conheci meu pai, de modo que achava que ele não tinha importância para mim. Minha irmã sentia tanta falta dele que se tornou uma mulher amarga, a ponto de achar insuficiente tudo o que ela tem ou venha a ter." Ghosh suspirou. "Eu compensava a ausência dele acumulando conhecimentos, qualificações, procurando fama. O que finalmente compreendi em Kerchele foi que nem minha irmã nem eu nos demos conta de que a ausência de meu pai é nosso par de chinelas. Para começar a se livrar de suas chinelas, você tem de admitir que elas são suas, e, se você fizer isso, elas desaparecem sozinhas."

Durante todos aqueles anos eu nunca soubera desse detalhe da vida de Ghosh, que ele havia perdido o pai ainda muito pequeno. Ele era como nós, sem pai, mas ao menos nós tínhamos a ele. Talvez a vida dele tivesse sido ainda pior que a nossa.

Ghosh suspirou. "Espero que um dia vocês entendam isso com a mesma clareza com que eu vi a questão em Kerchele. A chave de nossa felicidade está em assumir nossas chinelas, assumir quem somos, nossa aparência, nossa família, os dons que temos e os que não temos. Se você insiste em dizer que suas chinelas não lhe pertencem, você vai morrer procurando, vai morrer amargo, sempre achando que a vida lhe prometeu mais. *Não são somente nossas ações que se tornam nosso destino, mas também nossas omissões.*"

Depois que Ghosh saiu de nosso quarto, fiquei refletindo: seria o soldado do Exército meu par de chinelas? Se fosse, elas já tinham voltado para mim na forma de seu irmão. Que forma assumiriam em seguida?

Justamente quando meus pensamentos começavam a vir em sequências ilógicas, um prelúdio do sono, senti que alguém levantava o mosquiteiro. No instante em que a vi, ela já estava sentada em meu peito, imobilizando meus braços.

Eu poderia tê-la empurrado. Mas não o fiz. Gostava de seu corpo encostado no meu e gostava do leve cheiro de carvão e de incenso que impregnava suas roupas. Talvez tivesse vindo para se desculpar comigo por ter sido tão grosseira antes. Talvez houvesse entrado por uma das janelas abertas.

A luz que vinha do corredor me permitia ver o sorriso fixo em seu rosto.

"E então, Marion? Você contou a Ghosh sobre o ladrão?"

"Se você estava escondida aqui, já sabe."

Shiva, agora desperto, olhou para nós dois e depois se virou e fechou os olhos.

"Você quase contou àquele oficial, o irmão dele."

"Não. Só fiquei surpreso...", respondi.

"Nós achamos que você contou a Ghosh e Hema."

"Claro que não. Eu não faria isso."

"Por que não?"

"Você sabe por quê. Se ficarem sabendo, vão me enforcar."

"Não, vão enforcar minha mãe... e a mim também. Por sua culpa."

"Eu sonho com a cara dele."

"Eu também. E eu o mato de novo toda noite. Gostaria que *eu* tivesse dado o tiro nele."

"Foi um acidente."

"Se eu tivesse matado aquele sujeito, não iria dizer que foi acidente. Se eu tivesse matado o soldado, não teríamos com que nos preocupar."

"Para você é fácil dizer isso, porque não foi você quem o matou."

"Mamãe acha que você vai contar. Estamos preocupadas com você."

"Ah, é? Bem, pode dizer a Rosina que não se preocupe."

"Um dia você vai soltar essa história sem querer e causar a morte de todos nós."

"Então, pare. Se você sabe que eu vou contar, por que conversar comigo? Agora saia de cima de mim."

Ela deslizou de um jeito que fez seu corpo ficar colado no meu, com os braços e as pernas abertos. Seu rosto dançou de um lado para outro sobre o meu, e por um instante achei que ela ia me beijar, o que teria sido estranhíssimo no contexto de nossa conversa. Examinei seus olhos, tão perto dos meus, a mancha na íris direita, seu hálito em meu rosto, doce, agradável. Adivinhava a beldade perigosa que ela se tornaria. Lembrei-me da última vez em que estivéramos tão próximos. Na despensa.

Suas pupilas se dilataram, as pálpebras caíram sobre as íris.

Senti uma coisa quente onde suas coxas estavam em cima das minhas, um calor que se espalhava.

Senti um fluido empapar meu pijama. O ar sob o mosquiteiro encheu-se do cheiro de urina. Os olhos dela rolaram para cima, deixando ver só o branco do olho. Ela estremeceu. Seu pescoço estava arqueado, os músculos do ombro tensos. Olhou para mim pela última vez. "Então está certo, mas nunca se esqueça de sua promessa." Saltou da cama e saiu antes que eu pudesse sequer pensar em reagir. Comecei a me levantar para ir atrás dela, disposto a correr, dar-lhe uma surra.

Shiva me deteve, não sei se por causa de seu temperamento conciliador ou se para protegê-la. Manteve os olhos baixos e não olhou para mim. Fiquei de pé, tremendo de raiva, enquanto Shiva desfazia a cama. A calça de meu pijama estava ensopada, mas Shiva tinha sido poupado. Shiva abriu a torneira da banheira e entrei nela. Sentou-se no vaso sanitário, em silêncio mas me fazendo companhia. Não trocamos uma palavra. De volta ao quarto, eu estava vestindo um pijama limpo quando Ghosh entrou.

"Vi a luz acesa. O que foi?"

"Um acidente", respondi.

Shiva nada disse. O cheiro era inconfundível. Fiquei envergonhado. Podia ter acusado Genet, mas não fiz isso. Abri a janela durante alguns minutos, e depois a fechei.

Ghosh enxugou o colchão. Ajudou-nos a virá-lo. Trouxe lençóis limpos e arrumou a cama para nós. Percebi que ele estava aborrecido.

"Volte para a sala", eu disse a ele. "Estamos bem. De verdade."

"Meus meninos, meus meninos", disse ele, sentando-se na beira da cama. Eu sabia que ele achava que eu tinha urinado na cama. "Não consigo imaginar o que vocês passaram."

Era verdade. Ele não podia imaginar. E provavelmente nós também não saberíamos nunca o que ele tinha passado.

Ghosh suspirou. "Nunca mais vou deixar vocês."

Senti uma pontada no peito, uma vontade de pedir que ele retirasse o que havia dito. Falara como se coubesse apenas a ele decidir. Como se tivesse se esquecido do destino e das chinelas.

30. Olho por olho

Sessenta dias já tinham decorrido desde a morte de Zemui, e Genet continuava fechada em casa. Rosina, a quem a falta do dente conferia um aspecto sinistro, não sorria e andava irascível como um javali abissínio.

"Basta", disse-lhe Gebrew no dia da festa de são Gabriel. "Vou derreter uma cruz para fazer um dente de prata para você. Está na hora de sorrir e de vestir um pouco de branco. É Deus que quer assim. Você está entristecendo o mundo d'Ele. Até a esposa legítima de Zemui já abandonou o luto."

"Você chama aquela meretriz de esposa?", replicou ela, aos berros. "Ela abre as pernas quando entra uma brisa pela porta. Não fale dela perto de mim." No dia seguinte Rosina pôs para ferver uma bacia de corante preto e meteu dentro dela todas as suas roupas restantes, assim como muitas roupas com que Genet ia à escola.

Quando Hema tentou fazer com que Genet voltasse à LT&C, Rosina repeliu a ideia. "Ela ainda está de luto."

Dois dias depois, um sábado, num momento em que entrei na cozinha, escutei um *lululu* comemorativo que vinha do quarto de Rosina. Bati à porta. Rosina abriu uma fresta, me mirando com um olhar de caçadora e com uma navalha na mão.

"Está tudo bem?"

"Muito bem, obrigada", respondeu ela, fechando a porta, mas não antes que eu visse Genet aplicando uma toalha no rosto. Havia panos sujos de sangue no chão.

Não consegui guardar aquilo para mim mesmo. Contei a Hema, que foi bater à porta delas.

Rosina hesitou. "Entre, se for mesmo preciso", disse, ríspida. "Já acabamos."

O quarto recendia a mulheres enclausuradas. E a incenso, e outra coisa... sangue fresco. Era difícil respirar. A lâmpada nua, pendente do teto, estava apagada.

"Feche a porta", disse-me Rosina secamente.

"Deixe aberta, Marion", disse Hema. "E acenda a luz."

Junto da cama de Genet havia uma navalha, uma lamparina e um pano sujo de sangue.

Genet estava sentada, séria, com as mãos no rosto e os cotovelos apoiados nos joelhos. A postura de uma pessoa absorta em reflexões, não fossem os trapos nas mãos.

Hema afastou os dedos de Genet, revelando dois cortes fundos e verticais, como o número onze, logo depois do fim de cada sobrancelha. Um total de quatro cortes. O sangue que deles fluía era escuro como alcatrão.

"Quem fez isso?", perguntou Hema, cobrindo as feridas e aplicando-lhes pressão.

As duas mantiveram-se em silêncio. Os olhos de Rosina estavam fixos numa das paredes, e havia um sorriso forçado em seu rosto.

"Eu perguntei: quem fez isso?" A voz de Hema era mais cortante que a navalha que fizera os talhos.

Genet respondeu, em inglês: "Eu pedi que ela fizesse, mãe".

Rosina disse alguma coisa ríspida a Genet, em tigrínia. Eu sabia que aquela frase curta e gutural significava *Cale a boca*.

Genet não lhe deu ouvidos. "Esse é o sinal de meu povo", continuou. "Da tribo de meu pai. Se meu pai estivesse vivo, ficaria feliz."

Hema abriu a boca, meio indecisa quanto ao que dizer. Seu rosto se suavizou um pouco. "Seu pai não está vivo, menina. Mas, graças a Deus, você está."

Rosina fechou a cara. Não estava gostando daquela conversa em inglês.

"Venha comigo. Vou fazer um curativo", disse Hema, mais gentil.

Ajoelhei-me ao lado de Genet. "Venha conosco. Por favor."

Genet olhou para a mãe, nervosa. "Vocês vão tornar isso mais difícil para mim", pediu. "Eu queria essas marcas tanto quanto ela. Por favor, vão embora. Por favor."

Ghosh aconselhou paciência. "Ela não é nossa filha."

"Você está enganado, Ghosh. Ela come à nossa mesa. Nós a mandamos à escola à nossa custa. Não podemos dizer 'ela não é nossa filha' quando alguma coisa de mau está acontecendo com ela."

Fiquei estarrecido com o que Hema estava dizendo. Era nobre. Mas, se ela via Genet como minha irmã, isso criava complicações com relação a meus sentimentos pela menina...

"É só para manter afastado o *buda*, o mau-olhado", disse Ghosh em tom apaziguador. "É como o *pottu* na testa na Índia, querida."

"Meu *pottu* sai, *querido*. Não tira sangue."

Uma semana depois, quando Hema e Ghosh chegaram do trabalho, ouviram o solilóquio lamurioso de Rosina, alto como sempre, em nada diferente de quando tinham saído para trabalhar de manhã. Ela se queixava da sorte, de Deus e criticava Zemui por tê-la abandonado.

"É isso", disse Hema. "A coitada da menina vai enlouquecer. Vamos ficar sem mover um dedo enquanto isso acontece?"

Hema reuniu Almaz, Gebrew, W. W. Gonad, Shiva e eu. Fomos juntos à porta de Rosina e a abrimos. Hema agarrou Genet pelo braço e levou-a para nossa casa, deixando-nos encarregados de acalmar Rosina, que gritava a plenos pulmões que sua filha estava sendo sequestrada.

Por trás da porta fechada do quarto de Hema, ouvíamos os sons de Genet na banheira. Hema saiu para pegar leite e pediu a Almaz que cortasse fatias de mamão e pusesse suco de limão e açúcar sobre elas. Daí a pouco Almaz entrou no quarto e lá permaneceu.

Uma hora depois, Hema e Genet saíram de braços dados. Genet estava usando uma blusa amarela enfeitada com lantejoulas e uma saia verde cintilante, partes da roupa que Hema usava na dança Bharatnatyam. O cabelo estava puxado para trás e Hema havia aplicado um traço negro com um lápis de *kohl* nas bordas de suas pálpebras. Genet estava imponente, feliz, de cabeça erguida, com a postura de uma rainha que tivesse sido libertada e reposta no trono. Ela era minha rainha, a única que eu desejava ter a meu lado. Eu estava orgulhoso, ela me atraía tanto... Como podia ser minha irmã se já era outra coisa para mim? O cintilante sári verde de Hema combinava com as cores de Genet. Quase não prestamos atenção em Almaz, que se refugiara na cozinha, com sombra nos olhos, batom nos lábios, pó no rosto e enormes brincos de argola emoldurando o rosto forte.

Metemos-nos no carro, nós cinco, com Genet no banco traseiro entre mim e Shiva. No Merkato, Hema escolheu roupas novas para Genet. Para ela, aquele dia foi Natal, Diwali e Meskel ao mesmo tempo.

Acabamos no Enrico's. Genet sentou-se diante de mim, sorrindo enquanto tomava o sorvete. Começou a falar, hesitante a princípio, mas logo se soltando. Se tinha passado por uma lavagem cerebral, como disse Hema, seu cérebro agora estava secando.

Depois de explorar os obstáculos debaixo da mesa, escolhi o momento mais adequado. Eu a amava muito, mas não tinha esquecido a indignidade a que me submetera durante sua visita a minha cama havia menos de duas semanas, quando me deixara um presente molhado. Eu adorava a imagem dela deitada sobre mim, um momento de rara beleza. Mas queria apagar a parte molhada.

Dei-lhe um chute com toda a força na canela, com a biqueira do sapato. Ela conseguiu não emitir um som, mas a dor se revelou em seu rosto e nas lágrimas que lhe marejaram os olhos. "O que foi?", perguntou Ghosh.

"Tomei o sorvete depressa demais", ela respondeu.

"Ah! Dor de cabeça de sorvete. Estranho fenômeno. Sabe, essa é uma coisa que devíamos estudar, não é, Hema? Será equivalente a uma enxaqueca? Será que todo mundo é suscetível? Qual será a duração média? Haverá complicações?"

"Meu bem", disse Hema, beijando-o no rosto, numa rara demonstração de afeto em público, "dentre todas as coisas que você já quis pesquisar, finalmente descobriu uma que eu adoraria estudar com você. Estou entendendo que esse estudo vai envolver um monte de sorvete, não é?"

No carro, Genet me mostrou o vergão na canela. "Estamos quites?", perguntou baixinho.

"Não, isso foi só um aquecimento. Tenho de pagar na mesma moeda."

"Você vai estragar minhas roupas novas", disse ela, coquete, encostando-se em mim. As cicatrizes nas extremidades de suas sobrancelhas ainda estavam inflamadas nas bordas. Hema considerava aquilo uma barbaridade, mas eu as achava bonitas. Passei o braço em torno de Genet. Shiva ficou olhando, curioso quanto ao que eu faria em seguida. Aqueles talhos junto dos olhos lhe davam um ar de prodigiosa sabedoria, pois situavam-se no lugar onde as pessoas adquiriam rugas ao envelhecer. Ela sorriu, exagerando os dois onzes. Senti o coração disparar, impotente. Quem era aquela menina linda? Não minha irmãzinha. Nem mesmo minha melhor amiga. Às vezes minha adversária. Mas sempre o amor de minha vida.

"Então, falando sério, já se vingou?", ela insistiu.

Suspirei. "Já. Estou vingado."

"Ótimo." Ela pegou meu dedo mínimo, torceu-o para trás e o teria quebrado se eu não o puxasse depressa.

Genet dormiu numa cama preparada para ela em nossa sala. Na manhã seguinte, antes de irmos para a escola, Hema mandou chamar Rosina. Shiva, Genet e eu fomos para o corredor, a fim de escutar a conversa. Dei uma espiada e vi Rosina de pé diante de Hema, do mesmo jeito que ela se pusera diante do rapaz do Exército.

"Espero ver você de novo na cozinha, ajudando Almaz. E de hoje em diante, de dia, a porta e a janela de seu quarto devem ficar abertas. É preciso entrar ar e luz ali."

Se Rosina iria reivindicar alguma coisa com relação à filha, era esse o momento.

Prendemos a respiração.

Ela não disse uma palavra. Fez uma leve mesura e saiu.

Voltamos a nossa rotina escolar: deveres de casa aos montes e depois deveres de Hema, que incluíam caligrafia, discussões sobre assuntos políticos e econômicos, testes de vocabulário e relatórios sobre livros. Críquete para mim e Shiva, dança para Shiva e Genet. Muitas noites Ghosh arremessava bolas para nós numa cancha improvisada no gramado na frente da casa. Para um homem de seu tamanho, ele tinha um toque delicado com o taco e nos ensinou várias técnicas de rebatida.

A partir daquele ano, Shiva ficou dispensado de trabalhos escolares, depois de negociações de Hema e Ghosh com seus professores na Loomis Town & Country. Os dois lados ficaram aliviados. Shiva não precisava escrever uma dissertação sobre a batalha de Hastings se não via sentido nisso. A Loomis Town & Country cobrava as mensalidades de Shiva e o deixava assistir às aulas, pois era um aluno atento e quieto. Shiva não se importava com o ritual da escola. Os professores nos conheciam e compreendiam Shiva — na medida em que alguém conseguia compreendê-lo. Mas, tal como o sr. Bailey, recém-chegado de Bristol, alguns professores tinham de descobrir Shiva sozinhos. Bailey era o único professor em toda a história da LT&C a ter colado grau numa universidade, e por isso se sentia obrigado a fixar padrões muito elevados. Dois terços de nossa turma não passaram no primeiro exame de matemática.

"Um de vocês fez uma prova perfeita. Nota dez. Mas ele ou ela se esqueceu de escrever o nome na prova. O resto foi uma vergonha. *Sessenta e seis* por cento de vocês se saíram mal!", exclamou ele. "O que pensam disso? *Sessenta e seis!*"

Para Shiva, perguntas retóricas eram uma armadilha. Ele jamais fazia uma pergunta se já soubesse a resposta. Shiva levantou a mão. Eu me encolhi na carteira. A sobrancelha do sr. Bailey se ergueu, como se uma cadeira no corredor, a que ele não tivesse dado atenção durante meses, tivesse começado a nutrir ilusões de estar viva.

"O senhor tem alguma coisa a dizer?"

"Em minha lista de números prediletos, o 66 está em segundo lugar", disse Shiva.

"Por gentileza, por quê?", perguntou Bailey.

"Porque se pegarmos os números pelos quais podemos dividir 66, inclusive o próprio 66, e somá-los, o resultado é um quadrado."

O sr. Bailey não resistiu. Escreveu 1, 2, 3, 6, 11, 22, 33 e 66, todos os divisores de 66, e somou-os. Obteve como resultado 144, e nesse ponto ele e Shiva exclamaram juntos: "Doze ao quadrado!".

"É isso que torna o 66 especial", disse Shiva. "O que eu disse se aplica também a 3, 22, 66 e 70. A soma de seus divisores dá um quadrado."

"Por gentileza, diga-nos qual é seu número predileto, uma vez que o 66 está em segundo lugar", pediu Bailey, já sem nenhum sarcasmo na voz.

Sem ser convidado, Shiva dirigiu-se ao quadro-negro e escreveu: 10213223.

Bailey examinou esse número durante bastante tempo, enrubescendo um pouco. Depois levantou as mãos para o alto num gesto que me pareceu muito feminino. "Por gentileza, o que esse número tem de interessante?"

"Os quatro primeiros algarismos são a placa de seu carro." Pela expressão do sr. Bailey, acho que ele nem tinha percebido isso. "Mas foi uma coincidência", prosseguiu Shiva. "Esse número", ele bateu na lousa com o giz, tão empolgado quanto se permitia ficar, "é o único que descreve a si próprio quando o lemos. 'Um zero, dois uns, três dois e dois três.' O único!" Nesse ponto meu irmão riu de prazer, um som tão raro que a classe ficou assombrada. Sacudiu o pó de giz das mãos, sentou-se em seu lugar e calou-se.

Naquele ano, isso foi a única coisa de matemática que guardei na memória. E quanto ao aluno que tinha tirado dez no exame? Fosse quem fosse, em vez de escrever seu nome tinha feito um desenho de Veronica na prova.

Refleti sobre nossos destinos, principalmente sobre a sorte que o livrara dos trabalhos escolares. Acho que compreendi. Como Shiva *não podia* ou *não queria* fazer o que lhe era exigido, não exigiam mais. Como eu podia, tinha de fazer.

Shiva comparecia à clínica de versão sempre que nosso horário escolar lhe permitia. Deu um jeito de assistir a uma cirurgia de Hema, uma cesariana, e a partir disso ficou fisgado. A *Anatomia*, de Grey, tornou-se sua Bíblia, e ele passou a desenhar num ritmo frenético, atulhando nosso quarto com seus desenhos. Seu tema não era mais partes da BMW ou Veronica, mas esboços que mostravam a vulva, o útero e vasos sanguíneos do útero. Para conter a proliferação de papéis, Hema exigiu que ele desenhasse em cadernos, o que ele passou a fazer, enchendo página após página. Raramente se via Shiva sem o tratado de anatomia nas mãos.

Talvez como compensação ao interesse de meu irmão pelas atividades de Hema, eu procurava Ghosh depois da aula. Eu conhecia sua rotina: sala de cirurgia 3, pronto-socorro, ala de pós-operatório. Minha educação clínica ganhava velocidade. Às vezes eu o ajudava com as vasectomias que ele fazia em seu antigo bangalô.

Certa noite, Genet e eu nos sentamos à mesa para copiar uma página de aforismos do curso de Bickham, a fim de treinar a caligrafia, antes de começarmos a fazer o dever de casa. Ao olhar para ela, fiquei surpreso por ver lágrimas quentes em seus olhos. De repente ela disse: "Se 'A virtude é sua própria recompensa', meu pai devia estar vivo, não é? E se 'A verdade não precisa de disfarce', por que temos de fingir que Sua Majestade não é baixinho e que o amor dele por aquele cachorro feio é normal? Você sabia que ele tem um empregado cuja única função é levar de um lado para outro trinta almofadas de tamanhos diferentes para que Sua Majestade nelas apoie os pés, de modo que em qualquer trono em que ele se sentar seus pés não fiquem balangando no ar?".

"Ah, Genet! Não fale assim", respondi. "A menos que você queira ficar com o pescoço esticado." Antes mesmo do golpe, era heresia criticar o imperador, e enforcavam pessoas por menos que isso. Depois do golpe, era preciso ter dez vezes mais cuidado.

"Não ligo. Eu o odeio. Pode dizer a quem quiser." E ela saiu com um repelão.

Quando o período letivo se aproximava do fim, Rosina veio com uma bomba. Pediu licença para viajar a Asmara, o coração da Eritreia, no norte do país. Queria levar consigo Genet, para que ela conhecesse sua família e os pais de Zemui. Como Hema tinha medo de que ela não voltasse, pediu a Almaz e Gebrew que tentassem fazer com que Rosina desistisse da ideia ou que viajasse sozinha, mas Rosina estava obstinada. Por fim, Genet solucionou o problema. "Não importa o que acontecer, eu volto", disse a Hema. "Mas quero mesmo conhecer meus parentes."

Quando o táxi saiu para a estação rodoviária, Genet acenou para nós, feliz. Estava alvoroçada com a viagem de três dias e não falava de outra coisa. Mas para mim (e para Hema), a separação era dolorosa. Naquela mesma noite, a ventania cresceu, as folhas das árvores farfalharam, e de manhã caiu um pé-d'água, prenunciando as longas chuvas.

* * *

Eu estava quase com treze anos e já sabia que para a enfermeira-chefe, Bachelli e Ghosh, e para todo o Hospital da Missing, a estação das chuvas significava a temporada de crupe, difteria e sarampo. Não havia pausa na trabalheira.

Certa manhã, enquanto descia para o portão, levando um guarda-chuva, vi uma mulher que subia a ladeira para a Missing, com riachinhos de água escorrendo da sombrinha. Parecia assustada. Eu a reconheci. Ela trabalhava num dos bares dos prédios de blocos de cimento defronte à entrada do hospital. Às vezes, de manhã, eu a via como ela estava agora, um rosto comum e agradável, e em geral ela vestia uma saia simples de algodão e uma blusa. Já a vira também de noite, glamorosa, com o cabelo solto e roupas elegantes, sapato alto e joias.

Ela me pediu orientação. Soube mais tarde que se chamava Tsige. Ouvi a tosse abafada e glótica do bebê que ela trazia às costas num *shama*, como se fosse uma índia americana. Era um som semelhante ao grito de um ganso, e por isso deixei o pronto-socorro de lado e levei Tsige diretamente à sala de crupe. Em outras épocas do ano, aquela era a sala da diarreia e desidratação. Um banco percorria suas quatro paredes, com a superfície coberta por oleado vermelho. Um varão de cortina, à altura da cabeça, circulava a sala, e dele pendiam frascos de solução intravenosa. Se necessário, a Missing era capaz de reanimar até dezesseis ou mesmo vinte criancinhas postas lado a lado naquele banco.

Os olhos do bebê estavam fechados, os dedos crispados, com as unhazinhas translúcidas deixando marcas nas palmas. A subida e a descida do peitinho pareciam rápidas demais para um bebê de quatro meses. A enfermeira achou uma veia no couro cabeludo e conectou nela o tubo de um dos frascos. Ghosh chegou e rapidamente examinou a criança. Deixou que eu auscultasse o peito do bebê com o estetoscópio: parecia impossível que um peito tão minúsculo produzisse tantos guinchos, assovios, chiados e estertores. Do lado esquerdo, os batimentos cardíacos eram tão rápidos que aquela velocidade me surpreendia. "Está vendo essas pernas curvadas e essa bossa grumosa na testa?", perguntou Ghosh. "E o desenho em forma de pão de passas da semana santa na parte superior do crânio? São os estigmas do raquitismo."

Em minha aula de religião na LT&C, "estigmas" eram os ferimentos dos cravos de Cristo, os cortes da coroa de espinhos, a cutilada causada pela lança de Longino. Mas Ghosh havia usado a palavra para se referir aos sinais físicos de uma doença. Certa vez, na Piazza, ele havia apontado os estigmas da sífilis congênita num menino apático que estava agachado na calçada: "Nariz em sela, olhos embaçados, dentes incisivos em forma de cavilha...". E depois eu li a respeito dos outros estigmas da sífilis: molares semelhantes a amoras, tíbias em forma de sabres e surdez.

Todos os bebês na sala de crupe pareciam da mesma família porque *todos* tinham os estigmas do raquitismo em maior ou menor grau. Eram mirrados, tinham os olhos esbugalhados e testas grandes.

Ghosh pôs a criança na rudimentar tenda de oxigênio feita de polietileno. "O crupe depois do sarampo, em cima de desnutrição, em cima de raquitismo", disse-me ele em voz baixa. "É a cascata das catástrofes."

Ghosh chamou Tsige a um canto, falando um amárico de surpreendente fluência enquanto lhe explicava o que estava acontecendo. Advertiu-a de que deveria manter a amamentação no peito, "não importa o que venha a escutar de outras pessoas". Tsige disse que o bebê quase não sugava, e ele insistiu: "Mesmo assim, isso vai confortar o bebê, pois ele vai saber que a senhora está ali. A senhora é uma boa mãe. Isso é duro, difícil". Tsige tentou beijar a mão de Ghosh ao sair, mas ele não o permitiu.

"Vou tentar observar esse bebê mais tarde", disse-me Ghosh ao sair da sala. "Vamos fazer uma vasectomia de noite. O doutor Cooper, da embaixada americana, vem aqui para aprender. Por favor, traga uma bandeja de vasectomia da sala de cirurgia. E ligue o esterilizador no meu bangalô."

Fiquei na sala de crupe com Tsige, pois tive a impressão de que ela não tinha mais ninguém. O neném dela não parecia estar melhorando. Pensei nas lojas da rua Churchill, onde tinha visto que os turistas paravam diante delas, julgando que fossem floriculturas ou um mercado de flores. Depois, porém, percebiam que as "flores" eram coroas fúnebres e viam os pequenos ataúdes do tamanho de uma caixa de sapatos, feitos especialmente para bebês.

Lágrimas rolaram no rosto de Tsige, ao se dar conta de que seu bebê era o mais doente ali. As outras mães se afastaram, como se ela fosse a mensageira da má sorte. Em dado momento, segurei-lhe a mão. Procurei palavras de consolo, mas compreendi que não eram necessárias. Quando o bebê começou a chiar a cada vez que respirava, Tsige chorou em meu ombro. Desejei que Genet estivesse comigo ali. Nada do que ela estivesse fazendo em Asmara poderia ser tão significativo quanto aquilo. Genet *dizia* que queria ser médica, e para uma jovem criada na Missing talvez isso fosse inevitável. No entanto, ela tinha aversão ao hospital, nem demonstrava interesse algum em acompanhar Ghosh ou Hema. Mesmo que ela estivesse em Adis, eu não conseguia imaginá-la sentada ali com Tsige.

Às três horas da tarde, o bebê de Tsige morreu. Foi como acompanhar um prolongado afogamento. O esforço para respirar acabou se mostrando excessivo para aquele peitinho minúsculo.

Imediatamente uma enfermeira saiu correndo na chuva até o prédio principal da Missing, como tinha sido instruída a fazer. Fez-me um gesto para que a acompanhasse, mas não saí dali. A dor de um pai ou de uma mãe muitas vezes precisa de um bode expiatório, e de vez em quando os pais eram levados à violência, a retaliar contra pessoas que tentavam ajudar. Mas eu sabia que nada tinha a temer de Tsige.

Meia hora depois, ela segurava o bebê amortalhado nos braços, pronto para ser levado a sua casa. Tardiamente, as outras mães se juntaram em torno de Tsige. Erguiam as vozes aos céu, com as veias do pescoço engrossando. *Lulululululu*, bradavam, na esperança de que seus lamentos tecessem um véu protetor em torno de seus bebês.

Acompanhei Tsige até o portão. Ali ela se virou para mim, com os olhos carregados de dor. Olhamos nos olhos um do outro durante um longo tempo. Ela inclinou a cabeça levemente e saiu com seu embrulho. Senti-me muito triste por ela. O sofrimento de seu bebê tinha terminado, mas o dela apenas começara.

O dr. Cooper chegou pontualmente às oito horas da noite, num carro da embaixada, no mesmo instante em que o paciente, um polonês, chegava numa Kombi.

Ghosh havia aprendido a técnica da vasectomia ainda como residente, na Índia, diretamente com Jhaver, de quem ele falava como "o mestre do recorte dos bagos masculinos, pessoalmente responsável por milhões de pessoas não estarem aqui". A operação era novidade na Etiópia, e agora estrangeiros, principalmente católicos, procuravam Ghosh em número cada vez maior para serem submetidos a uma cirurgia que era rara ou inexistente em seus países.

"Quero lhe fazer uma proposta, doutor Cooper. Ensino-lhe a técnica da vasectomia e, quando o senhor estiver exímio, pode me pagar fazendo uma vasectomia num paciente VIP."

"Eu o conheço?", perguntou Cooper.

"Está falando com ele", respondeu Ghosh. "Portanto, como o senhor vê, tenho um interesse pessoal em fazer com que o senhor tenha um excelente treinamento. Meu assistente, Marion, vai me ajudar a avaliar suas qualificações. Marion... e o senhor também..., nem uma palavra a Hema sobre meus planos, por favor."

Cooper tinha o cabelo cortado à escovinha e dentes encavalados, tão quadrados que pareciam chicletes. Seu sotaque americano era meio enervante, mas isso era compensado por seu modo pachorrento de falar, prolongando as vogais, por suas maneiras tranquilas e afáveis, como se nunca tivesse experimentado um momento desagradável na vida nem esperasse vir a tê-lo.

"'Veja uma, faça uma, ensine uma.' *Ceeeerto*, meu chapa?", disse Cooper.

"Isso mesmo", respondeu Ghosh. "A vasectomia é fácil de fazer, porém mais difícil do que parece. Algumas informações preliminares, doutor Cooper. Peço a meus pacientes que façam uma lavagem intestinal na noite anterior, porque nada os deixa mais tensos do que a prisão de ventre. O que recomendo é uma mistura de leite quente e mel, posta numa bolsa de clister na altura do ombro."

"Isso funciona?"

"Se funciona? Vou colocar a coisa do seguinte modo: se por acaso o paciente estiver bebendo um uísque com soda, isso suga o copo de sua mão."

"Entendido!", disse Cooper.

"Também peço aos pacientes que tomem um banho quente antes. Isso os deixa relaxados." E acrescentou a meia-voz: "E também melhora minhas sensações olfativas, entende?".

Até então o paciente não pronunciara uma só palavra. Ghosh havia me dito que ele trabalhava como consultor da Comissão Econômica para a África. Era especialista em controle populacional e, aliás, pai de cinco filhas. A conversa não o incomodava nem um pouco.

"Como não podemos terminar se não começarmos, é melhor começarmos, não? Marion, o aquecedor, por favor." Eu já havia ligado o aquecedor elétrico sob a mesa. "Primeira advertência, Cooper: se você não quiser que o escroto encolha e os ovos acabem lá nos sovacos, a sala tem de estar realmente quente. A segunda advertência é: relaxamento. *Muito* importante. Um barbiturato ou um narcótico talvez ajude. Eu recomendo uma dose de Johnny Walker, rótulo vermelho ou preto. Para mim, tanto faz. Um relaxante *maravilhoso*. Ah, você pode dar uma dose ao paciente também."

A risada de Cooper escorreu lentamente de sua boca, como se fossem as grandes massas de nuvens que se espalhavam sobre os montes Entoto.

Eu esperava que Cooper estivesse prestando atenção. Eu já tinha experiência: quando a genitália do paciente era exposta, mesmo se a sala estivesse aquecida, a pele do escroto — o músculo darto — enrugava-se e encolhia, e o músculo cremastérico puxava os testículos para cima. Aí, depois de um bom trago de uísque (pelo paciente), que só era servido nesse ponto e não antes, o saco escrotal se distendia.

Os dois cirurgiões já estavam de luvas. Ghosh limpou a área com cuidado, e a seguir usou toalhas esterilizadas para enquadrar o campo. "Outra coisa, doutor Cooper: a operação é simples, mas é importante evitar qualquer sangramento. Sabe o que é uma *brinjal*, doutor Cooper?"

"Acho que não sei do que se trata", respondeu Cooper.

"*Aubergine?... Melanzana?* Beringela?"

Cooper reconheceu a última palavra.

"Bem, se o sangramento não for controlado meticulosamente, o cirurgião acaba com uma beringela. Ou duas. E você sabe o nome que damos a essa complicação, Cooper? Chamamos isso de *brinjal*-que-fode-com-tudo. Que era também com que nos alimentaram por cinco anos no refeitório da faculdade de medicina."

Servi ao paciente a dose de Johnny Walker, que ele engoliu de uma vez só.

Eu gostava muito de ajudar Ghosh. Desde que ele considerou que eu já tinha idade para aprender e compreender, encarei meu papel com muita seriedade. Fiquei orgulhoso por Cooper estar ali assistindo.

Postado à direita do paciente, Ghosh apalpou com o polegar e o indicador a parte superior direita do escroto, no ponto em que ele se unia ao corpo. "É preciso apalpar todas as coisas em forma de fios, como vasos linfáticos, artérias, nervos... Bem, os vasos deferentes estão nesse bolo, e com a prática a gente aprende a distingui-los de todos os outros filamentos. Acredite ou não, eles têm a maior proporção parede-luz de todas as estruturas tubulares do corpo. Aqui estão. Parecem um chicote. Ponha seu dedo atrás do meu."

Cooper apalpou disse: "Achei. O vaso. Isso".

"Agora, puxe o vaso para a frente com a ponta do indicador, segure-o assim, contra a polpa de seu dedo, para que ele não se solte."

As instruções de Ghosh a Cooper eram semelhantes ao que ele me dizia quando eu o ajudava. Ghosh adorava ensinar e tinha em Cooper o tipo de aluno que ele merecia. Se ele deslumbrava Cooper com sua exposição refinada, era porque já a havia ensaiado comigo. *Praticar* medicina e *ensinar* medicina eram coisas inteiramente interligadas para Ghosh. Sofria quando não havia ninguém a quem ensinar. Mas isso era raro. Ele ensinava com alegria a um estudante ou mesmo a um membro da família, a qualquer pessoa que estivesse por perto.

"Eu uso adrenalina junto com o anestésico local para manter o sangramento no mínimo. E não seja sovina." Ghosh esvaziou uma seringa de cinco centímetros cúbicos de anestésico no tecido que seu indicador empurrava para a frente. "Qualquer coisa menos que isso, ele vai sentir dor e as bolas vão parar nos sovacos. Você vai ter que chamar um cirurgião de tórax para trazê-las de volta. Agora... está vendo como o vaso ainda está esticado sobre meu indicador? Faço um cortezinho na pele da bolsa escrotal. Continuou empurrando o vaso, para a frente... e... pronto! Quando consigo ver o vaso no corte, uso uma pinça Allis para agarrar o vaso."

Ghosh puxou um pequeno segmento de tecido pálido, que lembrava um verme. "Ponho uma pinça aqui e outra aqui... e então corto entre as duas. Removo um segmento de dois centímetros. Idealmente, ele deveria ser enviado para a patologia. Desse modo, se a mulher dele engravida daqui a um ano, você pode mostrar ao paciente o laudo da patologia, e ele vai entender que se ela está grávida não foi porque você não trabalhou direito, mas porque um terceiro trabalhou melhor do que ele. Não mando isso para a patologia por uma simples razão: não temos um patologista. Mas durante algum tempo houve um patologista na clínica da embaixada americana em Beirute. Eu fazia as vasectomias para os funcionários americanos da embaixada e mandava para ele esses pedacinhos que eu cortava. O homem fazia os exames de patologia de todas as embaixadas americanas na África oriental e ocidental. Ele não parava de me mandar laudos dizendo que meus espécimes eram inadequados: ele *achava* que via um pouco de tecido uroepitelial, mas não tinha certeza de que fosse o vaso deferente. 'É o vaso', eu escrevia para ele a cada vez. 'Que outro tecido uroepitelial eu poderia ter cortado? Escreva no laudo que é o vaso.' Mas ele continuava a reclamar: 'Não posso ter certeza. Não há uma quantidade de tecido suficiente'. Aquilo estava começando a me irritar, sabe? Por isso, acabei mandando para ele um par de testículos de carneiro. Meti a coisa num frasco de formalina e a mandei na mesma mala diplomática. Com um bilhete: 'Essa quantidade de tecido é suficiente?'. Nunca mais tive problemas com ele."

Cooper deu uma risada que mais parecia um zurro, e sua máscara entrava e saía de sua boca.

"Agora, eu fecho as pontas com categute. E depois digo ao paciente: 'Nada de relações com sua mulher durante os próximos noventa dias'."

Ghosh virou-se para o paciente e repetiu a frase. O homem assentiu com a cabeça. "OK, o senhor pode manter boas relações *sociais* com ela, dizer 'Bom dia, meu bem', essas coisas, mas nada de sexo durante três meses." O paciente riu. "OK, pode fazer sexo, mas terá de usar um preservativo."

"Eu uso o *interruptus*", disse o paciente, falando pela primeira vez, com um forte sotaque da Europa oriental.

"Usa o quê? *Interruptus*? Tira e reza? Meu Deus, homem! Não é de admirar que tenha cinco filhas! É muita nobreza de sua parte tentar descer do trem uma estação antes, mas isso não é confiável. Não, senhor! Homem, interrompa o *interruptus*, a menos que queira chegar a meia dúzia este ano." O homem pareceu constrangido. "Sabe como chamamos os rapazes que usam o *coitus interruptus*?", perguntou Ghosh.

O especialista em população negou com a cabeça.

"Nós os chamamos de Pai! Papai. Pater. Pappa. Père. Não, senhor, eu fiz a interrupção. Espere três meses e poderá dizer à patroa que não se preocupe mais, porque o senhor só vai dar tiros de festim e não vai haver mais interrupções. E que o senhor vai ficar para a sobremesa, o café e charutos."

31. O domínio da carne

Nossa casa parecia vazia sem Genet e Rosina. Eu sentia uma falta enorme de Genet. Hema e eu estávamos muito preocupados, com medo de nunca mais vê-las. Ela havia prometido telefonar, mas três semanas já tinham passado sem nenhuma comunicação. Naquele ano, 1968, as chuvas foram torrenciais. O Nilo Azul e o Awash tinham transbordado, causando inundações. O córrego cantarolante que passava atrás do Hospital da Missing mais parecia um rio. Em Adis, a população vivia trancafiada em casa, de modo que quando a chuva fazia uma pausa o ar cheirava a gente amontoada, fogões alimentados a esterco e roupas que demoravam a secar. A hera tomava conta das tubulações de drenagem e achava frestas nas paredes, enquanto os girinos apressavam-se a se converter em sapos coaxantes antes que seus membros estivesse plenamente formados. Nenhuma criança que eu tenha conhecido jamais se sentiu tentada a olhar para o céu e captar gotas de chuva na língua, já que a gente vivia e respirava água.

Agora que Shiva e eu éramos adolescentes — estávamos prestes a fazer catorze anos — eu ficava à espera de que alguma coisa fizesse com que eu me sentisse diferente por causa disso. Tentava me manter ocupado, mas só conseguia pensar em Genet e no que ela poderia estar fazendo em Asmara. Quem dera estivesse presa em casa, infeliz e sentindo minha falta. Sem Genet por perto, nada do que eu fazia tinha sentido.

* * *

Numa segunda-feira, quando já anoitecia, assisti à extração de uma vesícula biliar na sala de cirurgia 3. Quando Ghosh terminou, passamos pela ala da cirurgia para visitar Etien, diplomata da Costa do Marfim, nosso conhecido, que tinha sofrido uma súbita obstrução intestinal. Durante a intervenção cirúrgica, Ghosh descobriu que a obstrução se devia a um câncer de reto, que teve de ressecar. A operação foi longa e difícil, e eu sabia que Ghosh esperava que o paciente se recuperasse. No entanto, foi obrigado a fazer uma colostomia na parede abdominal.

"Etien está muito deprimido", disse Ghosh. "Não pelo câncer, mas por causa da colostomia. Não consegue aceitar a ideia de que suas fezes saiam por um buraco no abdome."

Etien havia tapado a cabeça com o lençol. Quando Ghosh o examinou, e depois comentou que a colostomia estava bonita, seus olhos grandes se encheram de lágrimas. Recusou-se a olhar. Tudo que disse foi: "Quem vai querer se casar comigo agora?".

Ghosh se mostrou surpreendentemente firme. "Etien, não foi essa parte de seu corpo que eu cortei, a parte ligada ao casamento. Você vai encontrar uma mulher que se apaixonará por você, e vai explicar a situação a ela. Se ela gostar de você pelo que você é, os dois vão ficar felizes por você estar vivo." A expressão facial de Ghosh não admitia contestação, mas então seu tom se tornou mais suave. "Etien, imagine que todos os seres humanos nascessem com o ânus na barriga e que fosse por ali que saíssem as fezes de *todo mundo*. Agora imagine que alguém dissesse que você seria submetido a uma operação e que seus intestinos seriam dispostos de maneira que se abrissem atrás de você, entre suas nádegas, num lugar que você só conseguiria ver com um espelho e tivesse dificuldade para tocar ou manter limpo..." Demorou alguns segundos, mas por fim Etien sorriu. Enxugou as lágrimas. Arriscou um olhar na direção da colostomia. Foi um pequeno passo na direção certa.

Ghosh tinha de ver mais um paciente. Disse-me que se eu não fosse para casa naquele momento, iria me atrasar para o jantar.

O aguaceiro ficou mais forte e eu estava sem guarda-chuva. Fui pelas passagens cobertas que ligavam a sala de cirurgia ao pronto-socorro e este à ala masculina. No ponto em que a passagem terminava, transpus um pedaço do caminho correndo, saltando sobre uma poça e chegando ao alojamento das enfermeiras. Eu raramente explorava aquele espaço feminino. Parecia deserto. Se percorresse a longa varanda externa e descesse a escada do outro lado... Bem, eu ficaria ensopado do mesmo jeito, mas estaria cinquenta metros mais perto de casa antes de ter de correr debaixo da chuva. Esperei que a mulher de Adam, a vigia das virgens, com aquela cruz enorme em torno do pescoço, não me visse, pois me enxotaria dali.

No primeiro andar, as janelas dos quartos das enfermeiras abriam-se para a varanda comum. Todas elas deviam estar na sala de jantar, pois de outra forma estariam encostadas no corrimão da varanda, escovando o cabelo, pintando as unhas, cosendo e conversando.

Do quarto do canto, que tinha sido de minha mãe, vinha um som de música. Eu já tinha estado ali algumas vezes, mas, do mesmo modo como acontecia diante de sua sepultura, aquele não era um lugar onde eu sentisse sua presença. Foi a estranheza da música e do ritmo que fez com que eu me aproximasse mais. Guitarras e bateria, num ritmo cativante, repetiam uma frase musical, primeiro num tom, depois em outro. Ultimamente, certos músicos etíopes vinham adotando um som mais ocidental, com pistons, bateria e uma repetição de frases de guitarras elétricas que tomavam o lugar dos acordes abafados do *krar* e das palmas. Mas aquilo não era música etíope, e não só porque fosse cantada em inglês (embora um inglês que eu não entendia direito). Era algo radicalmente diferente, como uma nova cor no arco-íris.

Havia uma fresta na porta.

Ela estava de pé, descalça, no meio do quarto e de costas para mim. Uma combinação branca deixava ver seus ombros e terminava na parte de trás dos joelhos. A cabeça balançava de um lado para outro e seu cabelo longo, alisado com produtos químicos, também balançava, como se estivesse soldado ao crânio. Repetia o ritmo do contrabaixo com as cadeiras, enquanto a mão direita, erguida, desenhava a melodia. A mão esquerda devia estar comprimida contra a barriga, pois o cotovelo se projetava para o lado como a asa de uma xícara. A música tomava conta dela; lubrificava-lhe as articulações, amolecia seus ossos e sua carne para produzir aqueles movimentos sensuais, fluidos e rodopiantes.

Ela se virou. Tinha os olhos fechados e o rosto voltado para cima. O lábio inferior estava torcido, como se houvesse cicatrizado mal depois de partir-se em algum acidente.

Reconheci aquele lábio, aquele rosto levemente marcado de catapora, ainda que agora essas marcas conferissem textura a sua pele e acentuassem as maçãs do rosto. Era o corpo que eu não reconhecia. Ela fora uma eterna estagiária até que a enfermeira-chefe, condoída dela, lhe conferiu um novo título, o de estagiária efetiva, o que a transformou. Deixara o programa de longo prazo, a condição de estudante perpétua, e tinha se tornado instrutora das novas estagiárias. Na sala de aula, com livros que sabia de cor, ela podia meter os dados na cabeça das estagiárias e, ao mesmo tempo, mostrar que era possível mantê-los ali, pelo modo como os repetia sem jamais olhar para o texto.

Normalmente ela usava o cabelo penteado para cima e reunido num coque tão apertado que lhe arqueava as sobrancelhas. Quando coroava isso com o gorro das enfermeiras, parecia ter posto na cabeça uma casquinha de sorvete invertida.

Não se falando de seu estranho penteado, eu sempre tinha achado a estagiária efetiva uma moça sem graça. Na escola, eu conhecia meninas que não eram nem feias nem bonitas, mas que se viam de uma maneira ou de outra, o que convertia essa percepção em realidade. Heidi Enqvist era linda, mas, infelizmente, não a seus próprios olhos, e por isso faltavam-lhe o mistério e a sedução de Rita Vartanian, que, apesar da saliência dos incisivos superiores sobre os inferiores e do narigão, conseguia causar inveja a Heidi.

A estagiária era do tipo Heidi, e creio que era por isso que ela fazia de si mesma a prisioneira voluntária de um austero uniforme engomado e assumia também uma expressão fechada compatível com tal imagem. A única identidade que tinha era a de exercer a enfermagem; para seus próprios olhos e para o mundo, ela era uma ninguém. Eu havia sempre percebido o desconforto da estagiária perto de nós, mas não demorei a entender que ela era assim com todo mundo.

Entretanto, eu via agora que ela não era apenas uma enfermeira. O uniforme escondia um corpo cheio de curvas, como as figuras que Shiva costumava desenhar, e esse corpo se movia de maneiras que fariam inveja a uma dançarina de harém.

Estava de olhos fechados. Se me visse, ficaria perturbada, constrangida e, provavelmente, furiosa. Eu já estava para me afastar dali quando, para minha surpresa, ela se aproximou de mim e me puxou pela mão, como se uma frase na música fosse a deixa para minha entrada em cena. Fechou a porta com o pé. A música era mais alta dentro do quarto.

Fez com que eu desse passinhos curtos ao ritmo da música, movendo meu corpo de um lado para outro. No começo, fiquei embaraçado. Quis rir ou dizer alguma frase espirituosa, como faria um adulto. No entanto, a expressão dela e o ritmo pulsante me convenceram de que fazer qualquer coisa além de dançar seria tão impróprio como conversar na igreja. Meus passos se tornaram mais naturais. Imitei-a, mexendo os ombros na direção oposta à do quadril. Minhas mãos desenhavam figuras no ar. O truque estava em não pensar. Meu corpo se sentia segmentado, e cada segmento respondia ao chamado de um determinado instrumento. O desenho de nossos passos parecia inevitável.

Quando passei a dançar sem esforço, ela me puxou para si, encostando meu rosto em seu pescoço e meu peito em seus seios, deles separado apenas por um tecido fino. Eu nunca tinha dançado antes, e muito menos assim. Aspirava seu perfume e seu suor. Ela me apertava, tirando meu fôlego, como se quisesse fazer nossos corpos se tornarem um só. Guiou meu braço para que ficasse em torno dela, com minha mão sobre seu sacro, e eu a apertei contra mim. Em nenhum momento paramos de nos mexer. Ela me conduzia.

Eu previa cada um de seus passos, sem saber de onde vinha esse conhecimento. Girávamos e íamos numa direção, depois para outra, como um único ser. Pensei em Genet. Mais confiante, passei a conduzi-la e ela me acompanhou. Comprimi o corpo contra a carne macia do ponto onde suas pernas se uniam, somente porque ela se comprimia contra mim também, mexendo os quadris. O sangue subiu a meu rosto, meus braços, meu estômago, minha virilha. O mundo havia desmoronado. Eu travava com ela um diálogo esmerado.

A música não parava, nem eu queria que parasse, mas no momento exato em que pensei nisso ela cessou. A dicção arrastada do locutor americano era muito diferente do tom formal da BBC. "Ora, ora", disse ele. "Ai, ai! Hum, hummm", como se nos tivesse visto dançar. "Já ouviram alguma coisa parecida com isso? Esse é o rock da África oriental. O Catorze Grande da África oriental. Serviço Radiofônico das Forças Armadas, Asmara." Essa era uma estação da qual eu nunca ouvira falar. Eu sabia da existência de uma enorme base militar americana, um posto de escuta, como ouvi ser chamada, em Kagnew, perto de Asmara. Quem sabia que eles tinham uma coisa que *nós* podíamos escutar?

Continuávamos abraçados, mantendo o mundo distante de nós. Ela olhou dentro de meus olhos e eu não soube se iria rir ou chorar. Tudo que eu sabia era que teria chorado ou rido com ela, ou caminhado de quatro, fingindo ser Kuchulu, se ela pedisse.

"Você é tão bonita!", eu disse, surpreendendo a mim mesmo.

Ela soltou um suspiro, e foi como se minhas palavras provocassem crispações em seu corpo. Por acaso eu dissera algo de errado? Seus lábios tremeram. Seus olhos brilharam. Ela estava expressando alegria. Eu tinha dito a coisa certa.

Ela se inclinou e levou aquele lábio, franzido pela cicatriz e por saliências de cada lado, para junto dos meus. Sua boca se colou na minha. Por minha cabeça passou uma imagem das mais tolas, a de uma mangueira de jardim conectada a outra. O que corria por elas não era água, e sim sua língua. Dessa vez, ao contrário do que tinha acontecido na despensa com Genet, eu a recebi avidamente. Aquilo era empolgante. Pus a mão atrás da cabeça dela. Apertei o corpo contra o dela, sentindo que todos os átomos de meu corpo convergiam para o mesmo ponto.

Afastei-me um pouco a fim de olhar para ela e dizer de novo: "Você é tão bonita!". Essa era uma frase mágica, palavras que eu sabia que devia usar com frequência, mas somente se acreditasse que eram verdadeiras. Não sei por quanto tempo ficamos unidos por nossas bocas, mas aquilo aconteceu da forma mais natural possível, como se eu estivesse satisfazendo uma fome. Eu não sabia que aquele potencial existia em mim. Ele me transportava para adiante. Eu ignorava o que viria em seguida, mas meu corpo sabia. Eu confiava nele. Estava pronto.

De repente, ela se afastou. Segurou-me à distância de um braço. Sentou-se na beirada da cama. Estava chorando. Havia acontecido alguma coisa que meu corpo havia deixado de me avisar. Ou talvez existisse uma regra, uma etiqueta, que eu não havia observado. Olhei para a porta, estudando como seria minha retirada.

"Você será capaz de me perdoar?", disse ela. "Sua mãe não devia ter morrido. Quem sabe ela pudesse ter sido salva, se eu tivesse dito a alguém que ela estava doente."

Aquilo foi espantoso. Senti os pelos da nuca se eriçarem. Eu me esquecera inteiramente de que aquele era o quarto de minha mãe. Não conseguia imaginar a irmã Mary Joseph Praise ali, principalmente com um pôster de

Veneza numa das paredes e, em outra, um pôster em preto e branco de um cantor branco com o rosto contorcido no esforço de cantar e com a pelve comprimida contra o pé do microfone, que ele puxara para si. Olhei de novo para a estagiária efetiva.

"Eu não sabia o quanto ela estava doente." Ela teve um soluço, no meio das lágrimas, como um bebê.

"Está tudo bem", eu disse, com a sensação de que outra pessoa punha essas palavras em minha boca.

"Diga que me perdoa."

"Digo se você parar de chorar. Por favor."

"Diga."

"Eu a perdoo."

Ela pôs-se a chorar mais alto. Alguém poderia ouvir. Ninguém acharia que minha presença ali fosse normal. Nem que eu a fizesse chorar.

"Eu já disse! Disse que a perdoo. Por que ainda está chorando?"

"É que eu quase deixei você e seu irmão morrerem. Era para eu ajudar você a respirar naquela hora. Era para eu reanimar você. Mas eu me esqueci."

Quando entrei naquele quarto, eu estava à deriva, com a sensação de que faltava uma parte de mim, porque Genet estava fora. Depois havia me esquecido de tudo isso e encontrado a felicidade na dança. Felicidade não, o êxtase, uma indicação do que queria com Genet. E agora estava à deriva de novo, além de confuso. O paraíso tinha parecido tão próximo, e agora eu me via no meio de um nevoeiro. Ela agarrou minha mão e me puxou para ela.

"Você pode fazer qualquer coisa que quiser comigo. Quando quiser", disse, inclinando a cabeça para trás e olhando para cima, em minha direção.

O que ela queria dizer?

"Fazer o quê?", perguntei.

"*Qualquer coisa.*"

Ela me soltou e estirou-se na cama, de costas. Estava exposta. Disposta. A tudo o que eu quisesse.

Sim, havia uma coisa que eu queria fazer. Estivesse inteiramente livre, tivesse domínio sobre seu corpo, sabia que descobriria por instinto. Tinha uma ideia geral. Afinal, estava com quase catorze anos.

Ela dava licença e eu continuava esperando.

Ela se virou, deitando-se de barriga para baixo, mostrando-me as nádegas e olhando para mim por cima do ombro. As pálpebras estavam inchadas, e sua expressão era distante e sonhadora. Girou o corpo cento e oitenta graus para me olhar. Apoiou-se nos cotovelos. Seus peitos pendiam, com os mamilos quase aparecendo. Acompanhou meu olhar na direção deles.

Ouvi vozes e passos do lado de fora. As outras enfermeiras e estagiárias estavam saindo do jantar.

Eu não queria ir embora. Mas o mundo havia se intrometido. Minha hesitação me condenou. Minha hesitação e sua confissão que eu não pedira.

"Quero dançar com você de novo", sussurrei.

"Você pode...", ela murmurou, mas como se essa fosse a resposta errada.

"Quero muito fazer... qualquer coisa com você."

"Isso! E eu também quero." Estava ajoelhada na cama agora, animando-se, sorrindo em meio às lágrimas. "Venha", chamou, de braços estendidos, acenando para mim.

"Mas nada agora. Volto outro dia." Pousei a mão na maçaneta da porta.

"Mas... que tal qualquer coisa agora?", ela perguntou, falando alto o suficiente para que todos a escutassem.

Saí do quarto rapidamente, esperando que se alguém me visse achasse perfeitamente normal que eu a visitasse.

A chuva não tinha cessado. Deixei que ela me ensopasse. Não me importava. A chuva era coisa de todo dia. Mas equilibrar-me à beira de sensações tão poderosas que pareciam capazes de me fazer voar, isso era uma revelação. Quando cheguei em casa, estava encharcado. Ao ver a porta do quarto de Rosina e Genet, esperei que o cadeado não estivesse passado. Estaquei, olhando para a porta fechada.

Foi nesse momento, com gotas de chuva a me bater no alto da cabeça, que decidi que eu tinha de me casar com Genet. Sim, esse era meu destino. Não queria jamais sentir com outra pessoa, além de Genet, o que tinha sentido com a estagiária. Havia tentações demais no mundo, forças colossais prontas para me distanciar de minha intenção declarada. Eu queria sucumbir à tentação. Mas somente com uma certa mulher, com Genet.

Se eu me casasse com ela, tudo estaria resolvido. Isso impediria Rosina de ir embora, deixaria Hema, Ghosh e Rosina felizes, e eles teriam a nós dois como filhos. Já nos imaginava tendo nossos próprios filhos. Demoliríamos o quarto de empregada e construiríamos uma casa anexa, ligada à atual por um corredor, de modo a ficarmos todos sob o mesmo teto. Teríamos um quarto, ou talvez uma suíte, para Shiva. Ele ficaria feliz por ter Genet como cunhada. Como Shiva não era pessoa de olhar para trás, de cultuar o passado, era ainda mais importante para mim preservar a família, manter-nos unidos.

Entrei em casa molhando o chão. No banheiro, tirei a roupa e me examinei ao espelho, procurando ver o que a estagiária vira. Eu era alto para minha idade, com mais de um metro e oitenta, tinha a pele clara. Poderia, talvez, passar por uma pessoa com ascendentes mediterrâneos. Meus olhos eram castanhos, e nunca tinha visto neles a sugestão de azul que eu via nos de Shiva. Minha expressão parecia séria demais, sobretudo se meu cabelo estivesse úmido. Quando ele secava, voltavam os caracóis, que ganhavam vida própria, recusando-se a ser ajeitados. Então, isso é que é virar homem, pensei, com as mãos nos quadris, virando-me para ver minhas costas, os glúteos.

Vesti-me e voltei para a cozinha, sentindo as fragrâncias que vinham das panelas e pegando um pedaço de carne antes que Almaz pudesse me dar um tapa na mão. Ela ralhou comigo, mas era um som doce, como a música que vinha da sala, com o ritmo forte de um tabla, e as batidas dos passos de Hema e Shiva, enquanto ela gritava instruções. Ouvi o chocalhar do para-choque solto do Volkswagen enquanto Ghosh subia pelo caminho de cascalho. Senti um arrebatamento, como se eu fosse o epicentro da família, apenas sentindo falta de Genet e de Rosina, que certamente haveriam de voltar, e então nossa família estaria reintegrada.

Afugentei do espírito o que a estagiária havia dito que fizera (ou não fizera) com minha mãe. Não fazia nenhum sentido perder tempo com as dores do passado, não quando o futuro podia encerrar tantos prazeres. E quanto a meu pai? Não, ele jamais entraria pelo portão da Missing. Agora eu sabia disso. Possuísse Thomas Stone o que possuísse, estivesse onde estivesse naquele momento, não fazia ideia do que havia perdido na troca.

32. Tempo de semear

Genet e Rosina voltaram dois dias antes do começo do ano letivo. Chegaram com o clamor e o alvoroço do circo indiano que era montado no Merkato. O táxi no qual vieram da estação rodoviária forçava a suspensão, tão carregado estava de coisas no teto e no porta-malas.

A primeira coisa que notei foi o dente de ouro de Rosina e o sorriso que o acompanhava. Também Genet estava transformada, radiante, usando uma saia tradicional de algodão e uma blusa justa, com um *shama* em torno dos ombros. Gritou de alegria ao descer do táxi e abraçar Hema, quase a derrubando. Depois correu para Ghosh, em seguida para Shiva, e então para Almaz e eu, voltando logo para os braços de Hema. Rosina me abraçou com carinho e afeto, mas seu prolongado abraço em Shiva me fez sentir uma ponta de ciúme. Sua ausência permitira que eu agora visse com clareza o que me havia passado despercebido antes: Shiva era o seu preferido. Seria isso resultado de ter me visto na despensa com a filha nua? Ou ela sempre tivera uma queda especial por Shiva? E seria eu o único a notar?

Todo mundo agora falava ao mesmo tempo. Rosina, ainda com um braço em torno de Shiva, permitiu que Gebrew admirasse seu dente de ouro.

“Genet, minha querida, seu cabelo!”, exclamou Hema. O cabelo de Genet estava disposto em fileiras de trancinhas paralelas, como o da mãe, e a ponta de cada trancinha caía solta atrás da cabeça, e nela se prendia um disquinho reluzente. "Você cortou?"

"Cortei! Não gostou? E veja minhas mãos", disse Genet. As palmas estavam alaranjadas, pintadas com hena.

"Mas está tão... curto. E você furou as orelhas, querida!", exclamou Hema. Dos lobos pendiam argolas azuis. "Meu Deus, menina." Ela segurou Genet pelos ombros. "Vejam só! Você cresceu e está... mais cheia."

"Genet, seus peitinhos cresceram", disse Shiva.

"*Shiva!*", exclamaram Ghosh e Hema ao mesmo tempo.

"Desculpem", disse ele, surpreso com a reação. "Só quis dizer que os seios dela aumentaram."

"*Shiva!* Isso não é coisa que se diga a uma mulher", censurou-o Hema.

"Não posso é dizer isso a um homem", ele respondeu, impaciente.

"Não tem importância, mãe", disse Genet. "E é verdade mesmo. Sou tamanho B, ou talvez até C!" Ela olhou com orgulho para os seios arrebitados.

Rosina adivinhou sobre o que falavam. "*Stai zitta!*", disse a Genet, com o dedo nos lábios, o que levou a filha a rir.

"Madame, eu não sabia mais o que fazer com essa menina", disse Rosina a Hema, em amárico. "Todos os rapazes ficam atrás dela. E pensa que ela tem juízo para não dar trela a eles? Nada disso. E veja só como ela se veste!"

Fiquei aborrecido por notar uma sombra de orgulho em sua queixa.

"Eu adoro as roupas de Asmara", disse Genet. "Ah, eu trouxe cartões-postais. *Dov'è la mia borsetta*, mamãe? Quero mostrar a vocês. Ah, está no táxi... Esperem." Meteu a cabeça pela janela aberta do táxi, proporcionando-nos uma visão de sua calcinha. Rosina gritou com ela em tigrínia, inutilmente.

Genet distribuiu os cartões-postais entre nós. "Ah, Asmara!... Vocês não podem imaginar como é bonita essa cidade que os italianos construíram há tanto tempo. Estão vendo?" Não era coisa da qual se gabar: ser colonizada durante tanto tempo e *antes* que ocupassem a Etiópia. Os prédios, esquisitos e coloridos, eram muito angulosos e pareciam saídos de um conjunto de geometria.

Daí a pouco Hema e Ghosh voltaram para dentro de casa. O motorista do táxi ajudou Gebrew a levar para o quarto de Rosina bancos de madeira e uma cama nova, feita de uma madeira escura e talhada a mão. Era um presente do irmão de Rosina que morava em Asmara, segundo nos disseram.

Sentei-me na cama nova, olhando para Genet. Eu tinha a impressão de que ela estivera fora durante anos. Não sabia o que dizer.

"E então, como foi seu inverno, Marion?" Eu podia estar inseguro diante dela, mas ela não sabia o que era ser tímida.

Eu havia guardado coisas para lhe dizer. Tinha até um roteiro. Mas essa menina — essa *mulher*, melhor dizendo — alta e bonita sentada a meu lado, tão eritreia e enamorada das coisas italianas, me emudecia. Os pacientes que eu tinha visto, os livros que tinha lido... nada disso podia competir com Asmara.

"Ah, não houve nada de importante", respondi. "Você sabe como são as coisas aqui durante a época das chuvas."

"Ora essa! Nada? Nem filmes, nem aventuras? E... namoradas?"

Eu ainda estava magoado com os comentários de Rosina sobre os rapazes que perseguiam Genet em Asmara. Era uma traição. Era evidente que Genet tinha sua parcela de culpa nisso: que rapaz seria insistente se uma moça o mandasse sumir?

"Bem, de namoradas eu não sei, mas..."

No começo com relutância, contei-lhe de minha visita ao antigo quarto de minha mãe, mas apresentei o encontro com a estagiária como uma coisa casual, descrevendo-me como um participante indiferente. No entanto, quanto mais eu avançava na história, mais difícil se tornava manter aquele tom.

Os olhos de Genet ficaram grandes como as argolas em suas orelhas.

"Então, você... fez com ela?", perguntou.

"Não!"

Eu tinha esperado que ela ficasse enciumada, mas Genet pareceu desapontada. "Pelo amor de Deus, Marion, por que não?"

Balancei a cabeça. "Não, porque..."

"Por quê? Desembuche", disse ela, dando-me um cutucão, como que para ajudar as palavras a saírem. "O que está esperando? A rainha da Inglaterra? Ela é casada, você sabe."

"Não fiz porque... eu sabia que seria maravilhoso, mais do que maravilhoso. Sabia que seria fantástico..."

"Que tipo de explicação é essa?", Genet revirou os olhos, frustrada.

"Mas... É que eu queria que minha primeira vez fosse com você."

Pronto, eu tinha dito.

Genet olhou para mim durante muito tempo, boquiaberta. Senti-me vulnerável. Prendi a respiração, esperando que o que saísse de sua boca em seguida não fosse caçoada ou brincadeira. O escárnio me destruiria.

Ela chegou-se para a frente, com um olhar meigo, uma expressão carinhosa e terna, e pegou meu queixo com as duas mãos e balançou-a de um lado para o outro, como se eu fosse um bebê.

"*Ma che minchia?*", perguntou Rosina, de mãos nos quadris, interrompendo-nos rudemente. Eu não tinha percebido que ela havia voltado para o quarto.

Genet caiu na risada. Rosina não achou nada engraçado, mas Genet estava ficando sem fôlego de tanto rir. Rosina a fitou, mas logo desistiu, resmungando alguma coisa. Aquele riso histérico de Genet era novidade.

Quando conseguiu falar, Genet explicou. "'*Ma che minchia?*' quer dizer 'Que porra é essa?', e isso é uma coisa que *eu* ficava dizendo em Asmara. Aprendi com meus primos. Mamãe ameaçava me dar um tapa toda vez que eu dizia isso. E agora foi *ela* que falou, você acredita?... Então, Marion... *Che minchia*, hein?"

Jantamos juntos no bangalô, com Genet sentada à nossa mesa, enquanto Rosina e Almaz comiam na cozinha.

Eu havia me habituado a ligar o Grundig depois do jantar. Frequentemente escutava a programação da emissora Rock of Africa até a meia-noite, quando ela saía do ar. A música falava de coisas que eu estava sentindo; a ordem se impunha na estrutura rígida de um blues de doze compassos ou nas baladas pungentes de Dylan. Em geral Shiva me fazia companhia. A música falava com ele também.

Entrou no ar o DJ: "Rock da África oriental, AFRS Asmara, onde todo mundo está a dois mil e quatrocentos metros de altura. Este é um sábado de Boone's Farm aqui na base. O primeiro embarque do vinho Boone's Farm chegou na noite passada, e, minha gente, se vocês não aproveitaram, sinto muito dizer, mas tudo foi para o espaço, como, aliás, também umas pessoas aqui. Vocês ouvirão agora Bobby Vinton, 'My heart belongs only to you'".

Fiquei feliz por saber que Genet não fazia ideia dessa rádio. Os primos de Asmara não podiam ser tão legais se nunca ligavam o rádio nesse programa.

A música seguinte começou sem nenhuma introdução. Dei um salto. "É essa!", eu disse a Genet. "Essa é a música de que falei."

Todas as noites eu escutava essa rádio, mas era a primeira vez que tocavam a música que eu tinha ouvido no quarto da estagiária.

Eu estava me remexendo e me contorcendo ao ritmo da música, sem perceber a expressão chocada de Hema e o olhar surpreso de Ghosh e Genet. Aumentei o volume. Rosina e Almaz vieram da cozinha. Devem ter imaginado que eu havia enlouquecido. Aquilo não era do meu feitio, mas eu não conseguia parar, ou preferia não fazê-lo, e alguma coisa me dizia que aquele era o dia próprio para isso.

Shiva levantou-se e pôs-se a dançar junto comigo, e ele dançava de uma maneira serena, fluida e suave, como se todas as aulas que Hema lhe dera tivessem sido uma forma de ganhar tempo até ele ouvir aquela música. Foi o quanto bastou para que Genet viesse dançar também. Puxei Hema da cadeira, e logo ela se meneava acompanhando a música. Ghosh não precisou ser arrastado. Tentei incluir Rosina na dança, mas ela e Almaz se refugiaram na cozinha. Dançamos os cinco naquela sala até soar a última nota da música.

Chuck Berry.

Esse era o nome do artista. A música, o locutor informou, era "Sweet little sixteen".

Quando chegou a hora de deitar, Genet disse que ia voltar para o quarto de Rosina. Hema mostrou-se magoada. "Vou fazer companhia à minha mãe", disse Genet. "Agora eu tenho minha própria cama. Em Asmara éramos seis dormindo no chão. Ter uma cama só para mim vai ser um luxo."

No dia seguinte, na Piazza, achei o quarenta e cinco rotações de Chuck Berry numa loja de discos. Percebi pela capa que "Sweet little sixteen" tinha feito um enorme sucesso... em 1958! Fiquei arrasado. O resto do mundo tinha ouvido essa música mais de uma década antes de eu saber que ela existia. Quando me lembrei de como eu a havia dançado na véspera, aquilo pareceu a dança de um bronco, como o espanto de um camponês ao ver o anúncio luminoso que mostrava uma caneca de cerveja no alto do edifício Olivetti.

Na véspera do início do novo ano letivo, Hema e Ghosh nos levaram com eles ao clube grego para a festa anual do fim do "inverno". Genet me surpreendeu, dizendo que ficaria em casa para preparar suas roupas do colégio. Ela, Rosina, Gebrew e Almaz pretendiam jantar juntos nas dependências de Rosina.

A orquestra era formada por músicos que tocavam nas orquestras do Exército, da Força Aérea e da Guarda Imperial. Eram capazes de tocar "Stardust", "Begin the beguine" e "Tuxedo junction" no piloto automático. Chuck Berry não fazia parte do repertório deles.

De volta das férias, todos queimados de sol, a colônia estrangeira estava presente em peso. Vi o sr. e a sra. G., que na verdade não eram casados e, segundo o boato corrente, tinham deixado seus cônjuges e filhos em Portugal para ficar juntos. O sr. J., um animado solteirão de Goa que estivera preso por certo tempo por causa de alguma trapalhada financeira, estava em plena forma. Os estrangeiros recém-chegados logo aprendiam seus papéis; descobriam que o fato de serem estrangeiros prevalecia sobre sua formação ou seu talento — era o que tinham de mais importante. Logo se tornavam personagens regulares da colônia, sorrindo e dançando naquele evento anual.

Eu sempre havia considerado que os expatriados representavam o melhor da cultura e do estilo do mundo "civilizado". Mas via agora que eles se encontravam tão distantes da Broadway, do West End ou do Scala que, provavelmente, estavam uma década atrasados em relação à realidade, tal como eu em relação a Chuck Berry. Observava os rostos vermelhos e afogueados na pista de dança, a alegria pueril em seus olhos, e aquilo me deixava triste e impaciente.

Shiva dançou primeiro com Hema, depois com mulheres que ele conhecia do círculo de bridge de Hema e Ghosh, e mais tarde com qualquer uma que se mostrasse disposta a dançar. De repente, eu não quis mais ficar ali. Saí cedo, dizendo a Hema e Ghosh que pegaria um táxi para casa.

Pensei na estagiária enquanto subia a ladeira. Eu a estivera evitando. Quando ela estava com suas alunas, não fazia nenhum gesto de reconhecimento. Quando me via com Shiva, cumprimentava-nos sem nenhuma palavra. A primeira vez que a encontrei sem a presença de Shiva, ela me deteve e perguntou: "Você é Marion?". Pela expressão em seus olhos percebi que nada havia mudado, e que sua porta continuava aberta para mim. "Não, eu sou Shiva", respondi. Desse dia em diante ela nunca mais perguntou.

Ouvi o som do rádio tocando baixinho no quarto de Rosina, mas a porta estava fechada e, de qualquer modo, eu não estava em busca de companhia.

Deitei-me sozinho, com meus pensamentos... Tinha treze anos, mas me sentia mais velho.

Despertei quando Shiva chegou. Observei-o pelo espelho. Era mais alto do que eu, e tinha os quadris e o andar leve de um dançarino. Tirou o paletó e a camisa. Seu cabelo estivera partido e penteado para o lado quando ele saíra de casa, mas agora era uma massa desordenada de caracóis. Seus lábios eram carnudos, quase femininos, e havia um quê de sonhador e profético em seu semblante. Quando ficou de cueca, examinou-se ao espelho. Estava com um braço levantado e o outro meio estendido para a frente. Imaginava estar dançando com uma mulher. Fez um meneio gracioso.

"Você se divertiu?", perguntei.

Minhas palavras o detiveram instantaneamente. Seus braços se imobilizaram no lugar onde estavam. Ele olhou para mim pelo espelho, o que me provocou arrepios. "Todos se divertiram, e muito", respondeu com uma voz rascante que não reconheci.

33. Uma forma de doidice

O táxi nos deixou diante do portão da Missing, defronte aos prédios de blocos de cimento, no mesmo instante em que as luzes da rua se acendiam. Com dezesseis anos, eu era o capitão, primeiro rebatedor e guarda-*wicket* de nossa equipe de críquete, e Shiva era rebatedor de meio-jogo. Como o primeiro a rebater, meu ponto forte consistia em golpear com força a bola e tentar resistir à primeira rajada de lançamentos, de modo a desmoralizar os arremessadores, enquanto o que Shiva fazia melhor era defender seu *wicket* obstinadamente, dando segurança ao time, embora fizesse poucas corridas. Depois do treino, já estava sempre escuro quando chegávamos em casa.

Avistei uma mulher emoldurada por uma cortina de contas e silhuetada contra a luz do bar, na ponta do prédio mais próximo ao *souk* de Ali.

"Ei! Espere", ela gritou. A saia apertada e os sapatos altos a obrigavam a dar passinhos curtos enquanto caminhava pela tábua disposta sobre a sarjeta. Protegia o corpo com os braços, por causa do frio, e ao sorrir seus olhos se reduziam a fendas.

"Deus do céu, como você ficou alto! Lembra-se de mim?", perguntou, olhando, indecisa, ora para mim, ora para Shiva. Senti um perfume de jasmim.

Depois da morte de seu bebê, eu tinha visto Tsige muitas vezes, mas somente de longe. Havia usado luto durante um ano. Na manhã chuvosa em que trouxera a criança à Missing, ela parecia muito comum. Seu rosto era simples e ingênuo, mas agora, com delineador, batom, o cabelo lhe caindo em ondas nos ombros, causava forte impressão.

Trocamos beijinhos como parentes, primeiro um lado, depois o outro e de novo o primeiro. "Ah... Quero lhe apresentar meu irmão", eu disse.

"Você trabalha aqui?", perguntou Shiva, nunca acanhado com mulheres.

"Já trabalhei", respondeu ela. "Agora sou a dona. Por favor, entrem, vocês são meus convidados."

"Não... É que... obrigado", murmurei. "Nossa mãe está nos esperando."

"Não está, não", negou Shiva.

"Espero que você não se importe se eu vier outro dia", eu disse.

"Quando quiserem, serão bem-vindos. Os dois."

Ficamos num silêncio constrangido. Ela continuou a segurar minha mão.

"Ouça, eu sei que aquilo foi há muito tempo, mas eu nunca lhe agradeci. Toda vez que vejo você tenho vontade de lhe falar, mas não quero incomodá-lo e fico com vergonha... Hoje, vendo você tão perto, resolvi pôr um fim nisso."

"Ah, não", respondi. "Eu é que imaginava que você pudesse estar zangada comigo... conosco. Talvez culpasse o hospital pela..."

"Não, não, não. A culpa foi minha." Seus olhos se toldaram. "É o que acontece quando se dá ouvidos a essas velhas ignorantes. 'Dê a ele isso assim-assim', 'Faça não-sei-o-quê', me diziam. Naquela manhã, olhei para meu neném e compreendi que todos aqueles remédios *habesha* tinham feito mal a ele. Quando seu pai examinou Teferi, percebi que ele poderia ter ajudado se eu tivesse ido ao hospital alguns dias antes. Cometi um erro terrível ao esperar. Mas..."

Fiquei em silêncio, lembrando da tristeza com que ela chorara em meu ombro.

"Espero que Deus me perdoe. Espero que Ele me dê outra oportunidade." Ela falava com sinceridade, sem nada esconder, e o rosto refletia seus sentimentos. "Mas, escute, o que eu vim dizer a você é o seguinte: que Deus e os santos cuidem de vocês e os abençoem por todo o tempo que passaram conosco. O pai de vocês é um médico tão bom. Vocês pretendem ser médicos?"

"Pretendemos", Shiva e eu dissemos, ao mesmo tempo. Creio que isso era a única coisa que eu podia afirmar com segurança naquela época, e parecia ser a única coisa com a qual Shiva e eu estávamos de acordo.

A luz retornou ao rosto de Tsige.

* * *

Enquanto caminhávamos para nosso bangalô, Shiva disse: "Por que você não quis que a gente entrasse? Provavelmente ela mora nos fundos. Ela teria deixado você dormir com ela".

"Por que você acha que eu quero dormir com toda mulher que vejo?" Minha resposta tinha sido mais dura do que o necessário. "Eu não *quero* dormir com ela. Além disso, ela não é esse tipo de mulher."

"Pode não ser mais. Mas já está bem rodada."

"Eu tive oportunidades, sabe? É uma escolha." Contei-lhe sobre a estagiária, como para demonstrar o que estava dizendo.

Shiva nada respondeu e caminhamos em silêncio. Ele estava começando a me irritar. Eu não queria pensar em Tsige daquela forma. Não queria imaginar seu rosto meigo e o que tinha de fazer para ganhar a vida. Era doloroso pensar nessas coisas, e por isso eu preferia não fazê-lo. Mas Shiva não tinha esses escrúpulos.

"Um dia vamos começar a ter relações sexuais com mulheres", disse ele. "E acho que hoje é um dia tão bom quanto qualquer outro." Olhou para cima, como se quisesse verificar se a disposição das estrelas era auspiciosa.

Parei-o e segurei sua camisa. Procurei encontrar motivos para minha objeção. O argumento que me ocorreu foi muito fraco.

"Você está se esquecendo de Hema e Ghosh? Acha que isso é uma coisa com que ficarão felizes? As pessoas os veem como modelos. Não devemos fazer nada que os deixe embaraçados."

"Acho que é inevitável", disse Shiva. "E eles fazem isso também. Tenho certeza de que eles..."

"Pare!", gritei. Esse era um pensamento perturbador. Mas não para Shiva.

No exato mês em que fizemos dezesseis anos, minha voz passou a falhar, sem que eu pudesse controlá-la. Minha pele se encheu de cravos, como se eu tivesse comido uma sacola de sementes de mostarda. As roupas que Hema comprava para mim ficavam apertadas ou curtas em três, quatro meses. Nasciam pelos em lugares estranhos. Pensar em mulheres, principalmente em Genet, dificultava a concentração. Era tranquilizador notar que essas mudanças físicas ocorriam também em Shiva, mas depois de nossa conversa a respeito de Tsige, eu não podia conversar com ele sobre o desejo que sentia ou sobre a repressão que o acompanhava. Shiva não sentia nenhuma necessidade de repressão.

"A cadeia é a melhor coisa para um casamento", ouvi Ghosh dizer a Adid, rindo. "Se você não pode mandar sua mulher para lá, então vá você mesmo. Faz prodígios." Agora que eu sabia do que estavam falando, senti-me profundamente embaraçado, até chocado.

Apesar de nosso conhecimento a respeito do corpo humano no contexto da doença, Shiva e eu fomos ingênuos durante muito mais tempo que o normal com relação a assuntos sexuais. Ou talvez só eu fosse. Eu não fazia ideia de que nossos colegas etíopes, tanto em nossa escola quanto nas escolas públicas, tinham se iniciado sexualmente havia muito tempo, com uma prostituta ou uma empregada doméstica. Jamais sofreram, como eu, tantos anos de nebulosa desorientação, tentando imaginar o inimaginável.

Lembro-me de uma história que um colega de classe, Gaby, me contou quando eu tinha doze ou treze anos. Essa história lhe fora contada por um primo que tinha emigrado para os Estados Unidos, e acreditamos nela durante muito tempo. "Quando você desembarca em Nova York", dissera o primo, "uma loura linda começa a conversar com você no aeroporto. O perfume dela é de endoidar. Peitos grandes, minissaia... Ela apresenta você ao irmão. Eles lhe oferecem um carona para a cidade no conversível deles, e é claro que, para não ser indelicado, você aceita. Durante o trajeto, o homem diz 'Vamos dar uma passada em minha casa, em Malibu, e tomar um Martini. Depois levamos você para Manhattan'. Você chega à mansão deles. Uma casa como você nunca viu igual. Assim que entram, o homem aponta um revólver para você e diz: 'Ou você come minha irmã ou morre'."

Quantas noites rolei na cama, sonhando acordado com esse horrível, inesperado e belo destino, desejando viajar aos Estados Unidos só para isso. *Cara, guarde essa arma, eu como sua irmã de graça...* Gaby, eu e nossa turminha repetíamos essa frase, que se tornou a senha secreta que traduzia nossa fraternidade de excitação adolescente, nossa borbulhante lubricidade. Mesmo depois de termos percebido que a história era absurda, um conto da carochinha, ela ainda fazia nossa delícia e adorávamos repetir aquele refrão.

Poucas semanas depois de Shiva e eu termos falado com Tsige diante do bar, topei com a estagiária efetiva descendo a ladeira para o portão do hospital. Não havia como fugir dela. Vê-la sempre me deixava ansioso.

Estava com seu bando de estagiárias e normalmente ela me ignorava nessa situação. Mas nesse dia sorriu para mim e enrubesceu. Sorri também, por educação. Ela piscou para mim e caminhou em minha direção, enquanto as estudantes continuaram seu caminho. "Obrigada pela noite passada. Espero que você não tenha ficado assustado com o sangue. Ficou surpreso? Esperei você esses anos todos. Mas valeu a pena." Ela roçou o corpo no meu. "Quando é que vem de novo? Vou ficar contando os dias."

Ela balançou cada pedacinho de carne capaz de ser balançado, apressando o passo para se juntar a suas estudantes, como se Chuck Berry estivesse tocando a guitarra elétrica atrás dela. Olhou para trás, por cima do ombro e disse, alto o suficiente para que todas ouvissem: "Da próxima vez não saia correndo daquele jeito, viu?".

Corri para casa. Ultimamente, sobretudo nos fins de semana, Shiva saía sozinho, e eu não tinha dado muita atenção a isso. Nunca havia imaginado que era isso que ele estava procurando.

Shiva, Genet e Hema estavam à mesa de jantar, com Rosina servindo. Ghosh tinha ido lavar as mãos. Chamei Shiva a nosso quarto.

"Ela está pensando que fui eu!" Desejei nunca ter comentado com ele sobre minha dança com a estagiária. "Por que você não me disse? Eu teria proibido você de ir. Aliás, eu *proibi*. O que você disse a ela? Se fez passar por mim?"

Shiva ficou desconcertado com minha raiva. "Não. Eu fui eu mesmo. Só bati na porta. Ela fez todo o resto."

"Meu Deus! Só isso? Você tirou a virgindade dela e a sua?"

"Foi minha primeira vez com ela. E o que faz você ter tanta certeza a respeito dela, hem, irmão mais velho?" Suas palavras foram como um soco em meu estômago, pois eu nunca tinha ouvido Shiva usar de sarcasmo para comigo, e achei a resposta dele desagradável e ferina. Ele continuou a falar, enquanto eu permanecia mudo. "De qualquer modo, não foi a *minha* primeira vez. Tenho ido à Piazza todo domingo."

"O quê? Quantas vezes já foi lá?"

"Vinte e uma."

Não consegui emitir um som. Fiquei atônito, embaraçado, enojado e com uma inveja terrível.

"Com a mesma mulher?"

"Não, vinte e uma mulheres diferentes. Vinte e duas se você contar a estagiária." Ele estava de pé, com o queixo apontado para mim e um braço apoiado languidamente na parede.

Quando consegui falar, perguntei: "Bem, você se importaria de não procurar mais a estagiária efetiva?".

"Por quê? Você vai procurá-la?"

Eu não me sentia mais com nenhuma autoridade sobre ele, nenhuma experiência aceitável com base na qual pudesse aconselhá-lo. Senti-me exausto. "Não importa. Mas faça-me um favor. Se você voltar, diga a ela que é você. E, quando acabar, fique mais tempo, abrace-a e murmure coisas meigas no ouvido dela. Diga que ela é bonita."

"Murmurar o quê? Por quê?"

"Esqueça."

"Marion, todas as mulheres são bonitas", disse Shiva. Olhei para ele e percebi que ele falava com convicção e sem sombra de sarcasmo. Não estava embaraçado ou zangado por eu tê-lo tirado da mesa e nem um pouco amolado. Eu achava que conhecia meu irmão. No entanto, tudo que eu conhecia eram seus rituais. Shiva adorava a *Anatomia*, de Gray, que já estava com marcas de seus dedos na capa de tanto que ele carregava esse livro de um lado para outro. Quando Ghosh lhe trouxe uma nova edição, meu irmão se sentiu insultado, como se ele lhe houvesse trazido um filhote de cachorro de rua para substituir sua amada Kuchulu, que já estava perto do fim. Eu conhecia os rituais de Shiva, mas não a lógica por trás deles. Shiva *realmente* achava as mulheres bonitas, e eu tinha percebido isso na primeira vez que fomos à clínica de versão. Ele nunca perdia uma sessão da clínica e acabou por insistir tanto que Hema lhe ensinou a virar bebês. Nada havia de lascivo em seu interesse pela clínica de versão ou pela obstetrícia e ginecologia. Mesmo que o dia da clínica por acaso caísse num feriado ou que Hema decidisse não fazê-la por alguma outra razão, mesmo assim ele ia lá e sentava-se nos degraus do prédio fechado. Agora, ali estava eu lhe recomendando que fosse gentil com a estagiária, quando ele poderia alegar que havia lhe dado exatamente o que ela queria, enquanto eu podia ter sido tudo com ela, menos gentil, e isso porque estava me guardando para uma única mulher. Minha abstinência parecia nobre por ser tão difícil. Eu ardia em meu celibato e queria que Genet admirasse minha fortaleza. Como era possível que ela não se impressionasse?

Desde aquele sábado ensolarado, três anos antes, quando Genet voltou de suas férias em Asmara, eu havia percebido claramente que para ela a puberdade quase terminara. Seu estirão naquele inverno tinha feito com que tudo nela crescesse: as pernas, os dedos e até os cílios. Suas pálpebras ganharam um ar de sonolência e seus olhos pareciam ainda mais distanciados um do outro. Depois de seu retorno de Asmara, ela começara a se tornar o centro das atenções em nossa casa. De acordo com o *Compêndio de pediatria*, de Nelson, o avolumamento dos seios e os pelos púbicos eram os primeiros sinais da puberdade feminina. Era estranho que Nelson não citasse o primeiro sinal que notei: uma fragrância adulta e inebriante que atraía como o canto de uma sereia. Quando ela usava perfume, as duas fragrâncias se mesclavam e o resultado me causava vertigens. Eu só pensava em uma coisa: arrancar-lhe as roupas e beber da fonte.

As mudanças em Genet galvanizavam Rosina, e isso era uma coisa que eu via claramente. Hema e Rosina eram aliadas, unidas pelo desejo de proteger Genet dos predadores, dos rapazes. Mas as duas mães não eram suficientemente protetoras para meu gosto e sabotavam seus próprios esforços ao comprar para ela as roupas e acessórios que a tornavam mais atraente ao sexo oposto. A julgar pelo que eu sentia, os cães de caça não podiam deixar de farejar à nossa porta. E, pior, como ela mesmo havia confessado, Genet estava no cio.

Naquele semestre, numa quinta-feira, Genet mandou nos avisar que não voltaria da escola em nosso táxi. Disse que iria embora sozinha. Quando Shiva e eu transpúnhamos os últimos cinquenta metros da ladeira, vimos Genet sair de um reluzente Mercedes-Benz preto.

Shiva entrou em casa, mas eu esperei.

"Não gosto de ver você voltando com Rudy", eu disse a ela. A frase transmitia muito pouco do que eu sentia, pois aquele carro de luxo me levava a sentir-me inferior e fazia meu sangue ferver. O pai de Rudy tinha o monopólio das louças e metais sanitários em Adis. Havia talvez outros dois garotos na escola que dirigiam seus próprios carros. O que mais me irritava era que no passado Rudy tinha sido um de meus melhores amigos.

"Você está falando que nem mamãe", disse Genet, sem perceber meu tormento.

"Rudy é o príncipe herdeiro das privadas. Ele só quer levar você para a cama."

"E você, não quer?" Genet olhou para mim com ar coquete, inclinando a cabeça.

"Quero. Mas eu quero ir para a cama *só* com você. E o que eu sinto por você é amor. Por isso é diferente."

Apesar de toda a minha timidez com as mulheres, eu não tinha dificuldade para dizer a Genet o que sentia. Talvez fosse um erro mostrar minhas cartas com tanta franqueza. Isso dava a uma mulher fútil um enorme poder, mas minha fé insistia em que ela não podia ser fútil, que tanto amor, tanta dedicação de minha parte, havia de aprimorá-la, libertá-la.

"Vai fazer comigo?", ela perguntou.

"Claro que vou. Sonho com você todas as noites. Só temos de esperar mais três anos, Genet, e aí vamos poder nos casar. E aí deixaremos de ser virgens aqui nesse lugar", respondi, tirando da carteira uma fotografia muito dobrada que eu tinha tirado da *National Geographic*. Mostrava o palácio do Lago, em Udaipur, um fulgurante hotel branco no meio de um lago azulíssimo. "Quero me casar na Índia", eu disse. Via a mim, o noivo, sendo levado por um elefante, símbolo do desejo e da frustração que havia reprimido... Só um elefante (ou um Jumbo 747) serviria. A bela Genet, coberta de joias e vestindo um sári dourado, cercada de jasmins... Eu antevia cada detalhe. Já havia até mesmo escolhido o perfume para ela: o Motiya Bela, feito à base de jasmim. "E esta é a suíte da lua de mel." O verso da página mostrava um quarto com uma gigantesca cama de dossel e enormes portas francesas que davam para o lago. "Veja o banheiro com uma banheira com pés *e* um bidê." O príncipe herdeiro das privadas jamais poderia superar isso.

Genet ficou surpresa e comovida com as fotografias e com o fato de eu carregar esse recorte em minha carteira. Minha tigresa cravou os olhos em mim com um renovado interesse.

"Marion, você tem mesmo pensado nisso, não é?"

Descrevi os lençóis de seda branca, os diáfanos cortinados de algodão que fechariam a cama de dia, mas que de noite estariam abertos, como também as portas que davam para a varanda. "Vou cobrir a cama com pétalas de rosa e, quando tirar sua roupa, vou lamber e beijar cada pedaço de seu corpo, começando pelos pés..."

Ela gemeu. Pôs um dedo sobre meus lábios, revirando os olhos e virando o rosto para o céu. "Deus do céu, é melhor você parar, antes que eu enlouqueça." Suspirou. "Mas escute, Marion, e se eu lhe disser que não quero me casar? Não quero esperar. Quero deixar de ser virgem. *Agora*. Não daqui a três anos."

"Mas e Hema? Ou sua mãe?"

"Não quero deixar de ser virgem com elas. Eu quero você."

"Isso não é..."

Ela deu uma gargalhada estrepitosa, mas perdoei-a porque aquele riso melhorou meu estado de ânimo. "Eu sei o que você quer dizer, bobinho. E se *eu* não tiver força para resistir? Há dias em que eu quero porque quero. Você não? Só para acabar de vez com isso! Só para saber." Ela suspirou. "Se você não quer, quem sabe não devo pedir a Shiva? Ou a Rudy?"

"A esse príncipe herdeiro das privadas, não. E Shiva... Bem, Shiva não é mais virgem. Já tem experiência. Além disso, eu pensei que você gostasse de mim."

"O quê?", Genet bateu palmas de satisfação, e olhou em torno à procura de Shiva. "Shiva!" Ela estava prestes a dar pulos de alegria. Deixou de lado a questão de seu amor por mim. Era tímida demais para confessá-lo, pensei. "Ah, Shiva, Shiva! Temos de pedir a ele todos os detalhes. Shiva, não é mais virgem, você disse? O que você e eu estamos esperando, então?"

"Eu estou esperando você e..."

"Ah, pare com isso. Você fica falando igual a um romance idiota. Parece uma menina, pelo amor de Deus! Se quer ser o primeiro, é melhor agir depressa, Marion." Ela parecia furiosa, e em sua voz não havia sinal algum de brincadeira. Ela me metia medo quando falava daquele jeito. "Ou, então, tenho outras pessoas em mente. Seu amigo Gaby, ou mesmo o príncipe das privadas, mas ele eu não sei, porque o hálito dele tem cheiro de queijo." Ela caiu na risada de novo, divertindo-se com minha aflição, mas também me mostrando que estava só brincando, graças a Deus.

Eu não aguentava mais tanta provocação. Era penoso ouvi-la mencionar os nomes de outros pretendentes. Olhei para a pilha de revistas femininas em suas mãos. "O que aconteceu com você?", perguntei. Agora eu estava zangado.

Lembrava-me da garota que havia dominado a *Caligrafia de Bickham* e que, depois da morte de Zemui, tinha passado a ler vorazmente tudo o que Hema lhe dava. "Você era... séria", eu disse. Agora suas melhores amigas eram duas belas irmãs armênias. As três saíam para fazer compras à tarde, ou iam ao cinema, onde viam atores cujas roupas e comportamento elas consideravam o máximo da elegância. Todos os rapazes viviam de queixo caído. Antes as notas de Genet na escola eram tão boas que ela havia pulado um ano e ido para a nossa turma. Mas ultimamente estudava pouquíssimo e suas notas eram medianas. "O que está acontecendo, Genet? Você não quer mais ser médica?"

"Quero, doutor, eu quero ser médica", respondeu, chegando-se muito junto de mim. "Doutor, faça em mim um exame completo." Genet abriu os braços, com a pasta escolar em uma mão e as revistas de moda na outra. Colou o corpo no meu e comprimiu o quadril em mim. "É aqui que dói, doutor."

Rosina saiu pela porta da frente de nossa casa como um furacão. Sua investida súbita nos deu um susto, e admito que foi cômica, mas não creio que ela tenha achado engraçado o modo como Genet caiu na risada.

Numa torrente de tigrínia, com pitadas de *italinya*, Rosina pôs-se a gritar com Genet, e avançou contra nós. Genet dançava em torno de mim para fugir da mãe, achando aquilo gozadíssimo. Eu entendia as palavras de Rosina aqui e ali e adivinhei que ela estava dizendo: *Onde você está com a cabeça e o que estava fazendo nesse momento? Quem é aquele rapaz do carro? E você não sabe que ele só quer uma coisa? Por que você estava se esfregando em Marion como se fosse uma rameira?* Cada pergunta provocava mais risos em Genet.

Rosina olhou para mim, como se eu devesse responder pela filha. Era a segunda vez que ela nos flagrava numa situação comprometedora. Passou para o amárico ao me interrogar: "Você! Por que ela não voltou com você e Shiva? E o que vocês dois estavam fazendo agora há pouco?".

"Nós vamos ser médicos, você não sabe, mamãe?", gritou Genet em amárico, com lágrimas nos olhos de tanto rir, mal conseguindo falar. "Eu estava ensinando a ele como se examina uma mulher!"

Genet achou tão engraçada a expressão horrorizada no rosto de Rosina que deixou cair no chão as revistas e a pasta, segurou a barriga com as duas mãos e saiu, meio titubeante, na direção de seu quarto. Ficamos, eu e Rosina, a vê-la caminhar com as mãos nos quadris. Rosina voltou-se para mim, e para esconder sua perplexidade sombria assumiu a expressão severa que usava quando Shiva ou eu nos comportávamos mal. Mas sua postura era artificial, mesmo porque, agora com um metro e oitenta e cinco de altura, eu era muito maior que minha ama. "E você, o que tem a dizer, Marion?"

Baixei a cabeça, dei dois passos na direção dela. "Eu digo que..." Segurei Rosina pela cintura, levantei-a no ar e rodei um pouco com ela, que batia em meus ombros. "Eu digo que estou muito feliz por ver você. E que quero me casar com sua filha."

"*Me ponha no chão. Me ponha no chão!*"

Fiz o que ela queria e ela tentou me estapear, mas saltei para trás.

"Você é doido, sabe?", disse Rosina procurando arrumar a blusa, alisando a saia, resolvida a não sorrir, custasse o que custasse. "Os espíritos do mal baixaram todos em vocês." Ela pegou a pasta e as revistas e foi atrás de Genet, gritando para que ela e eu ouvíssemos: "Esperem só para ver uma coisa. Vou pegar um pau, juntar as duas crianças perdidas e expulsar a pancadas esse demônio que está em vocês".

"Rosina, por que você fala assim com seu futuro genro?", gritei.

Ela se virou e correu em minha direção, mas eu me esquivei.

"Doidice! Maluquice!" E Rosina foi embora falando sozinha.

Ergui a cabeça e vi Shiva junto da grande janela panorâmica, olhando para fora. O vento nos eucaliptos provocava o tipo de sussurro seco que engana uma pessoa, fazendo-a acreditar que era um pé-d'água. Mas não havia uma nuvem no céu. Vi que Shiva me observava através da vidraça, ruborizado e com uma expressão que levava a crer que estivera rindo. Era provável que tivesse visto e ouvido tudo. Admirei sua pose — uma das mãos no bolso, os joelhos juntos, o peso sobre uma perna. Meu irmão era elegante, mesmo no simples ato de ficar em pé. Era uma coisa que ele e Genet tinham em comum. Raramente sorria, mas havia agora, na tensão de seu lábio superior, a sombra de um sorriso malicioso. Ri para ele, sem nada esconder. Sentia-me bem, satisfeito comigo mesmo. Meu irmão era capaz de ler meus pensamentos. Meu irmão me amava, ele amava Genet e eu amava a ambos. Sim, Rosina tinha razão, a doidice imperava na Missing, mas só um doido quereria estar em outro lugar.

34. Tempo de colher

A doidice daquela tarde se deu num momento dos mais inoportunos. Aquele era meu último ano na LT&C, e eu estava determinado a me sair bem nos exames finais. Minha motivação era simples. Um hospital magnífico, cor de marfim e cinco vezes maior que o Hospital da Missing, tinha sido construído numa colina que dava para a rua Churchill, a agência dos correios e o Lycée Français. Seria o hospital-escola de uma nova faculdade de medicina cujo corpo docente seria contratado com apoio do Conselho Britânico, da Swissaid e da agência americana USAID. Os professores seriam eminentes médicos britânicos, suíços e americanos que haviam se aposentado recentemente, depois de longas carreiras acadêmicas, e aceitado um breve período de trabalho em Adis.

Por isso, enquanto Rosina ia atrás de Genet, levando as revistas e os livros que a filha tinha jogado no chão e disposta a continuar a briga, entrei em casa, tomei banho e espalhei meus livros sobre a mesa de jantar. Hema e Ghosh estavam jogando bridge com outras pessoas no velho bangalô de Ghosh.

Jantei enquanto estudava. Cada minuto era importante. Eu havia calculado quantos dias, horas e minutos faltavam para os exames finais. Se eu queria dormir, jogar críquete e também entrar para a escola de medicina, não tinha tempo a perder.

Genet chegou uma hora depois para estudar comigo. Tentei não olhar para ela. Daí a pouco, Shiva veio também. Tinha trazido para a mesa um livro, *Princípios de ginecologia*, de Jeffcoate, eriçado de marcadores de páginas. Shiva não lia os livros como todo mundo, ele os desmontava e digeria, convertendo-os em apêndices de seu próprio corpo.

Para entrar na faculdade de medicina, Genet e eu tínhamos de tirar notas máximas nos exames finais. Genet declarava estar tão apaixonada pela medicina quanto eu, mas muitas vezes se atrasava para se juntar a mim no estudo e dava-o por terminado antes de mim. Às vezes, nem vinha. Duas vezes por semana, à noite, eu pegava um táxi para ir à casa do sr. Mammen, que me dava aulas particulares de matemática e química orgânica. Genet foi uma vez, irritou-se com a disciplina férrea de Mammen e não quis mais voltar, ao passo que eu considerava a ajuda dele inestimável. Nos fins de semana eu me refugiava no velho bangalô de Ghosh para estudar, deixando Ghosh e Hema livres para ligar o rádio ou receber visitas sem se preocuparem comigo. Genet podia ir estudar comigo lá, mas raramente fazia isso.

Shiva não tinha nenhuma de nossas preocupações. Andara fazendo pressão para abandonar a escola inteiramente. Queria atuar como assistente de Hema, e diplomas não lhe interessavam. Hema foi taxativa: se ele quisesse trabalhar com ela, teria de concluir aquele último ano, mesmo que não fizesse os exames. Enquanto isso, estava aprendendo sozinho tudo que podia com relação a obstetrícia e ginecologia. Um dia escutei Hema dizer a Ghosh que Shiva sabia mais de obstetrícia e ginecologia do que um estudante de medicina médio no último ano da faculdade.

Shiva tinha se apropriado da oficina em que havíamos escondido a motocicleta. Aprendera a soldar com Farinachi, e guardava ali o maçarico e outros equipamentos. Mais ou menos um mês antes, eu tinha enfiado a cabeça na porta da oficina e visto com surpresa que a parede dos fundos estava visível, sem nenhum sinal da motocicleta, das pilhas de lenha, dos sacos de juta e das Bíblias que tínhamos usado para escondê-la.

"Eu a desmontei", disse Shiva, quando perguntei pela moto. Apontou para a base de uma pesada bancada de trabalho: a prateleira quadrada de madeira compensada cobria o bloco do motor. A estrutura da moto tinha sido embrulhada em oleado e lona e posta debaixo da bancada. O restante estava armazenado em recipientes que iam desde caixas de fósforos a caixotes empilhados, dispostos ordenadamente em estantes de metal que ele havia feito com um ferro de soldar.

“Me conte, Shiva”, sussurrou Genet por trás de seu livro, *Noções gerais de química*. Só aguentara dez minutos antes de quebrar o silêncio e minha concentração.

“Contar o quê?”, perguntou Shiva, sem se preocupar em baixar a voz.

“Sobre sua primeira vez! O que poderia ser? Por que não me contou antes? Acabei de saber por Marion que você não é mais virgem.”

A história de Shiva, que eu mesmo não ma atrevera a pedir que ele contasse, por vergonha e inveja, era assombrosa por sua simplicidade.

“Fui à Piazza. Desci a rua que fica junto da padaria Massawa, sabe qual? Aquela em que você vê os quartos, um depois do outro? Fica uma mulher em cada porta, e as luzes são de cores diferentes.”

“Como você escolheu?”

“Não escolhi. Entrei na primeira porta. Só isso”, disse Shiva, sorrindo e voltando a atenção para seu livro.

“Não, não foi *só* isso!” Genet arrancou o livro das mãos dele. “E aí, o que aconteceu?”

“Perguntei quanto era. Ela disse que era trinta. Respondi que só tinha dez. Ela concordou. Ela tirou a roupa e deitou-se na cama...”

“A roupa *toda*?”, perguntei impulsivamente. Shiva me olhou, surpreso.

“Tudo menos a blusa, que ela levantou.”

“E o sutiã? O que ela estava usando?”, quis saber Genet.

“Uma blusinha, acho. Uma coisa de meia manga. E uma minissaia. Sem meias e de sapato alto. Sem calcinha. Sem sutiã. Ela tirou os sapatos, deixou cair a saia, levantou a blusa e deitou-se.”

“Meu Deus! Continue”, pediu Genet.

“Tirei a roupa toda. Estava pronto. Eu disse a ela que era minha primeira vez. Ela disse: ‘Seja o que Deus quiser’. Respondi que, na minha opinião, não precisávamos de Deus. Deitei-me por cima dela, e ela me ajudou no começo...”

“Ela sentiu dor? Você estava...”

“Ereto? Sim. Não, acho que ela não sentiu dor nenhuma. Você sabe que as paredes da vagina são dilatáveis, podem acomodar a cabeça de uma criança...”

“Certo, certo”, disse Genet. “E depois?”

"Ela começou a se mexer, mostrando-me como era, até que compreendi. Fiz aquilo até experimentar a reação ejaculatória."

"O quê?", perguntou Genet.

"A contração dos vasos deferentes e das vesículas seminais, misturando as secreções prostáticas..."

"Ele gozou", expliquei. Tinha aprendido a palavra num folheto de um certo T. N. Raman, autor de publicações eróticas. Satish, um colega de escola, tinha trazido esses folhetos depois de passar as férias em Bombaim. T. N. Raman era responsável por tudo quanto os colegiais indianos aprendiam, bem ou mal, sobre sexo.

"Ah... E depois disso?", perguntou Genet.

"Bem, eu me levantei, me vesti e saí."

"Doeu em você?", perguntei.

"Não senti dor nenhuma." A julgar por sua expressão séria, ele poderia estar falando em ir tomar um sorvete no Enrico's.

"Só isso?", perguntou Genet. "E aí você pagou a ela?"

"Não, eu paguei antes."

"O que ela disse quando você estava saindo?"

Shiva parou para pensar. "Ela disse que gostava de meu corpo e de minha pele. Que da próxima vez ela ia me dar... na posição cachorrinho."

"O que ela quis dizer com 'posição cachorrinho' O que é isso?"

"Eu não sabia. Disse a ela: 'Por que na próxima vez? Mostre agora como é'."

"Você tinha dinheiro?"

"Foi o que ela perguntou. 'Tem dinheiro?' Só que eu não tinha. Mas ela deixou eu fazer assim mesmo. Por trás, era isso que ela chamava de posição cachorrinho. Dessa vez acho que ela teve sua própria... explosão."

"Meu Deus!", exclamou Genet, gemendo e deslizando pela cadeira, com o rosto rubro de sangue. "O que há com você, Marion? Aonde você vai?"

Eu tinha me levantado. A fragrância que vinha de Genet era enlouquecedora e saturava o ar, que parecia cor-de-rosa.

"O que há comigo?" Eu não estava tão incomodado como fiz parecer. "Como posso estudar aqui? Diga. Não acredito que você me perguntou isso."

O que havia comigo era que eu tinha ficado extremamente excitado com a história de Shiva e agora com a expressão sensual no rosto de Genet, com seu corpo próximo ao meu, sentindo o cheiro de sua luxúria e sabendo que ela estava predisposta. Se eu não saísse dali, acabaria tendo minha própria explosão na calça. Tinha de sair dali. Meti no bolso minhas anotações sobre biologia.

Encontrei Rosina muito perto da porta da cozinha e simulando, ao me ver, uma atenção especial ao fogão. Mesmo que ela não estivesse bisbilhotando ou carecesse totalmente de olfato, não havia como deixar de ver a nuvem cor-de-rosa que vinha da sala de jantar. Ela evitou meus olhos. Mãe e filha pareciam não conseguir fugir uma da outra, com Genet disposta a agir escandalosamente e Rosina também resolvida a reagir, e era difícil dizer quem iniciava as batalhas. Em certo sentido, Rosina era minha aliada, pois mantinha Genet em segurança para mim, mas me irritava vê-la vigilante daquele jeito.

"Vou ao *souk*", eu disse, com rispidez.

"Mas você acabou de se sentar para estudar, Marion."

Olhei para ela fixamente, desafiando-a a me deter.

Desci lentamente a ladeira para o portão. Comprei uma coca-cola, mas dei-a a Gebrew. Sentei-me em sua guarita. Não queria voltar para casa até que minha mente e meu corpo retornassem ao normal. A historiada de Gebrew a respeito de um sobrinho encrenqueiro me ajudou nesse sentido.

Por fim, dei boa-noite a Gebrew e comecei a subir a ladeira de volta. Quando saí da rotatória para o caminho que levava a nosso bangalô, vi que havia uma luz acesa na oficina. Com frequência Shiva trabalhava ali até tarde da noite.

Sempre que eu passava por ali no escuro, sentia-me angustiado ao me aproximar do ponto em que o soldado tinha sido ejetado da motocicleta. Havia uma fissura no meio-fio de concreto, onde começava a lombada, que registrava o momento em que a roda dianteira da BMW tinha travado.

Os troncos das árvores rangiam e gemiam. O farfalhar dos ramos parecia sinistro, como uma mão que deixasse moedas cair entre os dedos. Eu não tinha dúvidas de que a qualquer momento o soldado surgiria da escuridão. Depois de anos de imaginá-lo a assomar do negrume, para mim seria até um alívio vê-lo aparecer. Shiva não tinha essas apreensões, já que ficava na oficina até bem tarde. Apesar da passagem do tempo, continuava pesando sobre mim o que havia acontecido naquele lugar, mas eu havia me familiarizado com o medo, a ponto de compreender o que fazia certas pessoas confessar um homicídio anos depois de ocorrido: achavam que somente assim deixariam de se atormentar. Passei depressa por aquela curva no caminho.

Ouvi o som de música que vinha do rádio de Shiva na oficina.

Eu tinha acabado de passar pela oficina e já quase chegava em casa quando avistei uma figura que descia a ladeira com decisão. Na noite escura como breu, escutei alguma coisa parecida com um murmúrio — a pessoa estava falando sozinha. Eu estava com o coração na boca, e o que me salvou do pânico foi que a figura parecia ser feminina. Só quando estava bem perto de mim percebi que se tratava de Rosina. Aonde estaria indo àquela hora? Aproximou-se bastante de mim, fitando meu rosto fixamente, como fazia com frequência para ter certeza de que eu não era Shiva. E então, antes que eu me desse conta de sua fúria, deu-me uma bofetada. Avançou contra mim aos tapas e me puxando pelo cabelo com a mão esquerda, enquanto usava a direita para me socar.

"Eu avisei!", gritou.

"Rosina! Do que você está falando?", perguntei, protegendo-me.

Isso só a deixou mais indignada. Imagino que eu poderia tê-la detido facilmente, mas estava chocado demais para reagir. Ela me deu outro bofetão.

"Deixo vocês sozinhos por cinco minutos e é isso que acontece! Muito espertos, você fingindo que ia ao *souk*, e ela ao banheiro."

Pedi-lhe que se explicasse, e ela desferiu um murro, mas desse vez eu tinha me virado e o golpe atingiu a parte de trás de minha cabeça.

"Eu esperei", disse ela. "Não podia ter certeza. Mas aí saí para procurar você, e vi que ela estava subindo a ladeira. Você mandou que ela voltasse primeiro, não foi? E se ela engravidar, e aí?", sibilou Rosina em meu ouvido. "E aí ela vai ser empregada doméstica, como eu. Todo esse inglês e os estudos não farão diferença alguma na vida dela."

"Mas, Rosina, eu não..."

"Não minta para mim, menino. Você nunca soube mentir. Eu vi vocês dois olhando um para o outro. Devia ter proibido que ela saísse do quarto."

Fiquei calado, olhando para ela.

"Quer uma prova? Olhe aqui", ela gritou. Meteu a mão na cintura, tirou dali alguma coisa que atirou em mim. Uma calcinha de mulher. "O sangue *dela*... e sua semente."

Peguei a peça que ela tinha atirado em meu rosto. Na escuridão, não enxergava nada. Mas sentia o cheiro de sangue, a fragrância de Genet... e o cheiro de esperma. Era meu. Reconheci meu cheiro amiláceo. Ninguém mais tinha aquele odor. Ninguém exceto meu irmão gêmeo.

Não tive coragem nem energia para fazer qualquer outra coisa além de meter-me na cama. Sentia-me surrado. Sentia-me sozinho. Shiva veio se deitar muito mais tarde. Esperei para ver se ele diria alguma coisa. Em algum momento ele adormeceu, porém eu permaneci acordado. Havia na Etiópia um método para apontar culpados chamado *lebashai*: um menino pequeno era drogado e levado à cena de um crime, onde lhe pediam que indicasse o culpado. Infelizmente, o dedo da criança alucinada muitas vezes se detinha diante de um inocente que era executado a pedradas ou afogado. O *lebashai* tinha sido proscrito no império, mas continuava a ser praticado nas aldeias. Era assim que eu me sentia: acusado falsamente pelo dedo acusador, mas incapaz de me defender.

O que eu *podia* fazer era me vingar. O culpado dormia a meu lado. Eu poderia ter matado Shiva naquela noite. Pensei nisso. Mas concluí que isso nada resolveria. Meu mundo já estava destruído. Meus braços, mortos. Meu cérebro, paralisado. Meu amor tinha sido transformado numa galhofa do amor, em merda. Eu não tinha mais nenhuma razão, nenhum desejo, de fazer coisa alguma.

Genet não foi à aula no dia seguinte. Shiva saiu, com a permissão relutante de Hema, para ir com o sr. Farinachi à fábrica de tecidos em Akaki, onde uma das gigantescas máquinas de tingimento havia emperrado. Tinham pedido a Farinachi que fabricasse uma peça, e ele queria que Shiva visse os enormes teares.

Fiquei na cama. Hema veio ver por quê, e eu disse que não me sentia bem e que não ia à escola. Ela tomou-me o pulso, examinou-me a garganta. Ficou perplexa. Quando começou a fazer perguntas, respondi: "Não importa. Eu vou". Era mais fácil ir do que passar por um interrogatório.

Não me lembro de nada das aulas naquele dia. Ghosh e Hema não faziam ideia do acontecido, mas sabiam que *alguma coisa* ocorrera. A porta e a janela do quarto de Rosina estavam fechadas, mas ouviam que ela falava em voz alta.

No fim da tarde, Hema disse que três parentes de Rosina, uma mulher e dois homens, tinham vindo visitá-la. Hema me pressionou, querendo saber o que se passava. Não pude acreditar que ela não soubesse ou que Rosina não lhe tivesse contado. Parecia que ninguém estava falando do que tinha ocorrido na noite anterior. Eu tinha imaginado que Rosina procuraria Hema para me acusar e não conseguia entender por que isso ainda não acontecera. Se Hema tivesse conversado com Shiva, desconfio que logo ficaria sabendo de tudo. Mas ninguém pensou em perguntar a ele.

Shiva chegou de volta quando acabávamos de jantar, satisfeito com sua excursão a Akaki. Nem Genet nem Rosina estavam à mesa. Almaz disse que mãe e filha estavam tendo uma briga séria e que os parentes de Rosina tinham vindo para intermediar.

Hema levantou-se para ir ver o que estava acontecendo, mas Ghosh a deteve. "Seja o que for, se você se meter só vai complicar as coisas." Shiva nada disse e continuou a jantar.

Eu não estava sendo nobre ao manter silêncio. Achava que ninguém acreditaria em minha versão da história. Cabia a meu irmão ou a Genet me salvar se quisessem. Estudei o rosto de Shiva. Não havia em sua expressão o menor indício da calamidade que havia causado. Absolutamente nada.

Naquela noite, eu disse a Shiva que ia me mudar para um quarto no bangalô de Ghosh. Iria dormir e estudar ali. Queria ficar sozinho ali, anunciei, sem olhá-lo.

Ele nada disse. Seria a primeira vez na vida que não ocuparíamos a mesma cama. Se havia filamentos e cordões de gema ou de carne que mantinham juntas as partes de nosso óvulo dividido, eu estava aplicando um bisturi neles.

Na manhã de sábado, quando fui tomar o café da manhã, tive a impressão de que Shiva não havia dormido melhor do que eu. Terminado o café, ele saiu para a casa de Farinachi.

Eu estava prestes a voltar para meu novo quarto e começar a estudar, quando Almaz irrompeu na sala de jantar.

"Madame, acho bom a senhora vir comigo", disse ela, dirigindo-se a Hema.

Almaz encaminhou-se para o quarto de Rosina. Hema, Ghosh e eu a seguimos.

Rosina se achava num canto do quarto mal iluminado, com um ar taciturno, defensivo e ansioso. Genet estava deitada em sua cama, com o rosto pálido, a testa porejando de suor, de olhos abertos, mas com um olhar perdido e fosco. O cômodo tinha um cheiro rançoso e azedo de febre.

"O que está acontecendo aqui?", perguntou Hema, mas Rosina não respondeu nem cruzou o olhar com o de Hema. Almaz acendeu a luz e ao se mover bloqueou minha visão. A seguir, levantou o cobertor para mostrar alguma coisa a Hema.

"Abra a janela, Marion", disse Ghosh, aproximando-se para olhar.

"Meu Deus!", disse Hema, espantada. Genet gemeu de dor. Hema agarrou Rosina pelos ombros. "Você fez isso? Fez isso... com essa coitada?" Afônica de tanta raiva, Hema a sacudiu. Mas Rosina não levantou o olhar. "Mulher estúpida!", gritou Hema. "Ah, Deus, Deus. Por quê?" A expressão de Hema era a de uma louca, perplexa, perigosa. Temi que pudesse estrangular Rosina. Em vez disso, ela a empurrou. "É provável que a tenha matado, Rosina. Sabe disso?" Lágrimas corriam pelo queixo de Rosina, mas sua fisionomia continuava ameaçadora.

Ghosh levantou Genet nos braços, e ela emitiu um gemido tenebroso ao ser retirada da cama. "O carro", disse Ghosh, e Almaz saiu apressadamente para abrir a porta, seguida de Hema. Deixei-me ficar por um segundo no umbral do quarto de Genet. Minha ama continuava sentada, tal como estava quando ali chegamos. Lembrei-me do dia em que ela havia usado uma navalha para escarificar o rosto de Genet, e como sua expressão tinha sido desafiadora, orgulhosa. Mas o que eu via nela agora era vergonha e medo.

Enquanto eu corria para ir ter com eles no carro, Hema girou nos calcanhares e encostou o rosto no meu. "Acho que você teve alguma coisa a ver com isso, Marion. Não sou idiota."

Entrou no carro e bateu a porta. Partiram com Almaz segurando Genet no banco de trás, enquanto Ghosh dirigia. Desci correndo por nossa entrada de carros, cortei caminho por trás da oficina e atravessei o campo, alcançando-os no momento em que entravam com Genet no pronto-socorro.

Despejaram fluidos e antibióticos nas veias de Genet. Depois Hema levou-a para a sala de cirurgia 3, a fim de examiná-la melhor. Ao sair dali, estava abalada, porém mais controlada e tomada de uma fúria serena. Ao que pude julgar, não se importou que eu escutasse seu relatório a Ghosh e à enfermeira-chefe.

"Vocês acreditam que Rosina pagou para que fizessem uma ablação de clitóris na menina? Não somente o clitóris, mas também dos pequenos lábios, e depois suturaram as bordas com linha de costura! Deus do céu, vocês podem imaginar a dor? Tirei fora as suturas. Estão muito infectadas. Agora é com Deus."

Genet foi levada para o quarto reservado a pacientes VIPS. Lembrei de Ghosh ter me contado que fora aquele o quarto ocupado pelo general Mebratu depois da cirurgia de emergência, logo após nosso nascimento.

Sentei-me numa cadeira ao lado de sua cama. Em dado momento, Genet apertou minha mão, não sei ao certo se de modo consciente ou num gesto reflexo. Segurei a mão dela.

Hema se sentou do outro lado da cama, numa poltrona. Apoiava os cotovelos nos joelhos e a cabeça nas mãos. Não tínhamos nada a dizer um ao outro. Eu estava tão furioso com Hema quanto ela comigo.

Em dado momento, Hema ergueu a cabeça e disse: "As pessoas que fizeram isso deveriam ir todas para a cadeia". Não era a primeira vez que ela se vira obrigada a cuidar de uma mulher na situação de Genet. Ela era, provavelmente, uma das maiores especialistas no mundo no tratamento de infibulações malfeitas ou infectadas. Mas agora lia-se em seu rosto uma amargura que eu nunca tinha visto.

Caía a noite quando Genet abriu os olhos. Ela me viu e tentou dizer alguma coisa. Perguntei se queria água, e ela assentiu. Pus um canudinho em seus lábios. Ela olhou em torno para ver se havia mais alguém no quarto.

"Desculpe, Marion", murmurou, com os olhos banhados de lágrimas.

"Não fale", eu disse. "Está tudo bem." Não estava, mas foi o que me veio à boca.

"Eu... devia ter esperado", disse ela.

Por que não fez isso?, tive vontade de dizer. *Não me coube nada do prazer, da honra de ser seu primeiro amante, mas estou levando toda a culpa.*

Genet gemeu ao tentar se mexer, lambendo os lábios. Dei-lhe mais água.

"Minha mãe pensa que foi você." A voz dela estava fraca.

Assenti com a cabeça, mas nada disse.

"Quando eu disse a ela que tinha sido Shiva, ela me deu um tapa. Deu-me um chute e me chamou de mentirosa. Não acreditou em mim. Ela pensa que Shiva é virgem." Genet quis rir, mas fez uma careta e depois tossiu. Quando pôde falar, disse: "Escute, eu obriguei minha mãe a prometer não contar a Hema".

Não resisti a uma risadinha, que abafei. "Bem, não se preocupe. Ela *vai* contar a Hema. Provavelmente está contando neste momento."

"Não. Não vai", disse Genet. "Esse foi nosso trato."

"Como assim?"

"Eu concordei que ela fizesse isso em mim, desde que não... dissesse nada. Ela vai ficar calada. Não vai dizer uma palavra a Hema. Nada, nada. Nem vai mais gritar com você."

Quase caí de costas ao ouvir isso. Genet tinha permitido que uma mulher estranha mutilasse suas partes íntimas com uma lâmina não esterilizada, e tudo aquilo para me proteger? De modo que eu agora era responsável pela ablação? Era tão absurdo que tive vontade de rir, mas não consegui: a culpa tinha se instalado em mim como se soubesse que eu era seu abrigo e que ela seria bem-vinda.

Shiva chegou de noite, com o rosto pálido e cansado. "Sente-se aqui", eu disse, antes que ele pudesse abrir a boca. Eu não confiava em meu autocontrole perto dele e precisava de um descanso. "Fique com ela até eu voltar. Segure a mão dela. Ela fica inquieta quando a solto." Não havia nada mais que eu pudesse lhe dizer agora. Eu estava mais que furioso, e ele, mais que angustiado.

A febre de Genet não arrefeceu durante três dias. Eu passava o dia e a noite junto de sua cama. Hema, Ghosh e a enfermeira-chefe entravam e saíam o dia todo.

No terceiro dia, Genet parou de produzir urina. Ghosh ficou muito preocupado, e ele próprio fazia a coleta de sangue, que Shiva ou eu levávamos correndo ao laboratório, onde ajudávamos W. W. Gonad a preparar os reagentes e tubos e medir o nível de nitrogênio ureico no sangue: estava alto e continuava a subir.

Genet nunca ficou de todo inconsciente, apenas sonolenta, às vezes confusa, gemendo com frequência, e depois começou a ter uma sede insaciável. Chamou pela mãe uma vez, mas Rosina não estava lá. Almaz me disse que Rosina se recusava a sair de seu quarto, o que provavelmente era melhor. A atmosfera no quarto do hospital já estava bastante tensa sem a perspectiva de que Hema pudesse atacar Rosina.

No sexto dia, os rins de Genet começaram a produzir urina, e logo passaram a gerá-la em quantidades enormes, enchendo a bolsa do cateter. Ghosh duplicou e triplicou o volume de soro intravenoso e recomendou que ela bebesse mais água para compensar a perda. "Espero que isso signifique que os rins dela estão se recuperando", disse Ghosh. "Só não estão conseguindo concentrar a urina de modo adequado."

Certa manhã, quando despertei na cadeira e vi seu rosto, a textura da pele, o relaxamento da testa, tive certeza de que ela se recuperaria. Genet sempre tinha sido magrinha e agora a doença a consumira, reduzindo-a a pele e ossos. Suas cores estavam voltando. A espada que estivera pendente sobre ela tinha sido afastada. Meus ombros começaram a relaxar.

Naquela tarde, fui para meu quarto no alojamento de Ghosh, e caí num sono profundo. Só ao acordar foi que voltei minha atenção para Shiva. Por acaso ele fazia ideia de que havia despedaçado meus sonhos? Percebia o quanto havia magoado Genet, a todos nós? Eu queria que ele compreendesse. O problema era que eu não imaginava outro meio de fazer isso senão esmurrando-o até ele sentir o mesmo nível de dor que havia causado a mim. Eu odiava meu irmão. Ninguém me deteria.

Ninguém a não ser Genet.

Quando ela me falou de seu trato com a mãe, de como havia concordado com a excisão clitoriana se Rosina nada contasse a Hema, não havia terminado de dizer o que queria. Mais tarde, naquela primeira noite, esforçou-se por se manter consciente a fim de me pedir uma coisa. Tinha me obrigado a jurar. "Marion, castigue a mim, mas não Shiva", disse. "Agrida-me e me mande embora, mas deixe Shiva em paz."

"Por quê? Não posso fazer isso. Por que poupá-lo?"

"Marion, *eu* levei Shiva a fazer o que ele fez comigo naquela noite. *Eu* pedi a ele." Suas palavras eram como golpes nos rins. "Você sabe que Shiva é diferente... Que ele raciocina de outra forma. Creia em mim, se eu não tivesse pedido, ele teria continuado a estudar e eu não estaria aqui."

Com relutância, naquela primeira noite, dei a Genet minha palavra de que não confrontaria Shiva. Fiz isso porque havia a impressão de que aquela noite bem poderia vir a ser a última para ela.

Nunca contei a Hema o que havia realmente acontecido, deixando que ela pensasse o que quisesse.

Por quê, pode-se perguntar, mantive minha palavra? Por que não mudei de ideia ao constatar que Genet sobreviveria? Por que não contei a verdade a Hema? Bem, eu havia aprendido uma coisa sobre mim e sobre Genet durante sua batalha pela vida. Eu tinha estado muito perto de perdê-la, e isso me ajudou a compreender que, apesar de tudo, eu não queria que ela morresse. Poderia nunca perdoá-la. Mas ainda a amava.

Quando Genet recebeu alta do hospital, levei-a do carro para a casa. Ninguém objetou, mas mesmo que tivessem feito isso, eu teria me mantido firme. Minha vigília incessante à beira da cama de Genet me valera um reconhecimento relutante por parte de Hema. Ela não se atrevia a contradizer.

Da porta de seu quarto, Rosina viu que eu carregava sua filha para nossa casa, passando pela cozinha. Em nenhum momento Genet olhou em sua direção. Foi como se a mãe e o quarto onde ela tinha passado a vida não mais existissem. Rosina ficou ali, suplicando com os olhos, implorando seu perdão. Mas a capacidade de represália de um adolescente é infinita, pode durar toda a vida.

Levei Genet para nosso velho quarto, o quarto de Shiva, que agora seria dela.

O plano era que Shiva e eu dormíssemos na casa que tinha sido de Ghosh, mas separados, ele na sala.

Meia hora depois, quando fui buscar as roupas de Genet nas dependências de Rosina, ela havia fechado a porta a chave e não atendeu, apesar de minhas batidas. Tomado de raiva, forcei a porta e senti, pela resistência, que ela havia armado uma barricada na porta ou estava apoiada nela. Um silêncio estranho pesava no ar. Fui até a janela. As venezianas estavam aferrolhadas, mas, com a ajuda de Almaz, forcei as lâminas frágeis até se quebrarem. O guarda-roupa tinha sido usado para bloquear a janela. Subi no peitoril e tentei empurrar o guarda-roupa de lado com as mãos, mas não consegui. Estiquei o pescoço para ver por cima dele. O que vi fez com que eu apoiasse as costas na esquadria da janela para encostar os dois pés no guarda-roupa e derrubá-lo sem pensar em seu conteúdo. O móvel caiu no chão com uma barulheira assustadora, de tábuas que rachavam, o espelho que se espatifava, prateleiras que se partiam. O estrondo fez com que todo mundo viesse correndo.

Então eu vi claramente. Todos pudemos ver. Hema, Ghosh e Shiva estavam atrás de mim, e até Genet, ouvindo o barulho, havia se arrastado até ali.

Recordo essa cena com precisão matemática, mas não existem ângulos na *Geometria*, de Carr, ou em qualquer outro texto, que mostrem com exatidão a inclinação daquele pescoço. E não há comprimido algum em toda a farmacopeia capaz de apagar a lembrança. Rosina pendia de uma viga, com a cabeça inclinada sobre a espinha e a boca aberta. A língua dava a impressão de ter sido arrancada da garganta.

35. Uma febre derivada de outra

Os muros de pedra, cobertos de musgo, e o imponente portão da Escola Imperatriz Menen conferiam-lhe um ar de fortaleza antiga. Com as meias brancas, a blusa azul-clara, a saia azul-escura e sem faixa no cabelo, pente ou brincos, Genet era apenas uma das moças, sem nenhum destaque. Seu único adorno era a cruz de santa Brígida, presa num cordão em volta do pescoço. Ela não queria se destacar. A menina vivaz que ela tinha sido morrera junto com o cadáver que baixamos da viga e sepultamos no cemitério Gulele.

Meu novo ritual consistia em visitar Genet nas tardes de sábado. Situada numa colina, a escola ficava num ponto acima na colina do palácio onde o general Mebratu (com Zemui a seu lado) tinha feito reféns e tentado implantar uma nova ordem.

Genet poderia, se quisesse, vir para casa nos fins de semana, mas dizia que a Missing lhe evocava lembranças dolorosas. Insistia em que estava feliz na Imperatriz Menen. Os mestres indianos eram severos, porém excelentes. Protegida da sociedade e de nós, ela estudava com afinco.

Entramos na universidade juntos, para fazer o curso pré-médico, e no ano seguinte entramos na faculdade de medicina. Agora sem uniforme e vestindo roupas comuns, o traje e as maneiras dela continuaram simples e discretos. Toda vez que eu ia visitá-la no Albergue Mekane Yesus, diante da universidade, rezava para que aquele fosse o dia em que a porta trancada de seu coração se abrisse e eu tivesse vislumbres da velha Genet. Ela agradecia sinceramente a marmita com comida que Almaz e Hema lhe mandavam, mas não levantava a barreira que havia construído em torno de si.

Eu ainda a amava.

Mas gostaria de esquecê-la.

Entramos na Faculdade de Medicina Hailé Selassié Primeiro em 1974, em sua terceira turma. Genet e eu fomos indicados para formar uma dupla na dissecação de um cadáver, o que foi uma sorte para ela. Qualquer outro colega teria se aborrecido com suas ausências frequentes e com o fato de ela não cumprir sua parte das tarefas. Não creio que ela fosse preguiçosa. Não havia razão para supor isso. Alguma coisa estava para acontecer, e dessa vez eu não fazia ideia do que fosse.

Nossos mestres de ciências básicas eram ótimos, uma mistura de professores britânicos e suíços e de alguns médicos etíopes formados na Universidade Americana de Beirute e depois pós-graduados na Inglaterra ou nos Estados Unidos. Havia um único indiano: nosso próprio Ghosh, que tinha um título não de professor assistente ou adjunto, ou mesmo de professor adjunto *clínico* (uma designação honorária, não remunerada), mas sim de professor de medicina e professor adjunto de cirurgia.

Não creio que nenhum de nós, nem mesmo Hema, tivesse uma ideia clara da medida dos conhecimentos acumulados por Ghosh em seus vinte e oito anos na Etiópia. No entanto, sir Ian Hill, reitor da nova faculdade de medicina, tinha. Ghosh era autor de quarenta e um trabalhos publicados e de um capítulo num compêndio de medicina. Seu interesse inicial por doenças sexualmente transmissíveis tinha dado lugar ao estudo minucioso da febre recorrente, área em que ele era o maior especialista do mundo, pois a variedade dessa doença transmitida por piolhos era endêmica na Etiópia e nenhuma outra pessoa viva tinha observado a doença tão de perto.

Tomei conhecimento da febre recorrente ainda menino, quando Ali, dono do *souk* que ficava defronte à Missing, levou seu irmão Salim ao hospital e me pediu que intercedesse. Salim queimava de febre e delirava. Ghosh declarou depois que a história de Salim era típica: havia chegado a Adis

Abeba, vindo de sua aldeia, com tudo o que possuía numa trouxinha pendurada no ombro. Ali arranjou para o irmão um emprego num dos armazéns do Merkato, fervilhantes de gente, onde mesmo durante a monção ele carregava sacos dos caminhões para os depósitos. De noite, dormia espremido com dez outros numa casa de cômodos. Na época das chuvas, havia pouca oportunidade de lavar roupas porque elas levavam dias para secar. As condições de vida de Salim eram indignas de um ser humano, mas ideais para os piolhos. Coçando a pele, ele devia ter esmagado um piolho, cujo sangue penetrou em seu corpo pelo arranhão. Oriundo de uma aldeia, ele não estava imune a essa doença urbana.

No pronto-socorro, Salim estendeu-se no chão, semi-inconsciente, fraco demais para se sentar ou ficar de pé. Adam, nosso farmacêutico caolho, curvou-se sobre o paciente e, com um único movimento rápido, fez o diagnóstico.

Anos depois Ghosh me mostrou as cartas que tinha trocado com o editor da *New England Journal of Medicine*, que estava para publicar a importante série de casos de febre recorrente tratados por ele. O editor achava que "sinal de Adam" era um nome pretensioso. Mesmo com o risco de não ter seu trabalho publicado nessa prestigiada revista, Ghosh defendeu a honra de seu manipulador de medicamentos, homem de pouca formação.

> Estimado dr. Giles,
>
> [...] na Etiópia, classificamos as hérnias como "abaixo do joelho" ou "acima do joelho", e não como "diretas" ou "indiretas". Trata-se de outra ordem de magnitude. Em nosso pronto-socorro temos com frequência até cinco pacientes prostrados no chão com febre. O clínico pergunta: Isto é malária? É febre tifoide? Ou será febre recorrente? Não há nenhuma erupção cutânea que o ajude a fazer esse diagnóstico (os eritemas da febre tifoide são invisíveis em nossa população), embora eu admita que a febre tifoide cause bronquite ou desaceleração do pulso e que com frequência pessoas com malária tenham o baço muito avolumado. Seria negligência minha publicar um trabalho sobre a febre recorrente sem proporcionar ao clínico uma maneira prática de fazer o diagnóstico, sobretudo em ambientes onde não é fácil fazer exames de sangue e de soro sanguíneo. Basta ao clínico pegar a coxa do paciente e apertar com força o músculo quadríceps: os pacientes com febre recorrente dão um pulo devido à inflamação e à flacidez do

músculo, de outra forma imperceptíveis, que acompanham essa doença. Isso é não só um bom sinal para o diagnóstico, como é capaz de ressuscitar Lázaro. Esse sinal foi notado pela primeira vez por Adam, motivo pelo qual merece o epônimo de "sinal de Adam".

Eu poderia testemunhar em favor do sinal de Adam, pois Salim deu um berro e pôs-se de pé quando Adam apertou sua perna. O editor escreveu de volta. Estava satisfeito com todas as demais revisões, mas o "sinal de Adam" continuava a ser uma pedra no caminho. Ghosh não recuou.

Caro dr. Giles,

[...] existe um sinal de Chvostek, um sinal de Boas, um sinal de Courvoisier, um sinal de Quinckes — não parece haver limites para que brancos deem seu nome a coisas. Com certeza o mundo está pronto para um epônimo que homenageia um humilde manipulador de medicamentos que já viu mais febre recorrente com um só olho do que o senhor ou eu havemos de ver com dois.

Trabalhando num obscuro hospital africano, longe do mundo acadêmico, Ghosh impôs sua vontade. O trabalho foi publicado na revista e sem dúvida foi um fator importante para que ele fosse convidado a escrever um capítulo em *Princípios de clínica geral*, de Harrison, a Bíblia dos estudantes avançados de medicina. Agora, ali estava ele, transformado em professor. Hema comprou para nosso novo professor dois belos ternos de riscadinho, um preto e outro azul. E também um casaco de tweed com aplicações de couro nos cotovelos, como que para pôr a palavra "professor" entre aspas. A gravata-borboleta foi ideia dele. Em todas as coisas, principalmente se custavam pouco e não faziam mal a ninguém, Ghosh fazia o que lhe dava na telha. A gravata-borboleta dizia ao mundo o quanto ele se sentia feliz por estar vivo e o quanto amava sua profissão, que ele chamava de "minha atividade romântica e apaixonada". O modo como Ghosh exercia sua profissão e como vivia sua vida, era tudo isso mesmo.

36. Sinais de diagnóstico

A vida está cheia de sinais. O segredo está em saber interpretá-los. Ghosh chamava isso de heurística, método de solucionar um problema sem uma fórmula preestabelecida.

Céu vermelho de madrugada, o marujo busca arribada.
Pus aqui e nada ali indica pus no abdome.
Baixa contagem de plaquetas em mulher é lúpus até prova em contrário.
Cuidado com um homem com olho de vidro e fígado aumentado [...].

No ambulatório, Ghosh via a distância uma mulher ainda moça e sem fôlego com o rosto afogueado, o que contradizia sua palidez geral. Logo suspeitava: estreitamento da válvula mitral, embora não soubesse explicar bem por quê. Procurava auscultar com atenção o leve murmúrio gorgolejante da estenose mitral, um murmúrio diabólico que, como ele dizia, "você só ouve se souber que ele existe", e só é audível com a campânula do estetoscópio aplicada de leve sobre o ápice do coração depois de exercício.

Eu havia criado minha própria heurística, minha mistura de raciocínio, intuição, expressão facial e odor. Eram coisas que não se viam em nenhum livro. O soldado do Exército que tentara roubar a motocicleta tinha um cheiro no momento de sua morte, como também Rosina, e os dois cheiros eram idênticos: denotavam morte súbita. Mas não confiei em meu nariz quando devia ter feito isso, quando detectei sinais em Ghosh que deixaram meus nervos à flor da pele. Desprezei-os como sendo produto de sua nova função como professor, um efeito colateral de seus ternos novos e do novo ambiente. Quando eu estava por perto dele, era fácil me tranquilizar. Ele sempre fora uma pessoa animada, uma alma feliz. Agora, porém, estava ainda mais jovial. Havia encontrado sua real identidade. Para um homem que se orgulhava de praticar os "três As — Amar, Aprender e Acrescentar", ele se sobressaíra em todos os três.

No dia do aniversário de casamento de Hema e Ghosh, levantei-me da cama às quatro da madrugada para estudar. Duas horas depois, saí do velho bangalô de Ghosh para a casa principal. Shiva tinha se mudado de novo para nosso antigo quarto. Lá fora ainda estava escuro. Eu tinha pensado em entrar pé ante pé no quarto de Shiva para ver se uma camisa minha, sumida, não teria sido lavada e pendurada em seu armário. Entrei na casa no momento em que Almaz chegava. Dei-lhe um abraço e a seguir esperei que ela fizesse o sinal da cruz em minha testa e murmurasse uma prece.

Hema ainda dormia. O banheiro do corredor estava com a porta aberta e dele vinham rolos de fumaça. Ghosh estava de pé, enrolado numa toalha, e apoiava todo o seu peso na pia. Era cedo para ele, e fiquei me perguntando por que estaria usando aquele banheiro. Para não acordar Hema? Ouvi sua respiração ofegante antes de vê-lo e, com toda a certeza, antes que ele me visse. O esforço de tomar banho o deixara sem fôlego. Em seu reflexo no espelho, vi sua realidade desprotegida. Vi uma terrível fadiga, junto com tristeza e apreensão. E aí ele me viu. No instante em que se virou, a máscara de jovialidade que havia caído na pia já estava de volta a seu rosto, sem nenhum arranhão.

"O que há de errado?", perguntei. Senti o coração na mão. O cheiro estava ali. Só podia estar relacionado ao que eu acabara de ver.

"Nada de nada. Até assusta, não é?" Ghosh fez uma pausa para respirar. "Minha mulher, tão bonita, está dormindo como um anjo. Meus filhos me enchem de orgulho... Hoje à noite vou sair com Hema para dançar e vou pedir a ela que prorrogue nosso contrato de casamento por mais um ano. A única coisa errada é que um pecador como eu não merece tantas bênçãos."

Hema apareceu no corredor, procurando afastar o sono. Ghosh me dirigiu um olhar ansioso. Virou-se de novo para o espelho, assoviando enquanto passava água de colônia nos braços e no peito. Seus olhos me pediam que não alarmasse Hema. O esforço de manter os braços erguidos fazia com que a música que ele assoviava, "When the saints go marching in", se enchesse de *staccatos* e pausas. Peguei a camisa e saí.

Eu tinha uma aula bem cedo, uma aula importante, mas segui meu instinto, minha intuição... meu nariz. Vesti-me e depois me escondi atrás da oficina de Shiva. Daí a pouco o Volkswagen surgiu no meio da neblina, e nele só estava Ghosh. Continuei a pé.

Cheguei ao pronto-socorro a tempo de vê-lo entrar na sala da enfermeira-chefe. Ela não só estava lá tão cedo, como o esperava. Enquanto eu imaginava o que aquilo poderia significar, Adam surgiu com um frasco de sangue. A porta da sala da chefe abriu-se para ele. Instantes depois Adam saiu de lá sem o frasco. Surpreso por me ver, tentou fechar a porta, mas eu o impedi com um pé.

Ghosh estava numa poltrona, sorridente, apoiando a cabeça numa almofada. Do velho fonógrafo da enfermeira-chefe vinha o coro do "Gloria" de Bach. A chefe curvou-se sobre o braço dele, prendendo com esparadrapo a agulha que levava sangue a sua veia. Ambos levantaram o olhar, imaginando que Adam voltava por alguma razão.

Os lábios de Ghosh se moveram.

"Filho, sabe que eu..."

"Não se dê ao trabalho de mentir para mim", eu disse.

Ele olhou para a enfermeira-chefe, como que a pedir ajuda. Ela suspirou. "É o destino, Ghosh. Eu sempre achei que Marion devia saber."

Nunca esquecerei o silêncio, a hesitação e a sombra de uma coisa que eu nunca vira no rosto de Ghosh: dissimulação. Logo a seguir, porém, ela deu lugar à resignação e a um olhar distante. Por um momento eu vi o mundo através de seus olhos, de seu intelecto, de sua visão abrangente, que abarcava Hipócrates, Pavlov, Freud e Marie Curie, a descoberta da estreptomicina e da penicilina, dos grupos sanguíneos de Landsteiner; uma visão que evocava o pavilhão de isolamento onde ele tinha namorado Hema, e também a sala de cirurgia 3, onde ele era o cirurgião relutante; uma visão que recapitulava nosso nascimento e vaticinava o futuro: que antevia o que viria depois de sua vida, depois do fim da minha e mais ainda. E então, e só então, aquele olhar se instalou, se concentrou e se fixou no presente, num momento em que o amor entre pai e filho se mostrava tão tangível que a ideia de que pudesse terminar e de que a memória fosse tudo quanto dele restaria era inaceitável.

"Muito bem, Marion, clínico aprendiz. O que acha que é?" Ghosh adorava o método socrático. Só que dessa vez era ele o paciente, e eu ia invocar minha heurística.

Eu já notara essa palidez antes, mas me recusara a prestar atenção nela. Então me lembrei de ter visto hematomas em seus braços e suas pernas nos últimos meses, manchas para as quais ele sempre tinha uma explicação. Fazia apenas uma semana que ele havia cortado um dedo com papel? Aquilo havia acontecido diante de meus olhos, e o corte sangrara durante algum tempo. Quando o revi, horas depois, ainda porejava sangue. Como eu podia ter deixado aquilo de lado? Lembrei-me também das muitas horas em que ele ficara exposto à radiação da velha Koot, uma antiga máquina de raios X que, malgrado os protestos gerais, ele havia continuado a usar, até que a Missing enfim adquiriu uma máquina nova. A Koot foi destruída a marteladas e os pedaços, levados para a Terra Gulosa. Ali faria companhia ao soldado do Exército, cujos ossos acabariam brilhando.

"Câncer de sangue? Leucemia?", sugeri, odiando o som dessas palavras em meus lábios. A doença de Ghosh só nasceu, só ganhou vida, no momento em que a nomeei, e a partir de então não poderia mais desaparecer.

Ele sorriu, virando-se para a enfermeira-chefe e erguendo as sobrancelhas. "Você acredita nisso, chefe? Meu filho, o clínico."

Em seguida sua voz perdeu a vivacidade. O fingimento tinha se desprendido dela como as folhas de uma árvore depois de uma nevasca.

"Aconteça o que acontecer, Marion, você não deve permitir que Hema saiba. Há mais ou menos dois anos, pedi a Eli Harris que fizesse minhas lâminas chegarem ao doutor Maxwell Wintrobe, em Salt Lake City, nos Estados Unidos. Ele é um fabuloso hematologista. Gosto muito do livro dele. O doutor Wintrobe respondeu minha carta pessoalmente. O que eu tenho é como se fosse um vulcão ativo, roncando e jorrando lava. Chama-se 'metaplasia mieloide'. Não é exatamente uma leucemia, mas está se transformando nisso."

Ghosh pronunciou as palavras "metaplasia mieloide", como se elas designassem algo delicado e de fino lavor. "Lembre-se desse nome, Marion. É uma doença muito interessante. Ainda me restam muitos anos, disso tenho plena certeza. O único sintoma desagradável que eu tenho é anemia. Essas transfusões de sangue são minhas trocas de óleo. Hoje de noite vou sair com Hema para dançar. É nosso dia de festa, você sabe. Eu queria era ter mais energia, mais entusiasmo."

"Por que não quer que Hema saiba? Por que não queria que eu soubesse?"

Ghosh balançou a cabeça. "Hema vai enlouquecer... Ela não precisa, não deve, não pode... Não me olhe com essa cara, meu filho, não estou sendo nobre, eu juro."

"Então não compreendo."

"Você não sabia de meu diagnóstico durante esses dois últimos anos, não é? Se tivesse sabido, isso teria mudado sua relação comigo. Não acha?" Ele riu e meteu a mão em meu cabelo. "Sabe o que tem sido o maior prazer na minha vida? Nosso bangalô, a vida nele sem atropelos, acordar toda manhã sem novidades, Almaz fazendo barulho na cozinha, meu trabalho. Dar aulas, passar visitas na enfermaria com os alunos. Ver você e Shiva ao jantar, e depois ir dormir com minha mulher." Nesse ponto, Ghosh parou, calando-se por um longo tempo enquanto pensava em Hema. "Quero que meus dias sejam assim. Não quero que todo mundo deixe de agir normalmente. Entende o que quero dizer? Não quero que tudo isso seja destruído." Ele sorriu. "Quando as coisas se tornarem mais graves, se a situação chegar a isso, eu conto a sua mãe. Prometo."

Ghosh olhou para mim atentamente. "Vai guardar segredo? Por favor. É o que você pode fazer por mim. Um presente, se preferir. Dê-me o máximo de dias normais que eu puder ter. E não diga nada a seu irmão também. Isso pode ser mais difícil para você. Eu sei que vocês tiveram uma... um conflito. Mas você conhece Shiva melhor do que ninguém. Sei que você gosta dele o suficiente para impedir que essa notícia chegue a ele antes da hora."

Dei-lhe minha palavra.

Lembro-me pouquíssimo do que aconteceu nos meses seguintes, a não ser de que tomei consciência da sabedoria de Ghosh. Fora uma bênção eu não ter sabido de nada nos dois últimos anos. Agora que eu sabia, não havia como fazer o tempo retroceder ou como apagar aquele conhecimento. Era como se ele estivesse na prisão de novo e, em certo sentido, eu também estava. Li tudo o que pude sobre metaplasia mieloide (eu odiava esse nome, que a ele agradava tanto). Sua medula óssea estava tranquila quando fui informado do diagnóstico. Mas quando a doença se tornou mais ativa, o vulcão pôs-se a rugir, cuspindo lava, arrojando porções pequenas, mas reveladoras, de gás sulfuroso quando o vento soprava em certa direção.

Eu passava o máximo de tempo possível com Ghosh. Queria cada pitada de sabedoria que ele pudesse me transmitir. Todo filho deveria anotar cada palavra que o pai tem a lhe dizer. Eu tentava. Por que era preciso uma doença para eu reconhecer o valor do tempo que passava com ele? Pelo visto, nós, os seres humanos, nunca aprendemos. E por isso reaprendemos a lição a cada geração e depois ansiamos por escrever epístolas. Catequizamos nossos amigos e os sacudimos pelos ombros, dizendo-lhes "Aproveite o dia! O que importa é *este* momento!". A maioria de nós não tem como voltar e consertar as coisas. Não podemos fazer absolutamente nada com relação a nossos "deveria ter" ou "poderia ter" feito isso ou aquilo. Mas alguns felizardos, como Ghosh, nunca têm essas preocupações: não havia consertos que ele precisasse fazer, nem momentos que ele tivesse deixado de aproveitar.

Vez por outra, Ghosh ria e piscava o olho para mim do outro lado da sala. Estava me ensinando a morrer, do mesmo modo como me ensinara a viver.

Shiva e Hema continuaram com suas atividades diárias sem fazer ideia do estado de Ghosh. Achavam-se entregues a um projeto empolgante. Shiva havia persuadido Hema a levar adiante a pesquisa referente a um método para tratar mulheres com fístulas vesicovaginais, em geral chamadas simplesmente de fístulas. Era um problema que Hema (e, na verdade, todos os cirurgiões ginecológicos) não gostava de encontrar, pois era de difícil cura.

Posso agora explicar por que aquela menina que tínhamos visto quando crianças — aquela que tinha subido a ladeira com o pai, de cabeça baixa de vergonha, procurando não se molhar com a própria urina a cada passo e exalando um cheiro insuportável — teve uma influência tão profunda na vida de Shiva.

Sem que meu irmão ou eu soubéssemos, Hema havia operado aquela menina três vezes. O reparo não teve êxito nas duas primeiras, mas na terceira vez deu certo. Nunca chegamos a ver essa menina sair da Missing, mas Hema nos deu sua palavra de que ela havia sido curada e fora embora feliz. As cicatrizes mentais, no entanto, seriam indeléveis. Na época, pouco entendemos qual era seu mal, pois esse era um assunto que Hema não exporia para nós. Mas agora Shiva e eu sabíamos. Com toda probabilidade, a menina tinha sido dada em casamento, talvez antes da puberdade, a um homem com idade para ser seu pai. A consumação dolorosa desse casamento (mais traumática ainda se a ablação do clitóris houvesse deixado tecido cicatricial no vestíbulo da vagina para que o marido o rompesse) devia tê-la aterrorizado. Ela podia até ser jovem demais para relacionar esse ato com uma gravidez, mas em pouco tempo estava grávida. Quando o trabalho de parto teve início, a cabeça do feto ficou bloqueada pelos ossos da pelve, cuja abertura superior já se achava estreitada devido ao raquitismo. Num país desenvolvido ou numa cidade grande, ela poderia ter sido submetida a uma cesariana logo no início de suas contrações. Mas numa aldeia remota, sem ajuda de ninguém além da sogra, ela sofreu durante dias, com o útero tentando fazer o impossível e só comprimindo a cabeça do bebê contra a bexiga e o colo do útero, esmagando esses tecidos de encontro aos ossos da pelve, inflexíveis. O bebê não tardou a morrer no ventre da menina, que logo poderia ter o mesmo destino, no mais das vezes em decorrência de uma ruptura do útero ou de infecção e septicemia. Era rara a família que conseguia levar a parturiente a um centro médico. Ali o feto morto podia ser retirado aos pedaços, primeiro mediante o esmagamento do crânio e depois removendo-se o restante.

No decorrer da convalescença daquele parto horrendo, os tecidos mortos e gangrenosos no interior de seu canal de parturição acabaram por se desprender, deixando um buraco de bordas irregulares entre a bexiga e a vagina — a fístula. Normalmente, a urina passa da bexiga para a uretra e sai pouco abaixo do clitóris (e somente quando ela desejasse esvaziar a bexiga), mas agora a bexiga despejava seu conteúdo diretamente na vagina, e a urina descia por suas pernas. A menina nunca estava seca, sua roupa vivia encharcada e ela vertia urina o dia inteiro. A bexiga e sua urina logo se infeccionaram e passaram a cheirar mal. Em pouco tempo, os lábios vaginais e as coxas ficaram perpetuamente úmidos e macerados, além de exsudar pus. Devia ter sido nesse ponto que o marido a repudiara, e o pai a trouxera à Missing.

As fístulas têm sido descritas desde a Antiguidade. Mas foi somente em 1849, em Montgomery, no Alabama, que o dr. Marion Sims, meu xará, conseguiu, pela primeira vez, reparar uma fístula vaginal. Suas primeiras pacientes foram Anarcha, Betsy e Lucy, três escravas que tinham sido repudiadas pelos maridos e pelos proprietários. Sims operou-as (segundo registros, submeteram-se de bom grado à cirurgia) numa tentativa de curar a fístula. O éter era uma descoberta recente, mas seu uso não se generalizara, de modo que as pacientes estavam absolutamente despertas. Sims fechou a larga passagem entre a bexiga e a vagina com fio de seda e achou que as tinha curado, mas uma semana depois encontrou, ao longo da sutura, furos minúsculos através dos quais a urina vazava. Continuou tentando. Operou Anarcha cerca de trinta vezes. Aprendia mais um pouco a cada fracasso, modificando o procedimento até que deu com a solução correta.

Para operar a menina que tínhamos visto, Hema utilizou os princípios de reparo criados por Marion Sims. Primeiro, introduziu um cateter pela uretra até a bexiga, para desviar a urina da fístula, a fim de permitir que os tecidos molhados e macerados secassem e sarassem. Uma semana depois, operou-a através da vagina, usando a colher curva de peltre desenhada pelo cirurgião do Alabama — o espéculo de Sims, como o chamamos hoje —, que permitia uma ampla exposição e possibilitou a cirurgia vaginal. Hema teve de dissecar cuidadosamente as bordas da fístula, tentando encontrar o que antes tinham sido quatro camadas separadas: o revestimento e a parede da bexiga, e, depois, a parede e o revestimento da vagina. Depois de corrigir as bordas, ela fez seu reparo, camada por camada. Depois de muitos malogros, Sims havia pedido a um ourives que fizesse um fino arame de prata, que utilizou para fechar a ferida cirúrgica. Com esse arame, não houve quase nenhuma reação inflamatória dos tecidos, pois a inflamação era o motivo pelo qual antes o reparo não tinha sucesso. Hema usou categute crômico.

À mesa de jantar, um mês depois que tomei conhecimento do problema sanguíneo de Ghosh, Hema nos comunicou que ela e Shiva haviam operado quinze pacientes de fístula, uma atrás da outra, sem uma única recorrência. "Devo isso a Shiva", disse. "Ele me convenceu a dedicar mais tempo à preparação das pacientes para a cirurgia. Agora, internamos as mulheres e as submetemos, durante duas semanas, a uma dieta de ovos, carne, leite e vitaminas. Fazemos um tratamento com antibióticos até a urina ficar clara e usamos pasta de óxido de zinco em suas coxas e na vulva. Foi ideia de Shiva fazermos um tratamento para remoção de vermes e corrigir a anemia por deficiência de ferro antes da cirurgia. Trabalhamos também para fortalecer suas pernas, fazendo com que elas se mexam." Hema olhou para Shiva com orgulho. "Tenho vergonha, mas sou obrigada a confessar que ele viu e compreendeu as necessidades dessas mulheres melhor do que eu depois de todos esses anos. Como a ideia da fisioterapia..."

"Não podemos fazer com que elas andem depois da cirurgia se não andavam antes", disse Shiva.

Em quatro das pacientes deles, o buraco na bexiga era tão grande, necrosado e retraído que fora impossível juntar as bordas. No caso dessas pacientes, Hema e Shiva tinham criado uma técnica: expor um "bife" de carne, estreito mas grosso, sob os lábios vaginais e, ao mesmo tempo que o mantinham ligado a seu suprimento de sangue, forçar sua extremidade livre para cima e puxá-lo para dentro da vagina, usando-o como um remendo vivo na fístula.

"A chefe está mantendo contato com um doador que só quer financiar cirurgias de fístula", disse Shiva. "Estamos recebendo mil dólares americanos a cada mês." Para mim foi difícil olhar para meu irmão e, mais ainda, dar-lhe os parabéns.

Parei de me chatear por causa de Genet. Quando ela foi reprovada em duas das quatro disciplinas no primeiro ano e teve de repetir os dois semestres, eu estava com a atenção muito voltada para a doença de Ghosh e não me importei. Ela não estava bem, nem encontrava prazer na vida. Perdera o entusiasmo e deixara de lado seu objetivo, se é que algum dia o tivera. Bastava uma semana sem estudar ou na qual faltasse às aulas para que um aluno ficasse irremediavelmente para trás, tão intenso era o ritmo do primeiro ano na faculdade de medicina.

Por volta da metade de meu segundo ano, ao saber que Genet tinha faltado de novo a sessões no laboratório de anatomia, eu me vi na obrigação de procurá-la.

No Albergue Mekane Yesus, vi pela porta aberta de seu quarto que havia uma visita, um rapaz de costas para mim. No primeiro momento, nenhum dos dois me viu. Genet dividia o quarto com uma colega que não se achava presente. O quartinho minúsculo, antes tão arrumado, estava agora atulhado de coisas e bagunçado. O quarto tinha um beliche e uma mesinha para duas pessoas. Quando Zemui era vivo, Genet agia como se ele fosse um estorvo para ela. Seu pai, leal e corajoso, morrera crivado de balas e agora ela havia afixado uma foto dele no teto, a poucos centímetros de seu rosto quando ela se deitava na cama de cima do beliche.

Os traços rudes e os modos ríspidos de seu visitante chamavam a atenção. Eu o conhecia como um agitador estudantil, sempre procurando mobilizar colegas em favor de alguma reforma curricular ou angariando assinaturas para pedir o afastamento de algum membro pouco popular da diretoria. Mas ele era antes de tudo um eritreu, como Genet. Quase certamente, a independência da Eritreia era seu maior interesse, mas ele teria de mantê-lo em segredo. Conversava com Genet em tigrínia, mas ouvi algumas palavras em inglês, como "hegemonia" e "proletariado". Parou no meio de uma frase ao perceber minha presença. Seu olhar bovino me disse: *Você nunca será um de nós.*

Deliberadamente, falei a Genet em amárico, para mostrar ao visitante que eu o falava melhor que ele. O rapaz disse alguma coisa a ela em tigrínia e saiu.

"Genet, esses radicais são amigos seus?"

"Que radicais? Estou só de papo com eritreus."

"A polícia secreta tem informantes neste andar", eu disse. "Vão ligar você à Frente Popular de Libertação da Eritreia."

Ela deu de ombros. "Você sabia que a FPLE está avançando bastante, Marion? Não, você não pode saber disso. Essas coisas não aparecem no *Ethiopian Herald*. Mas duvido que você tenha vindo aqui para falar de política, não é?"

No passado talvez eu ficasse magoado com seus modos. "Hema lhe mandou um beijo. E Ghosh me pediu para lhe dizer que vá jantar conosco lá um dia desses... Genet, estou preocupado com suas dissecações. Este ano não há ninguém que as faça para você. Se você não for lá, vai ser reprovada, não importa o resto. Ora, Genet..."

A expressão de seu rosto, de interesse e animação quando o rapaz estava ali, era agora soturna.

"Obrigada pelo interesse", respondeu friamente.

Tive uma imensa vontade de lhe dizer que Ghosh estava doente, arrancá-la de seu mundinho pessoal. No entanto, calei-me e me contentei com sentir a magia de sua presença. Era uma força que fazia com que eu não deixasse de procurá-la e que me levava a admitir que a amava, apesar de suas atitudes e mesmo agora, quando nossas vidas estavam se separando com tanta nitidez.

No último ano da faculdade, durante meu estágio de cirurgia, o vulcão de Ghosh entrou em erupção. Ao chegar em casa, o semblante de Hema me mostrou que ela sabia. Preparei-me para ouvir poucas e boas. Em vez disso, ela me abraçou.

Ghosh tinha vomitado sangue e apresentado também uma intensa hemorragia nasal. Tentou esconder, mas não pôde. Agora estava descansando confortavelmente em seu quarto. Fui lá dar uma olhada nele, mas saí e fui sentar-me com Hema à mesa de jantar. Almaz, de olhos vermelhos, trouxe-me chá.

"Acho que estou satisfeita por ele não ter me contado", disse Hema. Por suas pálpebras inchadas, ela havia passado a tarde chorando. "Principalmente porque não há nada a fazer. Pude usufruir o melhor dele. Foram dias perfeitos, sem saber de nada disso." Girou o anel de brilhante, um presente que ele lhe dera da última vez em que renovaram seus votos anuais. "Se eu soubesse... talvez pudéssemos ter feito uma viagem aos Estados Unidos. Perguntei a ele sobre isso. Ele disse que prefere ficar aqui. Tudo o que ele quer é que eu seja a primeira pessoa que ele vê ao acordar! *Ayoh*, ele é um romântico incurável, mesmo agora. É engraçado, mas, com toda a sinceridade, há alguns meses eu tive a sensação de que a vida estava indo tão bem que era fatal que alguma coisa de ruim acontecesse. Todos os sinais estavam diante de mim. Mas eu não prestei atenção."

"Nem eu", respondi.

Encontrei Almaz chorando na cozinha. Com lágrimas nos olhos e sua minúscula Bíblia na mão, Gebrew balançava de um lado para o outro e recitava versículos para consolá-la. Quando me viram, Gebrew disse: "Temos de jejuar por ele. Nossas orações não foram suficientes".

Almaz assentiu com a cabeça, e embora me deixasse abraçá-la e tentar confortá-la, estava perturbada. "Não rezamos o quanto devíamos", disse. "É por isso que essas coisas nos acontecem."

Perguntei por Shiva a Gebrew, que respondeu que meu irmão estivera fora o dia inteiro, mas que, se tinha voltado, devia estar na oficina. Gebrew desceu comigo até lá.

"Ainda está usando seu rolo?", perguntou-me Gebrew, referindo-se ao delgado pedaço de pele de carneiro em que ele havia desenhado um olho, uma estrela de oito pontas, um anel e uma rainha e copiado um versículo com bela caligrafia. Depois de enrolar bem apertado o pergaminho, metera-o num invólucro vazio de projétil. Sobre o metal, riscara uma cruz e meu nome.

"Estou, e levo-o sempre comigo", respondi, o que era mais ou menos verdade porque esse filactério ficava em minha pasta.

"Se eu tivesse feito um para o doutor Ghosh, talvez isso não tivesse acontecido."

Admirei a lealdade de meu amigo. Para se tornar um sacerdote na Etiópia, bastava que o arcebispo de Adis Abeba soprasse dentro de uma bolsa de pano, que era então levada às províncias e aberta junto de uma igreja, o que possibilitava a ordenação em massa de centenas de padres. Do ponto de vista da Igreja Ortodoxa Etíope, quanto mais padres houvesse, melhor.

Todavia, a existência de milhares e milhares de padres acarretava problemas para pessoas piedosas como Almaz. Alguns desses homens eram beberrões e vadios, para os quais o sacerdócio era um meio de se livrar da fome e também de saciar outros apetites. O mais canalha desses padres que estendesse sua cruz obrigava Almaz a parar e beijar suas quatro pontas. Encontrei-a um dia aflita e com as roupas desarranjadas. Contou-me que havia repelido com a sombrinha as propostas indecorosas de um padre e que outras pessoas tinham vindo em seu socorro e dado uma surra no homem. "Marion, quando eu estiver para morrer, vá ao Merkato e traga *dois* padres", ela me pediu nesse dia. "Assim, igual a Cristo, posso morrer com um ladrão de cada lado."

Mas Gebrew era diferente. Almaz tinha certeza de que Deus aprovava Gebrew. Ele passava horas com o nariz enfiado em seus breviários, apoiado no *makaturia*, a vara de oração, com as contas estalando entre seus dedos. Mas mesmo quando tirava o traje eclesiástico para aparar a grama, cumprir mandados na rua ou exercer as funções de vigia e porteiro do Hospital da Missing, conservava o gorro e nunca parava de mexer os lábios. "Por favor, faça um pergaminho para Ghosh", pedi a Gebrew. "Tenha fé. Talvez não seja tarde demais."

Shiva tinha acabado de voltar. Fazia um tempão que eu não entrava naquela oficina, e não estava preparado para a barafunda reinante. O chão achava-se coberto de peças de motores e artigos elétricos. Uma passagem estreitíssima levava ao local onde ficava seu tanque e o equipamento de solda, ao lado de uma pilha de pedaços de metal. Shiva tinha coberto as paredes e o teto da oficina com uma armação feita com barras de metal soldadas, do qual pendiam ganchos de arame com suas ferramentas. Achava-se à sua mesa, atrás de uma pilha de livros e papéis. Abri caminho até lá. Ele estava esboçando o desenho de uma espécie de bastidor, que, segundo ele, permitiria uma melhor exposição do campo operatório durante a cirurgia de fístula. Pôs o lápis na mesa e esperou que eu falasse. Não soubera de nada do que havia ocorrido no bangalô naquele dia. Contei-lhe a verdade sobre Ghosh.

Ele escutou, mas nada disse. Embora tenha empalidecido um pouco, seu rosto pouco revelou. Fechou os olhos. Ele havia subido para sua casinha na árvore e puxado a escada. Não fez perguntas. Esperei. Entendi que nem essa notícia era capaz de demolir a muralha que havia entre nós.

Eu precisava dele. Tinha carregado o segredo de Ghosh sozinho, e agora queria dividir o peso. Precisava da força dele para os dias vindouros, mas não queria admitir isso. O que estaria Shiva pensando? Estaria sentindo alguma coisa afinal? Passado algum tempo, saí dali, amolado pelo fato de aqueles olhos não se abrirem, convencido de que não podia contar com ele.

Entretanto, Shiva me surpreendeu. Naquela noite e nas duas seguintes, dormiu no corredor diante do quarto de Ghosh e Hema, com apenas um cobertor a enrolá-lo. Era sua maneira de expressar seu amor por Ghosh, de se fazer presente. Na manhã seguinte, ao ver Shiva enroscado no chão, diante de sua porta, Ghosh foi às lágrimas. Quando Hema me contou, senti que alguma coisa em torno de meu coração rachava e se fazia em pedaços. Na quarta noite, como o estado de Ghosh se agravasse, resolvi deixar o velho bangalô em que ele havia morado e voltar para a cama que eu antes dividia com Shiva. Convenci-o a não dormir no chão do corredor. Constrangidos, dormimos nas beiradas do colchão, levantando várias vezes durante a noite para ir ver Ghosh. De manhã, nossas cabeças se tocavam.

Shiva e eu tínhamos o mesmo grupo sanguíneo de Ghosh. Com a ajuda de Adam, eu vinha estocando meu sangue para esse momento. Então, Shiva também passou a doar o dele. No entanto, transfusões de sangue já não bastavam e haviam provocado uma perigosa sobrecarga de ferro. As plaquetas de Ghosh não estavam desempenhando seu papel. Ele sangrava um pouco pelas gengivas e também perdia sangue pelo intestino. Além disso, estava cada vez mais fraco.

Ghosh recusava-se a ser transferido para o hospital. A anemia logo o deixou sem fôlego e ele não conseguia mais ficar deitado. Saiu da cama de casal, que havia usado por mais de vinte anos, para sua poltrona predileta na sala, apoiando as pernas num banquinho.

Sem alarde e de maneira sistemática, ele buscou ficar algum tempo com todas as pessoas que amava. Mandou chamar Babu, Evangeline e a sra. Reddy, assim como os demais jogadores de bridge. Ouvi risadas e reminiscências, embora nem tudo fossem risos. Sua equipe de críquete lhe fez uma surpresa: todos vieram com o uniforme branco para prestar homenagem a seu capitão. Deixaram-no feliz com histórias exageradas de suas façanhas passadas.

Depois chegou o momento em que ele passou a respirar oxigênio através de uma máscara que não se ajustava bem a seu queixo. Foi a minha vez de ter *aquela* conversa com Ghosh. Receando aquele momento, eu vinha resistindo à sua provável implicação.

"Você vem me evitando, Marion", disse ele. "Temos de começar. Não podemos acabar se não começarmos, não é?"

Eu jamais teria previsto o que ele disse a seguir.

"Não quero que você se sinta responsável por toda a família. Hema é muito competente. A chefe está envelhecendo, mas é forte e criativa. Estou lhe dizendo isso porque quero que você leve sua carreira médica a um patamar elevado. Não se sinta na obrigação de ficar aqui por um dever para com Shiva, Hema ou a chefe. Ou com Genet", acrescentou, franzindo um pouco a testa ao pronunciar o nome dela. Chegou um pouco para a frente para agarrar minha mão, para fazer com que eu tivesse consciência da seriedade de suas palavras.

"Eu quis tanto ir para os Estados Unidos. Durante todos esses anos eu li e reli o Harrison e os outros livros... As coisas que eles fazem, os exames que pedem... é como ler ficção, sabe? Dinheiro não é empecilho. Um cardápio sem preços. Mas se você for para lá, não será ficção. Será a realidade." Ele se pôs a pensar naquela realidade e seus olhos se tornaram sonhadores.

"*Nós* impedimos que você fosse, não foi? Eu e Shiva. Nosso nascimento."

"Não seja bobo. Você imagina que eu renunciaria a isso?", perguntou, fazendo um gesto para indicar a família, o hospital, o lar que havia construído num bangalô. "Eu fui abençoado. Se algum dia, há muito tempo, mostrei inteligência, foi ao perceber que o dinheiro, sozinho, não me faria feliz. Ou talvez essa seja minha desculpa por não lhe deixar uma montanha de dinheiro!

É claro que eu *poderia* ter ganho mais dinheiro se essa fosse a minha meta. Mas uma coisa que eu não terei são remorsos. Meus pacientes VIPs muitas vezes se arrependem de tantas coisas no leito de morte! Arrependem-se da amargura que deixarão no coração das pessoas. Percebem que não existe dinheiro, serviço religioso, necrológio ou cerimônias fúnebres solenes que possam apagar o legado de um espírito mesquinho.

"É óbvio que você e eu vimos mortes sem conta de pobres. A única coisa que eles lamentam, com certeza, é terem nascido pobres, sofrendo do nascimento à morte. Você sabe, no Livro de Jó, ele diz a Deus: 'Deverias ter me tirado diretamente do ventre para a tumba! Por que a parte média, por que a *vida*, se era só para sofrer?'. Alguma coisa assim. Para os pobres, a morte é, pelo menos, o fim do sofrimento."

Ele riu, como se houvesse gostado do que acabara de dizer. Automaticamente, seus dedos foram ao bolso do pijama e depois à orelha, procurando uma caneta, pois o velho Ghosh queria registrar aquilo. Mas não havia mais caneta nem necessidade de anotar coisa alguma.

"Não sofri. Bem, talvez só um pouco. Só quando Hema me obrigou a persegui-la durante anos. Aquilo foi sofrimento!" O sorriso dizia que era um tipo de sofrimento que ele não trocaria por fama ou fortuna.

"Shiva vai progredir muito com Hema. Ela precisa dele para se manter ocupada. O instinto de Hema a mandará voltar para a Índia. Ela vai fazer um escarcéu por causa disso. Mas não vai voltar. Shiva se recusará. Ela vai ficar aqui em Adis. O que estou dizendo é que isso não é problema seu. Está entendendo?"

Assenti, sem muita convicção.

"Na verdade, eu tenho um pequeno arrependimento", disse Ghosh. "Mas é uma coisa com relação à qual você pode me ajudar. Tem a ver com seu pai."

"Você é o único pai que eu tive", apressei-me a responder. "Eu queria que Thomas Stone tivesse leucemia, não você. Não me importaria nem um pouco se ele morresse!"

Ghosh esperou antes de responder, engolindo em seco. "Marion, o fato de você me considerar seu pai me enche de felicidade. Eu não poderia estar mais orgulhoso de você, do que você se tornou. Mas eu falo de Thomas Stone por motivos egoístas. Como eu disse, esse é um de *meus* arrependimentos. Entenda, eu era muito amigo de seu pai, até onde alguém podia ser amigo dele. Você tem de imaginar como eram as coisas na época, Marion. Ele era o único médico homem aqui na Missing, além de mim. Éramos muito diferentes, sem nada em comum, quando o conheci, ou eu assim pensava. Mas descobri que ele adorava a medicina da mesma maneira, da mesma forma que eu. Ele era dedicado. A paixão que ele sentia pela medicina... Era como se ele tivesse vindo de outro planeta, do *meu* planeta. Havia entre nós uma ligação especial."

Os olhos de Ghosh vagaram pela sala e pararam na janela. Talvez ele recordasse aqueles tempos. Esperei. Por fim, ele se virou e apertou minha mão.

"Marion, seu pai tinha sido profundamente ferido por alguma coisa, só Deus sabe o quê. Os pais dele morreram quando ele era criança. Nunca conversamos sobre essas coisas. Mas aqui, trabalhando ao lado da irmã Mary Joseph Praise, ele se sentia protegido. Estava tão feliz quanto um homem desse tipo pode ser feliz. E eu me sentia protetor dele. Ele sabia muito de cirurgia, mas *nada* da vida."

"Está querendo dizer que ele era como Shiva?"

Ghosh fez uma pausa para pensar nisso. "Não. Muito diferente. Shiva está satisfeito! Olhe para ele. Shiva não tem necessidade de amizades, de apoio social ou de aprovação. Shiva vive o momento presente. Thomas Stone não era assim, tinha todas as necessidades que o resto das pessoas têm. Mas tinha medo. Negava a si mesmo suas necessidades, como negava a si mesmo seu passado."

"Medo de quê?" Eu estava achando tudo isso difícil de engolir. "A chefe me contou uma vez que ele atirava os instrumentos longe quando ficava aborrecido. Disse que ele era genioso e também que não tinha medo de nada."

"Ah, não tinha medo na área da cirurgia, imagino. Mas talvez nem isso fosse verdade. Um bom cirurgião tem de ter medo, e ele era um bom cirurgião, o melhor. Não era nunca temerário, tinha uma coragem comedida. Bem..., podia ter algumas falhas de avaliação, afinal, ele era humano. Mas quando se tratava de relações humanas ele se sentia... aterrorizado. Morria de medo de se aproximar demais de uma pessoa e de que ela o ferisse. Ou, talvez, de que fosse ele a feri-la."

Eu resistia a essa descrição de Stone, tão diferente da que eu havia construído ao longo de todos aqueles anos. Por fim, perguntei: "O que você quer de mim?".

"Agora que minha hora está chegando, Marion... Quero que Thomas Stone saiba que, não importa o que tenha acontecido, eu sempre me considerei seu amigo."

"Por que não escreve para ele?"

"Não posso. Nunca pude. Hema não o perdoou por ter ido embora. Ela ficou feliz com o sumiço dele... Quis ficar com vocês dois a partir do momento em que nasceram. Mas, ainda assim, não o perdoou por desaparecer. E depois que ele sumiu, ela ficou morrendo de medo... sempre... de que ele voltasse para exigir a custódia de vocês. Eu tive de prometer a ela, jurar, que não escreveria a ele nem me comunicaria com ele de alguma forma." Ghosh olhou para mim e disse, com um orgulho sereno: "Eu cumpri minha palavra, Marion".

"Ótimo. Fico feliz."

Quando mais novo, eu me sentira muito curioso quanto a Thomas Stone, havia criado fantasias sobre seu retorno. Agora, porém, resistia ao que Ghosh dizia, e não sabia por quê.

"Mas eu esperava que Stone entrasse em contato comigo", prosseguiu Ghosh. "Fiquei desapontado ao ver que os anos se passavam e ele não fazia isso. Marion, ele é um homem que carrega uma carga de vergonha. E supõe que eu não tenho nenhum desejo de vê-lo. Acha que eu o odeio."

"Como sabe disso?"

"Não tenho como ter certeza disso. Desconfio que até hoje ele se vê como um homem com um albatroz em torno do pescoço. Chame isso de intuição clínica, se quiser. A verdade é que você ganhou ficando conosco e não com ele. Por mais que ele viesse a tentar, não vejo como ele poderia ter criado o que temos aqui, uma família. Por isso, não quero que você odeie aquele homem. A cruz que ele carrega é descomunal."

"Por que está me dizendo isso agora?", perguntei. "Parei de pensar nele depois que você saiu da prisão. Ele nunca esteve presente quando precisamos dele. Por que devo perder tempo pensando nele?"

"Por minha causa. Como já lhe disse, isso é por *mim*. Meu único remorso. Não tem nada a ver com você. Mas só você pode me ajudar."

Fiquei em silêncio.

"Vou tentar explicar..." Ghosh olhou para o teto durante alguns segundos. "Marion, alguma coisa ficará incompleta em minha vida se eu não fizer com que ele saiba que eu ainda o considero um irmão." Seus olhos se umedeceram. "E que, não importa quais tenham sido os motivos dele para manter silêncio durante todos esses anos, eu ainda... gosto dele. *Eu* não posso procurá-lo, não posso dizer isso a ele. Mas você pode. Não vou viver para ver isso, mas é o que eu quero. Faça isso sem ferir os sentimentos de Hema. Faça isso por mim. Complete o que ficou incompleto."

"Vai contar isso a Shiva?"

"Se eu disser a Shiva que esse é meu último desejo, ele o cumprirá. Mas talvez ele não saiba *como* fazer isso, como... curá-lo. O que estou lhe pedindo representa mais do que simplesmente entregar uma mensagem." Ghosh hesitou. "Aliás, por falar em Shiva: o que eu também preciso lhe dizer sobre seu irmão é que, não importa o que ele lhe tenha feito, por favor, perdoe-o."

Nesse ponto ele me deixou estupefato. Teria planejado dizer essas palavras? Teria isso lhe ocorrido agora? Não imaginei que Ghosh conhecesse as profundezas de minha mágoa, de minha amargura em relação a Shiva, mas eu o subestimara. Mesmo assim, o que havia acontecido entre mim e Shiva não era um assunto que eu quisesse tratar com Ghosh. Era demasiado doloroso, demasiado pessoal.

"Vou fazer o melhor que puder com relação a Thomas Stone. Por você. Mas é difícil acreditar que você queira isso. Você se esquece de que foi esse homem que causou a morte de minha mãe... A morte de uma freira. Uma freira que ele engravidou. E depois ele abandonou os filhos. E até hoje, ao que parece, ninguém sabe como tudo aquilo aconteceu."

Minha voz se tornava cada vez mais aguda e trêmula, Ghosh nada dizia e se limitou a me olhar fixamente, até que meus ombros caíram e eu desisti. Eu faria o que ele havia pedido.

Quando sobreveio o fim, uma semana depois, ele continuava naquela poltrona, com todos nós a seu lado. Eu e Shiva segurávamos sua mão esquerda, e a enfermeira-chefe, a direita. Almaz, que tinha virado um fiapo de gente devido ao jejum rigoroso, estava acocorada atrás da poltrona com a mão em seu ombro. Hema tinha se sentado no braço da poltrona, de modo que a cabeça de Ghosh se apoiasse nela. Genet não pôde ser encontrada. Não estava no albergue quando Gebrew foi lá de táxi para buscá-la. Gebrew estava em pé ao lado de Almaz, rezando.

A respiração de Ghosh era entrecortada, mas Hema lhe deu morfina, dizendo que ele lhe ensinara isso. A morfina "desliga o cérebro", de maneira que, embora a insuficiência respiratória não se alterasse, a ansiedade desaparecia. Em dado momento, ele acordou de repente e abriu os olhos. Olhou para Hema, e depois para nós. Sorriu e fechou os olhos. Gosto de imaginar que naquele último olhar ele viu um quadro vivo da família, sua verdadeira família de sangue, pois agora nosso sangue estava em suas veias. Gosto de pensar que ao nos ver ele sentiu que seu objetivo supremo estava realizado.

E foi assim que ele passou desta vida para a outra, sem fanfarra, com sua típica simplicidade, sem medo, abrindo os olhos daquela última vez para se certificar, antes de partir, de que estávamos bem.

Quando seu peito parou de se mover, minha tristeza se misturou com alívio: havia dias que eu vinha fazendo com que cada respiração minha acompanhasse a dele. Sei que Hema sentiu o mesmo ao encostar a cabeça na dele e chorar, ainda a abraçá-lo.

A morte de Ghosh se fez acompanhar de uma nova compreensão da palavra "perda". Eu perdera minha mãe e meu pai biológicos, perdera o general, perdera Zemui, perdera Rosina. Mas só conheci a verdadeira perda quando perdi Ghosh. Imóveis estavam agora as mãos que tinham me dado palmadinhas e me posto para dormir, os lábios que tinham trombeteado canções de ninar, os dedos que haviam guiado os meus para percutir um peito, sentir um fígado ou um baço aumentados, o coração que induzira meus ouvidos a compreender os corações alheios.

No momento em que ele morreu, senti o manto da responsabilidade passar dele para mim. Ele havia previsto isso. Lembrei-me de seu conselho: que eu não permitisse que aquele manto se tornasse pesado. Ele me entregara o bastão profissional, quisera que eu fosse o tipo de médico capaz de superá-lo e depois transmitir aquele mesmo conhecimento a meus filhos e aos filhos de meus filhos, numa corrente. "Não quebrarei a corrente", prometi, com a esperança de que Ghosh me ouvisse.

Freud, eu sabia, escreveu que um homem só se tornava um homem no dia em que o pai morria.

Quando Ghosh morreu, deixei de ser filho.

Eu era um homem.

37. Êxodo

Quando saí da Etiópia, dois anos depois da morte de Ghosh, minha partida nada teve a ver com os seus últimos desejos. Ao viajar eu não pretendia de modo algum encontrar Thomas Stone e curar sua dor. Também não foi porque o imperador tinha sido deposto por uma violenta rebelião militar, ou porque o "comitê" das forças armadas que tomou o poder tivesse se reduzido, devido a lutas internas e assassinatos, a um único ditador insano, um sargento do Exército chamado Mengistu, que acabaria fazendo Stalin parecer um anjo.

Não, eu parti numa quarta-feira, 10 de janeiro de 1979, no dia em que se espalhou pela cidade, como uma gripe, a notícia de que quatro guerrilheiros eritreus, fazendo-se passar por passageiros, tinham sequestrado um Boeing 707 da Ethiopian Airlines e o obrigado a voar para Cartum, no Sudão. Entre os quatro estava Genet. Na manhã desse dia, ela era uma estudante de medicina, ainda que três anos atrasada em relação a sua turma inicial. De tarde, era uma militante da luta armada.

Finalmente eu era médico, um acadêmico prestes a terminar o último estágio. Tinha passado três meses trabalhando em clínica médica e outros tantos nas áreas de cirurgia e de ginecologia e obstetrícia, e agora só faltava um mês na área de pediatria.

Hema me localizou por telefone no começo da noite. Tinha ouvido a notícia sobre Genet.

"Marion, venha para casa imediatamente."

O tom de sua voz fez o ar em torno de mim se imobilizar.

"Mãe, você está bem? Não podemos ajudar Genet. Talvez eles venham falar conosco. Você é a tutora dela."

Desde a morte de Ghosh, sem sua presença protetora, eu tinha me aproximado mais de Hema. Ela pedia minha opinião, e eu procurava passar mais tempo em sua companhia. Eu sentia a mão de Ghosh nisso.

"Marion, meu amor, não se trata de Genet... Adid acabou de ligar. A polícia secreta está à procura de um subversivo chamado Marion Praise Stone. Já podem estar a caminho."

Dei graças a Deus pela existência daquela pessoa que passara aquela informação a Adid, um muçulmano que trabalhava no Departamento de Segurança e nutria especial simpatia pelo Hospital da Missing. A colega de quarto de Genet, uma garota magricela que, com certeza, não tinha a mais remota ideia da conspiração, mencionara meu nome uma hora depois do sequestro. As pessoas dizem qualquer coisa quando suas unhas estão sendo arrancadas.

Passaram por minha cabeça imagens de Ghosh com a cabeça rapada no pátio da prisão de Kerchele. Mas a velha Kerchele era um clube de campo em comparação com o que era agora: um colégio de tortura superlotado, um açougue onde os inimigos do Estado encontravam seu fim. Corpos e pedaços de corpos eram levados por caminhões toda noite e exibidos por toda a cidade, num macabro programa público de educação artística destinado a edificar. *Retrato do artista quando morto. Mulher decapitada apontando para Órion. Traidor segurando a cabeça nas mãos. Homem morto com o pênis na boca.* A mensagem unificadora era clara: *Você está morto se pensar em nos enganar.*

O sargento-presidente, homem rústico e bárbaro, só tinha uma coisa em comum com o imperador: jamais admitiria a separação da Eritreia. Lançou uma ofensiva militar em grande escala, bombardeando aldeias eritreias onde rebeldes se misturavam a civis e submetendo a Eritreia ao estado de sítio. É claro que isso só servia para renovar as energias da Frente Popular de Libertação da Eritreia.

Nesse ínterim, as tribos oromo também buscavam sua libertação. Os tigrés, que falavam uma língua aparentada à dos eritreus, tinham organizado sua própria frente de libertação. Os monarquistas, que, concentrados em Adis Abeba, defendiam o imperador e a monarquia, haviam detonado bombas em órgãos públicos da capital. Os estudantes universitários, antes ferrenhos entusiastas do "comitê" militar, estavam agora cindidos entre um grupo que lutava pela democracia e outro para o qual nada serviria senão um regime marxista ao estilo albanês. A vizinha Somália decidiu que havia chegado o momento de reivindicar com mais energia um território em litígio, no deserto de Ogaden, que nem os abutres queriam. Quem disse que ser ditador é fácil? O sargento-presidente estava muito ocupado.

Sem dizer uma palavra a quem quer que fosse, saí pelos fundos do Hospital Pediátrico Etiópio-Sueco, deixando meu carro estacionado onde estava. Peguei um táxi para casa. Eu não conseguia acreditar que aquilo estivesse acontecendo. O que Genet tinha feito? Sequestrar um avião da Ethiopian Airlines era um ato de pura publicidade. Sim, a BBC divulgaria a notícia. O episódio seria mais um motivo de embaraço para o sargento-presidente, mas ele já resolvia embaraços muito bem sem nenhuma ajuda externa. Mesmo que a operação de Genet não me tivesse posto em perigo, o sequestro teria me deixado ressentido. A Ethiopian Airlines era um símbolo de nosso orgulho nacional. Os estrangeiros se derramavam em elogios ao maravilhoso serviço de bordo da EA e a seus excelentes pilotos. Jatos que partiam de Roma, Londres, Frankfurt, Nairóbi, Cairo e Bombaim facilitavam a chegada de turistas. O serviço regional da EA, usando aparelhos DC-3, fazia, todos os dias, uma rota circular e com escalas, de modo que o turista podia deixar o Hilton Adis Abeba de manhã, ver os castelos de Gondar, os antigos obeliscos de Axum, as igrejas talhadas em pedra de Lalibela e estar de volta ao *lounge* do Hilton, em Adis, no momento exato em que as moças de vida alegre desfilavam em meio a uma onda de perfume e os Velvet Ashantis tocavam seu prefixo musical, uma versão de "Walk... don't run", dos Ventures.

A Ethiopian Airlines havia sido, durante anos e anos, um alvo da Frente Popular de Libertação da Eritreia. Entretanto, mesmo no tempo do imperador, agentes de elite a bordo, disfarçados de passageiros, garantiam uma segurança quase perfeita até aquele voo de Genet. Certa vez, sete sequestradores eritreus se levantaram e anunciaram suas intenções. Os dois agentes de segurança abateram cinco deles facilmente, como se estivessem atirando em latas colocadas em cima de mourões de uma cerca a dez passos. Dominaram o sexto. A sétima trancou-se no banheiro e detonou uma granada. O piloto pousou o jato mutilado e sem leme, apesar de um buraco enorme na parte traseira da fuselagem. Em outra ocasião, a força de segurança dominou um sequestrador e o atou com correias num assento da primeira classe. Em vez de meter-lhe uma bala, puseram-lhe toalhas no peito, como babadores, e o degolaram.

Naquela tarde de janeiro, Genet e seus comparsas dominaram os tripulantes sem luta. Correu o boato de que contaram com ajuda interna. Os seguranças talvez tivessem mudado de lado.

Enquanto meu táxi atravessava o Merkato, eu observava os lugares que conhecia tão bem. Seria essa a última vez que eu passava por ali, a última vez que sentia o cheiro de lúpulo que vinha da fábrica de cerveja St. George naquela rua? Uma mulher com o cabelo penteado em trancinhas paralelas, à maneira etíope, fez sinal para meu táxi. "Lideta...", disse, indicando seu destino.

"Lideta, é?", retrucou o motorista. "Por que não pega um avião, querida?" A expressão dela endureceu, mas a mulher não argumentou. Limitou-se a dar as costas.

"Seria bom esses putos ficarem bem quietinhos essa noite", disse-me o taxista, uma vez que evidentemente eu não era um deles. "Veja." Apontou para transeuntes nos dois lados da rua. "Eles estão em toda parte." Havia milhares de eritreus em Adis Abeba, pessoas como a estagiária efetiva, como Genet. Podiam ser administradores, professores, catedráticos da universidade, estudantes, funcionários públicos e oficiais das Forças Armadas, executivos de empresas de comunicações, abastecimento de água e saúde pública, além de legiões de outros mais, pessoas comuns. "Eles bebem nosso leite e comem nosso pão. Mas em suas casas, esta noite, o senhor sabe... Vão matar um carneiro."

Desde a tomada do poder pelos militares, muitos eritreus que eu conhecia, entre os quais médicos e estudantes de medicina, tinham caído na clandestinidade, aderindo à Frente Popular de Libertação da Eritreia.

De acordo com as notícias que chegavam à capital, a situação no norte da Etiópia, perto de Asmara, havia se virado contra o sargento-presidente. Os guerrilheiros eritreus atacavam de emboscada comboios militares de noite e desapareciam de dia. Eu tinha visto fotografias granuladas desses combatentes. Sempre com o traje que era sua marca registrada — calção e camisa cáqui e sandálias —, tinham a ousadia, a convicção e o entusiasmo de patriotas que lutam contra os ocupantes de seu país. Já os soldados etíopes conscritos, com seus jipes e tanques, e carregando o peso de capacetes, coturnos, túnicas e armamento, ficavam confinados às estradas principais. Como podiam localizar um inimigo que não viam, numa região rural cuja língua não falavam e onde não tinham como distinguir os civis dos guerrilheiros?

Quando o táxi se aproximou do portão da Missing, vi Tsige saindo do Fiat 850 diante do bar. Ela havia prosperado nos últimos anos, ampliando seu estabelecimento para a loja ao lado, acrescentando uma cozinha e um restaurante, e contratando mais duas moças para servir os clientes. Melhorias no mobiliário, duas máquinas eletrônicas de futebol e um novo televisor equiparavam seu bar aos melhores da Piazza. Tsige era proprietária de um táxi, e da última vez que tínhamos conversado ela me dissera que estava procurando um segundo para comprar. Nunca deixava de me incentivar, de dizer que se orgulhava de mim e que rezava por mim todos os dias. Naquele momento, ao ver sua bela perna saindo do carro, tive vontade de parar e me despedir dela, mas não podia fazer isso. Essa era sua terra também, e esperei que, ao contrário de mim, ela nunca tivesse necessidade de fugir.

O portão principal da Missing estava aberto de par em par. Esse era o sinal que Hema havia combinado comigo para me avisar de que não havia perigo e eu podia subir.

Quando se tem apenas vinte e cinco minutos para sair da casa onde viveu todos os seus vinte e cinco anos, o que se leva dali?

Hema havia metido meus diplomas, certificados, o passaporte, algumas peças de roupa, dinheiro, pão, queijo e água numa espaçosa bolsa de viagem da Air India. Eu estava usando tênis e várias camadas de roupa por causa do frio. Enfiei na bolsa uma fita que, eu sabia, continha tanto a versão lenta quanto a rápida de "Tizita", mas deixei para trás o aparelho de reprodução. Pensei em levar o *Princípios de medicina interna*, de Harrison, ou o *Princípios de cirurgia*, de Schwartz, mas, como cada um desses livros pesava cerca de dois quilos e meio, desisti.

Saímos a pé, um grupinho que seguiu na direção do muro lateral da Missing, mas fiz questão de primeiro passar pelo arvoredo onde Ghosh e a irmã

Mary Joseph Praise estavam sepultados. Caminhei com o braço em torno de Hema. Shiva ajudava a enfermeira-chefe. Almaz e Gebrew tinham ido na frente. Senti que Hema tremia.

Diante do túmulo de Ghosh, despedi-me dele. Imaginei como ele teria procurado me animar, fazendo com que eu olhasse para o lado positivo da situação: *Você sempre quis viajar! Essa é sua chance. Tenha cuidado! As viagens abrem a mente e soltam os intestinos.* Beijei a lápide e virei-me. Não me detive na tumba de minha mãe. Se eu quisesse me despedir dela, não era esse o lugar. Fazia mais de dois anos que eu não ia à sala da autoclave. Senti uma ponta de culpa, mas agora era tarde demais para visitá-la.

No muro, Hema me abraçou. Encostou a cabeça em meu peito, com as lágrimas rolando livremente, de um modo que eu só tinha visto por ocasião da morte de Ghosh. Ela não conseguia falar.

A enfermeira-chefe, uma rocha de fé em momentos de crise, beijou-me na testa e disse apenas: "Vá com Deus". Almaz e Gebrew fizeram uma oração junto de mim. Almaz me entregou alguns ovos cozidos envoltos num lenço. Gebrew me passou um pergaminho minúsculo que eu deveria engolir para me proteger. Meti-o na boca.

Se meus olhos estavam secos era porque eu não conseguia acreditar que aquilo estivesse acontecendo. Olhando para aquelas pessoas, fui tomado de um enorme ódio de Genet. Talvez os eritreus em Adis estivessem matando carneiros e levantando brindes a ela naquela noite, mas eu gostaria que ela visse esse instantâneo de nossa família que se dividia, tudo por causa dela.

Era hora de dizer adeus a Shiva. Eu havia me esquecido do que sentia ao tocá-lo, do ajuste perfeito de seu corpo ao meu, duas metades de um único ser. Desde a mutilação de Genet, havíamos dormido separados, a não ser durante um breve período na época da morte de Ghosh. Assim que ele morreu, eu voltara para seu velho bangalô, devolvendo a Shiva o quarto de nossa infância. Só naquele momento me dei conta da severidade da penitência que eu me impusera ao decidir dormir separado dele. Nossos braços eram como ímãs que se recusavam a se desenredar.

Afastei a cabeça e estudei-lhe o rosto. Vi nele incredulidade e um pesar infinito. Senti-me estranhamente satisfeito, lisonjeado por provocar nele essa reação. Eu só tinha visto isso duas vezes antes: no dia da prisão de Ghosh e no dia de sua morte. Nossa despedida junto ao muro da Missing era uma espécie de morte, dizia sua expressão. E se era assim para ele, era também para mim. Ou deveria ter sido.

Houvera um tempo, parecia que no passado remoto, em que podíamos ler os pensamentos um do outro. Por acaso ele podia ler os meus? Eu havia adiado aquele momento, aquele ajuste de contas com ele. Era o trato que eu tinha feito com Genet, mas eu julgava não haver mais necessidade de cumpri-lo.

Nesse momento, minha mente disparou à rédea solta.

Shiva, você percebe que desvirginar Genet, para você um simples ato físico, levou a tudo isso? Levou Rosina a se matar e levou Genet a se afastar de nós? E levou a este momento, no qual eu odeio a mulher com quem eu pretendia me casar? Até hoje Hema pensa que fui eu quem desencadeou todo esse processo, que eu fiz alguma coisa a Genet.

Vê como você me traiu?

Esta despedida é para mim uma amputação.

Eu gosto de você como gosto de mim... isso é inevitável.

Mas não posso perdoá-lo. Talvez possa com o tempo, e mesmo assim só porque era o que Ghosh queria. Com o tempo, Shiva, mas não agora.

Estávamos junto da escada que Gebrew encostara no muro leste da Missing.

Shiva me entregou uma bolsa de pano. Era impossível enxergar na escuridão, mas julguei reconhecer a forma e a cor de seu exemplar, cheio de dobras, da *Anatomia*, de Gray, e, sob ele, um exemplar novo em folha de um outro livro pesado. Estive a ponto de protestar. Mordi a língua. Ao me dar de presente seu Gray, Shiva sacrificava um pedaço de si mesmo, me oferecia o objeto mais valioso que possuía.

"Obrigado, Shiva", agradeci, rezando para que minha voz não lhe parecesse sarcástica. Agora eu estava com duas bolsas, em vez de uma.

Gebrew estendeu sacos de aniagem sobre os cacos de vidro que encimavam o muro. Pulei-o. Do outro lado ficava a estrada que eu sempre tinha visto pela janela de meu quarto, mas que nunca havia explorado. Era uma vista que eu considerava bucólica, idílica, uma estrada que desaparecia na bruma e entre montanhas, levando a uma terra sem males. Nessa noite, ela parecia sinistra.

"Adeus", gritei uma vez mais, tocando aquele muro úmido, o exoesqueleto vivo e vibrante da Missing. Veio do outro lado um coro de vozes queridas, das pessoas que eram o coração pulsante da Missing, desejando-me sorte.

A cerca de cem metros dali, estava um caminhão com o motor ligado. Carregava pilhas de pneus recauchutados. O motorista me ajudou a subir para a carroceria, onde uma lona encerada tinha sido disposta por baixo e por cima de pneus, de modo a formar uma pequena caverna. Adid havia posto ali água, biscoitos e um monte de cobertores. Havia tomado todas as providências para minha fuga, mas sob a égide da Frente Popular de Libertação da Eritreia. A FPLE tornara-se o caminho regular para se sair da Etiópia, principalmente para quem queria fazer isso pelo norte e estivesse disposto a pagar.

Quanto menos eu disser a respeito da viagem gelada e aos solavancos até Dessie, num total de sete horas, melhor. Após uma noite num galpão em Dessie, onde dormi numa cama normal, e uma segunda noite em que descansamos em Mekele, no terceiro dia da viagem para o norte chegamos a Asmara, o coração da Eritreia. A cidade que Genet tanto adorara estava sob ocupação. A presença do Exército etíope era visível em toda parte. Havia tanques e carros blindados estacionados em pontos-chave e postos de controle por toda parte. Em nenhum momento fomos revistados, porque os papéis do motorista diziam que os pneus que transportávamos se destinavam ao Exército etíope.

Fui levado a uma casinha aconchegante, cercada de buganvílias, onde teríamos de esperar até podermos sair de Asmara para o interior da Eritreia. Tudo o que havia em seu interior era um colchão no assoalho da sala. Eu não podia sair para o jardim. Julguei que ficaria ali uma noite ou duas, mas a espera dilatou-se para duas semanas. Meu guia eritreu, Luke, levava-me comida uma vez por dia. Era mais jovem que eu, um rapaz de poucas palavras que fora estudante universitário em Adis Abeba antes de cair na clandestinidade. Ele sugeriu que eu caminhasse o máximo que pudesse dentro da casa para fortalecer as pernas. "Essas são as rodas da FPLE", disse, sorrindo e batendo nas coxas.

Minha escassa bagagem reservava-me duas surpresas. O que eu tinha pensado ser uma base de papelão no fundo da bolsa da Air India preparada por Hema era, na verdade, uma estampa emoldurada. Tratava-se da reprodução da escultura de Bernini, representando Santa Teresa D'Ávila, que a irmã Mary Joseph Praise tinha afixado na sala da autoclave. O bilhete de Hema, preso no vidro com fita adesiva, explicava:

> Ghosh mandou emoldurar esta estampa em seu último mês de vida. Disse em seu testamento que queria que você a levasse, se algum dia deixasse o país.

Marion, como não posso ir com você, que meu Ghosh, a irmã Mary e Santa Teresa velem por você.

Acariciei o quadro, que as mãos de Ghosh deviam ter tocado. Fiquei admirado por ele ter se dado a esse trabalho, mas fiquei feliz. Essa imagem de Santa Teresa era meu talismã. Eu não me despedira dela na sala da autoclave, e por fim isso não fora necessário, porque ela viera para mim.

A segunda surpresa foi o livro que estava sob o precioso exemplar da *Anatomia*, de Gray. Tratava-se de *O cirurgião eficaz: uma breve prática de cirurgia nos trópicos*, de Thomas Stone. Eu jamais soubera da existência desse livro. (Mais tarde soube que ele havia se esgotado pouco depois de nosso nascimento.) Curioso, abri o livro. Por que eu nunca o tinha visto antes? E como tinha ido parar nas mãos de Shiva? De repente, dei com uma fotografia de Thomas Stone, MBBS, FRCS,* que ocupava três quartos de página. Ele olhava para mim com um leve sorriso. Tive de fechar o livro. Levantei-me e tomei um copo de água, dei um tempo. Queria me controlar e olhar para ele sem estar afetado pela surpresa. Quando reabri o livro na página da fotografia, notei os nove dedos em vez de dez. Tive de admitir a semelhança com Shiva e, é claro, comigo. Ela estava nos olhos fundos, no olhar. Nossos queixos não eram tão quadrados como os dele e nossas testas eram mais largas. Por que Shiva teria posto esse livro em minhas mãos?

O livro parecia novo em folha, como se nem tivesse sido aberto. Um marcador na página de créditos dizia: "Com os cumprimentos da editora". Aquele marcador estivera ali durante tanto tempo que, quando o tirei do lugar, apareceu na página seu pálido contorno retangular. No verso do marcador estava escrito:

19 de setembro de 1954
A segunda edição. O pacote veio endereçado a mim. Mas tenho certeza de que a intenção dos editores era enviá-lo a você. Parabéns. Estou anexando também uma carta minha para você. Por favor, leia-a imediatamente.
IMJP

* Siglas de Medicine Bachelor and Bachelor of Surgery (Bacharel em Medicina e Bacharel em Cirurgia) e de Fellow of the Royal College of Surgeons (Membro do Colégio Real de Cirurgiões). (N. T.)

Minha mãe escrevera esse bilhete na véspera de nosso nascimento e de sua morte. As letras claras, sempre iguais, ainda conservavam traços da caligrafia de uma colegial. Desde quando Shiva tinha em mãos o livro e o marcador? Por que dá-lo a mim? Seria para que eu tivesse comigo alguma coisa que havia passado pelas mãos de minha mãe?

Para me manter em forma, eu caminhava pela casa, carregando no ombro a bolsa com os livros. Li o livro de Stone naquelas duas semanas. Resisti a princípio, dizendo-me que era uma obra que ficara antiquada, datada. Mas ele tinha um jeito de transmitir sua experiência cirúrgica no contexto de princípios científicos que tornava a leitura bem interessante. Eu examinava o marcador com frequência, relendo as palavras de minha mãe. O que haveria na carta que ela deixara para Stone? O que teria ela a lhe dizer na véspera de nossa chegada, de seus gêmeos idênticos? Copiei sua caligrafia, imitando os ornatos.

Certo dia, ao me trazer a comida, Luke me informou que partiríamos naquela noite. Arrumei minhas coisas pela última vez. Os dois livros tinham de ir comigo. Eu não podia abandonar nenhum dos dois, embora minha bolsa da Air India já estivesse bastante pesada.

Saímos depois do toque de recolher. "Foi por isso que esperamos", disse Luke, apontando para o céu. "Quando a lua não sai é mais seguro."

Luke conduziu-me por caminhos estreitos entre casas, e depois por canais de irrigação, e logo estávamos distantes da área residencial. Atravessamos campos na escuridão absoluta. Pressenti montes a distância. Dali a uma hora, meu ombro doía por causa do peso da bolsa, embora eu a posicionasse de várias maneiras. Luke insistiu em passar algumas coisas de minha bolsa para sua mochila. Pareceu surpreso ao ver os livros, mas nada disse. Pegou o Gray.

Caminhamos durante horas, parando somente uma vez. Por fim, chegamos aos contrafortes das montanhas e começamos a subir. Às quatro e meia da madrugada, ouvimos o som baixo de um apito e logo nos encontramos com um grupo de onze combatentes. Saudaram-nos à sua maneira característica: apertando mãos enquanto jogavam os ombros para trás e para a frente, dizendo "*Kamela-hai*" ou "*Salaam*". Havia ali quatro mulheres, com penteados afros iguais aos dos homens. Surpreendi-me ao ver um dos combatentes: era o agitador, o estudante de olhos bovinos que eu tinha visto no quarto de Genet no albergue. Naquela ocasião, ele tinha saído de supetão e com um ar de desdém.

Agora, ao me reconhecer, deu um sorriso meio torto. Usou as duas mãos para apertar a minha. Seu nome era Tsahai.

Essas pessoas estavam exaustas, mas não se queixavam, e tinham as pernas brancas de poeira. Carregavam uma metralhadora pesada que tinham desmontado em várias peças grandes.

Tsahai trouxe-me alguma coisa. "Pão de campanha com alto teor de proteínas", disse. Era uma ração inventada pelos próprios combatentes, mas tinha gosto de papelão. Enquanto falava, ele esfregava o joelho direito, que me pareceu edemaciado. Se doía, ele nada disse.

Evitamos falar de Genet. Em vez disso, ele contou que naquela noite tinham atacado de emboscada um comboio do Exército etíope que fazia uma rara patrulha noturna. "Os soldados deles têm medo da escuridão. Não querem lutar, nem estar aqui. O moral é péssimo. Quando atiramos no veículo que ia na frente, os soldados saltaram fora, esquecendo de atirar de volta, só queriam se proteger. Tínhamos a superioridade em todos os sentidos. Daí a pouco gritaram que queriam se render, apesar dos gritos do comandante para que lutassem. Tiramos seus uniformes e os mandamos a pé de volta à guarnição."

Tsahai e seus companheiros tinham retirado gasolina dos caminhões e depois escondido no mato o único veículo que funcionava, cheio de fardas, munições e armas, para serem recuperadas em outra ocasião. O grande butim era a metralhadora pesada e sua munição, que tinham trazido, carregando tudo a pé.

Saímos de novo depois de quinze minutos. Antes do amanhecer chegamos a uma casamata, pequena mas bem construída, escavada na encosta de uma montanha. Eu não me havia imaginado capaz de andar tanto. Pelo menos em parte consegui fazer isso ao ver que aqueles rapazes e moças carregavam sem queixas um peso cinco vezes maior que o meu.

Luke e eu ficamos na casamata. Os demais apressaram-se a ocupar uma posição de vanguarda à luz do dia, arriscando-se a serem avistados pelos caças MiG que faziam reconhecimento, porque havia certa urgência em remontar a metralhadora.

Dormi até Luke me acordar. Era como se um muro tivesse caído sobre minhas pernas. "Tome isso", disse ele, dando-me dois comprimidos e uma caneca de chá. "É nosso próprio analgésico, paracetamol, fabricado em nossa farmácia."

Eu estava cansado demais para fazer outra coisa senão engolir os comprimidos. Ele me fez comer mais um pouco de pão e voltei a dormir. Acordei com menos dor, mas com o corpo tão duro que mal conseguia me levantar do chão. Tomei mais dois comprimidos de paracetamol.

Chegaram cinco combatentes, que nos guiariam pelo caminho depois que caísse a noite. Um deles tinha uma das pernas parcialmente atrofiada: pólio, estava claro. Ver a maneira desajeitada e oscilante como aquele rapaz caminhava, usando o fuzil como contrapeso, tornava impossível para mim pensar em meu próprio desconforto.

Nessa segunda marcha, percorremos metade da distância da primeira, e aos poucos minhas pernas se soltaram. Bem antes da alvorada chegamos a umas montanhas muito escarpadas. Uma trilha estreita levava a uma gruta cuja entrada era inteiramente escondida pela vegetação e por formações rochosas naturais. Troncos de madeira faziam as vezes de portal. Uma íngreme rampa de madeira conduzia a outros cômodos, no fundo da caverna. Do lado de fora, a trilha levava a outras cavernas, mais abaixo ou mais acima, e todas as entradas eram bem ocultas.

Fui levado a um cômodo. Tirei os sapatos e adormeci num colchão de palha que me pareceu suntuoso. Dormi até o fim da tarde, quando Luke me despertou. Eu estava entorpecido de novo, mas ele parecia bem. Não havia combatentes na base porque uma grande operação estava em curso em outro local.

Imagino que eu deveria ter admirado esses revolucionários, capazes de se movimentar por aquelas regiões poeirentas como se fossem maruins. Deveria tê-los admirado pela inventividade, pela capacidade de fabricar seu próprio soro intravenoso e, com uma prensa manual, seus próprios comprimidos de sulfa, penicilina e paracetamol. Escondidos naquelas cavernas e invisíveis do ar ou do chão, havia uma sala de cirurgia, um centro de próteses ortopédicas, enfermarias e uma escola. O grau de sofisticação daqueles ambientes era ainda mais impressionante por serem tão espartanos. A tranquila disciplina, a admissão de que as tarefas de cozinhar, cuidar das crianças e varrer o chão eram tão importantes quanto quaisquer outras, convenceram-me de que um dia eles haveriam de triunfar e conquistar a independência.

Fiquei observando uma combatente que descansava fora da casamata. Os raios de sol que atravessavam as ramagens de uma acácia formavam um cambiante mosaico de luz em seu rosto e no fuzil que tinha no colo. Ela cantarolava baixinho ao mesmo tempo que examinava o céu com um binóculo, à procura de MiGs, que eram tripulados por "assessores" russos ou cubanos enviados à Etiópia. Os Estados Unidos haviam apoiado por muito tempo o imperador, mas retiraram esse apoio quando o regime do sargento-presidente Mengistu ascendeu ao poder, proibindo as vendas de armas e componentes. O bloco socialista preencheu o vazio.

A combatente, mais ou menos de nossa idade, lembrava-me Genet por seus gestos e posturas, pela facilidade com que utilizava o corpo. Apesar da arma letal que tinha nas mãos, seus movimentos eram delicados. Não usava nenhuma maquiagem, e tinha os pés empoeirados e cheios de calos. Contemplá-la fez com que eu me sentisse feliz por uma coisa: meu sonho com Genet estava findo para todo o sempre — e que bons ventos o levassem. Eu fora muito tolo em sustentar aquela fantasia unilateral por tanto tempo. A lua de mel em Uidapur, nosso bangalozinho na Missing, nossos filhos, sair para o hospital de manhã, dois médicos trabalhando lado a lado... Nada disso iria acontecer, jamais. Eu nunca mais queria vê-la de novo. E provavelmente não veria mesmo. Ela decerto estava em Cartum, regozijando-se ainda com o êxito de sua operação arriscada. Tampouco haveria para Genet possibilidades de voltar a Adis. Em breve ela se juntaria a esses combatentes, viveria nessas casamatas e lutaria ao lado deles. Quem dera eu já tivesse saído do país há muito tempo quando isso acontecesse. Desagradava-me ter de estar na base deles, e mais ainda ter de recorrer à ajuda dos amigos dela.

Nessa noite acordei com o som de MiGs e de bombas que caíam longe dali, mas perto o bastante para que ouvíssemos as explosões. E também os estrondos mais leves de artilharia. Nenhuma luz era permitida perto da entrada da gruta.

Luke me informou que um grande ataque acabava de ser completado contra um depósito de armas e combustíveis. Dessa ação tinham participado Tsahai e o grupo de combatentes que havíamos encontrado na primeira noite. Tinham penetrado no depósito com um caminhão do Exército roubado. Lá dentro, instalaram cargas explosivas, mas do lado de fora seus companheiros haviam sido surpreendidos por um comboio de reforço que os atacou pela retaguarda. As coisas não tinham saído exatamente como planejado. Nove guerrilheiros, entre os quais Tsahai, estavam mortos e havia também muitos feridos. As baixas dos etíopes, porém, tinham sido muito maiores e o depósito de combustível ficara parcialmente destruído. As baixas dos guerrilheiros chegariam à gruta de manhã cedo.

Acordei com um vozerio, sendo a atividade e a pressa inequívocas. Escutei gemidos e agudos gritos de dor. Luke me levou à área cirúrgica.

"Olá, Marion", disse uma voz. Virei-me e vi Solomon, que fora meu veterano na faculdade de medicina. Ele havia entrado na clandestinidade assim que terminou a residência. Eu me lembrava dele como um rapaz gorducho, bem alimentado. O homem diante de mim tinha faces cavadas e era magro como um palito.

Acompanhei Solomon, baixando a cabeça ao percorrer um túnel baixo onde havia macas dispostas aos pares no chão, distribuídas de forma tal que os mais necessitados de cirurgia ficavam mais próximos à sala cirúrgica, na extremidade do túnel. A entrada da sala estava coberta por uma cortina de pano.

As feridas eram horripilantes. Um homem quase inconsciente sussurrava suas últimas instruções no ouvido de um amigo, que, debruçado sobre ele, escrevia apressadamente. Frascos de soro intravenoso e de sangue pendiam de ganchos fincados nas paredes da gruta. Os médicos assistentes trabalhavam agachados junto das macas.

Solomon contou que tinha chegado perto da frente de batalha naquela missão. "Em geral eu fico aqui. Fazemos reanimação no campo de batalha: fluido intravenoso, controle de sangramento, antibióticos e até um pouco de cirurgia de campanha. Nós podemos até evitar o choque, como os americanos no Vietnã. Só que não temos os helicópteros deles." Bateu nas coxas. "Nossos helicópteros são isso aqui. Carregamos nossos feridos em macas." Lançou um olhar pela sala. "Aquele homem ali precisa de um dreno torácico", disse, indicando com a mão. "Por favor, faça isso. Tumsghi vai ajudar você. Eu vou na frente para a sala de cirurgia. Aquele companheiro não pode esperar." Apontou para um soldado pálido, perto da cortina, com uma compressa suja de sangue sobre o abdome. Quase inconsciente, o rapaz ofegava.

O combatente que precisava do dreno torácico murmurou "Salaam" quando me acocorei a seu lado. A bala tinha atravessado o tríceps e depois entrado no peito, não atingindo, por milagre, os grandes vasos, o coração e a espinha. Quando, com os dedos juntos, percuti o tórax acima do mamilo direito, o som era cavo, bem diferente do som cheio e ressonante do lado esquerdo. O sangue havia se juntado em torno do pulmão no espaço pleural, comprimindo na confinada cavidade torácica o pulmão direito contra o pulmão esquerdo e o coração. Injetei lidocaína logo atrás da axila direita e anestesiei a pele e a borda da costela. A seguir, entrei mais fundo na pleura, antes de fazer uma incisão de três centímetros com o bisturi. Introduzi um hemostato fechado no corte até sentir que ele vencia a resistência da pleura. Meti na abertura o dedo enluvado, rodando-o para criar espaço para o dreno torácico — um tubo de borracha com aberturas de lado e na ponta — que introduzi no buraco. Tumsghi prendeu a outra ponta numa bolsa de drenagem com água, de modo que o tubo emergia sob o nível da água. Esse rudimentar selo subaquático impedia que o ar retornasse ao peito. Logo começou a sair sangue escuro e a respiração do soldado melhorou. Ele disse alguma coisa em tigrínia e tirou a máscara de oxigênio. Tumsghi explicou: "Ele quer que você dê o oxigênio dele a outro ferido".

Fui ter com Solomon na sala de cirurgia a tempo de ver seu paciente ser retirado da mesa. O peito do homem não se mexia. Houve um silêncio de mais ou menos cinco segundos. Lutando contra as lágrimas, uma das moças ajoelhou-se e cobriu-lhe o rosto.

"Certas coisas estão além de nossa capacidade", disse Solomon a meia-voz. "Ele estava com uma laceração até o fígado. Tentei suturas do tipo Donati. Mas ele tinha também um corte até a veia cava inferior, onde ela passa atrás do fígado. Ela não parava de 'babar'. Eu não conseguia deter aquilo, a menos que aplicasse um grampo naquela veia, o que o mataria. Lembra-se do professor Asrat dizendo que ferimentos na veia cava atrás do fígado fazem o cirurgião ver Deus? Ele costumava dizer coisas assim que eu não compreendia. Agora compreendo."

O paciente seguinte tinha um ferimento no ventre. Trabalhando com método, Solomon pôs ordem no que para mim parecia uma balbúrdia suja e inviável. Puxou para fora o intestino delgado, identificando várias perfurações que ele suturou com cuidado. O baço tinha uma ruptura e por isso foi removido. O cólon sigmoide apresentava um corte irregular. Solomon cortou fora o segmento e levou as duas pontas abertas até a pele, numa colostomia dupla-boca. Irrigamos bastante o abdome, aplicamos drenos e fizemos uma contagem de esponjas. O campo parecia ordenadíssimo em relação ao que era quando começamos. Solomon deve ter lido meu pensamento. Levantou as mãos, mostrando-me os dedos curtos e os polegares grossos: "E pensar que eu queria ser psiquiatra...". Ao longo de oito horas, essa foi a única vez que o vi sorrir atrás da máscara.

Amputamos cinco membros. O dois últimos procedimentos que realizamos foram orifícios de trepanação no crânio de pacientes em coma. Usamos uma broca de carpinteiro modificada. No caso do primeiro paciente, tivemos a satisfação de ver o sangue fluir da área sob a dura-máter, onde havia se juntado, comprimindo o cérebro. O outro paciente estava agônico, com as pupilas fixas e dilatadas. O orifício nada produziu. O sangramento ocorria numa área muito profunda do cérebro.

Dois dias depois, despedi-me de Solomon. Ele tinha olheiras profundas e parecia prestes a desmaiar. Não havia como duvidar de seu esforço e dedicação. "Vá e boa sorte", disse-me. "Esta luta não é sua. Eu iria também, se estivesse em seu lugar. Fale ao mundo sobre nós."

Esta luta não é sua. Fiquei pensando nessas palavras enquanto caminhava em direção à fronteira com dois guias. O que Solomon pretendera dizer? Por acaso ele me via como um representante do lado etíope, dos ocupantes? Não, creio que ele me via como um exilado, uma pessoa que nada tinha a ver com aquela guerra. Apesar de eu ter nascido no mesmo ambiente que Genet, de falar o amárico como um nativo e de ser seu colega na faculdade de medicina, Solomon me via como um *ferengi*, um estrangeiro. Talvez ele tivesse razão, ainda que eu admitisse isso a contragosto. Fosse eu um patriota etíope, não teria caído na clandestinidade e aderido aos monarquistas ou a outros grupos que tentavam derrubar o sargento Mengistu? Se eu amasse meu país, não me disporia a morrer por ele?

Cruzamos a fronteira do Sudão ao cair da noite. Peguei um ônibus para Port Sudan, e depois um avião da Sudan Airways para Cartum. Ali, pude telefonar para um número que Adid havia fornecido, de modo que Hema soubesse que eu estava a salvo. Dois dias no mormaço de Cartum pareceram dois anos, mas finalmente peguei um avião para o Quênia.

Em Nairóbi, o sr. Eli Harris, cuja congregação em Houston era o sustentáculo do Hospital da Missing havia anos, providenciara um lugar para mim na clínica de uma missão. A enfermeira-chefe e Harris tinham feito esses acertos por cabogramas. Achei difícil trabalhar na pequena clínica ambulatorial, pois tinha certeza de que muita coisa se perdia na tradução. No tempo livre, eu estudava para os exames que teria de fazer para começar a pós-graduação nos Estados Unidos.

Nairóbi era verde e luxuriante como Adis Abeba, com a grama brotando entre as placas da pavimentação, como se a selva borbulhasse sob a cidade, pronta para tudo engolir. A infraestrutura e a sofisticação de Nairóbi ofuscavam a de Adis. Com certeza isso se devia aos muitos anos de domínio britânico, e, embora o Quênia fosse um país independente, muitos britânicos residiam ali. E também indianos: em certas áreas de Nairóbi, tinha-se a impressão de estar em Baroda ou Ahmedabad, pois havia dez lojas de sáris numa só rua, lojas de *chat* por todo lado e só se ouvia o guzerate.

No começo, antes de ir dormir eu me refugiava em bares, afogando as minhas mágoas e ouvindo gêneros musicais quenianos, como o *benga* e o *soukous*. Os ritmos jazzísticos congoleses e brasileiros eram animados, cheios de otimismo, mas quando eu me retirava para meu quarto, numa nuvem de cerveja, minha melancolia era maior do que antes. Afora a música, nada na cultura queniana me despertava interesse. A culpa era minha. Eu rejeitava o lugar. Thomas Stone tinha ido para Nairóbi ao fugir da Etiópia, perseguido por seus demônios. Essa era mais uma razão para que eu não me inclinasse a permanecer ali.

Toda terça-feira à noite eu falava com Hema, ligando para a casa de diferentes amigos. As coisas não estavam melhores, dizia ela. Se eu voltasse, continuaria a correr perigo. Por isso, eu ficava em meu quarto, aproveitando todos os minutos livres para estudar. Dois meses depois fui aprovado nos exames americanos de equivalência, e não perdi tempo para solicitar um visto à embaixada americana. Mais uma vez, Eli Harris facilitou as coisas para mim.

Achei moralmente correto: se a Etiópia, meu país, queria me torturar com base em suspeitas, se dispensava meus serviços como médico, então eu o renegava. Mas a verdade é que a essa altura eu sabia que não retornaria à Etiópia, mesmo que de repente as coisas ficassem róseas de novo.

Eu queria distância da África.

Comecei a achar que, no final das contas, Genet tinha me prestado um favor.

PARTE IV

O intelecto humano é forçado a escolher
A perfeição da vida ou a da obra.
E se decidir pela segunda terá de recusar
Uma mansão celestial, desvairando nas trevas.

William Yeats, "A escolha"

38. Comissão de boas-vindas

O comandante Getachew Selassié (sem parentesco com o imperador) pilotava o Boeing 707 da East African Airways que me tirou de Nairóbi. Por duas vezes ouvi sua voz calma durante a noite abreviada. Passei a ter um novo respeito por sua profissão, que o levava para mais perto de Deus do que qualquer clérigo. Ele foi o primeiro de três comandantes a me transportar ao longo de nove fusos horários.

Roma.

Londres.

Nova York.

O ritual de imigração e restituição de bagagem no aeroporto Kennedy foi de tal modo rápido que fiquei a imaginar se eu realmente tinha passado por ele. Onde estavam os soldados armados? Os cães? As longas filas? A revistas físicas? Onde estavam as mesas em que abriam sua bagagem e rasgavam com facas o revestimento interno? Percorri corredores de mármore, desci e depois subi escadas rolantes e entrei numa gigantesca área de recepção que, mesmo com dois aviões despejando passageiros, estava meio vazia. Ninguém nos tangia de um lado para outro.

Antes que eu me desse conta, estava fora da incubadora estéril e silenciosa da alfândega. As portas automáticas se fecharam às minhas costas, como que para impedir a contaminação pela multidão cacofônica do lado de fora, contida por uma barreira de metal.

Uma mulher ganense, que com um vestido e um lenço colorido na cabeça parecera tão majestosa ao embarcar em Nairóbi, saiu da alfândega a meu lado. Estávamos ambos exaustos, atordoados, desprevenidos para o mar de rostos que nos examinavam. Ficamos ali, segurando sem jeito a pasta de papelão com radiografias (uma exigência para a imigração que ninguém se deu ao trabalho de conferir), com as alças das bolsas cruzando-se no peito e olhos arregalados, como animais recém-saídos da Arca.

A primeira coisa que notei foi que as pessoas tinham todas as constituições físicas e todas as cores de pele, em vez do mar de rostos brancos que eu tinha esperado. Examinavam-nos com olhares atrevidos e inquisitivos. No fogo cruzado de cheiros novos e desconcertantes, captei o medo da ganense, que se pôs bem junto a mim. Homens de terno preto seguravam cartazes com nomes de pessoas em letras de fôrma. Tinham o olhar inexpressivo, como inspetores que avaliassem a pelve da ganense e observando o espaço entre seu primeiro e segundo artelhos, que, como todo mundo sabe, é o único indicador confiável de fecundidade. Ocorreu-me uma imagem da travessia do Atlântico, de negros descendo pela prancha de desembarque, com os grilhões a retinir, enquanto cem pares de olhos lhes observavam os peitos, os bíceps e examinavam a carnadura à procura de sinais de bouba, a sífilis do Velho Mundo. Quanto a mim, eu era um ninguém, seu eunuco. De tão nervosa que estava, a mulher deixou cair a bolsa.

Foi quando me abaixava para ajudá-la que vi o cartazete na mão de um homem de pele escura e olhos castanhos. Segurava-o na altura da cintura, como se não quisesse se equiparar aos que carregavam cartazes, todos de terno preto, como um uniforme. Usava uma camisa de safári que caía sobre uma folgada calça branca. Os pés sem meias estavam metidos em sandálias marrons. O primeiro nome em seu cartazete poderia ser MARVIN, MARMEN ou MARTIN. O segundo era STONE.

"O primeiro nome não é Marion?", perguntei-lhe.

Ele me olhou de cima a baixo e depois desviou o olhar, como se eu não fosse digno de uma resposta. A ganense deu um grito de alegria e correu para sua família.

"Com licença", eu disse, pondo-me na frente do homem. "Meu nome é Marion Stone. O destino é o Hospital de Nossa Senhora do Perpétuo Socorro?"

"Marion é moça!", disse ele, com um sotaque rude e gutural.

"Mas eu, não. Tenho esse nome por causa de Marion Sims, um ginecologista famoso."

De acordo com a *Encyclopaedia Britannica*, havia uma estátua de Marion Sims no Central Park, na esquina da rua 103 com a Quinta Avenida. Que eu soubesse, era um ponto de referência para táxis. Embora Sims tivesse começado seu trabalho no Alabama, seu êxito com a cirurgia de fístula o levara para Nova York, onde ele abrira o Hospital Feminino e depois um hospital de câncer, que mais tarde passou a se chamar Memorial Sloan-Kettering.

"Ginecologia devia ser mulher!", disse ele de maus modos, como se eu tivesse quebrado uma regra fundamental.

"Bem, Sims não era, nem eu."

"Não ginecologista?"

"Eu quis dizer que não sou mulher. Ah, sim, eu não sou ginecologista."

Ele ficou confuso. "*Kis ummak*", disse por fim. Eu sabia árabe o suficiente para entender que ele tinha usado uma expressão chula que fazia referência a minha mãe.

Os motoristas de terno preto conduziam seus passageiros a elegantes automóveis negros, mas o homem me levou para um enorme táxi amarelo. Daí a pouco estávamos saindo do aeroporto Kennedy em direção ao Bronx. Numa velocidade que considerei perigosa, nos metemos numa via expressa e no turbilhão dos veículos em disparada. Marion, a longa viagem a jato danificou seus tímpanos, pensei, pois o silêncio era irreal. Na África, o que movia os carros não era a gasolina, e sim o clangor de suas buzinas. Mas não ali: os carros eram quase silenciosos, como um cardume de peixes. Eu só ouvia o *chiii* de borracha sobre concreto ou asfalto.

Superorganismo. Um biólogo criou esse neologismo para designar as colônias gigantes de formigas africanas, afirmando que a consciência e a inteligência estavam não em cada uma das formigas, e sim na mente coletiva da colônia. A trilha de lanternas traseiras vermelhas que se estendia até o horizonte, enquanto o dia nascia, me fez lembrar esse termo. A ordem e o objetivo deviam estar em outro lugar, e não em cada veículo. Naquela manhã, ouvi o zumbido, a respiração do superorganismo. É um som que, acredito, somente o novo imigrante escuta, mas não por muito tempo. Quando aprendi a dizer "O número 7, médio, no pão de centeio com suíço, sem alface", também aquele som já tinha desaparecido. Tinha se tornado parte daquilo que a mente rotularia como silêncio. Eu tinha sido incorporado ao superorganismo.

A silhueta daquela cidade arquifamosa — os pontos de exclamação geminados numa de suas extremidades, o brinquedo escalado por King Kong no meio — era familiar. Charles Bronson, Gene Hackman, Clint Eastwood, o Empire Theater e o Cinema Adowa tinham sido responsáveis por isso. Minha soberba fora pensar que eu conhecia os Estados Unidos por ter visto aqueles filmes. Mas a verdadeira soberba que eu via agora era a dos Estados Unidos: a soberba da escala. Eu a percebia nas pontes de aço que se estendiam sobre águas; eu a observava nas vias expressas que descreviam curvas, umas sobre as outras, como se fossem lombrigas emaranhadas. Insolência era o velocímetro de meu táxi, mais largo do que o volante, como se Dalí houvesse pegado o mostrador arredondado e lhe aplicado um puxão de orelhas. Soberba era o ponteiro que marcava agora setenta *milhas*, ou mais de cento e dez quilômetros, por hora, uma velocidade inimaginável para nosso fiel fusquinha. Mesmo que achássemos uma estrada adequada.

Qual linguagem humana capta a perturbação, a aguda insuficiência por estar na presença do superorganismo, a sensação de pequenez e encolhimento diante daquela mostra de aço industrial, luzes e poder? Era como se nada do que eu havia feito na vida até então tivesse valor. Como se ficasse patente que minha vida pretérita fora um desperdício, um gesto em câmara lenta, porque aquilo que eu considerava escasso e precioso era, na realidade, abundante e barato, e o que eu julgava ser rápido progresso se revelava de uma lentidão glacial.

O observador, aquele velho documentalista, o cronista de eventos, fez sua aparição naquele táxi. Os ponteiros de meu relógio se tornaram elásticos enquanto eu gravava aquelas sensações na memória. *Você precisa se lembrar disso.* Era tudo o que eu tinha, tudo o que sempre tive, a única moeda de troca, a única prova de que eu estava vivo.

A memória.

Eu me achava sozinho no banco de trás do táxi do sr. K. L. Hamid, com a bagagem a meu lado e uma divisória de acrílico entre nós. Dois estranhos, isolados e distantes, num carro tão largo que só o banco traseiro poderia acomodar cinco pessoas e dois carneiros.

Meus músculos estavam tensos por causa de nossa velocidade, preocupando-me com a possibilidade de darmos com uma criança secando tabletes de esterco no asfalto quente ou de atropelarmos uma vaca ou um bode, que decerto haveríamos de encontrar na estrada. Mas eu não via animal algum. Nem pessoas, aliás, a não ser em carros.

A cabeça de Hamid, em forma de projétil, era coberta de negros caracóis. Na licença de trabalho ao lado do taxímetro, a câmera do fotógrafo tinha captado choque e surpresa. O branco de seus olhos estava enorme. Com certeza, pensei, a foto tinha sito tirada no dia em que *ele* chegou aos Estados Unidos, no dia em que ele viu e sentiu o que eu via agora.

E era por isso que a secura de Hamid tanto me magoava. Ele não olhava para mim. É possível que, depois que uma pessoa dirige um táxi durante muito tempo, o passageiro se torne um objeto definido por seu destino e nada mais que isso, do mesmo modo que (se o médico não tiver cuidado) os pacientes podem tornar-se o "pé diabético no leito 2" ou o "infarto de miocárdio no leito 3".

Por acaso Hamid pensava que se ele olhasse para mim eu iria querer que ele me tranquilizasse? Pensava que eu lhe pediria explicação sobre tudo o que avistava pelo caminho, de modo a aplacar meus temores? Se pensava assim, estava certo.

Nesse caso, pensei comigo, devo ver o silêncio de Hamid como instrutivo! Uma espécie de admoestação, a advertência delicada de uma pessoa que chegou num navio anterior: *Ei, você aí! Preste atenção! Independência e resistência! É disso que o novo imigrante precisa. Não se deixe enganar por toda essa atividade. Não invoque o superorganismo. Não, não. A pessoa funciona sozinha na América. Comece agora.* Essa era a mensagem dele. Esse era o objetivo de sua rispidez: *Fique atento, ou você será engolido inteiro.*

Sorri, relaxando, deixando a paisagem passar. Senti-me tomado de euforia por aquela sacação. Dei um tapa no banco. Expressei meus pensamentos.

"Isso, Hamid. Meta o brio, você, naquele lugar de onde não sai!", eu disse alto, invocando Ghosh, que nunca tinha chegado a ver o que eu estava vendo, nunca tinha ouvido o superorganismo. Ele teria se alegrado muitíssimo com aquela experiência.

Hamid teve um sobressalto ao ouvir minha voz. Olhou para mim pelo espelho e daí a segundos olhou de novo. Contato visual pela primeira vez! Só então ele pareceu perceber que estava transportando alguma coisa diferente de um saco de batatas.

"Obrigado, Hamid!"

"O quê? O que disse?"

"Eu disse 'Obrigado', foi isso."

"Não, antes!"

"Ah, aquilo. É Macbeth", eu disse, chegando para a frente, junto do acrílico, ansioso por conversar com alguém. "Na verdade, lady Macbeth. 'Meta o brio naquele lugar de onde não sai.' Meu pai nos dizia isso a toda hora."

O motorista nada disse, olhando ora para o trânsito, ora para o espelho. Por fim, estourou: "Está me insultando?".

"Como? Não. Não! Eu só estava falando comigo mesmo. É como se..."

"*Meter em mim?* Vai tomar você!", exclamou.

Meu queixo caiu. Seria possível alguém ser tão mal compreendido? O rosto dele no espelho dizia que sim. Afundei no banco e balancei a cabeça, resignado. Tive de rir. Imaginar que alguém pudesse interpretar Ghosh, ou mesmo lady Macbeth, tão mal!

Hamid ainda me fitava. Pisquei para ele.

Vi que ele enfiava a mão no porta-luvas. Tirou de lá um revólver. Brandiu-o, mostrando-o sob vários ângulos através do acrílico sujo, como se estivesse tentando vendê-lo a mim ou provar que era de fato um revólver de verdade, e não uma arma de brinquedo, de plástico, o que mais parecia ser.

"Acha que estou brincando?", perguntou, e uma energia grave tomou conta de seu rosto, como se o objeto em sua mão o tornasse não um piadista, mas um filósofo.

Eu não pretendia pôr lenha na fogueira. Não me considero temerário ou valente. Mas estava achando aquele revolverzinho ridículo e simplesmente não acreditava que ele viesse a usá-lo algum dia (na verdade, tinha certeza). A situação era cômica. Eu *conhecia* armas. Tinha feito uma cratera na barriga de um homem com um revólver duas vezes maior do que aquele. Tinha enterrado a arma e o dono dela num lodaçal (do qual ele ainda ameaçava sair toda noite). Fazia apenas quatro meses que eu tinha operado guerrilheiros abatidos por armas. *Essa* arminha de brinquedo, nessa época, no contexto da América, o lugar onde os carros não costuravam no trânsito, onde a alfândega nunca abria malas, parecia um elemento decorativo, um acessório de palco, uma piada cósmica. Por que não me coubera um motorista *americano* normal? Na falta disso, por que não pelo menos uma arma que não envergonhasse Dirty Harry? Por que fugir de Adis, sair escondido de Asmara, abandonar Cartum correndo e abrir mão de Nairóbi, só para se defrontar com isso?

Ser o primogênito confere a uma pessoa muita paciência. Mas você chega a um ponto em que depois de muito tentar e tentar, pensa: *Que se dane a paciência. Eles que se ferrem com sua visão do mundo distorcida.* O que você tem de fazer é se preservar, e não descer para a toca deles. É um alívio quando você chega a isso, o ponto do absurdo, porque então você está livre, sabe que não deve nada a eles. Eu havia chegado a esse ponto com Hamid. Meu corpo estava morrendo de rir. Cansaço, jet lag e uma certa desorientação contribuíam para que eu achasse aquilo muito engraçado.

A interpretação absurda e distorcida que o motorista, com seu parco domínio do inglês, havia feito das palavras de Shakespeare, adaptadas por Ghosh, fez com que eu me lembrasse de outra bobagem: a história que havia circulado quando eu tinha mais espinhas do que bom senso, mais curiosidade do que corretas informações sobre sexo. Era a lenda da bela loura e de seu irmão, pessoas que a gente poderia encontrar no aeroporto ao desembarcar nos Estados Unidos. Eles lhe ofereciam uma carona, levavam você à casa deles para tomar um drinque e nesse momento o irmão aparecia com uma arma e dizia: "Ou você come minha irmã ou morre!". Mesmo muito depois que percebi que essa história era ridícula, ela continuou a ser engraçada, agora como uma fantasia cômica. *Ou você come minha irmã ou morre!*

Ali estava eu, anos e anos depois de ter esquecido essa história, recém-chegado aos Estados Unidos e, realmente, um homem brandia uma arma. Eu gostaria de ter dividido aquele momento com Gaby, o colega de escola que me contou esse caso. Um impulso travesso me levou a repetir agora a frase que nós, meninos de escola, adorávamos dizer um ao outro, um desafio, uma ameaça velada, ainda que ríssemos às gargalhadas: "Cara, guarde essa arma, eu como sua irmã de graça". Não sei se ele percebeu a mudança em meu tom de voz e meu estado de ânimo, ou mesmo se me ouviu. Talvez tenha concluído que, com meu tipo de loucura, era melhor ter cuidado. Fosse o que fosse, sua atitude mudou.

O portão de ferro batido do Hospital de Nossa Senhora do Perpétuo Socorro achava-se aberto. Estava combinado que eu teria uma entrevista com o dr. Abramovitz, chefe da cirurgia, às dez da manhã. Meu plano era terminar a entrevista, pegar outro táxi para o Queens e, então, procurar um hotel no qual descansar da longa viagem. Eu tinha entrevistas agendadas para os próximos dias no Queens, em Jersey City, Newark e Coney Island.

No momento em que o táxi de Hamid afastou-se do portão, chegou um homem com o nome LOUIS bordado no macacão azul.

"Lou Pomeranz, superintendente do Hospital de Nossa Senhora do Perpétuo Socorro", disse, apertando minha mão. Um maço de Salems aparecia no bolso. Era um homem parrudo e do tipo peso pesado. "Joga críquete?"

"Jogo."

"Rebatedor ou arremessador?"

"Guarda-*wicket* e rebatedor inicial." Esse fora o legado que Ghosh me deixara.

"Ótimo! Bem-vindo. Espero que seja feliz aqui", disse o sr. Pomeranz. Meteu um maço de papéis em minha mão. "Aqui está seu contrato. Vou levá-lo ao alojamento dos residentes e o senhor pode assinar lá. A chave prateada é da porta principal. A dourada é de seu quarto. Aqui está seu crachá temporário. Quando o Departamento de Pessoal tirar sua foto, lhe darão um crachá permanente."

Ele saiu com minha mala e eu o segui. "Mas...", comecei a dizer, trocando os papéis de mão para pegar a carta no bolso do paletó. Mostrei-a a ele. "Acho que o senhor está fazendo alguma confusão. Estou aqui só para uma entrevista com o doutor Abramovitz."

"Popsy?" Ele riu. "Qual o quê! Popsy não entrevista ninguém. Está vendo a assinatura?" Bateu com os dedos em minha carta como se ela fosse uma tábua. "Na verdade, esta letra é da irmã Magda." Ele olhou de novo para mim e riu. "Entrevista? Esqueça. O táxi estava pago de antemão. Se não, ia lhe custar os olhos da cara. O senhor está contratado. Já lhe dei o contrato, não dei? Está contratado!"

Fiquei sem saber o que dizer. Fora o sr. Eli Harris, da congregação batista de Houston, que sugerira que eu me candidatasse a determinados hospitais em Nova York e Nova Jersey para uma residência em cirurgia. Ficou evidente que Eli Harris sabia o que estava fazendo, porque assim que me candidatei chegou a Nairóbi um telegrama de Popsy (ou talvez da irmã Magda) convidando-me para uma entrevista. Depois chegaram uma carta e um folheto. Todos os hospitais sugeridos por Harris também responderam daí a alguns dias.

"Senhor Pomeranz, tem certeza de que estou mesmo contratado? Imagino que a residência aqui seja muito concorrida. Muitos estudantes de medicina americanos se candidatam a uma residência neste hospital, não é?"

Louis se deteve e olhou para mim. Riu. "Ha! Essa é boa, doutor. Estudantes de medicina americanos? Nem sei que cara eles têm."

Rodeamos uma fonte seca, toda riscada de cocô de pombos. Parecia a magnífica fonte que aparecia no folheto, mas o sacerdote de bronze que constituía a peça central pendia precariamente para a frente. Seus traços faciais estavam erodidos como os da Esfinge. Outra coisa que não aparecia no folheto era a haste de ferro disposta entre a borda da fonte e a cintura do padre para evitar que ele caísse. A impressão que dava era que o bom padre usava seu pênis, longuíssimo, para se apoiar.

"Senhor Pomeranz..."

"Eu sei. Parece a piroca dele", disse, ofegante. "Vamos dar um jeito nisso."

"Não foi isso que eu..."

"Chame-me de Louis."

"Louis, está mesmo falando com a pessoa certa? Marion? Marion Stone?"

Ele parou. "Doutor, dê uma olhada no contrato, por gentileza."

Meu nome estava na primeira linha.

"Se o senhor é essa pessoa, é quem eu estava esperando."

Uma ideia anuviou-lhe o rosto. "O senhor foi aprovado pela CEGME, não foi?"

O exame da CEGME — Comissão Educacional para Graduados em Medicina Estrangeiros — determinava que eu tinha conhecimentos e credenciais para fazer cursos de pós-graduação nos Estados Unidos. "Sim, eu passei."

“Então, o que está pegando?... Espere um instante. Não vá me dizer que aqueles putos de Coney Island e Jersey já o aliciaram! Será que lhe mandaram um contrato pelo correio? Filhos da mãe! Venho dizendo à irmã Magda que devíamos fazer isso. Mandar um contrato sem ver a pessoa. O táxi foi ideia dela, mas isso não basta.” Ele se aproximou de mim. “Doutor, ouça o que vou lhe dizer sobre esses lugares. Eles são terríveis.” Louis respirava com dificuldade e suas narinas se dilatavam. Seus olhos remelentos se estreitaram. “Sabe de uma coisa?”, disse. “Vou lhe dar o quarto do canto no alojamento dos residentes. Tem uma sacada. Que tal?”

“Não, não. Sabe...”

“Foi o pessoal do Lincoln-Misericordia? Do Harlem? Newark? O senhor esteve fazendo um levantamento para ver qual é a melhor opção?”

“Não, eu lhe garanto...”

“Vamos, doutor, não vamos ficar de gato e rato. Simplesmente me diga sim ou não. O senhor quer fazer residência aqui?” Pomeranz estava com as mãos nos quadris e seu peito arfava.

“Não, quer dizer, quero... É que eu realmente tenho entrevistas em outros hospitais... Este aqui foi o primeiro. Mas francamente... Eu pensei que seria difícil conseguir uma residência... Eu gostaria mesmo de... Certo, *quero*!”

“Ótimo! Então assine a porcaria do contrato, pelo amor de Maria Virgem, e eu nem sou católico.”

Assinei o contrato, de pé ao lado da fonte.

“Bem-vindo ao Hospital Nossa Senhora, doutor”, disse Louis, aliviado, pegando o contrato e apertando minha mão. Fez um gesto indicando os prédios ao nosso redor. “Este é o único lugar em que trabalhei na vida. Meu primeiro emprego depois que saí do Exército... e provavelmente será o último. Já vi muitos médicos como o senhor chegar e ir embora. Ah, quantos! Vinham de Bombaim, Poona, Jaipur, Ahmedabad, Karachi, sabe-se lá mais de onde. Mas nunca tivemos um da África antes. Achei que o senhor seria... diferente. Eu lhe digo uma coisa. Nós exigimos muito de todos eles. Mas eles nos deram o melhor de si. Aprenderam muito aqui. Gosto muito de todos eles. Adoro as comidas deles. Passei até a gostar de críquete. Na verdade, me apaixonei pelo jogo. Sabe de uma coisa, o beisebol não está com nada. Meus rapazes estão aí pelo mundo atualmente”, disse, apontando para além dos muros do hospital. “Ganhando uma nota preta em Kentucky ou Dakota do

Sul... Em qualquer lugar onde faltem médicos. O doutor Singh me mandou uma passagem de avião para que eu fosse ao casamento da filha dele em El Paso. Sempre que vem a Nova York, ele me visita aqui. Temos um time de veteranos, o Old Boys Eleven, que joga contra nosso time atual todo ano. Esse pessoal construiu uma cancha nova de críquete, com redes de treino. Eles se orgulham de ser 'Tepês'. É assim que nossos ex-alunos são chamados: 'Trouxas Perpétuos'. Eles chegam aqui em carrões bacanas e eu digo a cada um deles: 'Não se faça de importante comigo. Lembro muito bem quando você não distinguia o cu da seringa e a gente não entendia quase nada do que você dizia. Agora, veja só a pose!'."

Causou-me boa impressão o que pude ver do Nossa Senhora do Perpétuo Socorro. O hospital tinha uma configuração em L, sendo a seção mais longa um edifício de sete andares que dava para a rua, dela separado por um muro. No ramo menor, mais novo e com apenas quatro andares, estava pousado um helicóptero. O telhado da seção maior arqueava-se entre as chaminés, enquanto os andares intermediários flexionavam-se ligeiramente para fora, como pneuzinhos numa cintura. Com a oxidação, a grade decorativa sob o beiral ganhara uma tonalidade verde-bile e manchas antigas de corrosão, paralelas às calhas verticais, escorriam pelos tijolos como rímel. Uma gárgula solitária projetava-se em um lado da entrada, enquanto seu par, do outro lado, estava reduzido a uma pequena saliência sem face. Mas para mim, recém-chegado da África, nada disso era sinal de decadência, mas simplesmente a pátina da história.

"É imponente", comentei com o sr. Pomeranz.

"Não é grande coisa, mas é a nossa casa", ele respondeu, fitando o edifício com afeto.

Sem dúvida, havia hospitais mais novos e maiores, ou pelo menos assim pareciam em seus folhetos. Mas, como eu estava descobrindo, não se podia confiar em folhetos.

A uns cinquenta metros do hospital ficava o alojamento do pessoal, um prédio de dois andares para onde ele me conduziu. Na porta de vidro do saguão, alguém havia afixado um aviso escrito à mão, com um marcador preto, numa folha amarela:

Índia x Austrália, 2º Jogo em Brisbane
Transmissão Especial por Cabo no Quarto de B. C. Gandhi
(Paquistaneses, cingaleses, bangladeshianos e indianos são bem-vindos, mas a gerência reserva-se o direito de expulsar quem torcer pela Austrália.)
Sexta-feira, 11 de julho, 1980 – 19 horas
($10 por pessoa e traga bebida e comida não vegetariana. *Não vegetariana!*
Se ela não se mexia antes de ser preparada, não queremos!!!
Entrada grátis e cadeiras para moças desacompanhadas.
Pessoas com cônjuge: $10 extras e traga sua cadeira.)
B. C. Gandhinesan M. D.,
Capitão do Eleven do Nossa Senhora,
Comissário de Críquete, Nossa Senhora do Perpétuo Socorro

Ao entrar no saguão, senti o cheiro de coentro e cominho, os perfumes familiares da cozinha de Almaz. Subindo a escada, aspirei a fragrância do incenso, exatamente a mesma marca, que Hema acendia toda manhã. No patamar do segundo andar, escutei a melodia de "Suprabhatam", cantada por M. S. Subbulakshmi, e o som de um sino, como se alguém, em algum quarto, estivesse fazendo sua *puja*. Fizemos uma pausa para o sr. Pomeranz recobrar o fôlego. "Tivemos de instalar exaustores de tamanho industrial nas coifas dos fogões, nos dois andares. Não houve jeito! Quando começam a preparar aquela *masala*, ha!"

Um indiano alto e bem-apessoado, com os cabelos longos ainda molhados do banho, veio descendo depressa a escada. Tinha dentes grandes e fortes, um sorriso cativante e usava uma loção de barba com um cheiro simplesmente sensacional. (Descobri depois que era Brut.)

"B. C. Gandhinesan", apresentou-se, estendendo a mão.

"Marion Stone."

"Muito bem! Chame-me de B. C. ou de Gandhi", disse, apertando minha mão. "Ou de Capitão. Você..."

"Guarda-*wicket*", disse Pomeranz, triunfante. "E rebatedor inicial." B. C. Gandhi deu um tapa na testa e fez que caía para trás. "Deus é grande! Maravilhoso! Você é capaz de defender o *wicket* contra um boleador rápido? Rápido de verdade?"

"É desses que gosto mais", respondi.

"Espetacular! Estou no quarto ano de residência. No ano que vem, o último, vou ser o chefe da residência. Deepak é o residente sênior. Sou também capitão do Eleven do Nossa Senhora. Bicampeões do troféu inter-hospitais. Até que aqueles *chutyas* de um programa de residência cujo nome não vou citar trouxeram um rebatedor de Hyderabad no ano passado. Jogador de nível internacional. Perdi muito dinheiro nessa. Levei o ano todo para me livrar da dívida."

"Cretinos!", disse Louis de cara fechada, referindo-se, creio, ao outro programa. "Deviam ter sido desclassificados naquele último jogo."

"No fim das contas, soube-se que o grande astro era realmente um boleador, mas não um médico de verdade", explicou B. C. "O impostor era um perito em fotocópias. Mas nos papéis, pelas leis de Nova York, ele era médico quando jogamos, Lou. Por isso não recuperamos nosso dinheiro."

"Filhos da mãe", disse Lou. "Ferraram com a gente."

"Este ano *nós* também temos uma arma secreta", disse-me B. C., pondo o braço, consolador, no ombro de Lou. "Eu mesmo viajei a Trinidad com um de nossos companheiros para recrutar esse camarada. Você vai conhecê-lo logo. Nestor. Alto, forte. Um metro e noventa e três. Rápido de verdade, com qualquer bola, nova, usada, defeituosa... Agora, com você, vamos matar aqueles *chutyas*, e o troféu será nosso. Vá descansar um pouco, Marion. A gente se encontra no treino, daqui a vinte e quatro horas."

39. A cura de todos os males

"O paciente está anestesiado. O que estamos esperando? Quem é o responsável por este caso?", perguntou o dr. Ronaldo.

"Eu", respondi.

Ronaldo girou um botão no carrinho de anestesia, como se essa informação exigisse uma mudança na mistura de gases.

"Deepak está me supervisionando", acrescentei, mas Ronaldo nada respondeu.

Abrindo sua bandeja, a irmã Ruth, a instrumentadora, balançou a cabeça. "Não, Marion. Popsy acabou de ligar. Quer operar. É melhor você passar para o lado de cá."

"Popsy! Meu Deus do céu!", disse o dr. Ronaldo, batendo com a mão no rosto. "Pare o relógio. Ligue para minha mulher e diga a ela que vou me atrasar para o jantar."

Senti o cheiro de Brut e logo depois de fumo Winston. Daí a segundos, B. C. Gandhi estava a meu lado. Devia ter dado uma última tragada no vestiário.

"Eu sei. Escutei", disse ele antes que eu tivesse tempo de dizer alguma coisa. "Estou fazendo uma vesícula na sala ao lado. Ouça, Marion. Se Deepak não chegar aqui antes de Popsy, o que você tem de fazer é contaminar o velho assim que ele pegar o bisturi."

"O quê? Como?"

"Não sei. Coce a bunda e toque na luva dele. Você é esperto. Pense em alguma coisa. Mas não deixe que ele comece, certo?", Gandhi saiu.

"Ele está falando sério?", perguntei.

"Gandhi nunca fala sério", disse Ronaldo. "Mas está certo. Contamine o velho."

Olhei para a irmã Ruth, esperando que ela me ajudasse.

"Peça a intercessão de Nossa Senhora", disse ela. "E contamine o velho."

Eu havia completado a décima segunda semana de residência em cirurgia no Nossa Senhora do Perpétuo Socorro. Jamais teria imaginado que o trajeto de trinta minutos do aeroporto ao Bronx seria meu único vislumbre dos Estados Unidos em três meses.

Depois de uma semana no hospital, eu tinha a impressão de ter deixado os Estados Unidos e ido para outro país. Meu mundo era uma terra de luzes fluorescentes onde não havia diferença entre noite e dia e onde mais de metade da população falava espanhol. Quando falavam inglês, não era aquele que eu havia esperado ouvir na terra de George Washington e Abraham Lincoln. Os descendentes do pessoal do *Mayflower* não tinham chegado àquele bairro.

Três meses no Nossa Senhora do Perpétuo Socorro tinham passado como um raio. Havia ali uma séria falta de pessoal em comparação com a norma em outros hospitais americanos, mas eu não conhecia a norma. Na Missing, mesmo num tempo de vacas gordas havia apenas quatro ou cinco médicos; ali tínhamos três vezes esse número só na cirurgia. Mas no Nossa Senhora do Perpétuo Socorro atendíamos a muito mais pacientes. Mantínhamos vivos, à força de respiradores artificiais, tantos pacientes com traumas complicados na Unidade de Terapia Intensiva, gerávamos tantos exames de laboratório e tanta papelada que a rotina era completamente diferente do que eu conhecia da Missing, onde Ghosh e Hema raramente faziam mais que um registro críptico na folha do paciente, deixando o restante para as enfermeiras. Descobri que aqueles carros americanos, longos e silenciosos, causavam ferimentos monstruosos quando batiam. As equipes das ambulâncias começavam a nos trazer as vítimas antes que os pneus no local do acidente parassem de girar. Resgatavam pessoas que chegavam num estado jamais visto na Missing, pois em Adis ninguém tentaria levá-las ao hospital. Nos Estados Unidos jamais passava pela cabeça de policiais, bombeiros ou médicos que uma pessoa não tivesse condições de ser tratada.

No Nossa Senhora, dávamos plantão uma noite sim, outra não. Eu não tinha tempo de sentir saudade de casa. Para mim, um dia normal começava bem cedo, quando passava visitas com o líder de minha equipe, B. C. Gandhi. Depois, tanto a minha equipe de cirurgia quanto as demais se reuniam para passar visitas formais com Deepak Jesudass, o residente sênior, às seis e meia da manhã. Nos dias de cirurgia, ou seja, nas terças e sextas-feiras, nós, os internos e residentes, trabalhávamos até o começo da noite nas enfermarias e na emergência. Se eu estivesse de plantão, simplesmente continuava a trabalhar noite adentro, recebendo pacientes que vinham da emergência e cuidando de meus pacientes e dos de outros residentes que não estivessem de plantão. Nossas chances de ajudar nas operações ou mesmo de operar ocorriam quando estávamos de plantão. Era raro conseguir dormir, mesmo que pouco, nas noites de plantão. Eu nem tentava. No dia seguinte continuávamos a trabalhar até o fim da tarde, quando finalmente parávamos. Em minhas noites de folga, tudo o que eu queria era me atirar na cama e dormir profundamente. De manhã, o ciclo recomeçava. Numa noite em que estávamos a ponto de desmaiar de sono, meu supervisor, B. C. Gandhi, me perguntou: "Você sabe qual é a *desvantagem* do plantão uma noite sim, outra não?". Era uma pergunta estranha. Balancei a cabeça. Ele riu e disse: "Você perde metade dos pacientes interessantes".

O regime de trabalho era brutal, desumano, extenuante.

Eu adorava.

À meia-noite, quando os corredores ficavam desertos, havia lugares no hospital em que as luzes diminuíam e era então que eu podia discernir os sinais da glória passada do Nossa Senhora do Perpétuo Socorro. Eles apareciam na filigrana dourada sobre as portas em arco, no enorme pé-direito da antiga maternidade, no piso de mármore da área administrativa, na cúpula de madeira da capela. O Hospital Nossa Senhora do Perpétuo Socorro, em outros tempos o orgulho de uma abastada comunidade católica e, depois, de uma comunidade judaica de classe média, tinha seguido a mesma trajetória do bairro onde se localizava: empobrecera cuidando dos pobres. B. C. Gandhi me explicou: "Nos Estados Unidos, os mais pobres são os mais doentes. Os pobres não podem pagar medicina preventiva ou seguro-saúde. Os pobres não consultam médicos. Eles aparecem quando a doença está avançada".

"Quem paga por isso aqui, então?"

"O governo, com o Medicaid e o Medicare, financiados com impostos."

"Mas como é que podemos arcar com os custos de um helicóptero e de um heliponto se somos pobres assim?" O heliponto em cima da parte mais nova do Nossa Senhora, a de quatro andares, com as luzes azuis piscantes e o reluzente helicóptero que ia e voltava pareciam incongruentes naquele meio.

"*Salah*, então você não está sabendo o motivo da nossa fama? Uma de nossas atividades principais? Às vezes eu me esqueço de que você acabou de desembarcar. Rapaz, esse helicóptero foi pago por hospitais que são o oposto do nosso. Na verdade, o helicóptero é deles, e não nosso. Pertence a hospitais ricos. Que tratam os que têm dinheiro, que têm seguros. Mesmo que alguns deles tratem de pobres, estão ligados a uma grande universidade ou têm os clientes particulares de uma universidade, que arcam com os custos. *Essa* forma de tratar dos pobres é nobre."

"E a nossa?"

"Vergonhosa. O tipo de trabalho reservado aos párias. Os hospitais ricos de toda a Costa Leste se juntaram e custearam nosso heliponto para que possam vir voando até aqui. Por quê? Por causa do tempo de isquemia! Veja bem, o que existe em abundância aqui em nossa área são armas, de MNZs e MLZs, quer dizer, Machos Negros Zangados e Machos Latinos Zangados, e na verdade, machos zangados de todos os tipos, para não falar de mulheres ciumentas. É mais provável que quem passa na rua tenha consigo um revólver do que uma caneta. Bangue! Bangue! E por isso acabamos com uma quantidade imensa de pacientes BSPO... Bons Somente Para Órgãos. Órgãos jovens, saudáveis, tirados de corpos com morte cerebral. Corações, fígados e mais o que você imaginar... novinhos. Com garantia de perfeito funcionamento até muito tempo depois que seu pau amolecer de vez. Órgãos esplêndidos. Excelentes para transplantes. Transplantes que nós não podemos fazer. Mas podemos mantê-los vivos até os abutres chegarem aqui. Eles pegam o órgão e se mandam. Da próxima vez que você ouvir o *vlap-vlap-vlap* lá em cima, não pense em rotor de helicóptero. Pense em *paysa, moola, dinero*! Quanto custa um transplante cardíaco? Meio milhão de dólares? E o de rim, cem mil ou mais?

"É isso que nos pagam?"

"A *nós?* A nós não pagam nem um centavo! Isso é o que *eles* ganham. Eles vêm aqui, cortam e pegam o que querem, nos dão uma banana e lá se vão com o pássaro barulhento, nos deixando com nossos camelos. Da próxima vez que você ouvir o helicóptero, vá ver como são os senhores da medicina, os *sahibs*."

Eu já os vira mais de uma vez, com seus jalecos brancos adornados com marcas de universidades no peito e no ombro, e os mesmos ícones em geladeiras portáteis, nos iglus sobre rodas e até mesmo no helicóptero. Eu via em seus rostos a mesma espécie de fadiga que eu experimentava, mas a deles por algum motivo parecia mais nobre.

O dr. Ronaldo cruzou e descruzou os braços, olhando para o relógio e depois para a porta, e nem sinal de Popsy. Dispus as toalhas esterilizadas de modo a formar um retângulo perfeito, a porta para o abdome de Hugh Walters Jr.

O sr. Walters, cujo cabelo já encanecia, tinha aparecido na emergência uma semana antes. Naquela noite, as macas já enchiam as salas de trauma e começavam a se espalhar também para os corredores. Dos pulmões, dos poros e das secreções de homens e mulheres saía álcool em quantidade suficiente para fazer a emergência ficar com cheiro de bar. Dois bêbados vomitavam sangue, competindo para ver quem fazia aquilo com mais ruído. Quando o sr. Walters chegou, também vomitando sangue, supus injustamente que ele fosse mais um membro daquela família, aparentados pelo álcool e pela cirrose. Imaginei que seu sangramento tivesse como causa veias varicosas que se formavam em seu estômago, devido a lesões no fígado. No decorrer das vinte e quatro horas seguintes, meti um gastroscópio pela garganta de cada um deles para examinar seus estômagos. À diferença dos outros dois, o sr. Walters não apresentava nada da forte vermelhidão da gastrite alcoólica, nem sangramento de varizes que indicasse cirrose. O que ele tinha era uma grande úlcera gástrica. Através do gastroscópio, colhi amostras de tecido para biópsia.

Algumas horas depois da endoscopia, o sr. Walters garantiu-me novamente, com voz serena e tranquila, que nunca havia provado bebida alcoólica e dessa vez acreditei nele. Era um clérigo e ganhava a vida como professor secundário. Censurei-me por tê-lo julgado ser da mesma laia que os outros dois vomitadores. Demos início a uma intensa terapia para curar sua úlcera.

O sr. Walters, vim a saber, tinha informações sobre meu país de nascimento. "Quando Kennedy morreu, assisti ao funeral pela TV. O imperador Hailé Selassié veio da Etiópia. Era o homem mais baixinho ali. Mas também o mais importante. O único imperador. O *único* imperador. Estava na primeira fila de dignitários atrás do ataúde. Aquilo me encheu de orgulho por ser *ne-gro*." O sr. Walters deu peso e importância a essa palavra.

O sr. Walters lia o *New York Times* diariamente. Esse jornal e a Bíblia estavam sempre junto de sua cama.

"Nunca tive condições de cursar uma faculdade. Só estudei na escola dominical. Digo a meus alunos: 'Se vocês lerem este jornal todos os dias, durante um ano, terão o vocabulário de um doutor e saberão mais do que qualquer pessoa formada. Garanto!'."

"E eles lhe dão ouvidos?"

Ele levantou um dedo. "Todo ano, *um* dá", disse ele, rindo. "Mas com esse um eu me dou por satisfeito. Até Jesus só teve doze discípulos. Eu tento conseguir um por ano."

Entretanto, apesar dos antiácidos e dos bloqueadores de H_2, a úlcera do sr. Walters continuava a sangrar. Suas fezes mantinham a consistência e a cor do alcatrão, sinal seguro de que o suco gástrico estava agindo em seu sangue. Cinco dias depois de sua internação, nosso grupo se reuniu junto de seu leito durante a visita da noite.

Deepak Jesudass, o residente sênior, sentou-se na beirada do leito do sr. Walters. "Senhor Walter, temos de operar o senhor amanhã. Sua úlcera ainda está sangrando e não há sinais de que esse sangramento vá parar." Desenhou num papel como seria a gastrectomia parcial, a retirada da área de seu estômago que produzia o ácido. Eu admirava os modos tranquilos e cuidadosos de Deepak, sua maneira de falar com os pacientes, fazendo-os sentir que eram o foco de toda a sua atenção e que eles não poderiam estar em lugar melhor. Admirava mais ainda sua dicção, muito britânica, o que parecia duplamente notável num homem do sul da Ásia. Decorria do fato de ter vivido na Grã-Bretanha muitos anos. Deepak inspirava confiança nos pacientes.

Enquanto Deepak falava, B. C. Gandhi olhou para mim e rolou os olhos. Fazia aquilo para me lembrar uma coisa que me dissera na véspera. "Você pode ser um cretino, mas, se tiver o sotaque da rainha, pode ter certeza de que vai acabar no programa de Johnny Carson e ele vai rir de tudo o que você disser."

B. C. estava fazendo graça, mas nas séries da TV que eu via aos pedaços, ao entrar e sair de quartos de pacientes, tinha visto um mordomo negro, mas *extremamente* britânico, que servia a uma família negra americana; um inglês excêntrico que era vizinho de uma família negra rica no Upper East Side de Manhattan; e uma rica viúva britânica com uma bela babá do Brooklyn.

O sr. Walters tinha prestado atenção a cada uma das palavras de Deepak. Por fim disse: "Eu tenho confiança em vocês. Se não fossem vocês, não haveria médico nenhum por aqui. Tenho confiança também em outra pessoa". Apontou para o teto.

No dia da cirurgia, acordei às quatro e meia da manhã para revisar os passos da operação em meu *Atlas cirúrgico*, de Zollinger. Deepak me dissera que o caso era meu, enquanto ele seria meu assistente. Eu estava emocionado e nervoso. Seria a primeira vez que trabalharia diretamente com o residente sênior.

Mas Popsy havia estragado nossos planos. Eu estava à esquerda do paciente, à espera do lendário dr. Abramovitz. Ainda não o tinha conhecido. Não havia sinal de Deepak.

E de repente Popsy estava ali, com a cabeça perigosamente próxima aos refletores cirúrgicos. Tinha rugas fundas no rosto, olhos azuis e amáveis, com pupilas que, embora rodeadas de cinza, conservavam uma curiosa expressão de criança. Sua máscara pendia sob o nariz e de suas narinas projetavam-se tufos de pelos. Estendeu a mão enluvada, à espera do bisturi. A irmã Ruth hesitou, lançando-me um olhar antes de colocar o instrumento em sua palma.

Popsy fez um ruído rascante com a garganta. O bisturi tremeu em seus dedos. A irmã Ruth me cutucou. Antes que eu pudesse fazer qualquer coisa, Popsy fez sua incisão. Foi ousada. *Muito* ousada. Sequei e pincei vasos minúsculos que sangravam, e como Popsy não se mexeu para ligá-los, eu o fiz. Popsy tentou pegar o peritônio com uma pinça, mas não conseguiu firmar os instrumentos no tecido.

E por um bom motivo. Em certo ponto, sua incisão havia cortado a fáscia e o peritônio. Uma substância líquida, suspeitamente parecida com conteúdo do intestino, jorrou para a ferida. Ronaldo olhou por cima do campo anestésico e suas sobrancelhas desapareceram debaixo do gorro cirúrgico.

Popsy tentou de novo usar a pinça, mas o instrumento escorregou por seus dedos e caiu ruidosamente no chão. Ele ergueu as mãos, sem a pinça. "Toquei na mesa..." Olhou para mim, como se eu fosse contestar suas palavras. "Eu me contaminei."

"Creio que sim", apressou-se a dizer a irmã Ruth, ao ver que eu não sabia como reagir. "Exatamente, senhor", disse Ronaldo.

Mas Popsy continuava olhando para mim.

"Sim, senhor", gaguejei.

"Continue", disse ele, saindo da sala.

"Popsy, o que foi que você fez?", sussurrou Deepak sob a máscara ao erguer a alça ferida do intestino delgado. Eu permanecia do lado esquerdo da mesa. "Dizem que há cirurgiões ousados e cirurgiões velhos, mas não cirurgiões velhos e ousados. Quem disse isso não conhece Popsy. Por sorte, é um corte no intestino delgado e podemos costurar isso."

"Eu tentei...", gaguejei.

"Mas temos um problema maior", disse Deepak. Apontou para o que parecia ser uma pequena craca na superfície do intestino. Assim que avistei aquela primeira craca, passei a vê-las em toda parte, até no avental de gordura que cobria o intestino. O fígado estava disforme, com três calombos sinistros, o que fazia com que o órgão parecesse a cabeça de um hipopótamo.

"Pobre homem", disse Deepak. "Apalpe o estômago." A parede do estômago estava dura como pedra. "Marion, você fez uma biópsia da úlcera quando o examinou, não foi?"

"Fiz. O laudo disse que era benigno", respondi.

"Mas era uma úlcera grande na curvatura maior?"

"Era."

"E que tipo de úlcera no estômago tem mais probabilidade de ser maligna?"

"A da curvatura maior."

"Ou seja, sua suspeita de que fosse maligna era grande, certo? Você olhou as lâminas com a patologista?"

"Não, senhor", respondi, baixando os olhos.

"Entendo. Você confiou que a patologista interpretasse as biópsias para você?"

Eu nada disse.

Deepak não tinha levantado a voz. Era como se estivesse falando do tempo. O dr. Ronaldo não o escutava.

Deepak explorou a pelve, sondou com os dedos nos lugares que não podíamos enxergar. Por fim disse a meia voz: "Marion, quando for *seu* paciente e você estiver baseando sua cirurgia numa biópsia, sempre verifique as lâminas com o patologista, principalmente se o resultado não for o que você esperava. Não se baseie no laudo".

Fiquei com muita pena do sr. Walters. Eu poderia tê-lo poupado daquela operação, tê-lo poupado de Popsy. Lembrei que os testes do funcionamento do fígado estavam um pouco ruins, e que isso deveria ter sido uma pista.

Deepak reparou o furo no intestino. Por sorte, era um só. Costurou a úlcera que sangrava. Com o tempo ela voltaria a sangrar. Lavamos a cavidade abdominal com vários litros de soro fisiológico e retirando-o por sifonamento.

"OK, venha para este lado, Marion. Quero que você feche."

Trabalhei diligentemente sob seu olho de lince.

"Pare", disse Deepak. Ele cortou um nó que eu tinha dado. "Sei que você fez, provavelmente, muitas cirurgias na África. Mas a prática não leva à perfeição se você repetir um mau hábito. Quero lhe perguntar uma coisa, Marion... Você quer ser um bom cirurgião?"

Fiz que sim com a cabeça.

"A resposta não é um sim automático. Durante o tempo em que estou aqui, fiz essa pergunta a poucos residentes. Pergunte à irmã Ruth." Senti minhas orelhas ficarem vermelhas. "Eles dizem que sim, mas alguns deveriam ter dito que não. Eles não conheciam a si mesmos. Veja bem, você pode ser um mau cirurgião, e o normal é que ganhe com isso mais dinheiro. Marion, vou fazer a pergunta de novo: você quer mesmo ser um *bom* cirurgião?"

Ergui os olhos.

"Acho que devo perguntar o que isso envolve."

"Ótimo. Deve mesmo. Para ser um bom cirurgião, você deve se *dedicar* a ser um bom cirurgião. É só isso. Você precisa ser meticuloso nos pequenos detalhes, não só na sala de cirurgia, mas lá fora também. Um bom cirurgião quereria refazer esse nó. Você vai dar milhares de nós em sua vida. Se você der cada um deles bem, dentro do humanamente possível, vai enfrentar menos complicações. Eu quero ver a mesma tensão dos dois lados. A última coisa que você quer é que os pontos do sr. Walters se rompam quando ocorrer a dilatação pós-operatória. Esse nó, se benfeito, poderá permitir que ele vá para casa e ordene a vida. Se malfeito, poderá mantê-lo no hospital com uma complicação depois da outra, até morrer. Na cirurgia, as coisas grandes dependem de coisas pequenas."

Naquela tarde, reunimo-nos na salinha atulhada da dra. Ramuna, a patologista. Ela achou câncer no canto de uma das seis amostras de tecidos que eu tinha feito dias antes e que tinham sido biopsiadas. Mulher seríssima, a dra. Ramuna tinha o hábito de apertar os lábios de um jeito que me recordava Hema. Não se mostrou aborrecida pelo fato de não ter visto o câncer no exame que tinha feito. Apontou para a pilha oscilante de cartelas de papelão com lâminas, junto de seu microscópio — biópsias a serem realizadas.

"Estou fazendo o trabalho de quatro patologistas, mas só fico aqui meio expediente. O Nossa Senhora não pode pagar mais do que isso. Mas não me pagam a metade do trabalho. Não posso dedicar tempo suficiente a cada amostra. É claro que não percebi! Ninguém vem aqui para examinar as lâminas junto comigo, a não ser você, Deepak. Eles telefonam. 'Já examinou essa amostra? Já examinou aquela?' Se é importante para você, venha aqui, eu digo. Dê-me boas informações clínicas para eu interpretar melhor o que vejo."

Acompanhei o sr. Walters com atenção. Tínhamos introduzido uma sonda por seu nariz até o estômago, ligando-a ao parelho de sucção de parede, para manter seu estômago vazio durante alguns dias. A sonda o incomodava demais e ele pouco falava. No terceiro dia após a operação, retirei a sonda nasogástrica. Ele se sentou, sorriu pela primeira vez, respirando fundo pelo nariz.

"Esse tubo é o instrumento do diabo. Mesmo que me oferecessem todas as riquezas de Hailé Selassié, eu me recusaria a aceitá-lo de novo."

Foi minha vez de respirar fundo. Sentei-me na beirada de sua cama. Segurei sua mão. "Senhor Walters, tenho uma má notícia para lhe dar. Encontramos uma coisa inesperada em sua barriga." Era a primeira vez, nos Estados Unidos, que eu tinha de comunicar a alguém a existência de uma doença fatal, mas tive a sensação de que era a primeira vez na vida. Na Etiópia, e mesmo em Nairóbi, as pessoas consideravam todas as doenças como fatais, mesmo que fosse uma moléstia banal ou imaginária. Esperavam a morte. A notícia que dávamos na África era que havíamos mantido a morte distante. Não era preciso falar das coisas que não podiam ser feitas ou das doenças que não tinham cura. Ficavam subentendidas. Não me lembro de uma palavra em amárico equivalente a "prognóstico" e eu nunca havia tentado falar a um paciente a respeito de uma sobrevida de cinco anos ou qualquer coisa assim. Nos Estados Unidos, minha impressão inicial era de que a morte ou o perigo de vida sempre pareciam ser recebidos com surpresa, como se partíssemos do princípio de que éramos imortais e que a morte era apenas uma opção.

A expressão do sr. Walters passou da alegria pela retirada da sonda para choque e, por fim, para tristeza. Uma lágrima rolou por seu rosto, e também meus olhos se anuviaram. Meu bipe tocou, mas não lhe dei atenção.

Não creio que uma pessoa possa exercer a medicina e não se ver refletida na doença de seu paciente. Como eu enfrentaria o tipo de notícia que tinha acabado de dar ao sr. Walters?

Passados alguns minutos, ele enxugou o rosto com a manga da bata. Um sorriso se abriu em seu rosto. Ele deu pancadinhas em minha mão.

"A morte é a cura de todas as doenças, não é? Ninguém está preparado para uma notícia dessas, nunca. Tenho sessenta e seis anos. Sou um velho. Minha vida foi boa. Quero ver meu Senhor e Salvador." Uma centelha travessa brilhou em seus olhos. "Mas ainda não", disse erguendo um dedo e rindo, um lento som metronômico, *he-he-he*...

Dei comigo rindo junto com ele.

"Nós sempre queremos mais, *he-he-he*", disse. "Não é assim, doutor Stone? 'Senhor, estou chegando. Só que não *agora*. Já estarei aí, daqui a pouco. Pode ir, Senhor. Eu o alcanço logo'."

Admirei o sr. Walters. Quis aprender a ser assim, possuir seu ritmo firme, ter aquele sereno ritmo interior dentro de mim.

"Sabe, jovem doutor Marion, é isso que nos torna humanos. Sempre queremos mais." Ele apertou minha mão, como se *ele* estivesse me dando força, como se *eu* houvesse ido sentar em sua cama em busca de conforto, coragem e fé. "O senhor pode ir. Sei que está ocupado. Está tudo bem. Tudo bem. Mas preciso pensar nisso que o senhor me disse."

Quando saí, ele sorria, como se eu lhe tivesse dado o maior presente que um homem pode dar a outro.

40. Sal e pimenta

Ao sair do quarto do sr. Walters, sentei-me no banco do parque que ficava perto do alojamento do pessoal. Pensei ser uma maldade para aquele homem que seu dia mais triste fosse tão incrivelmente lindo. As árvores do Nossa Senhora tinham ganho cores que eu nunca vira na África, adornando o chão com um fulgente tapete vermelho, laranja e amarelo que estalava sob nossos pés e exalava uma fragrância seca, mas doce.

As risadas e gritos que vinham do interior de nosso prédio, mais precisamente do pátio, pareciam sacrílegos. B. C. Gandhi chamava o alojamento de "Nossa Bem-Amada da Perpétua Fornicação". Havia dias em que eu tinha a impressão de morar em Sodoma.

Quando começou a fazer frio, entrei no prédio. Vi de relance a fogueira crepitante sob a panela de ferro fundido no pátio e senti o cheiro de fumo e de uma coisa mais penetrante. Nestor, nosso boleador rápido e meu colega de residência, tinha uma pequena horta nos fundos de nosso prédio. No verão em que chegamos, obteve uma ótima colheita de açafrão, tomates, sálvia... e maconha.

Depois da hortinha havia um declive que acabava num muro de tijolos coroado por arame farpado. Esse muro nos separava de um conjunto habitacional ao qual, cerca de vinte anos antes, as autoridades municipais tinham dado o nome de Amizade. Agora, todo mundo o chamava de Rivalidade. De noite ouvíamos o barulho de tiros que vinham do Rivalidade e avistávamos riscas de cometas, mensagens da terra para o céu.

Nas segundas-feiras costumávamos nos reunir no alojamento das enfermeiras para um jantar comunitário, a convite delas. Mas naquele dia cabia a elas nos visitar. Juntei-me ao grupo.

"Como foi?", perguntou B. C., passando o braço em meus ombros. Contei-lhe minha conversa com o sr. Walters.

B. C. me escutou em silêncio e disse: "Aí está um bom sujeito! Que coragem! Sabe, tivemos sorte com o senhor Walters, principalmente porque ele não é um formador de bolas de sujeira. O que é uma bola de sujeira? Aquela coisa dura e malcheirosa que se forma no umbigo. Um paciente com quatro bolas dessas muitas vezes é um alcoólatra. Já teve um ou dois ataques cardíacos. Bate na mulher. Já levou uns tiros. Tem diabetes. A função renal é periclitante. Você tenta uma GCC para resolver um Triplo A, e adivinha o que acontece."

"GCC" era Grande Cirurgia Complicada, e "Triplo A", Aneurisma Aórtico Abdominal. B. C. adorava siglas e dizia ter inventado uma porção delas. Um paciente à beira da morte estava ROR — Rodeando o Ralo.

"Um paciente com quatro bolas de sujeira?... Imagino que ele enfrenta muito mal uma grande cirurgia, não é?"

"Não! Exatamente o contrário. Veja bem, ele já demonstrou sua capacidade de sobrevivência. Infartos, pancadas, esfaqueamentos, quedas de edifícios... O protoplasma dele é resistente. São montes de vasos colaterais, mecanismos de compensação. Ele sai dançando da recuperação, peida na primeira noite, mija no chão tentando chegar ao banheiro, e se sai muito bem, apesar do uísque que os parentes trazem escondido para dar sabor aos pedaços de gelo, que são tudo que ele tem autorização de comer.

"Devemos prestar atenção é naqueles sujeitos que não produzem bolas de sujeira. São os pastores ou médicos. Homens assim como Walters. Vivem uma vida limpa, ficam casados com a mesma mulher, criam os filhos, vão à igreja aos domingos, vigiam a pressão, não tomam sorvete. Você tenta uma GCC para resolver o Triplo A e acaba DRMCSR."

Descendo o Rio de Merda numa Canoa Sem Remo.

"No momento em que o anestesista encosta a máscara em seu rosto, ele tem um infarto na droga da mesa. Se você consegue começar a operação, os rins apagam ou a ferida se abre. Ou ficam transtornados e, antes que você possa chamar a Patrulha de Freud, já pularam pela janela. Por isso, veja, seu senhor Walters teve sorte."

Deepak deu uma tragada num baseado que Nestor lhe entregou. Depois passou-o para mim.

"Tome", disse, prendendo a fumaça e falando apressadamente. "O que eu quero dizer, meu amigo, é que... uma vida limpa mata."

A erva em nada ajudou meu cansaço. Daí a pouco senti o rosto e o corpo virarem geleia. Olhei para o céu sobre o Rivalidade. Os sons (gritos brincalhões, berros, a pulsação de uma caixa de som, o retinido de uma bola de basquete no aro, o guincho de pneus) eram uma sinfonia. Correspondiam às manchas em claro-escuro da parede de tijolos. Tive a sensação de olhar para o interior do Rivalidade e assistir às vidas de centenas de americanos que moravam ali, famílias cuja assistência médica era prestada por nós. Senti-me como um vidente.

"Não é esquisito?", eu disse, depois de um longo silêncio, esforçando-me por formular a pergunta de modo que ela não parecesse tola. "Não é estranho que... a gente esteja aqui, médicos estrangeiros..."

"Você quer dizer médicos *indianos*", disse Gandhi. "Você é meio indiano, mas para sua sorte é a metade bonita. Até Nestor... o pai dele é indiano, mas ele não sabe."

Nestor atirou uma tampinha de garrafa em Gandhi.

"Bem, não é estranho?", continuei. "Nós estamos aqui, um hospital cheio de médicos *indianos*, e do outro lado desse muro estão os pacientes de quem tratamos. Pacientes americanos, mas não representantes da..."

"Você quer dizer pacientes *negros*, é?", disse Nestor, com seu sotaque cantante. "E quer dizer também porto-riquenhos."

"Sim... Mas o que eu quero saber é o seguinte: onde estão os outros pacientes americanos? E, aliás, onde estão os outros médicos americanos?"

"Você quer saber onde estão os pacientes brancos? Os médicos brancos?"

"Isso!", respondi. "Exatamente."

"Escute aqui, Marion", disse Gandhi. "Será possível que você não entendeu isso até agora?"

"Não... Quer dizer, sim, eu já entendi isso. Não seja bobo. O que quero saber é: todos os hospitais nos Estados Unidos são assim?"

"Meu Deus do céu, Marion, você compreende realmente por que está aqui e não no Hospital Geral de Massachusetts?"

"Porque... eu não me candidatei para lá."

Eu não estava preparado para a gargalhada com que minhas palavras foram recebidas. Logo agora que eu pensava estar refletindo sobre uma questão profunda.

Nestor se levantou e pôs-se a correr sem sair do lugar, enquanto repetia: "Ele não se candidatou para lá! Ele não se candidatou para lá!". A *cannabis* parecia facilitar suas risadas histéricas, mas não causava efeito algum em mim. Eu já estava ficando chateado com aquilo, e me levantei para ir embora.

Gandhi segurou meu braço. "Marion, sente-se. Espere. É mais que evidente que você não se candidatou", disse calmamente. "Você não iria querer perder tempo se candidatando ao Hospital Geral de Massachusetts."

Eu ainda não estava entendendo.

"Olhe aqui", disse ele, juntando um saleiro e um pimenteiro. "Este pimenteiro é *nosso* tipo de hospital. Vamos dizer que ele se chama..."

"Ele se chama cu do mundo", disse Nestor.

"Não, não. Digamos que ele se chama Hospital de Ellis Island. Esses hospitais ficam sempre em lugares onde moram os pobres. O bairro é perigoso. Normalmente esses hospitais não estão ligados a uma faculdade de medicina. Entendeu? Agora vamos ver este saleiro. Esse é um hospital tipo Mayflower, um hospital importante, o hospital-escola de uma grande faculdade de medicina. Todos os estudantes e residentes usam jalecos superbrancos e crachás que informam MÉDICO SUPERMAYFLOWER. Mesmo que eles tratem de pobres, é uma atividade honrosa, como fazer parte dos Voluntários da Paz. Todo estudante de medicina americano sonha fazer sua residência num hospital Mayflower. O pior pesadelo deles é ir dar com os costados num hospital tipo Ellis Island. Esse é o problema: quem vai trabalhar num hospital como o nosso se o bairro é ruim, se não existe uma faculdade de medicina, e se o hospital não dá prestígio? Não importa quanto o hospital ou mesmo o governo esteja disposto a pagar, não vai encontrar médicos para trabalhar aqui em tempo integral.

"Por isso, o Medicare decidiu *subvencionar* hospitais como o nosso para que ele ofereça programas de *capacitação* de estagiários e residentes, entendeu? É uma situação de ganho mútuo, um ganha-ganha, como se diz... Os pacientes são atendidos por estagiários e residentes, vinte e quatro horas por dia, por pessoas como nós que moram no hospital e cuja ajuda de custo é uma fração daquilo que o hospital teria de pagar a médicos em tempo integral. E o Medicare presta assistência médica aos pobres.

"Mas acontece que quando o Medicare imaginou esse sistema, também criou um novo problema. Onde iriam achar estagiários para preencher todas essas novas vagas? Há muito mais vagas de internos que estudantes de medicina americanos. Os estudantes americanos podem escolher e, saiba de uma coisa, eles não querem fazer estágio aqui. Não se puderem ir para um hospital Mayflower. Por isso, a cada ano o Nossa Senhora e todos os hospitais do tipo Ellis Island procuram internos e residentes estrangeiros. Você é um entre centenas que vieram como parte dessa migração anual que mantém hospitais como o nosso funcionando."

B. C. recostou-se na cadeira. "O mundo fornece tudo o que os Estados Unidos desejarem. Cocaína? A Colômbia atende na hora. Estão faltando trabalhadores rurais, colhedores de milho? Graças a Deus, existe o México. Jogadores de beisebol? Viva Dominica. São necessários mais internos? *Zindabad* Índia, Filipinas!... Viva a Índia, viva as Filipinas!"

Eu me senti muito burro por não ter entendido aquilo antes. "Então, os hospitais onde eu seria entrevistado, e Coney Island, Queens..."

"Todos eles são hospitais do tipo Ellis Island. Iguais ao nosso. *Todo* o pessoal administrativo e de enfermagem é estrangeiro, como também muitos especialistas. Em alguns hospitais, o pessoal é todo indiano. Alguns têm um toque a mais de Irã. Em outros o pessoal é paquistanês ou filipino. É a força da comunicação boca a boca. Você traz seu primo, que chama o colega dele e assim por diante. E quando acabarmos o treinamento aqui, para onde vamos, Marion?"

Balancei a cabeça. Não sabia.

"Para *qualquer lugar.* Essa é a resposta. Vamos para as cidades pequenas que precisam de nós. Como Cafundó do Judas ou Deus-me-Livre. O tipo de lugar para onde os médicos americanos não vão."

"Por quê?"

"Porque, *salah*, esses lugarejos não têm uma orquestra sinfônica! Eles não têm cultura! Não têm um time importante! Como é que um médico americano vai viver num lugar desses?"

"É para um lugar desses que você vai, B. C.? Uma cidade pequena?", perguntei.

"Está brincando? Como imagina que vou viver sem uma orquestra sinfônica? Sem os Mets ou o Yankees? Nada disso, B. C. Gandhi vai ficar em Nova York. Eu nasci e me criei em Bombaim, agora Mumbai, e o que é Nova York senão uma Mumbai Light? Meu consultório vai ser na Park Avenue. As pessoas sofrem porque têm peitos pequenos, nariz grande ou pneuzinhos na cintura. Quem vai solucionar o problema delas?"

"Você?"

"Absolutamente certo, rapazes e moças. Esperem, minhas senhoras, esperem! Gandhi está chegando. B. C. vai fazer com que as coisas fiquem menores, maiores, mais macias, mais gracinhas, o que vocês quiserem, mas sempre melhores." Ele ergueu a cerveja. "Um brinde! Senhoras e senhores. *Que nenhum americano saia deste mundo sem um médico estrangeiro a seu lado, do mesmo modo que tenho certeza de que nenhum entra.*"

41. Um nó de cada vez

Uma tarde, em meu nono mês no Nossa Senhora do Perpétuo Socorro, quando seguíamos para a sala de cirurgia, um funcionário administrativo entregou um maço de papéis a Deepak Jesudass. O residente sênior pegou-os sem nada dizer e continuamos nosso caminho. Bem depois da meia-noite, quando fumávamos no vestiário, ele sorriu para mim e disse: "Qualquer outra pessoa teria me perguntado o que eram aqueles papéis".

"Você me dirá se for da minha conta", respondi.

Deepak teria talvez trinta e sete anos quando o conheci. Tinha um rosto juvenil e ombros de menino que contradiziam as bolsas sob os olhos e as manchas cinzentas no cabelo. Se alguém visse todos nós na lanchonete, diria que B. C. Gandhi era o residente sênior, uma vez que ele parecia mais talhado para esse papel. Mas quando recordo meu treinamento como cirurgião, reconheço minha dívida para com um homem baixo, moreno, um cirurgião modesto que o mundo talvez nunca venha a homenagear. Na sala de cirurgia, Deepak era paciente, vigoroso, brilhante, criativo, meticuloso e decidido, um verdadeiro artífice.

"Não agite esse porta-agulhas." "Controle essas mãos, Marion." "Dê cada passo uma vez só, sem movimentos inúteis." Quando aprendi a cruzar as mãos da maneira que ele propunha, para obter a mesma tensão dos dois lados do nó, surgiu um novo problema: "Mantenha os cotovelos junto do corpo, a menos que você esteja querendo voar". Quando eu trabalhava com ele, refazia todos os pontos que dava. Desfazia suturas inteiras e recomeçava do início até ele ficar satisfeito. Passei a dar mais atenção à iluminação e à exposição. "Quem trabalha no escuro são as toupeiras. Nós somos cirurgiões." Seus conselhos às vezes nada tinham de lógicos ou intuitivos. "Quando você está dirigindo, procura ver para onde está indo, mas quando faz uma incisão, procura ver por onde passou."

Deepak era de Mysore, no sul da Índia. Naquela noite, no vestiário, contou-me o que, acredito, não contara a ninguém mais no Nossa Senhora. Quando se formou na faculdade de medicina, os pais rapidamente lhe arranjaram casamento com uma moça indiana, que, nascida na Inglaterra, na época morava em Birmingham. Essa moça estava noiva a contragosto e seus pais a obrigavam a aceitar aquele casamento porque não gostavam dos amigos com quem ela saía. Ela chegou de avião à Índia, com a família, alguns dias antes do casamento, e voltou para a Inglaterra um dia depois, porque ainda estava cursando a faculdade. Deepak levou seis meses para tirar o visto e ir encontrá-la na casa dos pais. Descobriu que se abria a boca ela ficava constrangida. Não o queria perto dela em público ou em casa. Deepak saiu da casa dos sogros depois de algumas semanas e conseguiu trabalho num hospital da Escócia, onde pôde começar um período como o equivalente a médico interno nos Estados Unidos. Depois de um ano foi promovido a especialista, e depois a especialista sênior. Foi aprovado nos difíceis exames para se tornar membro do Colégio Real de Cirurgiões, acrescentando a seu nome a mágica sigla FRCS: Fellow of the Royal College of Surgeons.

"Eu poderia ter voltado para Mysore. Com o FRCS numa tabuleta, teria me dado muito bem. Mas pensei em todas as pessoas que tinham comparecido a meu casamento. Eu não queria enfrentá-las... era simplesmente impossível."

O próximo passo para ele na Inglaterra teria sido tornar-se consultor cirúrgico nomeado para um hospital. "Não são muitos os cargos de consultor. Alguém tem de morrer para surgir uma vaga." Depois de seis anos como especialista sênior, um substituto de consultor, fazendo todos os casos de emergência, Deepak resolveu ir para os Estados Unidos.

"Eu pretendia recomeçar do zero, porque aqui não aceitam a pós-graduação feita em outro país. Na minha idade, e depois de todos os anos de treinamento, eu me perguntava se teria ânimo para aquilo."

O sistema de treinamento de cirurgiões nos Estados Unidos era diferente: depois de um ano como interno e de quatro anos como residente de cirurgia, durante os quais o candidato assumia responsabilidades cada vez maiores (no último ano como residente sênior), o médico podia se submeter ao exame para se tornar um cirurgião certificado pelo conselho, um especialista.

"Fui interno num hospital de prestígio em Filadélfia. Dei um duro danado..." Deepak fechou os olhos e balançou a cabeça ao lembrar. "Quando meu pai morreu, eu nem disse a eles. Nem tentei tirar um dia de folga por causa disso. Fui promovido para o segundo ano, ainda que estivesse exercendo a função num nível muito mais elevado, e eles na verdade me utilizavam quase como um residente sênior. Mas me dispensaram depois do terceiro ano. Um dos médicos assistentes que intercedeu a meu favor ficou furioso e acabou se demitindo por isso. Eu poderia ter passado para a urologia ou a plástica. É o que as pessoas em geral fazem quando são dispensadas nesse ponto. Muitos estrangeiros desistem e acabam optando pela psiquiatria ou alguma outra coisa. Mas minha paixão é a cirurgia geral. O mesmo sujeito que intercedeu por mim me colocou em outro hospital, dessa vez em Chicago, com a promessa de que eu seria promovido se repetisse o terceiro ano. Trabalhei mais duro ainda... e mais uma vez fui dispensado." Deepak riu de meu ar de incredulidade. "Acho que o que me ajuda é o meu temperamento, o fato de não ser de esperar demais. Ter paixão pela cirurgia por si mesma. Mas eu tive sorte. Um dos médicos assistentes em Chicago resolveu me ajudar, mesmo se arriscando. Ligou para Popsy e conseguiu que eu viesse para cá como residente do quarto ano. Isso é que é engraçado nos Estados Unidos... a *bênção*. Da mesma forma como há muitas pessoas que lhe passam rasteiras, há também anjos cujo espírito humanitário compensa todos os outros. Eu tive meu quinhão de anjos. Popsy foi um deles."

Popsy nomeou Deepak como residente sênior da noite para o dia, mas com a condição de que ele exercesse a função por dois anos. Deepak estava em seu último ano de treinamento quando cheguei.

"Quer dizer que você vai acabar a residência no mesmo dia em que eu terminar meu período como interno?"

Seu silêncio me deixou ansioso.

Ele balançou a cabeça lentamente.

"Soubemos hoje que em breve o pessoal que credencia nosso programa de residência fará uma visita de inspeção aqui. Se não gostarem do que virem, podem fechar nosso programa. Nós temos um número insuficiente de internos. E também médicos residentes insuficientes, em todos os níveis, para o volume de pacientes que atendemos. Sem falar no número insuficiente de docentes."

"Como foi que isso aconteceu?"

"Nossos concorrentes estão oferecendo melhores condições. Tivemos a sorte de recrutar você, Nestor e Rahul. Precisamos de mais internos, mais professores em tempo integral. Popsy não tem mais a influência que já teve para atrair bons docentes. Com relação a esse ponto, é só por causa das credenciais e da bagagem acadêmica de Popsy que nosso programa é autorizado. No papel, Popsy vale seu peso em ouro. Se ele sair, ou se correr a notícia de sua demência senil, o castelo de cartas desaba."

Devo ter demonstrado preocupação, pois ele disse: "Não se aflija. Você vai conseguir outro lugar e obter crédito por este ano".

"Ah, então foi por causa disso que o rapaz lhe entregou aqueles papéis?"

"Ah, não. Aquilo é por causa de minha 'mulher'. Agora, como acha que estou ganhando rios de dinheiro, entrou com um processo de pensão em Nova York. Diz meu advogado que não tenho motivo algum para preocupação. Não devo nada a ela."

"E você, Deepak? O que vai fazer se o programa for fechado?"

"Não sei, Marion. Não posso passar por tudo isso de novo. Não posso continuar como assistente de uma pessoa que é meu 'superior' mas é um açougueiro e não tem o bom senso de me pedir que o ajude. Talvez eu continue a trabalhar aqui. A irmã Magda diz que o hospital me contratará. Vou morar aqui, como Popsy já mora. Vou operar. O hospital não se importa se tenho ou não tenho a certificação do conselho, principalmente se o programa de residência for fechado. O Nossa Senhora do Perpétuo Socorro precisa de um cirurgião. Eu vou ser o novo Popsy. Sabe de uma coisa? Popsy, antes de ficar esclerosado, era um supercirurgião. E mais, era uma belíssima criatura. Um homem incapaz de prestar atenção à cor das pessoas."

Depois da cirurgia do sr. Walters, Deepak fez saber no hospital que Popsy não deveria operar mais, em hipótese alguma.

"Há alguma coisa que possamos fazer para evitar que eles fechem o programa?", perguntei a Deepak.

"Há, sim. Rezar."

42. Consanguinidade

Rezei, mas não adiantou. Faltando dois meses para eu concluir meu período como interno e para Deepak finalmente terminar a residência, nosso programa foi posto em observação. Minha sorte me preocupava. Já era ruim que nosso programa fosse fechado, mas pior ainda seria eu não obter crédito pelo ano que havia trabalhado. Senti demais por Deepak, que havia chegado tão perto de terminar sua residência. Entretanto, até nosso recurso ser julgado e chegar a ordem final para que o programa fosse interrompido, tudo o que podíamos fazer era continuar na labuta.

No fim de tarde de uma sexta-feira, fui chamado à sala de trauma, onde cheguei exatamente quando uma ambulância entrava com estrondo. A equipe retirou de seu interior uma maca, ajeitou as rodas e entrou correndo com ela como se fosse um aríete. As portas de vidro se abriram no momento exato. Eu ainda encarava essas coisas como pequenos milagres, soluções eficientes do dia a dia que contrastavam tanto como que eu havia conhecido na África. Saltei de lado. Depois de quase um ano no Nossa Senhora, já tinha feito isso várias vezes, mas a descarga de adrenalina era sempre igual.

"Não identificado, acidente de carro, respirando mal no local", disse um dos homens que empurravam a maca. "Furou um sinal vermelho, foi atingido por um furgão no lado do motorista. Sem cinto de segurança... Projetado para fora pelo para-brisa... É difícil acreditar, mas depois seu próprio carro, girando, o atropelou. Pode acreditar. Há testemunhas. Caiu na calçada. Não há lesões evidentes no pescoço. Tornozelo esquerdo estilhaçado... Contusões no peito e na barriga."

Vi na maca um negro vistoso, benfeito de corpo, que não teria mais de vinte anos.

A equipe da ambulância havia conectado nele duas bolsas de soro fisiológico intravenoso. Haviam colhido amostras de sangue, e entregavam agora os tubos com tampas vermelha, azul e lavanda ao laboratorista, que começaria a tirar o sangue e a fazer a prova cruzada para transfusão antes de termos sequer cortado as roupas do paciente.

"E a história não para aí", disse o motorista da ambulância. "Ele furou o sinal porque estava num tiroteio com uns caras de uma gangue de rua. Um deles levou um tiro na cabeça. Uma ambulância está a caminho com esse infeliz. Não se preocupem... Não é mais uma emergência. Tiveram de limpar a calçada com uma pá porque estava coalhada de pedaços do cérebro dele... Foi esse camarada que atirou", disse, apontando para o paciente.

Nosso paciente tinha o crânio intacto, mas estava desacordado. A risca do cabelo curto era reta como se tivesse sido feita com régua: uma dessas coisas estranhas que se observavam em momentos assim. Suas pupilas se contraíram bruscamente quando projetei nelas um feixe de luz, um sinal rudimentar, mas tranquilizador, de que seu cérebro estava bem. Meus dedos sentiam seu pulso, quase imperceptível e em disparada. O monitor indicava cento e sessenta batimentos por minuto.

Uma enfermeira gritou as informações relativas à pressão. "Oito de sistólica... diastólica inaudível." Segundos depois, disse: "Cinco por zero".

Os fluidos estavam sendo ministrados, o sangue já estava a caminho. Havia um hematoma sobre as costelas inferiores direitas. Seu abdome estava tenso e parecia inchar diante de meus olhos.

"Pressão zero", disse a enfermeira, no momento em que o técnico da radiologia chegava com a máquina portátil.

"Não temos tempo para isso. Ele está perdendo muito sangue", eu disse. "Vamos levá-lo para a sala de cirurgia. É a única chance dele."

Ninguém se moveu.

"*Agora!*", exclamei, dando um empurrão forte na maca. "Chamem a equipe de sobreaviso, avisem a eles."

Na sala de operações, escovei-me em apenas trinta segundos, enquanto o dr. Ronaldo, o anestesista, ajustava o tubo traqueal. Ronaldo olhou para mim e fez um sinal de pessimismo com a cabeça.

Calcei as luvas ao mesmo tempo em que olhava o que a instrumentadora tinha exposto na bandeja.

"Esqueça as esponjas. Vamos usar pacotes de compressas. Abra-as. Não vamos ter tempo para desdobrá-las. Vai haver muito sangue. Vamos precisar de bacias grandes para os coágulos."

A barriga do paciente estava mais tensa do que antes, lá no térreo.

Ronaldo, olhando como um crocodilo por cima da máscara, deu de ombros quando olhei para ele, à espera do sinal para começar.

"Prepare-se, porque quando eu abrir a pressão vai provocar esguichos", eu disse a ele.

"Que pressão?", comentou Ronaldo. "Não há pressão nenhuma."

Por enquanto, o sangue que fazia expandir o abdome estava agindo como um tampão sobre o vaso que sangrava, onde quer que estivesse. Mas, no momento em que eu abrisse a barriga daquele homem, o gêiser ia jorrar de novo. Espalhei compressas por todo lado. Despejei Betadine na pele, enxuguei, fiz uma oração e cortei.

O sangue jorrou, derramou-se pelas bordas da ferida como um vagalhão. Apesar de todas as compressas e embora o tubo de sucção funcionasse avidamente, o sangue se espalhou sobre os panos que delimitavam o campo cirúrgico, pela mesa e caiu no chão. Eu o sentia empapar meu capote cirúrgico, escorrer pelas pernas, pelos pés e encher o sapato.

"Mais compressas!" Eu tinha avisado às enfermeiras, mas mesmo assim não estávamos bem preparados para a torrente.

Estendi a mão, desviando uma segunda onda de sangue enquanto pegava o intestino delgado. Usando agora as duas mãos, puxei as alças para fora, colocando-as sobre uma toalha ao lado da incisão. Em segundos havia eviscerado o paciente.

Deepak surgiu diante de mim, escovado e pronto. Juntei as duas mãos, recuei para passar para o outro lado da mesa, mas ele balançou a cabeça.

"Fique aí", disse. Pegou um retrator e puxou, de modo que eu pudesse enxergar abaixo do diafragma.

Meti compressas em toda volta do fígado. Depois fiz o mesmo do lado esquerdo, nas imediações do baço. Com os dedos em concha, retirei os grandes coágulos que permaneciam na cavidade abdominal. Meti mais compressas em todo o abdome e na pelve, até todos os órgãos ficarem bem calçados. Pelo que podia ver, não havia nenhum vaso sangrando.

Podíamos parar para respirar.

"Estamos bem de sangue?", perguntei a Ronaldo.

"Nunca estamos", ele respondeu. Continuei a fitá-lo e ele deu de ombros. Fez que sim sobre seus botões como se dissesse que as coisas não estavam piores do que quando tínhamos começado. Pelo menos era isso que esperei que ele quisesse dizer.

A seguir, removi cuidadosamente as compressas, começando pelos pontos onde era menos provável que se localizasse a fonte do sangramento. A pelve estava limpa, e não havia nenhuma hemorragia ali. Tirei a compressa em torno do baço. Se a barriga do paciente fosse o cômodo de uma casa, eu tinha retirado o mobiliário (as estruturas centrais, as mais fáceis de serem movidas), para termos uma boa visão do fundo. No caso de haver um sangramento oriundo de um corte na aorta ou em um de seus ramais, essa parede posterior do abdome, o retroperitônio, apresentaria um inchaço grande e feio, um hematoma. Mas aquela área também estava limpa.

Tive o pressentimento de que encontraríamos o sangramento atrás do fígado, uma região cheia de sombras, difícil de ver e de reparar. Era o ponto em que a veia cava inferior, a maior do corpo, trazia de volta o sangue dos membros inferiores e do tronco, passando através do fígado e por trás dele, rumo ao coração. Em seu trajeto através do fígado, é para ela que confluem as veias hepáticas, curtas, grossas e tensas, que drenam o órgão.

Afastei a compressa do fígado. Nada.

Puxei suavemente o fígado para a frente, a fim de examinar seu lado escuro. Um forte borbotão de sangue encheu a cavidade vazia do abdome. Apressei-me a recolocar o fígado no lugar, e o esguicho de sangue cessou. As coisas estavam bem, desde que não tocássemos no fígado. Como era que Solomon, operando no meio do mato, havia chamado aquilo? *A ferida em que o cirurgião vê Deus.*

"OK", disse Deepak. "Vamos deixar as coisas assim."

"E agora?"

"Ele está sangrando pela incisão na pele e por todos os pontos de punção venosa. Ou seja, o sangue não está coagulando." Deepak falava sempre baixo, e eu tive de me debruçar para a frente para poder ouvi-lo. "Isso é inevitável com um trauma tão grande. Nós abrimos esses pacientes, despejamos fluidos neles e a temperatura corporal baixa... Como diluímos o sistema de coagulação, ele para de funcionar. Vamos pôr compressas em torno do fígado e ir embora. Leve-o para a UTI, onde podemos aquecê-lo, ministrar-lhe mais plasma congelado fresco e sangue. Daqui a algumas horas, se ele estiver vivo e mais estável, podemos voltar."

Calcei o fígado e devolvi o intestino delgado para dentro da ferida. Em vez de suturar a pele, usamos pinças de campo para juntar as bordas da incisão.

"As equipes de transplante logo vão chegar para colher as córneas, o coração, o fígado, os pulmões e os rins do homem que ele baleou", disse Deepak. "Esta sala é maior e vou deixar que trabalhem aqui."

Na Unidade de Terapia Intensiva, duas horas depois, cessou o sangramento pelas feridas de punção. O grande número de suportes de soro e medicamentos, além de máquinas, em torno do leito dificultava que nos aproximássemos de Shane Johnson Jr. — era esse o nome do paciente. Sua família estava na sala de espera, tentando compreender o incompreensível. Plasma congelado fresco, os fluidos e sangue aquecido haviam dado a Junior uma pressão sanguínea mensurável e uma temperatura aceitável. Estava vivo, mas por muito pouco.

"Muito bem", disse Deepak depois de reavaliar o paciente e olhar para o relógio. "Vamos dar outra olhada."

Dessa vez usaríamos a sala de cirurgia menor. Ronaldo continuava pessimista. O rosto e os membros de Junior estavam inchados, e por seus capilares vazavam o que púnhamos dentro dele. No entanto, tínhamos ainda de ministrar-lhe fluido para manter uma pressão sanguínea. Era como manter um balde cheio apesar dos furos em sua parede.

Deepak insistiu em que eu continuasse do lado direito do paciente. Bastaram alguns segundos para remover as toalhas, pincelar sua pele e soltar as pinças que mantinham unidas as bordas da incisão. Removi as compressas.

Deepak guiou meus dedos para o feixe de vasos que levavam ao fígado. "OK", disse. "Aperte ali." Essa era a manobra de Pringle. Apertei, interrompendo o suprimento de sangue ao fígado, enquanto Deepak retirava a última compressa e levantava o fígado, puxando-o para a frente. O sangue jorrou imediatamente, transformando o campo limpo e seco num charco vermelho.

"OK, pode soltar", disse Deepak, devolvendo o fígado a seu lugar. "Era isso que eu temia. A veia cava está lacerada, com certeza. É por isso que, mesmo com a manobra de Pringle, ainda sangra."

Em algumas pessoas, a veia cava inferior mal penetra na parte posterior do fígado. Em nosso paciente, o fígado era atravessado por ela como uma peça de carne no espeto de churrasco. Quando Junior foi ejetado através do para-brisa e depois se chocou contra a calçada, o fígado também ganhara um movimento independente dentro do corpo. Esse movimento havia rompido as veias curtas que prendiam o órgão à veia cava, deixando um rasgão irregular.

Deepak pediu uma sutura com um porta-agulhas longo. Quando deu o sinal, puxei o fígado para a frente enquanto ele tentava inserir a agulha numa extremidade do rasgão. Mas, antes que ele pudesse sequer vê-lo, o campo já estava coberto de sangue.

"Deus do céu, como vamos reparar isso?", exclamei, violando uma regra básica: quem ajuda numa cirurgia deve ficar calado.

"Ah, reparar a cava é fácil", disse Deepak. "O problema é que o fígado está no meio do caminho." Demorei um segundo para compreender que isso era o máximo de que Deepak era capaz em matéria de humor durante uma cirurgia.

Durante um bom tempo ele ficou em silêncio, quase em transe, e tentei não emitir um som. Por fim, como um sacerdote encerrando uma oração, ele se mexeu. "OK. É um tiro no escuro", disse. "Vamos mudar de lado."

Eu não estava preparado para o que se seguiu. Só pude me maravilhar e tentar ser o melhor assistente que pudesse. Deepak pincelou o peito de Junior e a seguir cortou verticalmente desde o esterno, de cima para baixo. Depois passou uma serra elétrica no mesmo sulco. A ar encheu-se do cheiro de carne e osso queimados. De repente, o peito se abriu como uma mala excessivamente cheia.

Não perguntei o que ele estava fazendo. Nem ele explicou. Minha experiência em cirurgia torácica consistia sobretudo em drenar fluidos para fora do pulmão ou, raramente, ver Deepak fazer a recessão de um lobo canceroso. Três vezes, durante meu período como interno, tínhamos aberto um tórax e costurado uma ferida de facada no coração. Um dos três pacientes sobreviveu. Essa era uma das carências em nosso programa de residência, uma dos motivos pelas quais estava sob ameaça de interrupção: tínhamos de mandar para outros hospitais grande parte das cirurgias torácicas, para não falar das muitas cirurgias urológicas e plásticas.

O coração de Junior, uma massa carnuda riscada de amarelo e coberta pelo saco pericardial, estava exposto, bombeando o sangue como vinha fazendo durante todos os seus dezenove anos. Nunca havia sido mais ameaçado do que agora. Deepak abriu o pericárdio.

Eu percebia a atividade na sala de cirurgia às minhas costas e na área de escovação comum às duas. Em dado momento olhei em torno e, pelas três bandeiras da janela, vi um grupo de rostos brancos em torno da outra mesa de operação.

Deepak fez uma sutura em bolsa em torno do átrio direito, a câmara superior do coração que recebe sangue da veia cava. Pegou um dreno torácico e abriu furos nele com uma tesoura. Fez então um entalhe mínimo no átrio, no meio de sua sutura em bolsa. Depois inseriu nele seu dreno modificado, utilizando o fio da bolsa para prender o tecido em torno do dreno, metendo a seguir esse dreno no orifício da veia cava inferior até onde se localizava nosso problema.

"Avise quando o dreno chegar ao nível das veias renais", pediu.

Vi quando a veia cava inferior se distendeu, como uma mangueira de jardim que se enche de água. "Agora", avisei.

"O dreno serve como um *stent* para a veia cava inferior", disse Deepak, debruçando-se para ver de baixo para cima. "Funciona também como um *bypass*, um desvio para que o sangue do tronco possa voltar ao coração enquanto fazemos o reparo. Agora... vamos ver se podemos dar um jeito nisso."

Ele ajustou as luzes. Quando levantei o fígado, o sangramento era muito menor do que antes e, além disso, as bordas rasgadas da veia estavam visíveis contra o fundo proporcionado pelo dreno. Deepak firmou uma borda do rasgão com uma pinça longa, passou por ela a agulha curva e então pegou a outra borda, passou a agulha por ela e deu um ponto. Deixei que o fígado voltasse a seu lugar. Era um processo laborioso: levantar, agarrar, passar a agulha, enxugar, passar a agulha do outro lado, enxugar, dar o ponto, relaxar o puxão no fígado.

Em dado momento, quando estávamos perto do fim da operação, percebi que havia alguém junto de mim. Deepak levantou o olhar, mas nada disse.

"Isso é uma derivação de Shrock, filho?", perguntou uma voz atrás de mim. Era uma voz masculina, cortês, consciente de que se tratava de um momento delicado para interromper, mas com a autoridade de quem tinha o direito de perguntar.

Deepak ergueu os olhos de novo, depois voltou a seu trabalho. "Sim, senhor", respondeu.

"De que tamanho era a laceração?"

Deepak levantou o fígado e ajustou o refletor para que o visitante pudesse ver. "Cobria três quartos da circunferência da cava." O dreno que ele havia inserido desde o coração criava uma bela tala interna para a veia, pela qual corria, lateralmente, como uma prega, a primeira parte do caprichado reparo de Deepak. Era uma coisa bonita de se ver, a ordem restaurada a partir do caos.

"Espetacular", disse o homem. Não havia em sua voz nenhum sarcasmo, só admiração genuína. Dei um passo atrás para que o visitante pudesse ver melhor, e ele ocupou o lugar onde eu estivera. "Muito, muito benfeito. Eu poria um pouco de espuma de gel em torno da área ferida do fígado. Pretende deixar alguns drenos?"

"Sim, senhor."

"Suponho que o senhor seja o especialista...", disse o visitante.

"Não, sou o residente sênior. Meu nome é Deepak."

"Onde está seu especialista?"

Deepak cruzou o olhar com o do visitante, mas nada respondeu.

"Entendo. Ninguém quer sair da cama para esse tipo de coisa. O senhor o vê de vez em quando?"

Como se respondesse, Ronaldo fez um ruído com a garganta e voltou para seus mostradores, simulando desinteresse. O visitante olhou para ele e pareceu prestes a lhe arrancar a cabeça com uma mordida, mas então, lembrando-se de que aquela não era sua sala de cirurgia, nada fez.

"E quantas derivações de Shrock você já fez, Deepak?"

"Esta é minha sexta."

"É mesmo? Em quanto tempo?"

"Em dois anos aqui... Infelizmente vemos muitos casos de trauma."

"Infelizmente, sim. Mas felizmente para nós. Não devemos ser ingratos... Mas seis Shrocks, você disse? Extraordinário. Como reagiram depois?"

"Um paciente morreu, mas uma semana depois da cirurgia. Estava andando, comendo. Provavelmente uma embolia pulmonar."

"Foi feita uma autópsia?"

"Parcial. A família nos permitiu reabrir o abdome. O reparo na cava estava perfeito. Tiramos fotografias."

"E os outros?"

"O segundo, o terceiro e o quinto estão vivos e passam bem, seis meses depois da operação. O quarto morreu na mesa antes que eu chegasse a este ponto. Eu tinha acabado de abrir o coração."

"Você inclui esse caso entre os seis?"

"Devo incluir. Intenção de tratar... Isso conta."

"Muito bem. Você deve incluí-lo mesmo. A maioria dos cirurgiões não faria isso. E o sexto?"

"É este aqui", disse Deepak.

"Certo. Bem, sua experiência é maior do que a minha. Eu fiz quatro. No decorrer de seis anos. Todos morreram. Dois na mesa, dois tão pouco tempo depois da cirurgia que foi o mesmo que se tivessem morrido na mesa. Nem todos foram traumas como este. Dois eram lacerações causadas por alguém que tentou remover uma massa cancerosa aderente. Você deveria fazer um registro por escrito de sua experiência."

Deepak pigarreou. "Com todo respeito, senhor, eu fiz isso. Mas ninguém se dispõe a publicar um trabalho oriundo do Nossa Senhora..."

"Tolice. Como é seu nome completo?"

"Deepak Jesudass, senhor. Este aqui é meu interno..."

"Vou lhe dizer uma coisa. Descreva este caso e o acrescente à sua série, e depois me permita examinar seu trabalho. Se estiver bom, farei com que seja publicado. Vou enviá-lo ao editor do *American Journal of Surgery*. Vou voltar a falar com você para saber como este paciente reage. Boa sorte. A propósito, meu nome é..."

"Eu sei quem é o senhor. Obrigado."

O visitante devia estar saindo da sala quando Deepak disse: "Doutor... Se o senhor vai... Ah, não importa".

"O que foi, homem? Estou com um órgão de cadáver que já deveria estar no ar a esta hora. Só parei aqui para admirar seu trabalho."

"Se o senhor nos mostrasse como preparar o fígado... poderíamos começar a fazer isso logo para o senhor, poupar seu tempo."

Tentei me virar para olhar, mas, como estava segurando um retrator, não pude.

"Não confio em ninguém para fazer isso", disse o homem. "É por isso que eu mesmo o faço. Meus residentes principais não têm a perícia... São moços capazes, mas não têm o volume de trabalho que vocês enfrentam num lugar como este."

"Temos, realmente. E agora estão fechando nosso programa."

"O quê? Ouvi alguma coisa nesse sentido. Soube que Popsy... Verdade?"

Deepak assentiu com a cabeça.

"Este é seu quinto ano?"

"Sétimo. Oitavo. Décimo. Depende de como se conta, senhor." Deepak não mencionou seu treinamento na Inglaterra.

Nem foi preciso, porque o visitante disse: "Percebo uma certa entonação escocesa. Trabalhou na Escócia? Tirou seu FRCS?".

"Sim."

"Glasgow?"

"Edimburgo. Trabalhei em Fife. Em toda a região", respondeu Deepak.

Seguiu-se um profundo silêncio. O homem atrás de mim não se moveu. Parecia estar considerando aquela informação.

"O que você fará se fecharem o programa?"

Deepak baixou os olhos. "Vou continuar trabalhando. Provavelmente aqui. A cirurgia é minha paixão..."

Depois de uma eternidade, o homem disse: "Deepak Jesudass, com J?". Soletrou o nome. "Entendi direito. Procure-me em Boston, doutor Jesudass. Pago sua passagem. Vou providenciar para que o senhor venha a meu laboratório. De transplantes. Nós nos manteremos em contato. Se alguém puder colher e preparar órgãos para mim, provavelmente será o senhor. Quando for lá, conversaremos mais. Tenho de correr agora. Bom trabalho, Deepak."

Ouvimos a porta se fechar atrás dele.

Continuamos a trabalhar em silêncio. Por fim, Deepak disse: "Ele ouviu meu nome uma única vez... e foi capaz de repeti-lo". O reparo de Deepak estava feito. Agora ele estava fechando, com o mesmo cuidado e eficiência com que tinha aberto. Pediu espuma de gel à instrumentadora. "Em todos os meus anos aqui, ninguém foi capaz de lembrar meu nome quando sou apresentado. Ninguém se deu a esse trabalho. Em geral somos vistos como tipos, não como pessoas."

Os ombros dele estavam mais abertos, seus olhos brilhavam. Eu nunca tinha visto meu residente sênior assim. Fiquei feliz por ele, e orgulhoso.

"Quem é esse homem?", perguntei, sem conter mais a curiosidade.

"Quem quiser pode me chamar de antiquado", disse Deepak, "mas sempre acreditei que o trabalho sério compensa. Minha versão das Bem-Aventuranças. Faça a coisa certa, tolere a injustiça, o egoísmo, seja fiel a você mesmo... Um dia tudo dá certo. É claro que não quero que as pessoas que me fizeram mal sofram ou tenham o que merecem. Não creio que as coisas funcionem *assim*. Mas eu acredito realmente que um dia você recebe sua recompensa."

"Você já o conhecia?", perguntei de novo.

Deepak não me respondeu e voltou-se para a enfermeira circulante.

"Essa equipe veio buscar fígado ou coração?"

"Fígado. Outra equipe tirou o coração e saiu correndo."

Deepak sorriu e voltou-se para mim. "Marion, não tenho certeza absoluta, por causa da máscara que ele estava usando. Se eu tivesse visto seus dedos, teria cem por cento de certeza. Mas faço uma boa ideia. Você acabou de conhecer um dos maiores cirurgiões de fígado do mundo, um pioneiro em transplantes de fígado."

"Como ele se chama?"

"Thomas Stone."

43. Jornadas médicas

Creio em buracos negros. Creio que quando o universo desaguar no nada, o passado e o presente se fundirão no último rodopio em torno do ralo. Creio que foi assim que Thomas Stone se materializou em minha vida. Se não for essa a explicação, terei de invocar então um Deus indiferente que nos abandona a nossas próprias forças, que não causa nem impede tornados ou pestes, mas volta e meia detém a roleta com o polegar para que um pai que pôs um continente inteiro entre ele e seus filhos entre na sala onde está um deles.

Em criança, eu ansiara por Thomas Stone ou ao menos pela ideia que fazia dele. Quantas foram as manhãs em que esperei por ele no portão da Missing! Agora eu via aquela vigília como ação imprescindível, um pré-requisito para que minhas entranhas endurecessem e se curassem, do mesmo modo que o salgueiro de um taco de críquete tem de ser curado para uma vida de golpes. Essa foi a lição que aprendi no portão da Missing: o mundo não deve nada a você; nem seu pai.

Eu não tinha esquecido o que Ghosh me pedira. Digamos apenas que havia posto aquilo de lado. Não me senti culpado por não cumprir o prometido. Nunca tivera tempo para procurar Thomas Stone e, além disso, não importava onde ele estivesse, nunca achei que eu estava na América *dele*. Eu estava numa ilha, num protetorado, num território que a América só podia reivindicar nominalmente. Ao levar comigo o livro dele de Adis para o Sudão e o Quênia, e depois para a América, eu havia adquirido um relutante respeito pelo autor. Eu me dizia que o livro era minha pedra de toque para a irmã Mary Joseph Praise: via sua mão nos desenhos a bico de pena e carregava o marcador com sua caligrafia em minha carteira. Descobri Thomas Stone no texto, do mesmo modo como ele devia ter se descoberto na disciplina de fazer anotações num ambiente de doença e pobreza, superando o cansaço para encher cadernos com suas observações. Eu estava convencido seu livro nascera da compilação desses diários. Ao reuni-los, ele deu forma material a seus conhecimentos.

Mas quando esse escritor, o único autor vivo de meu DNA, se pôs a olhar por cima de meu ombro na sala de cirurgia, foi a carne que se materializou, carne de minha carne, com um perfume que eu deveria ter reconhecido como familiar e uma voz que era a minha herança. Ao se debruçar sobre o abdome do paciente para apreciar nosso trabalho, ao firmar o crânio sobre as vértebras atlas e áxis, e ao dobrar os braços junto ao peito, encolhendo as omoplatas, fazendo-se menor para não contaminar o campo, seus movimentos eram ecos dos meus.

Com certeza Thomas Stone percebeu alguma perturbação no universo, e foi por isso que entrou em nossa sala de cirurgia. Confesso que, não sabendo de quem se tratava, eu nada senti: nenhuma aura, nenhuma vibração, nada senão orgulho pelo milagre que Deepak havia realizado com um tubo de PVC e a notável habilidade de suas mãos, uma habilidade que o visitante enxergou. Quando soube que nosso visitante era Thomas Stone, eu estava desprevenido. Qual deveria ter sido minha primeira reação? Raiva? Justa indignação? Havia perdido a oportunidade de reagir enquanto ele esteve ali. Mas agora, pela primeira vez desde a infância, eu quis fazer algo mais do que estudar seu retrato com os nove dedos. Queria saber mais sobre o cirurgião de carne e osso que estivera a meu lado.

Nos dias que se seguiram, procurei o nome de Thomas Stone no *Index Medicus* de nossa biblioteca, baixando um a um os enormes volumes, começando em 1954, o ano de meu nascimento. Queria me informar sobre o Stone pós-*Breve prática*. Queria saber que contribuições científicas ele fizera depois de deixar os trópicos. Nossa biblioteca era pequena, mas Popsy doara sua coleção de revistas de cirurgia, que remontavam à década de 1950. Achei nelas a maioria dos trabalhos mencionados no *Index Medicus*.

Tracei em meu caderno a carreira científica de Thomas Stone, refletida em seus trabalhos publicados. Na América, seu interesse passara a ser a cirurgia de fígado, e sua carreira estava entrelaçada com a história dos transplantes, com a ideia audaciosa de tirar um órgão de Pedro para salvar a vida de Paulo. Essa história, naturalmente, tinha começado bem antes de Stone, na década de 1940, com sir Peter Medawar e sir Macfarlane Burnet, que nos mostraram como o sistema imunológico distingue os tecidos de uma pessoa de tecidos estranhos, rejeitando e destruindo estes últimos. Dois meses antes de nosso nascimento, Thomas Stone escreveu uma carta ao editor do *British Medical Journal*, em que descrevia a extraordinária extensão e a redundância do cólon de muitos etíopes, o que, segundo ele acreditava, explicava por que se dobrava com tanta facilidade — um problema denominado volvo de sigmoide. Em 1967, quando o dr. Christiaan Barnard, no Hospital Groote Schuur, da Cidade do Cabo, substituiu o coração doente de Lewis Washkansky pelo coração da jovem Denise Darvall, morta num acidente de automóvel, meu pai, então em Boston, começou a se interessar pela ressecção do fígado. A pergunta a que sua pesquisa pretendia responder era: que porção de um fígado poderia ser retirada de um doador sem levá-lo à morte?

A área de transplantes nos Estados Unidos tinha como mentor um cirurgião brilhante — outro Thomas, este de sobrenome Starzl. Trabalhando na Califórnia, Starzl realizou os dois primeiros transplantes de fígado em seres humanos em 1963 e 1964, mas ambos os pacientes morreram. Em Boston, mostram as notas de rodapé, Thomas Stone também tentou e fracassou em 1965. Apesar das crescentes críticas, Starzl não desistiu e realizou o primeiro transplante bem-sucedido de fígado em 1967. Outros médicos, entre os quais Thomas Stone, logo obtiveram o mesmo êxito. Ainda era uma operação de altíssimo risco, mas com a publicação, por esses cirurgiões, de trabalhos sobre sua experiência com artifícios como desviar o sangue da veia porta para a veia cava superior durante a longa cirurgia, ou utilizar a chamada "solução da Universidade de Wisconsin" para preservar melhor os fígados de cadáveres, os resultados estavam melhorando. O problema já não era técnico, ainda que essa fosse a operação mais difícil que alguém podia realizar, o equivalente a um pianista executar a *Rapsódia sobre um tema de Paganini*, de Rachmaninoff, sem perder uma nota ou executar mal uma frase. A operação durava dez, às vezes vinte horas. Starzl mostrou que podia ser feita. Os dois novos entraves consistiam em encontrar órgãos para transplante em número suficiente e, naturalmente, superar o problema da rejeição do transplante pelo sistema imunológico.

Em 1980, ano em que comecei meu período como interno, Starzl dedicou-se cada vez mais à rejeição, concentrando-se na nova droga descoberta pelo grupo de sir Roy Calne, de Cambridge, a ciclosporina.

Thomas Stone adotou um enfoque diferente. Concentrou-se no problema da escassez de órgãos e buscou uma solução que os outros pesquisadores, em sua maioria, viam como um beco sem saída: remover *parte* de um fígado do pai ou da mãe saudáveis e transplantá-la em uma criança com insuficiência hepática. Pelo menos em cães, ele verificara que o fígado cresce de tamanho para compensar sua perda, enquanto o segmento de fígado transplantado mantinha o receptor vivo. Entretanto, dividir o fígado do doador trazia complicações, como vazamentos de bile e coágulos na artéria hepática, que alimenta o fígado. Além disso, impunha uma ameaça real à vida do doador, uma vez que o fígado, à diferença dos rins, é um só. Uma linha de pesquisa ainda mais promissora e de aplicação imediata foi o trabalho de Stone que utilizava células hepáticas de animais. Ele procurou eliminar dessas células os antígenos superficiais que fazia as células humanas reconhecê-los como estranhas e depois cultivá-las em lâminas sobre uma membrana e usá-las como uma espécie de fígado artificial, ou seja, uma solução do tipo diálise.

À medida que eu lia sobre transplantes, mais me emocionava. Esse era, claramente, um dos capítulos mais notáveis da medicina americana.

Junior era o centro das atenções em nossa UTI. Estava em sedação profunda, com os olhos se mexendo de um lado para o outro sob pálpebras fechadas. O tipo de trauma pelo qual havia experimentado normalmente tinha como resultado o pulmão de choque, ou pulmão de Da Nang (descrito em soldados americanos reanimados no campo de batalha no Vietnã, mas que depois apresentavam aquela estranha rigidez pulmonar), juntamente com inatividade renal. De acordo com os critérios de B. C. Gandhi, se um paciente precisasse de mais de sete sondas no corpo, estava praticamente morto. Junior tinha nove. Entretanto, no decorrer de semanas, foram sendo retiradas uma a uma, e ele melhorava aos poucos. Seu estado exigia cuidados de enfermagem rígidos, e Deepak e eu nos debruçávamos sobre fluxogramas diários, prevendo quais seriam suas necessidades e intervindo à medida que surgiam problemas. J. R., como a família o chamava, saiu da UTI para um quarto comum depois de quarenta e três dias. Uma semana depois, sorrindo timidamente, saiu do hospital com suas próprias pernas, com o pessoal da UTI e da sala de trauma alinhado nos dois lados da entrada para aplaudi-lo. Se havia baleado alguém, todas as testemunhas tinham sumido e a polícia se desinteressara, de modo que J. R. estava indo para casa. Tenho para mim que foi ver J. R. sair andando do hospital que me pôs rumo a uma carreira como cirurgião de trauma. Sua recuperação não foi, de maneira alguma, um fato normal na cirurgia de trauma, mas acontecia com relativa frequência, sobretudo se os pacientes eram jovens e saudáveis, o que fazia os esforços heroicos valerem a pena. A mente era frágil e instável, mas o corpo, resistente.

Nós, os internos, tínhamos permissão para participar de um congresso nacional, com todas as despesas pagas. Escolhi um congresso sobre transplantes de fígado que seria realizado em maio, em Boston. Cheguei lá num lindo dia de primavera. O centro de Boston correspondia a tudo o que eu imaginava que era a América colonial, e parecia impregnado de história, completamente diferente de minha área no Bronx. Pensei comigo que era uma coincidência que o congresso fosse em Boston, a poucas quadras do lugar onde Thomas Stone trabalhava. Pensei comigo que não estava ali para falar com Thomas Stone, e sim para ouvir o principal palestrante, Thomas Starzl. Quanto à sessão plenária de Thomas Stone, ainda não me decidira se a assistiria ou não.

Na manhã do congresso, não podia mais mentir para mim mesmo. Deixei de lado a palestra sobre transplantes e caminhei os seis quarteirões até o hospital onde Thomas Stone havia trabalhado durante todos aqueles anos. Depois de um ano usando roupas de cirurgia, o terno e a gravata pareciam estranhos, como se eu estivesse fantasiado.

"Mande para Meca" era a expressão que usávamos quando encaminhávamos pacientes para lugares que ofereciam o que o Nossa Senhora do Perpétuo Socorro não tinha. Era uma expressão corrente em hospitais de todo o país quando pacientes eram encaminhados para um dos hospitais de primeira linha. Agora eu estava indo a Meca.

"Meca" consistia em um edifício alto, novíssimo, com uma forma inusitada, e reluzia como se fosse feito de platina. Era o tipo de estrutura que os arquitetos competem entre si para projetar e construir. Da perspectiva de um paciente, não parecia acolhedor. O edifício escondia os prédios de tijolos do hospital, mais antigos, cuja arquitetura parecia autêntica e consentânea com as demais construções da área.

"Bom dia, senhor", disse-me um rapaz com um paletó roxo. Olhei para ele, achando que estava sendo sarcástico. Logo compreendi que ele e mais dois outros estavam ali para ajudar a estacionar carros e ajudar pacientes cadeirantes.

As portas giratórias levavam a um átrio com paredes de vidro, cujo teto estava no mínimo a três andares de altura e permitia a existência ali de uma árvore de verdade. Um piano de cauda tocava sozinho, graças a algum mecanismo misterioso. Em torno dele havia poltronas de couro e luminárias de colunas. Mais adiante, uma cascata caía suavemente sobre uma laje de granito. No fundo, havia um balcão de recepção onde uma das três atendentes ergueu os olhos, sorridente, pronta a me ajudar. Segui pela linha azul no piso em direção aos elevadores da Torre A, com o que fui parar no Departamento de Cirurgia no 18º andar, exatamente como ela dissera que aconteceria. Eu estava achando difícil acreditar que estivesse num hospital.

Saindo do elevador, fui recebido por cinco rapazes e uma moça mais ou menos de minha idade, todos de ternos escuros, que traziam no peito um crachá exatamente igual ao meu. "É para esperarmos aqui", disse-me a moça, solícita.

Nesse momento aproximou-se um jovem, com um jaleco branco que cobria sua roupa azul de cirurgia. "Desculpem o atraso", disse, aparentemente nada aborrecido. "Bem-vindos ao Departamento de Cirurgia. Meu nome é Matthew." Sorriu para nós. "Deus do céu, há um ano eu estava no lugar de vocês, sendo entrevistado para o período como interno. Como o tempo voa! Que saudade desses ternos! OK, temos mais ou menos vinte minutos antes da palestra sobre morbidade e mortalidade. Vou lhes mostrar rapidamente o Departamento de Cirurgia. Depois da M&M, vocês vão almoçar com o pessoal do hospital, e logo começam as entrevistas individuais. A seguir vem uma visita a todo o hospital. Quando eu levá-los para o salão da palestra, vou deixá-los. Um de meus pacientes será apresentado na M&M, de modo que tenho de ir vestir a couraça."

Eu estava no Nossa Senhora do Perpétuo Socorro havia um ano e não tinha recebido nenhum interno em potencial. Na verdade, nunca tinha visto alguém ser entrevistado. Em Meca, isso acontecia toda semana. Acompanhei-os.

Os quartos individuais para os médicos de plantão tinham um televisor na parede, uma geladeira, uma bela mesa e um banheiro anexo. Muito diferentes do único quarto desse tipo no Nossa Senhora, atulhado de beliches, com apenas um telefone e onde descansavam os internos de todas as especialidades. Eu nunca o tinha usado. Em seguida Matthew nos mostrou a sala de reuniões, menor, onde a equipe de cirurgia de Meca realizava seu encontro matinal. Parecia a sala da diretoria de uma empresa, com cadeiras de couro de encosto alto em torno da mesa longa. Retratos a óleo de ex-diretores da cirurgia pendiam das paredes: um quem é quem da cirurgia.

"Vejam só isto", disse Matthew, apertando um botão. Telas escuras desceram atrás das cortinas, escurecendo a sala, e um projetor subiu de um móvel que eu julgara ser uma mesinha de centro. Constance, a moça em nosso grupo, revirou os olhos, como se considerasse aquilo muito cafona. Ao chegarmos ao auditório onde seria realizada a palestra sobre morbidade e mortalidade, Matthew pediu licença para se ausentar. "Tenho de tirar a roupa de cirurgia. O doutor Stone faz questão disso. Ele não gosta que usemos roupas de centro cirúrgico nem nas visitas aos doentes."

O auditório era uma versão reduzida do Cinema Adowa em Adis, com uma diferença: tinha melhores poltronas, revestidas com um áspero tecido bege, agradável ao tato. Uma forte inclinação do piso fazia com que fosse excelente a visão de que se sentasse no fundo, e era ali que nós, os candidatos a internos, devíamos ficar. Um conjunto de negatoscópios motorizados para exibição de radiografias havia sido instalado na parede, atrás da tribuna. Um residente carregava filmes, pisando num pedal para fazer avançar os painéis.

Constance sentou-se a meu lado. Entrou no auditório um grupo barulhento de estudantes de medicina, com jalecos curtos, que se juntaram a nós no fundo. Eu me esquecera da existência de estudantes de medicina. Como seria bom que no Nossa Senhora do Perpétuo Socorro houvesse alguém abaixo de mim na cadeia alimentar! Os residentes usavam jalecos um pouco mais longos, mostravam expressões menos despreocupadas que as dos estudantes. Os especialistas usavam os jalecos mais longos e foram os últimos a entrar. Nós, candidatos a entrevistas, de roupa escura, parecíamos pinguins numa convenção de ursos polares. Durante todo o tempo em que eu estava no Nossa Senhora, nunca tínhamos realizado esse tipo de encontro. Deepak nos reunia de vez em quando para sessões de treinamento, mas percebia-se nesse auditório uma tradição, uma forma de fazer as coisas que não mudava havia décadas.

"Em que escola você estudou?", perguntou Constance. Eu a ouvira dizer a alguém que tinha estudado em Boston, mas não nessa instituição.

"Eu estudei na Etiópia", respondi. Se ela pudesse ter mudado de poltrona, com certeza teria feito isso.

Thomas Stone não olhou para a plateia quando chegou. Sabia que ela estava ali, e pronto. Era mais alto do que eu imaginara ao vê-lo na sala de cirurgia, quase tão alto quanto Shiva e eu. Fez-se silêncio no auditório. Tinha as mãos metidas nos bolsos do jaleco branco. O modo como deslizou para a poltrona, a simplicidade e a fluidez desse movimento, me recordou Shiva. Estava sozinho na primeira fila. Eu me achava bem distante dele, mas meio de lado, de modo que podia vê-lo de perfil. Essa foi a primeira vez que vi bem meu pai. Senti um calor correr pelo corpo. Não era possível observá-lo imparcial e clinicamente. Meus pensamentos galopavam, meu coração dava pinotes, e fiquei com medo de delatar minha presença. Olhei para o outro lado, tentando me acalmar. Quando olhei para ele de novo, Stone estava estudando um papel que tinha nas mãos. Era difícil dizer se lhe faltava um dedo. O cabelo estava bastante grisalho nas têmporas, mas ainda castanho escuro no alto. Os masseteres sobressaíam, delineando a mandíbula, como se ele tivesse o hábito de trincar os dentes. A única órbita ocular que eu podia ver era uma depressão escura e funda em seu rosto. Notei que ele mantinha a cabeça perfeitamente imóvel.

Não me lembro de muita coisa sobre o caso que estava em discussão ou exatamente o que foi dito. Enquanto eu olhava para Thomas Stone, sentado ao lado da presunçosa Constance, um rastilho lento queimava dentro de mim e estava prestes a detonar uma carga explosiva. Minha vontade era derrubar móveis, ativar o sistema de extinção de incêndio, gritar obscenidades e acabar com aquela reunião ordeira. Sentia-me à beira de perder o controle. Em dado momento tive de me agarrar aos braços da poltrona, pois minha fúria tinha chegado a um pico, antes de começar a baixar gradualmente.

"A culpa foi minha", disse Thomas Stone, virando-se para onde eu estava.

Por um instante, achei que ele era vidente. Ele tinha me escutado. Antes disso, Matthew, nosso acompanhante e o apresentador do caso, fora alvo de duras críticas, que partiam de diferentes áreas do auditório. Matthew era apenas o mensageiro, mas, como nem seu superior nem o residente sênior acorreram em sua defesa, ele suportou o peso do ataque. As bocas que o criticavam se calaram quando Thomas Stone se levantou.

"Isso, foi culpa minha. Sem dúvida podemos fazer melhor do ponto de vista cirúrgico. Estou instalando uma câmara de vídeo nas duas salas de trauma. Quero que revisemos o vídeo depois de todo caso grave de trauma que surgir. Estávamos no lugar certo? Tivemos de dar três passos para pegar um tubo endotraqueal quando ele deveria estar à mão? Alguém teve de pedir alguma coisa que deveria estar ali? Distraímos um ao outro com o que dizíamos? Quem não precisava estar ali? Existe uma maneira melhor? Esse é sempre o desafio." Tirou um papel do bolso e o abriu. "Eu me responsabilizo também por uma coisa contida nesta carta."

Seu sotaque era levemente britânico. Os anos passados nos Estados Unidos haviam-no suavizado, mas sem lhe conferir nenhuma dissonante inflexão americana. No dia em que ele conversara com Deepak na sala de cirurgia do Nossa Senhora, eu não tinha notado um sotaque em especial.

"Esta carta me foi enviada pela mãe do paciente falecido. Quero me certificar de que o motivo de sua queixa não venha a ocorrer de novo." E passou a ler a carta em voz alta.

> Doutor Stone: a morte terrível de meu filho não é um fato do qual eu algum dia venha me recuperar, mas talvez no futuro se torne menos dolorosa. Mas não consigo esquecer uma imagem, uma última imagem que poderia ter sido muito diferente. Antes que me pedissem que saísse da sala, de uma maneira bastante grosseira, devo lhe dizer que vi que meu filho estava aterrorizado e que não havia ninguém que procurasse aliviar seu medo. A única pessoa que tentou

fazer isso foi uma enfermeira. Ela segurou a mão de meu filho e disse: "Não se preocupe, vai dar tudo certo". Ninguém mais lhe deu atenção. Eu sei, os médicos estavam ocupados com o corpo dele. Teria sido misericordioso se ele estivesse inconsciente. Eles tinham coisas importantes a fazer. Mas só se importavam com o peito e a barriga dele. Nem um pouco com aquele menino apavorado. Eu também sei, ele era um homem, mas num momento vulnerável como aquele estava reduzindo a um menininho. Não vi o menor sinal de bondade humana. Meu filho e eu éramos estorvos. Sua equipe teria preferido que eu não estivesse ali e que meu filho ficasse quieto. Por fim, conseguiram o que queriam. Doutor Stone, como chefe da cirurgia, talvez também como um pai, o senhor não se vê na obrigação de fazer com que sua equipe conforte o paciente? Não estaria o paciente em melhores condições se estivesse menos ansioso, com menos medo? A última memória consciente de meu filho foi de pessoas que o ignoravam. Minha última lembrança dele será de meu filhinho, vendo, aterrorizado, a mãe ser escorraçada da sala. Essa é a imagem forte que levarei para meu próprio leito de morte. As pessoas dedicaram atenção a seu corpo, mas isso não compensa a indiferença para com sua pessoa.

Thomas Stone dobrou a carta e guardou-a no bolso do peito do jaleco. Seguiu-se um murmúrio no auditório, um zum-zum-zum e constrangidas mudanças de posição. Percebi uma disposição no auditório de minimizar a importância da carta, de troçar de seu conteúdo, mas a atitude de Stone obrigava os presentes a ocultar esse estado de ânimo. Stone continuou de pé, olhando para longe, como se ele próprio refletisse sobre a carta, esquecido de sua plateia. Ninguém dizia uma única palavra. À medida que o silêncio se prolongava, mesmo os menores ruídos cessavam, até que só se ouvia o zumbido do ar-condicionado. A expressão de Thomas Stone era meditativa, sem nenhum sinal de indignação. De repente, como se acordasse, ele buscou uma reação no auditório, buscando ver se a autora da carta havia provocado alguma reação emocional. Os trocistas tinham reconsiderado sua posição.

Quando Stone finalmente falou, sua voz soou calma, mas firme e impositiva. Ele fez uma pergunta.

Eu sabia a resposta porque ela estava no livro, um livro que eu havia lido e relido com cuidado durante minha viagem de saída da Etiópia e em minha estada no Quênia.

"Que tratamento de emergência é ministrado pelo ouvido?"

Como havia cerca de duzentas pessoas no auditório, certamente ao menos cinquenta saberiam a resposta.

Ninguém respondeu.

Stone esperou. O desconforto tornou-se ainda mais intenso. Pude perceber que, a meu lado, Constance se retesava.

Thomas Stone, pernas meio abertas e mãos nas costas, parecia disposto a ficar ali o dia todo. Levantou as sobrancelhas, à espera. Os estudantes sentados à minha esquerda tinham medo até de piscar.

Stone olhou para mim, surpreso por ver que a resposta vinha do grupo no fundo, o de ternos escuros. Senti seus olhos cravados nos meus. Essa era apenas a segunda vez que ele registrava minha presença neste mundo. A primeira foi quando nasci. Dessa vez, só tive de erguer a mão.

"Sim?", disse ele. "Responda, por favor. Que tratamento, numa emergência, é ministrado pelo ouvido?"

Todos os olhos estavam pregados em mim. Mas eu não tive pressa. Nenhuma.

Então meus olhos se umedeceram, pois pensei em Ghosh e no sacrifício que ele tinha feito por nós. Embora ele houvesse morrido de leucemia, tive agora a sensação de que renunciara à sua vida desde que éramos bebês, para que Shiva e eu tivéssemos a nossa. Quando ele morreu, foi como se um segundo cordão umbilical fosse cortado. Pensei em Hema, viúva, agora trabalhando sozinha com Shiva no Hospital da Missing, escrevendo-me para dizer que seu coração estava se dilacerando por eu não estar lá e me pedindo que a perdoasse por não me ter dado a atenção e o amor que eu merecia. E durante todos aqueles anos Thomas Stone provavelmente nunca tinha perdido uma palestra de M&M, nunca tivera um dia de inquietação com relação a Shiva ou a mim. Pensei na enfermeira-chefe, mantendo a Missing íntegra, uma avó ativa e carinhosa de dois meninos, uma âncora em nossa vida. E pensei em Gebrew, Almaz e Rosina, que haviam assumido atitudes para preencher o vazio deixado pela ausência desse homem.

Como era injusto que a paga de Thomas Stone por suas deficiências, por seu egoísmo, fosse presidir essa palestra em sua poltrona e desfrutar da reverência, da admiração e do respeito de pessoas da categoria de Constance e outros naquele auditório. Decerto não se podia ser um bom médico *e* um fantástico ser humano... com certeza as leis humanas, se não as divinas, não o permitiriam.

Olhei dentro de seus olhos e não pisquei. "Palavras de conforto", respondi a meu pai.

Todos aqueles anos se interpunham entre nós como que comprimidos por suportes de livros. As pessoas no auditório olhavam ora para mim, ora para ele, ansiosas, sem saber ao certo se minha resposta era a correta. Mas não existia ali ninguém mais para mim ou para ele.

"Obrigado", ele disse, com a voz alterada. "Palavras de conforto."

Saiu da sala, mas virou-se para me olhar mais uma vez quando chegou à porta.

Descobri onde ele morava por acaso. Um condomínio elegante do outro lado do rio teria sido meu palpite, se me perguntassem. Mas no térreo da torre avistei uma porta de vidro que levava ao exterior. Do outro lado da rua ficava o vestíbulo de um outro edifício. Vi Thomas Stone entrar e um porteiro cumprimentá-lo. Esperei. Minutos depois ele saiu, sem o jaleco branco, mas com uma caixa amarela e preta na mão: um carrossel de slides. Estava a caminho do congresso de transplantes. Esperei meia hora e me dirigi ao porteiro.

"Meu nome é Marion Stone. O doutor Stone esqueceu alguns slides necessários para a palestra que vai fazer e me pediu que viesse buscá-los."

O homem esteve prestes a me interrogar, dizer que não, mas de repente inclinou a cabeça. "O senhor é parente dele?"

"Sou seu filho."

"Ora, claro, é mesmo!", exclamou, aproximando-se mais para analisar meus olhos, como se fosse neles que residisse a semelhança. Sorriu, feliz, como se a notícia lhe fizesse justiça. Como se conferisse a Thomas Stone uma dimensão humana, uma qualidade redentora.

"Ora, claro, é mesmo!" O homem deu um tapa na perna, deliciado. "E nem uma palavra para a gente esse tempo todo!"

"Ele só soube este ano", eu disse, piscando.

"Jesus, Maria, José! Vá buscar isso, e já!"

Sorri e olhei para meu relógio.

"Sabe onde é?", perguntou o porteiro.

"Quarto andar?"

"Quatro-zero-nove."

Entrei na casa dele utilizando meu canivete e o tipo de habilidades cirúrgicas auxiliares que só um B. C. Gandhi pode ensinar.

Era um quarto e sala.

A sala nada tinha que justificasse esse nome. Uma grande mesa de trabalho, semelhante a uma prancheta de desenhista, ocupava a maior parte dela, com duas mesas laterais em suas extremidades, formando um U. Nelas havia pilhas ordenadas de papéis. Três paredes estavam cobertas de estantes, cheias de livros e papéis. Não estavam arrumados com vistas a decoração, mas de modo a facilitar o acesso.

A cafeteira na cozinha acumulava poeira. O fogão parecia não ter sido nunca usado. Sobre uma torradeira, na bancada da pia, havia pedacinhos de pão. A geladeira tinha uma caixa de suco de laranja, um pedaço de manteiga e meio pão.

O quarto estava escuro, com as cortinas cerradas. Não havia ali livros ou papéis. Apenas uma cama de armar, um cobertor dobrado cuidadosamente em seu pé, como se ele estivesse acampando por uma noite.

Uma fotografia emoldurada decorava a prateleira sobre a lareira elétrica. A técnica de aerógrafo da década de 1920 dava a mãe e filho uma pele de alabastro. Posavam como a Virgem e o Menino. A criança teria seus cinco anos, abrigada no colo de uma mulher que devia ser minha avó — uma pessoa sobre a qual, dei-me conta então, eu nunca tinha pensado.

Ao lado da foto havia um cilindro de vidro cheio de um fluido turvo. Uma inspeção mais detida revelou que um dedo humano flutuava no líquido.

Eu tinha ido ali desejando... causar dano.

A fotografia me levou a mudar de ideia.

Em vez disso, abri todos os armários da cozinha e deixei as portas entreabertas. Baixei a porta do forno. Abri os dois lados da geladeira. Tirei a tampa da caixa de suco. Abri os armários do banheiro. Destapei a pasta de dentes, o xampu, o condicionador, colocando as tampas cuidadosamente ao lado da bisnaga e dos frascos. Abri tudo o que tivesse uma tampa. Deixei aberto o guarda-roupa, a cômoda, o arquivo, o vidro de tinta e os vidros de remédio. Abri as janelas.

Coloquei no centro da mesa o marcador com o bilhete manuscrito da irmã Mary Joseph Praise.

> 19 de setembro de 1954
>
> A segunda edição. O pacote veio endereçado a mim. Mas tenho certeza de que a intenção dos editores era enviá-lo a você. Parabéns. Estou anexando também uma carta minha para você. Por favor, leia-a imediatamente.
>
> IMJP

Eu tinha certeza de que ele tinha a carta a que minha mãe se referia. Agora, na casa dele, perguntei-me mais uma vez: Onde estaria ela... e o que dizia? Tive a tentação de revistar o lugar até encontrá-la, mas isso estragaria o que eu tinha criado.

Abri o frasco com formalina, pesquei o dedo, sacudi-o para secá-lo um pouco e o coloquei ao lado do marcador. Estudei o que tinha feito. Mudei de ideia com relação ao dedo. Meti-o de volta no frasco de formalina, tampei-o e levei-o comigo. Isso era justo. Afinal de contas, eu tinha deixado para ele uma coisa que era minha.

Ao sair, deixei a porta entreaberta.

44. Começar pelo começo

Duas semanas depois, um domingo, ouvi que batiam à minha porta. Tínhamos derrotado nossos arquirrivais de Coney Island numa partida de séries limitadas no campo deles, saindo de lá como troféu inter-hospitalar de críquete. Nestor havia feito seis *wickets* com vinte e cinco corridas numa sequência tórrida de arremessos rápidos, e quatro deles tinham nascido de paradas que eu tinha feito bem atrás do *wicket*. Como estava com os dedos machucados, apesar das luvas, e com os joelhos doloridos, havia saído cedo da festa no quarto de B. C. Gandhi. Além disso, eu planejava dormir cedo.

"Entre", eu disse.

Ele procurou enxergar alguma coisa no quarto às escuras. Se viu a sombra de minha cama, não viu a mim porque primeiro olhou para a luz que saía debaixo da porta do banheiro. Depois para a janela com a cortina fechada. Quando olhou em minha direção de novo, eu estava me sentando. Ele teve um sobressalto.

Fechou a porta e ali ficou. Era um homem que havia entrado em seu passado.

Esperei. Não o havia convidado a ir ali. Os segundos se passavam e ele não mostrava nenhuma disposição de falar. Um crédito eu tinha de lhe dar: ele me rastreara, fizera certos cálculos. Era possível que houvesse mesmo registrado minha presença na sala de cirurgia no dia em que olhou por cima de meu ombro. Talvez, quando respondi à sua pergunta no auditório, tivesse visto em meu rosto traços de minha mãe ou dele próprio. Devia ser estranho para um pai localizar um filho que nunca viu ou em quem nunca pensou até o dia em que ele aparece numa palestra de morbidade e mortalidade e lhe confere um novo sentido.

"Sente-se, por favor", convidei. Não me dispus a acender a luz.

Havia uma cadeira diante de minha cama. Ele se adiantou rapidamente, como um cego que preferisse se arriscar a tropeçar em alguma coisa a parecer hesitante ou a pedir ajuda. Sentou-se com força.

Achei que ele não conseguia ver meu rosto. Estudei o dele. À medida que seus olhos se ajustavam, ele passou a olhar meus pertences. Eu tinha mais coisas do que ele. Não se contando os livros, claro. Vi que ele demorou o olhar na reprodução emoldurada de *O êxtase de Santa Teresa*. Deve ter reconhecido imediatamente de onde tinha vindo. Ah, sim, e o dedo no vidro. Ele viu que estava no quarto certo.

Os minutos se passavam. Eram dez da noite.

"Importa-se se eu fumar?", disse ele enfim.

"O senhor não fuma." Eu não sentira cheiro de cigarros em seu apartamento. Somente seu perfume, que minhas narinas registraram de novo.

"Agora fumo... Quando você começou?"

O olfato dele era excelente. Demorei a responder.

"Desde que vim para cá. É um pré-requisito para treinamento em cirurgia. Por favor."

Ele meteu os dedos no bolso da camisa e tirou de lá dois cigarros. Lembrei-me de Ali e de seu pequeno *souk*, o único lugar que eu conhecia onde se podia comprar cigarros por unidade. Nos Estados Unidos, eram comprados em caixas ou caminhões.

Ele me estendeu um cigarro. Fitei o tubinho branco. Ele estava a ponto de recolher a mão quando o peguei. Ele acendeu o isqueiro e se levantou para vir em minha direção enquanto eu jogava os pés para o lado da cama.

Seus dedos protegeram a chama, um sepulcro de nove dedos. Baixei a cabeça em direção à chama e traguei com força até a ponta do cigarro brilhar.

Obrigado, Pai.

Sentei-me de novo ao comprido na cama. Ele achou um velho copo de isopor ao alcance do braço. Dei uma tragada atenta, avaliando o cigarro dele.

Era um Rothmans, um regresso a seus dias na Etiópia, ou, para que eu não esquecesse, seus dias na Grã-Bretanha. Rothmans era também a marca que fumávamos no Nossa Senhora, graças à amabilidade de B. C. Gandhi, que comprava caixas com grande desconto na Canal Street.

A fumaça produzia formas sinuosas no feixe de luz que vinha da porta do banheiro. Lembrei-me de nossa cozinha na Missing e de como as partículas de poeira iluminadas pelos raios matutinos formavam sua própria galáxia. Quando eu era criança, aquela visão tinha sido uma insinuação da complexidade maravilhosa e assustadora do universo, de como, quando se olhava mais de perto, novas revelações surgiam, e minha imaginação era o único limite.

"Não espero que você compreenda", disse ele, e por um instante pensei que estivesse falando sobre as partículas de poeira. O som de sua voz me irritou. Quem lhe dera permissão para falar? Em meu quarto?

"Então não falemos sobre isso."

Mais silêncio.

Ele falou primeiro. "Em que medida você gosta de cirurgia?"

Eu tinha mesmo de responder a ele? Por responder, estaria abrindo mão de alguma coisa? Tive de pensar sobre isso durante alguns minutos. Que ele suasse.

"Em que medida? Hummm... Tenho sorte por ter Deepak. Ele me dedica muita atenção. Os fundamentos, bons hábitos. Acho que essas coisas são da maior importância..." Calei-me. Achei que tinha falado demais. Detectei em meu tom de voz uma necessidade de aprovação por parte dele, sua corroboração, e isso era a última coisa que eu queria. Pensei em Ghosh, que havia se tornado um cirurgião por acaso, devido ao sumiço de Stone. Não tivera ninguém que lhe ensinasse. Ah, Ghosh! O último desejo de Ghosh fora que...

"Conheço algumas pessoas que treinaram Deepak", disse Stone, cortando minha linha de pensamento. A mensagem de Ghosh para ele podia esperar. Ainda não era a hora. Eu não estava com ânimo para isso.

"Ah, é?"

"Eu me informei sobre ele. Você tem sorte."

"Mas *Deepak* não tem sorte nenhuma. Vai se ferrar todo de novo. Na verdade, todos nós."

"Talvez não", disse ele.

Não segui aquela linha. Nada de favores! Eu não queria nada dele. Ele se torceu na cadeira, mas não por desconforto. Era o que ele estava omitindo, esperando que eu perguntasse. Eu não lhe daria esse prazer.

"Eu tive um Deepak em minha vida", disse ele. "Basta um. O meu foi o doutor Braithwaite. Um maníaco das coisas certas. Hoje dou mais valor a ele do que naquela época. Apesar dele, depois de todos esses anos, acho extraordinariamente difícil..."

As palavras tinham secado em sua língua. Aquilo exigia um esforço colossal, para ele era uma provação física tentar conversar. Ele não era um homem que falasse desse jeito, achei. Partilhar seus pensamentos íntimos não era coisa a que estivesse habituado. Nem sozinho. Dei-lhe todo o tempo que quis.

"O quê? O senhor acha extremamente difícil... o quê?"

Eu devia ter dito a ele que fosse embora. Ali estava eu *conversando*, ajudando-o a falar.

"Acho difícil operar. Principalmente cirurgia eletiva. Tenho ansiedade." Ele falava devagar, escandindo as sílabas. "Ninguém sabe. Mesmo que eu esteja fazendo uma hérnia ou uma hidrocele... Na verdade, quanto mais simples forem as operações, é mais provável que aconteça isso... Tenho de consultar a anatomia cirúrgica, revisar todos os passos no manual de cirurgia, ainda que, depois de todos esses anos, eu não precise. Fico apavorado, com medo de esquecer. Ou de que me dê um branco... Às vezes vomito na sala de descanso. Fico enjoado, tonto. Isso nunca acabou. Fez-me pensar em abandonar a cirurgia. É pior ainda quando se trata de alguém que eu conheço, um empregado do hospital que traz a mãe..."

Lembrei-me do atlas de anatomia cirúrgica que eu tinha visto no apartamento, um livro de grande formato, e a seu lado um atlas de anatomia humana, ambos abertos em sua mesa como se fossem as últimas coisas que ele olhara antes de sair.

"O que me diz do dia em que eu... do dia de sua palestra sobre morbidade e mortalidade?"

"Exatamente. Naquele dia, bem mais cedo, tive de fazer uma simples excisão de um nódulo mamário e, se a biópsia fosse positiva, teria de fazer uma mastectomia e a extirpação do gânglio sentinela. Já fiz centenas. Talvez mais. Mas agora se tratava de uma de nossas enfermeiras. Uma pessoa que estava demonstrando confiança em mim."

"E o que aconteceu?"

"Entrei na sala de cirurgia sentindo-me a ponto de desmaiar. Ninguém sabe, é claro. A máscara ajuda. Mas assim que faço a incisão, tudo desaparece. E então sinto que foi uma tolice sentir tamanha ansiedade. Ridículo. Nunca mais vai acontecer, penso. Mas acontece."

"Isso aconteceu alguma vez na Etiópia?"

Ele negou com a cabeça. "Acho que foi porque eu sabia que era a única opção da paciente. Não havia alternativas. Dois outros cirurgiões em toda a cidade. Aqui há tantos..."

"Ou talvez aquelas vidas não fossem tão valiosas quanto as daqui. Nativos, certo? Quem se importa? Como a alternativa, de qualquer modo, era a morte, por que se preocupar? É o mesmo que vir aqui e retirar órgãos de nossos pacientes no Nossa Senhora."

Ele estremeceu. Percebi que ninguém jamais falara assim com ele. Não tínhamos combinado regras. Se ele não gostasse, poderia simplesmente ir embora. Ele tinha vindo ao Nossa Senhora. Ali não era Meca.

Ele comprimiu os lábios. "Não espero que você compreenda", disse.

Eu sabia que ele não estava falando de suas ansiedades cirúrgicas.

Tateou nos bolsos, sem encontrar o que estava procurando. Por isso se manteve sentado e pestanejou, esperando mais castigo.

Afundou-se na cadeira. Cruzou as pernas, prendendo o pé livre sob a canela da outra perna, como o caule de uma trepadeira. "Entenda, *Ma-ri-on*..." Não estava acostumado a pronunciar meu nome. "Eu... Nem tudo pode ser explicado pela lógica."

Descruzou as pernas e chegou-se para a frente. "Não posso lhe dar uma explicação clara e organizada do motivo... pelo qual fiz o que fiz, porque eu mesmo não compreendo aquilo. Mesmo depois de tantos anos..."

A qual "aquilo" ele se referia? Eu estava com meus punhais alinhados, e com as lanças e a maça preparados logo atrás deles. Pensei em várias frases sagazes que poderia dizer: *Poupe seu fôlego.* Ou *Eu compreendo perfeitamente. O senhor seguiu a trilha menos batida. O senhor caiu fora. O que mais existe para ser compreendido?* Mas talvez com "aquilo" ele estivesse se referindo ao fato de engravidar minha mãe.

"Ghosh disse que o senhor não sabia como *aquilo* aconteceu. Que aquilo foi um mistério para o senhor."

"Isso!", disse ele, aliviado, mas percebi que ele estava enrubescendo. "Ele disse isso? Sim, foi isso."

"Como José? Sem nenhuma pista em relação a Maria e ao bebê? No seu caso, *bebês*."

"... Sim." Ele cruzou as pernas.

"Talvez o senhor ache que não é meu pai."

"Não, não é isso. Eu *sou* seu pai. Eu..."

"Não, não é! Meu pai foi Ghosh. Ele me criou. Me ensinou tudo, desde andar de bicicleta a rebater uma bola com efeito. Ele me deu meu amor pela medicina. Ele criou a mim e a Shiva. Estou aqui por causa de Ghosh. Nunca existiu um homem como ele."

Eu tinha posto a isca na armadilha, que o havia atraído. Mas fui eu que caí nela.

"Você disse 'existiu'...", disse ele, chegando-se para a frente e parando de agitar o pé.

"Ghosh morreu."

Ele empalideceu.

Deixei que ele refletisse sobre isso. Tenho certeza de que ele queria saber como e por que, mas não podia perguntar. A notícia fora um golpe para ele, o entristecera, percebi. Bom. Fiquei comovido. Mas eu ainda não tinha acabado de maltratá-lo. Impressionava-me o modo como ele suportava a situação, à espera de mais golpes.

"Portanto, o senhor não deve se preocupar", eu disse. "Eu tive um pai."

Ele suspirou. "Não espero que você compreenda", repetiu.

"Mas me conte, mesmo assim."

"De onde começo?"

"'Comece pelo começo, disse o rei, gravemente, e fale até chegar ao fim. Então pare.' Sabe quem disse isso?"

Eu estava me divertindo. O famoso Thomas Stone torturado na grelha, na roda, provando de seu próprio remédio. Claro, ele era capaz de repetir de memória os ramos da artéria carótida externa ou os limites do forâmen de Winslow, mas conheceria Lewis Carroll? Conheceria *Alice no país das maravilhas*?

Ele me surpreendeu com sua resposta. Estava errada, mas certa.

"Ghosh", disse, exalando todo o ar dos pulmões.

45. Uma questão de tempo

Quando Thomas Stone era criança, um dia perguntou ao *maali*, o jardineiro, de onde vinham os menininhos. O *maali*, um homem de pele escura, olhos turvos e o hálito acre devido ao áraque da véspera, respondeu: "Tu vieste trazido pela maré da noite, é claro! Fui eu que te achei. Eras gordo e rosado, com uma barbatana longa e sem escamas. Dizem que esses peixes só existem no Ceilão, mas tu eras assim. Quase te comi, mas não estava com fome. Cortei a barbatana com essa foice aqui e levei-te para sua mãe".

"Não acredito nisso. Minha mãe e eu devemos ter sido trazidos do mar juntos. Nós éramos um único peixe grande. Eu estava dentro da barriga dela e saí", disse o menino, afastando-se. O *maali* podia ser capaz de fazer rosas brotarem daquela terra, coisa que seus vizinhos nunca conseguiam. Mas Hilda Stone o teria demitido por inventar tais patranhas para seu filho único.

A casa ficava bem perto das muralhas de pedra do forte de São Jorge, em Madras, na Índia. A torre da igreja de Santa Maria elevava-se atrás de suas ameias em ruínas. A área de recreação do menino era o pitoresco e bem cuidado cemitério junto da igreja, um lugar onde se achavam enterradas mais de cinco gerações de homens, mulheres e bebês ingleses, levados pela febre tifoide, pela malária, pelo *kala azar* e, raramente, pela velhice.

O forte de São Jorge tinha sido a primeira sede da Companhia das Índias Orientais. Já a igreja de Santa Maria, construída em 1680, foi o primeiro templo anglicano na Índia (mas não a primeira igreja cristã, pois essa honra pertencia à que foi construída em 54 d. C. por são Tomé Apóstolo, que desembarcou na costa do Kerala). Uma placa no interior da igreja de Santa Maria comemorava o casamento de lorde Clive; outra, o do governador Elihu Yale, que mais tarde fundou uma universidade nos Estados Unidos. Mas o menino não via nenhuma placa comemorativa do casamento de Hilda Masters, de Fife, preceptora e governanta, com Justifus Stone, funcionário civil do Raj Britânico,* quase vinte anos mais velho do que ela.

Thomas acreditava que todas as crianças cresciam como ele, contemplando o oceano Índico, ouvindo as ondas que estrondeavam ao se quebrar em torno do forte de São Jorge. E achava que todos os pais eram como o seu, que tropeçava em móveis e fazia barulhos alarmantes de noite.

A voz de Justifus Kaye Stone ribombava como um trovão e seu bigode de escova de limpar garrafas mantinha as crianças pequenas a distância. Os coletores distritais do serviço civil indiano eram semideuses, com secretários e serviçais a sua volta como moscas em torno de mangas maduras. Os coletores faziam viagens que duravam semanas, sendo tratados como reis em cada cidade. Quando Justifus Stone estava em casa, apesar de sua presença ruidosa, era como se não estivesse. Thomas percebia (daquela forma que as crianças percebem, embora lhes faltem palavras para se expressar) que Justifus era um homem egocêntrico, que pouca ou nenhuma atenção dava à mulher. Talvez tenha sido por isso que Hilda se refugiou na religião. Imaginar o sofrimento de Cristo na cruz lhe permitia suportar a sua.

Bem-aventurados os mansos.

Bem-aventurados os pacificadores.

Bem-aventurada a jovem governanta que se casa com um coletor de impostos com a esperança de aclarar-lhe a pele amarelada de quinina e de curar seu gosto pelo gim e pelas mulheres nativas, pois dela é o reino dos céus.

* Denominação oficiosa do domínio colonial britânico (de *raj*, "reino" em hindustâni) sobre a Índia no período 1858-1947. (N. T.)

O galardão de Hilda veio na forma de seu filho, louro e de olhos azuis, cujos pés ela raramente permitia que tocassem o chão, mesmo quando ele já era bastante crescido para andar.

A ama do menino, Sebestie, tinha como única tarefa assistir às brincadeiras, uma vez que era Hilda quem deixava que o menino montasse e em suas costas, ele fazendo de conta que era Jim Corbett, o caçador dedicado à caça grossa, e ela, o elefante que conduzia Jim ao esconderijo dos tigres. Com giz vermelho, Hilda desenhava um *wicket* de críquete nas paredes caiadas e lhe arremessava uma bola de tênis. Cantava hinos para ele e o abanava com um leque quando o mormaço não o deixava adormecer. A limpidez de sua voz argêntea chamava a atenção das sonolentas lagartixas na parede. O cabelo castanho, partido no meio, caía sobre o rosto oval. Por mais que ela o contivesse, um halo de caracóis nunca deixava de lhe emoldurar as faces.

No meio da noite, ele estendia a mão e lá estava ela. Mas nas noites em que Justifus Stone estava em casa, o menino dormia mal, temeroso pela mãe, pois essas eram as únicas ocasiões em que ela deixava a cama do filho. Ele mantinha vigília com seu taco de críquete diante da porta fechada do quarto dos pais, pronto a invadi-lo se os barulhos não cessassem. Só quando cessavam, o que sempre acontecia, ele voltava para seu quarto. De manhã, quando abria os olhos, a mãe estava de volta à cama dele, acordada e observando-o através da franja encaracolada.

Toda criança deveria ter uma mãe com esse temperamento equânime, uma mãe que, nas raras vezes que se irritava fazia-o com tanta brandura que o efeito era duradouro. Thomas vivia para agradar à mãe, e nisso se esforçava sem cessar. Era como se ambos soubessem, embora não pudessem saber, que a vida era curta, e o instante, fugaz.

Thomas tinha oito anos quando Hilda foi obrigada a pedir para se afastar do coro da igreja de Santa Maria. Uma tosse que a princípio parecia sons de artilharia ao longe logo se converteu no ruído de pregos a chacoalhar num saco de papel. O dr. Winthrop, homem que se vestia com um apuro exagerado e não conversava, mas fazia pronunciamentos, declarou que mãe e filho deveriam dormir separados, em atenção à saúde da criança.

Do outro quarto, o menino escutava-lhe os paroxismos noturnos e tapava os ouvidos com os travesseiros. "Indubitavelmente, consumpção", o dr. Winthrop um dia anunciou a Thomas, usando um sinônimo gentil de tuberculose, enquanto guardava o estetoscópio e o termômetro. "Tornou-se seca. A *forma sicca* da tísica, você sabe", explicou ao menino, como se falasse a um colega de profissão, e balançou a cabeça com gravidade. Quando ela melhoraria? "Repouso, dieta e hidroterapia", respondeu o facultativo. "Durante parte do tempo... digamos, durante a maior parte... a moléstia se mostra inativa. Afinal de contas, não depende de nós, não é mesmo, jovem Stone?" Quando Thomas perguntou: "Por favor, doutor, de quem depende?", Winthrop ergueu os olhos para o céu. Só mais tarde o menino compreendeu que o doutor não se referia a Justifus, cujos passos fortes faziam o lustre balançar. Referia-se a Deus.

Thomas acordou uma manhã sonhando com carruagens puxadas por cavalos e com o ruído de cascos em seus ouvidos. Veio a saber que de noite a mãe tossira sangue em quantidade e que o dr. Winthrop fora chamado. Levaram-na sem permitir que beijasse a testa do filho. Viajou para Coimbatore, e de lá subiu a serra no trenzinho de bitola estreita, que parecia de brinquedo, até a estação perto de Ooty. O dr. Ross tinha construído um sanatório, nos montes Nilgiri, segundo o modelo do famoso Saranac Lake, de Trudeau, no estado de Nova York. Os chalés brancos em torno do hospital copiavam os de Saranac, com as mesmas varandas arejadas e as mesmas camas sobre rodas.

Thomas chorou até dormir sobre o peito ossudo de Sebestie. Estava zangado com Hilda por ela ter adoecido, por ter instigado tanta proximidade com ele que essa separação se tornava insuportável. Ele não era como seus colegas de escola, que gostava mais das amas do que dos pais e pouco se importavam com longas separações. De um dia para outro Sebestie converteu-se em uma mãe substituta, mas Thomas tomava cuidado para não lhe ter amor, pois, se isso acontecesse, ela também poderia desaparecer.

Antes de ir para a escola Thomas entrava na igreja de Santa Maria e recitava cinquenta pai-nossos e salve-rainhas, fazendo o mesmo ao voltar. Passava tanto tempo de joelhos que bolsas moles se formaram sob suas patelas. Usando uma torcida de lamparina, pendurou no pescoço o pesado crucifixo que até então ficava na parede do quarto da mãe, escondendo-o sob o uniforme da escola, embora ele lhe deixasse marcas na pele, sobre o esterno, e a torcida lhe ferisse o pescoço. Na falta de um primogênito, um carneiro ou uma ovelha, sacrificou seu precioso taco de críquete Don Bradman, despedaçando-o contra a pedra de lavar roupa. Jejuou até ter vertigens. Cortou o antebraço com uma navalha, derramando sangue no oratório da Virgem Maria que armou em seu quarto. Sebestie levou-o ao templo Mambalam e até mesmo ao pequenino templo que havia na calçada atrás da casa deles. Se tudo dependia de Deus, Ele não parecia ouvir.

Enquanto isso, o pai não perdia uma escala em seu circuito usual: Vellore, Madurai, Tuticorin e outros lugares entre estes. Quando Justifus Stone retornava ao lar, mal tinha tempo de tirar o capacete de fibra e desfazer suas bolsas antes de sair de novo. Chamava o filho de "arcebispo de Cantuária". Se eram palavras de conforto, em nada ajudavam Thomas. Dirigia-se ao filho como se discursasse para uma multidão. De noite, o menino ouvia seus passos irregulares, como os de um gigante que não conseguisse evitar derrubar móveis num quarto de dimensões liliputianas. Para ele, era um alívio quando Justifus viajava de novo.

Passou-se um ano em que Thomas viveu praticamente órfão na casa enorme, com Sebestie, Durai (a cozinheira), o *maali*, Sethuma (que lavava roupa e esfregava os pisos de cerâmica) e um intocável que vinha uma vez por semana para lavar os banheiros. Essa era sua família.

No Natal, pai e filho, aquele demonstrando uma simpatia exuberante, reuniram-se para uma ceia. O escriturário do pai, Andrew Fothergill, era o único convidado. "Ora, que festim! Que bom que estejam todos aqui. Uma bela ceia, realmente de primeira. Comam, por favor, comam", disse, embora só estivessem os três à mesa, com Durai à espera atrás da porta da cozinha. "Não podemos deixar que eles fiquem com tudo. Pode-se ganhar bom dinheiro com fibra de coco. Cordas, vocês sabem, ou tapetes, esteiras. Nós merecemos, nós fizemos por onde, é o que digo, e não duvidem que vamos tomar conta disso." E assim continuou, mal parando de falar para engolir, cuspindo farelo de pão. Fothergill tentava valentemente concatenar os pensamentos de Justifus, dar aos comentários soltos de seu superior uma espinha dorsal, uma linha de significado. Justifus pôs-se a esfregar uma perna, depois a outra, olhando para baixo, irritado, como se a cadela se achasse debaixo da mesa, mas era claro que ela jamais entraria na casa quando Justifus estivesse por ali. Quando o pudim foi servido, a esfregação era tão intensa que Thomas teve de perguntar: "Por favor, pai, o que está havendo?".

"São pelos de cachorro em minhas pernas, meu filho. Impedem que eu tenha qualquer sensibilidade. Uma chatice infernal." Justifus levantou-se com esforço, quase derrubando a mesa. Saiu cambaleando um pouco, apoiando-se num armário e na parede, com os pés colando no chão como ímãs. Thomas não se esqueceu do olhar de consolo de Fothergill quando levou o convidado à porta.

O tempo para Thomas não se dividia mais em dias e noites ou em estações. O tempo era uma saudade contínua da mãe.

20 de jan.

Meu filho querido,

Minhas temperaturas hoje foram de 36,7, 37,2, 37,8 e 37,3. Eliminei a de 38,6 porque não acreditei nela. Eles empurram nossas camas para a varanda e as tiram de lá de noite. É um entra e sai. Não me deixam nem ir ao banheiro. REPOUSO TOTAL NO LEITO, embora o enorme esforço que isso exige pareça contradizer a ideia de repouso. Acho difícil acreditar que nessa varanda, com o nevoeiro lá fora e o ar tão frio, o corpo possa produzir uma temperatura superior a 36 graus. Não é de admirar que sejamos chamados de animais de sangue quente.

Ela havia circulado uma mancha no papel e acrescentado uma legenda: "Minhas lágrimas, que derramo por você, filho querido". Em cada carta Hilda lhe recomendava que tivesse coragem e fosse paciente.

Dizem que não apresentei nenhuma grande melhora, mas que devo estar feliz por não ter piorado...

Na escola, ele cumpria seus deveres de maneira mecânica. Hilda lhe pedia que rezasse, dizia-lhe que ela rezava a cada hora e que Deus ouvia, pois a oração nunca falhava. Thomas rezava constantemente, convencido de que, no mínimo, as preces a conservavam viva.

Sei que não era o desejo de Deus que ficássemos separados, e em breve ele nos reunirá de novo.

Um dia, ao acordar, Thomas notou que o travesseiro estava úmido. Quando Sebestie acendeu a lâmpada, lá estava a marca da besta: um leve borrifo vermelho em seu travesseiro, um desenho de estranha beleza. Sebestie chorou, mas Thomas ficou radiante. Isso significava que voltaria a ver a mãe. Por que não pensara naquilo antes?

Dois maqueiros descalços, com uniformes de brim, brancos e imaculados, o receberam no trem em Ooty. Levaram-no diretamente para o chalé de Hilda, e ele se deitou na cama estreita, aninhando-se nos braços da mãe. Tinha onze anos. "Sua vinda é o melhor e o pior presente que eu poderia receber", disse ela.

Encanecida e reduzida a pele e ossos, Hilda era um sombra da mulher que ele conhecera. Seu espírito brincalhão havia desaparecido, mas mesmo que ainda existisse não encontraria reciprocidade naquele seu filho desengonçado, de olhos atormentados e rodeados de rugas de preocupação. Sentavam-se um ao lado do outro na varanda do chalé, com os dedos enlaçados como raízes secas. De manhã cedo, viam os colhedores de chá passar pela trilha como que flutuando, com os pés escondidos na névoa e as marmitas do almoço rangendo a cada passo. Durante o dia, somente as enfermeiras interrompiam a solidão de ambos para lhes tirar a temperatura e trazer-lhes a merenda e remédios. Ao crepúsculo, quando viam os colhedores de chá retornar a suas casas, era hora de dormir.

Como Hilda não tinha fôlego, Thomas lia para ela, que chorava de orgulho pela fluência precoce do filho. As poltronas de palhinha tinham braços largos e uma prancheta para escrever, da mesma madeira de teca. Ali escreviam cartas um para o outro, punham-nas em envelopes e os fechavam. Depois do almoço, trocavam os envelopes, abriam-nos e liam suas cartas. Oravam pelo menos três vezes ao dia. Nos dias de frio mais cortante, permaneciam do lado de fora, bem agasalhados.

De início Thomas sentia uma certa tontura, devido à altitude. Ficou mais forte. Sua tosse diminuiu. Nada, porém, nem o ar fresco, ou o leite, a carne, os ovos ou os tônicos que ela era forçada a beber, fazia Hilda melhorar. Sua tosse era diferente. Lembrava uma buzina ou o balido de ovelha. Thomas notou que ela apresentava uma inchação dolorosa na altura do esterno, saliente sob a blusa. Achou embaraçoso perguntar o que era e passou a ter cuidado para não apoiar a cabeça ali. Um dia, quando ela se despia, viu a coisa de relance. Era do tamanho de um ovo de pintarroxo, porém mais escuro. Supôs que fosse a consumpção — a tísica, o bacilo da tuberculose, o agente de Koch, a TB, a microbactéria... Fosse qual fosse seu nome, era um inimigo traiçoeiro que estava crescendo dentro dela.

Certa noite, quando estavam deitados um ao lado do outro, com as camas juntas, e ele lia para a mãe um trecho do livro de culto diário, ela soltou uma exclamação de surpresa. Thomas voltou o olhar ao começo da frase, imaginando que houvesse saltado alguma palavra. Virando o rosto, viu que a camisola branca da mãe estava manchada de sangue, que se espalhava como se ela tivesse recebido um tiro.

Enquanto vivesse Thomas se lembraria de que, no momento terrível em que ela compreendeu que estava morrendo e seus olhos procuraram os dele, o primeiro pensamento dela, seu único pensamento, foi que estava abandonando o filho.

Por um segundo Thomas ficou paralisado. Depois saltou da cama e puxou para o lado a camisola empapada. Do peito de sua mãe subiu um jato vermelho, que descreveu um arco até o teto e caiu no chão. No momento seguinte, o jato se repetiu. E aconteceu de novo. Era um sinistro e pulsante esguicho de sangue, que jorrava a cada batimento de seu coração, continuando a atingir o teto e cobrindo de sangue não só a ele, como também a cama e o rosto da mãe, encharcando as páginas do livro aberto.

Ele recuou ante aquela cena horrenda, uma erupção que, vinda do peito da mãe, tudo tingia de vermelho. Quando tentou estancá-la com o lençol, o jato já perdia altura, como se o tanque estivesse quase vazio. Hilda jazia banhada em seu próprio sangue, com o rosto branco como porcelana e salpicado de vermelho. Estava morta.

Thomas segurou a cabeça da mãe, deixando que as lágrimas caíssem em seu rosto. Quando o dr. Ross chegou, com um jaleco branco sobre o pijama, disse a Thomas: “Era inevitável. Aquele aneurisma vinha crescendo em seu peito havia mais de um ano. Era apenas questão de tempo”. Garantiu que o sangue não era infeccioso, uma ideia que não havia passado pela cabeça do menino.

Sozinho, inapelavelmente sozinho, Thomas contraiu uma febre e passou a tossir. Recusou-se a ser transferido do chalé para a enfermaria, pois aquele chalé era a última coisa no mundo que o ligava à mãe. Permitiu, porém, que o levassem para fazer uma radiografia do peito. Mais tarde, viu Muthukrishnan, o farmacêutico, chegar com um carrinho que trazia o volumoso aparelho de pneumotórax em sua polida caixa de madeira. Muthu agachou-se na sacada e, depois de enxugar o rosto com uma toalha, abriu as laterais da caixa e começou a tirar dali frascos grandes, manômetros e tubos. O dr. Ross, ele próprio um ex-paciente de tuberculose, logo resumiu a situação. "A radiografia não foi nada boa, rapaz. Nada boa."

É uma questão de tempo, pensou Thomas. Estava ansioso para se juntar à mãe.

Não teve a menor reação quando a agulha penetrou entre suas costelas, chegando ao espaço pleural que revestia o pulmão, um espaço que normalmente era vazio, como explicou Ross. "Agora vamos medir pressões." Manobrava a agulha, enquanto Muthu trabalhava com os dois frascos, subindo-os e baixando-os conforme determinava Ross. "Isso se chama pneumotórax artificial. É uma maneira complicada de dizer que injetamos ar no vácuo que reveste seu pulmão para colapsar a parte infectada do órgão, rapaz. Esses bacilos de Koch precisam de oxigênio para viver, e não vamos dar a eles o que querem, não é?"

Ocorreu a Thomas, de barriga para baixo, um pensamento que vinha das profundezas de sua doença, e ele achou que esse raciocínio era ilógico: "E o *meu* oxigênio, doutor Ross?". Mas nada disse.

Durante vinte e quatro horas Thomas teve de ficar deitado, mantido naquela posição por sacos de areia. Muthu veio várias vezes verificar como ele estava. Foi ele quem notou a febre súbita e os calafrios. O pneumotórax artificial havia inoculado outras bactérias no espaço pleural em torno do pulmão. Thomas ouviu a voz do dr. Ross de longe. "Empiema, meu rapaz. É o acúmulo de pus em volta do pulmão. Não acontece muitas vezes comigo, mas sempre pode acontecer. Sinto muito. Infelizmente, o pus é denso demais para ser retirado com uma agulha."

Para a operação, levaram-no a uma sala ladrilhada e com janelas altas. Parecia nua, com exceção de uma mesa elevada e estreita no meio do cômodo, sobre a qual pendia um enorme disco de luz que parecia o olho composto de um inseto. O lugar deixou uma forte impressão no menino. Era um espaço de outro mundo, um território sagrado, mas ainda assim terrenal.

Com anestesia local, Ross cortou a pele, bem junto à parte externa do mamilo esquerdo, e expôs três costelas adjacentes. Cortou segmentos curtos a partir dela, e com isso destelhou ou "saucerizou" a cavidade do empiema. O pus não tinha onde se juntar. Apesar da anestesia, Thomas teve momentos de dor lancinante.

Quando enfim pôde falar, Thomas perguntou: "Um buraco como esse não destrói o vácuo no espaço pleural? Não faz o ar entrar de repente e colapsar o pulmão inteiro?".

"Boa pergunta, rapaz", disse Ross, satisfeito. "Em outra pessoa, o pulmão colapsaria *mesmo*. Mas a infecção, o empiema, endureceu o revestimento de seu pulmão, fez com que ele ficasse grosso e inflexível, como uma crosta. Por isso, em seu caso, o pulmão não vai colapsar."

Durante uma semana, o pus vazou para compressas de gaze presas sobre a abertura. Quando o vazamento se reduziu a um filete, Ross encheu a ferida com um tampão de gaze, a fim de fazer com que ela "cicatrizasse por intenção secundária". Durante as trocas de curativo, Thomas estudava sua cratera com a ajuda de um espelho, orgulhando-se, sem nenhum motivo racional, pelo que ela produzia e pelas mudanças diárias à medida que o corpo fazia o reparo.

Ross era um homem baixinho e jovial, com o rosto mais redondo e prosaico que se poderia imaginar e as pernas arqueadas de um jóquei. Sempre aquecia a campânula do estetoscópio nas mãos roliças antes de encostar o instrumento de metal na pele de Thomas. Percutiu o peito do paciente, sondando-o com cuidado. Depois tirou a gaze e os dois examinaram a cratera. "Está vendo a base vermelha, que parece estar coberta de seixos, Thomas? Chamamos isso de tecido de granulação. Aos poucos esse tecido vai cobrir a ferida e permitir que a pele se forme sobre ela." E foi exatamente isso que aconteceu. Em certo momento o tecido de granulação cresceu demais, formando uma espécie de bolsa parecida com um morango. "Carne esponjosa, ou tecido de granulação exuberante", assim Ross a definiu. Prendendo um cristal de sulfato de cobre numa pinça, atritou-o contra a carne esponjosa, queimando-a.

Um dia Ross levou-lhe dois livros, *Imunidade em doenças infecciosas*, de Metchnikoff, e *Princípios e prática da medicina*, de Osler. O primeiro era um tratado de difícil leitura, mas Thomas gostou de ver os desenhos de células brancas fagocitando bactérias. Já o livro de Osler era agradável e instigante.

Numa vida que não era senão um prelúdio da morte, Thomas descobriu que esperava com ansiedade a visita de Ross, os rituais cotidianos daquele homem baixinho. No entanto, escondeu seu afeto pelo médico, pois essa era uma receita certa para a perda. "Não vou fugir, rapaz", disse Ross um dia. "E, como você ainda está por aqui, por que não nos acompanha em nossas visitas?" Virou-se e saiu, sem esperar resposta.

Quando Ross lhe deu alta, Thomas já se achava internado no sanatório havia um ano e meio. Durante esse tempo, não viu o pai. Fothergill foi lá duas vezes, alegando que Justifus se encontrava doente demais para viajar. Thomas perguntou a Ross qual era a doença de seu pai. "Não é tuberculose, mas é outra coisa", respondeu o médico.

"Tem a ver com as pernas dele?"

Ross mexeu nos cabelos de Thomas. "É uma coisa ruim, rapaz. Uma pena. Ele está acamado. Você vai aprender na faculdade de medicina", disse.

Era a primeira vez que Ross pronunciava as palavras faculdade de medicina numa conversa com Thomas. O menino não conseguiu reprimir o alvoroço de seu coração, como se uma fresta tivesse se aberto na porta de seu depósito de carvão, prometendo um futuro quando ele não visualizava nenhum.

Ross, agora oficialmente tutor de Thomas, decidiu que o rapaz deveria ir para um internato na Inglaterra. Thomas sequer pensou em visitar o pai na enfermaria do hospital em Madras, antes de embarcar.

Dois períodos letivos já haviam transcorrido quando o dr. Ross escreveu para informar que Justifus Stone falecera. Uma herança modesta, sob a custódia do médico, permitiria que Thomas terminasse o curso secundário e se matriculasse na universidade.

Ross havia conduzido Thomas à faculdade de medicina como se tal coisa fosse inevitável. Thomas não tinha razão para resistir, pois até então a vida lhe mostrara que tinha aptidão para duas coisas: doença e sofrimento.

Na faculdade, em Edimburgo, mergulhou nos estudos, encontrando neles uma estabilidade e uma pureza espiritual antes desconhecidas. Não sentia vontade alguma de afastar os olhos de seus livros, nenhum desejo de ir a outro lugar além das aulas ou demonstrações. Quando seus olhos se cansavam, ia sorrateiramente à enfermaria, esperando que não fosse expulso. Conhecendo um funcionário aqui, um estudante avançado ali, não tardou muito, bem antes que sua turma chegasse aos anos de clínica, para que lhe encaminhassem pacientes interessantes.

O porteiro do hospital deu-lhe o apelido de Manhoso, mas Thomas não se importou. Na balbúrdia organizada do hospital, no labirinto de corredores, no fedor e no confinamento de suas paredes, ele encontrava disciplina e refúgio. O sofrimento e a angústia eram seus parentes mais próximos.

Um bêbado chamado Jones apresentava uma semelhança bizarra com seu pai. Thomas percebeu que era a pele cerosa, as parótidas inchadas, a perda do terço externo das sobrancelhas e as pálpebras inchadas do alcoolismo que dava a ambos os homens um aspecto leonino. Agora que estava treinado para ver, juntou as outras pistas que recordava: palmas vermelhas, a explosão estelar de capilares no rosto e no pescoço, a ginecomastia e a ausência de pelos axilares. Seu pai tinha sofrido de cirrose. Talvez fosse isso a "coisa ruim" que Ross fora educado demais para mencionar.

Na Biblioteca dos Fundadores, num anoitecer gélido e com granizo, a última peça se encaixou no quebra-cabeça. E, quando isso aconteceu, Thomas fechou o livro com força, assustando a sra. Pincus, a bibliotecária. O rapaz, que praticamente morava no reservado de leitura mais distante da lareira, saiu repentinamente para o campo coberto de neve e granizo, sem chapéu e transtornado.

Thomas transpôs na mais completa escuridão o longo corredor que levava a seu quarto. Andar no escuro era uma coisa que seu pai não poderia ter feito. Os sinais que Thomas recebia dos artelhos, dos tornozelos e dos joelhos informavam-lhe onde ele se encontrava no espaço, mas em Justifus Stone essas mensagens eram bloqueadas em sua medula espinhal. A maneira como seu pai caminhava, batendo os pés no chão e dando trambolhões em móveis, uma coisa que sempre piorava à noite, quando ele não podia ver onde punha os pés, decorria da sífilis na medula espinhal, ou *tabes dorsalis*. Nenhum filho deveria saber uma coisa dessas a respeito de seu pai.

A conversa dispersiva, as fanfarronadas à mesa de jantar, os delírios de grandeza eram já resultado da sífilis cerebral, e não apenas da medula.

Chegando a seu quarto, Thomas despiu-se diante do espelho do guarda-roupa. Com um espelho de mão, examinou cada centímetro de sua pele. Nenhuma sifílide ou erupção cutânea sifilítica. Na pele, nenhuma goma, ou tumor gomoso da sífilis terciária. Auscultou o coração, mas nada ouviu de inusitado. Ele tinha sido poupado da sífilis congênita. Mas então se deu conta de que seu temor era absurdo, pois a sífilis congênita só poderia lhe ter sido transmitida pela placenta, teria de ter vindo da mãe. Era absurdo ele se preocupar. O mal de que sua mãe padecera era a tuberculose. Pura como a Virgem, sua mãe jamais poderia ter tido...

De repente ele deu um grito, a angústia de uma criança cuja última ilusão é destruída. Finalmente compreendia.

A verdade estivera sempre diante dele. A tísica não causava aneurismas como o que a matara, mas a sífilis, sim. "Minha pobre mãe!", exclamou, aflito como antes. Com sua luxúria desabrida, seu pai havia assassinado Hilda. Ela talvez tivesse se recuperado da tuberculose, mas decerto nunca soubera que tinha sífilis até aquele aneurisma surgir e começar a crescer dolorosamente quando ela estava no sanatório. Com certeza Ross lhe explicara o que era aquilo. Ela sabia. Naquela altura, nem o salvarsan, nem mesmo a penicilina, se já existissem, teriam alguma utilidade.

O fato de Thomas Stone comprar seu próprio cadáver no último ano da faculdade de medicina foi algo de inaudito, mas a ninguém surpreendeu. Ele pretendia fazer uma segunda dissecção completa, para obter um perfeito conhecimento do corpo humano.

"Stone está por aí?" Essa era uma pergunta comum no pronto-socorro, pois ele era o estudante mais presente ali do que Hogan ou os outros recepcionistas, sempre disposto a suturar uma laceração, fazer uma entubação gástrica ou correr ao banco de sangue. Tornava-se o mais feliz dos estudantes quando lhe pediam que se escovasse e segurasse um retrator durante uma cirurgia de emergência.

Certa noite, o dr. Braithwaite, consultor sênior e examinador-chefe do Colégio Real de Cirurgiões, chegou para ver um paciente com uma profunda facada no abdome. Bêbado, o paciente estava aterrorizado, violento e agressivo. Braithwaite, um homem franzino e de cabelos prateados, usava um terno azul da mesma cor de seus olhos. Pediu que os recepcionistas que continham o homem se afastassem, pôs a mão delicadamente em seu ombro e disse: "Não se preocupe. Vai dar tudo certo". Manteve a mão ali, e o paciente, fitando aquele médico elegante, foi se acalmando e manteve-se assim durante a breve entrevista. A seguir, Braithwaite examinou-o com rapidez e eficiência. Quando terminou, dirigiu-se ao paciente como se ele fosse um par do reino, uma pessoa que talvez ele viesse a reencontrar mais tarde em seu clube."Digo-lhe com satisfação que a faca poupou seus grandes vasos. Estou confiante em que o senhor vai se sair muito bem, de forma que não quero que se preocupe. Vou operá-lo e reparar o que estiver cortado ou ferido. Vamos levá-lo para a sala de cirurgia já, já. Tudo vai dar certo." Agora dócil, o paciente estendeu-lhe, agradecido, a mão suja.

Quando estavam fora do alcance do ouvido do paciente, Braithwaite perguntou ao grupo de internos e residentes: "Qual é o tratamento ministrado pelo ouvido numa emergência?".

Esse era um chavão antigo, sobretudo em Edimburgo. Ainda assim, os chavões antigos já não eram muito conhecidos, o que desolava profundamente Braithwaite. Ele via isso como demonstração de certo relaxamento da nova geração de residentes, e era triste que somente uma pessoa tivesse sabido responder. E essa pessoa era apenas um estudante de medicina.

"Palavras de conforto, senhor."

"Muito bem. Pode vir me ajudar na cirurgia, se quiser, senhor..."

"Stone, doutor. Thomas Stone."

Durante a cirurgia, Braithwaite percebeu que aquele estudante sabia ajudar sem estorvar. Quando lhe pediu que cortasse uma ligadura, Stone fez a tesoura deslizar até o ponto, colocou o instrumento num ângulo de quarenta e cinco graus e cortou, de forma a não ameaçar o nó. Na verdade, Stone compreendia tão bem seu papel que, quando o residente sênior chegou para ajudar, Braithwaite o dispensou.

O médico apontou uma veia que passava sobre o piloro. Perguntou a Thomas o que era.

"A veia pilórica de Mayo, senhor...", respondeu Thomas, fazendo menção de dizer alguma coisa mais. Braithwaite esperou, mas Thomas se manteve calado.

"É assim que ela é chamada. Mas eu creio que ela já estava aí muito antes de Mayo a ter localizado, não acha? Por que acha que ele se deu ao trabalho de lhe dar nome?"

"Parece-me que foi por ela ser uma referência útil para se identificar a área *pré*-pilórica da pilórica quando se opera um bebê com estenose pilórica."

"Isso mesmo", disse Braithwaite. "Na verdade, o nome deveria ser veia pré-pilórica."

"Seria melhor, senhor. Porque a veia gástrica direita também é chamada em alguns livros de 'veia pilórica'. Isso causa muita confusão."

"Com efeito, Stone", disse Braithwaite, surpreso com o fato de aquele estudante ter se dado conta de algo que até mesmo médicos especializados em cirurgia gástrica talvez não soubessem. "Se temos de lhe dar um epônimo, talvez devamos chamá-la de veia de Mayo, ou mesmo de veia de Latarjet, o que para mim dá na mesma. Só não se pode chamá-la de pilórica."

As perguntas seguintes de Braithwaite foram mais difíceis, mas ele considerou inacreditável o conhecimento que o jovem tinha de anatomia cirúrgica.

Deixou que Thomas fechasse a incisão e ficou satisfeito ao vê-lo usar as duas mãos e não se apressar. Havia o que ser aperfeiçoado, mas ali estava, evidentemente, um estudante que havia passado muitas horas dando pontos com uma e com as duas mãos. Stone teve o bom senso de se limitar a pontos com as duas mãos, feitos com cuidado, em vez de se exibir a Braithwaite, dando pontos com apenas uma das mãos.

Na manhã seguinte, quando Braithwaite voltou, encontrou Stone dormindo numa cadeira, ao lado do leito do paciente na sala de recuperação, depois de ter passado toda a noite de vigília. Não o acordou.

No fim do ano, aprovado nos exames finais, quando Thomas foi nomeado para o cobiçado cargo de interno de Braithwaite, Shawn Grogan, um estudante inteligente e com boas relações, juntou coragem para perguntar a Braithwaite o que ele deveria ter feito para ser escolhido em lugar de Stone.

"É simplíssimo, Grogan", respondeu Braithwaite. "Bastaria que você conhecesse anatomia de cor e salteado, nunca saísse do hospital e preferisse a cirurgia ao sono, às mulheres e ao copo." Grogan tornou-se patologista, famoso como professor por seu próprio mérito e também por sua enorme circunferência.

Durante a guerra, Thomas recebeu uma patente do Exército. Serviu com Braithwaite num hospital de campanha na Europa. Em 1946, voltou para a Escócia, tornou-se residente júnior, e depois sênior. Não tivera uma verdadeira infância e passara diretamente à condição de médico.

Numa rara visita, Ross viajou à Escócia. Disse a Thomas que tinha orgulho dele. "Você é meu consolo por eu nunca ter me casado. Diga-se de passagem que isso... não me casar... não foi uma opção. 'A perfeição da vida ou a do trabalho'... achei que só podia escolher uma. Espero que você não cometa esse erro."

Ross planejava se aposentar e morar perto do sanatório, jogar *rummy* no Ooty Club toda noite, ler tudo que não tivera tempo de ler antes e aprender a jogar golfe com os oficiais reformados que moravam ali. Mas, assim que começou a fazer essas coisas, surgiu um câncer em seu pulmão bom. Thomas voltou à Índia imediatamente. Ficou ao lado de Ross durante os seis meses seguintes, tempo em que o câncer se espalhou para o cérebro. Ross morreu tranquilamente. De um lado de sua cama estava Thomas; do outro, o fiel Muthu, idoso e grisalho; e no quarto achavam-se também muitas das enfermeiras e atendentes que haviam trabalhado com ele nos plantões.

O sepultamento reuniu europeus e indianos, vindos de lugares distantes como Calcutá e Bombaim. Ross foi inumado no mesmo cemitério onde repousavam vários pacientes seus. "São heróis todos, sem exceção, os que dormem neste cemitério", disse o reverendo Duncan no culto fúnebre. "Mas não está sepultado aqui maior herói, nem homem mais humilde, nem melhor servo de Deus que George Edwin Ross."

Thomas assumiu o cargo de cirurgião consultor no Hospital Geral do Governo, em Madras. Mas depois da independência da Índia, em 1947, as coisas mudaram. O Serviço Médico Nacional era agora dirigido por indianos que não viam com bons olhos os médicos ingleses que queriam permanecer no país, embora muitos o fizessem. Thomas sabia que tinha de partir; aquele podia ter sido o seu país, mas não era mais. E foi por isso que, em resposta a um anúncio que a enfermeira-chefe fez publicar na revista *Lancet*, ele viajou no *Calangute* para Áden. Foi nesse navio que a irmã Mary Joseph Praise literalmente caiu em seus braços e entrou em sua vida.

Thomas Stone acreditava que dentro dele existiam as sementes da aridez, da traição, do egoísmo e da violência — afinal, ele era filho de seu pai. Acreditava que suas únicas virtudes eram as próprias de sua profissão, e elas tinham vindo através de livros e de sua formação. O único sofrimento que lhe interessava era o da carne. Para a amargura do coração e o pesar de suas próprias perdas, ele havia encontrado a cura, e sozinho. Mas Ross também se enganara, pensava Thomas: a perfeição da vida *decorria* da perfeição do trabalho. Por acaso, Thomas deu com um discurso de sir William Osler como paraninfo de uma turma de estudantes de medicina, em que ele articulava exatamente essa tese:

A palavra-chave é *Trabalho*, uma palavra comum, como eu já disse, porém repleta de consequências transcendentais, desde que sejais capazes de inscrevê-la nas tábulas de vossos corações e gravá-la em vossas frontes.

"A palavra-chave é *Trabalho*." Stone gravou-a em sua fronte e inscreveu-a na tábula de seu coração. Despertava com ela e combatia o sono por causa dela. O trabalho era seu pão, sua água, sua mulher, seu filho, sua política, sua religião. Thomas Stone julgava que o trabalho fosse sua salvação, até o dia em que se viu sentado no Nossa Senhora do Perpétuo Socorro, no quarto de um filho a quem abandonara. Só então admitiu ao filho até que ponto o trabalho o atraiçoara.

46. Um quarto com vista

Stone parou de falar nesse ponto. No silêncio que se seguiu, imaginei que ele estivesse pensando no que me contaria agora. Quando voltou a falar, de início achei que ele havia saltado seus anos na Missing, se esquecido da existência de minha mãe e quase disse alguma grosseria para interrompê-lo, mas por felicidade não fiz isso, pois tudo o que se seguiu era sobre ela...

Os carvalhos e bordos vistos pela janela de seu quarto são silvícolas com as cabeças em chamas. Ele fecha os olhos, porém continua a ver sob as pálpebras o mesmo pesadelo. Debaixo da pele, seus nervos são dolorosos cabos pungentes que enviam descargas elétricas aos músculos. Está tão trêmulo que quando leva um copo de água à boca já derramou a maior parte do conteúdo antes de tomar o primeiro gole. Vomita sem parar, até imaginar o revestimento de seu estômago brilhante e liso como um caldeirão de cobre. Mas o impulso de fugir desapareceu. Ele já pôs um oceano ou talvez dois entre si e o lugar de onde foge.

Eli Harris e outro homem, talvez um médico, a julgar por seu alheamento, lhe deixam um vidrinho de elixir paregórico na beirada da cama. Thomas não o vê logo, imaginando que o cheiro característico de erva-doce e cânfora seja uma alucinação. Mas assim que enxerga o vidro, ingere conteúdo como se ali estivesse a redenção. O odor de antisséptico espalha-se pelo quarto e logo sai em sua respiração. É o teor mínimo de ópio no remédio que o alivia um pouco, ou pelo menos é isso que ele pensa. Com certeza não é a base alcoólica da tintura. Ele se afastou do álcool.

As duas mulheres que ele amou morreram, e, embora uma tenha morrido anos antes da outra, elas se superpuseram em sua mente. Aquilo o fez perder a cabeça e fugir. Fugiu sem saber para onde ou do quê. Agora já está longe o suficiente. Não se lembra como chegou do Quênia a Nova Jersey, a não ser que tem um benfeitor, Eli Harris.

Passa-se uma semana, medida não em dias, e sim em suores frios e terrores noturnos. São duas semanas antes que cessem a agitação e os temores, e antes que os horríveis e pequenos invertebrados comecem a bater em retirada. Durante um longo tempo estiveram sobre sua pele e nas bordas dos lençóis, disparando para a periferia de sua visão quando ele se virava para olhá-los. Agora retrocedem para o submundo quitinoso de onde vieram.

Ao lado de sua cama há pão e queijo sobre um jornal de dois dias atrás. A garrafinha de elixir paregórico está vazia. Um jarro de água foi reposto. Quando ele finalmente considera seguro levar a cadeira até a janela, as folhas passaram da cor de cenoura para a cor de tijolo e depois para escarlate, com todas os tons intermédios, uma paleta além da imaginação de qualquer pintor. Ele fica ali, imóvel como uma estátua, grato por ser capaz de sentar-se, de ver as coisas como são. As folhas caem em espiral, sendo cada queda sem igual e irrepetível. Um milhão de folhas viajantes deixam rastros invisíveis no ar.

Chega uma manhã em que tem firmeza suficiente para descer. Um pardal saltita no assoalho de tábuas arqueadas da varanda, fazendo com que pedacinhos de verniz se soltem. Stone vê o gatinho arruivado avançar lentamente, vindo da glicínia, com as omoplatas deslizando como êmbolos sob seu pelo. Stone se pergunta se não será uma alucinação. A ave inclina a cabeça, qual menina coquete, olhando a fera e o homem.

No instante em que Thomas julga a tensão insuportável, o gatinho investe, mas o pardal salta com facilidade para o corrimão, fora de seu alcance. Thomas sente alguma coisa se romper dentro de si, livrando-o da lassidão que lhe tolhia os movimentos e coibia o raciocínio. Emergiu para um mundo em que o destino de um pardal e o de um homem pode ser decidido no piscar do olho de um gato: essa é a real medida do tempo.

* * *

Ele conhece o forro do quarto melhor do que seu corpo. Analisou as molduras. As caneladuras decorativas têm profundidade e largura uniformes. Ele vê ali a atividade de um artífice. Posteriormente, um amador canhestro subdividiu a casa com tabiques de madeira compensada e portas pré-fabricadas, mas a marca do mestre ainda é visível.

No começo, ele atribui ao elixir paregórico um fenômeno curioso, que persiste muito depois de passar o efeito do remédio: como se fosse um projetista de cinema, ele vê sua vida se desenrolar na tela do teto ou, às vezes, na luz que brinca na janela. Não pode controlar o conteúdo ou a ordem dos rolos. Mas pode assistir com isenção, separar as emoções do acontecimento e avaliar o ator que representa seu papel.

Uma tempestade de começo de inverno chega a Ocean City e atinge o continente de tarde, primeiro com uma chuva gelada, que sacode a janela, e depois com uma neve tão densa que quando ele sai para o ar livre ela pesa sobre suas pálpebras, fechando-as. A nevasca cobre o norte de Nova Jersey com um manto branco de cerca de quinze centímetros em cinco ou seis horas. Fecham-se as vias expressas, os aeroportos, as escolas e todas as lojas, mas ele nada sabe a respeito disso ao se refugiar em seu quarto. O gelo começa a se formar em torno do peitoril da janela, deixando um estreito prisma pelo qual se contempla um mundo imóvel e espectral. Nesse anoitecer ele assiste a uma cena de sua vida que o faz desejar pôr um fim nela. Sentado na cama, olha por aquela estreita fenda na janela coberta de gelo. Sua mente está paralisada e silenciosa como a paisagem lá fora. O único movimento é o sobe e desce de seu peito, mas até isso parece cessar.

É então que, de súbito, ele sente uma aceleração, como se o desgaste das células cerebrais houvesse destapado um espaço esquecido em sua memória.

O que brota daquela noite invernal é uma lembrança vívida, colorida e concreta da irmã Mary Joseph Praise.

Ele é só o espectador, um homem que observa um passarinho alheio ao gato feroz que se oculta na glicínia.

Adis Abeba.

Hospital da Missing.

Trabalho.

Vê a si mesmo na rotina de operar, clinicar, escrever, obrigar-se a dormir, vê seus dias cheios e gratificantes. Passam-se semanas e meses. A palavra-chave. Trabalho. E de repente a máquina emperra... (Pensa nisso como o "Período na Missing". É melhor do que "colapso nervoso".)

O começo é sempre o mesmo. Ele acorda em seu quarto na Missing, acorda aterrorizado, sem poder respirar, como que prestes a morrer, como se o alento seguinte fosse detonar a explosão. Embora esteja desperto, os tentáculos do sonho e do pesadelo não o soltam. Uma apavorante distorção espacial é a marca desse estado. Seu quarto começa a encolher. A caneta, a maçaneta, o travesseiro (os objetos cotidianos que em geral não merecem um segundo olhar) crescem como balões, tornam-se colossais e ameaçam transfixá-lo, asfixiá-lo. Ele não tem controle sobre esse estado. Para desligá-lo, de nada serve sentar-se ou caminhar pelo quarto. Não é criança nem homem, não sabe onde está nem que cena revive, mas sente-se aterrorizado.

Álcool não é antídoto. Mas se não quebra o sortilégio, mitiga o terror. À custa de um preço, porém: em vez de caminhar sobre a linha entre a vigília e o pesadelo, ele a cruza. Vagueia por um mundo de objetos familiares convertidos em símbolos; passeia por cenas de sua infância e atravessa o portal do inferno. Ouve um diálogo ininterrupto, como uma resenha sobre críquete no rádio. Esse é o pano de fundo para aqueles terrores noturnos na Etiópia. A voz do locutor é pouco clara — às vezes parece a sua própria voz. A bebida livra-o do medo, mas não da mortificação. O homem que desconhece lágrimas quando acordado, agora chora como uma criança. Vê Ghosh — provavelmente o Ghosh real, não um personagem de sonho — de pé diante dele, preocupado. Os lábios de Ghosh se mexem, mas a voz do comentarista abafa suas palavras.

E então surge *ela*. O que diz é inaudível, mas sua presença é tranquilizadora e, por fim, somente ela permanece, só ela mantém vigília. Devia estar dormindo quando a chamaram, pois usa um lenço de cabeça e um penhoar. Abraça-o quando sobrevém uma nova onda de lágrimas, e chora com ele, tentando resgatá-lo de seu pesadelo, mas ao fazê-lo o sonho mau a arrasta também. (Toda vez que recorda isso, algo se agita nele.) Quando trabalham juntos, partilham uma intimidade que inclui o corpo de outra pessoa entre eles, inconsciente, uma pessoa nua e exposta. Mas esse pranto em seus braços é absolutamente diferente dos antebraços escovados e vestidos que se roçam ou das cabeças que se chocam durante as operações. Separados por uma mesa cirúrgica durante tantas horas por dia, quando ela o abraça, a ausência da mesa, da máscara e das luvas é alarmante. Ele se sente um recém-nascido posto contra o ventre nu da mãe. Ela sussurra em seu ouvido. Que diz? Ah, quem dera se lembrasse! Parecem palavras improvisadas, não uma prece formal, mas encobrem a voz do comentarista.

Ele lembra sua blusa, úmida das lágrimas dele... Das lágrimas de ambos.

Recorda de agarrar-se a ela, apertar a cabeça em seu seio, dormindo, acordando, agarrando, chorando, dormindo de novo. Ela pergunta vezes e vezes: *Que foi? O que foi que lhe aconteceu?* Permanece junto dele horas, dias, quem sabe por quanto tempo, enquanto ele se segura à vida, e a tempestade ruge, abatendo-o, tentando arrancá-lo daqueles braços que o retêm.

Ele recorda uma pausa, um silêncio repentino que transforma a situação. A blusa dela se abriu.

Como um cirurgião que busca expor um plano de tecido sob a incisão, ele deseja que a blusa se abra ainda mais, e talvez seu nariz, suas faces, ajudem a abri-la. Os mamilos se movem no pano em que jazem, e de súbito os seios escapam da blusa para encontrar os lábios dele. O rosto dela deve ser um reflexo do seu, pois o que ele vê é medo mesclado com desejo.

Ela se deita sobre ele, nua, os seios túrgidos e tranquilizadores, e há lágrimas de alívio no rosto de ambos, que se entredevoram com beijos para compensar os anos perdidos. Logo ele está sobre ela, que o contempla como ao Salvador. Quando ele a penetra, está a lançar âncoras na benevolência daquela mulher, uma benevolência e uma inocência que ele perdeu ainda muito jovem, das quais se distanciou, mas das quais promete nunca tornar a se afastar...

Sentado na cama, no exílio de Nova Jersey, com o mundo exterior silente numa redoma de neve, seu coração está disparado, uma taquicardia perigosa, com a camisa ensopada de suor, apesar do frio. Há uma dor surda sob seu esterno. Como gostaria de lembrar a sensação exata daqueles lábios, daqueles seios!

Mas ele se lembra de uma coisa (e reza para que seja uma imagem autêntica): lembra como se perde nela, puxando-a para si como se ela fosse uma macia pele de carneiro. Ela se ajeita sobre ele, cobre-o como a boca da noite sobre uma campina. Nessa conjunção, frustram os demônios de ambos, e quando ele lança seu grito de alívio, põe um ponto final nas suaves exclamações dela. Restaura-se a ordem. Volta a proporção. O sono sobrevém como uma bênção.

A maldição é a seguinte (e ele chora em Nova Jersey com a recordação e bate a mão na cabeça): quando desperta de seu Período na Missing, sente apenas uma confusão espacial, uma lacuna no tempo, um constrangimento e uma vergonha profundos, cujo motivo não consegue recordar, mas que só pode aliviar atirando-se de novo no trabalho. Bloqueou o que aconteceu antes.

Como é cruel que essa recordação aflorasse numa tempestade de inverno tanto tempo depois de que ela morreu! Como é cruel ter essa visão fragmentada, fugaz, vista através de uma janela recoberta de gelo, e depois ficar a imaginar se ela é real ou se é a perturbação de um cérebro minado pelo álcool. Ele reconstituiu a lembrança como uma relíquia despedaçada, e enfim está íntegra. Mas ainda assim tem dúvidas. Nunca voltará a ver a mulher com mais nitidez do que naquela noite na rua Maple, 529. Anos depois, ao evocar a recordação, ficará a pensar se não está a distorcê-la, embelezá-la, porque toda vez que se lembra conscientemente da mulher, *isso* forma uma nova recordação, uma nova imagem que se sobrepõe à anterior. E ele teme que muita manipulação acabe por esfarelá-la.

"Você salvou minha vida. E perdeu a sua por causa de minha estupidez, minha indecisão, meu pânico", diz ele em voz alta à irmã Mary Joseph Praise, sentado em sua cama estreita em Nova Jersey. Embora seja tarde demais para lhe dizer isso, sabe que deve dizê-lo e, apesar de não ter fé, espera que de alguma maneira ela o escute. "Não posso amar nenhum ser humano mais do que a você." O que ele não consegue se obrigar a mencionar são as crianças; sente que por elas pode fazer menos ainda do que pela irmã Mary Joseph Praise. Existem dois meninos, gêmeos, ele sabe, lembra-se, num universo ainda mais remoto do que aquele em que reside a irmã.

Mas é demasiado tarde para dizer tudo isso à irmã Mary Joseph Praise. Nem aquela recordação, bela e erótica, o excita ou o faz feliz. Em vez disso, quando se lembra dela nua, da sofreguidão com que a possuía, da conjunção de seus corpos, o que sente é um violento ciúme, como se outra pessoa ocupasse seu corpo nu e possuísse a mulher que ele ama, uma *illusion des sosies*, a ilusão dos sósias: "*Aquele sou eu, mas não sou eu*". Os movimentos de seu corpo, os triângulos escuros das omoplatas, as reentrâncias e covinhas da área lombar só pressagiam morte e destruição. Pressagiam um fim terrível, porque o prazer carnal há de condenar Mary, embora ela não saiba disso ainda, mas ele, assistindo à cena, sabe. Sua punição é ainda pior: ele tem de viver.

47. Uma carta desaparecida

Thomas Stone permaneceu em meu quarto até depois da meia-noite. Em algum momento ele se fundiu com as sombras escuras, e sua voz preencheu meu espaço como se nunca outras palavras tivessem sido pronunciadas ali. Não o interrompi. Esqueci que ele estava ali. Eu estava vivendo sua história, acendendo uma vela na igreja de Santa Maria, junto do forte de São Jorge, em Madras, mostrando minha capacidade num internato inglês, descobrindo como um destelhamento da memória podia levar a uma visão de Mary. E se aparições podiam acontecer em Fátima, em Guadalupe e em Lourdes e, quem era eu para duvidar de que uma visão secular de minha mãe não lhe tivesse aparecido na janela coberta de gelo de um quarto de pensão, do mesmo modo como eu a vira e a tocara na sala da autoclave quando menino? A voz dele me conduziu a um tempo anterior a meu nascimento, mas que ainda era meu, tanto quanto a cor de meus olhos ou a extensão de meu dedo indicador.

Só tomei consciência de Thomas Stone quando ele acabou de falar. Vi um homem sob o fascínio de sua própria narrativa, um encantador de serpentes cuja naja se transformou em seu turbante. O silêncio que se seguiu foi terrível.

Thomas Stone salvou nosso programa de cirurgia.

Como fez isso? Simplesmente fazendo o Hospital de Nossa Senhora do Perpétuo Socorro uma instituição afiliada à Meca de Boston, e para tanto bastou apor sua assinatura a uma carta em que fazia tal declaração. Mas o Nossa Senhora do Perpétuo Socorro não estava afiliada a Meca só no papel. Todo mês, quatro estudantes de medicina e dois residentes de cirurgia vinham de Meca para fazer um estágio conosco. "Um safári para eles verem os nativos se matando uns aos outros e, aproveitando a oportunidade, assistir a alguns shows da Broadway", comentou B. C. Gandhi quando soube do plano. Mas cada um de nós teve também oportunidades de fazer estágios de especialização em Boston.

Terminei meu período de interno e comecei o segundo ano de residência. O resultado mais auspicioso de nossa afiliação a Meca foi permitir que Deepak, o "judeu errante da cirurgia" (como B. C. se referia a ele), concluísse sua residência. Agora ele era um cirurgião certificado pelo conselho e poderia ter ido para onde quisesse. Em vez disso, permaneceu no Nossa Senhora com o título de diretor de treinamento em cirurgia. Foi também nomeado professor assistente clínico em Meca. Eu nunca o vira mais feliz. Cumprindo sua palavra, Thomas Stone preparou o caminho para a publicação do estudo de Deepak sobre ferimentos na veia cava. Esse trabalho, publicado no *American Journal of Surgery*, tornou-se um clássico, citado por todos que escreviam sobre lesões do fígado. Apesar de receber agora o salário de consultor, Deepak continuou a morar no alojamento do pessoal. Graças aos residentes de cirurgia de Meca que vinham fazer estágios no Bronx, dispúnhamos de mais pessoal e Deepak passou a dormir mais. Num espaço não utilizado no subsolo, passou a pesquisar os efeitos de diferentes interrupções do suprimento de sangue a fígados de porcos e vacas.

A demência de Popsy não precisava mais ser escondida. Ele vagava livre pelos corredores do Nossa Senhora, usando roupa de centro cirúrgico e com uma máscara presa no pescoço. Não o deixavam entrar numa sala de cirurgia nem sair do hospital, mas não parecia se importar. Às vezes parava uma pessoa e declarava: "Eu mesmo me contaminei".

Já tarde, numa noite de domingo, alguns meses depois da primeira visita que Thomas Stone fez a meu quarto, ouvi uma batida à porta. Era ele de novo, meio sem jeito, hesitante e sem saber como seria recebido.

A longa narrativa confessional de meu pai mudara as coisas para mim. Antes de ouvir sua história fora muito mais fácil me zangar com ele, entrar em seu apartamento sem ser convidado e violar seu espaço. Entretanto, nessa noite sua presença me pareceu embaraçosa e não o convidei a entrar.

"Não posso ficar, mas estava pensando... Queria saber se... Você gostaria de jantar comigo amanhã, sábado, num restaurante etíope em Manhattan?... Aqui está o endereço... Que tal às sete?"

Isso era a última coisa que eu esperaria. Se ele tivesse me convidado para ir ao Met ou jantar no Waldorf-Astoria, eu recusaria, sem a menor dúvida. Mas as palavras "restaurante etíope" haviam evocado o sabor ácido de *injera* e um *wot* picante. Minha boca se encheu de água e minha língua se paralisou. Concordei, embora na verdade não quisesse estar com ele. Mas havia ainda entre nós uma questão pendente.

No sábado, ao sair do metrô, avistei Thomas Stone a distância, de pé diante do restaurante Meskerem, em Greenwich Village. Embora ele morasse nos Estados Unidos havia mais de vinte anos, parecia deslocado. Não demonstrava nenhum interesse pelo menu afixado na parte externa, nem notou os estudantes que saíam de um edifício da Universidade de Nova York carregando caixas de instrumentos musicais, distinguindo-se dos demais pedestres pelo cabelo, as roupas e os múltiplos *piercings* nas orelhas. Ao me ver, ficou visivelmente aliviado.

O Meskerem era pequeno, com cortinas e paredes vermelhas escuras que me lembravam o interior de uma choupana de *chikka*. O cheiro de café torrado a carvão e o aroma apimentado do *berbere* davam a impressão de que o lugar estava a um mundo de distância de Manhattan. Sentamo-nos em tripeças baixas de madeira, diante de uma mesa-bandeja de vime. Um longo espelho atrás de Thomas Stone permitia que eu visse tanto sua nuca como as pessoas que entravam e saíam do restaurante. Os cartazes presos com percevejos nas paredes mostravam os castelos de Gondar, uma sorridente tigré de dentadura forte e perfeita, o rosto encarquilhado de um padre etíope e uma vista aérea da rua Churchill, cada qual com a mesma legenda: TREZE MESES DE SOL. Todos os outros restaurantes etíopes que mais tarde visitei nos Estados Unidos usavam o mesmo calendário da Ethiopian Airlines na decoração.

A garçonete, uma amhara baixa e de olhos brilhantes, trouxe-nos os cardápios. Chamava-se Anna. Quase deixou cair o lápis quando eu lhe disse em amárico que tinha trazido minha própria faca e que estava com tanta fome que, se me mostrasse onde estava presa a vaca, eu começaria logo a comer. Quando ela nos trouxe a comida numa travessa circular, Thomas Stone pareceu muito surpreso, como se houvesse esquecido de que comeríamos com os dedos num prato comum. Para seu espanto, Anna (que era do bairro de Kebena, em Adis, não muito longe da Missing), deu-me *gursha*: rasgou um pedaço de *injera*, mergulhou-o no molho de curry e me deu de comer com os dedos. Thomas Stone apressou-se a se levantar e perguntou onde ficava o banheiro, temendo que ela fizesse o mesmo com ele.

"Bendito seja são Gabriel", disse Anna, vendo-o afastar-se. "Eu assustei seu amigo com nossos costumes *habesha*."

"Mas ele devia saber. Morou em Adis sete anos."

"Não diga! É mesmo?"

"Por favor, não se aborreça com ele."

"Não tem importância", disse ela, sorrindo. "Eu conheço esse tipo de *ferengi*. Passam anos lá, mas nos olham sem nos ver. Mas não se preocupe. Você compensa a situação, e é mais bonito."

Eu poderia tê-lo defendido. Poderia ter dito que ele era meu pai. Sorri. Tenho certeza de que corei. Porém nada disse.

Quando Thomas Stone voltou, fez uma tentativa meio desanimada de comer. Inevitavelmente, uma das músicas que saiu dos alto-falantes no teto foi "Tizita". Prestei atenção a seu rosto para ver se a música lhe dizia alguma coisa. Nada.

O que distingue um etíope nativo é que nunca mancha os dedos de curry. Usa um pedaço de *injera* como garfo para pegar um pedaço de frango ou de carne enfiado no molho. As unhas de Thomas Stone estavam vermelhas.

Tilahoun cantando "Tizita", a atmosfera envolvente e o incenso fizeram com que as lembranças viessem à superfície. Lembrei-me das manhãs na Missing e de como a névoa tinha corpo e peso, como se fosse um terceiro elemento, além da terra e do céu, mas logo desaparecia quando o sol subia. Lembrei-me ainda das músicas de Rosina, dos hinos de Gebrew e do peito mágico de Almaz. Lembrei-me de Hema e Ghosh, mais jovens, saindo para trabalhar, despedindo-se de nós pela janela da cozinha. Revi aqueles dias idílicos, rutilantes como uma moeda nova, reluzindo ao sol.

"Você pretende fazer seus quatro anos de residência no Nossa Senhora?", perguntou Thomas Stone de repente, quebrando meu devaneio. "Se estiver interessado em se mudar para Boston..." Isso dá uma ideia de sua perspicácia. Exatamente quando eu me dispunha a falar do passado, ele queria saber de meu futuro.

"Não quero sair do Nossa Senhora. Para mim esse hospital representa quase um equivalente da Missing. Eu nunca quis sair da Missing ou de Adis, mas fui obrigado. Agora não quero sair do Nossa Senhora."

Qualquer outro homem teria me perguntado por que eu tinha sido obrigado a deixar a Missing. Isso tinha sido um erro meu... Se ele tivesse feito a pergunta, talvez eu não respondesse, o que possivelmente ele intuiu.

Enquanto tirava nossos pratos, Anna perguntou a Thomas Stone, em inglês: "O senhor gostou da comida?".

"Estava bom", respondeu ele, mal olhando para a moça. Enrubesceu ao perceber que eu e ela olhávamos para ele. "Obrigado", acrescentou, como que esperando que isso o ajudasse a se livrar dela. Anna tirou duas toalhinhas embaladas do bolso do avental e colocou-as na mesa.

"Para dizer a verdade, estava bom, mas vocês poderiam fazer o *wot* mais picante", eu disse a Anna.

"Claro que podemos", disse ela em amárico, um pouco surpresa com a crítica implícita. "Mas nesse caso pessoas como ele não poderão nem provar a comida. Além disso, usamos manteiga americana, de modo que mesmo se usarmos mais condimentos, o gosto não será o mesmo de nossa terra. Só uma pessoa como o senhor perceberia a diferença."

"Você quer dizer que não existe nenhum lugar por aqui onde se possa comer a verdadeira comida *habesha*? A comida autêntica? Com tantos etíopes em Nova York?"

Ela balançou a cabeça.

"Aqui, não. Mas, se o senhor um dia for a Boston, experimente o Queen of Sheba. Fica em Roxbury. É famosa. A casa é parecida com nossa embaixada. Na sala em cima há uma mercearia, e embaixo servem comida etíope. Feita com verdadeira manteiga etíope. O pessoal da Ethiopian Airlines traz especialmente para ela. Todos os taxistas etíopes comem lá. Ali só se veem etíopes."

Thomas Stone havia assistido a esse diálogo com expressão impassível. Quando Anna saiu, ele meteu a mão no bolso. Pensei que fosse pegar a carteira.

Em vez disso, tirou de lá o marcador de livros que eu havia deixado em seu apartamento, e no qual a irmã Mary Joseph Praise havia escrito o bilhete para ele.

Enxuguei as mãos com cuidado e peguei-o. Percebi que estava com saudade dele. Tive a sensação de que ele não devia estar numa mesa de vime, e sim num cofre de banco. O marcador tinha sido meu talismã numa viagem angustiante, numa fuga da Etiópia sobre a qual ele nada sabia. Li as últimas linhas que ela escrevera: "Estou anexando também uma carta minha para você. Por favor, leia-a imediatamente. IMPJ", e levantei os olhos.

Thomas Stone remexeu-se no banco. Engoliu em seco, apoiando-se na mesa.

"Marion, esse marcador... estava dentro do livro, estou certo?"

"Estava. Eu estou com o livro."

Ele se retesou, com as mãos presas sob as pernas como se uma corrente elétrica estivesse passando por ele.

"Por acaso... Posso perguntar se... Você tem... Havia uma carta?"

Parecia impotente, sentado assim tão perto do chão, como um pai de visita ao jardim de infância do filho, os joelhos encostando no queixo.

"Eu pensei que a carta estivesse com o senhor", respondi.

"Não!", disse ele, com tal ênfase que Anna olhou para nós.

"Que pena!", eu disse, embora não soubesse ao certo o que lamentava. "Imaginei que o senhor tivesse levado a carta quando foi embora. E deixado o livro com o marcador nele."

Seu rosto, cheio de expectativa um momento antes, desabou. "Não levei quase nada", disse. "Saí da Missing com a roupa do corpo e uma ou duas coisas do escritório. E não voltei."

"Eu sei."

Ele se encolheu quando pronunciei essas palavras. Não era de admirar que relutasse em perguntar por meu passado. Punhal algum pode cortar o coração humano como as palavras bem escolhidas de um filho vingativo. Mas por acaso ele realmente pensaria em mim assim? Como um filho? "Mas o senhor levou o dedo", acrescentei.

"Levei... E só isso. Estava no quarto dela. Eu voltei lá." Ele ergueu os olhos.

"Que pena!", eu disse. "Gostaria de estar com a carta."

"E o marcador?", ele perguntou. "Como chegou às suas mãos?"

Suspirei. Anna nos trouxe café. A xicrinha sem asa parecia insuficiente para minha tarefa de tentar contar toda uma vida àquele homem. "Tive de deixar a Etiópia às pressas. As autoridades estavam me procurando... É uma longa história. Achavam que eu estava envolvido no sequestro de um avião da Ethiopian Airlines. Achavam que eu era simpatizante da causa eritreia. Ridículo, não é? Lembra-se de sua empregada, Rosina? A filha de Rosina, Genet, fazia parte do grupo de quatro sequestradores. Aliás, Rosina morreu. Enforcou-se."

Isso era mais do que ele podia assimilar.

"Rosina e Genet...", comecei. "Basta dizer que tive uma hora para sair da cidade. Quando estava saindo, pulando o muro da Missing, eu me despedi de Hema, da chefe, e Gebrew, de Almaz e de Shiva, meu irmão..." Calei-me, pois tinha dado com um bloqueio no caminho. "Shiva, seu outro filho..."

Stone engoliu em seco. Aquela conversa estava ficando difícil demais. Mas ele precisava saber, principalmente se era doloroso.

"Meu filho...", disse, provando a palavra.

"Seu filho. Quer saber como ele é?" Ele assentiu, esperando que eu tirasse uma fotografia da carteira. "Olhe para o espelho atrás do senhor."

Ele hesitou, pensando que isso poderia ser uma brincadeira. Mas virou-se e nossos olhos se encontraram no espelho, o que me causou o sobressalto, pois de repente nosso relacionamento se mostrava mais íntimo do que eu havia esperado. "Shiva e eu somos iguais."

"Como ele é?", perguntou ele, sem se virar.

Suspirei. Balancei a cabeça. Ele se virou de volta.

"Shiva é... bastante diferente. Eu diria... um gênio. Mas não no sentido usual. Impaciente com a escola. Nunca respondeu a uma pergunta de exame de forma a passar, e não porque não soubesse as respostas, mas porque nunca entendeu a necessidade de aceitar as convenções. Mas ele sabe mais de medicina, e com toda a certeza mais de ginecologia, do que eu. Trabalha com Hema, fazendo fístulas. É um cirurgião brilhante. Treinado, mas por Hema. Nada de faculdade de medicina."

Stone não teria encontrado dificuldade alguma para descobrir tudo isso sozinho se tivesse se interessado antes. Mas agora ele estava interessado.

"Eu era muito ligado a Shiva quando éramos crianças."

Os olhos de Stone não piscavam. Eu não podia lhe contar os detalhes do que havia acontecido depois. Não havia contado a ninguém. Só Genet e Shiva sabiam da verdade.

"Ele e Genet fizeram uma coisa que me magoou demais e que não posso esquecer..."

"Relacionada com o sequestro?"

"Não, não. Aconteceu muito antes. Seja como for, eu fiquei, e ainda estou, muito furioso com ele. Mas ele é meu irmão... irmão gêmeo... e por isso, quando eu tive uma hora para sair da cidade, quando chegou a hora de eu me despedir de Shiva... Bem, foi muito doloroso para nós dois." De repente me vi lutando para manter o autocontrole. Era muitíssimo importante para mim não chorar diante de Thomas Stone. Dei um beliscão na parte interna da coxa. "Quando eu estava me despedindo de Shiva, ele me entregou dois livros. Um foi a *Anatomia*, de Gray. Era a coisa mais preciosa dele. Ele andava com esse livro para cima e para baixo, como um talismã. E o segundo era seu livro, com o marcador dentro. Não sei como ele o obteve, nem há quanto tempo estava com ele. Eu nem sabia da existência desse livro. Creio que nunca tinha sido aberto. Não creio que Shiva o tenha lido, e com certeza não terá sido do jeito como ele devorava o Gray. É provável que ele tenha visto e lido o marcador. Mas eu conheço Shiva, e é bem possível que não tenha sentido a menor curiosidade pelo marcador ou pela carta a que ela se referia... Shiva vive no momento presente. Sinceramente, não sei como ele conseguiu o livro ou por que resolveu me dá-lo."

Stone permaneceu em silêncio, com o olhar fixo na mesa vazia entre nós dois, como se ela simbolizasse tudo o que era desconhecido sobre seu passado, nosso passado. Sua expressão de dor era tão intensa que me comoveu. "Posso perguntar a Shiva", sugeri. Eu queria saber, tanto quanto ele. "Vou perguntar", repeti.

Thomas Stone estava em outro mundo. Quando levantou o olhar, entendi a profundidade de sua angústia. Eu a vi num escurecimento da íris, muito embora essa estrutura delicada não devesse mudar de cor. Pude perceber que a aura quase mística desse lendário cirurgião — sua obstinação, dedicação e perícia — era um mero verniz. Ele havia criado a persona cirúrgica para se proteger. Na realidade, porém, o que construíra era uma prisão. Sempre que deixava a área profissional para se aventurar na pessoal, sabia o que o esperava: dor.

Quando ele falou, sua voz estava cansada, era a voz de um velho. "E dizer que eu pensei que ela estivesse com você, e você pensou que eu..."

"O que o senhor acha que a carta contém?"

"Gostaria de saber!", disse ele bruscamente. "Eu daria o braço direito..."

Fazia alguns meses que eu tinha conhecido Thomas Stone. A raiva que eu me sentira obrigado a ter tinha arrefecido. A história que ele me contara de sua infância, da morte da mãe, deveria ter sido suficiente para perdoá-lo, mas eu não me sentia pronto para isso. Se eu não tinha perdoado Shiva, por que iria perdoar Thomas Stone? Mesmo que eu o tivesse perdoado, um traço de mesquinharia em mim impedia que eu o deixasse saber disso. Mas eu tinha um assunto pendente com ele.

"Há uma coisa que tenho de lhe dizer." Eu nunca havia imaginado que sentiria vergonha diante desse homem. "Uma coisa que Ghosh me pediu que fizesse." O desejo de Ghosh tinha me parecido irracional quando ele o expressara. Mas contemplando agora esse rosto duro e áspero, compreendi por que ele desejara que eu procurasse Stone. Ghosh conhecia Stone, mas havia superestimado minha maturidade. "Ghosh manifestou um último desejo, que eu prometi cumprir. Mas não fiz isso. Deixei para lá. Espero que o senhor... e ele... me perdoem. Ghosh me disse que a vida dele estaria incompleta se eu não fizesse isso... O que ele queria era que eu procurasse o senhor e o achasse. Para lhe dizer que ele o considerava um irmão."

Dizer essas coisas foi difícil, por duas razões: primeiro porque eu me lembrava da respiração entrecortada de Ghosh, lembrava de cada palavra sua, e em segundo lugar porque estava vendo agora o efeito dessas palavras sobre Thomas Stone. Além de sua mãe e do dr. Ross no sanatório, quem jamais expressara amor por ele? A irmã Mary Joseph Praise, talvez, mas teria ela chegado a lhe dizer isso em palavras? E, se tivesse dito, teria ele ouvido? "Ghosh ficou desapontado com o fato de o senhor nunca ter entrado em contato com ele. Mas queria que o senhor soubesse que, qualquer que fosse o motivo de seu silêncio durante todos aqueles anos, ele não o levava a mal."

Ghosh achava que Thomas não olhava para trás por vergonha. E tinha razão, pois era a vergonha que coloria o rosto dele agora. "Eu me arrependo tanto!", disse Stone. Não sei se ele falou para mim, para Ghosh ou para o universo. Não era suficiente, mas estava na hora.

Se havia outras pessoas no restaurante, eu não tinha mais consciência delas. Se havia música, eu não a escutava.

Analisei meu pai como poderia ter analisado qualquer objeto posto diante de mim: vi em seu rosto o sorriso que lutava em vão para aflorar e, logo depois, a expressão angustiada e sofrida que se seguiu. Felizmente aquele homem não havia tentado nos criar, nos tirar da Etiópia. Apesar de todo o meu sofrimento e de minha sensação de perda, eu jamais trocaria meu passado na Missing por uma vida em Boston com ele. Eu devia agradecer a Thomas Stone por ter fugido da Etiópia. O amor que ele sentia pela irmã Mary Joseph Praise surgira tarde demais. Ela era o mistério, o grande remorso que ele levaria para o túmulo — e nada lhe causaria mais pesar do que não saber o que ela dizia naquela carta.

"Vou escrever a Shiva e perguntar sobre a carta", eu disse.

Acho que compreendia agora por que Thomas Stone se fechava para as pessoas. Depois da deslealdade de Genet, eu nunca mais tivera vontade de nutrir sentimentos amorosos por uma mulher. Não sem uma garantia por escrito. Havia conhecido uma estudante de medicina de Meca, uma santa em comparação com meu primeiro amor. Era gentil, generosa, bonita e parecia transcender a si própria, como se sua existência fosse secundária em relação a seu interesse pelo mundo e pelas coisas que nele existiam, inclusive eu. Creio que fora minha reação tardia e tíbia que a tinha afastado, anulando qualquer possibilidade de um futuro com ela. Senti tristeza? Sim. Senti-me idiota? Sim, mas também aliviado. Ao perdê-la, eu ficava protegido dela, e ela de mim. Era uma coisa que eu tinha em comum com esse homem sentado à minha frente. Pensei num relógio que parou de funcionar e por isso mostra a hora certa duas vezes por dia. Ele pagou. Levantei-me com ele. Na porta do restaurante, ambos mantivemos as mãos nos bolsos. Esperei.

"Não diga que um homem é feliz até ele morrer", disse ele. Antes que eu percebesse se o que havia em seu rosto era um sorriso ou uma expressão de tristeza, ele se despediu com um gesto de cabeça e foi embora.

48. Cinco dedos

Pouco depois da meia-noite do primeiro domingo de cada mês eu telefonava para Hema no bangalô, quando em Adis eram sete horas da manhã de segunda-feira. A essa hora a tarifa era mais barata, mas como Almaz, Gebrew e, às vezes, também a enfermeira-chefe falavam antes de Hema, mesmo assim o telefonema podia ser longo e caro. Desde que Hema havia realizado o parto da mulher de Mengistu — perdão, do *camarada* Mengistu —, já não tínhamos medo de que a polícia secreta grampeasse nossas ligações. Além disso, eles estavam preocupados com inimigos reais. Mengistu Hailé Mariam, Poder de Maria, Secretário-Geral do Conselho de Camponeses e Operários, Presidente do Conselho Militar da Etiópia Socialista, Presidente Vitalício das Forças Armadas dos Povos Democráticos da Etiópia, General Comandante do Escritório para a Luta Armada Contra a Agressão Imperial no Tigré e na Eritreia, havia adotado um marxismo ao estilo albanês. A classe alta e a média, e até trabalhadores pobres, tinham tido suas casas e terras confiscadas. Mas favores a Mengistu e principalmente a sua mulher não eram esquecidos. Os remédios e suprimentos enviados à Missing não ficavam presos no armazém da alfândega, e não havia mãos a serem molhadas.

Enquanto eu discava o número de Hema naquele domingo, imaginava minha família de olho no relógio, com a xícara de café na mão, esperando a chamada feita de um continente que nenhum deles jamais vira. Almaz atendeu, tendo Gebrew a seu lado, ambos subitamente tímidos e embaraçados. O lado deles da conversa consistia em repetições de *Ende-menneh? Dehna-ne-woy?* — "Como-vai-você? Está-bem-então?" — até que esses meus avós se convenciam de que seu *lij*, sua criança, estava bem. Nesse dia disseram-me que não deixavam de me incluir em suas orações, que jejuavam por mim. "Rezem para que nos vejamos em breve e peçam a Deus que cuide de vocês e da saúde de todos", eu disse. A chefe era exatamente o oposto, conversadeira e espontânea, como se tivéssemos nos encontrando no corredor diante da porta de sua sala.

Eu tinha falado a Hema a respeito de minha visita ao hospital de Boston, onde pela primeira vez pus os olhos em Thomas Stone. Ela ouviu sem nada comentar, e deve ter sorrido quando lhe contei que tinha invadido e bagunçado seu apartamento. Não omiti informações para agradar a ela. Thomas Stone não representava mais, aos olhos dela, evidentemente, a ameaça que fora em minha infância. Quando lhe contei que pusera o marcador na mesa de Stone, como meu cartão de visita, entendi pelo silêncio de Hema que até aquele momento ela jamais soubera que Shiva possuía um exemplar de *O cirurgião eficaz: uma breve prática de cirurgia nos trópicos*. Depreendi disso, e depois confirmei com a chefe, que Hema tinha feito o possível e o impossível para banir o livro da Missing. Nunca quisera que eu ou Shiva víssemos o livro de Stone, e muito menos sua foto.

"Jantei com Thomas Stone, mãe", eu disse quando ela atendeu. "Comi *injera* pela primeira vez em bem mais de um ano." Ela se aborreceu ao saber que Ghosh tinha mandado uma mensagem a Stone, o que ficou claro pelo fato de ela nada dizer. Quando lhe disse exatamente o que Ghosh me pedira para transmitir a Stone, escutei uma sonora exclamação de enfado abafada no lenço. A mensagem dizia mais sobre Ghosh e seu desprendimento do que sobre Thomas Stone. Por acaso ela sabia de alguma coisa a respeito do marcador ou de uma carta que o acompanhava? Ela respondeu que não. "Talvez Shiva saiba", eu disse. "Posso falar com ele?"

Ela o chamou, um grito que eu ouvira tantas vezes desde que era criança. Ouvi a resposta de Shiva, e adivinhei pelo eco que vinha de nosso antigo quarto de criança. Enquanto eu esperava, ouvi Hema perguntar à enfermeira-chefe sobre o marcador. Seu "Não!" me informou que aquilo era novidade para ela.

* * *

O telefone nunca fora um instrumento com o qual Shiva se sentisse à vontade. Ele estava bem, o trabalho com as fístulas ia de vento em popa e, não, ele nada sabia com relação a uma carta desaparecida.

"Você se lembra do marcador do livro, Shiva, e da referência nele a uma carta?", perguntei.

"Lembro."

"Mas você está dizendo que não havia carta nenhuma no livro?"

"Carta nenhuma."

"Shiva, como foi que você conseguiu o livro?"

"Ghosh me deu."

"Quando?"

"Quando estava perto de morrer. Queria conversar comigo sobre muitas coisas. Uma delas era isso. Disse que havia tirado o livro do quarto de Thomas Stone no dia em que nascemos. Ficou com ele. E queria me dá-lo."

"Foi a primeira vez que você viu esse livro ou uma fotografia de Thomas Stone?"

"Foi."

"Ghosh se referiu a uma carta da irmã Mary, nossa mãe, para Stone?"

"Não, nada."

"Disse por que queria lhe dar o livro?"

"Não."

"Quando você viu o marcador e a referência a uma carta, perguntou a respeito?"

"Não."

Suspirei. Poderia ter parado aí, mas, já que tinha chegado a esse ponto, fui além. "Por que não?"

"Se ele quisesse que eu ficasse com a carta, teria me entregue."

"Por que você me deu o livro, Shiva?"

"Eu quis que você ficasse com ele."

Não havia hostilidade na voz de Shiva. Seu tom era o mesmo de quando tínhamos começado a conversar, e fiquei pensando se ele teria captado a ponta de irritação na minha. Shiva tinha razão: ou a carta não existia ou Ghosh tivera seus motivos para destruí-la.

Eu já estava para me despedir. Sabia perfeitamente que meu irmão não me perguntaria por minha saúde ou meu bem-estar. Mas ele me surpreendeu ao perguntar: "Como são as salas de operação aí?". Queria informações sobre a disposição dos diversos elementos de uma sala de cirurgia, a que distância ficavam a autoclave e os vestiários, se havia um lavatório para cada sala ou uma única área de escovação. Fiz-lhe uma descrição minuciosa. Ao acabar, esperei. Mais uma vez, ele me surpreendeu: "Quando é que você vem para casa, Marion?".

"Bem, Shiva... Tenho mais quatro anos de residência."

Seria essa sua forma de dizer que lamentava tudo o que havia acontecido? Que sentia minha falta? Como eu não sabia ao certo, só acrescentei: "Não sei se é seguro para mim viajar à Etiópia, mas, se for, eu gostaria muito de ir daqui a mais ou menos um ano... Por que você não vem me visitar?".

"Se eu for, vou poder ver as salas de cirurgia?"

"Claro. Eu cuido disso."

"OK. Eu vou."

Hema voltou ao fone. Estava loquaz e relutava em deixar que eu desligasse. Ouvindo sua voz saltitante, transportei-me de volta à Hora Média da Missing, como se eu estivesse sentado junto ao telefone debaixo da fotografia de Nehru e vendo, do outro lado da sala, o retrato de Ghosh que consagrava o lugar onde ele tinha passado tantas horas escutando o Grundig.

Ao desligar, fui tomado de desespero: estava de volta ao Bronx, entre paredes que estariam inteiramente nuas se não fosse a reprodução emoldurada de *O êxtase de Santa Teresa*. Meu bipe, em silêncio até então, tocou. Ao atendê-lo, meti de novo meu pescoço no jugo. Para falar a verdade, eu gostava de minha vida de escravo como residente de cirurgia, do trabalho sem fim, das crises que me mantinham no presente, da imersão em sangue, pus e lágrimas — os fluidos no qual uma pessoa dissolvia todos os vestígios de si mesma. Trabalhando até a exaustão, eu me sentia integrado, me sentia *americano*, e raramente tinha tempo para pensar em Adis e na Missing. Em breve, daí a quatro semanas, chegaria o momento de telefonar novamente para a Missing. Seriam essas ligações tão difíceis para Hema como eram para mim?

Numa carta enviada depois de nossa conversa ao telefone, Hema disse que havia investigado se Bachelli, Almaz e até W. W. Gonad tinham conhecimento de alguma carta deixada por Ghosh ou pela irmã Mary Joseph

Praise, mas ninguém sabia de nada. Disse-me ainda que Shiva tinha entrado com um pedido de visto de saída para me visitar, mas que as autoridades não o tinham deferido. Em vez disso, solicitaram que ele apresentasse atestados de que não tinha nenhuma dívida na Etiópia e, além disso, de que *eu* também não tivesse contraído alguma dívida pela qual ele fosse responsável. Hema disse que insistiria com Shiva para que providenciasse os documentos necessários. Lendo nas entrelinhas, percebi que ela sabia que Shiva tinha se desinteressado.

Escrevi uma nota para Thomas Stone, informando que o paradeiro da carta da irmã Mary Joseph Praise continuava um mistério, mas ele não me respondeu para agradecer meus esforços.

No decorrer dos quatro anos seguintes, vi Thomas Stone uma vez ou outra, quando ele vinha fazer palestras ou passar visita como docente. Como eu esperava, causava sempre forte impressão: muito professoral, sério e com completo domínio de sua atividade. Tinha o tipo de visão que só podia provir do estudo minucioso de livros e trabalhos sobre cirurgia e de uma vivência de muitos anos. Sem dúvida eu preferia estar perto dele dessa forma a jantar com ele. Talvez ele sentisse a mesma coisa, pois nunca mais me telefonou ou visitou.

Viajei a Boston para três estágios, separados, de um mês cada um: cirurgia plástica, urologia e transplantes, e o trabalho era tão absorvente e desafiador que de cada vez me esquecia de meu nervosismo por estar ali e perto dele. Trabalhei com ele no último estágio, que foi muito mais cansativo do que eu havia previsto. Nessa ocasião, uma vez ele propôs um jantar, mas declinei porque meu trabalho na Unidade de Terapia Intensiva, no setor de transplantes, não permitia que eu saísse antes das nove da noite, mesmo em minhas noites de folga. Acho que ele ficou aliviado.

Em 1986, eu havia terminado meu ano como residente sênior, meu quinto ano de treinamento, e continuei a trabalhar como assistente de Deepak, enquanto me preparava para fazer o exame do conselho. Mesmo contra a vontade, passara a admirar o longo e árduo sistema americano de treinamento em cirurgia, mesmo admitindo que era mais fácil admirá-lo quando se estava perto de terminar. Eu me sentia tecnicamente competente para realizar todas as principais operações da cirurgia geral, e conhecia meus limites. Não havia muita coisa que eu não tivesse visto no Nossa Senhora. E mais importante que isso, eu tinha segurança para cuidar dos pacientes antes e depois da cirurgia, e no ambiente de uma UTI.

Também em 1986, meu irmão ficou famoso. Foi Deepak quem me mostrou a reportagem no *The New York Times*. Surpreendeu-me ver a foto de Shiva, ver nela o meu reflexo, mas com o cabelo mais curto, quase às escovinha, e sem os fios grisalhos que haviam tomado conta de minhas costeletas e das têmporas. A imagem provocou um imediato amargor, a lembrança da dor da traição. E, admito, inveja. Shiva roubara a única menina que eu tinha amado, e a tinha deflorado. Agora estava sendo objeto de manchetes em meu quintal, em meu jornal. Eu havia seguido todas as regras e tentado fazer a coisa certa, ao passo que ele ignorava todas as regras... e agora isso. Como um Deus equitativo permitia tal coisa? Confesso que passou algum tempo antes que eu conseguisse ler a matéria.

Segundo o *Times*, Shiva era o maior especialista e o principal defensor das mulheres com fístula vaginal. Era o propugnador de uma campanha de prevenção da fístula, patrocinada pela Organização Mundial da Saúde, que estava distante da habitual abordagem ocidental dessas questões. O *Times* reproduzia um cartaz colorido intitulado CINCO ERROS QUE LEVAM À FÍSTULA: mostrava uma mão, com os dedos abertos. Examinando bem a fotografia, percebi que se tratava da mão de Shiva. Na palma havia uma mulher sentada, com uma expressão de tristeza. Seria a modelo a estagiária efetiva?

O cartaz estava sendo distribuído em toda a África e a Ásia e impresso em quarenta línguas. Parteiras de aldeias eram ensinadas a contar em uma das mãos os cinco erros. O primeiro era o casamento de meninas ainda muito novinhas, impúberes; o segundo, a ausência de assistência pré-natal; o terceiro, a espera longa demais para admitir que o trabalho de parto enguiçou e que era preciso uma cesariana (e nesse ponto a cabeça do bebê já estaria entalada no canal de parturição, causando danos aos órgãos); o quarto, a existência de pouquíssimos hospitais, geralmente em locais muito distantes, capazes de fazer uma cesariana. Presumindo-se que a mãe sobrevivesse (o que nunca acontecia com o bebê), o erro final era a expulsão da mulher de casa, pelo marido e seus parentes, devido ao corrimento constante e malcheiroso causado pela fístula entre a bexiga e a vagina, ou entre o reto e a vagina (ou ambos). Um final comum dessas histórias era o suicídio.

"Mulheres com fístula dão um jeito de chegar a Shiva Praise Stone", dizia a reportagem. "Elas vêm de ônibus, até onde conseguem chegar antes que os outros passageiros as ponham para fora. Vêm a pé, ou em lombo de burro. Com frequência chegam trazendo um pedaço de papel em que está escrito, em amárico, apenas MISSING ou HOSPITAL DE FÍSTULA ou ainda OPERAÇÃO PARA STONE. Shiva Stone não era médico, "mas um leigo habilidoso, iniciado nesse campo por sua mãe, ginecologista".

Quando voltei a telefonar para Hema, pedi a ela que transmitisse meus parabéns a Shiva. "Mãe, deviam ter dado mais reconhecimento a você naquela reportagem", eu disse. "Sem você, Shiva não poderia estar fazendo isso."

"Não, Marion. Isso é realmente coisa só dele. Cirurgia de fístula não era coisa que eu gostasse de fazer. Combina bem com uma pessoa obsessiva como Shiva. Exige atenção constante, antes, durante e depois da cirurgia. Você precisa ver quantas horas ele reflete sobre cada caso, prevendo todos os problemas. Ele é capaz de ver a fístula em três dimensões." Shiva havia fabricado instrumentos novos em sua oficina e criado novas técnicas. A reportagem tinha mencionado os esforços da enfermeira-chefe e as carências prementes da Missing, e o resultado fora um fluxo de doações. A chefe estava pensando num novo prédio voltado para o tratamento de mulheres com fístula. "Faz anos que Shiva está com o projeto pronto. Será em forma de V, com as alas convergindo para a sala de cirurgia 3." Essa sala seria reformada, dando lugar à duas salas de cirurgia com uma única área de antissepsia entre elas.

Naquela noite, bem mais tarde, reli a matéria do *Times*. Dessa vez tive uma sensação de vazio no estômago. Transparecia no texto a admiração incontida da autora da matéria por Shiva, e percebia-se que ela havia abandonado sua reserva, sua atitude habitual de distanciamento, pois era o homem, mais que o assunto, que a sensibilizara. Ela terminava o texto citando palavras de meu irmão: "'O que eu faço é simples. Eu tapo buracos', disse Shiva Praise Stone."

É, Shiva, mas você também os cria.

Eu também tive o meu sucesso, ainda que mais discreto: passei no exame escrito do Conselho Americano de Cirurgia. Meses depois, fui chamado para prestar os exames orais em Boston, no Copley Plaza Hotel. Após noventa minutos mais que exaustivos diante de dois examinadores, tudo acabou. Eu sabia que me saíra bem.

Lá fora, o dia estava belíssimo. O monólito cinzento da igreja da Ciência Cristã refletia-se, sereno, num vasto lago. Durante cinco anos, eu havia passado os dias e as noites no hospital, sem ver o céu, sem sentir o sol no rosto. Meu impulso era entrar naquele lago, vestido como estava, ou soltar um grito de vitória. Mas me contentei com uma casquinha de sorvete, que saboreei sentado à margem do lago.

Eu havia planejado ir para o aeroporto e pegar a ponte aérea de volta a Nova York. Mas ao ver que meu chofer era obviamente etíope, e depois de saudá-lo em nossa língua, tive outra ideia. Sim, é claro que ele conhecia o Queen of Sheba, em Roxbury, e seria um prazer me levar até lá.

"Meu nome é Mesfin", disse, sorrindo para mim pelo retrovisor. "O que o senhor faz?"

"O meu é Stone", respondi, atando o cinto de segurança, embora não estivesse preocupado. Nada de ruim poderia acontecer comigo naquele dia. "Sou cirurgião."

49. Movimento da rainha

A rua tinha na esquina um ferro-velho, com muros altos e encimados de arame farpado, que lembrava bastante a prisão de Kerchele. Via-se pelo portão um cão enorme, acorrentado e dormindo. Vinha depois uma série de terrenos baldios, onde cinzas e fuligem eram tudo o que restava do que tinha existido neles. Mesfin parecia estar levando o táxi para a única casa, no final da rua, que escapara ao sinistro que destruíra as demais. O caminho de entrada começava no meio da rua, como se a máquina de pavimentação houvesse ficado sem asfalto quando chegou àquele ponto e a proprietária tivesse assumido e terminado a tarefa. Era uma casa em dois níveis, com telhas amarelas de madeira. A escada de acesso, o parapeito, as portas, as tábuas do assoalho e até as calhas de chuva eram pintadas do mesmo amarelo-canário. Uma coluna feita de cubos de roda (não pintados) escorava um canto meio vergado da varanda. Diante da casa havia quatro táxis parados, todos amarelos.

O cheiro de mel fermentado provocou uma reação pavloviana em minhas papilas gustativas. Um somaliano macambúzio nos recebeu à porta e nos conduziu a um salão, seis degraus abaixo da entrada, onde meia dúzia de homens comiam em mesas e cadeiras de piquenique, com espaço para mais doze. O assoalho de madeira estava coberto de grama recém-cortada, como uma casa de família ou um restaurante em Adis.

Lavamos as mãos e nos sentamos, e logo apareceu uma mulher robusta e sorridente, que nos desejou boa saúde e colocou um jarro de água e dois pequenos frascos de *tej* amarelo-ouro diante de nós. A córnea de seu olho esquerdo era de um branco leitoso. Mesfin me disse que ela se chamava Tayitu. Daí a pouco, uma mulher mais moça trouxe uma bandeja de *injera*, com porções mais que generosas de cordeiro, lentilhas e frango.

"Está vendo?", disse Mesfin, olhando para o relógio. "Aqui consigo comer em menos tempo do que levo para pôr gasolina em meu carro. E é mais barato." Quanto a mim, comi como se estivesse passando fome. A garçonete em Nova York que me falara do Queen of Sheba, ou Rainha de Sabá, tinha razão. Ali tudo era autêntico.

Mais tarde, por uma janela lateral que se abria para um quintal em declive, vi chegar um Corvette branco. Dele saiu uma perna bem torneada, cor de café com leite, de sapato alto, com uma tonalidade de esmalte de unha que B. C. Gandhi chamava de "vermelho-foda". Não sei de onde, surgiu um cabritinho que se pôs a saltitar em torno daqueles pés elegantes. Daí a pouco uma bela etíope desceu a escada, com cuidado por causa dos sapatos altos. Disse por cima do ombro ao somaliano: "Por que aquele garoto bobo soltou o cabritinho a esta hora? Acabo passando por cima dele um dia desses". Seu cabelo, castanho dourado, tinha mechas avermelhadas e um corte assimétrico, ousado, que expunha seu pescoço. Usava um blazer marrom, de riscadinho, sobre uma blusa e uma saia brancas.

A rainha, pois restava pouca dúvida de que se tratava dela, fez uma mesura em nossa direção, enquanto seguia para um escritório ao lado da cozinha. Estacou de repente. Virou-se como se houvesse tido uma visão e me fitou. Eu estava de terno, com a gravata afrouxada... Estaria vestido de forma imprópria? Dentro dos limites do Nossa Senhora do Perpétuo Socorro achavam-se representadas todas as tribos de Abraão, e eu não me sentia mais estrangeiro ali do que meus pacientes ou o resto do pessoal. Agora, como eu tinha chamado a atenção dela e de outras pessoas ali, senti-me um *ferengi* de novo.

"Louvados sejam Deus e Seu Filho", disse a rainha, com as mãos no rosto. Levantou os óculos escuros para a testa, revelando olhos arregalados de espanto. Olhei para trás. Estaria ela olhando para outra pessoa? Sua expressão, a princípio surpresa, se tornou radiante, mostrando dentes brancos e perfeitos.

"Meu filho, você não está me reconhecendo?", perguntou ela, aproximando-se, precedida por sua fragrância de rosas.

Levantei-me, ainda intrigado.

"Rezo por você todos os dias", disse ela em amárico. "Não me diga que mudei tanto assim!"

Eu era enorme em relação a ela. Ainda não sabia o que dizer. Quando a vi pela primeira vez, ela já era mãe e eu, apenas um menino.

"Tsige?", perguntei por fim.

Ela correu para mim, beijou-me as faces, deu um passo atrás para me olhar melhor e depois me puxou de novo para si, abraçando-me com força. "Meu Deus, Virgem Maria e todos os santos, como você vai? É você? *Endemenneh? Dehna ne woy?* Como vai você? Será que é você mesmo? Que bom que você está aqui..."

Depois de seis anos nos Estados Unidos, foi somente nesse momento, nessa casa amarela, abraçado a ela, pisando grama cortada, que me senti à vontade no país, senti que baixava a guarda e que os músculos da barriga e do pescoço relaxavam. Ali estava uma pessoa de meu passado, de minha rua, uma pessoa de quem eu gostava e de quem sempre me sentira próximo. Beijei-lhe o rosto com o mesmo vigor que ela beijava o meu. Quem pararia primeiro? Não seria eu.

Tayitu observava da cozinha. Duas outras mulheres olhavam da balaustrada do andar de cima. Todos os outros clientes pararam de comer para assistir à cena. Eram estrangeiros naquele país, tal como nós, e compreendiam muito bem esse tipo de reencontro, esses momentos em que um pedaço de sua antiga casa chega descendo pelo rio.

"O que está fazendo aqui?", perguntou Tsige. "Quer dizer que não veio aqui para me ver?"

"Eu vim para almoçar. Não fazia ideia! Moro em Nova York há seis anos. Vim a Boston só por um dia. Sou médico agora. Cirurgião."

"Cirurgião!" Tsige abriu a boca, deu um passo atrás, levando as mãos ao coração. Depois beijou meus pulsos, primeiro um, depois o outro. "Cirurgião! Você é um menino corajoso, corajoso mesmo!" Virou-se para os clientes e, no tom de um chantre, disse ainda em amárico: "Escutem, todos vocês, homens sem fé: quando ele era um menino e meu bebê estava morrendo, quem me levou ao lugar certo no hospital? Foi ele. Quem chamou o médico, que era o pai dele, para ver meu filho? Ele. Depois, quem ficou comigo enquanto meu filho lutava pela vida? Ele, sempre ele. Foi a única pessoa que esteve a meu lado quando o meu bebê morreu. Não havia mais ninguém que me apoiasse, e se vocês soubessem...".

As lágrimas rolaram por seu rosto, e num instante o clima no salão passou da alegria do reencontro a uma profunda tristeza, como se essas duas emoções estivessem invariavelmente ligadas. Ouvi os clientes pronunciarem palavras de solidariedade, e Tayitu assoou o nariz e levou o lenço ao olho bom, enquanto as outras duas mulheres choravam sem nenhum pudor. Tsige não conseguia mais falar, tão acabrunhada estava. Por fim, endireitou os ombros, levantou a cabeça e declarou: "Eu nunca me esqueci da gentileza dele. Até hoje, quando vou dormir, rezo pela alma de meu filho, e depois rezo por este menino. Eu morava do outro lado da rua. Eu o vi crescer, tornar-se homem, ir para a faculdade de medicina. Agora ele é cirurgião. Tayitu, devolva o dinheiro de todo mundo, porque hoje é dia de festa. Nosso irmão voltou para casa. Digam-me, homens de pouca fé: algum de vocês precisa de outra prova de que Deus existe?".

Os olhos dela cintilavam como diamantes; suas mãos, com as palmas para cima, se ergueram para o teto. Durante vários minutos, depois disso, apertei a mão, solenemente, de todos que estavam na casa.

Mais tarde me sentei com Tsige no sofá de uma sala no andar de cima. Ela havia tirado os sapatos de salto alto e puxou os pés para o sofá. Ainda segurando minha mão, tocava meu rosto com frequência, proclamando sua felicidade por me ver.

Eu tencionava voltar para Nova York naquela tarde, mas Tsige insistiu em dispensar Mesfin. "Você pode pegar outro voo mais tarde", disse.

"Tem certeza de que consigo um táxi aqui?", perguntei, simulando estar falando a sério.

Depois de uma pausa, ela jogou a cabeça para trás e riu. "Veja só, você mudou! Era tão fechado antes!"

Pela janela eu via seis ou sete cabritinhos num amplo cercado de tela. Atrás dele ficava um galinheiro. Um menino de ar sonhador, de cabeça fina e comprida, afagava um dos cabritinhos. "Ele é meu primo", disse Tsige. "Dá para ver as marcas de fórceps na testa dele. Tem alguns problemas. Mas adora tomar conta dos animais. Você não deve deixar de vir aqui quando comemorarmos o Meskel no dia de Meskerem. Matamos os cabritos e os preparamos ao ar livre. Você vai ver não só táxis, como também carros da polícia. Eles vêm dos distritos de South End e Roxbury para comer."

Tsige contou que tinha saído de Adis alguns meses depois de mim. Um dos clientes do bar, cabo do Exército, queria se casar com ela. "Era um pé-rapado, mas com a revolução até os recrutas ficaram poderosos." Como ela rejeitasse suas propostas, fora falsamente acusada de atividades monarquistas e presa.

"Duas semanas depois, comprei minha soltura. Durante o tempo que passei em Kerchele, confiscaram minha casa. Ele foi me visitar, fingindo que não tinha nada que ver com minha prisão. Disse que se eu me casasse com ele tudo voltaria para nós. O país estava sendo governado por cachorros como ele. Eu tinha dinheiro escondido. Nunca olhei para trás. Saí de lá.

"Em Cartum, esperei um mês até a embaixada americana me conceder asilo. Trabalhei como doméstica para os Hankins, uma família inglesa. Eram simpáticos. Aprendi inglês cuidando dos filhos deles. Isso foi a única coisa boa que me aconteceu em Cartum. Não ligo para o frio de Boston, porque cada dia de frio me faz pensar como é bom estar longe de Cartum.

"Dei duro aqui, Marion. No Quick-Mart... às vezes eu dobrava. Depois, trabalhei num estacionamento cinco dias por semana. Economizava cada centavo. Fui a primeira etíope a dirigir um táxi em Boston. Aprendi a andar na cidade. Arranjei empregos para etíopes. Estoquista, atendente de estacionamento, chofer de táxi ou balconista em lojinhas de presentes de hotéis. Emprestei dinheiro a juros para etíopes. Tayitu tinha trabalhado comigo no bar, de modo que, quando ela veio para cá, aluguei esta casa. Ela cozinhava. Depois comprei a casa. Agora, meu Deus, há tanto o que fazer: moer *tef*, fazer *injera*, limpar frangos, preparar *wot*, varrer e arrumar a casa. Preciso de três ou quatro pessoas. Etíopes batem à minha porta como cabritos recém-nascidos, com tudo o que possuem amarrado numa trouxa de lençol, com sua radiografia ainda na mão. Eu procuro ajudá-los.

"Você é mesmo a rainha de Sabá."

Havia um sorriso trocista em seu rosto. Ela passou a falar em inglês, uma língua que eu nunca a ouvira falar. "Marion, você sabe o que eu tinha de fazer para alimentar meu bebê em Adis. Depois, no Sudão, eu desci mais baixo ainda... não era melhor do que uma *bariya*", disse, usando uma palavra de gíria que significava "escrava". "Na América, diziam, você pode ser qualquer coisa. Eu acreditei nisso. Trabalhei duro. Por isso, quando me chamam de rainha de Sabá, penso comigo: Isso mesmo, de *bariya* a rainha."

Contei a Tsige que no dia em que saí de Adis com tanta pressa eu a vira ao descer do Fiat 850. "E hoje, o que vi primeiro, antes de ver seu rosto? A última coisa que vi de você em Adis também foi sua perna saindo de um carro. Eu quis me despedir de você naquele dia, mas não pude."

Ela riu e puxou a saia para baixo, embaraçada. "Eu percebi que você tinha desaparecido logo depois de Genet. Ninguém sabia com segurança se você estava envolvido com o sequestro ou não."

"É mesmo? As pessoas achavam que eu podia ser um guerrilheiro eritreu?"

Ela deu de ombros. "Eu nunca achei que você pudesse ter alguma coisa a ver com aquilo. Mas, quando me encontrava com Genet, ela não dizia nem que sim, nem que não."

Fiquei intrigado. "Como você podia ver Genet? Ela saiu da Etiópia no mesmo dia que eu. Foi por isso que eu tive de fugir... Você a viu em Cartum?"

"Não, Marion. Eu vi Genet aqui."

"Você viu Genet na *América*?"

"Eu a vi *aqui*. Nesta casa... Ah, meu Deus? Você não sabia?"

Fiquei sem ar. Abriu-se um buraco sob meus pés. "Genet? Ela não está mais lutando com os eritreus?"

"Não, não, não. Essa menina veio para cá como refugiada, como todos nós. Alguém a trouxe para cá. Estava com o bebê dela nos braços. No princípio, fingiu que não me reconhecia, e eu tive de fazer com que ela lembrasse. Você sabe, Marion, depois que a gente vem para cá, somos todos iguais. Eritreu, oromo, amhara, gente importante, *baryia*... Qualquer que fosse sua situação em Adis, aqui nada significa. Na América você começa do zero. Quem se dá melhor aqui são os que eram zero lá. Mas Genet veio para cá achando que era especial, e não igual a todos nós..."

"Quando foi isso?"

"Há uns dois, três anos. Ela disse que tinha perdido contato com você. Não sabia onde você estava. Agiu como se não soubesse que você tinha saído de Adis."

"O quê? Ela estava mentindo", eu disse. "Foram os eritreus que me ajudaram a fugir da Etiópia. Para eles, ela era uma estrela... uma heroína. É claro que ela sabia."

"Talvez ela não confiasse em mim, Marion. Nunca cheguei a conhecê-la como a você. Eu jamais troquei duas palavras com ela. As pessoas mudam, como você sabe. Ela tinha um bebê. Umas mulheres que ela conhecia em Nova York lhe arranjaram um emprego e se ofereceram para cuidar do menino. Por isso, não precisei fazer nada por ela."

"Meu Deus!", exclamei, afundando de novo no sofá. Estava satisfeito por não ter sabido disso antes, por não saber que ela estava em Nova York. "Ela está lá ainda?"

"Não." Tsige hesitou, como se não soubesse ao certo se devia me contar o resto. "Correram muitas histórias. O que eu soube foi que... ela conheceu um homem e se casaram. Alguma coisa aconteceu. Ela quase o matou. Não sei direito por que ou como foi. Tudo o que sei é que ela está presa. A criança foi dada em adoção..." Tsige percebeu minha expressão de choque. "Desculpe, pensei que você soubesse disso tudo... Posso descobrir se ela ainda está presa."

"Não!" Balancei a cabeça. "Você não compreendeu. Não quero vê-la nunca mais." Não quero vê-la, a não ser para cuspir na cara dela, pensei.

"Mas ela era... como sua irmã."

"Não! Não diga isso!", retruquei secamente.

Ficamos em silêncio. Se Tsige achou minha reação estranha, eu não podia censurá-la. Tive de esperar alguns minutos para que passasse o tumulto em minha cabeça.

"Tsige, desculpe. Vou explicar", disse por fim, pegando a mão dela. "Entenda, Genet não era minha irmã. Era o amor de minha vida."

"Você estava apaixonado por sua própria irmã?", Tsige estava chocada.

"Ela *não* é minha irmã!"

"Desculpe. Claro que não."

"O que importa, Tsige? Fosse ela minha irmã ou não, o fato é que eu era apaixonado. Eu não podia mudar o que sentia por ela. Íamos nos casar depois que terminássemos a faculdade de medicina..."

"O que aconteceu?"

"Meu próprio irmão me traiu. E ela também." Foi bem difícil dizer isso. "Foram travesseiros um para o outro", eu disse, usando uma expressão idiomática do amárico.

Percebi que acabava de dizer a Tsige o que nunca havia contado a ninguém, nem mesmo a Hema. Estivera a ponto de contar a Thomas Stone no restaurante, mas me contive. Senti-me aliviado por desabafar. Não omiti coisa alguma: a falsa acusação contra mim, a mutilação genital de Genet, a morte de Rosina, a suspeita de Hema de que eu fosse o responsável. Durante os seis anos no Nossa Senhora do Perpétuo Socorro, nunca havia contado aquilo aos amigos íntimos que fiz ali, como Deepak, B. C. e vários estudantes de medicina.

Tsige, com a mão na boca, olhava para mim assombrada e solidária. Depois de algum tempo, ela baixou a mão e balançou a cabeça com tristeza. "Seu irmão quis me levar para a cama", disse. Riu ao me ver de queixo caído. "Foi, sim. Vocês dois eram jovens nessa época, teriam aí seus catorze ou quinze anos. Mas nem tão jovens. Shiva foi direto: 'Quanto quer para eu dormir com você?'."

Ela riu da audácia de Shiva, olhando pela janela, recordando aquele dia distante.

"E aí?", perguntei por fim, com a garganta tão seca que as palavras poderiam atear fogo ao *tej* em meu estômago. Tsige não fazia ideia do quanto sua resposta seria importante para mim.

"Aí o quê?"

"Ele dormiu com você?"

"Ah, gracinha! Não!" Ela beliscou meu rosto. "Você devia ver sua cara. Não, não." Soltei a respiração. "Você não sabe que, se fosse você, teria sido diferente? Se você tivesse pedido... Eu lhe devo, Marion. Ainda lhe devo."

Tive certeza de que estava ruborizado. Genet tinha sumido de meu pensamento com a mesma rapidez que havia entrado. "Você não me deve nada, Tsige. E me desculpe, eu nunca deveria ter feito essa pergunta... É uma coisa pessoal, problema seu."

"Você deve ter um monte de namoradas, não é, Marion? Um cirurgião em Nova York! Quantas enfermeiras conhecem sua cama, hein? Por que se levantou? Aonde você vai? O que aconteceu?"

"Tsige, é tarde... É melhor eu..."

Ela me puxou com tanta energia, que quase caí em cima dela. Abraçou-me. O cheiro de seu corpo e o perfume que ela usava invadiram minhas narinas. Meus olhos estavam em sua garganta, seu queixo, seus peitos. Eu tinha pensando nela muitas noites no alojamento do Nossa Senhora do Perpétuo Socorro, sem jamais imaginar que pudesse vir a tocá-la de fato. Eu era um cirurgião certificado pelo conselho de medicina, mas me sentia agora como um adolescente espinhento.

"Você está ficando vermelho! Está com alguma coisa? Ah, minha Nossa Senhora... São Gabriel e todos os santos... Você ainda é virgem, não é?"

Assenti, constrangido. "Por que você está chorando?", perguntei.

Ela só conseguiu balançar a cabeça, olhando para mim enquanto enxugava os olhos. Por fim, segurando meu rosto em suas mãos, disse: "Estou chorando porque é tão bonito isso!".

"Não é bonito, Tsige. É idiota."

"Não, não é."

"Eu me guardei para Genet. Eu sei, é ridículo. Mas aí, quando ela e Shiva... eu me atirei nos estudos. O pior é que eu ainda era apaixonado por ela. Shiva não. Eu amava aquela menina. Senti-me responsável quando ela quase morreu. Você consegue acreditar nisso? Shiva leva Genet para a cama, e *eu* me sinto responsável? Depois, quando ela e seus amigos sequestraram aquele avião, ela me traiu de novo. Em nenhum momento pensou no que poderia acontecer a mim, a Hema ou a Shiva. Mas ao menos, naquele dia, no dia em que saí da Etiópia, eu me libertei dela. Quando vim para cá, tentei esquecê-la. Esperei que ela tivesse morrido naquela guerra estúpida... na guerra dela. Agora descubro que ela está aqui. Talvez eu devesse sair dos Estados Unidos, Tsige. Ir para o Brasil. Ou para a Índia. Não quero estar no mesmo continente que aquela mulher."

"Pare com isso, Marion. Não diga bobagens. Quanto *tej* você tomou? Este país é grande e você é um homem feito. Esqueça Genet! Veja onde você está e onde ela está. Ela está na *cadeia*, pense bem!" Ela pôs a mão em meu cabelo e me puxou para si. "Você é o tipo de homem com que as mulheres sonham."

Eu estava sexualmente excitado. Não havia nada que eu pudesse esconder dela, mesmo se quisesse. Minha vergonha, meus segredos, meu embaraço.

Tsige me beijou na boca, primeiro um breve beijo exploratório, depois um beijo longo. Senti a descarga de adrenalina, as reservas de testosterona não utilizadas e armazenadas que anunciavam minha disponibilidade. Então, é assim que vai acontecer, pensei. No dia em que passei no exame do conselho. Muito adequado. Minhas mãos se estenderam para ela.

Ela suspirou e se afastou, ajudando-me a me levantar e alisando o cabelo. Sua expressão era séria, como a de um clínico emitindo seu parecer depois de um exame físico minucioso.

"Espere, Marion querido. Você se guardou todos esses anos. Isso não é pouca coisa. Quero que você vá para casa. Depois que pensar no assunto, se me quiser vou estar aqui. Você pode vir a Boston ou podemos fazer uma viagem juntos. Ou eu vou a Nova York e nos instalamos num belo hotel." Ela percebeu o desapontamento estampado em meu rosto, a rejeição. "Não fique triste. Estou fazendo isso por amor. Quando você tem uma coisa tão preciosa, deve pensar com cuidado a quem vai dá-la. Se não quiser dá-la a mim, entenderei. E se você me escolher, ficarei honrada e retribuirei essa honra. Agora, vou chamar um táxi para levá-lo ao aeroporto. Vá, meu amor. Vá com Deus. Não existe ninguém como você."

Assim é minha vida, pensei, enquanto o táxi avançava lentamente pelo tráfego denso em direção ao aeroporto Logan. Extirpei o câncer de meu passado, eliminei-o. Atravessei os planaltos, desci no deserto, atravessei oceanos e plantei os pés num solo novo. Fui aprendiz, cumpri minhas obrigações e acabo de me tornar o capitão de meu navio. Mas quando olho para baixo, por que vejo ainda em meus pés as velhas chinelas, sujas e enlameadas, que enterrei no começo da viagem?

50. Carne retalhada

Agora que eu tinha salário de cirurgião, comprei um duplex de esquina num conjunto de apartamentos desse tipo no Queens. A linha do teto do edifício, acima da água-furtada de um dos lados do edifício, lembrava-me uma sobrancelha arqueada e lançava um olhar de proprietário para uma nesga de terreno cheio de bordos. No verão, pus meus vasos de jasmim no patiozinho e cultivei hortaliças num minúsculo jardim. No inverno, trouxe os jasmins para dentro do apartamento, enquanto os suportes metálicos dos tomateiros permaneciam lá fora, como monumentos aos tomates vermelhos e suculentos que a terra havia produzido. Pintei as paredes. Consertei telhas quebradas. Instalei estantes de livros. Arrancado à África, eu estava satisfazendo o impulso de construir um ninho. Eu havia encontrado minha versão de felicidade na América. Seis anos tinham decorrido, e, embora eu devesse ter visitado a Etiópia, por um motivo ou por outro nunca havia conseguido me dispor a isso.

Um dia, quando eu saía de uma sorveteria, passou por mim uma negra alta e vestida com elegância, com o casaco de couro agitando-se sobre seus tornozelos. Segurei a porta para ela, e no momento em que ela passou por mim fui tomado por uma intensa perturbação. Ela se virou para mim, sorridente. Numa outra noite, enquanto eu atravessava Manhattan depois de uma palestra sobre traumatologia em Nova Jersey, uma prostituta na calçada, sob um toldo, chamou minha atenção perto do túnel Holland. Os faróis dos carros e luzes refletidas de poças d'água lançavam sobre ela uma luz fantasmagórica. Mostrou-me rapidamente o seio na chuva ou eu imaginei que havia feito isso. Senti de novo aquele desassossego, como se tivesse a impressão de que alguma coisa pegasse fogo, mas não soubesse onde. Dei a volta no quarteirão, mas ela não estava mais lá.

Chegando em casa, preparei-me para o trabalho no dia seguinte. Eu poderia ter aberto um consultório particular quando acabei os cinco anos de residência, ou poderia ter ido para alguma outra instituição de ensino. Mas tinha um profundo sentimento de lealdade para com o Nossa Senhora. E agora o Centro Médico Brooke, em San Antonio, uma instituição do Exército, e o Hospital Walter Reed, em Washington, mandavam para nós alguns de seus residentes de cirurgia no último ano. Em tempo de paz, nossa área oferecia uma coisa muito parecida com uma zona de guerra, um lugar onde eles poderiam aprimorar suas técnicas. Eu era o chefe da traumatologia no Nossa Senhora. Por sorte, dispúnhamos agora de mais recursos e mais pessoal. Não havia motivos para eu estar infeliz. Mas nessa noite, diante da lareira acesa, eu me sentia inquieto, como se estivesse na iminência de ser acometido de uma paralisia se não tomasse certas medidas.

Naquele fim de semana, decidi que minha vida precisava de alguma outra coisa que não fosse trabalho. Procurei no *Times* exposições, peças, livros, palestras e eventos interessantes. Obriguei-me a sair de casa no sábado, e também no domingo.

Na sexta-feira seguinte, cheguei em casa depois do trabalho e deixei a pasta e a correspondência na biblioteca. Na cozinha, acendi a vela, pus a mesa e esquentei o resto de um frango guisado que havia preparado no domingo anterior seguindo uma receita do *Times*.

Alguém bateu à porta.

Entrei em pânico.

Teria eu convidado alguém para jantar e esquecido? Além de Deepak, que certa vez tinha ido ali, ninguém me visitava. Seria possível que Tsige, em Boston, houvesse decidido resolver as coisas por conta própria, já que eu não ligara para ela? Eu tinha pegado o telefone uma dúzia de vezes, e perdido a coragem. Ou quem batia era Thomas Stone? Eu não lhe dera meu endereço, mas ele poderia tê-lo conseguido facilmente com Deepak.

Olhei pelo olho mágico.

Naquela imagem convexa, tipo objetiva olho de peixe, vi olhos, um nariz, malares, lábios... Meu cérebro tentou dispor e rearrumar as partes para chegar a um rosto e um nome.

Não era Stone, nem Deepak ou Tsige.

Não cabia dúvida sobre quem era.

Ela se virou para ir embora, desceu os dois degraus.

Eu poderia ter me limitado a vê-la ir embora.

Abri a porta. Ela se deteve, de frente para a rua, mas se virou para mim. Era mais alta do que eu lembrava ou talvez essa impressão viesse do fato de estar mais magra. Olhou para confirmar se de fato era eu e em seguida baixou o olhar para um ponto perto de meu cotovelo esquerdo. Isso me permitiu examiná-la à vontade, para decidir se batia a porta ou não.

O cabelo dela estava alisado, escorrido, sem o adorno de uma fita, um arco ou mesmo um bom penteado. Ali estavam as maçãs do rosto, mais proeminentes do que nunca, como que para sustentar aqueles olhos ovais e oblíquos que eram seu traço mais bonito. Mesmo sem maquiagem, o rosto dela seria sempre estonteante. Embora fosse verão, usava um comprido casaco de lã, apertado na cintura, e tinha os braços dobrados contra o peito, como se sentisse frio. Ficou ali, como um bichinho flagrado ao invadir o território de um predador, paralisado e incapaz de se mexer.

Desci os degraus. Estendi a mão e levantei seu rosto. Os olhos e as pálpebras rolaram para baixo tal como os olhos das bonecas com que ela brincava quando criança. Sua pele estava fria. As cicatrizes verticais nos cantos externos dos olhos eram agora linhas firmes, embora eu ainda me lembrasse do dia em que a navalha de Rosina as criara. Lembrava também de como estavam em carne viva e recobertas de sangue escuro. Levantei seu queixo ainda mais, mas ela continuou a evitar meu olhar. Eu queria que ela visse as cicatrizes em meu corpo, uma causada por ter ela me traído com Shiva, e outra por ter se tornado mais eritreia do que todos os demais eritreus, o que tinha resultado no sequestro que me expulsara de *meu* país. Queria que ela percebesse a raiva por baixo de minha calma aparente. Queria que ela sentisse como o sangue saturava meus músculos, que visse o modo como meus dedos se contorciam, se crispavam e ansiavam por sua garganta. Foi bom ela não me olhar, pois se simplesmente piscasse eu teria metido os dentes em sua jugular, a teria devorado inteira, com ossos, dentes e cabelo, sem deixar um sinal dela na rua.

Peguei-a pelo cotovelo e entrei no apartamento com ela, que se deixou levar como uma mulher que caminhasse para o cadafalso. No vestíbulo, passei o ferrolho na porta, e ela continuou parada no capacho. Levei-a para a sala de jantar que eu tinha transformado em biblioteca, e a fiz se sentar na otomana. Ela se sentou na beirada. Fiquei a olhá-la, ainda de pé, mas ela não se mexeu. Depois tossiu, um espasmo que levou quinze segundos para passar. Levou um lenço de papel aos lábios. Eu já ia lhe dizer alguma coisa quando a tosse recomeçou.

Fui à cozinha. Fervi água para o chá, com a cabeça encostada na geladeira enquanto esperava. Por que estava fazendo isso? Num minuto, homicídio; no outro, chá?

Ela não tinha mudado de posição. Quando pegou a xícara, vi suas unhas sem pintura, lascadas, e a pele maltratada, de lavadeira. Ela puxou uma das mangas para baixo, passou a xícara para a outra mão e repetiu o processo com a outra manga, como se quisesse esconder as mãos. Lágrimas rolaram por seu rosto, e os lábios se contraíram numa careta.

Eu tinha alimentado a esperança de que meu coração estivesse endurecido para essas coisas.

"Desculpe. Eu trabalho numa cozinha", murmurou.

"Depois de tudo que você me fez, pede desculpas pelo estado de suas mãos?"

Ela piscou, em silêncio.

"Como me achou?"

"Tsige me mandou vir aqui."

"Por quê?"

"Eu telefonei para ela quando saí da cadeia. Eu precisava... de ajuda."

"Ela não lhe disse que eu não queria ver você?"

"Disse. Mas ela insistiu em que, antes de me ajudar, eu procurasse você." Ela olhou diretamente para mim, pela primeira vez. "E eu queria ver você."

"Por quê?"

"Para lhe dizer que sinto muito." Passados alguns segundos, ela desviou o olhar.

"Isso foi uma coisa que você aprendeu na cadeia? Evitar o contato visual?"

Ela riu, e nesse momento fiquei pensando se, com tudo o que ela tinha visto e feito, não teria perdido a capacidade de sentir raiva. "Uma vez fui esfaqueada por olhar para onde não devia." Apontou com o queixo para seu lado esquerdo. "Tiraram meu baço."

"Onde você esteve presa?"

"Albany."

"E agora?"

"Estou em liberdade condicional. Tenho de ver meu agente da condicional toda semana." Ela baixou a xícara.

"O que mais Tsige disse?"

"Que você é cirurgião." Ela olhou para as estantes cheias de livros. "Que você está bem."

"Só estou aqui porque fui obrigado a fugir. Forçado a fugir de noite como um ladrão. Sabe quem fez isso comigo? Com Hema? Foi uma pessoa que para nossa família era... como uma filha."

Ela balançou o corpo para a frente e para trás. "Continue", disse, endireitando as costas. "Eu mereço."

"Ainda bancando a mártir? Ouvi dizer que você escondeu uma arma no cabelo quando entrou naquele avião. Um penteado afro! Você era a Angela Davis da causa eritreia, não?"

Ela fez que sim com a cabeça. Depois de muito tempo disse: "Eu não sei o que eu era. Não sei quem eu era. A pessoa que eu era achava que tinha de fazer alguma coisa *grande*". Pronunciou a última palavra como se a cuspisse. "Uma coisa espetacular. Por Zemui. Por mim. Eles tinham me prometido que você e a nossa família não seriam prejudicados. Assim que o sequestro terminou, compreendi como tinha sido burra. Nada naquilo foi grande. Eu era uma grande idiota e só."

Ela tomou o chá. Levantou-se. "Me perdoe, se puder. Você merecia mais."

"Cale-se e sente-se", eu disse. Ela obedeceu. "Pensa que é assim? Pede perdão e vai embora?"

Ela balançou a cabeça.

"Você teve um bebê?", perguntei. "Um bebê de campanha."

"Os anticoncepcionais que nos deram não prestavam."

"Por que você foi presa?"

"Preciso contar tudo?"

Ela voltou a tossir. Quando o espasmo passou, ela tremia, embora o apartamento estivesse aquecido e eu suasse.

"O que aconteceu a seu filho?"

O rosto dela se turvou. Os lábios se esticaram. Os ombros tremeram. "Tiraram meu filho de mim. Ele foi dado em adoção. Maldito seja o homem que me pôs naquela situação. Maldito!" Ela ergueu os olhos. "Eu era uma boa mãe, Marion..."

"Boa mãe!" Ri. "Se você fosse uma boa mãe, estaria grávida de *meu* filho."

Mesmo em lágrimas, ela sorriu, como se eu estivesse fazendo graça... Como se ela tivesse acabado de recordar minha fantasia sobre nos casarmos e povoarmos a Missing com nossos filhos. Depois começou a tremer, e no começo achei que ela estivesse chorando ou rindo, mas ouvi seus dentes baterem. Quando saí de Asmara andando, indo a pé até o Sudão, eu havia ensaiado mentalmente o que lhe diria. E depois disso tinha voltado a ensaiar muitas outras vezes. Imaginara toda espécie de desculpa que ela poderia dar se eu algum dia a encontrasse. Tinha minhas armas preparadas. Mas aquela mulher trêmula e silenciosa não era a adversária que eu previra. Estendi a mão e senti seu pulso. Cento e quarenta batimentos por minuto. Sua pele, fria havia pouco, agora estava queimando.

"Eu... preciso... ir", disse ela, e levantou-se, cambaleando.

"Não, você vai ficar."

Era óbvio que não estava bem. Dei-lhe três aspirinas. Levei-a ao banheiro e abri o chuveiro. Quando o jorro de água começou a soltar vapor, ajudei-a a se despir. Se antes eu a vira como um animalzinho na toca do predador, agora tinha a sensação de ser um pai despindo a filha. Quando ela entrou debaixo do chuveiro, joguei sua roupa de baixo e a blusa na máquina de lavar e apertei o botão. Ajudei-a a sair do chuveiro, pois mal se mantinha de pé. Enxuguei-a e a fiz se sentar na beirada da cama. Dei-lhe para vestir um de meus pijamas de flanela e a cobri. Fiz com que ela comesse algumas colheradas do guisado e lhe servi mais chá. Passei Vick em sua garganta, no peito e nas solas dos pés, exatamente como Hema faria conosco. Ela adormeceu antes que eu enfiasse as meias de lã em seus pés.

O que eu estava sentindo? Essa era uma vitória de Pirro. Ou uma vitória *pirética*, pois o termômetro que pus em sua axila marcava trinta e nove e meio.

Enquanto ela dormia passei suas roupas lavadas para a secadora e meti seu jeans na lavadora. Guardei o guisado. Depois me sentei na biblioteca, tentando ler. Talvez tenha cochilado. Horas depois ouvi o barulho da descarga no banheiro. Ela estava na cama, com as cobertas empurradas para o lado, sem o pijama e as meias, enrolada numa toalha e enxugando a testa com uma toalha de mão. A febre tinha cedido. Ela se afastou para me dar lugar.

"Quer que eu saia agora?", perguntou.

Senti que, com essa pergunta, ela estava assumindo o controle, pois só havia uma resposta possível: "Você vai dormir aqui".

"Estou ardendo de febre", disse ela.

Pus uma cueca e uma camiseta no banheiro, peguei um cobertor no guarda-roupa e me encaminhei para a biblioteca.

"Fique comigo", ela pediu. "Por favor."

Eu não tinha uma resposta preparada para isso.

Deitei-me na cama. Quando estendi a mão para o interruptor, ela disse: "Deixe a luz acesa, por favor".

Assim que me deitei, ela se apertou contra mim, cheirando a meu desodorante, meu xampu e a Vick. Levantou meu braço e se aninhou na curva de meu ombro, com o corpo úmido colado no meu. Seus dedos correram por meu rosto, muito cautelosos, como se ela receasse que eu pudesse mordê-la. Lembrei-me daquela noite, tantos anos antes, quando a encontrei nua na despensa.

"Que barulho é esse?", perguntou, assustada.

"É o sinal da secadora. Eu lavei suas roupas."

Ela fungou. Depois soluçou. "Você merecia mais", disse, olhando para cima.

"Merecia mesmo."

Olhei dentro de seus olhos, lembrando da manchinha em sua íris direita e da nuvem cinzenta a seu redor, onde uma faísca tinha penetrado. Ainda estava lá, agora mais escura, parecendo um sinal de nascença. Passei o dedo em seus lábios. Seu nariz. Ela fechou os olhos. As lágrimas rolavam sob as pálpebras. Ela sorriu como em nossos dias de inocência. Afastei a mão. Ela abriu os olhos, que brilhavam. Hesitante, beijou-me nos lábios.

Não, eu não tinha me esquecido. Naquele momento, mais que contra ela, minha raiva se voltava contra a passagem do tempo. O tempo me roubara aquelas ilusões maravilhosas, levara-as cedo demais. Mas naquele momento eu precisava da ilusão de que ela era minha.

Ela me beijou de novo, e senti o sal de suas lágrimas. Estaria ela sentindo pena de mim? Isso eu não poderia aceitar, jamais. De repente eu estava em cima dela, afastando o lençol, afastando a toalha, desajeitado mas determinado. Ela teve um sobressalto, com os músculos de seu pescoço tensos como cabos. Segurei sua cabeça e a beijei.

"Espere", sussurrou. "Você não devia..."

Mas eu já estava dentro dela.

Ela estremeceu.

"Eu não devia o quê, Genet?", perguntei, enquanto me mexia, como se a pelve possuísse um conhecimento inato dos movimentos necessários. "Esta é minha primeira vez...", consegui dizer. "Eu não saberia o que devo ou não devo."

As pupilas dela se dilataram. Teria ficado satisfeita por saber disso?

Agora ela sabia.

Agora sabia que havia pessoas neste mundo que cumpriam suas promessas. Ghosh, cujo leito de morte ela nunca tivera tempo de visitar, era uma delas. Eu queria que essa informação a envergonhasse, a aterrasse. Quando terminei, continuei em cima dela.

"Minha primeira vez, Genet...", eu disse a meia voz. "Não pense que foi porque eu estava à sua espera. Foi porque você esculhambou minha vida. Você poderia ter contado comigo. 'Dinheiro no banco', como dizem aqui. E o que você fez? Você transformou tudo em merda. Eu queria fazer a vida ser bonita para você. Para falar a verdade, eu não compreendo, Genet. Você tinha Hema e Ghosh. Você tinha a Missing. Tinha a mim, que a amava mais do que você um dia amará a si mesma."

Ela chorava debaixo de mim. Depois de muito tempo, acariciou minha cabeça, tentou me beijar. "Preciso ir ao banheiro", disse.

Não lhe dei ouvidos. Estava excitado outra vez. Comecei a me movimentar dentro dela de novo.

"Por favor, Marion."

Sem sair de dentro dela, rolei de costas, segurando-a, sacudindo-a e pondo-a por cima, com os seios balançando diante de mim.

"Você quer urinar? Faça isso", eu disse, recobrando o fôlego. "Você já fez isso antes também."

Agarrei-a pelos ombros e puxei-a para mim com força. Senti o cheiro de sua febre, de sangue, de sexo e de urina. Gozei de novo.

Depois a soltei. Deixei que ela escorregasse para o lado.

Acordei tarde na manhã de sábado e dei com ela de novo com a cabeça apoiada em meu ombro, olhando para mim. Penetrei-a mais uma vez. Não conseguia imaginar como me negara aquele prazer durante tanto tempo.

Quando acordei de novo eram duas da tarde e eu a ouvi mexendo em coisas na cozinha. Fui ao banheiro. Foi ao voltar para a cama que vi sangue nos lençóis. Desfiz a cama e levei os lençóis para a lavadora.

Ela trouxe duas xícaras de café, um pouco do guisado e duas colheres. A febre estava voltando, seus dentes batiam e repetiam-se os espasmos de tosse seca. Peguei o café da mão dela. A roupa que ela vestia se abriu. Ficou me vendo refazer a cama.

"Desculpe", disse. "Estou sangrando por causa das cicatrizes... Sempre sangro com... sexo. Um presente de Rosina. Para que eu sempre pensasse nela quando..."

"É doloroso?"

"No começo. E quando faz muito tempo."

"E essa febre, quando foi que começou? Você tirou uma radiografia?"

"Eu estou bem. É um resfriado forte. Espero que você não o pegue. Tomei um Advil que achei em seu armário."

"Genet, você deve..."

"Eu estou bem. Verdade, doutor."

"Me conte por que você foi presa."

Seu sorriso desapareceu. Ela balançou a cabeça. "Por favor, Marion. Não me peça isso."

Entendi então que era uma história que não me faria bem, mas também que eu tinha de ouvi-la. Mais tarde, quando estávamos na biblioteca, insisti.

Ele era um intelectual, um ativista, um eritreu, que, como ela, havia abandonado a causa. Permanecerá anônimo — já é suficientemente doloroso. Bastará dizer que conquistou o coração do filho dela (o pai tinha morrido em combate). E depois conquistou o coração da mãe — isso aconteceu em Nova York, depois que ela chegou. Pareceu-lhe que sua vida estava apenas começando. Casaram-se. Daí a um ano ela estava grávida. Ela começou a desconfiar que ele a traía. Descobriu onde morava a mulher, o apartamento onde se encontravam. Ela entrou nesse apartamento, escondeu-se no guarda-roupa e ali esperou metade do dia, até que os dois chegaram no fim da tarde. Enquanto seu marido e a amante branca estavam na cama, buscando se conhecer carnalmente de uma forma ruidosa e ofegante, Genet debatia consigo mesma se deveria ou não anunciar sua presença.

"Marion, ali naquele armário, com os cintos da mulher dentro de cestas, como serpentes a meus pés, tudo voltou à minha memória. Tudo que eu tinha passado desde a morte de Zemui.

"Eu tinha dado um jeito de vir para a América, e o que fiz? Pela primeira vez em minha vida, dei todo o meu amor e justamente à pessoa que menos merecia. Eu amava aquele homem... Como foi que você disse antes?... Mais do que a mim mesma. Dei tudo àquele imprestável. De pé, ali dentro do armário, eu sabia que, se fosse tentar me vingar, tinha de estar disposta a perder a vida. Só houve um homem em minha vida digno desse sacrifício, Marion, e foi você. Eu era boba demais para saber disso quando jovem. Era boba demais.

"Ele não merecia minha vida, mas eu não consegui me controlar. Veja, Marion, ao amar aquele homem, aquilo aconteceu de novo... eu quis ser grande. Achei que o destino dele seria ficar famoso como um acadêmico, um intelectual, e minha grandeza seria estar com ele.

"Pela primeira vez, compreendi o que era o proletariado. O proletariado era eu, sempre tinha sido eu e agora eu precisava agir pelo proletariado. Eu estava com minha navalha na mão.

"Comecei a cantar bem baixinho. Eles não podiam me ver, mas eu os via.

"Abri a porta do armário com uma única intenção em relação a ele: retalhar seu corpo como se fosse um caule de hena. Só se pode fazer isso quando se amou uma pessoa tão completamente que não deixou de dar nada nem resta mais nada de você — tudo foi gasto. Você compreende?" Eu compreendia perfeitamente. "Se não fosse assim, eu teria dito à mulher: 'Fique com ele e faça bom proveito! Boa sorte'. Em vez disso, investi contra eles.

"Eu os feri, mas não tanto como pretendia. Eles escaparam. Esperei a polícia. Minha sensação era de que tinha me livrado de algemas que haviam prendido meus pulsos durante muito tempo. Eu tinha procurado grandeza e a encontrei ali. Eu me libertei no exato momento em que minha liberdade estava para acabar."

Ela observou minha expressão atenta e sorriu.

"Genet morreu na prisão, Marion. Genet não existe mais. Quando tiram de você seu filho já vivo, você morre, e a criança que está crescendo dentro de você morre, também. Todas as coisas importantes sumiram e por isso estou morta."

Havia uma parte pequenininha de mim que queria dizer *Você tem a mim, Genet*. Mas, pelo menos dessa vez, me contive para pensar em mim mesmo, para me salvar.

Eu me compadeci de Genet, de uma forma que nunca sentira antes: era um sentimento melhor do que amor, pois me liberava, livrava-me dela. Pensei comigo: *Marion, ela enfim encontrou sua grandeza, encontrou-a em seu sofrimento. Quem tem grandeza precisa de alguma coisa mais?*

51. A escolha do diabo

Em retrospecto, minha doença começou naquela manhã de domingo, no instante cristalino em que despertei num apartamento silencioso, sabendo que estava sozinho e que ela fora embora. O primeiro arrepio de náusea ocorreu quarenta e três dias depois, um marulho, como se um Vesúvio distante houvesse desabado no oceano. Em seguida, desceu sobre mim uma névoa antiga, uma bruma dos montes Entoto, cheia de formas cambiantes e sons animalescos, e no quadragésimo nono dia perdi a consciência.

É incrível que uma vida dependa de algo tão insignificante quanto a decisão de abrir uma porta ou não. Deixei Genet entrar numa sexta-feira. Ela foi embora dois dias depois, sem dizer adeus, e nada seria igual depois disso. Ela pôs uma cruz em forma de cata-vento no centro da mesa de jantar, um presente para mim, conjecturei. Aquele medalhão de santa Brígida que ela usava num cordão em volta do pescoço tinha sido de seu pai, e antes pertencera a um soldado canadense chamado Darwin.

A história de seu ex-marido persistia em minha lembrança como uma gripe renitente. Eu tinha insistido em ouvir o relato. Descobri que Genet era capaz de amor desprendido... só que não por mim. Ainda assim, em minha casa eu havia encontrado um equilíbrio momentâneo com ela, ou a ilusão desse equilíbrio, como se fôssemos novamente crianças brincando de casinha ou de médico.

* * *

Eu corria para casa toda noite, na esperança de encontrá-la à minha espera. Sentia uma imensa decepção ao ver o adesivo amarelo que havia deixado para ela na porta de tela, avisando que a chave estava com meu vizinho Holmes e que ficasse à vontade. Depois de entrar, eu me sentia obrigado a ir buscar meu bilhete, para verificar o que havia realmente escrito nele. Confesso que até deixava um toco de lápis junto da porta, para o caso de ela querer escrever uma resposta.

Na sexta-feira, uma semana depois de eu a ter levado pela primeira vez para dentro de minha casa, aquele retângulo amarelo de papel gritou para mim: BOBO! O toco de lápis berrou: BOBO AO QUADRADO. Rasguei o papel e joguei o toco de lápis na rua.

Eu não estava zangado com Genet. Ela era sempre igual, no mínimo. Estava zangado comigo mesmo porque ainda a amava, ou ao menos amava o sonho de nossa união. Meus sentimentos eram absurdos, irracionais, e eu não podia mudá-los. Isso doía.

Sentado na biblioteca naquela noite, depois de ter causado mais estragos a uma garrafa de Dimple em quatro horas do que durante um ano, desde que a comprara, repassei nosso último diálogo. Ela estivera enrodilhada na poltrona em que eu estava agora, usando meu pijama, o mesmo que eu vestia agora. Eu tinha lhe servido um chá — o gesto característico dos bobos, um dos estigmas pelos quais somos reconhecidos.

"Marion, o apartamento de seu pai em Boston, pela maneira como você o descreveu, é muito parecido com este", disse ela depois de observar minha biblioteca, minha pequena e eclética coleção.

"Não diga bobagens", repliquei. "Eu mesmo construí essas estantes. Metade dos livros aqui não tem nada a ver com cirurgia. A cirurgia não é minha vida."

Ela não retrucou. Ficamos em silêncio. Em dado momento, vi seu olhar se fixar no tapete que estava entre nós: sentado naquelas fibras sintéticas havia um intruso nu, um homem escuro e silencioso com talhos de navalha no corpo. Sua presença estorvava nossa conversa.

Quando anunciei que ia me deitar, ela disse que daí a pouco iria também. Sorriu. Não acreditei nela. Pensei que nunca mais voltaria a vê-la. Mas estava enganado. Ela se juntou a mim sob as cobertas. Fizemos amor. Foi carinhoso e lento. Foi então que pensei: Por fim, ela vai ficar. Na realidade, porém, aquela era sua despedida.

Duas semanas depois que ela se foi, senti-me insatisfeito com minha casa. Passei a achar a biblioteca opressiva. Na cozinha, tirei meu jantar, que era um pacote de papel-alumínio com um rótulo que dizia SEXTA-FEIRA, com minha caligrafia. Era o último dos pratos que eu havia preparado, congelado e guardado, separados por tipos de alimento, muitos fins de semana antes. Agora eu via essa categorização dos alimentos em meu congelador como um sinal do autêntico caos que reinava em minha cabeça.

Eu dava graças a Deus por ter um ótimo vizinho, Sonny Holmes. Ele me ouvia imprecar, dar cabeçadas na geladeira. Sonny Holmes tinha uma curiosidade inata, uma bisbilhotice honesta e muito americana, que advinha com o septuagésimo aniversário e que não procurava se ocultar. Havia reparado na presença de minha convidada (um acontecimento sumamente raro) e escutara a música que vinha da cabeceira da cama, seguida do longo silêncio.

"Você precisa contratar uma empresa de segurança", disse ele, antes mesmo que eu acabasse de contar minha história. Sonny acreditava no eneagrama, aquela classificação das pessoas em tipos de personalidade criada pelos jesuítas. Ele era um tipo Um, obstinado, decidido e seguro de si. Tinha me classificado como pertencente ao tipo Três ou Quatro, ou seria eu um Dois? De qualquer maneira, era um número que não discutia com os do tipo Um.

"Preciso de quê?"

"De um detetive particular."

"Para que isso, Sonny? Não quero mais vê-la."

"Talvez sim. Mas você precisa fechar o capítulo. E se ela estiver na cadeia ou num hospital? E se estiver tentando desesperadamente voltar para você, mas não consegue?"

Um motivo nobre, isso era tudo o que um Dois precisava para não deixar de lado uma obsessão. Agarrei-me a essa ideia.

A Agência de Investigações Costa Leste, do bairro de Flushing, no Queens, se resumia a um rapaz louro e voluntarioso chamado Appleby, filho da falecida cunhada de Holmes. Appleby constatou rapidamente que Genet não tinha voltado para seu centro de reinserção social nem dera as caras no restaurante Nathan's, onde lavava pratos. Além disso, não havia feito contato com o agente da condicional, nem telefonado para Tsige. Inteirou-se de todos esses fatos num abrir e fechar de olhos. Soube até que, enquanto esteve presa, o serviço médico da prisão diagnosticara que ela estava tuberculosa. Havia começado a medicação, mas depois de solta sob liberdade condicional havia deixado de contatar a TDO (Terapia Diretamente Observada). A tosse e a febre eram, sem dúvida, uma manifestação da doença. A notícia desconcertante era que, se por acaso ela viesse a aparecer, eu seria o terceiro na lista de informados, depois do Departamento de Saúde do Estado e de seu agente da condicional. E ela voltaria para a prisão. A fonte de Appleby na cadeia poderia conseguir seu histórico médico completo, se o desejássemos, e Appleby disse que tomara a liberdade de pedi-lo. Achei que isso significava violar a privacidade de Genet.

"Nesse tipo de situação, conhecimento é poder", explicou Appleby, e com isso me convenceu. Qualquer homem que usasse uma frase de que Ghosh gostava era uma pessoa em quem se podia confiar. "Você está pagando para descobrir coisas e acho que devemos procurar saber mais", acrescentou.

"Por exemplo?", perguntei. Não me referia ao risco de que houvesse contraído tuberculose. Disso eu cuidaria sozinho.

Appleby evitou meus olhos. Ele tinha as faces e a ponta do nariz cobertas de capilares inquietos, prontos a enrubescer ante a menor provocação. Sua afecção era a *acne rosacea*, que não deve ser confundida com a trivial *acne vulgaris*, o pesadelo de muitos adolescentes. O nariz de Appleby seria um dia bulboso e vermelho-borgonha, enquanto as faces ganhariam uma tonalidade vermelho-carne. Já por natureza tímido, seus problemas se agravariam porque quem não o conhecesse suporia, erroneamente, que sua aparência fosse resultado de excessos alcoólicos. Eu deduzia tudo isso sobre seu futuro enquanto lhe pagava para que ele me explicasse o meu.

"Bem, doutor Stone", disse Appleby, pigarreando e com o nariz começando a avermelhar, uma indicação segura de que eu não iria gostar do que ele tinha a me dizer. "Com todo o respeito, eu lhe recomendo dar uma olhada em sua prataria. Verifique seus pertences. Certifique-se de que não lhe falta nada."

Olhei para ele durante um bom tempo. "Mas, senhor Appleby, a única coisa que me importa é precisamente a única que eu *sei* que está faltando."

"Sim, claro."

O tom compassivo de sua voz me mostrou que ele conhecia meu tipo de dor. Somos uma legião.

Com relação aos acontecimentos das semanas seguintes, lembro que uma noite fui despertado pelo toque estridente do telefone. Com o fone na mão, fiquei perdido, sem saber se estava no Nossa Senhora ou de volta à Missing. Eu era o especialista em trauma. Mas não consegui decifrar o que desejava o residente do outro lado da linha, o que não é incomum durante os primeiros dez segundos de uma conversa no meio da noite. A pessoa que chama compreende o que se passa. Mas à medida que a conversa prosseguia, a névoa em meu cérebro se recusava a se desvanecer. Desliguei. Deixei o aparelho fora do gancho. Na manhã seguinte, a mente estava clara, mas o corpo se recusava a sair da cama. Eu estava fraco. A ideia de comer me revolvia o estômago. Rolei na cama e dormi de novo.

Talvez naquele mesmo dia, talvez alguns dias mais tarde, um homem estava ao lado de minha cama. Pegou meu pulso e me chamou pelo nome. Era meu ex-residente sênior e agora meu colega no Nossa Senhora, Deepak Jesudass. Agarrei, desesperado, sua mão e lhe pedi que não fosse embora. Devo ter me dado conta do perigo de minha situação.

"Não vou sair", disse ele. "Só vou fechar a cortina."

O que lembro é que lhe expliquei tudo que havia acontecido, enquanto ele me examinava. Baixou minhas pálpebras, interrompendo-me apenas para me pedir que olhasse para baixo, para meus pés, e fizesse "Ah!". Em certo momento me perguntou se eu tinha um estetoscópio em casa. "Está brincando? Eu sou cirurgião", respondi, e ambos rimos, um som que não era comum em minha casa. Gemi de dor quando ele apalpou embaixo das costelas do lado direito, o que me pareceu curioso. Ouvi que falava baixinho ao telefone. Durante todo esse tempo, não soltei sua mão.

Três homens cujos rostos eu conhecia chegaram com uma maca. Enrolaram-me num casulo de flanela, levaram-me para a rua e me meteram na ambulância. Lembro que eu queria dizer alguma coisa sobre a beleza dos movimentos deles, a graciosidade intrínseca daquilo, o inacreditável que era aquela sensação de ser um bebê canguru na bolsa. Pedi desculpas por não ter apreciado a perícia deles durante todos aqueles anos.

Deepak me acompanhou na ambulância. No Nossa Senhora, caminhou ao lado de meu leito com rodas, passando pelos rostos surpresos das pessoas que encontrávamos nos corredores e no elevador. Levou-me para a Unidade de Terapia Intensiva. Sob as fortes lâmpadas fluorescentes, meus olhos irradiavam um brilho amarelado, mas eu nada sabia disso. Também minha pele tinha essa tonalidade. Eu sangrava profusamente a cada picada de agulha. Tarde demais, as enfermeiras tentaram esconder a urina cor de chá na bolsa do cateter, que nada pressagiava de bom, mas eu a vi. Pela primeira vez, senti medo, muito medo.

A inchação crescente do cérebro me causava uma sonolência irresistível. Eu me agarrei à consciência tempo suficiente para pedir a Deepak que chegasse mais perto. "Aconteça o que acontecer, não me tirem do Nossa Senhora", sussurrei. "Se eu tiver de morrer e não puder ser na Missing, quero morrer aqui."

Em certo momento percebi que Thomas Stone se aproximava de meu leito e me examinava, não com o interesse de um clínico, e sim com aquele olhar pétreo que eu conhecia muito bem, o olhar de um pai cujo filho sofreu alguma desgraça. Foi mais ou menos nessa hora que perdi a consciência.

Como eu soube depois, o telegrama para Hema dizia: VENHA IMEDIATAMENTE PT MARION GRAVEMENTE DOENTE PT THOMAS STONE P. S. NÃO DEMORE PT. E ela não demorou. Lançou mão do favor à mulher do camarada presidente vitalício, que entendeu perfeitamente a necessidade que tinha sua ginecologista de estar junto ao leito do filho doente. A embaixada americana rapidamente forneceu os vistos, e à noite Hema e Shiva já seguiam para Frankfurt via Cairo. A seguir, ainda pela Lufthansa, atravessaram o Atlântico. Hema releu aquele telegrama mais de uma vez, estudando as letras, procurando um anagrama portador de esperança. Sobrevoando a Groenlândia, disse a Shiva: "Talvez isso signifique que Thomas Stone está à morte, e não Marion".

"Não, mãe. É Marion. Posso sentir isso", replicou Shiva com absoluta certeza.

Às dez da noite, hora de Nova York, uma mulher grisalha, vestindo um sári marrom, dona de um rosto impressionante apesar das olheiras de guaxinim, entrou na Unidade de Terapia Intensiva. A seu lado vinha um rapaz alto, obviamente seu filho e meu gêmeo idêntico.

Retardaram o passo diante de meu cubículo de vidro, cansados viajantes do Velho Mundo a perscrutar o resplendor de um quarto de hospital do Novo Mundo. Ali estava eu, o filho que tinha viajado para os Estados Unidos a fim de fazer cursos de pós-graduação e se convertera num profissional daquele avançado, esplêndido e lucrativo ramo americano da medicina, bem provido de tudo, de inacreditável eficácia, sem preços no menu, tão diferente, em estilo e na essência, da medicina que eles praticavam na Missing. Entretanto, agora deviam estar pensando que a medicina americana havia se voltado contra mim, como o tigre contra seu domador, já que eu estava ali preso a um ventilador cinza azulado, acorrentado aos monitores dos carrinhos atrás do leito, em coma e invadido por tubos de plástico, fios e cateteres. Havia até um cabo, rígido como um prego, que se projetava de meu crânio.

Viram Thomas Stone sentado perto da janela, com a cabeça apoiada na grade de segurança da cama e os olhos fechados, como se dormisse. Nas setenta e duas horas passadas desde que enviara o telegrama, meu estado tinha se agravado. Thomas Stone abriu os olhos, percebendo de repente a presença deles. Levantou-se, duro, desgrenhado, meio grande demais para a roupa de centro cirúrgico que pegara emprestada. Marcas de preocupação sulcavam seu rosto, tenso e pálido sob a massa de cabelo branco.

Os dois velhos colegas e adversários tinham se visto pela última vez em uma sala de parto, momentos depois de meu nascimento e da morte de minha mãe. Essa foi também a última vez que Stone vira Shiva: na sala de cirurgia 3, firmemente protegido nos braços de Hema.

A mesinha de cabeceira e o ventilador bloqueavam a aproximação de Hema ao lado mais próximo do leito. Ela o rodeou até chegar onde estava Stone, sem deixar de me olhar.

"Ele está 'gravemente doente' de quê, Thomas?", perguntou Hema, aludindo às duas palavras do telegrama que mais a tinham incomodado. O tom de sua voz era profissional, como se ela estivesse perguntando a um colega a respeito de um paciente. Mas procurava simular serenidade, quando na realidade tremia por dentro.

"É coma hepático", disse Tomas, respondendo no mesmo tom, grato por ela ter decidido conversar no idioma da doença, um amortecedor que permitia que até o filho deles ficasse reduzido a um diagnóstico. "Ele está com uma hepatite fulminante. O nível de amoníaco é muito elevado, e o fígado quase não funciona."

"Por quê?"

"Hepatite viral. Hepatite B."

Stone baixou a grade da cama e ambos se inclinaram sobre mim. A mão de Hema procurou, em suas costas, a ponta do sári, a parte que caía sobre o ombro, e a levou à boca.

"Ele parece anêmico, e não somente ictérico", ela conseguiu dizer, por fim, agarrando-se ao jargão médico para descrever minha palidez e a tonalidade amarelada da pele. "Como está a hemoglobina?"

"Nove, depois de quatro bolsas de sangue. Está sangrando pelo intestino. O nível de plaquetas está baixo, não geram fatores de coagulação. A bilirrubina está em doze, e a creatinina hoje subiu para quatro. Ontem era três."

"O que é isso, por favor?", perguntou Shiva, apontando para meu crânio. Estava diante de Thomas Stone, os dois separados pela cama.

"Um monitor de pressão intracraniana. Chega ao ventrículo. Ele está com um edema cerebral. Estão lhe dando manitol e graduando o ventilador para manter a pressão baixa."

Shiva parecia cético. "Atravessa o crânio e o cérebro até o ventrículo só para medir? Não trata?"

Thomas Stone assentiu.

"Como foi que isso começou?", perguntou Hema.

Enquanto Thomas Stone narrava a sequência de eventos, Shiva afastou a mesinha de cabeceira e achou um acesso entre o leito e o ventilador. Baixou a grade da cama desse lado e, movendo-se com a lenta eficiência de um acrobata, deslizou por baixo de tubos e cabos. Deepak entrou no quarto a tempo de vê-lo se deitar de lado junto a mim, com sua cabeça tocando a minha. Sua postura ali parecia precária e, ao mesmo tempo, muito natural. Tudo que Deepak pôde fazer foi olhar, embora notasse que o indicador de pressão intracraniana, que não havia feito outra coisa senão subir durante três dias, começava a baixar.

Deepak mal acabara de se apresentar quando o gastrenterologista, Vinu Mehta, apareceu na porta, ofegante por ter subido as escadas. Vinu tinha sido residente de clínica geral no Nossa Senhora quando eu era residente de cirurgia. Depois de se especializar em gastrenterologia, havia começado a ganhar dinheiro numa clínica particular em Westchester, mas não se sentia feliz e resolvera voltar a incorporar-se ao pessoal assalariado do Nossa Senhora.

"Vinu Mehta, senhora doutora", apresentou-se, juntando as mãos num *namastê* antes de pegar a mão de Hema com as suas. "E esse deve ser Shiva", disse, sem estranhar ao vê-lo em minha cama. "Só sei disso porque tenho a mais absoluta certeza de que o outro cavalheiro é Marion." Voltou-se para Hema. "Que choque isso deve ser para a senhora! Também para todos nós. Nosso mundo está de pernas para o ar! Marion é um dos nossos." Essa mudança súbita para a linguagem corrente dos sentimentos fez com que os lábios de Hema tremessem.

Um olhar para Vinu bastava para uma pessoa acreditar na veracidade das histórias que corriam sobre ele: que comprava mantimentos para os pacientes aos quais dava alta. Eu já o vira prolongar a estada de uma paciente a fim de protegê-la de alguma loucura que a esperava em casa. Era o melhor amigo de todos no hospital, e com frequência assava bolos e biscoitos para mim. Eu nunca deixava de mandar-lhe um cartão no Dia das Mães, o que o divertia infinitamente.

"Fui chamado no mesmo minuto que Marion chegou aqui, senhora doutora", continuou Vinu. "Meu campo é a hepatologia, o fígado. Aqui há hepatite B por todo lado. São muitos os portadores, viciados que injetam drogas na veias e pessoas que herdam a doença da mãe, ao nascer... Muito comum em imigrantes do Extremo Oriente. Senhora, vemos um sem-fim de casos de cirrose latente e até de câncer de fígado devido a esse vírus. Mas uma hepatite B *aguda* fulminante? Em minha carreira só vi outros dois pacientes com essa gravidade."

"Vinu, diga-me a verdade", pediu Hema, adotando um tom de mãe indiana sensata com aquele médico jovem que parecia muito disposto a fazer o papel de sobrinho. "Meu filho bebe muito?"

Creio que essa pergunta era cabível, pois fazia mais de sete anos que Hema não me via, e sabia que o alcoolismo estava em meus genes. Que sabia ela, na realidade, em quem ou em quê eu podia ter me transformado?

"Senhora, de jeito nenhum!", respondeu Vinu. "Não! Seu filho é um doce de pessoa."

A expressão dura de Hema suavizou-se.

"Entretanto, senhora, nas duas últimas semanas...", continuou Vinu. "Não me interprete mal... Pelo que nos contou um vizinho dele... Marion enfrentou problemas e andou bebendo."

Deepak havia encontrado em minha casa uma receita nova de isoniazid, uma droga usada para prevenção de tuberculose, mas também conhecida por provocar inflamação hepática grave. Rotineiramente, verificavam-se as enzimas hepáticas duas semanas depois de iniciado um tratamento com essa droga, para suspendê-lo no caso de haver algum indício de lesão hepática.

"Eu imagino, senhora, que Marion-*bhaiya* tenha começado a tomar o isoniazid por conta própria. Esta receita tem um mês. Provavelmente ele não fez um exame de sangue para verificar as funções hepáticas, como deveria ter feito. Afinal de contas, é um cirurgião, coitado. O que ele sabe sobre essas questões delicadas? Quem dera tivesse me consultado! Teria sido uma honra cuidar dele. Afinal, Marion-*bhaiya* cuidou de minha hérnia com tanto carinho! De qualquer modo, senhora, fui pessoalmente a Manhattan, ao Hospital Monte Sinai, e trouxe para cá o maior especialista do mundo em fígado, o homem que me treinou nessa especialidade. Eu disse a ele: 'Professor, este não é um caso a mais de hepatite, mas se trata de meu próprio irmão'. Ele concorda que o álcool e a isoniazid podem ter sido fatores contribuintes, mas que não cabe dúvida de que o temos aqui é, em primeiro lugar e antes de tudo, uma hepatite B."

"Qual é o prognóstico? Alguém pode me dizer?", perguntou Hema. Isso era, em essência, o que uma mãe queria saber. "Ele vai melhorar?"

Vinu olhou para Deepak e Thomas Stone, mas nenhum dos dois se dispôs a falar. Afinal de contas, Vinu era o especialista naquela doença.

"Digam-me. Ele vai sobreviver?", perguntou Hema, cortante.

"Sem dúvida alguma, o quadro é gravíssimo", respondeu Vinu, e o fato de estar fazendo força para conter as lágrimas disse tudo a ela.

"Ora, vamos!", disse Hema, aborrecida, e virando-se de repente para Deepak e Stone. "Isso é *hepatite*. Eu conheço hepatite. Vemos todo dia o estrago que ela causa na África. Mas... aqui, na América! Neste país poderoso, neste hospital *rico*..." Ela fez um gesto indicando a maquinaria. "É claro que aqui na América vocês podem fazer alguma coisa mais em relação à hepatite além de torcer as mãos e repetir que *é gravíssimo*."

Eles devem ter feito uma careta quando ela disse "rico". Comparado com as UTIs de ponta nos hospitais endinheirados, como a instituição de Thomas Stone em Boston, a nossa dispunha do indispensável e nada mais.

"Tentamos de tudo, senhora", respondeu Deepak, agora num tom mais brando. "Troca de plasma. Tudo o que alguém possa fazer contra essa doença em qualquer lugar do mundo, estamos fazendo aqui."

Hema parecia cética.

"E rezar, senhora", acrescentou Vinu. "As irmãs já estão há dois dias fazendo uma corrente de orações, ininterrupta. Francamente, precisamos mesmo de um milagre."

Shiva havia acompanhado, da cama, deitado e em silêncio, cada palavra da conversa.

Hema ficou olhando meu corpo inconsciente, acariciando minha mão e negando com a cabeça.

Vinu convenceu-os que se retirassem para um quarto preparado para eles no prédio do pessoal. Vinu tinha até providenciado um jantar frugal, com *chapatti* e *dal*. Hema estava cansada demais para discutir.

Na manhã seguinte, Hema apareceu com um sári laranja, parecendo descansada, mas como se houvesse envelhecido vários anos durante a noite.

Thomas Stone estava exatamente onde ela o deixara. Olhou para além dela, para a porta, como se esperasse ver Shiva, mas ele não estava ali.

Hema colocou-se ao lado de minha cama de novo, ansiosa por me ver à luz do dia. Na noite anterior ela tinha achado tudo muito irreal, como se não fosse eu quem estivesse na cama, e sim uma extensão daquela maquinaria barulhenta que houvesse assumido uma forma carnal. Mas agora podia me ver, ver meu peito subir e baixar, meus olhos inchados,os lábios contorcidos pelo tubo de respiração. Era real. Incapaz de se conter, começou a chorar em silêncio, esquecendo-se da presença de Thomas Stone ou sem se importar de que ele estivesse ali. Só tomou consciência dele quando, hesitante, ele lhe ofereceu um lenço, que ela arrancou de sua mão, como se ele tivesse demorado demais para fazer aquilo.

"É como se isso só estivesse acontecendo por culpa minha", disse Hema. Assoou o nariz. "Eu sei que parece egoísmo, mas perder Ghosh, e depois ver Marion assim... Você não compreende, é como se eu tivesse falhado com todos, como se tivesse permitido que isso acontecesse com Marion."

Se ela houvesse se virado, talvez visse Thomas Stone se remexer, esfregar os nós dos dedos nas têmporas, como se tentasse se apagar. Ele disse então, com voz rouca: "Você... Você e Ghosh nunca erraram com eles. Fui *eu* que não fiz o que devia. Falhei com todos".

Finalmente, deve ter pensado Hema. Isso era, ao mesmo tempo, o pedido de desculpa e o agradecimento que ele estava devendo havia tanto tempo. Mas o curioso foi que nesse momento ela não se importou. Já não mais era importante. Hema nem olhou para ele.

Shiva entrou e, se viu Thomas Stone, não registrou sua presença. Só tinha olhos para mim, seu irmão.

"Onde você estava?", perguntou Hema. "Dormiu?"

"Na biblioteca, em cima. Tirei uma soneca lá." Shiva me examinou, depois estudou os indicadores no ventilador e também os rótulos nas bolsas de fluidos pendurados sobre a cama.

"Há uma coisa que eu não perguntei a Vinu", disse Hema a Stone. "Como foi que Marion contraiu a hepatite B?"

Stone negou com a cabeça, querendo dizer que não sabia. Mas, como ela não estava olhando em sua direção, teve de responder com palavras. "Deve ter sido durante uma cirurgia. Pode ter feito um corte mínimo em si mesmo. É um risco profissional dos cirurgiões."

"Também pode ser adquirida por via sexual", disse Shiva, dirigindo-se a Thomas Stone, que balbuciou um sim. Hema olhou para Shiva, com uma mão no quadril. Não teve chance de abrir a boca, porque Shiva tinha mais o que dizer. "Genet esteve na casa de Marion seis semanas atrás, mãe. Estava doente. Passou duas noites lá e depois desapareceu."

"Genet...?"

"Há duas pessoas na sala de espera com quem você precisa falar. Uma é uma senhora etíope, Tsige. Ela morava em frente à Missing. Ghosh cuidou do filho dela há muitos anos. Marion voltou a se encontrar com ela em Boston. A outra pessoa é o senhor Holmes... vizinho de Marion. Os dois querem falar com você."

No meio da manhã, Hema estava a par de toda a história. Genet havia contraído tuberculose. Como Appleby tivera acesso aos arquivos de saúde da prisão, eles nos revelaram algo que não sabíamos: além disso Genet era portadora assintomática de hepatite B, que havia contraído (assim conjecturava o médico da prisão) devido a uma agulha mal esterilizada, ao submeter-se a uma transfusão ou ao fazer uma tatuagem quando participava da guerrilha na Eritreia. Ou poderia ter se contaminado por via sexual. Genet sangrara quando dormimos juntos, e eu tinha ficado bastante exposto a seu sangue e, por conseguinte, ao vírus. O período de incubação da hepatite B se ajustava à hipótese de Shiva: eu tinha adoecido seis semanas depois da visita de Genet.

Hema pôs-se a andar de um lado para outro na sala de espera, amaldiçoando Genet e lamentando minha estupidez por permitir que ela se aproximasse de mim outra vez, depois de todo o mal que nos havia causado. Se Genet aparecesse por ali nesse momento, correria perigo de vida.

Quando Deepak e Vinu passaram visita juntos naquela tarde, receberam os mais recentes resultados do laboratório: meus rins estavam falhando, e o fígado, a fonte normal dos fatores de coagulação, não produzia nenhum. Se restavam algumas células hepáticas viáveis ainda, não mostravam sinais de recuperação. Não havia nenhuma boa notícia. Retiraram-se, e Shiva os acompanhou. Thomas Stone e Hema ficaram em silêncio junto a meu corpo imóvel. Tudo o que podiam agora fazer era manter a vigília até o final. Não havia esperança. Como médicos, sabiam perfeitamente disso, mas a experiência só servia para tornar a situação ainda mais dolorosa.

Ao meio-dia, uma enfermeira da UTI convocou Deepak e Vinu pelo pager para que se reunissem com a família Stone. Encontraram Hema e Shiva sentados diante de Thomas Stone na pequena sala de reuniões.

Cansada, com a cabeça apoiada nas mãos e os cotovelos na mesa, Hema ergueu os olhos para os dois jovens médicos de jaleco branco, colegas do filho. “Queriam falar conosco?”, perguntou com impaciência a Deepak e Vinu.

Deepak pareceu desconcertado. “Não fui eu que convoquei esta reunião”, disse. Olhou para Vinu, que balançou a cabeça.

“Fui eu”, disse Shiva. Tinha diante de si uma pilha de cópias de artigos xerocados de revistas médicas e um bloco amarelo cheio de anotações com sua esmerada caligrafia. Hema notou um tom de autoridade em sua voz, uma energia e iniciativa de que ninguém parecia capaz diante de meu terrível prognóstico. "Pedi esta reunião porque quero falar a respeito de um transplante de fígado."

Deepak, para quem era difícil conversar com meu irmão sem ter a sensação de que estava falando comigo, disse: "Já cogitamos de um transplante antes, Shiva. Na verdade, o doutor Stone e eu chegamos a pensar em transferir Marion para Mec... quer dizer, para o Hospital Geral de Boston, o hospital do doutor Stone. A equipe dele já fez mais transplantes do que qualquer outra na Costa Leste. Mas rejeitamos essa opção por dois motivos. Em primeiro lugar, a grande maioria dos transplantes fracassa quando o fígado está sendo destruído por uma hepatite B fulminante. Mesmo que encontrássemos um órgão do grupo sanguíneo necessário e de tamanho adequado e que tivéssemos êxito no transplante, teríamos de utilizar doses enormes de esteroides e outros medicamentos bloqueadores do sistema imunológico para impedir a rejeição do novo órgão. Isso criaria condições excelentes para a propagação do vírus da hepatite B. Ou seja, o novo fígado seria destruído e estaríamos de volta à mesma situação atual".

"Eu sei disso", contrapôs Shiva. "No entanto... e se o fígado transplantado fosse perfeitamente idêntico? Não apenas com o mesmo grupo sanguíneo, mas também com todos os antígenos HLA e outros antígenos que vocês nem mesmo medem... E se *todos* eles fossem coincidentes? Nesse caso, não haveria necessidade de nenhuma droga imunossupressora, certo? Nenhuma. Nada de esteroides, nada de ciclosporina, nada. Concordam?"

"Teoricamente sim, mas...", disse Deepak.

"Vocês teriam essa coincidência perfeita se tirassem o fígado de mim", atalhou-o Shiva. "O organismo de Marion o reconheceria como seu, e não, em nenhum sentido, como um órgão estranho."

Foi como se a sala tivesse ficado sem ar. Ninguém disse uma só palavra durante alguns segundos. Vendo a expressão pasma de Hema, Shiva apressou-se a explicar: "Refiro-me a usar um *pedaço* do meu fígado, mãe. Deixando para mim o suficiente e tirando um lobo para Marion".

"Shiva..." A intenção de Hema era se desculpar por Shiva, pois esse não era evidentemente o campo dele, nem o dela, por sinal. Mas logo mudou de atitude, pois conhecia a tenacidade do filho com relação a situações médicas que outros julgavam impossíveis. "Mas, Shiva, isso já foi feito?... Transplantar parte de um fígado?"

Shiva empurrou um dos artigos para ela. "Este trabalho é do ano passado. Um artigo de Deepak Jesudass e Thomas Stone sobre as possibilidades de transplantes de fígado de *doadores vivos*. Não foi feito ainda em seres humanos, mãe, mas antes que você diga alguma coisa, veja o trecho da página 3 que eu marquei. Eles escrevem: 'Tecnicamente, o êxito com quase uma centena de cães — a capacidade de manter a vida do receptor e não pôr em perigo a do doador — indica que estamos em condições de realizar essa operação em seres humanos. Os riscos para um doador saudável representam um significativo obstáculo ético, mas acreditamos que a escassez crítica de órgãos de cadáveres nos obrigará a avançar. Chegou o momento. O transplante de doador vivo permite vencer dois problemas: em primeiro lugar, a escassez de órgãos; em segundo, lesões nos fígados de cadáveres, decorrentes da demora na obtenção de consentimento para a remoção do órgão e em seu transporte até onde se faz necessário. O transplante de doador vivo é o passo seguinte, necessário e inevitável'."

Shiva não estava lendo, e sim recitando esse trecho de cor. Isso não surpreendeu Hema, mas deixou assombrados os outros médicos. Hema orgulhou-se de Shiva e recordou com que frequência considerava natural o dom idético do filho. Sabia que ele seria capaz de reproduzir num papel em branco a página que estava recitando, começando e terminando cada linha exatamente como estava no original, inclusive a pontuação, a numeração da página, as marcas de grampos e as manchas da cópia.

Percebendo que havia silenciado Hema por enquanto, Shiva dirigiu-se a Thomas Stone e Deepak. "Os senhores hão de lembrar que o primeiro transplante bem-sucedido de rim, realizado por Joseph Murray, foi feito em um paciente agonizante que recebeu um rim saudável de seu gêmeo idêntico."

Coube a Deepak responder, porque parecia que Thomas Stone estava em estado de choque. "Shiva, nós também afirmamos nesse trabalho que há implicações éticas e legais..."

Shiva o interrompeu novamente. "Eu sei. Mas os senhores dizem também: 'O mais provável é que os primeiros doadores vivos sejam um pai ou um irmão, uma vez que esses doadores não têm segundos interesses e correm o risco de livre e espontânea vontade'. Lembram?"

Deepak e Thomas Stone pareciam réus cujo álibi acabasse de ser destruído por uma testemunha inesperada. O promotor se preparava para desfechar o golpe final.

Contudo, o ataque veio de outro setor. "Thomas, diga-me a verdade", interveio Hema, batendo no artigo com os dedos juntos. "Nos últimos quatro dias, e uma vez que *esta* é precisamente a sua especialidade, vendo Shiva deitado ao lado do irmão gêmeo, não passou por sua cabeça a ideia desse transplante de doador vivo?"

Se ela esperava que ele tergiversasse e engolisse em seco, surpreendeu-se. Stone fixou nela o olhar e depois de um instante fez um gesto de cabeça quase imperceptível. "Eu me lembrei dos gêmeos de Murray, claro que sim. Mas também pensei em todos os riscos... e deixei a ideia de lado. Isto é muito, mas muito mais difícil do que retirar um rim. Nunca foi feito."

"Pois a *mim* isso nunca ocorreu!", disse Vinu Mehta tranquilamente. "Senhora, eu deveria ter pensado nisso. Obrigado, Shiva. Em qualquer outra pessoa com uma hepatite B aguda, um transplante de fígado simplesmente alimentaria o vírus. Mas, existindo uma coincidência perfeita... Shiva, é claro que o problema é o risco que você corre."

Meu irmão estava preparado e falou sem consultar suas anotações, dirigindo suas palavras principalmente a Thomas Stone, embora o comentário tivesse sido feito por Vinu. "Sua estimativa, doutor Stone, baseada na retirada de um ou mais lobos de pacientes com trauma hepático, é que o risco de vida para mim, o doador, seja inferior a cinco por cento. Em sua opinião, o risco de complicações graves, como derrame de bile e hemorragia, não deve ser superior a vinte por cento no caso de um doador saudável." Shiva empurrou uma folha de papel para Deepak e Thomas Stone. "Fiz um exame de sangue ontem à noite. Todas as minhas funções hepáticas estão normais. Como veem, não sou portador de hepatite B ou de nada parecido. Não bebo nem consumo drogas que pudessem lesionar o fígado. Nunca fiz nada disso." Shiva esperou a resposta de Thomas Stone.

"Você conhece esse nosso artigo melhor do que eu", disse Stone. "Infelizmente, eram estimativas, simples conjecturas." Segurou as bordas da mesa. "A realidade é que não sabemos qual seria o resultado no caso de seres humanos."

"E se não tivermos êxito", acrescentou Deepak delicadamente, depois que Stone se calou, "perdemos você, que entrou aqui perfeitamente são, e perdemos *também* Marion. Sem falar que não teremos nada em que nos apoiar e que nossas carreiras, a minha e a do doutor Stone, podem terminar. E, mesmo que tenhamos êxito, seremos muito criticados."

Se acharam que Shiva cederia, era porque não conheciam meu irmão. Hema estava vendo o filho com novos olhos. "Compreendo a relutância dos senhores. Não os teria em grande consideração como cirurgiões se concordassem de pronto. No entanto, se *podem* realizar essa operação e se há uma possibilidade razoável, ainda que seja de dez por cento, de salvar a vida de Marion, e de menos de dez por cento que eu perca a minha, e se os senhores decidem *não* realizar a operação, nesse caso, em minha opinião os senhores terão traído Marion, traído Hema, traído a mim, traído a medicina e traído a si próprios. Terão traído meu irmão não só como seus médicos, mas como amigos e como pai. Se realizarem a operação e tiverem êxito, terão não só salvo meu irmão como feito a cirurgia avançar uma década. *Chegou o momento.*" Shiva olhou dentro dos olhos de Stone e de Deepak. "É possível que nunca mais tenham uma oportunidade como essa. Se seus rivais em Pittsburgh estivessem diante dessa situação, o que fariam? Não ousariam?"

A promotoria calou-se. Agora competia ao outro lado responder.

"Ousariam, sim", disse Stone muito baixo, quebrando o longo silêncio, como se falasse somente para si mesmo, "mas não estariam embarcando nessa aventura com seus próprios filhos. Desculpe, Shiva, mas não consigo imaginar isso." Afastou-se da mesa e firmou as mãos nos braços da cadeira, como que se preparando para sair.

"Thomas Stone!" A voz de Hema, soou cortante como um bisturi Bard-Parker e o deteve na posição em que estava. "Uma vez, há muito tempo, eu lhe fiz um pedido relacionado com esses meninos. Mas você foi embora. Mas desta vez, se você se for, nem eu nem Ghosh vamos poder ajudá-los." Stone ficou lívido. Voltou a se sentar. Hema continuou, com a voz embargada: "Thomas, você acha que eu me disporia a submeter Shiva a um risco que ele não pudesse superar? Acha que quero perder meus filhos?".

Quando se recompôs, e depois de assoar-se ruidosamente com o lenço, ela disse: "Thomas, tire da cabeça, por favor, a ideia de que eles são seus filhos. Este é um problema *cirúrgico* e você está na situação ideal para ajudar a ambos, exatamente porque eles nunca foram *seus* filhos. Nunca foram um obstáculo para você, nunca retardaram suas pesquisas, sua carreira". Não havia rancor em sua voz. "Doutor Stone, esses são *meus* filhos. São um presente que ganhei. O sofrimento, se houver sofrimento, será todo meu... Isso vem junto com o presente. Eu sou a mãe deles. Ouça, por favor, o que digo: isto não tem nada a ver com seus filhos. Tome uma decisão considerando o que deve fazer por seu paciente."

Depois de uma eternidade, Deepak puxou o bloco amarelo que estava diante de Shiva, do outro lado da mesa, e o abriu numa página em branco. Tirou a tampa da caneta e perguntou a Shiva: "Diga-me, por que você está se dispondo a correr um risco desses?"

Dessa vez Shiva não tinha uma resposta pronta. Fechou os olhos e juntou as pontas dos dedos, como se não quisesse ver os rostos dos que estavam ali. Hema preocupou-se ao vê-lo assim. Quando abriu os olhos, pela primeira vez desde sua chegada pareceu triste. "Marion sempre pensou que eu nunca olho para trás", disse. "Que sempre agia pensando só em mim. Ele tinha razão. Ficaria surpreso com o fato de eu arriscar a vida para doar parte de meu fígado. Mas... ao ver que meu irmão poderia morrer, olhei para trás. Eu tenho meus remorsos.

"Se eu estivesse morrendo e houvesse uma chance de Marion me salvar, ele pressionaria os senhores a operar. Ele sempre foi assim. Nunca entendi isso antes porque é irracional. Mas compreendo agora." Olhou para Hema e continuou a falar.

"Eu não tinha nenhuma razão para pensar nisso até chegar aqui. Mas ao lado dele... Compreendi que, se alguma coisa acontecesse a ele, aconteceria a mim também. Se tenho amor por mim, tenho também por ele, porque somos um só. Isto transforma essa doação num risco que para mim vale a pena correr... Não seria assim no caso de outra pessoa, a não ser que ela o amasse. Eu não poderia viver em paz comigo mesmo se não fizesse isso, e creio que os senhores também não poderão viver em paz se não tentarem. Esse é meu destino. Meu privilégio. E também o dos senhores."

Hema, que se contivera até então, puxou Shiva para si e o beijou na testa.

Com a caneta na mão, Deepak não havia escrito ainda uma só palavra. Pôs a caneta na mesa.

Naquele momento, ficou claro que iriam se aventurar num procedimento que nunca tinha sido realizado.

"O senhor explicou antes que havia uma segunda razão para descartarem a ideia de um transplante", disse Shiva a Deepak. "Qual era?"

"Antes de perder a consciência, Marion me obrigou a prometer que eu não iria transferi-lo daqui. Este hospital é muito especial para ele. É mais do que um lugar onde nós, formados no exterior, fizemos nossa residência. Ele nos acolheu quando outros não o fizeram. Este é nosso lar."

Hema suspirou e apoiou a cabeça nas mãos. Logo agora, depois de terem avançado tanto, surgia outro entrave.

"Podemos fazer a operação aqui", propôs Thomas Stone, que escutara Shiva sem mover um músculo. Seus olhos azuis e firmes brilhavam. Empurrou a cadeira para trás e levantou-se, com movimentos decididos. "Cirurgia é cirurgia e nada mais que isso. Podemos fazer isso aqui tão bem quanto em qualquer lugar, se dispusermos dos instrumentos e das pessoas. Por sorte, o especialista mundial em cirurgia hepática está sentado a meu lado", disse, pondo a mão no ombro de Deepak, "e os instrumentos, muitos dos quais foram desenhados por ele, também estão aqui e precisam ser esterilizados já. Temos muito o que preparar. Hema, se a qualquer momento você ou Shiva mudarem de ideia, é só dizer. Shiva, por favor, a partir de agora, não coma nem beba mais nada."

Quando passou pela cadeira de Shiva, ele apoiou a mão em seu ombro, apertou-o com força e saiu.

52. Um par de órgãos desemparelhados

Um helicóptero vindo do Hospital Geral de Boston pousou de noite no heliponto do Nossa Senhora do Perpétuo Socorro. Trazia instrumentos especiais e o pessoal-chave do exitoso programa de transplantes de fígado. O corredor de acesso às salas de cirurgia do Nossa Senhora, normalmente um espaço deserto onde uma pessoa poderia dar com uma maca vazia ou um aparelho móvel de raios X ao sair para fumar um cigarro, parecia agora o quartel-general de um batalhão no começo de uma campanha militar. Haviam instalado ali dois grandes quadros-negros, um intitulado DOADOR, e o outro, RECEPTOR, cada um deles relacionando o que era preciso fazer, com seus espaços correspondentes para confirmação ao lado. A equipe do Nossa Senhora do Perpétuo Socorro, tendo Deepak como cirurgião-chefe, se encarregaria da operação do doador (Shiva), ao passo que a equipe de Boston, liderada por Thomas Stone, teria a seu cargo a operação do receptor (eu). A equipe do Nossa Senhora usava roupa de centro cirúrgico azul, enquanto a do Geral de Boston usava branco. Para minimizar a possibilidade de erros, os membros da primeira equipe tinham um D grande (de "doador"), feitos com um marcador preto, nos gorros e nas vestes cirúrgicas, enquanto os da segunda equipe tinham um R. O fluxo de adrenalina mantinha o ânimo daquelas equipes díspares. Um piadista do Bronx chegou a sugerir a seu colega de Dorchester que podiam chamar as equipes de Locais e Visitantes. Somente Thomas Stone e Deepak Jesudass atuariam em ambas as equipes, ajudando um ao outro.

Uma simulação realizada à meia-noite, com falsos pacientes nas duas salas de cirurgia, revelara alguns problemas críticos: o grupo de anestesia do Hospital Geral de Boston precisava de melhor orientação quanto ao funcionamento do Nossa Senhora, e era preciso nomear um "coordenador do evento". Sua função seria cronometrar e manter-se a par das atividades de ambas as equipes, e ele seria a única pessoa autorizada a transmitir e (mais importante) registrar todas as mensagens da equipe R para a equipe D e vice-versa. Dois novos quadros-negros foram trazidos para serem afixados *dentro* de cada sala, e neles se listaram as tarefas a serem executadas e marcadas como efetuadas. O Nossa Senhora do Perpétuo Socorro foi temporariamente reorganizado, e os casos de trauma, transferidos para outros hospitais próximos. Às quatro da manhã chegou a hora da verdade.

Thomas Stone vomitou no vestiários dos cirurgiões. O pessoal do Nossa Senhora encarou isso como um mau presságio, mas a equipe de Boston assegurou que o fato de Stone estar pálido e transpirar profusamente indicava um resultado positivo (embora, na verdade, nunca o tivessem visto tão pálido e fraco como agora, prostrado no banco, com um recipiente de vômito a seu lado).

Com tantas pessoas dos dois hospitais envolvidas, teria sido difícil manter a operação em segredo. Havia duas equipes de televisão diante do Nossa Senhora. A hora de fechamento dos jornais da manhã já tinha passado havia muito tempo, mas uma vez que seus editores queriam opinar sobre os aspectos éticos daquele transplante histórico, isso lhes permitia esperar para ver o resultado antes de expressar sua opinião.

Fazer história ou manter a operação em segredo era a última coisa em que pensavam os cirurgiões. Num banco, que uma fileira de armários separava do lugar onde Stone sofria, Deepak examinava um atlas do fígado, procurando não prestar atenção aos sons repugnantes das ânsias de vômito do colega.

Às 4h22 foi ministrado a Shiva diazepam e daí a pouco pentotal, e lhe introduziram um tubo na traqueia. A operação do doador tinha começado. Thomas Stone e Deepak calculavam que ela levaria entre quatro e seis horas.

Se o coração pulsante é puro teatro, um órgão folgazão, temperamental e gaiato que dança e saltita no peito, então o fígado, acomodado sob o diafragma, é um quadro figurativo, impassível e silencioso. O fígado produz a bile, substância indispensável para a digestão das gorduras, e armazena o excesso de glicose na forma de glicogênio. Em silêncio e sem sinais externos, desintoxica o organismo de medicamentos, drogas e produtos químicos, fabrica toxinas para a coagulação e o transporte e limpa o corpo de amoníaco, um produto de excreção produzido pelo metabolismo.

Sua superfície externa, lisa e brilhante, é monótona e desinteressante, e salvo um sulco mediano que o divide num lobo direito, grande, e num lobo esquerdo, menor, não apresenta planos diferenciados visíveis. É surpreendente que alguns cirurgiões falem de seus oito "segmentos anatômicos" como se fossem separados, como os gomos de uma laranja. Tente separar esses segmentos. O que você verá? Primeiro, superfícies das quais se esvaem sangue e bile; depois, um paciente morto. Ainda assim, a ideia dos segmentos permite ao cirurgião definir áreas do fígado que têm uma seção completa de vasos sanguíneos e dutos biliares e, por isso, constituem unidades semiautônomas, subfábricas dentro de uma fábrica.

O fígado é atravessado por quatro famílias de vasos. Em primeiro lugar, a veia porta, que transporta para ele todo o sangue venoso que deixa o intestino, sangue que depois de uma refeição é rico em gorduras e outros nutrientes a serem processados pela fábrica. A artéria hepática leva ao fígado sangue oxigenado, que procede do coração pela aorta. As veias hepáticas encarregam-se de carrear todo o sangue desoxigenado que o fígado filtrou e devolvê-lo ao coração através da veia cava. A bile produzida por cada célula hepática se acumula em pequenos tributários biliares que se unem, crescem e vão formar o duto biliar comum, que desemboca no duodeno. O excesso de bile armazena-se na vesícula, que nada mais é do que uma ramificação globular do duto biliar. Em consonância com o comportamento pudico e discreto do fígado, a vesícula biliar está oculta sob a parte anterior do lobo direito.

Postado à direita da mesa cirúrgica, Deepak fez a incisão. O primeiro passo foi extirpar a vesícula de Shiva. Em seguida, concentrando-se no feixe de vasos que entram no fígado (a *porta hepatis*), ele dissecou a artéria hepática direita, o ramo direito da veia porta e o duto biliar direito. Para separar o lobo direito, teve de cortar também tecido hepático vivo e desconectar as veias hepáticas na parte posterior, onde se unem à veia cava: a parte oculta do fígado, onde o cirurgião pode "ver Deus" no caso de ocorrer uma hemorragia. Quando se faz a ablação de um lobo do fígado para extirpar um câncer, a hemorragia pode ser controlada mediante o estrangulamento do feixe de vasos sanguíneos na *porta hepatis* (a manobra de Pringle). Mas Deepak não tinha essa opção, pois ela comprometeria a função do lobo que estavam removendo. Deixá-lo-ia meio morto por asfixia antes de implantá-lo em mim. Existem hoje "dissecadores" a ultrassom e até de radiofrequência que possibilitam efetuar cortes no fígado com mais facilidade e menos hemorragia. Deepak, todavia, ajudado por Thomas Stone, teve de recorrer à compressão com pinças e à "fratura digital" para abrir caminho no tecido hepático, ao mesmo tempo que evitava os vasos sanguíneos maiores e os dutos biliares. Deepak estava preocupado com seu ajudante mais velho e mais famoso: a atenção de Stone parecia vaguear, uma situação com que ele nunca se confrontara antes. Ele não tinha como saber que Stone estava tentando apagar a imagem e a lembrança de seus esforços inúteis para salvar a irmã Mary Joseph Praise, bem como suas perigosas tentativas de esmagar o crânio de um bebê.

A operação do doador transcorreu sem dificuldades. Às nove da manhã fui levado para a sala de cirurgia, e às nove e meia, exatamente no momento em que o lobo direito do fígado de Shiva estava sendo separado, a equipe do Hospital Geral de Boston, sem Thomas Stone, fez uma longa incisão transversal em minha cintura, abaixo da caixa torácica mas acima do umbigo. Começaram a mexer em meu fígado, cortando seus ligamentos e suportes.

Thomas Stone levou o lobo direito extirpado de Shiva para uma mesa lateral, onde, com mãos mais firmes que seu estômago, lavou a veia porta com a solução da Universidade de Wisconsin. Enquanto isso Deepak se certificava de que não havia derrames de bile na borda exposta do que restava do fígado de Shiva, que era basicamente o lobo esquerdo. Examinou-o bem, à procura de algum sangramento que houvesse passado despercebido, repetiu por duas vezes a contagem de esponjas e instrumentos e fechou o abdome de Shiva. Dentro de um mês, o fígado de meu irmão se regeneraria, voltando a seu tamanho anterior.

Thomas Stone e Deepak trocaram os capotes cirúrgicos e as luvas e dirigiram-se à sala de cirurgia do receptor a fim de completar a ablação de meu fígado. Como minhas funções de coagulação estavam deficientes, houve uma grande quantidade de pequenos sangramentos, sobretudo na parte posterior do fígado, quando o soltaram do diafragma. Precisei de numerosas bolsas de sangue, como também de plaquetas. Cuidadosamente, identificaram e preservaram meu duto biliar, a artéria hepática e a veia porta. Era uma hora da tarde quando o companheiro de dois quilos, que eu havia abrigado na caixa torácica durante tantos anos, me abandonou. Restou uma cavidade sob o lado direito do diafragma, um vazio antinatural.

Conectar em mim o fígado de Shiva, ou melhor dizendo, seu lobo direito, foi um processo trabalhoso. Os sangramentos tinham de ser meticulosamente controlados, de modo a permitir uma melhor visão do campo, e para que Stone, com a ajuda de Deepak, suturasse artéria com artéria, duto biliar com duto biliar e veia com veia. As tesouras e porta-agulhas tinham sido desenhados especialmente para microcirurgia. Ambos os cirurgiões usavam lâmpadas frontais e óculos de aumento para manipular suturas mais finas do que um fio de cabelo humano. Uma vantagem da decisão de Deepak de transplantar em mim o lobo direito do fígado de Shiva era que ele se encaixava de modo mais natural sob a cúpula de meu diafragma; além disso, seu hilo, o ponto por onde entram os vasos, estava orientado de forma mais natural para a veia cava. Isso facilitou um pouco a tarefa dos cirurgiões.

Os demais membros da equipe D levaram Shiva para a sala de recuperação e esperaram no vestiário. O estado de espírito deles tinha mudado, e agora estavam mais taciturnos. O sucesso ou insucesso da operação não dependia mais deles, o que tornava a tensão quase insuportável.

Ansiosa, Hema consultava o relógio na sala de espera, com Vinu a seu lado. No começo, ela se sentiu grata pela presença desse companheiro loquaz, mas depois nem mesmo ele foi capaz de distraí-la. Não parava de pensar em Ghosh, e se perguntava se ele a teria recriminado por permitir que Shiva corresse um risco tão grande. *Uma pedra na mão...* ou seria "pássaro"? A *grama é mais verde...* Ele teria uma máxima para a situação.

As notícias da sala de cirurgia vinham através do coordenador do evento, que comunicava cada etapa da operação, mas Hema agora preferia que não o fizesse, porque aquela campainha estridente a sobressaltava e a fazia imaginar o pior, e só para ser informada de que "Começaram" ou "Isolaram os vasos portais", quando tudo o que ela desejava ouvir era que tinham terminado o procedimento com Shiva. Por fim recebeu essa notícia e logo viu meu irmão na sala de recuperação, consciente mas ainda sonolento e com caretas de dor. Afagou-lhe os cabelos com uma alegria incontida e soube que, estivesse onde estivesse e qualquer que fosse a forma tomada por sua reencarnação, Ghosh também estava aliviado.

Os olhos de Shiva, entrando em foco, formularam a pergunta. "Estão, sim", disse Hema. "Estão transplantando o lobo direito de seu fígado em Marion neste momento. Deepak disse que a parte que você doou tinha um aspecto excelente."

Não lhe permitiram ficar muito tempo ali. Mas em vez de voltar para a sala de espera, ela decidiu ir à capela. Um vitral solitário deixava penetrar um mínimo de luz. Quando a porta pesada se fechou, ela teve de tatear em busca do cadeiral e se acomodou num banco forrado de veludo. Cobriu a cabeça, respeitosamente, com a ponta do sári. Quando seus olhos se adaptaram à penumbra, levou o maior susto de sua vida ao ver um vulto ajoelhado perto do altar. Uma aparição!, pensou. Mas depois se lembrou-se da corrente de oração por Marion, a vigília ininterrupta na capela. Quando sua pulsação voltou ao normal, ela se recostou no banco e ficou a observar a cabeça coberta pelo véu, o escapulário que caía para trás, rígido e separado da túnica de pregas. Foi então que Hema tomou consciência de que, embora tivesse importunado todas as divindades de que se lembrava, deixara de apelar para a irmã Mary Joseph Praise. O deslize lhe causou um pânico absurdo e o sangue ingurgitou-lhe o pescoço. *Por favor, irmã, não permita que isso seja uma razão para castigar meu filho.* Torceu as mãos, censurando-se pelo descuido. *Perdoe-me, irmã, mas imagine a tensão que tudo isto causou, e, se não for tarde demais, por favor, vele por Marion, ajude-o a superar esse transe.* Sentiu a resposta chegar com toda a clareza, como se fosse uma voz ou uma carícia: primeiro, uma sensação de leveza na fronte, depois uma serenidade em seu peito que indicava que sua prece tinha sido escutada. *Obrigada, obrigada,* disse Hema. *Prometo mantê-la informada.*

Voltou para a sala de espera. Estava tão exausta que se perguntava como Stone e Deepak conseguiam se manter de pé. Da janela da sala de espera, o mundo parecia feito sobretudo de céu e concreto. Não se via nenhum pedaço de terra digno de menção, nenhuma manifestação da natureza, com exceção do sol que se punha. Tudo era tão estranho, e no entanto essa tinha sido a paisagem que seu filho tinha visto durante os últimos anos.

Às sete da noite, Thomas Stone aproximou-se dela. Fez um gesto com a cabeça e depois sorriu, uma expressão tão rara que Hema entendeu que tudo tinha corrido bem. Ele se manteve em silêncio e também ela ficou sem fala, enquanto lágrimas rolavam por suas faces. Estudando o rosto de Stone, que ainda exibiam as marcas dos óculos de aumento e da lâmpada frontal, além de estar sulcado por linhas de preocupação e cansaço, ela percebeu com um sobressalto o quanto ele envelhecera, o quanto ambos haviam envelhecido. E pensou também que, se nada mais tinham em comum, uma coisa ao menos os unia: ambos estavam presentes ainda ali, depois de tantos anos, e os filhos dela (e também dele, em certo sentido, ela tinha de admitir) estavam vivos.

Thomas Stone se sentou, ou melhor, deixou-se cair no sofá, e não protestou quando Hema o obrigou a aceitar um suco e um sanduíche da geladeira portátil de Vinu. Stone engoliu o suco e também uma garrafa de água, e só ao começar uma segunda foi que começou a dar sinais de vida. Seu rosto abatido recuperou um pouco de cor. "Tecnicamente, tudo correu bem", disse. "O fígado novo de Marion, ou seja, o lobo direito do fígado de Shiva, começou a produzir bile antes mesmo que acabássemos a anastomose." Sorriu de novo, uma ligeira contorção na comissura labial. Percebia-se o orgulho em sua voz. A bile, explicou, era um excelente sinal.

"Mas passamos um susto", acrescentou. "Houve um momento em que a pressão sanguínea de Marion caiu muitíssimo, e sem nenhuma razão aparente. Íamos bem com relação a fluido e sangue, mas o coração dele continuava a cento e oitenta batimentos por minuto. Introduzimos fluido, tentamos uma coisa e outra... e de repente a pressão subiu de novo."

Hema quase perguntou a que horas, exatamente, isso tinha acontecido, mas achou que não era preciso, pois ela sabia. Fechou os olhos e agradeceu à irmã por sua intercessão. Quando os abriu, Thomas Stone estava a fitá-la como se compreendesse. Hema sentiu-se muito próxima a ele, muito grata. Não conseguiu chegar ao extremo de abraçá-lo, mas lhe estendeu a mão.

"Bem, agora eu tenho de ir", disse-lhe Stone. "A situação de Marion será crítica durante algum tempo, pois ele estava muito doente. Mas ao menos tem um fígado que funciona. Os rins ainda não estão funcionando, e ele vai precisar de diálise, mas creio que se trata apenas de uma síndrome hepatorrenal que o fígado novo vai solucionar." Estava omitindo fatos. Não contou que quando as coisas pareceram tão negras na sala de cirurgia, ele tinha olhado para o céu e rezado, não a um Deus nem às aranhas, e sim à irmã Mary Joseph Praise, pedindo-lhe que o redimisse de uma vida de erros.

Houve regozijo no hospital, primeiro porque um de seus médicos havia chegado perto da morte e continuava vivo, e em segundo lugar porque o Nossa Senhora tinha sido palco de um evento histórico. Rezou-se uma missa de gratidão. Hema e Vinu sentaram-se no primeiro banco, enquanto os demais fiéis lotavam a capela e espalhavam-se até pelo claustro.

Diante do Nossa Senhora do Perpétuo Socorro, os caminhões e furgões da imprensa nacional e internacional faziam fila. Todos os transplantes de fígado feitos até então no mundo tinham sido possibilitados pelo fato de alguém ter sofrido morte cerebral. Um doador *vivo* (e um gêmeo idêntico que havia doado metade de seu fígado ao irmão) era uma grande notícia. Os meios de comunicação não perceberam direito que esse avanço técnico seria de especial significado para os bebês com atresia biliar congênita: ausência de dutos biliares. Órgãos de adultos que morriam em consequência de trauma eram escassos e um doador infantil era raríssimo. Stone e Deepak abriam caminho para que um dos pais doasse parte do fígado para salvar um filho.

No segundo dia, jornalistas investigativos haviam relacionado Shiva com sua fama como cirurgião de fístulas ("O que eu faço é simples. Eu tapo buracos.") e no terceiro chamavam Thomas Stone de "pai distanciado". Talvez a descoberta da história da irmã Mary Joseph Praise fosse apenas questão de tempo, embora para desentocá-la provavelmente seria necessário que um repórter viajasse a Adis.

Acordei no quinto dia. Minha primeira lembrança é de subir do fundo do oceano, com os olhos ainda saturados de água e com o que parecia um tubo de mergulho metido na garganta e na boca: eu não conseguia falar. Ao chegar à superfície, me dei conta de que ainda estava na UTI do Nossa Senhora, mas não conseguia ouvir nada do que as pessoas diziam. Vi Hema e Stone e procurei Shiva. Ele resolveu não vir de Adis, lembro de ter pensado, e fiquei desapontado.

Doze horas depois, já bem avançada a noite do quinto dia (muito embora a penumbra fosse perpétua na UTI), saí definitivamente para a superfície, aliviado ao ver que Hema se achava ali de verdade e que eu não havia só imaginado que estivesse presente.

Ela ficou a meu lado, segurando minha mão. Eu ansiava por aquele contato, temeroso de afundar de novo no abismo onde reinava a escuridão e da qual não havia promessa de retorno. Mas eu mergulhava num sono leve por períodos breves. A noite deu lugar ao dia, que trouxe consigo uma animação e energia renovadas, além de um maior tráfego em meu quarto.

No sétimo dia, permaneci desperto tempo suficiente para que Hema me desse uma notícia fantástica: eu tinha dentro de mim metade do fígado de Shiva. A pacientes convalescentes é preciso explicar tudo pelo menos duas vezes, porque cabe supor que não escutam metade do que lhes é dito. Hema repetiu a história para mim no mínimo dez vezes, e só acreditei quando ela me mostrou o *Times* com fotos minhas e de Shiva.

"Shiva está se recuperando", disse. "Ele está bem. Mas você contraiu pneumonia e vem acumulando líquido no pulmão direito. É por isso que ainda está com o respirador. Mas, como está melhorando, Deepak disse que amanhã vão retirar o ventilador. Seu fígado novo está funcionando bem, e os rins voltaram a funcionar." Esse não era o reencontro que eu havia imaginado com Hema, mas a expressão em seu rosto, sua alegria e seu alívio não tinham preço. Ela quase nunca saía de meu lado.

Vi Deepak e Stone pela primeira vez ainda naquele mesmo dia, mais tarde, e experimentei sentimentos contraditórios. Sei que devia sentir gratidão. Vez por outra penso que nós, cirurgiões, usamos máscaras para esconder nossos desejos, ocultar nossa ânsia de violar o corpo do outro. É tão somente a garantia de amnésia, o fato de que o paciente de nada se lembrará a não ser do anestesista dizendo "Bons sonhos", que nos permite ser cirurgiões. Pois ali estavam, diante de mim, aqueles perpetradores de violência organizada contra meu corpo. O fato de ambos serem homens tímidos e modestos parecia quase uma fraude, em vista da ambição, da arrogância, que lhes havia permitido arriscar a vida de Shiva para salvar a minha. Foi a única vez que me senti agradecido por aquele tubo infernal que descia por minha garganta e feria minhas pregas vocais, porque, se o tubo não estivesse ali, eu lhes teria dito algo que soaria como ingratidão: *Ainda bem que Shiva sobreviveu, porque se não fosse isso, eu lhes arrancaria o couro.*

Ao acordar, um pouco mais tarde, eu me esqueci do tubo e tentei falar, o que me causou tal sensação de asfixia que entrei em pânico. Minha agitação acionou o alarme do ventilador, o que me aterrorizou ainda mais, pois a enfermeira poderia achar que eu estava "rejeitando o ventilador", o que talvez viria a motivar uma ordem para que me injetassem curare por via endovenosa. Essa droga, derivada de uma substância que tribos amazônicas usam para envenenar flechas, paralisa todos os músculos, deixando o paciente em imobilidade absoluta, de modo a permitir ao ventilador realizar seu trabalho sem nenhum impedimento. Mas que Deus o ampare se não lhe derem também um sedativo forte, porque nesse caso ele fica acordado, consciente, mas incapaz de mexer um músculo, nem mesmo piscar. A ideia de permanecer nesse estado de paralisia e clausura sempre me horrorizara, embora eu despreocupadamente determinasse que fosse ministrado curare (*e* sedação) a centenas de pacientes. Agora, na condição de paciente, minha maldição consistia em saber demais.

Com a ajuda de Hema, com sua voz tranquilizadora, fiz o possível para me acalmar, deixar que a máquina introduzisse ar em meus pulmões, e a enfermeira se retirou. Quando me senti melhor, escrevi: *Como está Shiva?*

Hema não precisou me responder, pois nesse exato momento entrou minha outra metade no quarto, conduzida por Thomas Stone.

Fazia sete anos que eu não via meu irmão. Estava emaciado e nada parecido com a pessoa que aparecia na foto do *Times*. Tive uma vertigem ao ver meu reflexo se movendo independentemente de mim. Shiva usava uma veste hospitalar e tinha a palma de uma das mãos apoiada cuidadosamente no abdome, enquanto a outra mão empurrava o suporte do soro, que ele usava como se fosse uma bengala. Meu irmão não era dado a galhofas e não achava graça na maioria das piadas, mas ao me ver começou a rir como um chimpanzé que houvesse trancafiado o tratador na sua jaula.

Olá, seu macaco, eu quis dizer. Busquei avidamente sua mão e nossos dedos se entrelaçaram. *Você deveria rir mais, o riso cai bem em você: está vendo como somem as rugas de sua testa e suas orelhas encolhem?* Senti um líquido correr pelas têmporas e também ele tinha os olhos marejados de lágrimas. Apertei seus dedos, um código Morse para lhe transmitir o que eu sentia. Ele assentiu. *Você não precisa me dizer nada*, estava comunicando. Inclinou-se timidamente, e fiquei imaginando o que ele iria fazer, com certeza não seria me beijar... Ele roçou a cabeça na minha. Foi um gesto inesperado, vibrante e surpreendente, um salto para a meninice, o mais suave dos *testas*, que me levou a rir, mas também fez com que aquela sonda horrível arranhasse minha garganta, obrigando-me a parar.

Apontei para a barriga de Shiva. Ele afastou a bata para o lado e pude ver apenas uma parte da incisão, uma vez que uma compressa de gaze, atravessada por um dreno, escondia o restante. Olhei para ele erguendo as sobrancelhas, perguntando se doía. Ele respondeu *Só quando respiro*, e ambos rimos, mas tivemos de parar por causa da dor. Stone observava nosso diálogo silencioso, assombrado e com uma expressão estranha.

Eu não sabia que a recuperação de Shiva tinha sido dificultada devido a uma infecção biliar que exigiu o uso de antibióticos. Nem tampouco que havia se formado um coágulo na veia do braço direito pela qual ele recebia o soro. Estava sendo tratado com anticoagulantes, e o trombo vinha se dissolvendo.

Segurei a mão dele por muito tempo, satisfeito por vê-lo, agradecendo-lhe com meus dedos, mas ele rejeitava minhas demonstrações de gratidão. Estendi a mão para pegar a caneta. Hema pôs o bloco diante de mim e escrevi: *Ninguém tem maior amor do que este...*

Shiva não deixou que eu terminasse. Segurou minha caneta e escreveu: *Você teria o mesmo*. Eu tinha minhas dúvidas, mas ele fez que sim com a cabeça: *Sim, você faria*.

No começo da noite, Deepak extraiu o fluido que envolvia meu pulmão direito, e minha respiração se expandiu naquela direção. Depois retirou aquela sonda horrível de minha garganta. Minhas primeiras palavras foram "Obrigado", e quando retiraram do quarto aquela horrível máquina azul, mergulhei num sono profundo.

A manhã seguinte foi cheia de pequenos milagres: ser capaz de me virar no leito, olhar pela janela e ver o céu, poder exclamar "Ai!" quando um movimento repuxava minha incisão. Hema não apareceu. A UTI estava silenciosa. Minha enfermeira, Amelia, estava insolitamente animada. Imaginei que ainda fosse muito cedo. "Temos de fazer uma radiografia lá embaixo", disse, desligando os fios e preparando o leito para levá-lo a outro andar.

No departamento de radiologia, meteram-me na máquina de tomografia axial computadorizada, mas não queriam examinar meu abdome e sim a cabeça. Decerto havia nisso algum erro. Mas não, a ordem era de Deepak, e dizia: "TAC da cabeça, com e sem contraste".

De volta a meu quarto, ao meio-dia ainda não havia sinal de Hema, Stone ou Shiva. Amelia disse que eles apareceriam daí a pouco.

O fisioterapeuta me pôs de pé, junto da cama, por alguns segundos. Minhas pernas pareciam feitas de gelatina. Dei alguns passos com ajuda, depois me sentei numa cadeira, extenuado como se tivesse disputado uma maratona. Cochilei ali, onde também comi o que pude. Depois do almoço, dei mais alguns passos e até urinei em pé. As enfermeiras me ajudaram a retornar para a cama. Lembrando dessas coisas hoje, tenho a impressão de que se alegraram ao sair de meu quarto.

Eram duas da tarde quando Thomas Stone apareceu em minha porta. Estava com olheiras. Sentou-se timidamente na beirada da cama. Afagou minha mão e moveu os lábios.

"Espere", pedi. "Não diga nada ainda." Olhei as nuvens pela janela, as chaminés distantes. O mundo continuava intacto naquele momento, mas eu sabia que desabaria quando ele falasse. "Muito bem", eu disse. "O que aconteceu com Shiva?"

"Ele teve uma hemorragia cerebral fortíssima", disse Stone, com voz grave. "Foi ontem à noite, mais ou menos uma hora depois que saímos daqui. Hema estava com ele. Shiva de repente levou as mãos à cabeça, com dor... Depois, em questão de segundos, ficou... inconsciente."

"Morreu?"

Stone negou com a cabeça. "É uma malformação arteriovenosa, um emaranhado profundo de vasos sanguíneos no córtex. É provável que tenha tido isso sempre... Estava tomando anticoagulantes devido ao trombo no braço... Dentro de uma semana iríamos interromper."

"Onde ele está?"

"Aqui. Na UTI. Está num ventilador. Dois neurocirurgiões já o viram." Ele balançou a cabeça. "Dizem que não é viável evacuar o sangue. Acham que já é tarde demais. E que está com morte cerebral."

Não prestei muito atenção ao que ele disse depois disso. Lembro que comentou que minha TAC mostrava um nó de vasos sanguíneos semelhante, porém menor, mas que o meu não estava sangrando, quase um milagre, suponho, já que eu tinha sangrado por todos os lados até receber o fígado de Shiva.

Minutos depois, Hema, Deepak e Vinu entraram no quarto. Entendi que haviam delegado a Stone a tarefa de me dar a notícia.

Pobre Hema. Eu devia ter tentado confortá-la, mas me sentia muitíssimo infeliz e culpado. E também exausto. Sentaram-se em torno de minha cama. Hema chorava, curvada, apoiando a cabeça em minha coxa. Minha vontade era que saíssem. Fechei os olhos por um instante, mas acordei quando uma enfermeira entrou para desligar uma das bombas intravenosas. Não havia mais ninguém no quarto. Pedi a ela que me ajudasse a ir ao banheiro e depois me sentei na poltrona. Queria recuperar minha energia.

Quando despertei, Thomas Stone estava a meu lado. "Ele não consegue mais respirar por si mesmo e já não tem reflexos pupilares nem de nenhum outro tipo", disse em resposta a minha pergunta muda. Morte cerebral.

Eu disse que queria vê-lo.

Meu pai me levou pelo corredor até onde estava Shiva. Hema achava-se a seu lado, com os olhos inchados e vermelhos, e quando se virou para mim senti vergonha por estar vivo, por ser a causa de seu sofrimento.

Shiva parecia dormir. Agora era sua vez de usar aquela haste que saía do crânio, o monitor de pressão intracranial. A sonda endotraqueal entortava seus lábios, elevando a mandíbula de uma forma pouco natural. O sobe e desce de seu peito, por ação do respirador artificial, oferecia um ponto onde pousar a vista, e minhas reflexões ocorriam ao mesmo ritmo: Se eu não tivesse vindo para a América... Se não tivesse visto Tsige... Se não tivesse aberto a porta para Genet...

Hema empurrou minha cadeira de volta para o quarto e me ajudou a deitar.

"Teria sido melhor que você e Shiva me tivessem enterrado", eu disse. "Agora você estaria voltando para a Missing com seu filho predileto."

Foi uma estupidez e uma grosseria, um impulso inconsciente de feri-la a fim de atenuar minha dor e meu remorso. Mas, se eu esperava que ela devolvesse o golpe, tinha me enganado. Chega uma hora em que o desconsolo ultrapassa a capacidade humana de expressar emoção, e por isso a pessoa permanece estranhamente serena. Ela havia chegado a esse ponto.

"Marion, sei que você pensa que eu preferia Shiva... E talvez isso acontecesse mesmo. O que posso dizer, além de pedir perdão? Um mãe ama os filhos do mesmo modo... Mas às vezes um deles precisa de mais ajuda, mais atenção, para viver. Shiva era assim. Marion, tenho de lhe pedir perdão por outras coisas. Sempre pensei que você fosse responsável pela mutilação de Genet e tudo mais que se seguiu. Julguei você mal por isso. Shiva me contou tudo ao chegarmos aqui. Espero que você me perdoe, meu filho. Sou uma mãe boba."

A notícia me deixou sem palavras. O que mais teria acontecido enquanto eu estava inconsciente?

Veio lá de fora o som cada vez mais próxima de uma sirene. Uma ambulância que chegava ao Nossa Senhora.

"Querem tirar o respirador de Shiva", disse Hema. "Não posso aceitar que façam isso. Enquanto ele estiver respirando, mesmo que seja o respirador que o faça por ele, para mim está vivo."

Na manhã seguinte, depois que a enfermeira me sentou debaixo do chuveiro e me ajudou a tomar meu primeiro banho, vesti uma bata limpa e pedi-lhe que me levasse ao quarto de meu irmão.

"Pare aqui", pedi, bem antes de chegar ao quarto, pois tinha visto, pela porta entreaberta, Thomas Stone sentado junto da cama de Shiva, tal como me haviam dito que ele ficara junto da minha. Ele tomava o pulso de Shiva. Continuou com os dedos ali por muito tempo depois de ter verificado o ritmo cardíaco. Em que estaria pensando? Observei-o durante nada menos que dez minutos, antes que se levantasse e saísse, com expressão angustiada e olhos vermelhos. Afastou-se na outra direção, sem me ver.

"Doutor Stone", chamei-o, seguindo-o na cadeira de rodas, embora todas as fibras de meu ser ansiassem por gritar: *Pai!*

Ele se aproximou.

"Doutor Stone, com certeza uma operação é a única esperança para ele. Será que os neurocirurgiões não podem abrir seu crânio, desatar os vasos emaranhados e retirar o coágulo do cérebro? O risco pode ser alto, mas que importância tem isso? Não há mais o que fazer por ele."

Ele pensou por um momento. "Filho, eles afirmam que o tecido ali está... lamento dizer isso... com a consistência de papel higiênico molhado. É uma mistura de massa encefálica com sangue. A pressão é tão alta que eles dizem que a única coisa que conseguiriam, só de tocá-lo, seria fazê-lo sangrar mais ainda."

Eu não queria aceitar isso. "O *senhor* não pode operá-lo? Juntamente com Deepak? O senhor já fez trepanações. Eu também. O que podemos perder? Por favor. Devemos dar a ele essa oportunidade."

Ele demorou tanto para responder que até eu pude perceber a inviabilidade do que estava propondo. Meu pai pôs a mão em meu ombro e falou suavemente, como a um jovem colega, e não como a um filho: "Marion, lembre-se do décimo primeiro mandamento: Não operarás um paciente no dia de sua morte".

Depois que voltei para meu quarto, Thomas Stone trouxe-me a TAC de Shiva. Fiquei chocado ao ver a enorme mancha branca que envolvia ambos os hemisférios e se derramava pelos ventrículos — é assim que o sangue aparece nas imagens tomográficas — comprimindo o cérebro dentro dos rígidos limites do crânio. Compreendi então que não havia nenhuma esperança.

Em virtude do aneurisma ou uma confusa malformação vascular no cérebro, Shiva não era um possível doador de coração ou rins, devido ao perigo de que houvesse problemas semelhantes nesses órgãos.

Hema não quis estar presente quando o respirador foi desligado. Eu disse que estaria com ele. Pedi para ficar sozinho com Shiva quando ele morresse.

Hema se despediu dele antes.

Eu estava diante do quarto quando ela saiu, acompanhada por Vinu. Foi de cortar o coração ver minha mãe, os ombros caídos e a cabeça coberta por uma ponta do sári, deixar o filho, que ainda respirava. Certamente sua sensação era de que o estava abandonando. Todos na UTI tinham os olhos marejados, fixos nela, enquanto sua figura esmaecida se afastava lentamente pelo corredor em direção a uma sala reservada.

Com a ajuda de Deepak, deitei-me na cama de Shiva. Eram oito da noite. Acomodei-me a seu lado. Haviam retirado tudo, menos o tubo do respirador e um tubo endovenoso. Deepak tirou o esparadrapo que prendia o tubo traqueal ao rosto de Shiva. A um sinal meu, injetou morfina através do tubo intravenoso. Se alguma parte de seu cérebro continuava viva, não queríamos que ela percebesse dor, medo ou sufocação. Deepak desligou o respirador, silenciando de imediato seu protesto estridente, retirou o tubo endotraqueal e saiu do quarto.

Fiquei deitado com a cabeça tocando na de Shiva e com um dedo apoiado em sua carótida. Seu corpo estava quente. Não voltou a respirar depois da retirada do tubo. Sua expressão não se alterou. O pulso manteve-se regular durante quase um minuto e então fez uma pausa, como se compreendesse que os pulmões, seus sócios de toda a vida, haviam deixado de funcionar. O coração acelerou-se, depois enfraqueceu e, com um batimento final, percebido por meu dedo, parou de bater. Pensei em Ghosh. De todos os tipos de pulso, esse era ao mesmo tempo o mais raro e o mais comum, uma aptidão de Jano que todo pulso possui: a capacidade potencial de ausentar-se.

Fechei os olhos e me comprimi contra Shiva. Aconcheguei-me a ele, com seu crânio apoiado no meu e agora úmido de minhas lágrimas. Senti-me mais vulnerável fisicamente do que jamais me sentira quando estávamos separados por um continente, como se sua morte houvesse modificado minha própria biologia. O calor abandonava rapidamente seu corpo.

Balancei o corpo de meu irmão, comprimindo sua cabeça contra a minha, recordando a época em que só conseguia dormir assim. Fui tomado de desespero. Não queria sair daquela cama. Chang e Eng haviam morrido com poucas horas de diferença, porque quando propuseram ao saudável a possibilidade de se livrar do morto, ele a recusou. Eu entendia isso muito bem. Quem dera Deepak me ministrasse uma dose letal de morfina e minha vida acabasse assim, minha respiração cessasse e meu pulso fosse diminuindo até parar. Prouvera a Deus que meu irmão e eu deixássemos o mundo juntos, colados, tal como tínhamos principiado a vida no ventre materno.

Imaginei Shiva recebendo o telegrama, viajando para estar comigo e depois pondo a vida em risco para me salvar. Teria eu feito o mesmo por ele? Talvez ao me ver ele tivesse sentido o mesmo que eu sentia agora: que, independentemente do que havia ocorrido entre nós, se alguma coisa funesta acontecesse ao outro a vida não valeria a pena ser vivida e logo chegaria ao fim.

Seu corpo continuou perdendo calor em meus braços, como se meu corpo o absorvesse, o arrebatasse. Lembrei-me de nós dois subindo a ladeira numa corrida de revezamento, levando para o pronto-socorro uma criança fria e sem vida, cujos pais nos seguiam. Agora ele era aquela criança sem vida.

Minutos transcorreram.

Por fim, foi a rude frialdade de sua pele, a terrível separação que ela demarcava entre o vivo e o morto, a desarticulação de nossa união carnal, que me obrigou a uma nova visão, um modo novo de nos ver em face de tão rápido decaimento, e foi esta a conclusão a que cheguei:

Shiva e eu éramos um único ser — ShivaMarion.

Mesmo quando um oceano nos separou, mesmo quando julgamos que fôssemos dois, éramos ShivaMarion.

Ele era o libertino, e eu, o ex-virgem; ele, o gênio que aprendia sem esforço, enquanto eu tinha de estudar até tarde da noite para alcançar o mesmo nível; ele, o famoso cirurgião de fístulas, e eu, apenas um entre muitos cirurgiões de trauma. Houvéssemos trocado de papéis, isso não faria a menor diferença para o universo.

O destino e Genet haviam tramado para destruir meu fígado, mas Shiva exercera um papel no destino de Genet e, portanto, no meu. Cada ato de um de nós afetava o outro. Depois, porém, graças a uma reordenação brilhante e audaciosa de órgãos, ShivaMarion havia se reajustado. Quatro pernas, quatro braços, quatro rins e assim por diante, mas, em vez de dois fígados, tínhamos ficado reduzidos a um. Mais tarde, o carma e a falta de sorte haviam nos levado mais longe ainda, nos forçado a outras concessões: perdemos terreno pelo lado dele, porque alguns órgãos morreram. Certo, praticamente tudo do lado dele tinha morrido, mas conservávamos a metade de seu fígado, que, ademais, estava prosperando. O que nos cabia fazer agora era economizar mais, reduzir os custos meio a meio, impor medidas duras para tempos duros: bastavam duas pernas, e o mesmo valia para os olhos, os rins. Iríamos em frente com a metade de um fígado, um coração, um pâncreas, dois braços... mas éramos ainda ShivaMarion.

Shiva vive em mim.

Digam que isso era um plano estapafúrdio que inventei para poder continuar vivendo... Bem, ele teve esse efeito. Confortou-me. Enxugou minhas lágrimas, ajudou-me a soltar minhas pernas e meus braços do corpo que tínhamos acabado de abandonar Na estranha quietude daquele quarto, tão equipado de máquinas, todas agora silenciosas, com as persianas corridas e um cadáver gelado junto de mim, tive a sensação de que Shiva estava me dando instruções. Distanciara-se, remando, do navio que ia a pique e me dizia que pensasse daquela forma, uma lógica muito própria dele. *Nascemos como um ser uno e fomos rudemente separados, mas agora somos um só de novo.*

* * *

Haviam se reunido do lado de fora e à primeira vista pensei numa macabra fila de recepção. Mas não sabiam o que tinha acabado de acontecer, e por isso não os culpei. Tinham bom coração. Thomas Stone, Deepak, Vinu e muitas de minhas enfermeiras e auxiliares — meus amigos, minha família do Nossa Senhora antes que se tornassem aqueles que cuidavam de mim. Apertei a mão de cada um e agradeci por nós dois. Creio que diriam que minha atitude era serena, muito diferente do que esperavam. Deixei que Thomas Stone fosse o último. Depois de apertar-lhe a mão, obedeci a um instinto irracional (de Shiva, tenho certeza, não meu) que me mandava abraçá-lo, não para receber, mas para dar. Para que ele soubesse que, como pai, tinha acabado por fazer o que devia; que ele vivia em nós e que vivíamos graças à sua perícia. O modo como me apertou, agarrando-se a mim como se estivesse se afogando, confirmou que eu, ou Shiva, havia tomado a atitude correta, por mais embaraçosa que fosse.

Saí lentamente pelo corredor em direção à sala reservada, eufemismo com que designávamos o lugar onde dávamos as más notícias, uma sala com poltronas, uma mesa, um sofá, um janelão, uma cruz na parede, mas sem TV nem revistas, só uma porta maciça e à prova de som. Quantas vezes eu fizera esse mesmo percurso como cirurgião? Muitas vezes havia demorado junto à porta, consciente da devastação que minha notícia causaria. Teria eu respeitado os sentimentos e a dignidade dos que esperavam ali, dos pais, irmãos, cônjuges e filhos, embora o que tinha a lhes dizer frustrasse todas as suas orações? Recordei todas aquelas reuniões, cada rosto que se levantava, com esperança e apreensão, quando a porta se abria.

Encontrei Hema com as mãos cruzadas no peito, olhando pela janela para as luzes do conjunto Rivalidade, perto do alojamento do pessoal, e para a silhueta distante da ponte. Ela viu meu reflexo na vidraça, mas, ao contrário de todas as pessoas que eu havia procurado naquela sala, não se virou e permaneceu imóvel como uma estátua, observando meu reflexo na janela. Fiquei onde estava, segurando a porta. Vi na vidraça seus olhos muito abertos, as sobrancelhas erguidas. Retribuiu meu olhar por muito tempo. Sua expressão traduzia surpresa... como se a pessoa que via não fosse aquela a quem esperava.

“Aqui estamos, mãe”, eu disse.

Ela inclinou a cabeça ao ouvir minha voz. Levou uma das mãos ao queixo, com os dedos alinhados e unidos, apoiados pensativamente na face, numa atitude quase teatral. Estudou meu rosto, meu reflexo, como a jovem aldeã que, ao tirar água do poço, procura adivinhar as intenções da encarnação de uma deidade, alta e sorridente, que ela vê refletida na água.

A seguir, em câmara lenta, como se aquilo fosse um balé e ambos fôssemos bailarinos, ela se virou para mim.

Aproximei-me dela. “Aqui estamos”, reiterei, estendendo-lhe os braços. “Podemos voltar para casa, mãe.”

Essas palavras devem ter lhe parecido estranhíssimas, até erradas. Viver somente no aqui e agora, olhar para a frente e nunca para o passado, isso era muito próprio de Shiva. “Aqui estamos”, repeti.

Ela se atirou em meus braços.

Nós a abraçamos com força.

53. O êxtase

Numa bela manhã, apenas três semanas depois de Shiva ter feito a passagem, Hema e eu deixamos o Nossa Senhora do Perpétuo Socorro. Thomas Stone insistiu em nos acompanhar ao aeroporto. Saímos para um ar tão fresco e diáfano que eu tinha a impressão de que um espirro ou uma tosse o despedaçaria como se fosse de vidro. A fachada de tijolos do Nossa Senhora brilhava como orvalho enquanto nos despedíamos. Em virtude da recente atenção que os meios de comunicação tinham dado ao hospital, ele recebera recursos adicionais do município e haviam sido realizadas reformas de urgência. Por isso, o sacerdote na fonte não estava mais inclinado e seu mexedor de coquetel havia desaparecido, tal como a camada de excrementos de pássaros. Polido e confiante, ele parecia castrado e deslocado nesse lugar onde eu tinha passado os últimos sete anos.

O táxi amarelo atravessou velozmente a ponte Whitestone em direção ao aeroporto Kennedy. O sol mal havia nascido, mas a autopista estava cheia de carros, cujos motoristas se isolavam uns dos outros mediante delgados invólucros de metal, que àquela velocidade só ofereciam uma ilusão de proteção. Juntamo-nos a eles como companheiros de ala que se reintegram à esquadrilha. Hema tudo observava, pensativa, como eu ao chegar ali sete anos antes. Pus-me a imaginar se ela ouvia o zumbido da supraconsciência, o superorganismo que impedia que aquilo mergulhasse no caos.

O ano de 1986 foi desastroso para nossa família. Hema acreditava que isso era efeito do número, porque ele continha nascimento no 1 e destino no 8. O ano tinha começado horrivelmente, com a explosão da nave espacial *Challenger* em 28 de janeiro (que era o mês 1, e lá estava também o 8). Depois, a tragédia de Chernobyl ocorreu precisamente oitenta e oito dias após o desastre da *Challenger*. Diante de tamanhas catástrofes, a morte de um irmão gêmeo — no dia 18 do mês — passava quase despercebida.

Oito dias depois sucedeu outra morte que também nos afetava: meu vizinho Holmes veio com Appleby, o rapaz da agência de detetives, para me informar que Genet tinha falecido num hospital penal em Galveston na época em que eu estava me recuperando. Seu filho havia sido adotado por uma família do Texas e ela fora procurá-lo. Estava vivendo na miséria, num barraco de papelão a poucas quadras do quebra-mar quando foi presa. Era só pele e ossos e só sobrevivera dois dias na enfermaria da prisão. Aparentemente a causa da morte fora insuficiência adrenal, causada pela tuberculose. Mas eu sabia das coisas. Genet havia morrido perseguindo a grandeza, e a cada vez que a tivera ao alcance da mão não soubera vê-la e passara a procurá-la em outro lugar, sem jamais se dar conta do esforço necessário para alcançá-la ou conservá-la. Confesso, envergonhado, que me senti aliviado ao receber a notícia. Só sua morte garantia que não continuaríamos a nos destroçar mutuamente pelo resto da vida.

Na sala de embarque internacional, ouvi trechos de conversas em bengali, árabe e tagalog. Um homem que viajava para Lagos protestava num inglês macarrônico contra a injustiça da British Airways, pois era impossível que estivesse com "dois quilos a mais". Naquele ambiente, sem o jaleco branco ou a roupa de centro cirúrgico, Thomas Stone parecia um estrangeiro recém-chegado.

"Você volta, Marion?", perguntou-me, quando tivemos de nos despedir.

Tudo o que eu sabia era que desejava estar com Hema quando ela sepultasse as cinzas de Shiva entre Ghosh e a irmã Mary Joseph Praise. A gruta próxima ao muro, nos fundos da Missing, estava rapidamente se transformando no cemitério familiar. Eu estava voltando também para voltar a ver a enfermeira-chefe, Almaz e Gebrew. Sabia que minha presença ajudaria a consolá-los. Afora isso, não havia pensado muito em meu futuro.

"É claro que eu vou voltar", respondi. "Ainda tenho o apartamento, o carro, o emprego..."

"Tenha cuidado com o que comer e beber...", disse. Era sua maneira de me recomendar que protegesse seu trabalho.

Eu me sentia mais do que bem. Outros pacientes de transplantes tinham de lutar para evitar que o organismo rejeitasse o órgão salvador, e a cortisona que lhes era ministrada causava catarata, diabetes, fraturas de quadril e outros efeitos análogos. Era uma bênção eu não precisar tomar um simples comprimido. Não sentia dores, com exceção das fisgadas debaixo das costelas, que eu considerava promissoras e nada dolorosas, pois eram um sinal de que a metade do fígado de Shiva estava se regenerando para ocupar plenamente seu novo lar.

"E o que me diz de sua vida?" Eu ainda não havia encontrado uma forma natural de me dirigir a meu pai. Chamava-o de "dr. Stone" no hospital e de nada em momentos como esse. "Ainda tem um emprego para o qual voltar?", brinquei. Ele não havia regressado a Boston desde que eu caíra doente.

Seu meio sorriso só acentuou a tristeza que havia em sua fisionomia. Ele encarava a morte de Shiva de forma pessoal, como se o destino nunca tivesse esquecido de que um dia tentara destruí-lo, e por isso, quando o havia operado para me salvar, sua intenção original o atraiçoara.

Meu pai não tentou apertar minha mão. Aquele único abraço depois da morte de Shiva valia por toda a vida. Despedimo-nos com um gesto de cabeça.

Hema, no entanto, pegou a mão de Thomas Stone nas suas. Eu havia perdido o reencontro deles à beira de minha cama. Agora, observei-os como uma criança curiosa.

"Thomas, pare com isso, imediatamente!", exclamou Hema, repreendendo-o por sua expressão de melancolia. "Você fez tudo que pôde, está ouvindo? Você fez todo o possível por seus filhos. Ninguém no mundo poderia ter feito o que você fez. Thomas, se Ghosh estivesse aqui, diria a mesma coisa. Ele sentiria muito orgulho de você e lhe diria: 'Continue com seu trabalho, porque é muito importante'." Soltou a mão dele, e depois de lhe dar um último tapinha, virou-se e se afastou.

Mais tarde, quando o avião dava uma volta sobre Queens e se dirigia para o mar, refleti sobre as últimas palavras de Hema a Stone. Elas continham um pedido de perdão por tê-lo visto como um monstro durante todos aqueles anos. Ao dar-lhe o tapinha na mão, estava perdoando a si mesma.

A Alitalia nos levou a Roma. Problemas mecânicos no voo de conexão forçaram a companhia a estimar uma escala de catorze horas. Aquilo me deu uma ideia. Daí a pouco estávamos novamente num táxi numa via expressa, mas dessa vez a caminho do centro de Roma. Parecíamos crianças matando aula na escola.

Não foi preciso muito esforço para convencer Hema. Fomos para um hotel de primeira classe, o Hassler, o melhor de Roma, segundo me haviam dito certa vez. Era um edifício suntuoso, do qual se descortinava a escadaria da praça de Espanha. Do terraço, ao anoitecer, a cúpula da basílica de São Pedro se destacava contra o céu avermelhado.

A cada manhã saíamos para uma brevíssima excursão turística. Voltávamos ao hotel para almoçar e dormir uma longa sesta. No fim da tarde descíamos para passear pelas ruas e vielas nas proximidades da praça de Espanha. Escolhíamos por fim um café ao ar livre para jantar. "Parece que estamos em Adis, não é?", comentava Hema. "Esses menus, datilografados e xerocados, minestrone e *pasta fagioli*, os garçons com camisas brancas, calças pretas e aventais brancos..." Eu sabia o que ela queria dizer. Os italianos haviam levado tudo isso para a Etiópia, até mesmo os guarda-sóis sobre as mesinhas redondas com tampo de fórmica. Enquanto jantávamos, a expressão de Hema traduzia uma serenidade que eu não via desde que tomara consciência de sua presença a meu lado no Nossa Senhora. "Quem dera que Ghosh estivesse conosco", disse ela, sorrindo. "Ele teria gostado muito de tudo."

Na quarta manhã, deixamos que o *concierge* nos convencesse a dar um giro pela cidade com um guia do hotel. O que queríamos ver? respondemos que queríamos ver alguma coisa que saísse dos circuitos tipicamente turísticos. Lugares que que pudessem ser visitados sem longas caminhadas ou onde não houvesse filas.

Ele começou com a igreja de Santa Maria della Victoria, a dez minutos de táxi do hotel. Era um templo acolhedor, ao nível da rua cheia de carros. Sua bela fachada, de esmerado lavor, parecia ter sido colada a uma caixa de pedra sem adornos. O guia nos informou que fora construída por volta de 1624, tendo sido primeiro dedicada a são Paulo, e depois à Virgem Maria. O interior era pequeno, até minúsculo quando comparado com o da basílica de São

Pedro, com uma pequena nave sob uma abóbada baixa. Na lateral, colunas coríntias embutidas na parede emolduravam três "capelas", que não eram mais que recessos com uma balaustrada para uma oração solitária e um lugar para acender velas. Ao chegarmos ao fim da nave, nosso guia se virou para a esquerda e apontou. "Esta é a capela Cornaro. Era isso que eu queria mostrar a vocês."

Meus olhos demoraram alguns segundos para transmitir ao cérebro o que viam, e este tardou mais ainda para acreditar. A escultura em mármore branco que flutuava diante de mim era *O êxtase de Santa Teresa*, de Bernini. Desejei calar o guia, dizendo-lhe *Pare, eu conheço essa escultura*. Na verdade, porém, o que eu conhecia era apenas uma reprodução que adornava um calendário e que minha mãe pregara com percevejos na parede da salinha da autoclave. Havia estado ali talvez por cerca de trinta anos, até Ghosh pegar aquele velho pedaço de papel e mandar emoldurá-lo para mim, a fim de protegê-lo de maior deterioração. Aquela reprodução tinha um enorme significado para mim, mas eu sempre achara que ela não tinha ficado bem na parede de meu quarto nos Estados Unidos, onde parecia o tipo mais ordinário de quinquilharia turística. Eu a havia trazido comigo naquela viagem, pois tencionava devolvê-la ao único lugar que lhe cabia, a sala da autoclave.

Olhei para Hema. Seu rosto resplandecia. Ela compreendeu. Que providência nos levara àquele lugar? Isso era, sem dúvida, obra de Ghosh, pois ele era o tipo de homem que com certeza sabia que *O êxtase de Santa Teresa*, de Bernini, estava a minutos de nosso hotel, mesmo que nunca tivesse ido a Roma. Ghosh nos havia levado ali, àquele lugar, não para vermos Santa Teresa D'Ávila esculpida em mármore, mas para vermos a irmã Mary Joseph Praise em carne e osso, pois a escultura sempre tinha sido isso para mim. *Aqui estou, mãe.*

Acendemos velas. Hema ajoelhou-se, com o rosto alumiado pela luz trêmula. Seus lábios se moviam. Ela acreditava em todo gênero de deuses, na reencarnação e na ressurreição, não via contradições nessas áreas. Eu admirava sua fé simples, sua naturalidade — uma hinduísta acendendo velas numa igreja católica em intenção de uma freira carmelita.

Ajoelhei-me também. Dirigi-me a Deus, à irmã Mary Joseph Praise, a Shiva e a Ghosh: a todos os seres que eu levava comigo na carne e no espírito.

Obrigado por me permitirem viver, por me permitirem ver este sonho de mármore. Eu sentia uma paz imensa, tinha a sensação de que a visita àquele lugar completara o ciclo e que agora uma torrente antes bloqueada fluiria e eu podia descansar. Se o "êxtase" era a intrusão súbita do sagrado no cotidiano, eu acabava de conhecê-lo.

Minha mãe havia falado.

O que eu não sabia ainda era que tinha mais coisas a dizer.

54. De volta ao lar

Aterrissamos quando já escurecia. Eu estivera afastado de Adis por sete anos. Os edifícios brancos da Missing pareciam arredondados nos cantos, erodidos, como se, descobertos numa escavação arqueológica, não tivessem sido restaurados. Quando o táxi chegou à oficina de Shiva, pedi ao motorista que me deixasse descer. Disse a Hema que subisse sozinha, pois eu queria fazer o resto do caminho a pé.

Enquanto o carro se afastava, fiquei a escutar o rumor seco das folhas sob os pneus, semelhante ao barulho que faz a mão de um menino que mexe numa caixa de moedas. Aquele som tinha perdido para mim todo o seu caráter ameaçador. Vi aquele meio-fio curvo e marcado pela mossa de um choque, o meio-fio que havia detido uma motocicleta. Mas não seu condutor. Olhei para baixo, para as árvores e as sombras, para o lugar onde ele tinha caído. Já não me provocava medo. Todos os meus fantasmas tinham se desvanecido; o preço que tinham exigido já estava pago. Eu já nada tinha a dar, nem nada a temer.

Olhei por cima das árvores na direção da cidade. O céu lembrava a tela de um pintor enlouquecido, que no meio ao trabalho tivesse decidido eliminar o céu azul e misturado na paleta ocre, carmesim e preto. A cidade estava iluminada, brilhante, mas aqui e ali viam-se grandes borrões de névoa que prejudicavam minha visão do panorama, como se fossem a fumaça de muitas escaramuças.

Subi a ladeira que levava ao bangalô, assaltado por mil recordações: Shiva e eu fazendo uma corrida de três pés para chegar a tempo do jantar, nós dois voltando do colégio, com Genet, carregados de livros, Zemui subindo com a moto mas fazendo os últimos cem metros com o motor desligado. Daí a pouco mais, vi pessoas em torno do táxi e de Hema. Logo a enfermeira-chefe, Gebrew e Almaz, silhuetados contra as últimas brasas do céu, se afastaram do carro à minha espera.

Não mais que três dias depois de minha chegada, a enfermeira-chefe me chamou ao pronto-socorro. Uma menina que sofrera uma chifrada no abdome estava se esvaindo em sangue diante de nossos olhos. Se tivéssemos tentado mandá-la para outro lugar, teria morrido. Sem perda de tempo, levei-a para a sala de cirurgia 3 e localizei a hemorragia. O que se seguiu, extirpar o trecho lesionado dos intestinos, lavar a cavidade peritoneal e fazer uma colostomia era coisa de rotina, mas o efeito que me causou foi tudo menos isso. Senti-me em solo sagrado, por estar no mesmo lugar onde Stone, Ghosh e Shiva tinham utilizado o bisturi. No fim da cirurgia, ao me virar para sair, contornando o balde e os cabos no chão, levantei a vista e vi Shiva no novo vidro que separava a sala de cirurgia 3 da sala 4, nova em folha. Isso me deixou sem fôlego. Vieram-me à lembrança suas palavras quando a matança dos filhotes de Kuchulu o levara a quebrar anos de silêncio: *Você vai esquecer se alguém matar a mim ou a Marion?*

Não, Shiva, jamais o esqueceremos, respondi a meu reflexo. Ao pronunciar essas palavras, creio que decidi meu futuro.

Entre os pertences de Shiva, em seu quarto, achei um chaveiro com a forma do mapa do Congo. Em sua oficina havia uma motocicleta esquisita, com reluzentes para-lamas vermelhos e curtos, um tanque de gasolina vermelho em forma de lágrima, guidons que nos Estados Unidos seriam chamados de "seca-sovacos" e lindas rodas cromadas. Hema me disse que Shiva havia comprado aquela moto de segunda mão havia alguns anos e que não parava de mexer nela. Disse que ele só circulava com ela tarde da noite, quando não havia trânsito. O motor, em forma de úbere, pareceu-me muito familiar, e seu estrondo surdo, quando o liguei, me revelou sua verdadeira identidade.

Eu operava três vezes por semana, e, quando minha passagem de regresso aos Estados Unidos estava para expirar, nada fiz.

O fígado de Shiva funcionou maravilhosamente em mim ano após ano. As injeções de imunoglobulina de hepatite B ajudaram. O vírus ficou tão latente que os exames de sangue mostravam que eu não era portador nem poderia infectar alguém. A enfermeira-chefe insistia em que isso era um milagre, e eu tinha de concordar.

Em 1991, cinco anos depois de minha volta, eu estava junto ao portão da Missing, exatamente como fazia em criança, e dali vi entrar na cidade as forças da Frente Popular de Libertação de Tigré e de outros combatentes pela liberdade. Vestiam as mesmas camisas e calções e calçavam as mesmas sandálias que eu tinha visto na Eritreia, com cartucheiras cruzadas no peito e fuzis nas mãos. Embora não desfilassem em formação, em seus rostos transpareciam a disciplina e a confiança de homens que acreditavam em sua causa. Não havia saques, nem confusão. O único saque teve como protagonista o camarada presidente vitalício, que esvaziou o tesouro e fugiu com o butim para o Zimbábue, onde Mugabe, seu colega de gatunagem, lhe deu guarida. Mengistu era uma figura desprezada, uma praga para a nação, um homem sobre quem até hoje ninguém teve nada de bom a dizer. Segundo Almaz, as almas de todos aqueles que ele tinha assassinado estavam reunidas num estádio à sua espera, para recepcioná-lo em seu caminho rumo ao inferno.

Toda noite, antes de me deitar, eu ia ver a enfermeira-chefe. Estava muito trêmula e encurvada pela idade, mas sua alegria de viver continuava a mesma de sempre. Tomávamos uma xícara de chocolate juntos. A vitrolinha que eu comprara para ela tocava, ao fundo, seu único LP, com música de Bach. Ela nunca se cansava do "Gloria", que sempre hei de associar a ela. Quando eu me sentava a seu lado, ela me olhava e sorria, como se sempre tivesse sabido que eu voltaria para a terra que um dia abandonara. Tinha sempre desejado que Deus a chamasse durante suas preces ou enquanto dormia, e Ele a atendeu. Foi em 1991, poucos meses depois da fuga do presidente vitalício. Achei-a em sua poltrona, com o disco ainda a girar na vitrolinha. Na manhã daquele dia ela supervisionara a semeadura de um cultivar novo, *Rosa rubiginosa Shiva*, que registrara oficialmente na Royal Society. Tive a impressão de que a cidade inteira, ricos e pobres, compareceu a seu funeral. Disse Almaz que os caminhos para o céu estavam superlotados com as almas daqueles que tinham sido gratos à enfermeira-chefe, e que seu trono ficava ao lado do de Maria.

Almaz e Gebrew se aposentaram e foram morar numa casa nova e confortável construída para eles na Missing, com liberdade para ocupar o tempo como bem lhes aprouvesse. Creio que não devia ter ficado surpreso ao vê-los usar o tempo para jejuar e orar.

Tendo Hema como diretora-titular, o Instituto Shiva Stone para Cirurgia de Fístula desenvolveu-se, como também cresceram suas fontes de financiamento. Hema trabalhava todos os dias, e jovens e diligentes ginecologistas etíopes, mas também de outros países africanos, vinham se formar com ela e trabalhar pela causa. A estagiária efetiva, cujo quarto eu tinha visitado tantos anos antes, tinha se tornado uma hábil assistente sob a orientação de Shiva, e agora, incentivada por Hema, era uma competente cirurgiã, muito bem preparada para a laboriosa tarefa de formar jovens médicos que vinham aprender a tratar aquele problema. Insisti em saber seu verdadeiro nome e ela disse, com relutância, que se chamava Naeema. Mas esse não era um nome que ela usasse. Havia se transformado, até mesmo para si própria, na Estagiária Efetiva.

Examinando os papéis da enfermeira-chefe, descobri que o doador anônimo que havia financiado discretamente o trabalho de Shiva durante tantos anos não era outro senão Thomas Stone. Agora ele tentava fazer com que doadores e fundações apoiassem a Missing.

Tive de esperar até 2004 para que a mensagem da irmã Mary Joseph Praise viesse a mim. Isso aconteceu logo depois do Ano Novo, segundo o calendário ocidental, época em que o perfume de baunilha envolvia a Missing e as mimosas em torno do ambulatório enchiam-se de rebentos violetas e amarelos.

Eu tinha ido à salinha da autoclave entre a visita a um paciente e a outro. Tive a impressão de que a estampa emoldurada de *O êxtase de Santa Teresa* estava meio torta. Ao tirar o quadrinho da parede para ajeitar o gancho, notei que o fundo de papelão grosso tinha se soltado num canto. A sala estava sempre úmida por causa da autoclave, o que parecia ter enfraquecido a cola. Ao tentar colar o fundo de novo, avistei uma folha finíssima de papel de carta, dobrada e escondida atrás daquele fundo. Dava para ver as linhas escritas com tinta azul.

Tirei-a.

Recostei-me na cadeira. Minhas mãos nunca tremem, mas por algum motivo aquela delicada folha de papel tremia.

Descorada pelo tempo, a carta estava quase transparente, ameaçando virar pó. Como Ghosh, demorei um pouco para decidir se devia ou não ler uma carta particular endereçada a outra pessoa. Tive certeza de que aquela era a carta que minha mãe escrevera pouco antes de meu nascimento. Depois estivera em poder de Ghosh. Quando fiz vinte e cinco anos, havia chegado a minhas mãos e eu a levara para os Estados Unidos, e depois a trouxera de volta à Etiópia. Durante vinte e cinco anos ignorara que ela estivesse comigo. Até esse dia. "Quando você volta, mamãe?", eu costumava perguntar quando criança, olhando para a estampa. Finalmente ela tinha vindo.

55. A Placema

19 de setembro

Caro Thomas,

Na noite passada, Deus me disse que devo confessar-te o que nunca confessei, nem a Ele. Anos atrás, em Áden, apartei-me de Deus quando Ele se apartou de mim. Ali me sucedeu uma coisa que não deveria suceder a nenhuma mulher. Não pude perdoar o homem que me fez mal. Não pude perdoar a Deus. A morte teria sido preferível ao que tive de suportar. Mas vim para cá, para a Missing. Vim com o hábito de freira para ocultar ao mundo meu amargor e minha vergonha.

Em Jeremias 17 está escrito: "Enganoso é o coração, mais do que todas as coisas, e perverso; quem o poderá conhecer?". Cheguei à Etiópia com uma mentira.

No entanto, nosso trabalho me transformou. Eu teria sido tua assistente até meu último alento. Agora, as coisas mudaram de novo.

Há alguns meses, parecias um endemoniado, e tentei confortar-te. Agora estou grávida. Não te culpes.

Foi difícil ocultar meu corpo à enfermeira-chefe e aos demais. Pensei muitas vezes em contar-te o que se passava, mas nunca encontrei maneira de fazê-lo. Agora, porém, estou assustada. Resta-me pouco tempo. Ontem à noite os movimentos tornaram-se fortes. Isso me fez pensar: e se Thomas quiser que eu fique? Não devo ir embora do modo como vim para a Missing e para ti, com dissimulações e mentira. Por isto te escrevo.

Preciso fugir da Missing para poupá-la de minha vergonha, do mesmo modo como um dia me refugiei aqui para escondê-la. Se vieres para mim ao receberes esta carta, saberei que queres que eu fique contigo. Mas, não importa o que fizeres, meu amor será sempre o mesmo.

Mary

Precisei me concentrar muito para terminar minha última cirurgia, um caso rotineiro de vagotomia e gastrojejunostomia por causa de uma úlcera do duodeno, sem que minha mente divagasse. Por fim, com a carta na mão, voltei para meu quarto, com a sensação de nunca ter feito esse trajeto antes.

Ela o amava. Amava-o tanto que tinha corrido para ele, vindo de Áden. As manchas de sangue com que havia chegado à Missing me diziam o que ela não pudera dizer. Havia percorrido o caminho até o médico, o homem, que conhecera no navio em que partira da Índia. E agora, anos depois, amava-o tanto que estava disposta a deixá-lo. Na undécima hora, resolveu lhe escrever e lhe contar. Depois esperou que ele a procurasse... ou não.

Mas Thomas Stone a procurou. Ela com certeza deve ter percebido que ele chegava. Quando ele a tomou nos braços, tirou-a da cama e correu com ela, terá interpretado cada lágrima dele que caía em seu rosto como uma afirmação de seu amor. Ele não a procurou por causa da carta, que nunca recebeu. Procurou-a porque alguma parte dele sabia o que tinha feito e o que tinha a fazer: alguma parte de Stone sabia o que ele sentia.

Imaginei Ghosh visitando o alojamento de Stone depois da morte de minha mãe, a procurá-lo. Decerto viu na mesa de Stone o livro e o marcador, e em cima deles, talvez bem visível, essa carta. Thomas Stone nunca viu o livro nem a carta porque passara a noite anterior dormindo na poltrona estofada em seu escritório na Missing, como tantas vezes fazia, e depois da morte de minha mãe não voltou a seu alojamento. Por que Ghosh simplesmente não lhe enviou a carta pelo correio? Thomas nunca escreveu ou se comunicou. No princípio Ghosh não dispunha de nenhum endereço, mas com o passar dos anos é provável que tenha descoberto seu paradeiro. Afinal, Eli Harris sempre soubera onde ele se encontrava. No entanto, talvez a essa altura

Ghosh estivesse magoado com o silêncio de Stone e por sua disposição de esquecer o velho amigo e deixar que cuidasse de seus filhos enquanto ele fugia do passado. Talvez, à medida que o tempo foi transcorrendo, Ghosh considerasse os efeitos que a carta poderia ter sobre Stone... Talvez fosse mesmo um desserviço fazer com que essa carta chegasse a ele. Poderia precipitar outra crise ou, como Hema sempre temera, Stone poderia voltar para reclamar a custódia dos meninos. E talvez Stone não compreendesse, ou não acreditasse em nada do que dizia a carta.

Depois, ao sentir que a proximidade da morte, a posse daquela carta deve ter pesado na consciência de Ghosh. E se seu conteúdo pudesse salvar Stone, serenar seu coração? E se ela o levasse a agir como deveria em relação aos filhos, ainda que tardiamente? A essa altura, todo o ressentimento de Ghosh em relação a Stone, se é que um dia existiu, havia se desvanecido.

Por isso, por fim Ghosh deu o livro e o marcador a Shiva, e a carta a mim, mas ocultando-a. Espantou-me a clarividência que fazia um moribundo ser capaz de escondê-la atrás de uma reprodução emoldurada. Ele a deixaria entregue às mãos do destino... Muito próprio de Ghosh! Quando eu haveria de encontrar Thomas Stone? Quando encontraria a carta? Se e quando a encontrasse, iria entregá-la a seu real destinatário? Ghosh confiou em mim para que agisse segundo meu talante. Isso também é amor. Fazia mais de um quarto de século que ele tinha morrido e ainda me dava lições sobre a confiança que só nasce do amor verdadeiro.

"Shiva", eu disse, levantando a vista para o céu, onde as estrelas se preparavam para seu espetáculo noturno e eu recordava a noite em que fugira precipitadamente da Missing e como meu irmão me confiara o livro de meu pai, *Uma breve prática*, com o marcador. As poucas palavras escritas por minha mãe no marcador eram o único meio pelo qual algum de nós poderia saber que tal carta existia. Anos antes eu lhe havia perguntado, por telefone: "Por que você me deu o livro, Shiva?". Ele não sabia. "Eu quis que você ficasse com ele", foi tudo quanto pudera responder. O mundo depende de cada uma de nossas ações, e de nossas omissões, saibamos disso ou não.

Chegando a meu quarto, sentei-me, estendi a carta sobre o peito e com as mãos a tremer, disquei o número de Stone. Meu pai, que agora passava bem dos oitenta anos, era professor emérito. Deepak dizia que sua vista estava enfraquecendo, mas que seu tato era tão bom que ele poderia operar no escuro. Ainda assim, raramente operava, embora ajudasse com frequência. Stone fora conhecido no passado por *O cirurgião eficaz: uma breve prática de cirurgia nos trópicos*. Agora era famoso como pioneiro de uma técnica inovadora de transplantes. Eu era a prova de que a operação funcionava, tal como a morte de Shiva era a comprovação dos riscos que ela envolvia. Cirurgiões de todas as partes do mundo tinham aprendido a fazê-la, e não havia como calcular quantas crianças nascidas sem um sistema de drenagem biliar funcional haviam sido salvas pela doação de parte do fígado de um dos pais.

Ouvi o zumbido do vazio que paira sobre o mundo, e depois, fora daquele éter, o som do telefone tocando do outro lado do planeta, um chamado estridente, sonoro e eficiente, tão diferente dos indolentes cliques analógicos e da campainha tosca de quando eu discava um número de Adis Abeba. Imaginei o telefone soar e ecoar no apartamento que eu visitara certa vez e deixara inteiramente aberto, como uma lata de sardinha, para que Thomas Stone soubesse que o filho havia chegado a seu mundo.

Pensei em minha mãe escrevendo aquela tarde, toda a sua vida condensada em um só lado daquele pergaminho. Era provável que ela a tivesse entregue (juntamente com o livro e o marcador) no fim da tarde, quando começaram suas dores. Seu estado se agravara de noite, descambando lentamente para o choque, e no dia seguinte ela estava morta. Mas não antes de Thomas Stone a procurar. Era o sinal que ela tinha esperado. Ele havia feito a coisa certa, e no entanto, durante o último meio século, não soubera disso.

Thomas Stone atendeu ao primeiro chamado. Admirei-me de que ele ainda estivesse acordado, pois já era plena noite em Boston.

"Alô!" A voz de meu pai soou forte e alerta, como se ele esperasse aquela intrusão, pronto para receber a notícia de um trauma ou de uma hemorragia cerebral generalizada que disponibilizava um órgão, ou pronto para ouvir a história de uma criança, uma em dez mil, nascida com atresia biliar e que morreria a menos que fosse submetida a um transplante de fígado. A voz que escutei era a de uma pessoa que contribuiria com toda a perícia e a experiência de seus nove dedos para salvar outro ser humano e que transmitiria essa herança a mais uma geração de internos e residentes — nascera para isso, era a única coisa que sabia fazer. “É Stone quem fala”, disse, e ele me pareceu muito próximo, como se estivesse ali comigo, como se absolutamente nada separasse nossos dois mundos.

Agradecimentos

Esta é uma obra de ficção e todos os personagens, do mesmo modo que o Hospital da Missing, são imaginários. Algumas figuras históricas, como o imperador Hailé Selassié e o ditador Mengistu, são reais. Houve realmente um golpe de Estado malogrado na Etiópia, mas cinco anos antes daquele que descrevo. O coronel e seu irmão baseiam-se vagamente nos líderes reais da rebelião. Os detalhes de sua captura e as palavras do coronel durante seu julgamento e antes da execução provêm de materiais publicados, principalmente de *Ethiopia: a new political history*, de Richard Greenfield; de *Ethiopia at bay: a personal account of the Hailé Selassié years*, de John H. Spencer; da obra publicada de Richard Pankhurst, como pano de fundo histórico; e de *Revolutionary Ethiopia: from empire to people's republic*, de Edmond J. Keller. Um notável médico chamado John Melly morreu baleado por um saqueador, mas seu diálogo com a enfermeira-chefe é imaginado. O Íbis e outros bares são invenções. A escola LT&C é fictícia; qualquer semelhança com minha maravilhosa escola (onde o sr. Robbs e o sr. Thames me incentivaram a escrever) é casual.

As fontes, os livros e as pessoas que se seguem foram de valor inestimável: a cena do nascimento e as frases "asfixia branca" e "na escuridão do ventre de nossa mãe", como também a ideia da bacia de cobre, foram inspiradas pela maravilhosa autobiografia *The life of an Egyptian doctor*, do grande obstetra e cirurgião de fístula egípcio Naguib Mahfouz, já falecido. Os ensaios de Nergesh Tejani, em que ela descreve suas experiências na África com clínicas de versão e com fístula, como também a correspondência que mantivemos, foram de extrema utilidade. Consultei a obra publicada do dr. Reginald Hamlin e da dra. Catherine Hamlin, pioneiros da cirurgia de fístula. Conheci-os quando ainda estudante de medicina, e estava bem informado sobre o trabalho que realizavam. Há pouco tempo tive oportunidade de visitar o Hospital do Rio, que é também o título da tocante autobiografia da dra. Hamlin. Contudo, os cirurgiões de fístula de meu livro não se baseiam de modo algum nos Hamlin. O falecido sir Ian Hill foi realmente o reitor da faculdade de medicina, e se usei seu nome, como também o de Brathwaite, foi como uma homenagem a duas pessoas que se arriscaram a confiar em mim.

As tentativas de sequestro de jatos da Ethiopian Airlines nas décadas de 1960 e 1970 são fatos históricos; uma sequestradora foi minha colega na faculdade de medicina, embora mais adiantada do que eu; ela e seus companheiros morreram na tentativa de sequestro. O atual primeiro-ministro da Etiópia, Meles Zenawi, também foi meu colega na faculdade, um ano atrás de mim; aderiu à guerrilha e acabou dirigindo as forças que derrubaram Mengistu. O heroísmo dos agentes de segurança e a incrível perícia dos pilotos são fatos muito reais. A Ethiopian Airlines continua a ser, em minha opinião, a melhor e a mais segura empresa aérea internacional entre as que utilizei, contando com os mais gentis e dedicados comissários de bordo. A febre recorrente transmitida por piolhos foi estudada por Peter Perine e Charles Leithead, já falecidos, com os quais tive o prazer de visitar pacientes quando estudante.

Para informações sobre Teresa D'Ávila e a descrição do grupo escultórico de Bernini, recorri a *Teresa of Avila: the progress of a soul*, de Cathleen Medwick. Mesmo depois de conhecer o original em Roma, considerei suas descrições muito perspicazes. Todas as palavras de Santa Teresa que cito, assim como seus conceitos sobre a fé e a graça, a ideia da irmã Mary Joseph Praise de recitar o "Miserere" na hora de sua morte e o odor de uma doçura inexplicável baseiam-se no relato de Medwick sobre a vida de Teresa. As palavras "carícias e arrulhos celestiais" são de H. M. Stutfield e constam do livro de Medwick.

O verso "Devo-te a visão do amanhecer" é de William S. Merwin, no poema "To the surgeon Kevin Lin", publicado originalmente na revista *The New Yorker*. Pendurei em meu consultório esse poema, numa edição limitada feita por Carolee Campbell, da Ninja Press, e autografada pelo autor. Tenho uma enorme dívida para com o médico, escritor e amigo Ethan Canin, primeiro por me convidar para o Festival de Escritores de Sun Valley e, depois, por me apresentar a Reva Tooley e às pessoas extraordinárias que se reúnem ali.

As palavras "o nariz aguçado como uma pena" vêm de *Henrique V, Parte II*, e estão relacionadas à minha convicção de que constituem uma observação clínica sagaz de Shakespeare, que descrevo em "The typhoid state revisited", no *The American Journal of Medicine* (79:370, 1985).

Minhas impressões pessoais sobre Áden e as recordações de sessões de *khat* contaram com a ajuda das descrições bastante vívidas do maravilhoso livro de Eric Hansen intitulado *Motoring with Mohammed: journeys to Yemen and the Red sea* e também de *Eating the flowers of paradise: one mans's journey through Ethiopia and Yemen*, de Kevin Rushby. A imagem da mulher com o fogareiro na cabeça e também os carrinhos de mão que transportam pessoas vêm do livro de Hansen.

No que tange à ocupação italiana, à descrição de Aweyde e muitos aspectos do conflito ítalo-etíope, inclusive o desejo de vencer a qualquer preço — *Qualsiasi mezzo* —, baseei-me no excelente livro *O safári da estrela negra: uma viagem através da África*, de Paul Theroux, e em muitas outras fontes.

"Endireitou os ombros, confrontando o horror e a feiura do que tinha diante de si" é uma paráfrase de um verso de James Merrill no poema "Charles on fire": "Ninguém deixou / de confrontar sua fealdade".

Bliss Carnochan me mostrou uma edição antiga de seu livro *Golden legends: images of Abyssinia, Samuel Johnson to Bob Marley* e me ajudou a entender como se formaram as ideias ocidentais sobre a Etiópia.

Eu e muitos estudantes de medicina da Comunidade Britânica admirávamos o livro *Bailey and Love's short practice of surgery*. O livro imaginário de Stone baseia-se na obra de Bailey e Love, do qual vem também a referência ao vombate e ao apêndice. Quando estudante, impressionou-me a fotografia de Bailey e seus nove dedos. Afora isso, o personagem de Stone nada tem a ver com Hamilton Bailey, que antes de se aposentar só trabalhou na Inglaterra.

"Era preciso tomar uma decisão cautelosa, de modo a evitar outro desastre. Muitas vezes era o *segundo* erro, cometido na pressa de corrigir o primeiro, que acabava com o paciente" e "Os erros dos ricos são cobertos por dinheiro, mas os de um cirurgião são cobertos de terra" são citações extraídas de *Aphorisms and quotations for the surgeon*, de Moshe Schein. Por essas e muitas outras ideias referentes a cirurgia, estou em dívida para com Moshe, cirurgião inconformista, professor brilhante, autor de vários e magníficos compêndios de cirurgia, ensaísta e amigo. Além de ler as primeiras versões deste livro, ele também me introduziu na comunidade de cirurgiões SURGINET. Suas reflexões me encantaram, aprendi com elas e nelas colhi algumas ideias, principalmente os dados sobre vasectomia, que deram ensejo a uma frutífera correspondência.

Karen Kwong transmitiu-me suas experiências como cirurgiã de trauma (e também as de seu marido, Marty) e leu com extrema atenção os originais deste livro, tanto no começo como no fim de sua elaboração. Seus longos e sensatos e-mails foram preciosos, e não tenho palavras para expressar de forma satisfatória minha gratidão e admiração. Sou grato também a Ed Salztein, Jack Peacock, Stuart Levitz e Franz Theard.

Conheci Thomas Starzl quando eu era residente sênior no Tennessee, e depois disso retomamos nossa amizade. Ele é, com toda a justiça, um grande cirurgião, e seu trabalho inovador no campo do transplante de fígado não é ficção. Refiro-me a ele no livro como uma forma de homenagem. Thomas Stone é seu contemporâneo ficcional. Francisco Cigarroa, presidente do Centro de Ciências da Saúde, da Universidade do Texas, em San Antonio, permitiu, amavelmente, que eu o visse realizar um transplante de fígado numa criança. O notável grupo de San Antonio, dirigido por Glenn Halff, que faz com que transplantes de fígado pareçam quase rotineiros, é uma parte do legado de Starzl: até bem recentemente, era justo dizer que todos os cirurgiões de fígado do mundo haviam sido formados por Starzl ou por algum discípulo dele.

"O Parto e a Cópula, assim como a Morte... / Esses são todos os fatos quando se vai ao que interessa... Eu nasci, e uma vez basta" é uma citação parcial de *Sweeney Agonistes*, de T. S. Eliot.

A frase "a vida é muito pior que trágica" foi extraída de *The king and the corpse*, de Heinrich Zimmer, editado por Joseph Campbell, do mesmo modo que "Não são somente nossas ações que se tornam nosso destino, mas também nossas omissões".

"Viam na peste uma forma garantida e enviada por Deus para ganhar a vida eterna" vem de *A peste*, de Camus.

Devo muito também à descrição, feita pelo falecido Ryszard Kapuściński, de uma cidade e de um país que eu pensava conhecer bem. Os detalhes sobre a corte do imperador, o palácio, o financiamento dos departamentos sanitários, o caráter amárico, a escolta de motocicletas, o Ministério da Pena e as intrigas palacianas eram coisas que a maioria dos residentes conhecia, em alguns casos de primeira mão, mas o talento especial de Kapuściński consistiu em, mesmo sendo estrangeiro, tornar essas coisas mais visíveis para nós em seu notável livro *O imperador: a queda de um autocrata.*

"A serpente não é tão sinuosa que não possa se endireitar o suficiente para deslizar pelo buraco de seu ninho" é uma paráfrase de um dos poemas ligados à doutrina bhakti em *Speaking of Siva*, organizado pelo grande A. K. Ramanujam, já falecido.

Com relação a informações sobre as carmelitas, agradeço a Fred de Sam Lazaro e a Eliam Rao, bem como à incomparável irmã Maude. Não existe, que eu saiba, nenhum convento de carmelitas em Egmore.

Os dados sobre o rock da África oriental, Serviço Radiofônico das Forças Armadas, Asmara, procedem de <http://www.kagnewstation.com/>.

No que diz respeito às cenas da fuga de Asmara, agradeço a Naynesh Kamani, que foi meu condiscípulo da faculdade de medicina, um pouco mais adiantado que eu, e fez aquela heroica caminhada. Ele leu os originais deste livro e contribuiu com várias correções e sugestões. Outra fonte importante para mim foi o esplêndido romance *To Asmara*, de Thomas Kennealy, com observações sobre os campos de guerrilheiros eritreus, que o autor parece ter visitado. Ele continua a ser um grande paladino do povo eritreu. Devo acrescentar que sinto a mesma afeição pela Etiópia e pela Eritreia e que tenho amigos queridos nos dois países.

"Como se eu lhe tivesse dado o maior presente que um homem pode dar a outro" é uma paráfrase de um trecho do conto "What the doctor said," do livro *New path to the waterfall*, de Raymond Carver.

Quanto às cenas no sanatório de tuberculose, estou em dívida com "The discourse of disease: patient writing at the 'University of Tuberculosis'", de Jean Mason, que tive a sorte de escutar na conferência "Psychoanalysis and narrative medicine", na Universidade da Flórida, Gainesville, em 2002.

"Que nenhum nobre inglês se aventure a deixar este mundo sem um médico escocês a seu lado, do mesmo modo que tenho certeza de que não há nenhum que se aventure a nele entrar." Dizia-se que esse era um brinde que William Hunter, o mais velho dos irmãos Hunter, costumava fazer. Parafraseei-o como um brinde proposto por B. C. Gandhi: "*Que nenhum americano saia deste mundo sem um médico estrangeiro a seu lado, do mesmo modo que tenho certeza de que nenhum entra*".

"Não diga que um homem é feliz até ele morrer" foram as palavras que, segundo Heródoto, o ateniense Sólon dirigiu a Creso, o rico rei da Lídia. Foram também as que sir William Osler citou ao receber a notícia da morte de seu amado filho Revere em Flandres. O livro fictício sobre enfermagem que descreve a Sólida Sensibilidade de Enfermagem é uma reformulação de um dos aforismos de Osler.

No que se refere a informações sobre doenças psicossomáticas entre os etíopes, sou grato a meu amigo dr. Rick Hodes, clínico geral, escritor e homem de bem. Sua vida na Etiópia é uma história cheia de peripécias. Agradeço a Thomas "Appu" Oommen por suas incríveis reminiscências da época em que viveu em Adis Abeba, primeiro como estudante do curso primário e depois como jornalista, e também por ocasião do golpe militar. Um e-mail que Appu recebeu de Yohannes Kifle e dividiu comigo forneceu-me muitos dados sobre Kerchele. Meus pais, George e Mariam Verghese, transmitiram-me suas recordações e minha mãe redigiu extensas notas para meu uso. A eles eu dediquei este livro.

Enquanto escrevia este romance, no decurso de vários anos, consultei muitas outras obras, a maioria das quais espero ter incluído na bibliografia, e, se deixei de reconhecer minha dívida para com alguém ou alguma fonte, esse é um lapso que eu gostaria de corrigir. A cena do presente molhado que Genet oferece a Marion foi inspirada numa cena semelhante em um romance ou conto do qual não me lembro mais. Do mesmo modo, eu ficaria muito feliz se pudesse atribuir a alguma fonte a metáfora de Áden como uma cidade ao mesmo tempo morta e viva, como os vermes em um cadáver (ou algo parecido).

Agradeço à extraordinária Comissão Assessora de San Antonio, que nos permitiu construir um Centro de Humanidades Médicas, mas sou mais grato ainda pelas relações de amizade que formei com seus membros. Steve Wartman, meu amigo e companheiro de tênis, chamou-me para San Antonio quando era reitor ali. Edith McAllister foi minha professora, treinadora e inspiradora, além de entender melhor do que ninguém minha necessidade de dispor de tempo só para mim, mesmo que isso significasse eu ir embora. Em minha próxima vida, tenho uma ambição: voltar como ela. Não há palavras que façam justiça ao carinho e ao apoio que Marvin e Ellie Forland e também Judy McCarter me proporcionaram. Ser titular de um prestigiado cargo de professor que tem o nome de Marvin e de uma importante cátedra que tem o nome de Joaquín Cigarroa Jr., ambos consumados clínicos gerais, representou a maior das honras. Judy continua a ser minha conselheira e consciência, e a cada ano que passa mais cresce minha admiração por sua sabedoria. Agradeço ao Centro de Ciências da Saúde da Universidade do Texas, em San Antonio, como também a toda a família Cigarroa, e a Bill Henrich, Robert Clark, Jan Patterson, Ray Faber, Tom Mayes, Somayaji Ramamurthy, Deborah Kaercher, David Sherman, já falecido, e a muitas outras pessoas que tornaram o centro um lugar especial onde trabalhar; e também à Texas Tech, em El Paso, onde esta obra teve início. A dra. Erika Brady, do departamento de cultura popular da Universidade do Oeste do Kentucky, mostrou ser especialista em assuntos que iam desde a Alpha Omega Alpha até o *Religio Medici*, passando por detalhes relativos a orações e vestuário; pude sempre confiar em suas pesquisas. Também Michele Stanush me ajudou com suas pesquisas, e sou-lhe sumamente grato.

Meus irmãos das manhãs de quarta-feira (Randy Townsend, Baker Duncan, Olivier Nadal, Drew Cauthorn, Guy Bodine e, principalmente, Jack Willome) e suas mulheres (e principalmente você, Dee!) deram-me amor e carinho, tiveram confiança em mim e permitiram que eu assumisse responsabilidades. “Ninguém tem maior amor...”

Tom Rozanski, vizinho, colega e urologista, orientou-me com relação à cena da vasectomia, bem como sobre outras questões cirúrgicas, e sou-lhe muitíssimo grato. Rajender Reddy e Gabe Garcia ajudaram-me no tocante a questões relacionadas à hepatite B.

Anand e Madhu Karnad, queridos e velhos amigos, leram e ouviram muitos trechos deste e de todos os meus livros anteriores ao longo dos anos. Deram-me e continuam a me dar carinho e apoio, e sei que, estejam onde estiverem, eu tenho ali um lar.

Sou grato a John Irving por sua amizade durante todos estes anos. Aprendi muitíssimo com ele, tanto através de nossa correspondência quanto em sua obra publicada.

O dr. Ralph Horwitz, diretor de medicina em Stanford, criou um lar para mim. Tenho uma profunda dívida de gratidão por sua visão, assim como pela amizade dele e de Sally. Agradeço a meu irmão, George, e a sua mulher, Ann, e aos Kailaths, bem como a Helen Bing, por me apresentarem aos encantos de Stanford anos antes de eu sonhar em vir para cá.

Minha encantadora mulher, Sylvia, passou horas introduzindo as mudanças que eu fazia no original, e fez isso várias vezes no decorrer dos anos. Ela, mais do que qualquer pessoa, mas também Tristan, Jacob e Steven aguentaram minhas ausências da sociedade e me apoiaram durante os altos e baixos da elaboração deste livro. *Gracias mi amor; con los años que me quedan...*

Mary Evans, minha agente, vendeu meu primeiro conto à revista *The New Yorker* antes de nos conhecermos pessoalmente e continuou a confiar em mim desde aqueles tempos no Iowa, em 1991. Seu discernimento e seus acertados conselhos me transformaram num escritor, do mesmo modo que sua amizade fez de mim uma pessoa melhor. Robin Desser participou da preparação de meu primeiro livro, e foi um privilégio trabalhar com ela neste. Ela acompanhou sua realização em suas diversas etapas e passou inúmeras horas com ele e comigo, e devo-lhe muitíssimo. Tenho refletido muitas vezes que a boa vontade, a paixão, a humildade e a notável habilidade com que se desincumbe de sua tarefa são atributos que ela tem em comum com os médicos que mais admiro. Agradeço também a Sarah Rothbard, a maravilhosa assistente de Robin. Sou gratíssimo também a Sonny Mehta por seu entusiasmo em relação a esta história e por seu firme apoio ao meu trabalho como escritor.

A medicina é uma amante exigente, mas fiel, generosa e sincera. Concede-me o privilégio de examinar pacientes e de ensinar a estudantes junto ao leito dos doentes, e com isso confere sentido a tudo que faço. Tal como Ghosh, eu renovo a cada ano meus votos a ela: *Juro por Apolo Médico, por Esculápio, por Higeia, por Panaceia e por todos os deuses e deusas, tomando-os como testemunhas, obedecer...*

Abraham Verghese,
Stanford, Califórnia, junho de 2008

Bibliografia

ANDERSON, R. e R. Romfh. *Technique in the use of surgical tools.* Nova York: Appleton-Century-Crofts, 1980.

AYELE, N. *Wit and wisdom of Ethiopia.* Hollywood, Calif.: Tsehai Publishers and Distributors, 1998.

BAILEY, H. *Pye's surgical handicraft.* 17ª ed. Bristol, Inglaterra: John Wright & Sons, 1956.

BIERMAN, J. e C. Smith. *Fire in the night: Wingate of Burma, Ethiopia, and Zion.* Nova York: Random House, 1999.

COLEMAN, D. *The scent of eucalyptus: a missionary childhood in Ethiopia.* Fredericton, New Brunswick, Canadá: Goose Lane Editions, 2003.

COOK, H. *Fifty years a country doctor.* Lincoln: University of Nebraska Press, 1998.

COPE, Z. *The diagnosis of the acute abdomen in rhyme.* Londres: H. K. Lewis & Co., Ltd., 1962.

DREGER, A. D. *One of us: conjoined twins and the future of normal.* Cambridge, Mass.: Harvard University Press, 2004.

GOULD, G. M. e W. E. Pyle. *Anomalies and curiosities of medicine.* Nova York: W. B. Saunders, 1896.

HABTE-MARIAM, M. e C. Price. *The rich man and the singer: folktales from Ethiopia.* Nova York: E. P. Dutton, 1971.

HERTZLER, A. E. *The horse and buggy doctor.* Lincoln: University of Nebraska Press, 1938.

HUMPHRIES, S. V. *The life of Hamilton Bailey.* Beckenham, Inglaterra: Ravenswood Publications, 1973.

KELLER, E. J. *Revolutionary Ethiopia: from empire to people's republic.* Bloomington: Indiana University Press, 1991.

LAMBIE, T. A. *Boot and saddle in Africa.* Nova York: Fleming H. Redell Co., 1943.

———. *A doctor without a country.* Nova York: Fleming H. Redell Co., 1939.

MARCUS H. G. *The politics of empire: Ethiopia, Great Britain and the United States, 1941-1974.* Lawrenceville, N. J.: Red Sea Press, 1983.
MARSTON A. *Hamilton Bailey: a surgeon's life*. Londres: Greenwich Medical Media Ltd., 1999.
MELLY, A. J. M. *John Melly of Ethiopia*. Org. K. Nelson e A. Sullivan. Londres: Faber & Faber, 1937.
SPEERT, H. *Iconographia gyniatrica: a pictorial history of gynecology and obstetrics*. Filadélfia: F. A. Davis Co., 1973.
SMITH, I. *Wish I might*. Nova York: Harper & Brothers, 1955.
WAUGH E. *Waugh in Abyssinia*. Harlow, Essex, Inglaterra: Longman, 1936.

1ª EDIÇÃO [2011] 2 reimpressões

ESTA OBRA FOI COMPOSTA POR OSMANE GARCIA FILHO EM ELECTRA
E IMPRESSA PELA GEOGRÁFICA EM OFSETE SOBRE PAPEL
PÓLEN SOFT DA SUZANO PAPEL E CELULOSE PARA A EDITORA SCHWARCZ
EM JUNHO DE 2011